형사 변호인

刑事弁護人

형사 刑事

변호인 弁護人

야쿠마루 가쿠 지음   남소현 옮김

BOOK PLAZA

일러두기

———

본문의 각주는 모두 옮긴이 주입니다.

01

302호 문을 열고 안쪽을 들여다보자 방청석에 한 남자가 앉아 있었다.

모치즈키 린코는 안으로 들어가 남자에게서 떨어진 맨 뒷자리에 앉았다. 법정 안에 있는 사람이라고는 린코와 남자, 그리고 법원 경위뿐이었다. 벽에 걸린 시계를 확인하니 재판 시작까지 아직 5분 정도 시간이 있었다.

방청석에 앉은 남자 쪽을 쳐다보았다. 청재킷 차림에 흰머리가 섞인 장발을 하나로 묶은 남자는 노트에 무언가를 끄적이고 있었다.

남자가 문득 동작을 멈추고 이쪽을 돌아보았다. 캐주얼한 복장이지만 나이는 쉰 정도 되어 보였다.

린코는 자신을 뚫어지게 응시하는 남자의 시선을 피해 고개를 돌렸다. 정면의 판사석을 쳐다보고 있는데 갑자기 옆에서 낯선 목소리가 들렸다.

"안녕하세요."

눈앞에 청재킷을 입은 남자가 서 있었다.

얼떨결에 꾸벅 고개를 숙이자 남자는 아무렇지도 않게 린코의 옆자리에 앉았다.

"지난번에는 유감이었습니다."

무슨 말을 하는 건지 감이 오지 않아 린코는 고개를 갸웃거렸다.

"실형 받았잖아요."

"아…."

지난달에 린코가 변호를 담당했던 공판에 관한 이야기인 듯했다.

32세 피고인이 지인 여성과 공모해서 인터넷 만남 사이트에서 알게 된 회사원으로부터 금품을 갈취한 공갈 협박 사건, 이른바 꽃뱀 사기였다. 검찰 측 구형은 징역 1년 6개월. 린코는 내키지 않아 하는 피고인의 부모를 설득해서 증인으로 내세우고, 피해자에게 사죄하는 편지를 보내게 하는 등 변호 활동에 최선을 다했지만, 피고인에게는 이미 동종의 전과가 다수 존재했기 때문에 결국 검찰의 구형대로 판결이 내려졌다.

그러고 보니 그때도 이 남자를 방청석에서 본 기억이 났다.

린코는 남자의 무릎 위에 놓인 노트를 힐끗 내려다보았다. 펼쳐진 노트에는 사건번호, 죄상, 피고인 이름, 공판 내용 등이 빼곡하게 적혀 있었다. 아무래도 재판 방청 마니아인 모양이었다.

"코스게라고 합니다. 잘 부탁드립니다."

남자가 간단한 자기소개와 함께 오른손을 내밀었다.

린코는 잠시 고민하다가 가볍게 악수에 응했다.

"린코 변호사님은 형사 변호가 처음이셨던 건가요?"

남자는 린코의 이름을 이미 알고 있었는지 마치 친한 사이처럼 자연스럽게 말을 걸어왔다.

"아니요, 그게 일곱 번째 사건이었습니다."

"어, 그런가요? 저는 10년 전부터 거의 매일 여기로 출근하고 있는데 린코 변호사님은 지난달에 처음 뵌 것 같아서요."

"3개월 전까지 도쿄에서 일했거든요."

사이타마 지방법원에서 진행되는 공판은 지난달이 처음이었다.

"그러셨군요. 다음 공판은 언제인가요?"

"현재 담당하고 있는 형사 사건은 없습니다."

"아쉽네요. 린코 변호사님 공판을 기다리는 사람들이 많은데. 저를 포함해서요."

"왜죠?"

"린코 변호사님이 여기 오는 여자 변호사 중 외모로는 베스트 3 안에 들거든요. 변호 실력은 아직 좀 부족한 것 같지만요."

마지막 한마디에 발끈했다.

"하품이 절로 나오는 공판이 대부분인데 린코 변호사님 같은 분이 나오면 법정 분위기가 밝아져서 좋아요. 모두가 기대하고 있으니 앞으로도 열심히 해 주세요."

코스게는 린코의 불쾌한 기색을 눈치채지 못했는지 넉살 좋게 웃었다.

린코는 재판이 어서 시작되기만을 기다리며 문 쪽으로 시선을 돌렸다. 때마침 문이 열리더니 짙은 색 정장을 입은 여자가 보자기 꾸러미를 안고 들어왔다.

여자의 얼굴을 보고 깜짝 놀랐다. 사법연수원 동기였던 스노우치 아야였다.

린코와 눈이 마주친 아야도 놀랐는지 걸음을 멈추었다. 하지만 곧 아무 일도 없었다는 듯 천천히 검사석으로 걸어가서 앉았다. 그러고는 들고 온 보자기를 풀어 두꺼운 서류 뭉치를 꺼내 읽기 시작했다.

아야가 갑자기 고개를 들었다. 시선을 따라가 보니 입구에서 변호인석 쪽으로 걸어 들어오는 니시 다이스케가 보였다.

정장 차림이지만 넥타이는 매지 않았고, 셔츠 단추도 끝까지 채우지 않은 데다가 수염도 제대로 깎지 않아 지저분한 인상을 주었다. 평소에도 옷차림에 신경을 쓰는 편이 아니긴 했지만 적어도 법정에 나올 때 정도는 단정하게 하고 다닐 수 없는 걸까.

이쪽을 본 니시가 고개를 갸우뚱했다. 왜 린코가 여기 있는지 모르겠다는 표정으로 잠시 쳐다보다가 이내 시선을 거두고 변호인석에 앉았다.

"와, 오늘은 운이 좋네요."

코스게의 말에 린코가 옆을 돌아보며 "뭐가요?" 하고 물었다.

"니시 변호사님 공판은 재미있거든요. 아, 이러고 있을 때가 아니지."

코스게가 흥분한 목소리로 중얼거리며 주머니에서 스마트폰을 꺼내 메시지를 입력하기 시작했다.

역시 소문이 사실인 걸까.

그때 검은 머리카락을 길게 늘어뜨린 여자가 린코 옆을 지나갔다. 20대 중반으로 보이는 여자는 변호인석에 있는 니시와 가볍게 눈인사를 나눈 다음 린코의 두 줄 앞 의자에 앉았다. 니시가 신청한 증인인 듯했다.

법정 안쪽 문이 열리고 교도관 두 명이 한 남자를 데리고 들어왔다. 수갑을 찬 피고인은 양복을 입고 있었다. 짧은 스포츠머리에 눈썹은 가늘고 전체적으로 세련된 외모를 지니고 있었다. 남자는 방청석에 앉은 검은 머리 여자를 보고 굳은 표정으로 살짝 고개를 끄덕이더니 변호인석 앞에 놓인 의자에 앉았다. 남자는 교도관이 수갑과 포승줄을 풀어주기를 기다리면서 좀처럼 진정이 되지 않는지 연신 뒤를 돌아보았지만 니시는 피고인에게 눈길조차 주지 않았다.

갑자기 입구 쪽이 소란스러워져서 린코는 뒤를 돌아보았다. 한 무리의 사람들이 코스게와 눈인사를 나누면서 상기된 표정으로 법정 안으로 들어오고 있었다. 코스게와 같은 재판 방청 마니아들인 모양이었다.

판사석 뒤쪽 문이 열리고 검은 법복을 입은 남자가 들어왔다.

"모두 일어나 주십시오."

린코는 안내에 따라 자리에서 일어났다. 법정 안에 있는 모두가 일어나 인사하고 다시 자리에 앉았다.

"지금부터 재판을 시작하겠습니다. 피고인은 앞으로 나와 주십시오."

판사의 지시에 따라 피고인이 증언대에 섰다.

엘리베이터 문이 열리자 옆에 있던 코스게가 바로 열림 버튼을 눌렀다.

"내리시죠, 린코 변호사님."

나머지 손으로 정중하게 손짓하는 코스게의 에스코트를 받으며 린코는 엘리베이터에서 내렸다.

"린코 변호사님, 그럼 다음 공판 때 뵙겠습니다."

뒤따라 엘리베이터에서 내린 코스게가 린코에게 손을 흔들며 인사하고는 다른 사람들과 함께 출구 쪽으로 향했다.

한 시간 남짓 진행된 심리를 방청한 사람들의 표정에서 진한 만족감이 느껴졌다. 하지만 린코가 느끼는 감정은 만족과는 거리가 멀었다. 오히려 직접 변호할 때보다 훨씬 더 큰 피로감이 몰려왔다.

마음 같아서는 이대로 곧장 사무실로 돌아가고 싶었지만 방금 전 재판에 대해 니시에게 확인하고 싶은 것이 있었다. 린코는 니시가 나올 때까지 기다리기로 마음먹고 안내 데스크 앞 의자에 앉았다. 가방에서 스마트폰을 꺼내 확인하니 다행히 부재중 전화도 메시지도 들어온 것이 없었다.

원래 오늘은 당직이라서 하루 종일 사무실에서 대기해야 하지만 니시가 변호하는 모습을 직접 보고 싶어서 몰래 빠져나온 것이었다.*

일주일 전에 참석한 변호사회 모임에서 린코와 같은 법률사무소 소속인 니시에 관한 소문을 들었다. 그리 좋은 이야기는 아니었다. 같은 회사 동료라고는 하지만 린코는 이직한 지 3개월 정도밖에 되지 않아 니시가 어떤 사람인지 아직 잘 알지 못했다. 니시에 관해 린코가 알고 있는 사실은 자신보다 일곱 살 위인 서른일곱이라는 것, 변호사 경력은 아직 3년밖에 되지 않는다는 것, 항상 무뚝뚝하고 사교성도 없고 옷차림도 변

---

* 당직 변호사 제도: 기소 전 형사 사건에 한해 피의자나 보호자가 법률 상담을 요청할 경우 당직 변호사가 1회의 무료 접견을 통해 법률적인 도움을 주는 제도

호사답지 못하다는 것 정도였다.

아무리 나쁜 소문이 돌아도 그 사람이 일하는 모습을 실제로 보지 않은 이상 섣불리 판단해서는 안 된다고 생각했다. 하지만 조금 전 공판에서 명백해졌다. 회사 동료로서는 니시가 선배지만, 변호사 경력은 린코가 더 길었다. 호소카와 법률사무소의 간판에 먹칠을 하는 것을 그냥 두고 볼 수는 없었다.

눈앞을 지나가는 아야를 발견하고 린코는 자리에서 일어났다.

"아야!"

"아, 린코." 아야가 걸음을 멈추었다. "아까 재판에는 왜 들어온 거야?"

"동료가 일하는 모습 구경하려고."

"동료?"

아야가 눈썹을 찌푸렸다.

"너 설마 니시 변호사님이랑 같이 일해?"

"응, 세 달 전부터."

"그랬구나. 오늘 사건은 니시 변호사님 덕분에 편하게 처리할 수 있었어. 감사하다고 전해 줘."

린코는 아야의 비아냥을 흘려들으며 자신의 명함을 꺼내 건넸다. 명함을 받아 든 아야가 놀란 듯 고개를 들었다.

"니시 변호사님도 호소카와 법률사무소 소속이라고?"

린코는 고개를 끄덕였다.

대표인 호소카와 마사타카는 법조계에서 잘 알려진 인권 변호사로, 지금까지 수많은 형사 변호를 담당해 왔다.

"아야 넌 지금 사이타마 지검에 있나 보네."

"응, 올해 초까지는 A청 검사로 오사카에 있었어."

일반적으로 임관 4~5년차 검사는 A청이라고 불리는 도쿄지검이나 오사카지검 등 대규모 지방검찰청에 배치된다.

린코와 동갑인 아야는 처음부터 검사 지망이었다. 린코도 처음에는 검사를 지망했기 때문에 사법연수원 시절 초반에는 이야기를 나눌 기회도 많았지만 린코가 변호사로 지망을 바꾸면서 자연스럽게 거리가 멀어졌다.

"바로 다음 공판이 있어서 이만 가 볼게."

아야가 손목시계를 내려다보더니 다시 고개를 들어 린코를 똑바로 쳐다보며 말했다.

"가능하면 같은 법정에서 만날 일은 없으면 좋겠다."

그대로 등을 돌려 멀어져 가는 아야의 뒷모습에서 시선을 거두자 이쪽을 향해 걸어오는 니시가 눈에 들어왔다.

"수고하셨습니다."

니시는 린코의 인사에 아무 대꾸도 하지 않고 그대로 지나쳐서 출구 쪽으로 걸어갔다.

"잠깐만요, 잠시 드릴 말씀이 있는데요."

린코가 뒤에서 불러 세우자 니시가 짧게 대답했다.

"나는 없어."

발걸음이 빨라진 니시를 쫓아 종종걸음으로 건물을 나서니 한쪽 구석에 사람들이 모여 있었다. 다른 사람들이 내미는 것을 코스게가 차례차례 걷고 있었다.

"1384는 코스게 씨가 다 먹었나 보네요."

니시가 말을 걸자 코스게가 이쪽을 향해 손에 쥔 천 엔짜리 지폐 뭉치를 흔들어 보였다.

"좋으시겠네요. 다음에 한턱 쏘세요."

"니시 변호사님한테라면 얼마든지 쏘겠습니다."

코스게가 웃으며 돈을 지갑에 넣었다.

"1384가 뭔가요?"

린코가 묻자 니시가 이쪽을 돌아보았다.

"내 재판이 끝난 다음에 302호 법정에서 판결이 선고된 사기 사건이야."

1384가 사건 번호라는 건 알겠는데 방금 니시가 말한 '다 먹었다'는 건 무슨 의미일까. 문득 한 가지 가능성이 머릿속에 떠올랐다.

"설마 어떤 판결이 내려질지를 걸고 내기를 한 건가요?"

"맞아. 머리 잘 썼지?"

"왜 주의를 주지 않으셨어요?"

"왜 그래야 하는데?"

"재판을 내기의 대상으로 삼다니 괘씸하잖아요. 돈 내기 자체가 법에 저촉되는 행위이기도 하고요."

"뭘 또 그렇게까지."

"나이 어린 제가 이런 말씀 드리는 게 조심스럽기는 한데 니시 변호사님은 변호사로서의 윤리의식이 좀 부족하신 것 아닌가요?"

"그런가?"

"아까 그 변호는 대체 뭐죠? 피고인의 이익을 전혀 고려하지 않는 것 같던데요."

술집에서 만취한 피고인이 옆 테이블에 앉아 있던 커플에게 시비를 걸어 남자 쪽을 폭행한 사건이었는데, 니시에게서는 피고인을 변호하겠다는 의사가 조금도 느껴지지 않았다. 오히려 피고인의 폭력성과 지저분한 여성 편력을 강조하는 질문을 반복해 막판에는 분노한 피고인에게 멱살을 잡힐 뻔했다.

"시끄러워. 나는 피고인의 참모습을 판사에게 보여 주려고 했을 뿐이야. 법정에서는 깊이 반성하는 척하고 있지만 본성은 이렇다는 걸 말이야. 자기가 저지른 죄를 전혀 뉘우치고 있지 않잖아."

"진심으로 반성하고 있지 않다는 건 어떻게 확신하시는데요? 그야 지금까지는 양아치처럼 살았을지 몰라도 여자친구의 임신을 계기로 정말 새사람이 되었을 수도 있잖아요."

오늘 공판에는 피고인과 동거 중인 여자친구가 증인으로 출석했지만 니시는 동거인이 피고인의 아이를 임신 중이라는 점, 그래서 관대한 판결을 바라고 있다는 점 등은 언급도 하지 않았다. 모두 검사의 반대 신문에서 처음으로 밝혀진 사실이었다.

"그야말로 순진하기 짝이 없는 생각이군. 애초에 난 피고인의 정상참작을 위해서 증인 신청을 한 게 아니야. 그 여자한테 현실을 깨닫게 해주려고 한 거지."

니시의 말이 린코의 신경을 건드렸다.

"그게 무슨 소리죠?"

"피고인은 자기 여자친구가 임신했다는 사실을 알고 나한테 그러더군. 당신이 변호사라면 이 기회를 놓치지 말고 최대한 잘 활용하라고 말이야. 그 남자한테 여자친구의 임신은 단지 실형을 피하게 해 줄 재료일 뿐이야. 실형을 받든 집행유예를 받든 어차피 여자는 버림받을 거라고."

그렇다고 해서 아까 같은 변호가 정당화되는 것은 아니지 않은가.

린코가 그렇게 말하려는 순간 가방 안에서 진동음이 울렸다. 스마트폰을 꺼내 확인해보니 사무실에서 걸려온 전화였다.

"네, 모치즈키 린코입니다."

린코는 화를 가라앉히며 전화를 받았다.

"변호사님, 지금 통화 괜찮으신가요?"

사무실 직원인 마츠야마 유카리였다.

"네, 괜찮아요. 무슨 일이죠?"

"방금 형사변호센터에서 당직 변호사를 찾는 전화가 와서요. 이쪽에서 다시 연락하겠다고 했습니다."

전화를 받느라 걸음을 멈춘 사이 니시의 등이 점점 멀어져 갔다.

"네, 제가 전화해 볼게요. 관련 서류는 사무실 팩스로 넣어 달라고 할테니까 들어오면 PDF로 만들어서 제 메일로 좀 보내 주시겠어요?"

린코는 전화를 끊고 바로 형사변호센터에 전화를 걸었다.

"네, 형사변호센터입니다."

전화를 받은 남자 직원에게 이름과 신분을 밝히자 직원이 사건 개요를 간단히 설명해 주었다.

"피의자 이름은 타루미 스즈카, 33세 여성입니다. 혐의는 살인이고요."

살인이라는 말에 가슴이 덜컹했다.

"그저께, 그러니까 10월 22일에 체포되어서 현재 신토코로자와 경찰서 유치장에 수감 중입니다."

린코는 유선상으로 대략적인 내용을 파악한 후, 관련 서류를 사무실에 팩스로 넣어 달라고 부탁한 다음 전화를 끊었다. 그러고는 바로 인터넷에서 신토코로자와 경찰서 대표번호를 검색해 전화를 걸었다.

"네, 신토코로자와 경찰서입니다."

여자 직원이 전화를 받았다.

"모치즈키 린코 변호사라고 합니다. 유치장 담당자와 통화하고 싶은데요."

"잠시만 기다려 주세요. 바로 연결해 드리겠습니다."

잠시 통화 연결음이 흐르더니 이윽고 "네, 구치소입니다" 하고 남자 목소리가 들렸다.

"안녕하세요, 모치즈키 린코 변호사입니다. 현재 그쪽 유치장에 수감 중인 타루미 스즈카 씨 건으로 당직 변호사 파견 의뢰가 들어와서 지금 접견을 가려고 하는데요."

"타루미 스즈카 용의자라면 현재 검찰청에 가 있습니다."

직원이 퉁명스럽게 대답했다.

검찰 조사 중이라는 건가.

"몇 시쯤 돌아올까요?"

"글쎄요. 4시쯤이면 돌아오지 않을까 싶기는 한데…."

손목시계로 시간을 확인하니 오후 2시였다. 신토코로자와 경찰서가 위치한 신토코로자와역까지는 지하철을 몇 번 갈아타야 하지만 대충 1시간 정도면 충분할 터였다.

"알겠습니다. 그럼 4시쯤 방문드리겠습니다."

린코는 전화를 끊고 가방 안에 피의자 접견에 필요한 신분증 등이 들어있는지 확인한 후 역을 향해 발걸음을 옮겼다.

우라와역에서 이케부쿠로행 지하철을 타고 자리에 앉아 스마트폰을 꺼내 들었다. 사무실에서 PDF로 만들어 보내온 서류를 훑어본 다음 인터넷에서 '타루미 스즈카'를 검색하니 관련 기사 몇 건이 화면에 표시되었다. 눈으로 기사를 따라 읽는데 심장 박동이 빨라지고 스마트폰을 쥔 손에 땀이 배어 나왔다.

린코는 지금까지 살인은커녕 죽음과 관련된 사건의 변호를 맡은 적이 한 번도 없었다. 그보다 문제는 피의자의 직업이었다. 기사에 따르면 타루미 스즈카는 모로 경찰서에 근무하는 현직 경찰관이었다.

세간의 관심을 피하기는 어려워 보였다.

02

히나타 세이치로는 어디선가 들려오는 진동음에 고개를 들었다. 옆에
있던 츠보우치 관리관이 주머니에서 스마트폰을 꺼내 전화를 받았다.
상대는 담당 검사인 스가와라인 듯했다.

"알겠습니다. 계속해서 잘 부탁드립니다."

츠보우치가 전화를 끊고 주위를 둘러보며 말했다.

"구속 영장을 청구하기로 했답니다."

"아…."

세이치로 맞은편에 앉은 두 사람은 더 할 말이 생각나지 않는지 시선
을 떨군 채 테이블 위의 한 점을 뚫어져라 쳐다볼 뿐이었다.

"타루미 스즈카는 어떤 직원이었습니까?"

츠보우치의 질문에 두 사람이 동시에 고개를 번쩍 들었다. 모로 경찰
서의 모리타 서장이 우물쭈물하며 옆에 앉은 하시모토를 돌아보았다.
하시모토는 모로 경찰서 형사과장으로 스즈카의 직속 상사였다.

"근무 태도는 매우 좋았습니다. 성실한 경찰관이었습니다."

하시모토가 사무적인 말투로 대답했다.

"남편과의 관계는 어땠을까요?"

츠보우치 왼쪽 옆자리에 앉은 코이데 계장이 묻자 하시모토가 "음…" 하고 뜸을 들였다.

"저희 경찰서에는 작년에 부임해 왔기 때문에 사적인 부분에 대해서는 솔직히 잘 모릅니다."

스즈카는 결혼 9년 차이고, 남편인 테루히사는 신문 기자라고 했다.

"적어도 그런 가게에 드나든 걸 보면 부부 사이가 좋지는 않았겠지요."

모리타 서장의 말에 모두가 고개를 끄덕였다.

피해자인 카노 레이지는 토코로자와에 있는 호스트바에서 일하는 호스트였다.

10월 13일 오후 6시 45분경, 토코로자와시 니시스미요시에 위치한 아파트에서 24세 남성의 변사체를 발견했다는 신고가 들어왔다. 최초 발견자는 후쿠다 요코. 카노가 일하는 호스트바의 손님이었다. 두 사람은 사건 당일 오후 6시에 토코로자와역 앞에서 만나 함께 호스트바로 이동할 예정이었는데 약속한 시간이 지나도록 카노가 나타나지 않고 전화도 받지 않자 요코는 이전에 한 번 방문한 적이 있는 카노의 집까지 찾아갔고, 현관문이 잠겨 있지 않아서 그대로 집 안으로 들어갔다가 시체를 발견하게 된 것이었다. 발견 당시 카노는 침대 옆에 쓰러진 채로 머리에서 피를 흘리고 있었다. 부검 결과, 피해자의 사인은 둔기로 머리를 강하게 얻어맞는 등 외부 충격으로 인한 외상성 뇌손상으로 확인되었고, 이에 따라 경찰은 동 건을 살인 사건으로 보고 수사에 착수했다.

시체 옆에 놓인 술병에 카노의 피가 묻어 있었다는 점에서 범인은 술병을 흉기로 사용한 것으로 추정되었다. 집 안에서 발견된 지갑에는 현금 약 5만엔과 각종 카드가 들어 있었다. 돈을 노린 범행이 아니라면 원한 관련일 가능성이 높다고 보고 경찰이 수사를 진행한 결과, 유력한 용의자로 떠오른 인물이 바로 타루미 스즈카였다.

"치정 싸움이었는지 피해자에게 협박을 당한 건지는 모르겠지만 아무튼 경찰이 사람을 죽이다니 이건 정말 말도 안 되는 일입니다."

모리타가 탄식하며 머리를 감싸 안았다.

부하 직원이 살인 혐의로 체포당했으니 모리타 서장도 하시모토도 책임을 피할 수 없을 터였다.

"본인은 혐의를 인정하던가요?"

하시모토의 질문에 세이치로는 고개를 가로저었다. 체포 직후 진행된 경찰 조사에서 스즈카는 살인 혐의를 부인했다.

"아니요. 피해자의 집에 간 사실과 술병으로 피해자의 머리를 가격한 사실은 인정했지만, 그건 어디까지나 자신을 덮치려고 한 피해자에게 저항하기 위한 정당방위였다고 주장하고 있습니다."

"그 말을 어디까지 믿을 수 있다고 보십니까?"

모리타가 몸을 앞으로 내밀며 물었다.

상사로서 신경이 쓰이는 모양이었다. 스즈카의 말이 사실이라면 정당방위가 인정될지 어떨지는 모르겠지만 적어도 과잉방위, 또는 살인보다 가벼운 상해치사가 될 가능성도 있었다.

"살인 혐의로 체포했다는 사실이 곧 저희가 내린 결론을 보여줍니다. 지금까지 수사를 통해 모은 증거들이 이를 뒷받침하고 있습니다."

츠보우치가 대답했다.

"현재까지 살인이 아님을 입증할 만한 합리적인 진술은 얻지 못했습니다."

세이치로가 한마디 덧붙였을 때 방문을 노크하는 소리가 들렸다. 츠보우치가 들어오라고 하자 신토코로자와 경찰서 직원이 문을 열고 들어와 보고했다.

"타루미 스즈카가 돌아왔습니다."

코이데가 세이치로에게 눈짓을 보냈다.

"그럼 조사 다녀오겠습니다."

세이치로는 소파에서 일어나 문 쪽으로 걸어갔다.

"스즈카에게…."

갑자기 들려온 모리타의 목소리에 세이치로는 문 앞에서 걸음을 멈추고 뒤를 돌아보았다.

"스즈카에게 말 좀 전해 주시겠습니까. 더 이상 동료들을 실망시키지 말아 달라고, 솔직하게 죄를 인정하고 죗값을 치르라고요."

모리타가 비장한 눈빛으로 세이치로를 쳐다보며 말했다.

"알겠습니다."

세이치로는 짧게 대답하고 방을 나섰다.

조사실로 향하는 세이치로 역시 모리타와 비슷한 심정이었다. 같은 경찰관으로서 더 이상 구차한 변명은 듣고 싶지 않았다. 오늘 조사에서 결판을 지을 생각이었다.

조사실 문을 열고 들어가자 안쪽 의자에 앉아 있던 스즈카가 고개를 들었다. 눈빛이 불안하게 흔들리고 안색도 좋지 않았다. 검찰 조사에서 꽤나 시달린 모양이었다.

세이치로는 스즈카 맞은편에 앉은 다음 뒤를 돌아보았다. 문 옆에 앉은 요코카와가 고개를 끄덕이는 것을 확인하고 다시 제대로 앉아 스즈카와 마주 보았다.

"그럼 시작할까요? 방금 전까지 모리타 서장님, 하시모토 과장님과 얘기하다 오는 길입니다."

스즈카의 표정이 어두워지며 시선을 피했다.

"이렇게 전해 달라고 하시더군요. 더 이상 동료들을 실망시키지 말아 달라고, 솔직하게 죄를 인정하고 죗값을 치르라고요."

"모두에게 피해를 끼쳐 정말로 죄송하게 생각합니다. 하지만 어제까지 제가 말씀드린 내용은 모두 사실입니다. 그에 합당한 벌은 기꺼이 받겠습니다."

"그런가요. 그렇다면 저희가 납득할 수 있도록 한 번 더 설명해 주시겠습니까? 사건 당일, 카노 씨와 만났을 때부터요."

스즈카가 작게 한숨을 내쉬었다. 똑같은 이야기를 몇 번이나 하고 있으니 짜증이 날 만도 했다.

"그날 저는 비번이었습니다. 저는 쉬는 날이지만 남편은 일하러 갔고 혼자 집에 있기도 심심해서 쇼핑이나 할까 하고 토코로자와에 갔습니다. 토코로자와 역에 내렸을 때, 역 앞 흡연소에서 예전에 호스트바에서 만난 적이 있는 카노 씨를 발견했습니다."

"우연히 마주친 건가요?"

"네."

"카노 씨가 불러내거나 당신이 만나자고 한 건 아니고요?"

세이치로가 묻자 스즈카가 다시금 한숨을 내쉬었다.

"카노 씨도 저도 서로의 연락처를 모릅니다. 통화 기록을 보셨으면 아실 텐데요."

사실이었다. 경찰에서 통화 기록과 메시지 기록 등을 조사한 결과, 두 사람이 연락을 주고받은 흔적은 발견할 수 없었다.

"결혼한 여자가 호스트바에 간 건 비난받아 마땅한 일입니다. 그래서 이런 천벌을 받게 된 건지도 모르겠네요. 하지만 저와 카노 씨는 절대로 여러분이 생각하는 그런 관계가 아니었습니다."

"그럼 카노 씨 집에는 왜 간 겁니까?"

그때 누군가가 조사실 문을 두드렸다. 문 옆에 앉아 있던 요코카와가 일어나서 문을 열고 나갔다. 잠시 후 돌아온 요코카와가 세이치로에게 다가와 귓속말을 했다.

"잠깐 나와 보셔야 할 것 같습니다."

세이치로는 자리에서 일어나 밖으로 나갔다. 복도에 유치장 직원이 서 있었다.

"무슨 일입니까?"

세이치로가 문을 닫으며 물었다.

"당직 변호사가 접견을 하겠다고 찾아왔습니다."

"지금은 조사 중입니다."

"저도 그렇게 설명했는데 조사를 이유로 접견을 거부할 수는 없다면서 물고 늘어져서요."

듣자 하니 좀처럼 말이 통하지 않는 고집불통 변호사인 듯했다.

"알겠습니다. 제가 직접 가서 말하겠습니다."

세이치로는 저도 모르게 새어 나오는 한숨을 꾹 참고 문을 살짝 열어 요코카와에게 잠깐 다녀오겠다고 알린 다음 유치장 직원을 따라갔다. 계단을 내려가니 복도 끝 유치장 입구 앞에 서 있는 여자가 시야에 들어왔다. 남색 스커트 정장 차림에 체구가 작은 여자였다.

인기척을 느꼈는지 여자가 고개를 들었다. 상당히 동안이었다. 옷깃에 달린 배지가 없었다면 취업 면접을 보러 온 학생인 줄 알았을 것이다.

세이치로는 유치장 직원을 돌아보며 쓴웃음을 지었다. 건장한 체구에 어울리지 않게 성격은 어지간히 소심한 모양이었다.

"수사를 담당하고 있는 본청 수사1과 세이치로 형사입니다."

정면에 멈춰 서서 인사하자 본청 수사1과라는 말에 긴장했는지 여자의 얼굴 근육이 살짝 떨렸지만 이내 표정을 추스르고 가방에서 명함집을 꺼냈다. 명함을 받아 든 세이치로는 거기 적힌 이름을 확인하는 대신 계속해서 여자를 응시했다.

"모치즈키 린코 변호사입니다. 타루미 스즈카 씨를 접견하고 싶은데요."

"지금 막 조사를 시작한 참이라서요. 2시간 정도 기다려 주시겠습니까?"

정중히 거절하자 여자가 눈썹을 찌푸렸다.

"아까도 말씀드렸지만 조사를 이유로 접견을 거부하는 건 불가능할 텐데요."

맞는 말이다.

"접견을 거부하겠다는 게 아니라 좀 기다려 달라고 부탁드리는 겁니다."

"그렇다면 접견이 끝날 때까지 조사를 기다려 달라고 제 쪽에서도 부탁 좀 드리겠습니다. 특히나 첫 접견의 중요성에 대해서는 대법원도 인정한 바 있습니다. 이를 거부하겠다고 하시면 제가 납득할 수 있게 설명해 주시기 바랍니다. 이 가방을 향해서요."

"가방을 향해서요?"

세이치로는 무슨 말인가 하고 여자가 들고 있는 가방을 쳐다보았다. 열린 가방 안에서 작은 빨간색 불빛이 깜빡이고 있었다. 녹음기가 돌아가고 있다는 말이었다.

세이치로는 아까 받은 명함을 다시 찬찬히 살펴보았다. '호소카와 법률사무소 변호사 모치즈키 린코'라고 적혀 있었다.

호소카와 법률사무소라….

오늘은 이쯤에서 물러서는 게 좋을 듯했다.

"피의자를 돌려보낼 테니 바로 접견할 수 있도록 준비 부탁드립니다."

세이치로가 말하자 유치장 직원이 눈을 깜빡이며 되물었다.

"괜찮으시겠습니까?"

"네, 잘 부탁드립니다."

세이치로는 두 사람에게서 등을 돌리고 걷기 시작했다.

보스가 등장하는 일은 없어야 할 텐데, 하고 생각하며 구겨 쥔 명함을 양복 윗주머니에 찔러 넣었다.

03

모치즈키 린코는 직원의 안내에 따라 접견실로 가서 문을 열고 안으로 들어갔다. 방 한가운데를 가로지르는 아크릴판 앞에 서서 잠시 기다리니 이윽고 맞은편 문이 열리고 여자가 걸어 들어왔다.

트레이닝복 상의에 청바지를 입고, 어깨 길이의 머리카락을 하나로 묶고 있었다. 앞으로 숙인 무표정한 얼굴에서는 생기가 느껴지지 않았다. 도저히 살인을 저지를 만한 사람으로는 보이지 않았다.

"타루미 스즈카 씨?"

린코가 말을 걸자 여자가 고개를 끄덕였다.

"당직 변호사 파견 의뢰를 받고 변호사회에서 나온 모치즈키 린코 변호사라고 합니다. 잘 부탁드립니다."

"잘 부탁드립니다."

서로 인사를 나눈 다음 아크릴판을 사이에 두고 마주 앉았다.

역시 경찰관이라서 그런지 단단한 팔 근육이 옷 위로도 느껴질 정도였지만 그에 반해 얼굴은 눈에 띄게 초췌해 보였다. 이틀째에 접어든 유치장 생활이 생각보다 많이 힘든 모양이었다.

"변호사에게 사건을 의뢰하신 것은 처음이시죠? 그래도 직업이 직업이시니 앞으로의 형사 절차나 당직 변호사에 대해서는 잘 아시겠네요."

"네⋯."

"시간도 많지 않으니 바로 본론으로 들어갈까요? 저는 변호사이기 때문에 여기서 스즈카 씨에게 들은 말은 절대로 외부에 발설하지 않을 겁니다. 그러니 안심하고 말씀하셔도 됩니다. 사건과 관련이 있어도 좋고 없어도 좋으니 하고 싶은 말이나 부탁하고 싶은 것이 있으면 뭐든 편하게 말씀해 주세요. 오늘은 당직 변호사로 온 거라서 접견은 1회 한정이지만 만약 계속하기를 원하시면 변호사 선임 계약을 맺을 수도 있습니다. 방법은 나중에 다시 안내해 드릴게요."

스즈카가 고개를 끄덕였다.

"여기 오기 전에 사건 관련 기사를 대충 살펴봤습니다. 하지만 기사 내용이 모두 사실이라고는 볼 수 없으니 스즈카 씨 본인 입으로 사건에 대해 설명해 주실 수 있을까요?"

"네⋯."

스즈카가 낮은 목소리로 중얼거리며 고개를 숙였다. 린코는 잠자코 기다렸지만 스즈카는 좀처럼 입을 열려고 하지 않았다. 자신이 살인 혐의로 체포당했다는 사실을 받아들이기 힘든 건지도 모르겠다는 생각이 들었다.

"기사에 따르면 10월 13일 토코로자와에 있는 아파트에서 스즈카 씨가 카노 레이지라는 남자의 머리를 둔기로 가격해서 살해했다고 하던데 사실인가요?"

스즈카가 천천히 고개를 들었다. 눈가에 눈물이 고여 있었다. 스즈카는 조용히 고개를 저었다.

"사실이 아니라는 말씀이시죠?"

린코가 몸을 앞으로 내밀며 재차 확인했다.

"카노 씨 머리를 술병으로 때린 건 사실입니다. 하지만 죽이려고 한 건 아니에요."

"무슨 뜻이죠?"

"저 자신을 지키기 위해서 어쩔 수 없이…."

"사건이 일어난 장소는 누구 집이었나요?"

"카노 씨 집이었습니다."

"사건 발생 경위를 듣기 전에 우선 스즈카 씨와 피해자의 관계에 대해 말씀해 주시겠습니까?"

"카노 씨는 호스트바의 호스트였고, 저는 손님이었습니다."

의외였다. 스즈카는 수수하고 얌전한 인상이라 호스트바 같은 곳과는 거리가 멀어 보였기 때문이다.

"참고로 저는 사건 다음 날까지 카노 씨의 본명도 몰랐어요. 호스트 바에서는 쇼고라고 불렸거든요."

"가게 위치는 어디죠?"

"토코로자와에 있는 루비 로드라는 호스트바입니다. 3개월쯤 전에 역 앞에서 호객 행위를 하던 카노 씨를 만나서 따라간 게 시작이었어요. 바람을 피우겠다거나 젊은 남자랑 놀고 싶다는 생각으로 간 게 아니었기 때문에 그쪽에서 제 전화번호를 물어봐도 가르쳐 주지 않았고, 가게 밖에서 따로 만난 적도 없습니다. 경찰이라는 사실을 숨기기 위해 저도 가게에서는 가명을 썼고요. 어디까지나 2주에 한 번 정도 기분 전환을 하러 간 것뿐이에요. 이해하기 어려우시겠지만…."

"아…."

린코로서는 어떻게 반응해야 좋을지 알 수 없었다.

"올해로 결혼 9년 차인데 남편과는 최근 몇 년간 좀 서먹서먹했거든요…. 서로 일이 바쁜 것도 있고 또…."

"그리고요?"

린코가 묻자 스즈카가 "아무것도 아니에요" 하고 고개를 저었다.

"결혼 후에 남편 말고 다른 남자를 만나고 싶다는 생각을 한 적은 한 번도 없었어요. 그저 직장이나 집에서 쌓인 소소한 불만을 쏟아낼 곳이 필요했을 뿐이에요."

"아이는요?"

"없습니다."

그나마 다행이라는 생각이 들었다.

"그날⋯, 10월 13일은 저는 쉬는 날이었지만 남편은 출근했기 때문에 혼자 쇼핑이나 하러 갈까 하고 토코로자와에 갔던 거였어요."

"토요일이 쉬는 날인가요?"

10월 13일은 토요일이었다.

"네, 제가 속한 형사과는 기본적으로 토요일과 일요일이 휴무입니다. 실제로는 주말에 출근하는 경우도 많지만요. 토코로자와에 도착해서 역 앞 흡연소에 있는 카노 씨를 우연히 발견하고⋯."

"그게 몇 시쯤이었나요?"

"오후 1시쯤이었을 거예요. 그렇게 만나서 2~3분 정도 얘기를 나누다 가 제가 오늘 쉬는 날이어서 토코로자와에 놀러 왔다가 이제 들어가는 길이라고 하니까 카노 씨가 그럼 자기 집에 잠깐 들렀다 가라고 하더라 고요. 그건 좀 아닌 것 같다고 거절했는데 얼마 전 녹음한 데모 테이프 를 꼭 좀 들어봐 줬으면 좋겠다고 해서⋯."

"데모 테이프요?"

"카노 씨는 밴드를 하고 있었거든요. 꿈이 있다는 게 멋져 보여서 저 도 카노 씨의 밴드 활동을 응원했습니다. 호스트를 할 정도니까 여자들 한테 인기도 많을 테고, 아홉 살이나 연상인 저 같은 아줌마는 안중에 도 없을 거라고 생각했는데⋯."

"호스트바에서는 스즈카 씨도 가명을 사용하셨다고요?"

"네, 스기모토 카나라는 이름을 사용했습니다. 처음 가게에 갔을 때 이름을 물어보길래 대충 생각나는 대로 대답했어요."

"경찰이라는 사실은 숨겼다고 하셨는데 그럼 직업은 뭐라고 했나요?"

"여행사 직원이라고 했습니다."

"결혼했다는 사실은요?"

"그건 사실대로 말했습니다. 처음 가게에 간 날, 카노 씨를 비롯한 호스트들이 제 전화번호며 라인 아이디를 가르쳐 달라고 하길래 남편한테 들키면 큰일 난다는 이유로 거절했거든요. 제 발로 호스트바에 찾아가긴 했지만 가게 밖에서 따로 만날 생각은 없었으니까요. 저한테 그 가게 호스트들은 그냥 다 남동생 같은 존재였어요. 집에서도 직장에서도 말할 수 없는 불평불만을 털어놓고 위로받고 싶었을 뿐입니다. 그쪽 입장에서도 저는 가게를 찾아오는 손님 그 이상도 이하도 아니었을 테고요."

"카노 씨는 스즈카 씨를 여자로 보지 않는다고 생각해서 안심하고 따라가신 거군요."

"네. 집도 역에서 가깝다고 하니까 데모 테이프만 듣고 바로 돌아갈 생각이었어요."

"카노 씨 집은 어디쯤이던가요?"

"정확한 주소는 잘 모르겠습니다. 역에서 도보로 5분 정도 떨어진 곳에 있는 아파트였어요."

"아파트 이름이나 호수는 기억하시나요?"

"5층짜리 아파트의 3층이었다는 것밖에….."

"집에 도착한 후 있었던 일을 가능한 한 자세히 말씀해 주시겠어요?"

스즈카가 자신 없는 표정으로 고개를 살짝 숙였다.

"저도 그러고 싶지만 당시에는 너무 놀라서 머릿속이 새하얘졌고, 나중에 다시 떠올려보려고 해도 잘 기억이 나지 않더라고요. 검찰 조사 때도 일단 제가 기억하는 범위 내에서 다 말씀드리긴 했는데….”

“확실하지 않은 부분은 확실하지 않다고 솔직히 말씀해 주시면 됩니다. 집이 어떤 구조였는지 기억하시나요?”

“네, 현관을 들어서자마자 작은 부엌이 있고 안쪽에 세 평 정도 되는 방이 있었어요. 방에는 침대, TV, 낮은 탁자와 선반이 있었고요. 카노 씨가 탁자 앞 방석에 앉으라고 권하길래 잠시 마주 보고 앉아서 이야기를 나누었습니다. 아무래도 분위기가 좀 어색해서 제가 빨리 데모 테이프를 들려 달라고 하니까 카노 씨가 알겠다면서 방에서 나갔어요. 잠시 후 돌아온 카노 씨 오른손에 칼이 들려 있는 걸 보고 깜짝 놀라 자리에서 벌떡 일어났습니다.”

“구체적으로 어떤 칼이었죠?”

“동네 마트에서도 파는 평범한 과도였어요. 카노 씨는 갑자기 제 쪽으로 달려들더니 저를 뒤에 있던 침대 위로 쓰러뜨렸습니다. 저는 당장 그만두라고, 놓아 달라고 소리쳤고요.”

“얼마나 크게 소리치셨죠?”

“제 생각에는 아주 컸던 것 같은데 사실 잘 모르겠어요. 그땐 제정신이 아니었으니까요. 아무튼 카노 씨가 ‘조용히 하지 않으면 이대로 찔러 버리겠다’라고 했으니 제가 소리를 질렀다는 건 확실해요.”

“신체적으로도 저항하셨나요?”

“처음에는 몸을 비틀어서 빠져나가려고 했지만 카노 씨가 제 허리 위에 올라앉아 눈앞에 칼을 들이대고 있었기 때문에 무서워서 거의 못 움직였어요.”

스즈카가 시선을 바닥으로 떨구었다. 당시 상황이 떠올랐는지 어깨가 부들부들 떨렸다.

“그리고요?”

린코가 계속해 달라고 하자 스즈카가 고개를 들었다.

"카노 씨는 오른손에 든 칼로 저를 위협하면서 왼손으로 제 블라우스 단추를 풀기 시작했어요. 세 개 정도 풀고는 옷 안으로 손을 집어넣어서 브래지어 고리를 풀었어요."

"그러는 동안 스즈카 씨는 어떻게 하셨죠?"

"아무것도 못 했어요. 칼이 시야에 들어오는 게 무서워서 계속 천장을 보고 있었고, 브래지어가 벗겨지지 않도록 겨드랑이에 힘을 주는 정도 만…. 하지만 결국 브래지어는 벗겨졌고 카노 씨가 제 가슴을 주무르기 시작했어요."

"카노 씨가 뭔가 말을 하던가요?"

"정확히 뭐라고 했는지는 모르겠지만…, 어차피 너도 이런 걸 기대하고 호스트바에 온 거 아니냐고, 그런 말을 하면서 웃었어요. 그리고… 제 가슴에 얼굴을 묻고 핥아대기 시작했어요. 수치심과 혐오감에 그 자리에서 혀를 깨물고 죽어 버리고 싶었지만 카노 씨와 시선을 마주치지 않게 되니 조금 정신이 들더라고요. 어떻게 하면 지금 이 상황에서 벗어날 수 있을지를 고민하며 주위를 살피는데 탁자 위에 놓인 술병이 눈에 들어왔어요. 저걸로 어떻게 할 수 있지 않을까 싶었지만 제 위치에서는 손을 뻗어도 닿지 않는 거리였어요."

"어느 정도 떨어져 있었죠?"

"한 이 정도?"

스즈카가 두 손바닥 사이를 50센티미터 정도 벌려 보였다.

"잠시 후 카노 씨가 고개를 들고 상체를 일으켰습니다. 칼을 들어 보이면서 제 발 쪽으로 내려가더니 이번에는 스커트 안에 손을 넣었습니다. 스타킹을 벗기는 데 집중해서 이쪽을 안 보고 있는 틈을 타서 저는 이때다 하고 발로 카노 씨 배를 힘껏 걷어차는 동시에 왼손을 탁자 쪽으로 뻗었습니다. 술병을 집어 들고 고개를 돌리자 얼굴이 시뻘게진 카노 씨가 칼을 높이 치켜들고 달려들길래 반사적으로 왼손을 휘두른 순간 술병이 카노 씨 관자놀이를…."

"얼만큼 세게 치셨죠?"

"솔직히 잘 모르겠습니다. 직업상 일반 여성보다 힘이 더 세긴 하겠지만…. 아무튼 제가 분명히 말씀드릴 수 있는 건 상대를 죽이겠다거나 해칠 생각으로 흉기를 휘두른 건 아니라는 겁니다. 그저 그 상황에서 벗어나야겠다는 일념으로…. 다만 병 안에 아직 술이 많이 남아 있어서 무거웠기 때문에 원심력이 작용해서 생각보다 더 세게 부딪혔을 가능성은 있습니다."

"술병이 깨졌나요?"

"아니요. 병에 맞은 순간 카노 씨는 '으악!' 하고 비명을 지르며 칼을 떨어뜨렸고, 양손으로 머리를 감싸 안으며 침대에서 굴러떨어졌습니다. 저는 떨어진 칼을 주우며 자리에 일어나 겉옷과 가방을 집어 들고 현관으로 달려갔고요. 밖으로 나가려다가 아무래도 카노 씨 상태가 마음에 걸려서 뒤를 돌아봤습니다. 신음하며 방바닥을 데굴데굴 구르던 카노 씨가 이쪽을 노려보며 일어나려고 하길래 저는 화들짝 놀라 서둘러 집 밖으로 뛰쳐나갔습니다. 그길로 역으로 달려가 곧장 집으로 돌아갔습니다."

"칼은 어떻게 하셨죠? 카노 씨 집에 두고 나오셨나요?"

"아니요, 손에 쥔 채로 아파트에서 나와 역으로 가는 길에 있는 편의점 휴지통에 버렸습니다."

"어느 편의점이었는지 기억하시나요?"

"핫스팟이었는데 어느 지점이었는지는 모르겠어요."

"아파트에서 나와 신토코로자와역에 도착한 건 몇 시쯤이었죠?"

"2시 조금 지났던 것 같습니다. 겨우 1시간 사이에 그런 일이 벌어졌다는 게 도저히 믿기지 않지만…."

"그 후에 카노 씨한테서 연락이 오거나 하지는 않았나요?"

"아니요, 서로 연락처를 모르니까요. 다음 날 아침 토코로자와에 있는 아파트에서 남자가 죽은 채로 발견되었다는 뉴스를 보고 설마했는데 이어서 공개된 피해자 사진을 보고 카노 씨라는 걸 알았습니다."

몸의 떨림을 멈추려는 듯 스즈카가 양손을 꽉 움켜쥐었다. 왼손 약지에 가느다란 선 모양의 흔적이 남아 있었다. 그 부분만 주변 피부와 미묘하게 색이 달랐다.

"이 얘기는 경찰에도 하셨나요?"

"네…."

스즈카가 고개를 끄덕였다.

"지금 하신 얘기만 놓고 보면 살인이 아닐 가능성이 충분해 보이는데 경찰은 왜 살인 혐의로 체포를 한 걸까요? 뭔가 짚이는 데가 있으신가요?"

"모르겠습니다…. 아무튼 제가 하는 말은 하나도 믿지 않는 것 같았어요. 앞으로 뭐가 어떻게 되는 건지 너무 불안해서…."

"저로서는 계속해서 변호를 맡고 싶습니다만 스즈카 씨 생각은 어떠신가요?"

"제 얘기를 믿어 주신다면 저도 변호사님께 부탁드리고 싶습니다."

린코는 고개를 힘껏 끄덕여 보였다.

"남편분도 심려가 크실 텐데 제 쪽에서 연락을 드리겠습니다."

체포 단계에서 피의자가 만날 수 있는 사람은 변호사뿐이다. 구속 후에는 원칙적으로 변호사가 아닌 사람과의 면회도 허용되지만, 살인 혐의라면 설령 가족이라 할지라도 접견이 금지될 가능성이 있었다.

"감사합니다. 하지만 아마 남편은 제게 정나미가 떨어졌을 거예요. 저를 증오하고 있을지도 모르고요."

"남편분이 어떻게 생각하실지 솔직히 저로서는 알 수 없지만 아내가 체포되었으니 많이 불안하실 겁니다. 제가 그 불안을 없애 드릴 수는 없지만 조금이라도 도움이 된다면…."

"그럼 이 말 한마디만 전해 주시겠어요? 정말 미안하다고요."

스즈카가 코를 훌쩍이며 힘없는 목소리로 말했다.

코테사시역에서 내린 린코는 스마트폰으로 지도를 확인하며 카노의 집을 찾기 시작했다.

5분 정도 걷자 저 앞에 스즈카가 말한 것과 비슷한 느낌의 아파트가 보였다. 건물 앞에 기자 같아 보이는 사람들이 모여 있는 것을 보니 제대로 찾아온 듯했다.

린코가 공동 현관으로 들어가려고 하자 현관 앞에 있던 남자가 말을 걸어왔다.

"502호에 사는 부부를 아시나요?"

린코는 아무것도 모르는 사람처럼 고개를 갸웃거리며 "무슨 일이 있었나요?" 하고 되물었다.

"부인이 살인 혐의로 경찰에 체포되었는데 모르셨나요?"

"저희는 3층이라 잘 모르겠는데요. 살인이라니 끔찍하네요."

린코는 적당히 둘러대며 건물 안으로 들어가 재빨리 502호 호출 버튼을 눌렀다. 인터폰 너머에서는 아무 말도 들리지 않았지만 린코가 "모치즈키 린코 변호사입니다" 하고 말하자 문이 열렸다. 엘리베이터를 타고 5층으로 올라가 502호 초인종을 눌렀다. 현관문이 반쯤 열리더니 남자가 경계하듯 조심스럽게 얼굴을 내밀었다. 수염을 깎지 않아 다소 수척해 보이는 인상에 눈 밑에는 다크서클이 짙게 드리워져 있었다.

"타루미 테루히사 씨 되시나요?"

남자가 고개를 끄덕이며 "들어오시죠" 하고 린코를 안으로 들였다. 린코가 현관으로 들어서기가 무섭게 바로 문을 닫더니 문이 제대로 잠겼는지 확인하고 크게 한숨을 내쉬었다.

린코는 손님용 슬리퍼를 신고 테루히사를 따라 집 안으로 들어갔다. 안쪽은 거실과 부엌이 하나로 연결된 구조였다. 테루히사가 냉장고에서 페트병에 든 녹차를 두 병 꺼내 테이블 위에 내려놓았다. 린코는 테루히사가 권하는 대로 의자에 마주 보고 앉았다.

"아직 있던가요?"

건물 앞에 아직 기자들이 있냐는 말이었다. 린코는 "네" 하고 고개를 끄덕였다.

"아이러니하네요. 설마 이런 식으로 입장이 뒤바뀌는 날이 올 줄이야."

"네?"

"못 들으셨나요? 저도 신문 기자입니다. 조만간 전직 신문 기자가 되겠지만요."

"그러셨군요. 하지만 일을 그만두실 필요는…."

"살인범의 남편이 사건 담당 기자를 할 수 있을 리가 없지 않습니까."

단호한 말투에 린코는 입을 다물었다.

"호스트랑 놀고 싶으면 이혼부터 하고 놀 것이지…. 타루미라는 이름으로 이런 사건을 일으키면 앞으로 나는 어떻게 살라는 건지…."

"물론 남편분 입장에서는 배신당한 기분이 드는 게 당연합니다. 하지만 스즈카 씨는 단지 기분 전환이 필요했을 뿐입니다. 가게에서 가볍게 술 마시고 잡담하면서요. 일단 남편분과 스즈카 씨, 피해자 모두에게 불행한 결과를 초래한 것은 사실이지만 지금 단계에서 아내분을 살인범이라고 단정 짓기는 아직 이른 것 같습니다."

"살인 혐의로 체포되었으니 결국 살인범이라는 거 아닙니까."

테루히사가 반박했다.

"어디까지나 혐의에 불과합니다. 근대법의 기본인 무죄추정의 원칙에 따라 모든 피고인은 유죄가 확정되기 전까지는 무죄라고 봐야 합니다. 스즈카 씨의 말이 사실이라면, 그리고 그 사실을 재판에서 제대로 밝힐 수만 있다면 무죄까지는 어려울지 몰라도 적어도 살인죄가 적용되는 일은 없을 겁니다."

린코의 설명을 듣던 테루히사의 표정이 조금씩 누그러졌다. 린코가 이제 좀 차분하게 대화를 나눌 수 있겠다고 안심한 순간, 테루히사가 갑자기 얼굴을 일그러뜨리더니 눈물을 뚝뚝 흘리기 시작했다.

"스즈카는 뭐라고 하던가요? 이런 일이 벌어졌는데 스즈카를 직접 만날 수도 없고, 경찰에서 뭔가 설명을 해 주는 것도 아니고…. 신문에서도 뉴스에서도 스즈카가 사람을 죽였다고만 하는데…."

테루히사가 꺼이꺼이 울면서 테이블 위에 놓인 행주로 눈물을 닦았다.

테루히사의 오열이 잦아들기를 기다리며 린코는 집 안을 둘러보았다. 선반에 놓인 액자가 눈에 들어왔다. 스즈카와 테루히사 사이에 선 어린아이가 이쪽을 보며 활짝 웃고 있는 사진이었다.

"스즈카가 변호사님께는 뭐라고 하던가요?"

가까스로 울음을 멈춘 테루히사가 이쪽을 쳐다보며 물었다.

"피해자인 카노 씨 머리를 술병으로 내리친 건 사실이라고 합니다."

"그 남자 집에서… 그랬다는 거지요?"

테루히사가 무거운 한숨을 내쉬며 물었다.

"네, 스즈카 씨는 그날 처음 카노 씨 집에 갔다고 합니다. 쉬는 날이어서 혼자 토코로자와에 쇼핑하러 갔다가 역 앞 흡연소에 있는 카노 씨를 우연히 발견하고 말을 걸었더니 카노 씨가 자기 집에 같이 가서 데모 테이프를 들어봐 달라고 하길래 따라갔다고 하더군요."

"데모 테이프요?"

테루히사가 고개를 갸웃거렸다.

"네, 카노 씨는 밴드를 하고 있었다고 합니다. 호스트바에서 그 이야기를 들은 스즈카 씨도 카노 씨의 꿈을 응원하고 있었기 때문에 실제로 어떤 음악을 하는지 궁금해서 따라갔다고 하네요. 스즈카 씨는 카노 씨를 비롯한 호스트들과 가게 밖에서 따로 연락하거나 만난 적은 한 번도 없다고 단언했습니다. 전화번호를 물어봐도 가르쳐 주지 않았고 본명도 숨겼다고 했고요."

"아까 변호사님이 말씀하신 것처럼 단순한 기분 전환이었다는 말이군요…."

"네, 맞습니다. 카노 씨 집에 도착하고 얼마 지나지 않아 카노 씨가 갑자기 칼을 꺼내 들더니 스즈카 씨를 덮쳤다고 합니다."

테루히사가 깜짝 놀라 눈을 크게 떴다.

"스즈카 씨는 침대 위로 쓰러져 카노 씨에게 깔린 상태에서 어떻게든 도망치고자 했고, 기회를 노려 근처에 놓여 있던 술병으로 카노 씨 머리를 내려친 다음 집 밖으로 뛰쳐나왔다고 합니다."

"그게 사실이라면…, 정말 살인이 성립하지 않을 수도 있겠네요."

"네. 어쨌든 정당방위를 주장할 수는 있을 것 같습니다. 만약 정당방위가 인정되지 않더라도 최소한 과잉방위는 가능하지 않을까 싶고요. 그리고 방금 말씀하신 대로 애초에 살인이 아니라 상해치사라고 주장해 볼 수도 있을 것 같습니다."

"그런데 경찰은 왜 살인 혐의로 체포한 걸까요?"

"그건 저도 잘 모르겠습니다. 현 단계에서는 아직 수사 기관이 어떤 정보를 가지고 있는지 변호사는 알 수가 없거든요."

"경찰에서는 스즈카의 주장에 반하는 증거를 가지고 있을 수도 있다는 말이군요."

"그럴 가능성이 전혀 없다고는 할 수 없습니다."

"만약 스즈카가 한 말이 거짓이라면…."

테루히사가 힘없이 중얼거리며 고개를 푹 숙였다.

"테루히사 씨."

린코의 목소리에 테루히사가 천천히 고개를 들었다.

"스즈카 씨는 지금 굉장히 힘든 상황에 놓여 있습니다. 적어도 우리만이라도 스즈카 씨 말을 믿어 줘야 합니다. 그렇지 않으면 스즈카 씨가 견디기 어려울 겁니다."

테루히사는 말없이 시선을 돌렸다. 선반 위 가족사진을 보고 있는 듯했다.

"사진 속 아이는 누구인가요?"

린코가 묻자 테루히사가 "아들인 히비키입니다" 하고 대답했다.

아까 접견을 갔을 때 스즈카는 아이가 없다고 하지 않았던가. 죽은 걸까.

"스즈카한테 들으셨는지 모르겠지만 히비키가 죽은 후부터 부부 사이가 삐걱거리기 시작했습니다. 정확히 말하면 조금 삐걱거리는 정도가 아니었지만요."

테루히사가 자조 섞인 말투로 중얼거렸다.

"스즈카 씨한테는 아이가 없다고만 들었습니다. 대체 어쩌다…."

"4년 전에 병으로 죽었습니다. 아직 고작 세 살이었는데…. 그때부터 부부간에 대화가 사라졌습니다. 둘 다 일하는 시간이 불규칙한 직업이다 보니 서로 얼굴 마주칠 일도 잘 없고, 소위 말하는 가정 내 별거 상태였습니다. 아이를 잃은 슬픔은 저 혼자만 느끼는 것이 아니라 스즈카도 똑같았을 텐데 남편으로서 위로의 말 한마디 건네지 못했습니다. 숨막히는 집 안 분위기에서 벗어나 기분 전환을 하고 싶었다는 스즈카의 심정도 이해가 갑니다. 하지만… 아무리 그래도 호스트바 같은 곳을 드나들다가 상대 호스트의 집에서 그런 사건을 일으켰다는 말을 전해 들으니 눈앞이 캄캄해지더군요. 참을 수 없는 분노가 치밀어 올랐습니다."

테루히사가 고통스러운 표정으로 고개를 숙였다.

테루히사가 느끼는 분노는 아마 스즈카에게도 전해졌을 것이다. 접견에서 스즈카는 남편이 자신을 증오하고 있을 거라고 말했다.

"정말 미안해요."

린코의 말에 테루히사가 고개를 들었다.

"네?"

"스즈카 씨가 이렇게 전해 달라고 하셨습니다. 남편분에게 이 말 한마디만 전해 달라고요."

"그런가요…. 다음에 스즈카를 만나러 가시면 저도 똑같이 말하더라고 전해 주십시오."

"미안하다고요?"

"네. 스즈카가 한 말을 전해 듣고도 전적으로 믿어 주지 못했으니까요. 아내가 저렇게 필사적으로 아니라고 하는데…. 저는 남편 실격입니다."

"충분히 그러실 수 있다고 생각합니다. 어느 날 갑자기 아내가 살인 혐의로 체포되었고, 언론에서는 있는 말 없는 말 다 떠들어대고 있으니까요. 이미 그런 정보가 입력된 상태에서 스즈카 씨가 무슨 말을 한들 받아들이기 어려우실 겁니다. 자책하실 필요는 없습니다."

테루히사는 아무 말도 하지 않았다. 스스로가 부끄러운지 린코와 시선을 마주치지 못하고 바닥만 내려다보았다.

"스즈카 씨한테 미안하다고 전해 달라는 건 곧 지금은 스즈카 씨를 믿는다는 의미 아닌가요?"

테루히사가 고개를 끄덕였다.

"그럼 저를 통해서가 아니라 테루히사 씨가 직접 하시죠."

"저도 그러고 싶지만… 경찰 조사를 받으러 갔을 때 듣기로는 구금 중에는 접견 금지 결정이 내려질 테니 당분간은 만나기 어려울 거라고 하던데요."

린코는 고개를 끄덕였다. 접견을 마친 후, 린코도 유치장 직원에게 같은 설명을 들었다.

접견 금지 결정이 내려진 피의자는 변호사를 제외한 다른 사람과는 만날 수 없다. 스즈카는 구금이라는 신체적 구속에 더해 의지가 되어 주는 가족들과도 만나지 못한 채 엄청난 불안 속에서 조사를 받고 법정에 서야 하는 것이다.

"그렇게 되면 준항고를 할 생각입니다."

다시 말해 접견 금지 결정에 대한 취소 청구를 하겠다는 말이다.

"살인 같은 중범죄나 피의자가 혐의를 부인하는 사건 같은 경우에는 받아들여지지 않는 경우가 많다고 하던데요…."

역시 기자라 그런지 잘 알고 있는 듯했다. 실제로 접견 금지 결정은 피의자가 혐의를 부인하는 경우에 내려지는 경우가 많고, 이에 대한 취소 청구는 잘 받아들여지지 않았다. 변호사 외 접견을 허용하면 피의자가 접견 온 사람에게 부탁해서 증거 인멸을 꾀할 가능성이 있기 때문이다.

"준항고가 받아들여지지 않으면 일부 해제 신청을 하는 방법이 있습니다."

피의자의 가족 등 특정인에 대한 접견을 허용해 달라고 요청하는 것이다.

"배우자나 부모 등 가까운 가족의 경우에는 일부 취소가 받아들여지기도 하거든요."

"신청은 변호사님께 부탁드리면 되나요?"

"신청은 변호사인 제가 해야 하지만 남편분도 도와주셔야 합니다."

"제가 뭘 하면 될까요?"

"준항고에는 진술서와 서약서를 첨부하게 되어 있습니다. 이번 같은 경우에는 배우자인 테루히사 씨가 쓰는 게 좋을 것 같네요. 반드시 아내를 만나야만 하는 절박한 사정을 최대한 설득력 있게 적어 주시면 됩니다."

"절박한 사정이라니…."

테루히사가 당혹스러운 표정을 지었다.

아이가 있다면 아이를 돌보는 데 필요한 사항을 아내와 상의해야 한다고 주장할 수 있지만 두 사람에게는 아이가 없었다.

"스즈카 씨가 구금되어 남편인 테루히사 씨가 정신적으로나 심적으로 얼마나 힘든지를 구체적으로 적어 주실 수 있을까요?"

"알겠습니다. 장모님 이야기도 포함해서 한번 써 보겠습니다."

"스즈카 씨 어머님이요?"

"네, 원래 지병이 있으신데 스즈카가 체포되었다는 소식을 듣고 충격을 받아서 상태가 더 악화되었다고 아까 연락을 받았습니다."

"어디가 안 좋으신데요?"

"심장이 안 좋으셔서 입퇴원을 반복하고 있습니다."

"어머님 댁은 어디신가요?"

"카와구치시에 살고 계십니다."

"스즈카 씨 아버님은요?"

"스즈카가 중학생 때 교통사고로 돌아가셨다고 들었습니다. 스즈카는 가족에게 부담이 되기 싫어서 고등학교를 졸업하자마자 경찰관이 되었다고 했고요."

"스즈카 씨 형제 관계는 어떻게 되나요?"

"외동입니다. 장모님 옆에 누가 있어 주면 좋았을 텐데…. 장모님이 전화로 스즈카에 대해 자꾸 물어보시는데 저라고 아는 게 있는 것도 아니고 당장은 장모님을 찾아뵙기도 어려운 상황이다 보니…."

"제 쪽에서 연락을 드려 보겠습니다. 어머님 전화번호를 알려 주시겠어요?"

린코의 말에 테루히사가 자리에서 일어나 메모지를 가지러 갔다. 자리로 돌아온 테루히사가 스마트폰 화면을 보며 무언가를 메모지에 옮겨 적더니 린코에게 건넸다. 메모지에는 이이야마 하루에라는 이름과 주소, 전화번호가 적혀 있었다.

"한 가지 여쭤보고 싶은 것이 있습니다만…."

테루히사가 주저하는 기색을 보이며 린코에게 조심스럽게 물었다.

"변호사님은 이런 사건을 많이 다뤄 보셨나요?"

젊은 여자 변호사여서 아무래도 못 미더운 모양이었다.

"형사 사건 변호는 몇 번 맡아 봤지만 솔직히 이렇게 큰 사건은 처음입니다. 피의자가 혐의를 부인하는 사건도 처음이고요."

테루히사의 표정이 어두워졌다.

"변호사님 혼자 이 사건을 담당하시게 되는 건가요?"

"스즈카 씨가 선임한 변호사는 저 혼자입니다. 스즈카 씨는 제가 변호를 맡아 주면 좋겠다고 하셨지만 혹시 경제적으로 여유가 되신다면 다른 변호사를 추가로 선임하시는 걸 추천드립니다. 그렇게 해 주시면 저도 마음이 든든할 것 같네요. 저희 사무실 대표님 같은 경우는 형사 사건을 많이 다뤄 보셨습니다. 대표님이 이 사건을 맡을 수 있을지는 확인해 봐야겠지만 아마 본인이 직접 맡지 못하더라도 다른 좋은 변호사를 소개해 주실 겁니다."

"돈은 어떻게든 마련하겠습니다. 변호에 부족함이 없도록 남편으로서 책임을 다하고 싶습니다."

"알겠습니다. 대표님께 확인해 보겠습니다. 내일도 접견을 갈 예정이니 스즈카 씨에게 전달할 영치품 준비를 부탁드려도 될까요?"

"어떤 걸 준비해야 할까요?"

"우선 갈아입을 옷이 필요할 테고, 유치장은 추우니까 두꺼운 겉옷도 넣어 주시면 좋을 것 같습니다."

테루히사가 자리에서 일어나 어디론가 사라지더니 한참 후에 가방을 손에 들고 돌아왔다.

"기다리시게 해서 죄송합니다. 아내가 좋아하는 옷이 뭔지 몰라서 고르느라 시간이 걸렸습니다. 뭐가 필요한지 말해 주면 찾아서 보내겠다고 스즈카에게 전해 주세요."

테루히사가 린코에게 가방을 건네며 말했다.

"혹시 스즈카 씨가 힘이 날 만한 물건이 있다면 같이 넣어 주시겠어요?"

"힘이 날 만한 물건이요?"

린코가 고개를 끄덕이자 테루히사가 "힘이 날 만한 물건이라…" 하고 중얼거리며 집 안을 둘러보았다. 그러다가 아들과 함께 찍은 가족사진을 보더니 그쪽으로 다가갔다. 액자를 집어 들고 잠시 바라보다가 한숨을 쉬면서 다시 내려놓고는 이쪽을 돌아보며 말했다.

"죄송하지만 딱히 이거다 싶은 게 없네요."

"그 사진은요?"

"오히려 더 우울해지기만 할 겁니다."

테루히사가 쓸쓸한 눈빛으로 말했다.

"내일 변호인 선임서를 제출한 다음 바로 피의자 접견을 가서 더 자세한 이야기를 들어볼 생각입니다."

종이에 메모를 하며 린코의 보고를 듣고 있던 대표 변호사 호소카와가 "알겠습니다" 하고 고개를 끄덕였다.

"그리고 피의자 어머니에게도 마찬가지로 진술서 작성을 부탁해서 준항고 준비에 들어가려고 합니다."

린코가 설명을 마치자 호소카와가 종이에서 시선을 들었다.

"혼자 괜찮겠어요?"

호소카와가 손가락으로 펜을 돌리며 물었다.

"솔직히 좀 불안하긴 합니다. 살인 사건 변호는 처음이고, 이렇게까지 혐의를 전면 부인하는 사건도 경험한 적이 없어서요."

"어려운 싸움이 될 것 같기는 하네요."

호소카와가 손가락으로 펜을 휘리릭 돌리며 미소 띤 얼굴로 말했다.

호소카와는 법정에서는 검사들을 벌벌 떨게 만드는 존재였지만 법정에서 벗어나면 의외로 아이 같은 면이 엿보이는 예순셋의 노련한 변호사였다.

"피의자의 남편은 아내를 위해 변호사 추가 선임을 희망하고 있습니다. 대표님께서 도와주시면…."

"미안하지만 현재로서는 어렵습니다."

호소카와가 재고의 여지가 없다는 듯 단호하게 대답했다.

복수의 사건에 변호인단으로 참여하고 있는 호소카와가 이미 눈코 뜰 새 없이 바쁘다는 사실은 린코도 잘 알고 있었다. 어려울 거라고는 예상했지만 호소카와의 도움을 받을 수 없다는 사실에 린코는 실망감을 감추기 어려웠다.

"다른 사람을 추천해 주실 수 없을까요? 형사 전문 변호사 중에서 이번 사건을 함께 담당해 주실 만한 분으로요."

고개를 숙인 채 고민하던 호소카와가 문득 시선을 들어 창문 쪽을 쳐다보았다. 호소카와의 시선을 따라가자 창가 자리에 앉아 노트북을 보고 있는 니시의 모습이 눈에 들어왔다.

설마….

"니시 변호사는 린코 변호사가 지금 한 얘기에 대해 어떻게 생각하나요?"

"저랑은 상관없는 일이라 안 듣고 있었습니다."

니시가 이쪽을 보지도 않은 채 시큰둥하게 대답했다.

"무슨 그런 마음에도 없는 소리를. 딱 니시 변호사가 좋아할 만한 사건인 것 같은데요."

"농담이 아니라 지금 제가 안고 있는 사건이 열 건이 넘습니다. 그런 사건까지 챙길 여유는 눈 씻고 찾아봐도 없다는 말입니다."

"일이 많은 건 미안하게 생각합니다만, 니시 변호사가 담당하던 마지막 형사 사건이 오늘 마무리되었으니 이제 여유가 좀 생기지 않았나요?"

옆에서 호소카와가 하는 말을 듣고 있던 린코는 불현듯 오늘 공판에서 니시가 성의 없이 변호하던 모습이 떠올랐다.

"저… 대표님, 니시 변호사님은 민사 사건으로 많이 바쁘신 것 같으니 그냥 다른 사무실에 알아보면 어떨까요? 저는 누구라도 상관없습니다."

니시와 함께 스즈카의 변호를 맡는다는 건 상상만 해도 끔찍했다.

"그렇다니까요. 제가 민사에서 열심히 돈을 벌어 오지 않으면 사무실 임대료도 못 내고 대표님도 지금처럼 마음 편히 취미를 즐기실 수 없을 겁니다."

린코의 미간이 확 구겨졌다.

니시가 하는 말은 사실이었다. 호소카와가 다루는 안건은 대부분 국선이라 돈이 되지 않는 사건이 많았다. 하지만 한 건 한 건이 모두 사형이냐 아니냐를 놓고 다투는 수준의 어려우면서도 중요한 사건들이었다. 피의자 입장에서는 생사가 걸린 변호를 취미라고 표현하는 니시를 이해하기 어려웠다.

"대표님, 니시 변호사님 말씀도 일리가 있습니다."

갑자기 들려온 목소리에 린코는 고개를 돌렸다. 사무실 직원인 유카리가 찻잔이 담긴 쟁반을 들고 다가왔다.

"싫어하는 일을 억지로 시키려다가 니시 변호사님이 그만두시기라도 하면 사무실 문을 닫아야 할지도 몰라요."

유카리가 린코와 호소카와 앞에 찻잔을 내려놓은 다음 니시에게도 차를 가져다 주었다.

"그야 그렇지만…."

호소카와가 곤란하다는 듯 머리를 긁적였다.

"대표님, 니시 변호사님 외에 대안이 없다면 제가 알아서 찾아보겠습니다."

이쯤에서 이야기를 끝낼 생각으로 린코가 말했지만, 호소카와는 천천히 차를 마시며 니시에게서 눈을 떼지 않았다.

"니시 변호사의 고용 계약서에는 이렇게 적혀 있었던 것 같은데요. 1

년에 네 번은 제 부탁을 들어주기로요."

린코의 고용 계약서에는 그런 조항이 없었다. 애초에 굳이 횟수를 정해 놓지 않더라도 피고용인인 린코나 니시는 고용주인 호소카와의 지시에 따르는 것이 당연했다.

"그 고용 계약서에는 이렇게도 적혀 있었던 것 같은데요. 1년에 두 번까지는 대표님 부탁을 거절해도 된다고요. 기억하시죠? 제가 올해 들어 대표님 부탁을 거절한 적은 아직 한 번밖에 없습니다."

니시는 냉정하게 대꾸하며 유카리가 가져다 준 차를 마시고 노트북을 덮었다.

"일단 니시 변호사가 피의자를 한번 만나 보고 정하는 게 어떨까요? 올해는 아직 제 부탁을 세 번밖에 안 들어줬으니까요."

니시가 호소카와의 말을 무시한 채 자리에서 일어나 문 쪽으로 걸어 갔다.

"니시 변호사?"

호소카와가 부르자 니시가 문 앞에서 걸음을 멈추었다.

"올해는 아직 두 달이나 남았습니다. 제가 다음에 할 부탁이 이것보다 나으리라는 보장은 없을 텐데요."

니시가 부루퉁한 얼굴로 이쪽을 돌아보았다. 잠시 말없이 호소카와를 노려보다가 옆에 앉은 린코에게 물었다.

"내일 접견 시간은?"

"오후 1시입니다."

"5분 전에 경찰서 안내 데스크에서 보지."

니시가 그대로 뒤돌아서 사무실에서 나갔다.

"대표님, 방금 그건 대체 뭔가요? 계약서가 어쩌고 하는…."

"니시 변호사는 린코 변호사와 달리 일을 가려 받는 경향이 강해서요. 어쩔 수 없이 그런 조건을 달았습니다."

44

"왜 그런 분을 고용하신 거죠?"

린코의 고용 계약은 1년마다 갱신하게 되어 있다. 아마 니시도 마찬가지일 것이다. 피고용인이 고용주의 방침에 따르지 않는다면 계약을 갱신하지 않으면 그만이다.

"우리 사무실에 필요한 사람이니까요."

"민사에서는 뛰어날지 몰라도 형사 변호인으로는 적합하지 않은 것 같은데요. 그냥 적합하지 않은 정도가 아니라 상당히 문제가 있다고 봅니다. 고자질하는 것 같아서 내키지는 않지만… 오늘 니시 변호사님이 담당하는 사건 공판을 보러 갔었는데 대표님도 아셔야 할 것 같습니다."

"니시 변호사에 대한 평판이라면 당연히 저도 알고 있습니다."

"그렇다면…."

"니시 변호사와 함께 일을 하다 보면 린코 변호사도 얻는 게 있을 겁니다."

"그럴까요?"

린코는 회의적인 어투로 반문했다.

"니시 변호사는 형사 사건 관련 경험이 풍부하거든요."

"저는 오늘 공판을 보고 니시 변호사님이 형사 변호를, 아니 피고인을 싫어한다는 인상을 받았습니다. 죄를 지었다고는 하지만 그래도 자기 의뢰인인데…. 아무리 경험이 풍부하다고 해도 그런 변호를 좋아할 피고인은 없을 것 같은데요."

"니시 변호사가 형사 사건의 의뢰인을 싫어하는 건 사실입니다. 특히 자기가 저지른 죄에 대해 반성하지 않는 피의자나 피고인은 더더욱이요. 하지만 감정적으로 무언가를 싫어하는 것과 일을 잘하고 못하는 것은 전혀 다른 문제입니다."

호소카와가 미소를 지으며 말했다.

린코는 호소카와가 하는 말의 의미를 정확하게 파악하기 어려웠다.

04

린코가 거실로 들어가자 할아버지인 겐이치로가 테이블에서 식사를 하고 있었다. 아침부터 기름진 고기 요리에 고봉밥이었다. 매일 새벽 4시에 일어나 린코의 엄마가 전날 밤에 만들어 놓은 주먹밥을 먹는다고 하니 겐이치로에게는 지금 먹는 것이 점심 식사인 셈이었다. 왕성한 식욕이 감탄스러울 정도였다.

"린코, 오늘은 좀 여유가 있나 보구나?"

부엌에서 엄마 목소리가 들렸다.

딱히 여유가 있는 것은 아니었다. 오히려 오늘은 평소보다 더 일찍 일어나서 법원에 제출할 구속 영장 등본 교부 신청서를 작성하고, 접견 금지 결정에 대한 준항고 신청서를 어떻게 만들지 고민하고 있었다.

구속 영장이란 피의자가 어떤 범죄를 저지른 혐의로 신병이 구속되었는지를 밝히는 문서로, 구속 영장에는 피의자와 피해자에 관한 정보 및 사건이 일어난 장소와 시간 등을 적게 되어 있었다.

수사 단계에서는 경찰도 검찰도 사건에 관한 내용을 잘 가르쳐 주지 않았다. 피의자의 주장밖에 들을 수 없는 현재로서는 린코가 사건의 전체상을 파악할 수 있는 유일한 자료가 바로 구속 영장이었다.

가능한 한 빨리 구속 영장을 열람해 그 속에 어떤 내용이 담겨 있는지 확인하고 싶었지만 등본 교부 신청 후 실제 교부까지 2~3일은 걸릴 터였다.

준항고 신청서를 어떻게 쓸지는 오늘 스즈카의 어머니를 만나 이야기를 들어 보고 정할 생각이었다. 무거운 지병을 안고 있다고 하니 접견 금지로 인한 심리적 스트레스로 인해 상태가 더 안 좋아졌다고 호소하면 일부 해제는 가능하지 않을까 싶었다.

엄마가 테이블 위에 린코의 아침 식사를 내려 놓았다.

"엄마, 미안. 나 지금 나가야 돼서 밥 못 먹어."

린코가 말하자 겐이치로가 젓가락질하던 손을 멈추고 이쪽을 보았다.

"밥을 먹어야 일을 제대로 하지. 아침 식사가 제일 중요한 법이야."

할아버지의 말에는 묘한 설득력이 있었다. 전직 판사인 겐이치로는 여든이 넘어서도 여전히 정정했다.

시계를 보니 9시였다. 오늘은 처리할 일이 많아서 마음이 급했지만 아직 30분 정도 시간이 있었다. 체력적으로도 힘든 하루가 예상되니 지금 제대로 먹어 두는 편이 좋을 것 같았다.

린코는 겐이치로 맞은편에 앉아 젓가락을 들었다. 소화가 잘 안 될 것 같은 고기 요리는 피해 계란말이와 다른 반찬 위주로 밥을 먹었다.

"이 간장조림 맛있네."

"소타로가 보내온 거야. 그 지역 특산물이라더라."

린코보다 세 살 많은 오빠 소타로는 결혼해서 네 살짜리 아들이 있었다.

"나고야에도 이렇게 맛있는 음식이 있구나. 나고야 음식은 짜고 기름진 게 많아서 별로라고 생각했는데."

"나고야라니? 너희 오빠 지금 타카사키에 있잖아."

"그랬나?"

소타로는 직업이 판사이다 보니 전근이 잦았다.

"아직은 괜찮지만 아야토가 초등학교에 들어간 후에도 계속 옮겨 다니면 힘들 텐데."

"아야토는 성격이 좋아서 어디를 가도 잘 적응할 거야. 엄마는 고생했지만."

엄마가 자기 아버지인 겐이치로를 슬쩍 쳐다보며 말했다. 겐이치로는 아무렇지도 않은 얼굴로 젓가락을 뻗어 반찬을 집었다.

"네가 지금 오빠네 걱정할 때니? 소타로가 네 걱정 많이 하더라."

"걱정할 게 뭐 있다고. 일만 잘하고 있구만."

"일 얘기가 아니라 나이가 벌써 서른인데 가족한테 소개할 남자친구도 없냐고."

"하여튼 오지랖은."

식사를 마친 린코는 거실로 향했다. 불단 앞에 앉아 아버지의 영정 사진을 보며 합장했다.

아빠, 내가 어떻게 일하는지 똑똑히 지켜봐 주세요.

옷깃에 해바라기 배지를 단 아버지가 린코를 향해 웃는 것 같았다.

린코는 엘리베이터에서 내려 사이타마 지방검찰청 출구 쪽으로 향했다.

방금 변호인 선임서를 제출하고 정식으로 스즈카의 변호인이 되었다. 이제 바로 옆에 있는 법원으로 가서 구속 영장 등본 교부 신청서를 제출해야 했다.

"린코" 하고 부르는 소리에 뒤를 돌아보니 아야가 이쪽으로 걸어오고 있었다.

"여긴 어쩐 일이야?"

아야가 물었다.

"변호인 선임서 제출하고 가는 길이야."

"그랬구나. 무슨 사건인데?"

"타루미 스즈카 씨 사건."

린코가 대답하자 아야의 표정이 딱딱하게 굳었다.

"호소카와 변호사님이랑 함께 맡는 거야?"

아야가 표정을 풀고 다시 물었다.

"그러면 좋았겠지만 다른 사건으로 바쁘셔서 이번 건은 맡기 어려우시대."

"그럼 린코 너 혼자 하는 거야?"

"아직 모르겠어. 나 말고 한 명 더 붙을 수도 있고."

"흠…."

"그건 그렇고 스가와라 검사님은 어떤 분이셔?"

스즈카 사건을 담당하는 검사 이름을 대자 아야가 "글쎄…" 하고 고개를 갸웃했다.

"나는 공판부여서 형사부는 잘 몰라."

"그렇구나."

아무리 부서가 다르다고 해도 공판부와 형사부는 같은 사건을 다루게 되는 경우도 있기 때문에 서로에 대해 모를 리가 없었다.

이쪽은 솔직하게 호소카와 변호사가 붙지 않는다는 사실을 알려 줬는데. 방심했다. 이미 싸움은 시작된 것이다.

"그럼 또 보자."

아야가 가볍게 손을 흔들며 사라졌다.

린코는 분한 마음에 멀어져 가는 아야의 뒷모습을 조용히 노려보았다.

영치품을 접수대에 맡긴 린코는 앞에 놓인 의자에 앉았다. 접견까지 15분 정도 시간이 있었다.

어제는 살인 혐의로 체포된 피의자로부터 의뢰가 들어왔다는 사실에 동요한 나머지 변호인으로서 해야 할 말을 제대로 하지 못했다. 린코는 눈을 감고 스즈카에게 할 말을 머릿속으로 정리해 보았다.

잠시 후 이쪽으로 다가오는 발소리가 들렸다.

고개를 들자 눈앞에 니시가 서 있었다. 어딘지 모르게 익숙하지 않은 느낌이었다. 짙은 남색 양복은 늘 보던 것이었지만, 오늘은 넥타이를 맨 데다가 수염도 깨끗하게 깎여 있었다.

니시가 뭔가 말하기 전에 린코는 자리에서 일어나 계단 쪽으로 향했다.

2층에 있는 유치장 접수 데스크로 가서 서류에 필요 사항을 기입한 후 직원의 안내에 따라 니시와 함께 접견실로 들어갔다. 잠시 기다리자 아크릴판 안쪽 문이 열리더니 스즈카가 들어왔다. 어제와 같은 트레이닝복 상의에 청바지 차림이었다.

스즈카가 이쪽을 보고 멈칫했다. 린코 옆에 있는 니시를 보고 당황한 듯했다. 린코는 스즈카에게 인사하며 니시를 소개했다.

"오늘은 저희 사무실 동료 변호사와 함께 왔습니다. 동석해도 될까요?"

스즈카가 고개를 끄덕였다.

"니시라고 합니다. 잘 부탁드립니다."

온화한 목소리에 옆을 돌아본 린코는 아크릴판 너머를 응시하는 니시를 보고 깜짝 놀랐다. 니시는 지금까지 린코가 한 번도 본 적 없는 따뜻한 눈빛을 하고 있었다.

아크릴판을 사이에 두고 스즈카와 마주 앉았다.

"갈아입을 옷을 넣어 드렸으니 이따가 받아 보실 수 있을 겁니다. 남편분이 어떤 걸 보내야 좋을지 모르겠다고, 더 필요한 게 있으면 알려 달라고 하셨어요."

"남편은⋯ 뭐라고 하던가요?"

스즈카가 기어들어가는 목소리로 물었다.

"어제 제가 스즈카 씨에게 들은 이야기를 그대로 전해 드렸습니다. 남편분이 스즈카 씨와 만나고 싶어 하셔서 접견 금지 결정 해제 신청을 할 예정입니다."

"네…."

스즈카가 힘없이 고개를 숙였다.

"몸은 좀 어떠신가요?"

어제보다 다크서클이 더 진해진 것 같았다.

"딱히 안 좋은 곳은 없는데 잠을 잘 못 자서요. 앞으로 어떻게 될지 불안하기도 하고, 그 외에도 이것저것 신경 쓰이는 일들이 있어서…."

"어머니 상태라든지 말인가요?"

린코가 묻자 스즈카가 어떻게 알았냐는 듯 눈을 크게 떴다.

"남편분께 들었습니다. 지병이 있으시다고요."

스즈카의 눈가가 젖어 들더니 고개를 숙이고 소매로 눈물을 닦았다.

"몸도 안 좋으신데 제 걱정까지 하느라…, 그게 너무 죄송해서…."

"오늘 접견이 끝난 후 어머님을 찾아뵐 생각인데 전할 말씀이 있으신가요?"

"그저… 죄송하다는 말밖에…."

스즈카가 중얼거렸다.

"기왕이면 어머니를 조금이라도 안심시켜 드릴 수 있는 말을 전하는 게 어떨까요?"

스즈카가 고개를 들어 새빨갛게 충혈된 눈으로 이쪽을 쳐다보았다.

"저는 잘못하지 않았다고 전해 주세요. 결과적으로 저 때문에 카노 씨가 죽은 건 사실이지만 달리 방법이 없었다고…."

"만약 저항하지 않았다면 끔찍한 일을 당했을 테니까요. 어머니도 스즈카 씨 마음을 알아주실 겁니다."

스즈카가 고개를 끄덕였다. 실제로 그렇게 믿고 있다기보다는 그랬으면 좋겠다는 바람이 담겨 있는 것 같았다.

"조사 받는 건 어떤가요? 상대가 위압적으로 나오거나 하지는 않나요?"

형사들 입장에서는 경찰 조직의 신뢰를 땅에 떨어뜨린 스즈카를 용서하기 어려울 테니 여느 때보다 훨씬 더 엄격한 조사가 이루어지고 있으리라는 점은 어렵지 않게 짐작이 갔다.

"수사1과 세이치로 형사님은 비교적 친절하게 대해 주는 편이세요."

"아…."

니시가 반응했다.

"왜 그러시죠?"

린코가 묻자 니시는 "아무것도 아닙니다. 계속하시죠"라고 한 다음 입을 다물었다.

"세이치로 형사님은 가끔씩 제 몸 상태라든지 어머니에 대해 물어봐 주기도 하세요. 하지만 관할서 분들은 제가 어제 린코 변호사님께 한 말을 그대로 하면 화를 내며 책상을 내리치기도 하고, 거짓말하지 말라고 옥박지르는 경우가 많아요."

당근과 채찍인가.

"그분들 심정도 이해는 해요. 입장이 반대였다면 저도 똑같이 했을지도 모르니까요. 중범죄를 저지른 경찰관이 경찰에서 생각하는 시나리오에 정면으로 반하는 진술을 한다면…. 세이치로 형사님은 저랑 면식이 있는 사이라서 배려해 주시는 걸 거예요."

"과거에 같은 경찰서에서 근무하셨나요?"

린코가 물었다.

"아니요. 2년쯤 전에 제가 일하던 경찰서 관할구역 내에서 큰 사건이 발생해 특별수사본부가 설치된 적이 있었거든요. 당시 저는 형사과 소속이었기 때문에 사건이 해결될 때까지 수사본부의 일원으로 본청 수사1과 분들과 함께 움직였습니다. 거기 세이치로 형사님도 계셨고요. 이번에 조사 받으면서 다시 만났는데 저를 기억하고 계시더라고요."

"조사 과정은 녹화되고 있나요?"

"매번은 아니고… 세이치로 형사님이 조사를 담당하실 때는 녹화되고 있습니다."

영상녹화된다고 해서 안심할 수는 없었다. 경찰서에서 이루어지는 녹음이나 녹화는 경우에 따라서는 수사 방향에 맞추어 자의적으로 사용될 위험이 있었다. 게다가 난폭한 언동을 일삼는 관할서 형사들이 조사할 때는 아예 녹화를 하지 않는다고 하니 사실상 의미가 없었다.

린코는 가방에서 책자를 꺼내 스즈카에게 보여 주었다.

"이건 피의자 노트라는 겁니다. 영치품 안에도 넣어두었습니다."

형사 사건 피의자가 부당한 대우를 받는 일을 없애기 위해 일본변호사연합회가 만든 것이다.

"저도 예전에 제가 담당했던 사건의 피의자가 가지고 있는 걸 본 적이 있어요. 매일 조사에서 어떤 일이 있었는지 적는 거지요?"

"맞습니다. 스즈카 씨도 앞으로 조사를 받을 때마다 이 노트에 적으세요. 아까 말씀하신 것처럼 윽박지르거나 책상을 내려치는 등 위협 행위가 있었던 경우에는 담당 형사 이름과 함께 최대한 구체적으로 적어두시고요. 조사 과정에 문제가 있다면 제가 그 내용을 바탕으로 항의할수도 있고, 재판에서도 피의자 진술의 신빙성이나 임의성을 다투는 중요한 근거가 됩니다."

"알겠습니다."

"스즈카 씨도 잘 아시겠지만 피의자는 묵비권을 행사할 수 있고, 조서의 서명날인을 거부할 수 있습니다. 제 생각에는 앞으로 조사를 받을 때는 무조건 묵비권을 행사하고 조서에도 서명날인하지 않는 편이 좋을 것 같습니다."

린코의 제안이 의외였는지 스즈카는 바로 대답하지 않았다.

"현재 스즈카 씨는 수사 기관이라는 절대적인 시스템 안에 홀로 놓여 있습니다. 접견하는 동안은 이렇게 저와 이야기를 나눌 수 있지만 조사를 받을 때는 혼자입니다. 형사들은 때로는 위협하고, 때로는 살살 구슬리고, 때로는 스즈카 씨나 가족들을 동정하는 말을 건네기도 할 겁니다. 하지만 그건 모두 자백을 이끌어 내기 위한 수단입니다."

"그건 알겠습니다만… 사건에 관한 내용 이외에도 아무 말도 하지 말라는 건가요?"

"네, 맞습니다. 아마 상대는 변호인인 저를 비방하려고 들 겁니다. 계속 묵비권을 행사하면 재판에서 불리하다, 그런 말을 하는 변호인은 믿으면 안 된다, 이런 식으로요. 그게 안 통한다 싶으면 사건과는 아무 상관도 없어 보이는 이야기를 하면서 어떻게든 말을 시키려고 할 거고요. 하지만 무슨 일이 있어도 넘어가서는 안 됩니다. 그들의 목적은 스즈카 씨와 잡담을 나누는 것이 아니라 어떻게든 스즈카 씨 마음속 틈을 비집고 들어가서 자백을 받아 내는 것이니까요."

스즈카가 고개를 숙였다. 자신이 없어 보였다.

며칠 전까지 자신이 몸담고 있었던 조직이다. 계속해서 주장하면 언젠가는 내 말을 믿어 줄지도 모른다는 희망을 버리기 어려울 것이다.

"저는 변호인으로서 스즈카 씨를 보호하고자 합니다. 그리고 지금 상황에서는 이것이 스즈카 씨를 지키는 최선의 방법이라고 생각합니다. 저를 믿어 주시겠습니까?"

스즈카가 고개를 들고 대답했다.

"알겠습니다."

린코는 스즈카에게 힘껏 고개를 끄덕여 보인 다음 가방에서 수첩과 펜을 꺼냈다.

"사건 당시 상황을 다시 한번 말씀해 주시겠습니까? 어제랑 겹치는 부분도 있겠지만 니시 변호사님은 처음 듣는 이야기라서요."

린코가 부탁하자 스즈카가 니시 쪽을 보았다가 다시 린코를 향해 고개를 끄덕였다.

니시는 스즈카를 똑바로 응시하며 사건이 일어난 경위에 대해 들었다. 스즈카가 이야기를 마치자 니시가 물었다.

"아파트에서 나올 때 마주친 사람은 없었습니까?"

"네, 없었습니다."

스즈카가 고개를 저었다.

"블라우스 단추와 브래지어는 어떻게 하셨죠?"

니시의 다음 질문에 스즈카가 무슨 뜻이냐는 듯 고개를 갸웃거렸다.

"아까 카노 씨가 스즈카 씨 블라우스 단추를 세 개 정도 풀고 브래지어도 풀었다고 했는데 그 상태로 집에 돌아가지는 않았을 것 같아서요."

니시가 천천히 다시 설명하자 스즈카가 그제야 이해했다는 표정을 지었다.

"아파트를 벗어날 때까지는 그런 걸 신경 쓸 겨를이 없었지만 역 쪽으로 걸어가다가 문득 깨닫고 그늘진 곳에 들어가서 고쳐 입었습니다."

"편의점 휴지통에 칼을 버리기 전입니까, 후입니까?"

"잘 모르겠습니다."

스즈카가 대답하자 니시가 작게 한숨을 내쉬었다.

"블라우스 단추를 다시 채우기 전에 길에서 마주친 사람은 없었습니까?"

니시가 계속해서 물었다.

블라우스를 풀어헤친 스즈카의 모습을 목격한 사람이 있다면 지금까지 스즈카가 한 말의 신빙성이 높아진다. 보통 편의점에는 CCTV가 몇 대씩 설치되어 있다. 스즈카가 옷매무새를 가다듬은 것이 칼을 버린 후라면 그 모습이 편의점 CCTV에 찍혔을 수도 있었다.

"모르겠습니다."

스즈카가 고개를 저었다.

"아파트는 어느 정도 규모였나요? 지은 지 얼마나 되어 보이던가요? 공동 현관은 비밀번호를 누르고 들어가게 되어 있었나요?"

린코가 물었다.

"한 층에 대여섯 세대 정도 되는 그리 크지 않은 아파트였습니다. 공동 현관은 따로 비밀번호를 누르고 들어가는 타입은 아니었고요. 잘은 모르겠지만 상당히 오래전에 지어진 건물 같아 보였습니다. 5층짜리 아파트인데 엘리베이터가 없었으니까요."

그 정도 정보만 가지고 사건 현장이 어디인지 찾는 것은 불가능에 가까웠다. 접견 오기 전에 청구한 구속 영장 등본이 발급되기를 기다리는 수밖에 없어 보였다. 엘리베이터도 공동 현관 비밀번호도 없는 아파트라면 CCTV가 설치되어 있을 가능성도 희박했다.

"그렇군요…."

린코가 낙담한 이유를 짐작했는지 스즈카의 표정이 어두워졌다.

"왜 바로 경찰에 신고하지 않으셨죠?"

니시의 질문에 스즈카가 그쪽으로 고개를 돌렸다.

"니시 변호사님이 무슨 말을 하시려는 건지는 압니다. 저도 후회하고 있습니다. 왜 그때 신고하지 않았는지, 바로 신고했더라면 일이 이 지경까지 되지는 않았을 텐데…. 하지만 그때는 신고할 생각을 하지 못했습니다."

"내가 한 짓이 있으니까?"

그 말에 반발심을 느꼈는지 스즈카가 니시를 노려보며 입술을 꽉 깨물었다가 천천히 고개를 끄덕였다.

"…네. 아무리 남녀 관계가 아니었다고는 해도 제가 호스트바에 다닌 것도, 카노 씨 집에 따라간 것도 사실이니까요. 남편과 직장 사람들이 제 말을 믿어 줄지 자신이 없었습니다. 그리고 제가 경찰을 찾아가서 사실대로 말한다고 해도 카노 씨가 그 사실을 순순히 인정할 거라고는 단

56

언할 수 없으니까요. 칼에는 제 지문도 묻어 있으니 카노 씨가 저를 덮치려고 한 게 아니라 치정 싸움 끝에 제가 카노 씨를 찌르려고 했다고 주장할 수도 있겠다 싶었습니다."

린코는 아크릴판 너머의 스즈카를 보면서 동시에 아크릴판에 비친 니시의 얼굴을 살폈다. 니시는 눈도 한 번 깜빡이지 않고 스즈카를 응시하고 있었다.

스즈카에 대해 어떻게 생각하고 있는지 표정만 봐서는 알 수가 없었다. 다만 따뜻하지도 차갑지도 않은 눈빛에서 스즈카가 하는 말의 진위를 가리고자 하는 강한 의지가 느껴졌다.

"…어찌 됐든 이 사건이 세상에 알려지면 일을 그만두어야 할지도 모르겠다는 생각이 들었습니다. 저는 고등학교를 졸업하자마자 바로 경찰관이 되었기 때문에 다른 일을 찾기도 쉽지 않을 것이고, 설령 찾는다고 하더라도 지금보다 조건이 더 좋기는 어려울 테니까요."

"급여 면에서 말인가요?"

린코가 묻자 "그것도 있지만" 하고 스즈카가 대답했다.

"언젠가는 저 혼자 어머니를 보살펴야 하니까요. 그런 점에서 공무원이라는 안정된 직장을 포기하고 싶지 않았습니다."

"남편분이 계시잖아요."

린코의 말에 스즈카가 쓸쓸한 미소를 지었다.

"언제 이혼을 당해도 이상하지 않은 상황이라서요…. 그리고 무엇보다 제가 경찰에 신고하지 않은 가장 큰 이유는 설마 그것 때문에 카노 씨가 죽을 거라고는 생각조차 하지 못했기 때문입니다. 죽을 수도 있겠다 싶었으면 뭔가 다른 행동을 취했을 겁니다. 그런 상태로 죽으면 경찰이 철저하게 조사할 게 불 보듯 뻔하니까요. 그건 제가 누구보다 잘 알고 있습니다."

"카노 씨가 현장에서 사망했거나 사망할지도 모르는 상황이라고 느꼈다면 경찰에 신고했을 거라는 말씀이시군요."

"맞습니다. 하지만 그럴 가능성은 전혀 없어 보였기 때문에 그대로 도 망친 겁니다. 카노 씨는 자기가 한 짓이 있으니 경찰에 신고할 것 같지는 않았고, 제 정체도 모르니 앞으로 토코로자와역 근처에만 가지 않으면 괜찮을 거라고 생각했습니다."

"그런데 다음 날 뉴스에서 카노 씨의 사망 소식을 접하셨고요."

스즈카가 고개를 끄덕였다.

"자수할 생각은 안 하셨나요?"

"물론 했습니다. 아까도 말씀드렸지만 경찰의 수사력이 어느 정도인지 제가 누구보다 잘 알고 있으니까요. 언제 체포당해도 이상하지 않다고 생각했습니다. 하지만 자수는 할 수 없었습니다. 어머니를 힘들게 하고 싶지 않았거든요. 결국은 이렇게 되었지만…."

스즈카가 깍지 낀 손에 힘을 주며 고개를 숙였다.

"사건 개요는 대강 이해했습니다. 스즈카 씨에게 한 가지 말씀드리고 싶은 것이 있습니다."

린코가 말하자 스즈카가 고개를 숙인 채 "뭐죠?" 하고 물었다.

"이대로 살인 혐의로 기소당하면 어려운 재판이 될 겁니다. 저는 이번 처럼 혐의를 부인하는 사건이나 살인 같은 중대 사건을 아직 한 번도 다뤄 본 적이 없습니다. 물론 스즈카 씨의 주장이 받아들여지도록 최선 을 다할 계획이지만 저 말고도 변호인을 추가로 선임하시는 편이 좋을 것 같습니다. 남편분은 스즈카 씨에게 도움이 된다면 그렇게 해 달라고 동의하셨습니다."

스즈카가 고개를 들어 젖은 눈으로 니시를 쳐다보았다.

"니시 변호사님이 함께 맡으신다는 건가요?"

"스즈카 씨와 니시 변호사가 변호인 추가 선임에 동의하면 그렇게 하 려고 합니다."

"제가 하는 말을 믿어 주신다면… 꼭 좀 부탁드리겠습니다."

스즈카의 대답을 듣고 린코가 니시 쪽으로 시선을 옮기며 물었다.

"니시 변호사님 생각은 어떠세요?"

"알겠습니다. 기꺼이 받아들이겠습니다. 다만 변호인 수임에 앞서 스즈카 씨에게 부탁드리고 싶은 것이 있습니다."

"네, 말씀하세요."

"앞으로 저희한테는 진실만을 말씀하셔야 합니다."

스즈카가 눈썹을 살짝 찡그렸다. 거짓말할 생각도 없는데 괜한 의심을 받아 불쾌한 듯했다.

"설령 상대가 잘못했다 하더라도 피해자는 이미 죽었습니다. 카노 씨는 더 이상 아무런 변명도 주장도 하지 못합니다. 그러니 스즈카 씨에게는 진실을 말할 책임과 의무가 있다고 생각합니다. 진실만을 말하겠노라고 약속해 주신다면 저는 스즈카 씨 변호에 최선을 다하겠습니다."

잠시 니시를 쳐다보던 스즈카가 "알겠습니다. 그렇게 하겠습니다"하고 고개를 끄덕였다.

"정말 그걸로 괜찮겠어?"

출구 쪽으로 걸어가는데 등 뒤에서 니시가 말했다.

"그거라니요?"

린코가 뒤를 돌아보며 물었다.

"묵비권을 행사하라는 거 말이야."

"그게 왜요? 법으로 정해진 권리잖아요."

"좋은 방법은 아닌 것 같은데."

니시의 말에 발끈해서 바로 반박하고 싶었지만 일단은 참았다. 린코는 경찰서를 나와 조금 걷다가 이윽고 발걸음을 멈추고 니시를 노려보며 말했다.

"기소될 때까지 수사 기관에서는 이쪽에 아무런 정보도 알려 주지 않잖아요. 무슨 증거가 있어서 체포했는지조차도요. 상대방의 수를 전혀 읽을 수 없는 상황에서 피의자가 말을 해서 좋을 게 없죠. 유도 신문에 넘어가서 저쪽에 유리한 조서가 만들어지기라도 하면 재판에서 그걸 뒤집는 건 불가능에 가깝다고요. 묵비권 행사는 변호인으로서 당연한 전략 아닌가요?"

"과연 그럴까?"

니시가 코웃음을 치며 발걸음을 옮겼다.

"니시 변호사님은 정말로 스즈카 씨를 변호할 생각이 있는 건가요?"

니시의 뒤를 쫓으며 린코가 물었지만 대답은 돌아오지 않았다.

"앞으로 저희한테는 진실만을 말해 달라니, 굳이 그런 말을 할 필요가 있나요? 자기가 하는 말을 믿어 주지 않는다고 스즈카 씨에게 불신감만 심어준 것 같은데요."

"인간은 원래 거짓말을 하는 동물이야."

니시가 이쪽은 보지도 않고 말했다.

"그래도 피의자가 하는 말을 믿어 주는 게 변호인이 할 일 아닌가요? 경찰도 검찰도, 어쩌면 가족들까지도 의심의 눈초리로 쳐다보는 피의자를 유일하게 믿어 주는 사람이 변호인이잖아요."

"상대가 하는 말을 진실이라고 생각하지 않으면 제대로 된 변호는 불가능해. 그래서 처음에 말해 두었을 뿐이야."

니시의 말에 린코는 불안함을 느꼈다.

피의자가 거짓말을 한다고 느낀 순간이 지금까지 한 번도 없었던 것은 아니다. 린코뿐만 아니라 변호인이라면 누구나 한 번쯤 경험해 봤을 것이다. 그렇다고 해서 피의자의 이익에 반하는 일을 하는 변호인은 없다. 하지만 니시라면 할지도 몰랐다.

"대표님이 시켜서 어쩔 수 없이 맡으신 거라면 아직 안 늦었으니까 빠지서도 돼요."

솔직히 혼자는 불안했지만 방해자가 있는 것보다는 나았다. 정 어렵겠다 싶으면 다른 사무실 변호사에게 도와 달라고 하는 방법도 있었다.

"내 입으로 한다고 했으면 하는 거야. 이제 어떻게 할 건데?"

니시가 물었다.

"스즈카 씨 어머니를 만나러 갈 거예요."

"주소는?"

"카와구치요."

어젯밤에 스즈카의 어머니인 하루에에게 전화를 걸어 오늘 오후 5시에 만나기로 약속을 잡았다.

"혹시 다른 일 있으시면 저 혼자 가도 돼요."

"같이 가."

린코는 저도 모르게 새어 나오는 한숨을 삼키고 역을 향해 발걸음을 옮겼다.

스마트폰으로 지도를 확인하며 걷다 보니 목적지에 도착했다. 지은 지 오래되어 보이는 2층짜리 빌라였다. 계단 옆에 '코포 미츠이'라는 팻말이 걸려 있었다.

"여기네요."

린코가 앞장서서 1층 복도를 걸어갔다. 메모에 적힌 103호 앞에서 걸음을 멈추었다. 현관문 옆에 손글씨로 '이이야마'라고 적힌 빛바랜 문패가 붙어 있었다. 초인종을 누르려다가 멈칫하고 니시를 돌아보았다.

"스즈카 씨 어머니는 심장이 안 좋으시답니다. 말할 때 조심해 주세요."

니시는 대답하지 않았지만 린코는 니시가 충분히 알아들었을 거라 믿고 초인종을 눌렀다. 잠시 후 집 안에서 "누구세요?" 하고 가느다란 여자 목소리가 들렸다.

"어제 전화 드렸던 모치즈키 린코 변호사입니다."

현관문이 열리고 흰머리가 섞인 초로의 여성이 얼굴을 내밀었다."스즈카 씨 어머니 되시나요?"

여자가 힘없이 고개를 끄덕이며 파리한 얼굴로 린코의 옆을 쳐다보았다.

"저는 같은 사무실에서 일하는 니시 변호사입니다. 린코 변호사와 함께 스즈카 씨 변호를 맡게 되었습니다."

"그러시군요…. 힘드시겠지만 아무쪼록 잘 부탁드립니다."

하루에가 린코와 니시에게 고개 숙여 인사한 다음 두 사람을 안으로 들였다. 현관을 들어서자마자 작은 부엌이 있었다. 불은 켜져 있지만 전체적으로 실내가 어두웠다. 부엌 안쪽으로 방이 두 개 있었다. 하루에가 그중 한쪽의 장지문을 열고 들어가 "누추하지만 앉으세요" 하고 방석을 권했다.

린코는 니시와 나란히 앉아 방 안을 둘러보았다. 십수 년 전에 인기 있었던 아이돌 가수의 포스터가 붙어 있었다. 과거 스즈카가 쓰던 방인 듯했다.

벽 앞에 놓인 불단이 눈에 들어왔다. 하루에의 남편으로 보이는 남자와 히비키의 영정 사진이 나란히 놓여 있었다.

잠시 앉아서 기다리니 하루에가 차를 내왔다.

"감사합니다. 바로 본론으로 들어가서 오늘은 어머니께 스즈카 씨에 대해 여쭤보고자 합니다."

린코가 말하자 하루에가 쟁반을 방바닥에 내려놓고 맞은편에 앉더니 근심스러운 얼굴로 물었다.

"스즈카는 좀 어떤가요? 건강은…."

"건강은 괜찮아 보였습니다. 다만 걱정되는 일이 많아서 잠을 거의 못 자고 있다고 하네요. 스즈카 씨는 어머니를 많이 걱정하고 있었습니다."

"어젯밤에 사위한테 전화가 와서 대충 이야기는 들었습니다. 스즈카 때문에 상대방이 죽은 건 사실이라고….”

하루에가 고통스러운 표정으로 고개를 떨구었다.

“스즈카 씨가 술병으로 상대의 머리를 때린 것은 사실이라고 합니다. 하지만 스즈카 씨 말에 따르면 그럴 수밖에 없는 상황이었던 것 같습니다. 만약 스즈카 씨가 저항하지 않았다면 무슨 짓을 당했을지 모릅니다.”

“아무리 그래도 호스트바 같은 곳에 드나들다니…. 남편이 버젓이 있는데….”

“물론 칭찬받을 일은 아니지만 스즈카 씨 나름대로 부부 관계나 직장 생활에서 스트레스가 많이 쌓였던 것 같습니다. 남편 몰래 바람을 피우려고 한 것이 아니라 그냥 아무도 자기를 모르는 곳에서 스트레스를 해소하고 싶었던 게 아닐까요?”

“사위는 정말 좋은 사람입니다. 8년 전에 스즈카와 결혼한 이후 저를 많이 챙겼고, 종종 선물을 사 들고 찾아오곤 했어요. 5년 전 제가 병에 걸렸을 때는 좋은 의사가 있는 병원을 알아봐 주기도 하고, 일을 못 하게 된 저를 위해 같이 살자고 말해 주기도 했고요.”

“왜 같이 살지 않으셨죠?”

“마음은 고마웠지만 제가 거절했어요. 남편이 가고 15년 넘게 여기서 살았기 때문에 이 동네에서 떠나고 싶지 않았는데 그 아이들은 코테사 시에 아파트를 구입한 지 얼마 되지 않아서 이쪽으로 옮겨 오기 어려운 상황이었거든요. 게다가 장모랑 같이 살면 사위가 여러모로 불편할 테니까요. 남편이 죽고 스즈카에게는 못 해 준 게 많아요. 대학에도 못 보내 줬고…. 겨우 자기 손으로 찾은 행복을 저 때문에 망치게 하고 싶지 않았어요. 그런데 제가 동거를 거절하니까 사위가 그럼 스즈카의 월급 중 절반을 제 생활비로 보내 드리자고 했다네요. 배우자 부모를 위해 그렇게까지 하는 사람은 많지 않을 거예요.”

아마 그 당시에는 부부 사이도 좋았을 것이다. 테루히사는 아들인 히비키의 죽음을 계기로 사이가 멀어졌다고 했다.

린코가 무의식중에 불단 쪽을 쳐다보자 하루에의 시선이 따라 움직였다.

"히비키가 살아 있었으면 이런 일도 없었을 텐데….'

불단을 쳐다보며 하루에가 안타깝다는 듯 중얼거렸다.

"히비키는 어쩌다 죽었나요?"

테루히사에게는 자세히 물어보지 못한 질문을 던지자 하루에가 이쪽을 보며 대답했다.

"급성 경막하 출혈이었어요. 두개골 안쪽에서 뇌를 둘러싼 막과 뇌 사이에 피가 고여서 뇌를 압박하는 상태였대요. 스즈카 말로는 히비키랑 둘이 집에 있을 때 갑자기 히비키가 토를 하고 정신을 잃어서 깜짝 놀라 구급차를 불렀다고 했어요. 하지만 결국 그날 밤을 넘기지 못하고 죽었고요. 두부 외상으로 인해 발생하는 경우가 많다고 하는데 스즈카는 전혀 짚이는 데가 없다고 했어요. 아마 스즈카가 잠깐 눈을 뗀 사이에 히비키가 넘어져서 어딘가에 머리를 부딪친 게 아닌가….'

"히비키가 죽은 날이 언제였는지 기억하시나요?"

"2014년 10월 26일 오후 11시 48분이었습니다."

"어머니가 스즈카 씨와 마지막으로 만난 것은 언제였습니까?"

갑자기 니시가 끼어들어 물었다.

"사건이 일어나기 일주일 전 주말이었습니다."

"그날 뭔가 이상하다고 느낀 점은 없었습니까?"

"구체적으로 어떤 걸 말씀하시는 건지….'

하루에가 당혹스러운 표정으로 니시에게 되물었다.

"평소보다 기운이 없었다거나, 말 못할 고민이 있어 보였다거나, 평소에 안 하던 짓을 했다거나….'

니시가 왜 이런 질문을 하는지 린코는 이해가 가지 않았다. 이번 사건은 돌발적인 사고에 가까웠다. 우연히 길에서 만난 두 사람이 함께 카노의 집으로 갔고, 스즈카를 덮치려던 카노가 몸싸움 과정에서 머리를 잘못 맞아 죽은 것이다. 사건 발생 전 스즈카의 상태는 사건과 아무런 상관이 없지 않은가.

아니면 니시는 이번 사건이 돌발적으로 발생한 것이 아니라고 보는 걸까.

"딱히 평소와 다른 점은 없어 보였습니다만…. 여기 와서 두 사람의 영정 사진 앞에서 합장하고 밥을 지어서 저와 함께 저녁을 먹고 돌아갔어요."

"여기 오면 보통 무슨 이야기를 했습니까?"

니시가 계속해서 물었다.

"제 건강에 관한 얘기가 제일 많았고, 그 외에는 일 얘기라든지…. 히비키가 죽고부터 가족 얘기는 입에 올리지도 않았어요. 언젠가 제가 아이를 다시 가지면 어떻겠냐고 물어본 적이 있는데 도저히 그럴 마음이 들지 않는다며 고개를 젓더라고요. 그 후로는 저도 더 이상 그 얘기는 꺼내지 않았고요."

"스즈카 씨는 자기가 하는 일을 좋아했나요?"

린코가 물었다.

"부모라서 더 그렇게 느끼는 것도 있겠지만 스즈카는 어릴 때부터 정의감이 강한 아이였어요. 일에 대한 사명감이라든지 자부심도 있었던 것 같고요. 다만 히비키가 죽고부터는 아이를 잃은 슬픔을 잊기 위해 일에 몰두하는 것처럼 보이기도 했달까…. 재작년 봄인가에 염원하던 형사과로 배속되었다고 굉장히 좋아했는데 저는 왠지 보고 있기 안쓰럽더라고요."

물론 히비키를 잃은 슬픔을 잊으려는 측면도 있었겠지만, 스즈카가 일에 몰두한 것이 단지 그 때문만은 아니지 않았을까.

안정된 일자리를 잃을 수는 없다. 아들을 잃은 슬픔 때문에 당장이라도 무너져 내릴 것만 같았겠지만 어머니를 생각하며 어떻게든 버텼을 것이다. 바로 그 이유 때문에 카노의 집에서 나온 후에 경찰에 신고도 하지 못하고 지금 같은 최악의 사태를 초래하게 된 것이리라.

하지만 이 사실을 알면 하루에는 더 큰 상처를 받을 것이 분명했다.

"사건이 일어난 날…."

하루에가 중얼거리는 소리에 린코는 시선을 들었다.

"네?"

"사건이 일어난 날, 스즈카가 제 핸드폰으로 전화를 했어요."

린코가 화들짝 놀라 물었다.

"그게 몇 시쯤이었죠?"

"오후 3시 좀 지나서였을 거예요."

린코는 저도 모르게 니시와 얼굴을 마주 보았다. 거의 사건 직후라고 할 수 있는 시간대였다.

"전화해서 뭐라고 하던가요?"

린코가 다시 하루에를 쳐다보며 물었다.

"지금 집이냐고 묻길래 제가 친구랑 이케부쿠로에 뭐 좀 사러 나왔다고 하니까 '다시 연락할게' 하고 바로 끊더라고요. …어쩌면 그런 사건을 일으키고 이제 어떻게 하면 좋을지 제게 물어보고 싶었던 게 아닐까요? 만약 제가 그때 바로 다시 전화를 걸었더라면, 그래서 이야기를 들어 주었더라면 경찰에 자수하러 갔을지도…."

하루에가 말을 맺지 못하고 고개를 떨구었다.

05

요코카와가 이쪽으로 다가왔다.

"방금 들어온 팩스입니다."

히나타 세이치로는 요코카와가 내미는 종이를 받아 들었다. 종이에는 '피의자 신문 영상녹화 신청서'라고 적혀 있었다. 경찰 및 검찰 담당자들에게 타루미 스즈카 피의자 조사의 전 과정을 녹음 및 녹화할 것을 요구하는 내용이었다. 변호인란에는 모치즈키 린코라고 적혀 있었다.

세이치로는 어떻게 대응해야 할지 고민하며 신토코로자와 경찰서에 설치된 수사본부를 한 바퀴 둘러보았지만 코이데 계장의 모습은 보이지 않았다.

"내가 나중에 계장님께 전해 드릴게."

요코카와가 자기 자리로 돌아간 후, 세이치로는 잔뜩 찌푸린 얼굴로 다시금 종이를 들여다보았다.

당돌한 어린 여자라고만 생각했는데 역시 호소카와 법률사무소 소속 변호사라고 할 만했다.

어제 오후 조사 때부터 스즈카는 묵비권을 행사하기 시작했다. 사건과 상관없는 잡담을 나누려고 해도 입도 뻥끗하지 않았다. 오늘 오전 조사 때도 마찬가지였다.

주머니 안에서 진동이 울려 스마트폰을 꺼내 들었다. 코이데 계장이었다.

"네, 계장님."

전화를 받자 코이데가 말했다.

"지금 바로 응접실로 좀 와 주겠나?"

"알겠습니다."

세이치로는 전화를 끊고 방을 나섰다. 계단을 내려가 응접실로 향했다. 노크하고 안에서 "네" 하고 대답하는 소리를 확인한 다음 문을 열고 안으로 들어갔다. 츠보우치 관리관과 코이데 계장 맞은편에 앉은 스가와라가 이쪽을 돌아보았다.

담당 검사가 직접 여기까지 왕림한 것을 보니 수사에 진전이 있는지 어지간히 신경이 쓰이는 모양이었다.

"앉지."

츠보우치의 말에 세이치로가 코이데 옆자리에 앉자 스가와라가 몸을 앞으로 내밀었다.

"현재 조사는 어떤 상황입니까?"

스가와라가 단도직입적으로 물었다.

"피의자가 어제 오후부터 묵비권을 행사하기 시작했습니다. 아마도 변호인이 그렇게 하라고 시킨 것 같습니다."

세이치로는 가지고 있던 종이를 테이블 위에 내려놓았다. 영상녹화 신청서를 본 세 사람의 표정이 동시에 일그러졌다.

"과연 호소카와 변호사 쪽 사람답군요."

스가와라가 코웃음을 치며 말했다.

"이 변호사는 어떤 사람이죠?"

코이데가 묻자 스가와라는 딱히 할 말이 생각나지 않는다는 듯 잠시 고민하다가 입을 열었다.

"3개월 전까지 도쿄에서 일하던 변호사라서 사이타마 지법에서 담당한 사건은 아직 한 건밖에 없습니다. 공판에서 만난 검사 말에 따르면 특별히 우수하지도 않고 무능하지도 않은 변호사라고 합니다."

"호소카와 변호사가 함께 담당할 가능성은 없을까요?"

츠보우치가 물었다.

"아직까지 호소카와 변호사의 변호인 선임서는 제출되지 않았습니다. 여기저기 관여하고 있는 사건이 많아서 이 사건까지 맡을 여유가 없을 겁니다. 오늘 아침에 니시 다이스케라는 변호인이 추가로 선임되었다는 연락이 왔습니다."

그 말에 반응한 세이치로가 옆에 앉은 코이데를 쳐다보았다.

"니시 다이스케라…."

코이데가 중얼거렸다. 어디선가 들어본 이름이라고 생각하면서도 정확히는 기억하지 못하는 모양이었다.

"니시 변호사는 검사님이 아시는 분인가요?"

코이데의 질문에 스가와라가 "유명한 분이지요" 하고 과장된 웃음을 지어 보였다.

"말도 안 되는 변호를 하는 걸로 유명한 변호사입니다. 모치즈키 린코라는 변호사에 관해서는 워낙 정보가 없어서 뭐라 말씀드리기 어렵지만, 니시 변호사라면 걱정하지 않아도 될 것 같습니다."

세이치로는 호탕하게 웃는 스가와라를 무표정한 눈빛으로 가만히 바라보았다.

니시를 얕잡아 보면 안 될 텐데….

"뭐 어디까지나 기소를 하게 된다면 그렇다는 겁니다만."

스가와라는 사이타마 지법 검사들 중에서도 신중한 판단을 내리기로 유명했다. 말하자면 검찰 유죄율 99.9%를 유지하기 위한 파수꾼이라고 할 수 있는 인물로, 조금이라도 불리한 정황이 포착되면 기소를 유예했다.

"이렇게 확실한 정황 증거가 있는데 기소하지 않을 가능성이 있다는 말씀이십니까?"

츠보우치가 스가와라의 발언에 불쾌감을 내비쳤다.

"현직 경찰관이 저지른 살인이라는 점에서 세간의 관심이 뜨거운 사건입니다. 언론 보도도 과열 양상을 보이고 있는 만큼 일단 기소하면 절대로 질 수 없는 사건이라는 말입니다. 그건 검찰뿐만 아니라 경찰도 마찬가지일 텐데요."

"그건 그렇지만…."

츠보우치가 말꼬리를 흐렸다.

"만약 기소하게 된다면 히무로 검사와 아야 검사가 공판을 맡게 될 겁니다."

히무로라는 이름은 들은 적이 있었다. 공판부의 에이스라고 불리는 30대 후반의 남자 검사였다.

"아야 검사님은 어떤 분인가요?"

츠보우치도 히무로에 대해서는 알고 있는지 다른 한 명에 대해 물었다.

"아주 우수한 6년 차 여자 검사입니다. 히무로 검사에게 든든한 원군이 되어 줄 겁니다."

대답을 마친 스가와라가 세이치로를 향해 미소를 지으며 말했다.

"형사님 소문은 익히 들어 잘 알고 있습니다. 피의자 자백을 받아 낼 수 있을 것 같습니까?"

세이치로는 스가와라를 마주 보았다.

지금까지 모인 증거만으로도 스즈카가 하는 말이 거짓이라고 단언할 수 있었다. 세이치로의 동물적인 후각도 스즈카가 범인이라고 말하고 있었다.

"기한까지 검찰에 넘길 새로운 선물을 준비하겠습니다."

세이치로가 스가와라를 똑바로 쳐다보며 대답했다.

코이데와 함께 본부로 걸어가는데 등 뒤에서 누군가가 "세이치로 주임님" 하고 불렀다. 세이치로는 발걸음을 멈추고 뒤를 돌아보았다. 요코카와가 이쪽을 향해 뛰어오고 있었다.

"조금 전 스즈카 피의자의 접견이 끝났습니다."

요코카와가 말했다.

"그래? 금방 갈 테니까 조사 준비 좀 부탁해."

"알겠습니다."

요코카와가 유치장 쪽으로 사라지고, 세이치로는 다시 코이데와 나란히 걸음을 옮겼다. 자연스럽게 창문 밖으로 시선이 움직였다. 역을 향해 걸어가는 두 남녀의 모습이 보였다.

니시 다이스케. 설마 이런 형태로 다시 마주하게 될 줄이야.

"…아까 그 건은 어떻게 하는 게 좋으려나."

옆에서 들려온 목소리에 세이치로는 창문에서 시선을 거두어 코이데를 쳐다보았다.

"영상녹화신청 말씀입니까?"

"응."

"상대가 원하는 대로 해 줘도 될 것 같습니다."

세이치로의 대답이 의외였는지 코이데가 눈썹을 치켜올렸다.

"우선은 피의자 입을 여는 것이 중요하니까요. 신문 전 과정을 영상녹화하면 경계심이 조금은 누그러들지도 모릅니다."

"하지만 그렇게 하면 당근과 채찍 중 채찍을 사용할 수 없게 되잖아."

"위압적인 조사가 불가능해지는 건 사실이지만… 저한테 한번 맡겨 봐 주시겠습니까?"

억지로 입을 열게 만들지 않아도 스즈카와 대화를 나누다 보면 파고 들 틈을 발견할 수 있지 않을까.

"그렇게 해. 그나저나 니시라는 변호인과는 아는 사이인가?"

"그건 왜….."

"그 이름이 나왔을 때 자네 표정이 좀 이상했거든."

"우리 동료였던 남자입니다."

세이치로가 담담한 말투로 대답하자 코이데가 놀란 표정을 지었다.

"동료라니….., 전직 경찰관이라고?"

세이치로가 고개를 끄덕였다.

"어쩌다 경찰이 변호사가 된 거야?"

"아케가와 사건 때문에요."

세이치로의 말에 코이데가 헉하고 숨을 들이마셨다.

"그런가, 그가….."

코이데가 굳은 얼굴로 중얼거렸다.

06

"몸은 좀 어떠세요?"

린코가 묻자 아크릴판 너머 스즈카가 작게 한숨을 내쉬었다.

"그다지 좋지는 않네요. 잠을 못 자서 그런가 머리는 멍하고 몸도 무겁고…. 하루가, 24시간이 이렇게 길다는 걸 처음 알았어요."

체포된 지 6일째였다. 슬슬 첫 번째 고비가 찾아올 시기였다. 체포와 구금이라는 비일상적인 상황에 놓여 심신의 피로가 정점에 달하는 시기. 면역력이 떨어지면 사소한 계기로도 감기에 걸리기 쉬워지듯이 이 상태가 길어지면 형사의 유도 신문에 넘어가 사실이 아닌데도 인정해 버릴 가능성이 높았다. 긴장을 늦추지 않도록 조심할 필요가 있었다.

"경찰 조사는 어떤 상황인가요?"

린코가 몸을 앞으로 기울이며 물었다.

"린코 변호사님이 말씀하신 대로 그저께 오후부터 아무 말도 안 하고 있어요."

"형사들 태도는 어떤가요? 억지로라도 말하게 하려고 스즈카 씨에게

험한 말을 하거나 위압적인 태도를 취하지는 않나요?"

"그렇지는 않아요. 제가 갑자기 묵비권을 행사해서 당황한 것 같기는 한데…."

"다행이네요. 실은 오늘은 안 좋은 소식이 하나 있습니다."

린코가 자세를 고쳐 앉으며 말하자 "뭐죠?" 하고 스즈카가 불안한 표정으로 물었다.

"접견 금지 결정에 대한 준항고가 기각되었습니다."

"그런가요…."

스즈카는 생각만큼 낙담한 것 같아 보이지는 않았다.

"어쩔 수 없죠. 혐의를 부인하는 피의자의 경우에는 받아들여지지 않을 확률이 높다고 하니까요."

스즈카의 말대로였다. 법적으로 올바른 운용이라고 보기는 어려웠지만 사실상 접견 금지 결정은 피의자가 혐의를 부인하는 사건에 내려지는 경우가 많았고, 피의자가 계속해서 혐의를 부인하고 있는데 접견 금지 결정이 취소되는 경우는 거의 없었다.

"아직 포기하기는 이릅니다. 이번에는 일부 해제를 신청해 보려고 합니다. 접견 가능한 사람과 날짜, 시간을 한정해서 받아들여지는 경우도 있거든요. 어머니와 남편분, 빨리 만나고 싶으시죠?"

스즈카가 망설이는 기색을 보이며 조심스럽게 고개를 끄덕였다.

스스로 떳떳하지 못한 부분 때문에 만나기가 껄끄러울 수도 있겠지만, 피의자를 가족과 만나게 하는 것은 중요한 문제였다. 피의자가 혼자라고 느끼게 만들어서는 안 된다.

"그럼 오늘은 이만 실례하겠습니다."

린코는 옆에 앉은 니시와 함께 자리에서 일어났다. 접견실을 나와 유치장 직원에게 접견이 끝났음을 알리고 복도를 걸어갔다.

이쪽으로 걸어오던 양복 차림의 남자가 화들짝 놀라며 그 자리에 멈

쳐 섰다. 최초 접견 때 린코와 기 싸움을 벌였던 히나타 세이치로라고
하는 수사1과 형사였다.

"스즈카 씨 조사를 담당하고 계신 형사님이시죠?"

린코가 다가가 말을 걸자 "네" 하고 세이치로가 고개를 끄덕였다.

"어제 영상녹화 신청서를 팩스로 넣어 드렸는데 받으셨나요?"

"네, 받았습니다. 오늘 조사부터 요청대로 해 드릴 예정입니다."

세이치로가 대답하며 니시 쪽을 살폈다. 스즈카의 또 다른 변호인이
신경 쓰이는 모양이었다.

"일부가 아니라 전 과정 영상녹화되는 것 맞죠?"

세이치로가 린코를 향해 "네" 하고 고개를 끄덕여 보이고는 다시 니시
쪽을 보았다.

"이해해 주셔서 감사합니다."

린코가 가볍게 고개를 숙이며 니시를 돌아보았다.

니시도 세이치로를 쳐다보고 있었다.

"니시 변호사님, 가시죠."

린코가 말하자 니시가 그제야 정신을 차린 듯 고개를 끄덕이며 걸음
을 내디뎠다. 니시의 뒷모습을 말없이 응시하는 세이치로를 보고 린코는
내심 고개를 갸웃거리며 니시의 뒤를 따랐다.

"니시 변호사님."

세이치로가 부르는 소리에 린코와 니시는 동시에 발걸음을 멈추고 뒤
를 돌아보았다.

"좀 쪘네. 운동 부족 아냐?"

세이치로가 옅게 웃으며 농담처럼 말하자 니시가 "그럴지도" 하고 어
깨를 으쓱해 보이더니 다시 걸음을 옮기기 시작했다.

"아는 사이셨어요?"

린코가 따라가며 묻자 니시가 고개를 끄덕였다.

"어떻게 아는 사이신데요?"

"그냥 좀…."

"그냥 좀이라니요?"

"아무래도 상관없잖아."

니시가 걷는 속도를 높였다.

린코는 엘리베이터를 타자마자 가방에서 스마트폰을 꺼내 전원을 켰다. 사무실에서 부재중 전화가 와 있는 것을 보고 유카리가 남긴 음성 메시지를 확인했다.

전화를 끊자 니시가 "어디야?" 하고 물었다.

"사무실이요. 스즈카 씨 사건 구속 영장 등본이 나왔다고 법원에서 연락이 왔대요."

린코는 니시와 함께 개찰구를 나와 잠시 그 자리에 멈춰 섰다.

아까 법원에서 받은 구속 영장 등본과 스마트폰을 가방에서 꺼내 서류에 적힌 사건 현장의 주소를 지도 앱에 입력했다.

"이쪽이네요."

린코는 서쪽 출구라고 적힌 쪽을 가리키며 발걸음을 내디뎠다.

토코로자와역 바로 앞에 스즈카가 말한 백화점이 있었다. 백화점 쪽으로 건너가기 위해 교차로를 건넜다. 역과 백화점 사이에 위치한 흡연소 앞에서 니시가 걸음을 멈추더니 주머니에서 담배와 라이터를 꺼내 불을 붙였다.

"스즈카 씨가 카노 씨와 마주쳤다는 게 여기인가 보네요."

니시는 아무 대답도 하지 않고 주위를 둘러보며 담배를 피웠다. 정처 없이 떠돌던 시선이 문득 한군데에서 멈췄다. 니시의 시선을 따라가자 백화점 입구에 설치된 CCTV가 보였다.

저 위치라면 스즈카와 카노가 대화하는 모습이 찍혔을 것이다.

니시가 담배를 재떨이에 비벼 끄고 이쪽을 쳐다보았다. 린코는 잠자코 고개를 끄덕여 보이고는 다시 스마트폰 지도를 보며 걷기 시작했다.

3분 정도 걷자 편의점이 나왔다. 스즈카가 칼을 버렸다는 곳이 여기인지는 확실하지 않지만 지도상 이 근방에서 핫스팟은 여기뿐이니 아마도 맞을 듯싶었다.

"들어가 볼까요?"

린코가 묻자 니시가 "우선 아파트부터 가 보고"라고 대답했다.

편의점에서 아파트로 가는 길은 인적이 뜸한 주택가였다. 저 앞에 5층짜리 갈색 건물이 보였다. 가까이 다가가자 아파트 출입구 위에 '아일랜드 토코로자와'라고 적힌 팻말이 걸려 있었다. 스즈카가 말한 대로 지은 지 최소 30년은 되어 보이는 낡은 건물이었다.

"여기네요."

린코는 니시에게 말한 다음 지도 앱을 끄고 핸드폰을 가방에 집어넣었다.

카노의 집은 이 아파트 302호다. 니시와 함께 건물 안으로 들어가 주위를 살펴보았다. 공동 현관 비밀번호가 따로 없다는 사실은 스즈카에게 들어서 알고 있었지만, 관리실도 CCTV도 보이지 않았다. 우편함을 확인하니 한 층에 여섯 집씩 총 30세대였다. 그중 3분의 1 정도는 우편함 입구가 박스 테이프로 막혀 있었다. 공실이라는 뜻이었다.

박스 테이프가 붙은 우편함 번호를 보니 저도 모르게 한숨이 나왔다. 카노의 윗집과 아랫집인 202호와 402호, 그리고 옆집인 301호가 모두 공실이었다.

이웃 주민 중에 스즈카의 비명이나 두 사람이 다투는 소리를 들은 사람이 있지 않을까 싶었는데 아무래도 기대하기 어려워 보였다. 사건 당시 303호 주민이 집에 있었거나 아니면 이 아파트가 소음에 취약한 구조이기를 바라는 수밖에 없을 듯싶었다.

"3층으로 가 볼까요?"

린코는 애써 기운을 내며 앞장서서 계단을 올라갔다.

3층 복도를 지나 곧바로 303호로 가서 초인종을 눌렀다. 몇 번을 눌러도 대답이 없었다. 이어서 304호 초인종을 눌러 보았지만 역시 아무도 없었다. 결국 3층 주민에게서 이야기를 듣는 것은 포기하고 4층으로 올라갔다.

몇 번의 실패 끝에 겨우 집 안에서 "누구세요?" 하는 여자 목소리가 들렸다. 403호였다. 문패에 '하마다'라고 적혀 있었다.

"바쁘신데 죄송합니다. 호소카와 법률사무소에서 나온 모치즈키 린코 변호사라고 합니다."

"변호사요?"

여자가 의아해하며 되물었다.

"네, 실은 지난 10월 13일에 이 아파트에서 발생한 사건에 대해 여쭙고 싶은 것이 있어서요."

"아, 네…, 잠시만요."

잠시 후 현관문이 열리고 30대로 보이는 여자가 얼굴을 내밀었다.

스즈카가 말한 대로 현관을 들어서자마자 바로 작은 부엌이 있고, 안쪽에 문이 보였다.

"여자 경찰관이 남자를 살해했다는 그 사건 말인가요?"

여자가 호기심 가득한 눈빛으로 물었다.

"아직 살해당했다고 결론이 난 건 아니지만 302호에 살던 카노라는 남성이 사망한 사건은 맞습니다. 사건 발생 시각은 10월 13일 오후 1시에서 2시 사이로 추정됩니다만, 하마다 씨는 그 시간대에 집에 계셨나요?"

"네, 경찰한테도 말했는데 그날은 쉬는 날이어서 하루 종일 집에 있었어요."

"혹시 아래층에서 여자 비명이라든지 싸우는 소리 같은 게 들리지는 않았나요?"

"아니요, 못 들었어요. 이웃이라고는 해도 바로 윗집이나 바로 아랫집도 아니라서…."

"아까 경찰한테도 말했다고 하셨는데 경찰이 와서 뭐라고 묻던가요?"

니시가 갑자기 질문하며 끼어들었다. 린코가 옆을 돌아보니 니시의 손에는 수첩과 펜이 들려 있었다.

"여자 사진을 보여 주면서 이 아파트 근처에서 본 적 없냐고 물었어요."

"사건 당일 말고 그 전에 본 적이 없냐고요?"

"네."

니시의 질문에 여자가 고개를 끄덕였다.

사건이 발생한 날 처음으로 카노의 집을 방문했다는 스즈카의 진술을 경찰은 믿지 않는다는 건가.

"그래서 뭐라고 대답하셨나요?"

린코가 묻자 니시 쪽을 보고 있던 여자가 이쪽으로 고개를 돌리며 대답했다.

"저는 본 적이 없다고 했어요."

"다른 질문은요?"

니시가 물었다.

"피해자에 대해서 이것저것 물었어요. 성격은 어땠냐, 집에 여자가 자주 드나들었냐, 뭐 그런 거요. 공동 현관이나 계단에서 가끔 마주치는 정도인데 그 사람 성격을 제가 어떻게 알겠어요."

린코는 니시와 함께 아파트를 나와 무거운 발걸음으로 역을 향해 걸었다.

공실을 제외한 모든 집을 방문했지만 대부분 헛걸음에 그쳤고, 실제로 이야기를 나눈 사람은 하마다를 포함해 네 명뿐이었다. 스즈카의 비명을 듣거나 흐트러진 옷차림으로 카노의 집에서 나오는 스즈카를 목격한 사람은 아무도 없었다.

"경찰은 치정 싸움이라고 생각하는 걸까요?"

앞에서 걸어가는 니시에게 말을 걸자 "그럴지도"라는 대답이 돌아왔다.

사건 이전에 스즈카를 본 적이 있는지, 카노의 여자관계는 어땠는지 물어봤다는 걸 보면 그쪽으로 이야기를 끌고 가려는 것 같았다.

스즈카를 체포했다는 건 다시 말해 그 시나리오를 뒷받침하는 증거가 있다는 말이었다.

니시가 횡단보도를 건너 편의점 쪽으로 가더니 가게 입구에 놓인 쓰레기통 앞에서 걸음을 멈추었다.

린코도 니시 옆에 나란히 서서 유리창 너머로 가게 천장을 살펴보았다. 음료 코너 위에 설치된 CCTV가 눈에 들어왔다. 저 각도라면 이쪽에 서 있는 니시와 린코의 모습도 카메라에 찍히고 있을 것이다.

CCTV에 찍힌 스즈카는 과연 어떤 모습이었을까. 카노에게 성폭행당할 뻔한 위기에서 가까스로 빠져나와 두려움과 혼란에 떨고 있는 모습일까, 아니면 누가 봐도 그렇게는 보이지 않는 모습일까. 경찰은 CCTV 영상을 당연히 입수했을 것이다. 해당 영상을 본 판사와 배심원들은 스즈카에 대해 어떤 인상을 갖게 될까.

"슬슬 가 볼까."

니시가 다시 걸음을 옮기려는데 린코가 말했다.

"저는 이 주변을 조금 더 둘러보고 갈게요."

니시가 무엇 때문에 그러느냐는 듯 고개를 갸우뚱했다.

"역과 아파트 사이에 있는 집들을 찾아가 보려고요. 어쩌면 아파트에서 나와 흐트러진 옷매무새를 가다듬기 전의 스즈카 씨를 목격한 사람이 있을지도 모르잖아요."

"좋을 대로 해. 나는 일이 있으니 먼저 간다."

"네."

처음부터 기대도 하지 않았다.

니시는 말없이 등을 돌리더니 역을 향해 걸어가기 시작했다.

07

문이 열리는 소리에 히나타 세이치로는 뒤를 돌아보았다. 두 명의 유치장 직원과 함께 스즈카가 조사실로 들어왔다. 천장을 본 스즈카의 표정에 변화가 일었다. 직원들이 스즈카를 맞은편 의자에 앉힌 다음 수갑을 풀고 포승줄 끝을 의자에 옮겨 묶었다. 세이치로는 책상 위에 깍지 낀 손을 올리고 스즈카 쪽으로 몸을 내밀었다.

"스즈카 씨 변호인의 요청으로 앞으로 조사 과정을 전부 녹음 및 녹화할 예정입니다. 괜찮으신가요?"

세이치로의 설명을 듣고 스즈카가 묵묵히 고개를 끄덕였다.

"저희는 스즈카 씨가 하는 말을 무조건 부인한다거나 억지로 말하게 할 생각은 전혀 없습니다. 다만 저희가 조사한 내용과 스즈카 씨가 지금까지 말한 내용에 모순되는 부분이 있어서 확인하려는 겁니다. 오늘은 말을 좀 해 주셨으면 좋겠네요."

스즈카는 이쪽을 가만히 쳐다본 채 아무런 반응도 보이지 않았다.

"그날 스즈카 씨는 토코로자와역에 있는 백화점 앞 흡연소에서 우연히 카노 씨와 만났다고 했지만 사실은 사전에 만날 약속을 했던 것 아닙니까?"

마음 같아서는 바로 핵심을 찌르고 싶었지만 일단 뚫을 수 있을 것 같은 부분부터 공략하기로 했다.

스즈카는 아무 말도 하지 않았다.

"근처 CCTV에 두 사람이 찍힌 영상을 확인했습니다. 무슨 이야기를 나눴는지는 알 수 없지만 적어도 우연히 만난 것 같아 보이지는 않던데요."

"묵비권을 행사하겠습니다."

세이치로는 스즈카를 보며 한숨을 내쉬었다.

"변호인이 묵비권을 행사하라고 하던가요? 스즈카 씨가 입을 다물고 있으면 모순을 바로잡지 못한 채 쓸데없이 시간만 흘러갈 뿐입니다. 그날 집에서 출발해 토코로자와역에 도착할 때까지 어떻게 움직였는지 말씀해 주시겠습니까?"

"묵비권을 행사하겠습니다."

"스즈카 씨가 말하지 않아도 이미 다 알고 있습니다. 그런데도 말하기를 거부하겠다는 건가요?"

"묵비권을 행사하겠습니다."

스즈카는 그렇게 말하고는 고개를 숙였다.

본부로 돌아오자 코이데 계장이 이쪽으로 다가와 "어땠어?" 하고 물었다.

1시간 가까이 이런저런 이야기를 던져 보았지만 스즈카는 그중 어느 것에도 반응하지 않았다. 남편과 아이 이름을 묻는 질문에조차 묵비권을 행사했다.

세이치로가 고개를 가로젓자 코이데가 표정을 찡그렸다.

"영상녹화를 해도 아무런 효과가 없다는 건가."

"반드시 그렇지만도 않습니다."

스즈카는 조사 중간쯤부터 이쪽과 시선을 마주치려 하지 않았다. 계속 고개를 숙이고 있어서 그 자리에서는 스즈카의 표정 변화를 알 수 없었지만, 조사가 끝난 후 녹화된 영상을 다시 확인해 보니 질문 내용에 따라 미세하게 반응이 다르다는 사실을 알 수 있었다.

"제가 아들 얘기를 꺼냈을 때는 필사적으로 동요를 감추려고 하는 것 같아 보였습니다."

스즈카의 아들은 4년 전에 병으로 죽었다고 했다.

"자식 앞엔 장사 없다는 건가."

"그럴지도요."

내일 조사에서는 아들 얘기를 좀 더 파 볼 생각이었다.

그때 본청 수사1과 소속인 나카야마와 신토코로자와 경찰서 소속인 홋타가 이쪽으로 걸어왔다.

"코이데 계장님, 그럼 다녀오겠습니다."

나카야마의 말에 세이치로가 코이데를 돌아보며 물었다.

"어디 가는 겁니까?"

"조금 전에 신고가 들어왔어. 캐슬 히라이 주민이래."

캐슬 히라이는 아일랜드 토코로자와에서 100미터 거리에 있는 고층 아파트였다. 캐슬 히라이의 베란다가 아일랜드 토코로자와의 복도를 내려다보는 위치였기 때문에 캐슬 히라이 주민들을 대상으로 사건 당시 목격자가 없는지 탐문 조사를 벌였지만 아직까지 유의미한 증언은 얻지 못한 상태였다.

"피의자를 목격했다던가요?"

"피의자인지 아닌지는 모르겠지만 사건이 일어난 날 점심 때쯤 맞은 편 아파트 3층 어느 집에서 여자가 나오는 걸 봤대."

"왜 이제야 신고를 한 거죠?"

"신고자는 에모토라는 독신 남성인데 하필 그다음 날부터 해외 출장을 갔었고, 귀국 후 뉴스를 보고 신고한 거라더군. 그래서 이 두 사람한 테 가서 만나 보고 오라고 했지."

"저도 가겠습니다."

"그렇게 해."

세이치로는 자기 자리로 가서 가방을 챙긴 다음 나카야마와 홋타와 함께 본부를 나섰다.

주차장 쪽으로 가던 세이치로는 문득 발걸음을 멈췄다. 한 여자가 부지 밖 인도에서 경찰서를 들여다보고 있었다. 어딘가에서 본 적이 있는 얼굴이었다.

"왜 그러세요?"

나카야마가 물었다.

"아…, 먼저 차에 가 있으면 곧 따라갈게."

세이치로는 나카야마에게 양해를 구하고 여자 쪽으로 걸어갔다. 여자와의 거리가 가까워질수록 기억이 조금씩 선명해졌다. 인기척을 느꼈는지 여자가 이쪽을 돌아보았다.

틀림없었다. 하야마 슌타로의 어머니 아야노였다.

아야노도 이쪽을 기억하고 있었는지 "세이치로 형사님…" 하고 인사하며 가까이 다가왔다.

"오랜만에 뵙네요. 이런 데서 뭐 하세요?"

"아, 아니… 저…"

아야노가 당황한 듯 말을 더듬었다.

"혹시 근처로 이사 오셨나요?"

이전에 만났을 때 아야노는 토코로자와에서 멀리 떨어진 오가와마치에 살고 있었다. 그런 일을 겪고 그곳에서 계속 살기는 힘들었을 것이다.

"아니요, 지금은 시키에 살고 있어요."

2년 전 발생한 유괴 사건에서 아야노의 외동아들인 슌타로가 죽었다.

3년 전 남편과 이혼한 아야노는 당시 네 살이던 슌타로를 혼자서 키우고 있었다.

2016년 10월 15일 오후 3시경, 아야노는 아들을 데리고 집 앞 공원에 나갔다가 잠시 눈을 뗀 사이에 아이를 잃어버렸다. 곧바로 경찰에 신고해서 수색 활동을 벌였지만 밤이 되도록 찾지 못했고, 결국 슌타로는 이튿날이 되어서야 공원에서 5킬로미터 정도 떨어진 츠키카와강 기슭에서 알몸 시체로 발견되었다. 목격자도 물증도 없어서 수사는 난항을 겪었지만 두 달 후에 경찰은 하야시 테츠나리라고 하는 남자를 피의자로 체포했다. 하야시는 혐의를 부인했지만 자택에서 발견된 증거가 결정타가 되어 검찰에 기소되었다.

"저… 스즈카 형사님을 만나기는 어려울까요? 체포됐다는 말을 듣고 가만히 있을 수가 없어서 매일 경찰서를 찾아오고 있는데 좀처럼 여쭤볼 용기가 나지 않아서…."

스즈카도 슌타로 사건 수사를 담당한 형사 중 한 명이었기 때문에 아야노와 면식은 있었다. 하지만 살인 혐의로 체포된 사람을 이렇게까지 만나고 싶어 한다는 것이 의외였다.

"죄송하지만 가족을 포함해서 접견 금지 결정이 내려진 상태이기 때문에 면회는 불가능합니다."

"그런가요…."

아야노가 낙담한 듯 중얼거렸다.

"수사 외적으로도 스즈카 씨와 교류가 있으셨나요?"

아야노가 고개를 끄덕였다.

"제가 신세를 많이 졌어요. 스즈카 형사님은 범인이 체포된 후에도 저를 많이 걱정해 주셨고, 그래서 오가와마치에 살 때는 거의 매주 저희 집에 찾아오셨어요. 제가 지금 어떻게든 살아가고 있는 건 전부 스즈카 형사님 덕분이에요."

"최근에도 만나셨나요?"

"마지막으로 만난 것이 10월 12일이었습니다."

세이치로가 아야노가 말한 날짜에 반응했다.

"사건 전날 스즈카 씨를 만나셨다고요?"

"네."

"평소와 다른 점은 없었나요?"

"평소와 다른 점이라니요?"

아야노가 경계하는 눈초리로 되물었다.

"뭔가 고민이 있는 것 같았다든지 할 말이 있어 보였다든지…."

"딱히 그런 느낌은 아니었어요."

정말일까. 친한 사이라면 스즈카에게 불리한 발언은 하지 않을 가능성이 높았다.

"아무리 사소한 거라도 좋으니 생각나는 게 있으면 말씀해 주시겠습니까?"

"글쎄요…. 그날도 전 슌타로 생각이 나서 울었고, 스즈카 형사님이 자기 일처럼 같이 울어 주셨어요. 그런 형사님이 사람을 죽이다니 도저히 믿을 수가 없어서, 그래서 직접 만나 물어보려고 했던 거예요."

이유는 전혀 다르지만 스즈카도 외동아들을 잃었다. 어머니로서 아야노의 슬픔을 누구보다 잘 이해할 수 있었을 것이다.

"면회는 안 되지만 아야노 씨의 마음을 전해 드릴 수는 있습니다."

어쩌면 이것이 비장의 카드가 될 수도 있을 것 같았다.

아야노는 잠시 망설이는 기색을 보이더니 이윽고 천천히 입을 열었다.

08

개찰구 밖에서 기다리던 린코는 인파에 휩쓸려 이쪽으로 걸어오는 니시를 보았다. 개찰구를 빠져나온 니시가 린코를 발견하고 눈을 깜빡였다.

"무슨 일이야?"

니시가 린코 앞에 멈춰 서서 물었다.

보통은 경찰서 로비에서 만나는데 오늘은 린코가 역에서 기다리고 있어서 조금 놀란 눈치였다.

"접견 전에 드릴 말씀이 있어서 여기서 기다리고 있었어요."

"오래 걸리는 얘기야?"

니시가 역 안에 있는 베이커리 카페 쪽을 힐끗 쳐다보며 물었다.

"아니요, 금방 끝나요. 그냥 경찰서 안에서 얘기하기는 좀 그래서요."

"그럼 가면서 듣지."

출구로 향하는 니시를 따라가며 린코가 입을 열었다.

"어제 니시 변호사님과 헤어진 후 그 주변을 돌아다니면서 물어봤는데 안타깝게도 그날 비명을 들었다거나 아파트에서 도망치는 스즈카 씨를 봤다는 사람은 아무도 없었습니다."

"그래?"

"하지만 한 가지 수확이 있었어요. 카노 씨한테는 전과가 있다고 합니다."

니시가 놀란 듯 이쪽으로 고개를 돌렸다.

"누가 그래?"

니시가 물었다.

"카노 씨 동료가요."

"호스트바에 간 거야?"

니시가 눈썹을 찌푸렸다.

"제가 직접 간 건 아니고 친구한테 대신 가서 좀 물어봐 달라고 부탁했어요."

어젯밤 카노의 아파트 주변 조사를 마치고 돌아가는 길에 역 앞에서 호객 행위를 하는 루비 로드의 호스트들을 보고 즉석에서 생각해 낸 방법이었다.

변호사라는 사실을 숨긴 채 피해자와 관계가 있는 사람들을 만나면 나중에 문제가 될지도 모르지만 변호사 본인이 아니면 괜찮지 않을까 싶었다.

"흥."

니시가 쓴웃음을 지었다.

린코의 행동력에 감탄하는 것 같기도 하고 단순히 기가 막혀 할 말을 잃은 것 같아 보이기도 했다.

"무슨 전과인데?"

"그것까지는 모르겠어요. 동료 호스트한테는 경범죄라고만 했다네요. 제 친구가 듣기로는 올여름에 호스트랑 가게 손님들이 강가에 모여서 바비큐 파티를 열었고, 차를 끌고 온 사람이 너무 많이 취하는 바람에 신입인 데다가 별로 취하지도 않은 카노 씨한테 대신 운전을 시키자는 이야기가 나왔는데 카노 씨가 거부했대요. 선배 명령이라고 억지로 시키려고 하니까 만에 하나 경찰한테 잡히기라도 하면 자기는 감옥에 가야 한다고, 제발 봐 달라고 빌더래요."

"경찰한테 잡히면 감옥에 가야 한다는 말은 곧 집행유예 중이라는 건가?"

"아마도요."

호스트바에서 돌아온 친구와 헤어진 후, 린코는 인터넷에서 '카노 레이지', '체포', '사건' 등 몇 가지 키워드로 검색을 해 보았다. 하지만 화면에 표시되는 기사는 모두 카노가 피해자인 이번 사건에 관한 내용뿐이었고, 카노가 가해자인 사건과 관련된 정보는 하나도 없었다.

"카노 씨가 과거 어떤 일로 체포됐었는지 알아볼 방법이 없을까요?"

"글쎄…."

니시는 관심 없다는 듯 시선을 돌렸다.

호소카와에게 니시는 형사 사건 관련 경험이 풍부하다는 말을 듣고 내심 기대했었는데 아무래도 완전히 잘못 짚은 모양이었다.

린코는 일부러 크게 한숨을 내쉬며 경찰서로 향했다.

아크릴판 너머 반대쪽 문이 열리고 스즈카가 들어왔다. 린코는 맞은편에 앉은 스즈카를 조심스럽게 살펴보았다. 눈 밑 다크서클과 파리한 안색은 어제와 비슷했지만 생각보다 기분은 양호해 보였다.

"여기 오기 전에 접견 금지 결정에 대한 일부 해제 신청을 하고 왔습니다."

린코가 몸을 살짝 내밀며 말하자 스즈카가 "감사합니다" 하고 고개를 숙였다.

"조사는 어떤가요?"

"어제부터 녹화와 녹음을 하기 시작했습니다."

"그랬군요. 진술은…."

"린코 변호사님이 시킨 대로 아무 말도 하지 않았습니다."

"형사들 태도는 어떻던가요?"

"자기네가 전면 영상녹화에도 응했는데 제가 왜 계속 입을 다물고 있
는 건지 이해가 안 간다는 표정이었어요. 정말 이대로 계속해서 묵비권
을 행사해도 괜찮은 걸까요?"

스즈카가 불안한 표정을 지었다.

아마도 세이치로에게 계속 이대로 아무 말도 안 하면 불리해질 수도
있다는 식의 말을 들은 것이리라.

"괜찮습니다. 계속 그렇게 해 주세요. 묵비권은 엄연한 피의자의 권리
이니까요."

린코가 자신 있게 대답했다.

"알겠습니다…."

"그건 그렇고 혹시 카노 씨에게 전과가 있다는 말을 들은 적이 있으신
가요?"

린코가 묻자 스즈카가 깜짝 놀란 듯 어깨를 움찔했다.

"전과요?"

"네, 어제 제 친구가 루비 로드에 가서 생전에 카노 씨가 어떤 사람이
었는지 동료 호스트들한테 물어봤는데 그중 한 사람이 카노 씨한테 전
과가 있다는 말을 들은 적이 있다고 했다네요."

"저는 들은 적이 없어요."

스즈카가 고개를 저었다.

하긴 호스트가 자기 손님에게 할 이야기는 아니었다.

"사건 현장인 카노 씨 아파트에도 다녀왔습니다. 물론 집 안까지 들어
가 보지는 못했지만요. 그와 관련해서 추가로 몇 가지 더 여쭤보고 싶은
것이 있는데요…, 카노 씨 집에서 나와 아파트를 빠져나오는 동안 아무

하고도 마주치지 않았다고 하셨죠?"

"네."

"그럼 카노 씨 집으로 가는 길에는요?"

기억을 해 내려는 듯 스즈카의 시선이 허공을 맴돌았다. 이윽고 스즈카가 린코를 쳐다보며 고개를 저었다.

"그때도 아무도 못 본 것 같아요."

"그런가요. 하나만 더 여쭤볼게요. 편의점 쓰레기통에 칼을 버렸다고 하셨는데 가게 안 CCTV가 신경 쓰이지는 않으셨나요?"

질문의 의도를 이해하지 못한 듯 스즈카가 고개를 갸웃거렸다.

"편의점 CCTV에 찍히고 있을 거라는 생각은 안 하셨나요?"

"물론 편의점에 CCTV가 설치되어 있다는 건 알지만… 특별히 의식하지는 않았어요. 의식하지 않았달까 사실 그때는 너무 충격이 커서 그런 걸 생각할 여유가 없었던 것 같아요."

"아무리 그래도 본인도 경찰인 만큼 혹시라도 나중에 경찰이 사건을 수사하게 되면 CCTV 영상이 자신에게 불리한 증거가 될 거라는 사실은 알고 계셨던 것 아닌가요?"

"그건 그렇지만…, 전에도 얘기했듯이 당시에는 일이 이렇게 될 거라고는 상상도 하지 못했으니까요…."

"아, 네…."

만약 스즈카에게 자신이 카노를 살해했다는 자각이 있었다면 좀 더 신중하게 행동했을 것이다. 그랬다면 적어도 자기 모습이 찍히고 있을지도 모르는 CCTV가 달린 편의점의 쓰레기통에 자신과 카노의 지문이 묻은 칼을 버리는 짓은 하지 않았을 것이다.

09

"세이치로 주임님."

누군가 자신을 부르는 소리에 코이데와 이야기를 나누고 있던 세이치로는 고개를 돌렸다. 요코카와였다.

"조금 전 타루미 스즈카 피의자의 접견이 끝났습니다."

세이치로는 코이데를 돌아보며 "그럼 조사 다녀오겠습니다" 하고 말했다.

"그 이야기를 할 생각인가?"

코이데의 질문에 세이치로는 잠시 생각에 잠겼다.

"…아직 잘 모르겠습니다. 상황을 봐 가면서 정할까 합니다."

"음, 자네 판단에 맡기겠네."

세이치로는 코이데에게 고개를 끄덕여 보이고 요코카와와 함께 본부를 나섰다. 복도를 걸어가면서 머릿속으로 작전을 짰다.

하루빨리 스즈카의 자백을 받아 내고 싶지만 서둘러서는 안 된다.

어제 새로 손에 넣은 카드는 언제 내미는 것이 좋을까. 당장이라도 사용하고 싶은 마음이 굴뚝같았지만, 어제 캐슬 히라이의 주민 에모토에게 들은 이야기는 경찰이 가진 비장의 카드였다. 섣부른 판단으로 헛되이 써 버릴 수는 없었다.

에모토는 해외에도 지점이 있는 모 외식 프랜차이즈 기업의 고문이었다. 10월 13일에는 다음 날 출발하는 해외 출장을 앞두고 하루 종일 집에서 쉬고 있었으며, 출장에서 돌아와 맞은편 아파트에서 살인 사건이 일어났다는 뉴스를 보고 어쩌면 그날 담배 피우러 베란다에 나갔을 때 자신이 목격한 광경이 사건과 관련이 있지 않을까 싶어서 경찰에 신고한 것이라고 했다.

세이치로는 에모토와 함께 베란다로 나가 카노가 살았던 302호가 어디인지 설명했다. 에모토는 아일랜드 토코로자와를 뚫어지게 쳐다보며 그 집에서 여자가 나오는 것을 틀림없이 보았노라고 증언했다. 정확한 시각은 알 수 없지만 대략 오후 1시 반에서 2시 사이였다고 했다.

스즈카의 사진을 보여 주니 아무래도 거리가 떨어져 있어서 자신이 본 여자가 이 사람이라고 단언하기는 어렵지만, 토코로자와역 앞 편의점 CCTV에 찍힌 인물의 인상착의와는 일치한다고 했다.

그 여자는 카노의 집에서 황급히 뛰쳐나왔고, 남자의 모습은 보이지 않았다. 여자는 계단 쪽으로 가려다가 문득 동작을 멈추고 다시 집 안으로 들어갔다. 1~2분 후에 다시 나오길래 놓고 나온 물건을 가지러 갔었나 보다 했는데 그때 여자가 갑자기 에모토 쪽을 보더니 반사적으로 몸을 숙여 벽 아래로 모습을 감추었다. 에모토는 여자의 거동이 하도 수상해서 기억에 남았다고 설명했다.

정황상 에모토가 목격한 인물은 스즈카임이 분명했다. 그날 오후 1시 43분에 아파트 근처 편의점 쓰레기통 앞에 서 있는 스즈카의 모습이 CCTV에 찍혀 있었다.

에모토의 증언으로 인해 묵비권을 행사하기 전 스즈카가 진술한 내용은 신빙성을 잃었다.

스즈카는 카노에게 저항하기 위해 가까이 있던 술병으로 카노의 머리를 내리쳤다고 진술했다. 머리를 맞은 카노는 비명을 지르며 칼을 떨어뜨린 채 방바닥을 데굴데굴 굴렀고, 자기는 그 틈을 타 칼과 옷가지를 집어 들고 도망치려다가 문득 카노의 상태가 마음에 걸려 뒤를 돌아보니 카노가 이쪽을 노려보며 일어나려고 하길래 서둘러 집 밖으로 뛰쳐나와 역으로 갔다고. 그때 카노는 아직 살아 있었기 때문에 자기가 죽인 것이 아니라는 것이 스즈카의 주장이었다.

만약 이 말이 사실이라면 스즈카는 어째서 그 집에 돌아갔을까. 카노가 살아 있었다면 다시 공격당할 가능성이 높은데.

답은 간단했다. 그 시점에 이미 스즈카는 카노가 죽었다고, 아니면 적어도 움직이지 못하는 상황이라고 판단한 것이다. 아마도 스즈카는 카노의 집에 자신의 신분이 드러나는 무언가를 놓고 온 것을 깨닫고 그것을 가지러 돌아갔던 것이리라.

에모토의 증언을 어느 타이밍에 들이미는 것이 좋을까. 지금 같은 상황에서는 이 카드를 꺼내 든다 한들 스즈카는 묵비권을 행사할 것이 뻔했다. 그리고 재판이 시작되기 전까지 그럴듯한 변명을 생각해 낼 것이다.

이쪽이 가진 정보를 섣불리 공개하는 것은 위험했다. 기소될 때까지 숨겨 둘 필요는 없다 하더라도 에모토의 증언은 스즈카가 다시 조사에 응해서 사건에 관한 이야기를 하게 되었을 경우, 이때다 싶은 타이밍에 꺼내 들어야 할 비장의 무기였다.

세이치로는 조사실 문을 열고 안으로 들어갔다. 평소 피의자가 앉는 안쪽 의자에 세이치로가 앉는 것을 보고 뒤따라 들어온 요코카와가 고개를 갸우뚱했다.

"형사가 이쪽에 앉으면 안 된다는 법은 없잖아? 그쪽에서 피의자 얼굴이 안 보이는 건 조금 불편할 수도 있겠지만 오늘은 이렇게 가 보자고."

세이치로가 의도하는 바를 눈치챘는지 요코카와가 "알겠습니다" 하고 미소를 지으며 문 옆 의자에 앉았다.

잠시 후 노크 소리가 들렸다. 세이치로가 "들어오세요" 하고 대답하자 두 명의 유치장 직원과 함께 스즈카가 안으로 들어왔다. 평소와 달리 반대쪽 자리에 앉은 세이치로를 보고 스즈카와 유치장 직원들이 당황한 듯 걸음을 멈추었다.

"가끔은 기분 전환도 할 겸 자리를 바꿔 앉아 볼까 해서요. 오늘은 그쪽에 앉으시죠."

직원들이 스즈카를 맞은편 의자에 앉혔다. 직원들은 스즈카의 수갑을 풀고 포승줄을 의자에 옮겨 묶은 다음 조사실에서 나갔다. 세이치로는 책상 위에 양손을 얹고 고개를 숙인 채 이쪽을 보려고 하지 않는 스즈카를 쳐다보며 천천히 입을 열었다.

"오늘은 제대로 대화에 응해 주셨으면 합니다. 어제부터 녹화도 녹음도 다 하고 있습니다. 스즈카 씨가 하는 말을 일방적으로 부정하거나 고압적인 태도를 취하지도 않을 겁니다. 저는 스즈카 씨의 말을 존중합니다. 오늘 제가 이쪽에 앉은 건 스즈카 씨에게 그런 제 메시지를 전하기 위해서입니다."

스즈카는 꼼짝도 하지 않았다.

"그쪽에 앉으니 형사였을 때 생각이 나지 않습니까? 상사와 동료 들 모두 당신은 우수한 형사였다고 하던데요."

이 작전도 통하지 않는 듯했다. 하지만 이대로 포기할 수는 없었다. 어떻게 해서든 두 사람 사이에 놓인 묵비권이라는 이름의 두꺼운 벽에 구멍을 뚫어야만 했다.

"과거 스즈카 씨가 그쪽에 앉아서 피의자 조사를 진행했을 때, 단 한 번이라도 맞은편에 앉은 피의자를 속이거나 구워삶으려 한 적이 있었습니까? 그저 진실을 알고 싶다는 일념하에 피의자와 마주했던 것 아닙니까? 상대가 만약 죄를 저질렀다면 진심으로 그 죄를 뉘우치고 대가를 치르기를 바라지 않았습니까?"

스즈카의 표정은 보이지 않지만 목덜미가 파르르 떨렸다. 동요하고 있었다.

"어제 하야마 아야노 씨를 만났습니다."

스즈카가 깜짝 놀라 고개를 들었다. 입술을 뻐끔거리며 휘둥그레진 눈으로 세이치로를 쳐다보았다.

"경찰서 앞에 있던 아야노 씨를 발견하고 제가 말을 걸었습니다. 아야노 씨는 스즈카 씨가 체포되었다는 소식을 듣고 도저히 가만히 있을 수가 없어서 매일 경찰서를 찾아왔다고 합니다. 하지만 만날 용기가 나지 않아서 밖에서 서성이고만 있었다고 하더군요."

스즈카는 아무 말도 하지 않았지만 당황한 기색이 역력했다.

"스즈카 씨는 유괴 사건의 범인이 체포된 후에도 아야노 씨를 많이 챙겨 줬다고 들었습니다. 아야노 씨는 아들이 그렇게 된 것은 자기 탓이라고 생각해서 자기도 따라 죽으려고 했지만 스즈카 씨가 그러면 안 된다고, 죽어서 아들 볼 낯이 없지 않겠냐고 말해 준 덕분에 죽지 않고 버틸 수 있었다고 하더군요. 스즈카 씨가 없었다면 자기는 진작에 죽었을 거라고…."

세이치로와 시선을 마주하고 있기가 괴로운지 스즈카가 다시 고개를 숙였다.

"사건 전날도 만났다고 하던데요. 아야노 씨가 아들 생각이 나서 우는 것을 보고 스즈카 씨도 자기 일처럼 같이 울어 줬다고."

스즈카의 어깨가 떨렸다. 터져 나오는 울음을 필사적으로 참고 있는 듯했다.

"아야노 씨는 당신이 사람을 죽였다는 사실을 도저히 믿을 수가 없다고, 그래서 직접 만나서 물어보고 싶었다고 하더군요. 면회는 불가능하다고 설명하니 제게 전언을 부탁했습니다. 만약 당신이 살인을 저질렀다고 하더라도 자기는 끝까지 곁에 있을 거라고요. 지금까지 스즈카 씨가 자기한테 해 준 것처럼 이번에는 자기가 스즈카 씨 옆에서 힘이 되어 주겠노라고…."

"그만하세요!"

스즈카가 소리쳤다.

"끝까지 들으시죠. 아야노 씨는 마지막에 이렇게 덧붙였습니다. 다만 언젠가 저세상에서 히비키와 다시 만났을 때 아들 볼 낯이 없으면 안 되지 않겠느냐고, 그러니 아들한테 부끄러운 행동은 하지 말아 달라고요."

"그만! 제발 그만하세요!"

세이치로는 귀를 틀어막고 소리를 지르는 스즈카에게서 시선을 옮겨 손목시계를 내려다보았다. 조사를 시작한 지 10분밖에 지나지 않았다.

드디어 벽에 구멍이 뚫는 데 성공했다. 세이치로는 요코카와를 향해 미소를 지어 보였다.

10

모치즈키 린코는 신토코로자와역에서 내려 개찰구로 향했다. 발걸음이 무거웠다. 스즈카의 접견을 가는 길이었다.

접견 금지 결정 일부 해제 신청은 기각되었다. 앞으로도 스즈카는 가족들과 만나지 못한 채 홀로 버텨야만 한다. 구속기간 만기까지 사흘 남았지만 지금 상황이라면 검찰은 구속기간 연기를 신청할 것이다. 신청이 받아들여지면 구속기간은 최대 열흘 더 늘어나게 된다. 구속기간이 끝나도 결국 기소된다면 계속해서 가족과 만나지 못할 가능성이 높았다.

변호인으로서 무슨 수를 써서라도 스즈카에게 희망을 주고 싶었지만 방법이 없었다.

문득 개찰구 밖에 서 있는 니시가 시야에 들어왔다. 니시도 린코를 발견한 것 같았지만 별다른 반응을 보이지 않았다. 린코는 개찰구를 빠져나가 니시에게 다가갔다.

"왜 여기 계세요?"

린코가 묻자 니시가 손에 들고 있던 종이를 건넸다.

"이게 뭔데요?"

"보면 알아."

니시가 짧게 대답하고 출구 쪽으로 향했다.

린코는 니시를 뒤따라가며 접힌 종이를 펼쳐보았다. 사이타마에서 발행되는 지방 신문을 복사한 종이였다. 발행일자는 2017년 3월 7일. 대체 뭘까 하고 슥 훑어보는데 카노 레이지라는 이름이 눈에 들어왔다.

'절도 혐의로 20대 남성 체포'라는 제목의 여덟 줄짜리 작은 기사였다. 사이타마현 오가와키타 경찰서는 민가에 침입해 현금 3만 엔을 훔친 혐의로 카노 레이지 용의자(22세, 아르바이트생)를 3월 6일에 체포했다…라는 내용이 적혀 있었다.

절도인가. 폭행, 상해, 성범죄 등 충동적인 범죄였다면 더 좋았겠지만 아무튼 이것만으로도 카노가 준법정신이 결여된 인물이었다는 사실은 충분히 주장할 수 있을 터였다.

"이 기사는 어떻게 찾으신 거예요?"

린코가 감탄하며 묻자 니시가 "도서관" 하고 퉁명스럽게 대답했다.

과거 신문을 찾아봤다는 말이었다. 그렇다고는 해도 사람 이름만 가지고 1년 반도 더 지난 이런 작은 기사 하나를 찾아낸다는 것은 결코 쉬운 일이 아니었다.

"제가 카노 씨한테 전과가 있는 것 같다는 얘기를 했을 때는 관심 없어 하시더니."

"그 이야기를 들었을 때 피의자가 보인 반응이 신경 쓰였거든."

"뭐가요?"

"질문만 하지 말고 스스로 생각해 봐."

니시의 핀잔에 발끈했지만 린코는 잠자코 경찰서로 향했다.

초인종을 누르고 기다리자 현관문이 열리고 테루히사가 얼굴을 내밀었다. 이전에 만났을 때보다 안색이 더 안 좋았다.

"갑자기 연락드려 죄송합니다."

린코의 말에 테루히사가 "아닙니다" 하고 느리게 고개를 숙였다가 니시 쪽으로 시선을 돌렸다.

"일전에 전화로 말씀드린 니시 변호사입니다."

린코가 소개하자 니시가 "잘 부탁드립니다" 하고 인사했다. 테루히사는 잠시 아무 말 없이 니시를 쳐다보다가 "저야말로 잘 부탁드립니다" 하고 고개를 숙였다.

"집이 좀 지저분하지만 일단 들어오시죠."

테루히사의 안내에 따라 신발을 벗고 거실에 들어선 순간, 린코는 저도 모르게 부엌 쪽을 돌아보았다. 싱크대 위에 놓인 재떨이에는 담배꽁초가 수북이 쌓여 있고, 술병들이 어지럽게 굴러다니고 있었다.

"앉으시죠."

테루히사가 권하는 의자에 니시와 나란히 앉았다. 테루히사는 부엌으로 가서 물을 끓이기 시작했다.

"신경 안 쓰셔도 됩니다."

"제가 마시고 싶어서요. 인스턴트 커피인 데다가 설탕도 프림도 없습니다만."

린코는 더 사양하지 않고 테루히사에게서 시선을 거두어 니시를 쳐다보았다. 니시는 집 안을 둘러보고 있었다.

눈앞에 머그컵을 내려놓고 테루히사가 맞은편에 앉았다. 커피를 한 모금 마시더니 린코에게 "그래서… 어떻게 되었나요?" 하고 조심스럽게 물었다.

"안타깝지만 접견 금지 결정 일부 해제 신청은 기각되었습니다."

"그런가요…."

린코의 대답을 들은 테루히사의 어깨가 축 처졌다.

"그럼 언제까지 스즈카와 만날 수 없는 건가요?"

"솔직히 알 수 없습니다. 스즈카 씨는 혐의를 부인하고 있기 때문에 재판 때까지 만나지 못할 가능성도 있습니다."

"만약 기소된다면 재판은 언제 시작하나요?"

"그것도 알 수 없습니다."

무언가를 골똘히 생각하는 듯한 테루히사의 시선이 허공을 맴돌았다. 신문 기자로서 지금까지 쌓아온 경험에 비추어 앞으로의 일을 짐작해 보고 있는 듯했다.

"죄송한데 담배를 피워도 될까요?"

"네, 물론입니다."

린코가 대답하자 테루히사가 부엌으로 가서 싱크대에 놓인 재떨이를 가지고 돌아왔다. 테이블 위에 놓인 담뱃갑을 열었다가 이내 쓴웃음을 지었다. 비어 있는 모양이었다.

"이거라도 괜찮으시다면."

니시가 윗주머니에서 담배를 꺼내 테루히사에게 내밀었다.

"고맙습니다."

테루히사가 입에 문 담배에 니시가 자기 라이터로 불을 붙여 주었다. 담배로 마음의 안정을 되찾고자 하는 심정은 이해가 갔지만, 담배 연기를 내뿜는 테루히사의 표정은 오히려 아까보다 더 괴로워 보였다.

"원래 이 집을 사면서 담배도 끊었었거든요. 히비키가 그렇게 됐을 때도 어떻게든 참아 냈는데…. 이젠 정말 아무래도 상관없달까…."

테루히사의 입가에 쓸쓸한 미소가 감돌았다.

"그런 말씀 마세요. 담배 피우는 게 어떻다는 말이 아니라요."

린코가 말하자 테루히사가 "압니다" 하고 대답했다.

"저도 스즈카가 어떻게 되든 상관없다는 건 아닙니다. 적어도 재판이 끝날 때까지는 스즈카를 믿어 줄 생각입니다. 하지만 재판이 시작될 때까지 반년에서 1년, 아니 어쩌면 몇 년이 걸릴 수도 있지 않습니까. 열흘 남짓한 시간도 어떻게 견뎠는지 모르겠는데 이 상태로 앞으로 몇 년을 더 버텨야 한다니… 일은 어떻게 해야 할지, 재판에서 스즈카가 유죄 판결을 받기라도 하면 저는 앞으로 어떻게 살아가야 할지, 그런 것들을 생각하면 눈앞이 캄캄해져서… 제 건강이니 벽지가 누레지는 것 따위는 아무래도 상관없어진달까요. 지금 전 죽은 것도 아니고 산 것도 아닙니다."

테루히사의 하소연에 뭐라고 대답해야 좋을지 알 수 없었다.

"저도 한 대 피워도 될까요?"

니시가 불쑥 끼어들었다. 린코는 지금 그럴 때가 아니라는 의미를 담아 니시를 째려보았다.

"그러시죠."

테루히사가 무심히 고개를 끄덕이자 린코의 시선 따위는 아랑곳하지 않고 니시도 담배를 피우기 시작했다.

"남편분도 힘드시겠지만 지금 제일 힘든 사람은 스즈카 씨입니다. 오늘도 접견을 갔었는데 어제까지의 스즈카 씨와 동일인이라고 믿기 어려울 정도로 많이 지쳐 보였습니다."

"무슨 일이 있었나요?"

테루히사가 걱정스런 말투로 린코에게 물었다.

"어제 경찰 조사에서 형사가 심한 말을 했나 보더라고요. 묵비권을 행사하는 스즈카 씨에게 천국에 있는 아들이 이런 어머니를 보면 어떻게 생각하겠느냐고 했다네요. 형사한테 그 말을 듣고부터 히비키가 죽었을 때 모습이 계속 머릿속에 맴돌아서 너무 괴롭다고…"

테루히사의 표정이 잔뜩 일그러졌다. 반사적으로 사망 당시 히비키의 모습을 떠올린 모양이었다.

"아무리 노력해도 히비키의 웃는 얼굴이 기억나지 않는다고, 자기가 만나러 가면 히비키가 웃으며 맞아 줄지 모르겠다고 하더니 마지막에는 히비키를 보고 싶다면서 목놓아 우셨어요."

테루히사가 화들짝 놀라 되물었다.

"자기가 만나러 가면이라니, 그게 대체 무슨 뜻입니까? 설마 이상한 생각을 하는 건 아니겠죠?"

"저도 스즈카 씨가 그렇게 약한 사람은 아니라고 믿고 싶지만…. 아무튼 어제 조사에서 정신적으로 큰 타격을 입은 건 분명합니다. 저 나름대로 열심히 격려하고 위로해보려고 노력했습니다만, 스즈카 씨에게 얼마나 전해졌을지는 모르겠습니다. 지금 같은 상황에서는 극단적인 선택까지 가지는 않더라도 빨리 편해지고 싶은 나머지 본인의 의사에 반하는 진술을 하게 될 가능성이 있습니다."

"그럼 어떻게 해야 할까요?"

테루히사가 초조한 눈빛으로 물었다.

"스즈카 씨가 조금이라도 마음의 위안을 얻을 수 있도록 내일 접견에는 히비키의 사진을 가져가 볼까 합니다."

사진을 보여주면서 천국에서 히비키가 어머니를 응원하고 있을 거라고 말해 주기 위해 오늘 접견이 끝나자마자 테루히사를 찾아온 것이었다.

"알겠습니다."

테루히사가 자리에서 일어나 선반에 놓인 액자를 집어 들었다. 이어서 서랍에서 앨범을 꺼내 들고 돌아왔다.

"마음에 드는 걸로 가져 가시죠."

테루히사가 액자와 앨범을 테이블 위에 내려놓았다.

"스즈카 씨가 가장 좋아하는 사진은 무엇인가요?"

린코가 물었다.

"아마 다 좋아했을 것 같은데요."

일단 액자에 든 사진은 가져가기로 하고, 몇 장 더 고르기 위해 앨범을 펼쳤다. 앨범에는 히비키가 태어나고부터 찍은 수많은 사진들이 담겨 있었다. 모두 다 하나같이 화목한 가족사진이라서 어느 것을 가져가야 할지 고민이 되었다.

"남편분께 한 가지 여쭤보고 싶은 것이 있는데요…, 히비키가 살아 있었을 때 부부 사이는 어땠나요?"

니시의 질문에 린코는 앨범에서 시선을 들어 테루히사를 쳐다보았다.

"어땠냐니…, 그런 걸 왜 물으시죠?"

테루히사가 당황한 듯 되물었다.

"오늘 접견 때 스즈카 씨가 '너를 두 번 다시 외롭게 하지 않을게'라고 했거든요."

테루히사가 말뜻을 이해하지 못한 듯 고개를 갸웃거렸다.

"두 번 다시 외롭게 하지 않을 테니 엄마가 가면 웃으면서 맞아 줄래, 하고요. 여기 앨범 속 사진을 보면 히비키는 거의 다 웃는 얼굴입니다. 함께 찍힌 남편분과 스즈카 씨도 웃고 있고요. 그런데 왜 스즈카 씨는 자기가 히비키를 외롭게 만들었다고 생각했는지 그 부분이 이해가 가지 않아서요."

스즈카가 자살 충동을 느끼는 것 같다는 부분에만 신경이 쏠려 나머지는 흘려들었지만, 접견에서 스즈카가 그런 말을 한 것은 사실이었다.

"실례지만 사진 속에서는 웃고 있지만 실제로는 두 분 사이가 좋지 않아서 히비키가 외로웠으리라고 생각한 건가 싶어서요."

"아닙니다. 물론 가끔 아내와 말다툼을 한 적은 있지만 다른 집에 비해 부부 사이가 안 좋았다고는 생각하지 않습니다. 다만 맞벌이인 데다가 아내가 지역과에서 일할 때는 서로 휴일이나 근무시간이 불규칙하다 보니 가족이 다 함께 놀러가는 일이 거의 없었고, 그런 의미에서는 히비키가 외롭다고 느꼈을 수도 있겠네요. 하지만 저도 아내도 시간이 허락하는 한 히비키와 함께 시간을 보내려고 노력했습니다."

"두 분이 일하는 동안 히비키는 어린이집에 보냈나요?"

린코가 묻자 테루히사가 고개를 끄덕였다.

"어린이집이 쉬는 일요일에는 저나 아내가 집에 있었습니다. 도저히 불가능할 때는 장모님께 부탁드리기도…."

테루히사가 갑자기 말을 끊더니 고개를 숙였다.

"왜 그러시죠?" 하고 린코가 묻자 "아닙니다…" 하고 테루히사가 다시 고개를 들었다.

"이렇게 될 줄 알았으면 아내에게 일을 그만두라고 했을 텐데…. 장모님이 계시니 넓은 집이 필요했고, 저축도 하고 싶어서 그만두지를 못했습니다. 지금 와서 생각하면 다 부질없는 짓이었네요."

"제가 괜히 이상한 질문을 해서 죄송합니다."

니시가 정중하게 사과하며 고개를 숙였다.

"아닙니다, 괜찮습니다. 저도 니시 변호사님께 한 가지 여쭙고 싶은 게 있는데요."

"네, 뭔가요?"

"예전에 어디서 뵌 적이 있지 않나요?"

"죄송하지만 저는 기억이 나지 않습니다만."

"아, 네…. 직업상 사람을 많이 만나는 편이라 제가 착각했나 보네요."

테루히사가 그렇게 말하며 앨범을 내려다보았다.

사무실에서 컴퓨터 화면을 보고 있던 린코는 갑자기 들려온 소리에 깜짝 놀라 문 쪽을 돌아보았다.

밖에서 누군가가 열쇠를 돌리고 있었다. 불안한 마음으로 계속 쳐다보고 있으려니 이윽고 문이 열리고 커다란 가방을 손에 든 호소카와가 들어왔다.

"이 시간에 웬일이세요?"

린코가 가슴을 쓸어내리며 물었다.

호소카와는 오늘까지 나고야에서 일을 하고 밤늦게 돌아올 예정이라고 들었기 때문에 당연히 사무실에는 들르지 않고 바로 집으로 갈 거라고 생각하고 있었다.

"내일 아침 일찍 센다이로 출발해야 해서 자료를 챙겨 가려고요."

호소카와는 자기 자리로 가서 가방에서 꺼낸 서류를 책상 위에 올려놓고, 책장에서 꺼낸 파일을 다시 가방에 집어넣었다.

전국 각지에서 열리는 재판의 변호인단에 소속되어 활동하고 있기 때문에 정신없이 바쁜 것 같았다.

"린코 변호사도 늦게까지 일하고 있네요. 지금 시간이면 막차도 끊겼을 텐데요."

"오늘은 택시 타려고요."

린코는 다시 컴퓨터 화면으로 시선을 돌렸다.

린코가 맡은 일은 스즈카의 변호뿐만이 아니었다. 하지만 스즈카의 사건에 매달리다 보면 다른 민사 사건들은 뒤로 밀리기 일쑤였다.

책상 위에 김이 오르는 머그컵이 놓였다. 린코가 고개를 들자 바로 옆에 서 있던 호소카와가 미소를 지으며 자기 손에 들고 있던 컵을 입으로 가져갔다.

"감사합니다."

린코는 키보드에서 손을 떼고 커피를 마셨다.

"타루미 스즈카 씨 사건은 어떻게 되어 가고 있나요?"

"어려운 상황입니다."

린코는 스즈카에게 전해 들은 경찰 조사 내용과 자신이 느낀 스즈카의 상태, 접견 금지 결정 해제 신청이 받아들여지지 않았다는 사실 등을 호소카와에게 보고했다.

"마음의 안정을 되찾는 데 조금이라도 도움이 될까 싶어서 아들 사진을 전해 주려고 했는데 유치장 직원에게 제지당했습니다."

린코는 거세게 항의했지만 접견 금지 상태에서는 편지나 사진도 일체 전달할 수 없다고 거절당했다.

"그래서요?"

"접견실에서 스즈카 씨에게 몰래 보여줬습니다."

"제법이네요."

호소카와가 씩 웃었다.

"…하지만 언제 한계가 찾아와도 이상하지 않은 상황입니다."

최근 이틀간의 접견에서 스즈카는 히비키의 사진을 보며 '엄마가 힘낼게…'라는 말만 주문처럼 반복했다. 린코가 하는 말은 전혀 듣지 않고 공허한 눈빛으로 사진만 쳐다보는 스즈카의 정신 상태가 걱정스러웠다.

"구속기간은 내일까지 아닌가요?"

호소카와가 물었다.

"맞습니다. 하지만 틀림없이 연장되겠죠."

구속기간 연장은 린코가 가장 우려하는 요소였다. 13일간 필사적으로 버텨 왔는데 최악의 경우 열흘 더 연장된다는 말을 들으면 한순간에 무너져 내릴 가능성도 있었다.

"니시 변호사는 어떤가요?"

"선배 변호사에게 이런 말을 하기는 조심스럽지만…, 역시 형사 변호에 열심히 임하고 있다고는 생각되지 않습니다."

"그런가요? 재미있는 콤비라고 생각했는데."

속 편하게 웃는 호소카와를 보자 약이 올랐다.

"재미없어도 좋으니 저는 제대로 된 변호를 하고 싶습니다. 앞으로 뭘 어떻게 하면 좋을지 방법을 모르겠어서 스스로의 무력함을 통감하고 있어요."

"린코 변호사는 무력하지 않습니다. 아직 경험이 부족할 뿐이죠. 자기 자신을 믿고 좌충우돌 헤매어 보는 수밖에요."

호소카와가 린코의 어깨를 가볍게 두드리고 싱크대로 가서 컵을 씻었다. 그러고는 자리에 놓여 있던 가방을 들고 문 쪽으로 걸어갔다.

"그럼 먼저 들어갑니다. 린코 변호사도 너무 무리하지 말아요."

호소카와가 문 앞에서 인사했다.

"네, 대표님도 센다이 조심해서 다녀오세요."

호소카와가 나가고 문이 닫히자 린코는 한숨을 내쉬었다. 뭔가 조언을 얻을 수 있지 않을까 하고 내심 기대했지만 호소카와는 자기 일만으로도 바빠서 다른 사람까지 챙길 여력이 없는 듯했다.

좌충우돌 헤매어 보는 수밖에 없는 건가.

린코는 컴퓨터 전원을 끄고 자리에서 일어났다. 책장에서 형사 변호에 관한 책을 몇 권 꺼내 다시 자리로 돌아갔다.

뭐라도 좋으니 스즈카에게 도움이 되고 싶었다.

린코는 방법을 찾을 때까지 집에 돌아가지 않을 각오로 책을 펼쳐 들었다.

11

눈앞에 앉은 스즈카는 숨 쉬는 것조차 힘겹다는 표정으로 온몸을 뻣뻣하게 경직시킨 채 입을 꾹 다물고 있었다.

"…스즈카 씨, 당신도 사실은 말하고 싶은 것 아닙니까? 저 좋자고 이런 말을 하는 게 아닙니다. 매일 이렇게 입을 다물고만 있는 스즈카 씨를 보고 있으면 저도 마음이 편치 않습니다. 스즈카 씨도 괴롭지 않습니까? 솔직하게 말해 버리고 편해지고 싶지 않습니까?"

히나타 세이치로는 아무 반응도 보이지 않는 스즈카에게서 시선을 돌려 시계를 보았다. 오후 6시를 지나고 있었다.

문 옆에 앉은 요코카와에게 눈짓을 보내자 요코카와가 자리에서 일어나 밖으로 나가더니 잠시 후 유치장 직원 두 명을 데리고 돌아왔다. 수갑과 포승줄을 다시 찬 스즈카가 직원들을 따라 나가자 세이치로는 참았던 한숨을 내쉬며 자리에서 일어났다.

"우리도 돌아가자."

세이치로는 요코카와를 불러 함께 조사실을 나섰다.

본부로 돌아와 곧장 코이데 자리로 가서 오늘도 자백을 받아 내지 못했다고 보고했다.

"…그래도 조금만 더 하면 될 것 같습니다."

벌써 보름 가까이 스즈카는 아무 말도 하지 않고 있지만 조만간 물꼬가 트일 것 같았다.

특히 2년 전 유괴 사건 때 같이 수사를 담당했던 이야기라든지 피해자 유족인 하야마 아야노에 관한 이야기를 꺼냈을 때는 스즈카가 크게 동요했다는 사실을 표정에서 읽어 낼 수 있었다.

비록 그런 사건을 일으키기는 했지만 스즈카는 원래 정의감이 강하고 직무에 충실한 경찰관이었으니 마음속으로는 심각하게 갈등하고 있을 터였다.

연장된 구속기간이 끝날 때까지 앞으로 5일밖에 남지 않았다. 그때까지 어떻게 해서든지 유효타를 가해서 단단한 껍데기를 깨야만 했다.

"내일은 다른 방향에서 접근해 볼 생각입니다."

"아, 내일은 조사 못 해."

코이데의 말에 세이치로는 고개를 갸웃거렸다.

"검찰 조사가 있나요?"

이렇게 중요한 시기에 스즈카를 외부로 내보내는 것은 결코 좋은 생각이 아니었다.

"아니, 법원에 데려가야 해."

"법원이요?"

"조금 전 스가와라 검사한테 연락이 왔어. 스즈카의 변호인이 구속 사유 공개 청구를 했다는군."

구속 사유 공개 청구가 무엇인지는 세이치로도 알고 있었다. 구속 사유 공개란, 공개 법정에서 판사가 구속 사유를 고지하는 제도다. 변호인은 의견서나 구석명 신청서를 제출해 구속에 이의를 제기하거나 증거와 관련된 질문을 할 수 있지만, 판사가 이에 대답하는 경우는 드물었다. 구속 사유 공개 청구를 한다고 해서 피의자 석방으로 이어지는 것도 아니고 그저 판사가 구속 사유를 기계적으로 읽어 내리는 것에 불과했기 때문에 사실 거의 사용되지 않았다. 실제로 지금까지 세이치로가 담당했던 사건에서 구속 사유 공개 청구가 이루어진 경우는 단 한 번도 없었다.

변호인이 대체 왜 이런 번거로운 짓을 하는지 처음에는 의문이었지만 곧 깨달았다.

구속 사유 공개가 이루어지는 장소는 공개 법정이기 때문에 누구든지 방청할 수 있다. 접견 금지 결정이 내려진 스즈카에게 방청석에 앉은 가족들의 모습을 보여 주려는 의도임이 분명했다.

게다가 그날은 경찰 조사가 불가능하니 스즈카의 몸과 마음을 일시적으로나마 쉽게 하는 효과도 있었다. 어떻게든 수사를 방해하려 드는 수법이 과연 호소카와 밑에서 일하는 변호사다웠다.

세이치로는 어금니를 깨물며 자기 자리로 돌아왔다.

문득 생각난 것이 있어 주머니에서 스마트폰을 꺼내 수사1과에 전화를 걸었다. 전화를 받은 남자 직원에게 이름을 밝히자 상대가 반갑게 인사했다.

"아, 세이치로 형사님, 수고 많으십니다. 저 야마구치입니다."

현재 지방경찰청에서 대기 중인 강력범 제2계 소속 형사였다.

"야마구치, 2년 전 사건에 대해 좀 알아봐 줬으면 하는 게 있는데…."

12

　모치즈키 린코는 소지품 검사를 마치고 니시와 함께 법원으로 들어가 주위를 둘러보았다. 안쪽 의자에 나란히 앉아 있는 하루에와 테루히사를 발견하고 그쪽으로 다가갔다. 두 사람 모두 시선을 바닥에 떨구고 있었다.

　"안녕하세요. 많이 기다리셨죠?"

　린코가 인사하자 두 사람이 동시에 고개를 들고 자리에서 일어났다. 하루에를 가까이서 보자 심장을 바늘로 찌르는 듯한 통증이 스치고 지나갔다. 며칠 안 본 사이에 부쩍 나이가 들어 보였다.

　"변호사님, 오늘은 잘 좀 부탁드립니다."

　하루에가 머리를 조아렸다.

　테루히사도 옆에서 같이 허리를 굽혔다가 상체를 일으키면서 불안한 표정으로 주위를 두리번거렸다.

　자신과 같은 기자들이 와 있지는 않은지 신경이 쓰이는 모양이었다.

　"오늘 일로 스즈카 씨가 석방되는 건 아니지만 오랜만에 두 분 모습을 보면 유치장에서 남은 시간을 견뎌 낼 힘을 얻을 수 있을 겁니다. 말을 걸거나 대화를 나누는 행위는 금지되어 있지만 아무쪼록 스즈카 씨에게 용기를 불어넣어 주세요."

"알겠습니다."

두 사람이 고개를 끄덕였다.

린코는 손목시계로 시간을 확인했다. 개정까지 15분 정도 남았다. 기자들이 올지도 모르니 방청석에는 최대한 늦게 들어가는 편이 좋을 것 같았다.

"아직 시간이 있으니 가서 담배 좀 피우고 올게. 같이 가시겠습니까?"

니시가 테루히사에게 물었다.

"그러시죠. 아무래도 긴장이 돼서…."

니시와 테루히사가 흡연실로 사라지고, 린코는 하루에와 함께 다시 의자에 앉았다.

"실은… 린코 변호사님께 오늘 일에 대해 처음 이야기를 들었을 때, 살짝 고민했습니다."

하루에가 가느다란 목소리로 말했다.

"방청할지 말지를요?"

"네…, 스즈카의 모습을 보는 게 겁이 나더라고요. 그 아이가 사위나 저를 보고 싶어 하지 않을 수도 있고…."

"충분히 이해합니다."

린코가 구속 사유 공개 청구를 하자고 권했을 때, 스즈카는 당황한 듯 아무 말도 하지 않았다. 법정에 선 자신의 모습을 어머니와 남편에게 보이고 싶지 않았던 것이리라.

"미리 말씀드리지만 스즈카 씨는 수갑을 차고 포승줄에 묶인 상태로 들어올 겁니다. 그런 모습을 보는 어머님도, 그런 모습을 보이는 스즈카 씨도 많이 괴롭겠지만 저는 그래도 만나야 한다고 판단했습니다."

이대로 가면 스즈카는 틀림없이 기소될 것이다. 혐의를 부인하고 있는 이상 기소 후에도 접견 금지는 유지될 가능성이 높았다.

"이번 기회를 놓치면 스즈카 씨는 가족들과 만나지 못한 채 재판에 임하게 될지도 모릅니다. 쉽지 않은 사건이기 때문에 재판이 열릴 때까지 1년 이상 걸릴 수도 있고요."

린코의 설명을 듣는 하루에의 고개가 점점 더 앞으로 기울었다.

"안 좋은 이야기만 늘어놓아서 죄송합니다. 하지만 그렇기 때문에 더 더욱 오늘은 세 분께 정말 소중한 시간이 될 거라고 생각합니다. 재판이 끝날 때까지 스즈카 씨가 지치지 않고 싸워 나가기 위해서, 그리고 어머님과 남편분이 스즈카 씨를 믿고 응원해 나가기 위해서 반드시 필요한 시간이 될 겁니다."

"그러게요…. 지금 가장 힘든 사람은 그 아이일 테니 제가 여기서 도망치면 안 되겠지요."

니시와 테루히사가 이쪽으로 돌아오는 모습이 보였다. 린코는 하루에의 손을 잡고 "그럼 가 볼까요?" 하고 함께 자리에서 일어났다.

구속 사유 공개가 진행될 102호 법정 문 앞에 서서 창문 너머로 방 안을 들여다보았다. 방청석 가운데쯤에 캐주얼한 느낌의 파란색 셔츠를 입은 남자가 한 명 앉아 있었다. 취재석이라고 적힌 흰 종이가 붙은 자리에는 아무도 없었다. 세간의 주목을 끌고 있는 사건이긴 하지만 고작 구속 사유를 밝히는 자리에 기자를 보낼 정도로 언론사도 한가하지는 않은 모양이었다.

린코는 문을 열고 들어가 변호인석에 가까운 자리로 두 사람을 안내했다. 두 사람 옆에 앉으려고 하는 니시를 보고 "지금 뭐 하세요?" 하고 린코가 물었다.

"난 여기 있을게. 변호인석에 두 사람이나 있을 필요 없잖아."

대체 무슨 생각인 걸까. 아무래도 상관없기는 했다. 변호인석으로 데려간다 한들 니시는 어차피 앉아 있기만 할 테니.

린코는 앞쪽으로 나가 법원 경위에게 목례를 건네고 변호인석에 앉았다. 형사 사건으로 법정에 출석하는 것은 처음이라 아무래도 긴장이 되었다. 가방에서 파일과 노트와 펜을 꺼낸 다음 파일에 든 구석명 신청서와 의견서 복사본을 훑어보았다.

안 그래도 바쁜 호소카와에게 도움을 요청할 수도 없고, 니시도 구속 사유 공개 신청 같은 건 해 본 적이 없다고 해서 결국 수면 시간을 줄여 가며 혼자 힘으로 작성한 것이었다.

문이 열리는 소리에 린코는 고개를 들었다. 스즈카가 교도관 두 명에게 이끌려 들어왔다. 트레이닝복 상의에 청바지를 입고, 수갑과 포승줄을 차고 있었다.

린코와 눈이 마주치자 스즈카가 굳은 표정으로 살짝 고개를 숙였다.

방청석에 앉은 하루에와 테루히사는 그 자리에 얼어붙은 듯 꼼짝도 하지 않았다. 몰라보게 야윈 스즈카의 모습에 충격을 받은 듯했다. 하루에가 복받치는 감정을 이기지 못한 듯 신음 소리를 내며 손으로 입을 틀어막았다. 테루히사는 스즈카 쪽을 가만히 응시하며 고개를 끄덕여 보였다.

수갑은 찬 상태로 포승줄만 풀린 스즈카가 변호인석 앞에 놓인 의자에 앉았다. 스즈카를 사이에 두고 양쪽에는 교도관이 한 명씩 앉았다. 하루에와 테루히사는 방청석에서 스즈카를 뚫어지게 쳐다보고 있었다. 이쪽을 향한 눈빛에서 두 사람 다 필사적으로 감정을 억누르고 있다는 것이 느껴졌다.

스즈카가 어떤 표정을 하고 있는지는 보이지 않았다. 다만 얼굴이 증언대 쪽을 향하고 있으니 가족들을 보고 있지 않다는 것은 분명했다.

문이 열리는 소리에 스즈카가 방청석 뒤쪽을 돌아보았다. 니시도 뒤를 돌아보았다가 흰색 반코트를 입은 여자가 문 앞 자리에 앉는 것을 확인하고는 다시 시선을 앞으로 가져왔다. 그러고는 팔꿈치를 괴고 턱을 짚은 자세로 이쪽을 쳐다보았다.

"모두 일어나 주십시오."

법원 경위의 지시에 따라 린코는 자리에서 일어났다. 검은색 법복을 입은 초로의 여성이 들어오더니 판사석에 서서 가볍게 인사한 다음 자리에 앉았다. 교도관이 스즈카의 수갑을 풀었다.

"그럼 시작하겠습니다. 피의자는 증언대 앞으로 나와 주십시오."

판사가 말하자 스즈카가 비틀거리며 일어나 고개를 숙인 채 증언대 앞으로 다가갔다.

"우선 본인 확인부터 하겠습니다. 이름을 말씀해 주십시오."

"타루미 스즈카입니다."

스즈카가 떨리는 목소리로 대답했다.

"생년월일은 언제입니까?"

"1985년 6월 23일입니다."

"본적은 어디입니까?"

"도쿄도 키요세시 나카자토 3번지…."

"주소는요?"

"사이타마현 토코로자와시 코테사시초 1번지 브라이트 코테사시 502호입니다."

"직업은 무엇입니까?"

"공무원…입니다."

"당신이 구속된 것에 대해서 변호인으로부터 구속 사유를 밝혀 달라는 요청이 들어왔으므로 지금부터 절차에 따라 진행하도록 하겠습니다. 이제 자리로 돌아가셔도 됩니다."

판사의 말에 스즈카가 자리로 돌아왔다. 린코와는 시선을 마주치지 않은 채 이쪽을 등지고 의자에 앉았다.

"그럼 지금부터 피의자에 대한 구속 사유를 공개하겠습니다."

판사가 앞에 놓인 서류를 집어 드는 것을 보고 린코는 펜을 잡았다.

"우선 본건 구속과 관련된 피의 사실의 요지는 다음과 같습니다. 피의자는 2018년 10월 13일, 사이타마현 토코로자와시 니시스미요시 2번지 아일랜드 토코로자와 302호 카노 레이지의 자택에서 둔기로 동인의 두부를 구타해 사망에 이르게 했습니다."

린코는 담담한 어조로 서류를 읽어 나가는 여성 판사를 바라보았다.

"…기록에 따르면 피의자가 방금 말한 피의 사실에 해당하는 죄를 저질렀다고 의심하기에 충분한 이유가 있다고 인정됩니다. 다음으로 본건 사안의 성질 및 내용, 피의자의 진술 상황 등에 비추어 보았을 때 본건에 이르게 된 경위 등 죄증을 인멸할 우려가 있다고 보기에 충분한 이유가 있다고 인정됩니다. 더불어 지금까지 말한 내용에 더해 본건은 피해자가 사망한 중대 사건이라는 점을 감안하면 피의자에게 전과 전력이 없다는 점이나 가족과 함께 생활하고 있다는 점을 고려하더라도 피의자가 도망칠 가능성이 전혀 없다고 보기는 어렵기 때문에 구속의 필요성이 인정됩니다. 이상이 구속 사유에 해당합니다."

판사가 서류를 내려놓고 이쪽을 쳐다보았다. 예상대로였다.

"이어서 11월 5일에 변호인이 제출한 구석명 신청서에 대해 순서대로 답변하도록 하겠습니다. 변호인, 피의자는 이 내용을 알고 있습니까?"

판사의 질문에 린코가 "아니요" 하고 고개를 저었다.

"그렇다면 변호인이 질문을 먼저 읽어 주는 게 좋겠네요."

"알겠습니다" 하고 린코가 서류를 들고 자리에서 일어났다.

"질문 1-1. 인멸할 우려가 있는 죄증이란 구체적으로 무엇을 가리키는 것입니까?"

"그 부분은 앞에서 말한 대로입니다. 더 자세히는 답변할 수 없습니다."

판사가 무미건조한 대답했다.

"질문 1-2. 피의자가 어떤 식으로 죄증을 인멸할 것이라고 여겨집니까?"

"이 질문에 대한 답은 죄증 인멸 방법을 간접적으로 시사하는 것이 될 수 있으므로 답변하지 않겠습니다."

"질문 1-3. 위 두 질문을 바탕으로, 피의자가 죄증을 인멸할 우려가 있다고 보기에 충분한 이유란 구체적으로 무엇을 가리키는 것입니까?"

"앞에서 말한 내용보다 더 구체적으로는 답변할 수 없습니다."

린코는 새어 나오는 한숨을 가까스로 참았다.

구석명 신청서를 제출해도 판사가 제대로 답해 주는 경우는 거의 없다고 책에도 적혀 있었지만 설마 이렇게까지 천편일률적인 대답을 듣게 될 줄은 몰랐다.

린코는 방청석을 곁눈질로 살폈다. 하루에와 테루히사가 심각한 표정으로 이쪽을 주시하고 있었다. 니시도 턱을 짚은 채 이쪽을 쳐다보고 있었다. 린코와 눈이 마주치지 않는 것을 보니 스즈카를 보고 있는 듯했다.

린코는 종이를 넘긴 다음 다시 판사 쪽을 향해 입을 열었다.

"질문 2-1. 피의자가 도망칠 가능성이 있다고 보는 구체적인 이유는 무엇입니까?"

의미 없는 질의응답에 자신의 목소리가 조금씩 날카로워지는 것이 느껴졌다.

"마찬가지로 앞에서 말한 대로입니다."

"질문 2-2. 이는 어떤 구체적인 근거에 기초해서 내린 판단입니까?"

"지금 하고 있는 것은 어디까지나 증거 공개 절차이기 때문에 구체적인 근거에 대해서는 답변하지 않겠습니다."

린코는 손에 든 종이를 내려다보았다. 린코가 준비한 질문은 여기까지였다.

결국 단 하나도 제대로 된 대답을 듣지 못했다.

"이상입니다. 변호인, 추가 질문 있습니까?"

판사가 서류를 내려놓으며 물었다.

"제가 하고 싶은 질문은 여기 다 적었습니다만 모든 질문에 이런 식의 답변밖에 들을 수 없다면 추가로 어떤 질문을 해도 의미가 없을 것 같습니다. 추가 질문은 없습니다."

린코가 보란 듯이 정중하게 비꼬며 대답했지만 판사는 "알겠습니다" 하고 아무렇지도 않게 넘어갔다.

"다음은 의견 진술입니다. 하시겠습니까?"

판사의 물음에 린코가 고개를 끄덕였다.

"저와 피의자 둘 다 하겠습니다."

"그럼 변호인부터 하시죠."

"네."

린코는 앞에 놓인 다른 서류를 집어 들었다.

"우선 신체 구속과 관련해서 헌법 34조에는 정당한 이유 없이 구속해서는 안 된다고 되어 있습니다. 이는 국가가 갖추어야 할 요건을 까다롭게 함으로써 개인이 부당하게 국가형벌권의 대상이 되어 혐의만 가지고 구속당하는 일을 최소화하기 위함입니다. 여기서 말하는 정당한 이유란 개인의 자유를 구속할 필요성이 인정되기에 충분한 증거를 의미합니다. 단지 도주 우려가 있다, 죄증을 인멸할 우려가 있다는 것만 가지고는 충분하다고 볼 수 없습니다."

린코는 최선을 다해 주장했지만 판사에게는 전혀 통하지 않았다. 허무함이 몰려왔지만 그래도 A4 용지 네 장을 끝까지 읽어 내렸다. 스즈카의 구금에 이의를 제기하는 내용이었다.

"…피의자의 어머니는 심각한 지병 때문에 입퇴원을 반복하고 있습니다. 딸과 만나지 못하는 현 상황에 매우 큰 스트레스를 받고 있으며, 이 상태가 계속되면 병이 더 악화될 가능성이 높습니다. 또 피의자는 오랜 기간 경찰관으로 성실하게 근무해 왔고, 남편과 함께 생활하고 있다는 점 등을 고려하면 도주나 증거 인멸 가능성은 거의 없다고 생각됩니다.

이상입니다."

린코는 말을 마친 후 자리에 앉았다.

"다음으로 피의자 의견 진술을 진행하겠습니다. 피의자는 증언대 앞으로 나와 주십시오."

"네…"

눈앞에 앉은 스즈카가 가느다란 목소리로 대답하고 천천히 자리에서 일어났다. 방청석 뒤에 있는 문 쪽을 곁눈질하더니 고개를 숙이고 증언대로 향했다.

"시작하세요."

판사의 말에 스즈카가 이쪽을 보았다. 린코가 고개를 힘껏 끄덕이자 다시 정면을 향했다.

"그날… 제가 카노 씨의 머리를 술병으로 내리친 것은 사실입니다. 갑자기 저를 침대에 넘어뜨리고 덮치려고 하길래… 제정신이 아니었습니다. 그 사실에 대해서는 일체 변명할 생각도 없고 전적으로 인정합니다. 그 결과… 카노 씨가 사망한 점에 대해서는 심각하게 받아들이고 있습니다. 저의 경솔한 행동으로 인해 일이 이렇게 된 것을 진심으로 후회하고 있습니다."

스즈카의 고개가 점점 더 수그러졌다. 힘든 기억을 떠올려서인지 뺨이 파르르 떨렸다. 그러나 이내 각오를 굳힌 듯 고개를 들었다.

"하지만… 이것만은 분명히 말할 수 있습니다. 저는 카노 씨를 죽이지 않았습니다!"

스즈카가 갑자기 큰 소리로 외치자 판사가 놀란 듯 몸을 움찔했다.

"저는 안 죽였습니다!"

스즈카는 한 번 더 힘주어 말한 다음 고개를 숙였다.

"이상입니까?"

판사의 질문에 스즈카가 고개를 끄덕였다.

"알겠습니다. 그럼 이것으로 의견 진술을 마치겠습니다. 피의자는 자리로 돌아가십시오."

스즈카가 린코 앞에 놓인 의자로 돌아와 앉았다. 판사가 자리에서 일어나 "폐정하겠습니다"라고 선언하고 법정에서 나갔다. 교도관 두 명이 스즈카를 일으켜 세우자 하루에가 자리에서 벌떡 일어나 "스즈카!" 하고 외치며 방청석 맨 앞까지 달려왔다. 테루히사도 이쪽으로 다가왔다.

"스즈카, 엄마 걱정은 하지 말고 건강 잘 챙겨야 한다."

원래 피의자와의 대화는 금지되어 있지만 울음 섞인 목소리로 말을 건네는 노모를 교도관도 법원 경위도 제지하지 않았다. 교도관이 묵묵히 스즈카에게 수갑과 포승줄을 채웠다.

스즈카는 두 사람과 눈을 마주치기가 괴로운지 시종일관 고개를 푹 숙이고 있었다.

교도관 두 명에게 이끌려 안쪽 문으로 사라지는 스즈카를 끝까지 지켜본 다음 린코는 자리에서 일어나 하루에와 테루히사에게 다가갔다. 니시는 방청석에 앉은 채 뒤쪽 문을 쳐다보고 있었다.

"린코 변호사님, 오늘은 정말 감사했습니다."

하루에와 테루히사가 고개를 숙이며 인사했다.

"아닙니다. 별 소득이 없어서 아쉬울 따름입니다."

"그렇지 않습니다. 그 아이를 이렇게 직접 볼 수 있었다는 것만으로도… 정말 감사합니다."

린코는 고개를 끄덕이며 두 사람과 함께 법정을 나섰다.

"앞으로 어떻게 할지도 정해야 하니 역 근처에서 같이 식사라도 하시죠."

린코가 그대로 건물을 나서려는데 니시가 뒤에서 불러 세웠다.

"저희끼리 확인해야 할 부분이 있어서 오늘은 여기서 이만 실례하겠습니다."

린코는 하루에와 테루히사에게 양해를 구하는 니시를 어리둥절한 표정으로 쳐다보았다. 린코와 할 얘기라면 역에서 두 사람과 헤어진 후에 해도 될 터였다.

"알겠습니다. 앞으로도 잘 좀 부탁드립니다."

"스즈카 씨도 오늘 두 분을 보고 조금은 힘이 나지 않았을까 싶습니다. 연장된 구속 기간 만료 시점까지 이제 나흘 남았는데 저희도 최대한 시간을 내서 접견을 가도록 하겠습니다. 변동사항 있으면 바로 연락드리겠습니다."

하루에와 테루히사가 연신 고개를 조아리며 법원을 빠져나갔다. 두 사람의 모습이 시야에서 완전히 사라지자 린코는 니시를 돌아보았다.

"확인해야 할 부분이라니…."

린코의 말이 끝나기도 전에 니시가 복도에 놓인 의자 쪽으로 성큼성큼 걸어갔다. 아까 방청석에서 본 흰색 반코트를 입은 여자가 의자에 앉아 스마트폰을 보고 있었다.

니시가 여자 앞에서 걸음을 멈추었다. 인기척을 느꼈는지 여자가 고개를 들어 의아한 표정으로 니시를 올려다보았다.

"실례지만 타루미 스즈카 씨와 아는 사이신가요?"

니시가 물었다.

여자는 당혹스러운 표정으로 아무 대답도 하지 않았다.

오늘 여기서 구속 사유 공개 청구가 진행된다는 사실을 아는 사람은 변호인을 제외하면 하루에와 테루히사뿐이었다. 물론 두 사람이 누군가에게 전했을 가능성도 있지만 아까 방청석에서는 두 사람 모두 이 여자에게 눈인사조차 건네지 않았다. 니시는 어째서 이 여자가 스즈카와 아는 사이라고 생각한 걸까.

"당신이 법정에 들어왔을 때, 스즈카 씨가 놀란 표정을 짓더군요."

니시가 말하자 그제야 납득이 갔는지 "맞습니다" 하고 여자가 고개를 끄덕였다.

린코는 스즈카 뒤에 앉아 있었기 때문에 스즈카의 표정이 보이지 않았다.

니시가 방청석에 있겠다고 한 것은 변호인석에서는 볼 수 없는 피의자의 표정을 확인하기 위해서였던 것일까. 하지만 대체 왜?

"이쪽에 있는 린코 변호사와 함께 스즈카 씨 변호인을 맡고 있는 니시라고 합니다. 혹시 시간 괜찮으시면 잠시 이야기를 나눌 수 있을까요?"

니시가 정중하게 말을 건네자 여자가 "그러시죠" 하고 대답하며 손에 든 스마트폰을 가방에 넣고 자리에서 일어났다.

근처에 있는 카페에 들어가 린코와 니시는 여자와 마주 보고 앉았다. 각자 음료를 주문한 다음 여자에게 명함을 건네며 간단히 자기소개를 했다.

"저는 하야마 아야노라고 합니다. 명함은 따로 없습니다."

"괜찮습니다. 한 가지 여쭤보고 싶은 것이 있습니다만… 오늘 일은 어떻게 알게 되셨죠?"

린코가 물었다.

"사건을 담당하고 있는 형사님께 들었습니다."

"형사요?"

생각지도 못한 대답에 린코가 되묻자 아야노가 고개를 끄덕였다.

"혹시 히나타 세이치로라는 형사인가요?"

"맞습니다."

린코는 저도 모르게 옆에 앉은 니시와 얼굴을 마주 보았다.

"형사님이 어제 전화를 주셨어요. 오늘 오전 11시, 사이타마 지법에 스즈카 형사님이 나올 거라고요."

그야 세이치로 형사라면 오늘 법원에서 스즈카의 구속 사유 공개 청구가 진행된다는 사실을 당연히 알고 있었겠지만 어째서 아야노에게 연락을 한 걸까.

"형사가 왜 아야노 씨한테 그런 연락을 한 거죠? 스즈카 씨뿐만 아니라 세이치로 형사와도 아는 사이신가요?"

"네. 아는 사이라고 하기는 좀 애매한데… 2년 전 사건 때 처음 만났습니다."

아야노의 표정이 어두워졌다.

"2년 전 사건이요?"

린코가 조심스럽게 물었다.

"제 아들이 유괴당한 사건이었습니다."

공원에서 잠깐 눈을 뗀 사이 아야노의 네 살짜리 외동아들이 사라졌고, 이튿날 공원에서 5킬로미터 떨어진 츠키카와강 기슭에서 알몸 시체로 발견된 사건이었다고 했다.

아야노의 이야기를 들으니 당시 신문과 뉴스에서 대대적으로 보도했던 기억이 났다. 피해 아동을 생각하며 린코도 마음 아파했었다.

"그 사건이라면… 범인은 잡히지 않았던가요?"

"네, 두 달 후에 28세 남성이 체포되었습니다. 세이치로 형사님은 본청 수사1과 소속으로 그 사건을 담당하셨고, 스즈카 형사님은 사건 현장을 관할하는 오가와키타 경찰서 형사과에…."

점원이 다가오는 기척을 느끼고 아야노가 입을 다물었다. 점원은 세 사람 앞에 커피를 내려놓고 돌아갔다.

일단 아야노가 커피를 한 모금 마실 때까지 기다렸다가 린코가 이야기를 재촉했다.

"그래서요?"

아야노가 커피잔을 내려놓고 다시 입을 열었다.

"범인이 잡히고 수사본부가 해체된 뒤로는 형사님들을 만날 일이 없어졌지만 스즈카 형사님은 그 후로도 제게 자주 연락을 주셨어요. 아들을 잃은 슬픔에서 헤어 나오지 못한 채 스스로를 탓하며 하루하루를 보내던 저를 어떻게든 다시 일으켜 세우려고 하셨죠. 당시 저는 자살을 진지하게 고려할 정도로 정신적으로 한계에 다다른 상태였는데 스즈카 형사님이 절대로 그러면 안 된다고, 그런 짓을 하면 죽어서 슌타로 볼 낯이 없지 않겠냐고 말해 주신 덕분에 죽지 않고 버틸 수 있었어요."

슌타로가 아들의 이름인 듯했다. 스즈카도 히비키라는 어린 아들을 잃은 엄마였다. 사망 원인은 전혀 다르지만 스즈카라면 아이를 잃은 부모의 슬픔과 고통을 누구보다 잘 이해할 수 있었을 것이다.

"스즈카 형사님이 아니었다면 저는 그때 죽었을지도 모릅니다. 스즈카 형사님은 제 생명의 은인이세요."

"실례지만 남편분은?"

린코도 아까부터 궁금했던 것을 니시가 아무렇지도 않게 물었다.

"그 사건이 일어나기 1년 전에 이혼했습니다. 저 혼자 파트타임으로 일하고 있어서 경제적으로 여유롭지는 않지만 오가와마치에서는 도저히 계속 살 수가 없어서 지금은 시키에 살고 있습니다."

"그러셨군요. 생명의 은인이라고 할 수 있는 스즈카 씨가 체포되었다는 소식을 접하고 그나마 면식이 있는 수사1과 세이치로 형사님한테 아야노 씨가 직접 연락을 취하신 겁니까?"

니시가 부드러운 말투로 묻자 아야노가 "그건 아니고요" 하고 고개를 저었다.

"스즈카 형사님이 살인 혐의로 체포되었다는 뉴스를 보고 저는 도저히 가만히 있을 수가 없어서 매일같이 신토코로자와 경찰서를 찾아갔습니다. 하지만 좀처럼 만날 용기가 나지 않아서 부지 밖에서 서성이고만 있었는데 마침 지나가던 세이치로 형사님이 저를 알아보고 말을 걸어 주셨어요. 제가 스즈카 형사님을 만나고 싶다고 하니까 현재는 접견이 불가능하다고, 뭔가 전할 말이 있으면 자기가 대신 전해 주겠노라고 하셨어요."

"그게 언제였죠?"

린코가 물었다.

"열흘쯤 전이었습니다."

"그래서 뭐라고 전해 달라고 하셨나요?"

"저는 스즈카 형사님이 사람을 죽였을 거라고는 생각하지 않는다고요. 하지만 만약 살인을 저질렀다면… 그래도 저는 끝까지 곁에 있을 거라고, 이번에는 제가 형사님 옆에서 힘이 되어 드리겠다고 전해 달라고 부탁드렸어요. 그리고…."

아야노가 갑자기 말을 끊더니 잠시 주저하는 기색을 보였다.

"그리고 마지막으로 이렇게 덧붙였습니다. 언젠가 저세상에서 히비키와 다시 만났을 때 아들 보기 부끄러울 짓은 하지 말아 달라고요."

그 말을 전해 들은 스즈카가 어떤 마음이었을지는 대충 짐작이 갔다. 아마도 세이치로는 아야노의 전언을 피의자 조사 때 스즈카의 마음을 흔드는 재료로 사용했을 것이다.

지금 엄마를 보면 천국에 있는 히비키가 어떻게 생각할 것 같으냐는 말과 함께.

그때까지 잘 버티던 스즈카가 갑자기 무너지기 시작한 시기와도 일치했다.

거기까지 생각이 미치자 세이치로가 어째서 오늘 일을 아야노에게 알렸는지도 이해가 갔다. 스즈카에게 날카로운 말을 던진 아야노와 직접 마주하게 함으로써 스즈카를 한 번 더 흔들어 보려는 심산이었을 것이다.

"하지만 지금은 그런 말을 전해 달라고 한 걸 후회하고 있습니다."

아야노가 시선을 내리깔고 입술을 깨물었다.

"왜죠?"

린코가 묻자 아야노가 잠시 망설이다가 이쪽을 보며 대답했다.

"그건 스즈카 형사님이 살인을 저질렀다는 전제하에 한 말이니까요.

오늘 형사님이 증언대에 서서 판사에게 외치는 말을 듣고 큰 충격을 받았습니다. 왜 끝까지 스즈카 형사님을 믿어 주지 못했을까, 하고요. 형사님이 사람을 죽였을 리가 없는데. 뉴스나 신문에서 아무리 스즈카 형사님이 범인이라고 떠들어대도 저만은 믿어 드렸어야 했는데…."

"스즈카 씨가 사람을 죽였을 리가 없다고 믿으시나요?"

"물론입니다."

자신 있게 고개를 끄덕이는 아야노를 보고 린코도 용기를 얻었다.

사실 린코는 변호인으로서 피의자를 대하는 것이다 보니 스즈카의 사람 됨됨이까지 속속들이 파악하고 있지는 못했다. 하지만 오랜 기간 스즈카와 신뢰 관계를 쌓아온 상대로부터 확신에 찬 말을 들으니 자신감이 생겼다.

"왜 그렇게 생각하시죠?"

스즈카에 대한 믿음의 근거가 무엇인지 궁금했다.

"말로 설명하기는 어려운데… 어울리다 보면 자연스럽게 느껴지는 게 있거든요. 경찰관이라는 직업을 내려놓고 생각하더라도 스즈카 형사님은 정의감이 아주 강한 사람입니다. 그만큼 범죄를 증오하는 마음도 강하고요. 2년 전 유괴 사건 때도 범인이 잡힐 때까지 하루도 쉬지 않고 수사에 매달리셨어요. 범인이 잡힌 후에도 저를 만날 때마다 하루빨리 이 세상에서 범죄를 사라지게 하고 싶다고, 더 이상 저 같은 피해자를 만들고 싶지 않다고 말씀하셨고요. 체면치레로 하는 말이 아니라 정말로 진심이라는 게 느껴졌어요."

아야노의 이야기를 들으며 린코는 연신 고개를 끄덕였다.

"스즈카 씨를 마지막으로 만난 것은 언제였나요?"

"사건 전날입니다."

예상치 못한 대답에 린코는 저도 모르게 옆에 앉은 니시와 얼굴을 마주 보았다. 그러고는 다시 아야노를 향해 물었다.

"어디서 만나셨죠?"

"시키에 있는 저희 집에서요."

"만날 약속을 하셨던 건가요?"

"그런 건 아니고… 저녁때쯤 스즈카 형사님 전화를 받았습니다. 일 끝나고 집에 가는 길에 케이크를 샀는데 혹시 시간 괜찮으면 같이 먹지 않겠느냐고 하시길래 그러자고 했죠."

"그렇게 갑자기 찾아오는 일이 자주 있었나요?"

"오가와마치에 살 때는 종종 있었는데 제가 시키로 이사한 후에는 그날이 처음이었던 것 같아요. 보통은 미리 연락을 주시는 편이었거든요. 그래서 저도 뭔가 할 말이 있는 건가 싶었죠."

"그래서요?"

린코가 이야기를 재촉했다.

"딱히 그런 건 아니었어요. 그냥 둘이서 케이크를 먹으면서 형사님은 제가 잘 지내고 있는지 물어보셨고, 저는 늘 그렇듯 슌타로 생각이 나서 울었고…. 제가 우는 걸 보고 형사님도 자기 일처럼 같이 울어 주셨어요. 설령 범인이 극형에 처해진다 해도 제 마음이 홀가분해지지는 않을 거예요. 그런다고 슌타로가 살아 돌아오는 것도 아니니까요. 다만 그때 슌타로에게 무슨 일이 있었던 건지, 슌타로는 왜 죽어야만 했던 건지… 그걸 모르는 채로는 한 발짝도 앞으로 나아갈 수 없어요. 그저 슌타로의 억울한 죽음을 슬퍼하며 죽은 듯이 살아가는 수밖에요. 이렇게 살 바에는 죽는 게 낫지 않나… 그때도 이런 이야기를 하면서 울었어요. 제가 그렇게 말하니까 스즈카 형사님이 '아무리 힘들어도 용기를 내서 살아야 한다'고 하셨어요. 자기도 용기를 내 보겠다고요."

그 말에 린코가 반응했다.

"무슨 용기를 내겠다는 말이었을까요?"

린코가 묻자 아야노가 "저도 모르겠습니다" 하고 고개를 저었다.

"저… 스즈카 형사님이 살인을 저지르지 않았다고 증명하는 게 가능할까요?"

아야노가 린코를 간절한 눈빛으로 쳐다보며 물었다.

"그러기 위해 최선을 다할 생각입니다. 재판이 시작되면 도움을 요청드려도 될까요?"

"네, 제가 할 수 있는 일이라면 뭐든 도울게요."

린코는 원군이 한 명 늘어난 것을 기뻐하며 옆자리에 앉은 니시를 돌아보았다. 니시는 무언가 골똘히 생각에 잠긴 표정으로 커피를 마시고 있었다.

"니시 변호사님, 무슨 생각을 그렇게 하세요?"

린코가 말을 걸자 니시가 컵을 내려놓으며 고개를 저었다.

"그냥 좀 생각할 게 있어서."

대체 무슨 생각을 하는 걸까. 니시는 자기가 아야노를 데려와 놓고 지금까지 아무 말도 하지 않고 있었다. 도무지 종잡을 수 없는 사람이었다.

"린코 변호사님."

아야노가 부르는 소리에 린코는 니시에게서 시선을 거두어 정면을 보았다.

"한 가지 부탁이 있는데요."

"네, 말씀하세요."

"스즈카 형사님을 만나면 말 좀 전해 주시겠어요? 저는 무슨 일이 있어도 형사님을 믿는다고, 끝까지 함께 싸우겠다고요."

린코는 아야노의 결의에 찬 눈빛을 보며 "알겠습니다" 하고 미소를 지어 보였다.

아크릴판을 사이에 두고 기다리고 있으려니 맞은편 문이 열리고 스즈카가 들어왔다.

어제 가족들을 만나 조금은 기운이 나지 않았을까 기대했는데 눈앞에 앉은 스즈카는 여전히 안색이 어둡고 생기가 느껴지지 않았다.

린코와 마주 보고 앉은 스즈카가 "부탁드립니다" 하고 이쪽으로 몸을 숙였다.

린코는 가방에서 히비키의 사진을 꺼내 아크릴판에 바싹 가져다 댔다.

"히비키…."

스즈카가 두 손을 아크릴판에 대고 사진에 얼굴을 가까이 들이밀었다.

"경찰 조사는 이틀 후면 끝납니다. 그때까지 조금만 더 힘내세요."

린코가 하는 말은 귀에 들어오지도 않는 듯 스즈카는 히비키의 사진만을 뚫어지게 쳐다봤다. 필사적으로 눈물을 참고 있는 듯했다.

"어제 스즈카 씨가 돌아간 후에 하야마 아야노 씨를 만났습니다."

그 말에 반응한 듯 스즈카가 시선을 들어 린코를 쳐다보았다.

"세이치로 형사님이 아야노 씨의 전언이라며 스즈카 씨에게 이런저런 이야기를 하지 않던가요?"

스즈카의 눈빛이 어두워졌다. 역시 그랬던 것인가. 아야노마저 자신을 믿어 주지 않는다는 절망감이 그나마 남아 있던 스즈카의 기력을 송두리째 빼앗아 간 것이리라.

"아야노 씨는 세이치로 형사님께 전언을 부탁한 것을 진심으로 후회하고 있었습니다. 다른 사람을 통하면 아무래도 의미나 뉘앙스가 제대로 전달되기 어렵고, 더군다나 그 말을 전한 사람은 스즈카 씨의 자백을 받아내려고 하는 형사였으니까요. 오늘은 제가 아야노 씨의 메시지를 전하겠습니다. 아야노 씨는 무슨 일이 있어도 스즈카 씨를 믿는다고, 끝까지 함께 싸우겠다고 했습니다. 이것이 현재 아야노 씨의 솔직한 마음입니다."

"그런가요…."

스즈카가 중얼거리며 다시 사진으로 시선을 돌렸다. 린코는 스즈카가 뭔가 말하기를 기다렸지만 스즈카는 잠자코 사진만 쳐다보고 있었다.

"스즈카 씨 편은 저희 변호인과 가족뿐만이 아닙니다. 그 사실을 전하고 싶었습니다."

"그건 정말로 감사하게 생각하고 있습니다. 하지만 지금 제게 힘이 되어 주는 존재는 히비키뿐이에요."

스즈카의 말에 린코는 당혹감을 감추지 못했다.

"저희는 스즈카 씨의 힘이 되지 못한다는 말씀이신가요?"

"그런 뜻은 아닙니다. 죄송합니다, 이렇게 열심히 움직여 주고 계신데…. 다만 뭐랄까… 저 혼자 조사를 받을 때 믿을 것이라고는 제 마음밖에 없으니까요. 조사 때 제 머릿속에 떠오르는 사람은 히비키뿐입니다."

린코도 무슨 뜻인지는 이해했다. 하지만 그래도 역시 서운한 마음이 들었다.

"스즈카 씨에게 여쭤보고 싶은 것이 있습니다."

린코 옆에 앉아 있던 니시가 불쑥 끼어들었다.

"호스트와 손님으로 만나기 전에 카노 씨와 어딘가에서 만났던 적은 없습니까?"

스즈카가 깜짝 놀라 사진에서 시선을 들어 니시를 쳐다보았다. 린코도 고개를 돌려 니시를 쳐다보았다.

대체 무슨 말을 하는 걸까.

"아니요, 카노 씨는 호스트바에서 처음 만났습니다. 왜 그런 질문을…?"

스즈카가 당혹스러운 표정으로 니시에게 물었다.

"아야노 씨로부터 스즈카 씨가 재작년까지 오가와키타 경찰서 형사과에 있었다는 이야기를 들었습니다. 카노 씨는 작년 3월에 강도 혐의로 오가와키타 경찰서에 체포된 적이 있고요."

스즈카가 놀란 듯 눈을 크게 떴다.

그러고 보니 일전에 니시가 린코에게 건넨 신문기사에 그런 내용이 적혀 있었다. 어제 아야누의 이야기를 들었을 때까지만 해도 린코는 그 기사 내용과 연결 지어 생각하지 못했다. 니시가 어제 카페에서 딴생각을 하는 것처럼 보였던 이유는 이것 때문이었던 걸까.

스즈카의 시선이 정처 없이 허공을 맴돌았다. 무언가를 생각해 내려고 하는 듯한 표정이었다.

"작년 3월이라면 제가 모로 경찰서로 옮기기 직전이네요. 만약 그게 사실이라면 저도 수사에 참여했을 가능성은 있지만 솔직히 지금으로서는 전혀 기억이 나지 않습니다."

"스즈카 씨는 기억하지 못하지만 카노 씨가 스즈카 씨를 기억하고 있었을 가능성은 있지 않을까요?"

"글쎄요…, 저로서는 전혀 그런 기억이 없어서요…."

스즈카가 자신 없는 목소리로 대답했다.

"그렇습니까. 어제부터 계속 신경이 쓰여서 한번 여쭤봤습니다. 그리고 하나 더, 스즈카 씨는 무슨 용기를 내려고 한 겁니까?"

니시의 질문에 스즈카가 고개를 갸웃거렸다.

"아야노 씨와 사건 전날 만났다고 들었습니다. 아야노 씨가 아들 생각에 힘들어하니까 스즈카 씨가 '아무리 힘들어도 용기를 내서 살아야 한다'면서 '나도 용기를 내 보겠다'고 말했다고 하던데요."

"글쎄요, 잘 기억이 나지 않네요. 큰 의미는 없었던 것 같습니다."

"그렇습니까…."

니시가 고개를 끄덕이자 스즈카가 "저…" 하고 뭔가 말을 꺼내려다가 이내 입을 다물고 고개를 푹 숙였다.

"왜 그러시죠?"

린코가 물었다.

"저… 아야노 씨는 어떤가요?"

린코는 뭐라고 대답해야 할지 몰라 니시를 쳐다보았다. 니시는 고개를 숙인 스즈카를 가만히 응시하고 있었다.

"법정에서는 도저히 아야노 씨를 똑바로 쳐다볼 수가 없었거든요. 여전히 많이 힘들어하시던가요?"

"글쎄요, 저희는 아야노 씨가 예전에 어땠는지를 모르니까요."

"마지막으로 아야노 씨와 이야기를 나누었을 때도 자포자기한 분위기였기 때문에 행여라도 이상한 생각을 하지는 않을까 걱정했거든요."

잠자코 고개를 끄덕이며 스즈카의 말을 듣고 있던 린코는 문득 뭔가 이상하다는 생각이 들었다. 그날 아야노는 차라리 죽는 게 낫겠다는 식으로 말했다고 하니 걱정이 될 만도 했다. 하지만 지금 상황에서 스즈카가 다른 사람 걱정을 한다는 것이 잘 이해가 되지 않았다.

"재판에 대해서는 아무 말 없었나요?"

"스즈카 씨 재판 말인가요?"

린코가 되묻자 스즈카가 고개를 들며 "슌타로의 재판이요" 하고 대답했다.

"재판 일정은 잡혔나요?"

린코는 저도 모르게 니시와 얼굴을 마주 보았다. 왜 그런 걸 궁금해하는 걸까.

"재판에 대해서는 딱히 아무 말도 없었습니다만, 왜 그러시죠?"

린코가 스즈카를 똑바로 쳐다보며 물었다.

"아무것도 아닙니다."

스즈카는 그렇게 말하며 다시 고개를 숙였다.

린코는 니시와 함께 경찰서를 나와 역으로 향했다.

"깜짝 놀랐어요. 스즈카 씨가 근무하던 경찰서에 카노 씨가 체포된 적이 있다니. 엄청난 우연이네요."

린코가 니시를 뒤따라가며 말하자 니시가 혼잣말처럼 중얼거렸다.

"과연 우연일까?"

"무슨 뜻이죠?"

"정말 단순한 우연의 일치였을까?"

"우연이 아니면 뭐겠어요. 2년 전 카노 씨가 체포당했을 때 두 사람이 만난 적이 있고, 그때 일을 기억하고 있던 카노 씨가 스즈카 씨에게 계획적으로 접근했다는 말인가요? 왜 그런 짓을….'

"그건 아닐 거야. 두 사람은 카노 씨가 일하는 호스트바가 있는 토코로자와역 앞에서 처음 만났다고 했잖아. 카노 씨 쪽에서 의도를 가지고 접근한 거라고 보기는 어려워."

"그럼 스즈카 씨가 의도를 가지고 접근했다는 건가요? 스즈카 씨는 카노 씨를 만난 적이 없다고 했잖아요. 혹시 스즈카 씨 말을 의심하시는 건가요?"

니시는 아무 말도 하지 않았다. 하지만 표정을 보면 스즈카가 한 말을 믿지 않는 것이 분명했다.

"변호인이 의뢰인을 의심하다니….'

"예전에 린코 변호사가 스즈카 씨한테 카노 씨의 전과에 대해 알고 있었느냐고 물은 적이 있었지?"

갑작스런 화제 전환에 린코는 당시 기억을 떠올렸다.

"린코 변호사가 '혹시 카노 씨에게 전과가 있다는 말을 들은 적이 있느냐' 하고 물으니까 스즈카 씨는 놀란 표정으로 '그런 말은 들은 적이 없다'고 대답한 다음 바로 다음 화제로 넘어갔어."

"네, 저도 기억해요. 그런데 그게 왜요?"

"그게 이상하게 마음에 걸리더라고.'

"대체 어디가….'

"보통은 그런 말을 들으면 무슨 전과인지 궁금하지 않나?"

린코는 앗 하고 숨을 들이마셨다.

"물론 그때는 아직 우리도 카노가 무슨 혐의로 체포된 것인지까지는 몰랐지. 하지만 스즈카 씨는 우리가 모른다는 사실을 몰랐잖아. 만약 카노 씨에게 폭행이나 강간 같은 전과가 있다면 자신의 주장에 신빙성이 더해질 테니 일단은 무슨 전과인지 물어볼 법도 한데 스즈카 씨는 아무렇지도 않게 넘어갔지."

니시는 그런 스즈카의 반응이 마음에 걸려서 2년 전 카노가 저지른 사건에 대해 알아보게 된 걸까. 그 전까지 니시는 카노의 전과에 대해 별다른 관심을 보이지 않았었다.

"스즈카 씨는 카노 씨의 전과가 뭔지 알고 있었다는 말인가요?"

린코가 믿기지 않는다는 말투로 물었다.

"나는 그렇게 생각해."

"만약 그렇다면 스즈카 씨는 그걸 어떻게 알았을까요?"

사실은 호스트바에서 카노 본인이나 동료 호스트에게 들어서 알고 있었지만 린코와 니시 앞에서는 모르는 척한 걸까. 아니면 그 전부터 알고 있었던 걸까.

"글쎄…."

니시가 천천히 고개를 젓더니 미간을 찡그린 채 린코를 보며 말했다.

"아무튼 스즈카 씨가 우리한테 모든 것을 솔직하게 말하고 있는 게 아니라는 것만은 확실해."

13

히나타 세이치로는 책상 아래에서 재킷 소매를 걷어 손목시계를 확인했다. 오후 8시 55분이었다.

이쯤 되면 더 이상 초조함은 느껴지지 않았다. 대신 허무함이 몰려왔다.

손목시계에서 시선을 들어 눈앞에 앉은 스즈카를 보았다. 상체를 앞으로 기울이며 책상 위에서 깍지를 꼈다.

"이제 5분 후면 조사가 종료됩니다. 이것이 마지막 기회입니다."

스즈카는 아무런 반응을 보이지 않았다. 언제나처럼 입을 굳게 다문 채 시선을 내리깔고 있었다.

"당신은 카노 씨에게 저항하기 위해 술병을 휘두른 게 아닙니다. 어느 정도 살의가 담겨 있었는지는 모르겠지만 뭔가 다른 이유로 카노 씨의 머리를 때려 죽게 만든 겁니다. 아닌가요?"

스즈카가 시선을 들어 이쪽을 보았다. 텅 빈 눈동자였다.

"묵비권을 행사하겠습니다."

세이치로는 새어 나오는 한숨을 삼키며 문 옆 의자에 앉은 요코카와를 돌아보았다. 세이치로가 고개를 끄덕이자 요코카와가 자리에서 일어나 조사실 밖으로 나갔다.

이제 몇 분 후면 스즈카와는 두 번 다시 만날 일이 없을 것이다. 과거에 같은 사건을 담당했던 동료로서 그저 답답할 따름이었다.

문이 열리고 요코카와와 함께 두 명의 유치장 직원이 들어왔다. 유치장 직원들이 맞은편 의자로 가서 스즈카에게 수갑과 포승줄을 채운 후 일으켜 세웠다. 스즈카는 직원들을 따라 문 쪽으로 향했다.

"스즈카 씨."

세이치로가 부르자 스즈카가 문 앞에서 걸음을 멈췄다.

"23일 동안 잘 버티셨네요. 대단하십니다."

세이치로는 옅은 미소를 지어 보였지만 스즈카의 표정은 변함이 없었다. 그저 이쪽을 물끄러미 쳐다볼 뿐이었다.

"이제 만날 일도 없을 테니 마지막으로 조언 하나만 해도 될까요? 재판에서는 순순히 혐의를 인정하는 편이 좋을 겁니다. 부인한다 한들 이길 가능성은 희박하니까요."

스즈카는 여전히 무표정한 얼굴로 고개를 살짝 숙였다. 그러고는 몸을 틀어 조사실에서 나갔다.

방금 고개를 숙인 건 무슨 뜻이었을까. 적어도 세이치로의 마음이 전해진 것 같지는 않았다.

피의자 조사는 지금까지 여러 번 해 봤지만 이번만큼 힘든 경우는 처음이었다. 기력이 다 빨려 나간 느낌이었다. 23일간 조사하는 내내 스즈카에게서는 무슨 일이 있어도 살해 혐의를 인정할 수는 없다는 강한 의지가 느껴졌다. 장기간에 걸친 경찰 조사가 끝났다는 해방감에 지금쯤 복도에서 안도의 한숨을 내쉬고 있지 않을까. 하지만 그것도 오래가지 못할 것이다. 이쪽에서 수집한 증거를 보면 피고인 측에서 알아서 방침을 전환할 수밖에 없을 테니까.

세이치로는 무거운 몸을 간신히 일으켜 밖으로 나가 응접실로 향했다.

노크를 하고 문을 열자 코이데 계장과 츠보우치 관리관, 그리고 스가와라 검사가 앉아 있었다.

"실례합니다."

세이치로는 문을 닫고 들어가 츠보우치와 스가와라를 마주 보며 코이데 옆자리에 앉았다.

"자백은 받아 내지 못한 모양이군."

표정만 봐도 알겠다는 츠보우치의 지적에 세이치로는 "죄송합니다" 하고 고개를 숙였다.

"어떤가요?"

츠보우치가 옆에 앉은 스가와라에게 물었다.

"자백을 받아 내지 못한 건 유감이지만 지금까지 모은 정황 증거만으로도 재판에서 충분히 싸울 수 있을 것 같습니다."

두 사람의 대화를 들으며 세이치로는 저도 모르게 고개를 떨구었다.

"기소한다는 말이군요."

츠보우치의 말에 스가와라가 "네" 하고 자신 있게 대답했다.

"세이치로 형사님."

자신을 부르는 스가와라의 목소리에 세이치로는 고개를 들었다.

"비록 자백을 받아 내지는 못했지만 너무 자책하지 않으셔도 됩니다."

유능한 검사답게 절묘한 비아냥이 섞인 위로였다. 세이치로는 아무 말도 하지 않고 상대를 날카롭게 쏘아보았다.

딱히 당신들 좋으라고 피의자의 자백을 받아 내려고 한 것이 아니다. 모든 것은 피해자와 유족들, 그리고 피의자 자신을 위해서였다.

수사 단계에서 피의자가 죄를 인정하느냐 안 하느냐에 따라 양형이나 판결은 크게 달라질 수 있다. 아니, 그 이전에 자신의 죄를 인정하고 반성하느냐 안 하느냐에 따라 피의자의 앞으로의 인생이 크게 달라질 터였다.

혼카와고에역 개찰구를 빠져나온 세이치로는 저도 모르게 쓴웃음을 지었다.

오늘은 마시고 싶은 기분이었다. 하지만 그렇다고 해서 왜 일부러 집에서 멀리 떨어진 카와고에까지 온 걸까.

역에서 나와 밤거리를 걷다 보니 그 이유를 알 것도 같았다. 이곳은 젊은 시절 세이치로의 감정들이 고스란히 남아 있는 장소였다. 오랜 기간 쫓던 범인을 마침내 체포했을 때의 환희, 오늘처럼 일이 생각대로 풀리지 않았을 때의 답답함과 분함, 그 밖에 경찰관으로서 일하며 느꼈던 다양한 감정들.

그리고 니시 다이스케와 함께한 시간들….

니시와는 경찰학교 동기로 만나 줄곧 좋은 친구이자 라이벌이었다.

세이치로는 동기 중 니시와 가장 친했다. 기숙사에서 옆방이라 대화할 기회가 많기도 했지만, 그보다도 세상을 바라보는 시선이 비슷해서 마음이 잘 맞았다.

무엇보다 사회에서 일어나는 온갖 범죄에 대한 분노와 증오심이, 경찰관을 지망하는 동기들 중에서도 두 사람은 특히 더 강했다.

경찰관인 아버지를 둔 세이치로에게 경찰이 되는 것은 지극히 자연스러운 일이었다. 어려서부터 경찰이 되겠다고 마음먹고 준비해 왔기 때문에 경찰학교에 들어가서도 당연히 자신이 가장 우수한 성적을 거두리라 믿어 의심치 않았다. 그 믿음을 위협한 존재가 바로 니시였다.

법학 수업에서는 도저히 니시를 따라갈 수가 없었다. 그도 그럴 것이 니시는 대학 재학 중에 이미 사법고시에 패스한 상태였다. 변호사 되는 것이 꿈이었다면서 왜 갑자기 진로를 바꾸었느냐고 묻자 니시는 자신이 범죄자와 맞서 싸우겠노라고 결심하게 된 계기에 대해서 세이치로에게만 말해 주었다.

경찰관보다는 검사가 되는 것이 낫지 않았겠느냐고 되묻자 니시는 검사는 생각해 본 적도 없다고 했다. 뭔가 석연치 않은 부분이 있었지만 세이치로도 더 자세히는 묻지 않았다.

무도 수업에서는 근소한 차이로 세이치로가 앞섰다. 어쨌거나 세이치로와 니시는 항상 동기들 사이에서 1, 2등을 다투는 사이였다.

졸업 후에는 각자 다른 경찰서로 배치되었지만 바쁜 나날을 보내는 와중에도 간간이 연락을 주고받았다. 서로 다른 경찰서에서 일하면서도 세이치로는 가끔씩 니시를 떠올렸고, 니시의 소식을 들으면 자신도 더 열심히 해야겠다고 투지를 불태웠다. 아마 니시도 비슷했을 것이다.

니시는 우수한 형사였다. 9년 전 오오미야에서 발생해 오랜 기간 미결로 남았던 연쇄 살인 사건의 범인을 체포하는 데 결정적인 증거를 찾은 공적을 인정받아 표창을 받기도 했다. 동기 중 가장 빨리 수사1과로 진급하는 사람은 니시 아니면 자신일 것이라고 생각했다. 그런 니시가 5년 전 조직을 등지고 떠났다.

세이치로는 상점가 사이로 난 골목으로 들어갔다. 어두운 뒷골목 안쪽에 간판이 보였다.

주인이 제대로 장사할 생각이 없어 보여서 걱정했는데 다행히 아직 망하지는 않은 모양이었다.

세이치로는 골목에 덩그러니 놓인 'Bar 레드 크로우'라는 간판을 흘깃 쳐다본 다음 지하로 향한 계단을 내려갔다. 무거운 문을 밀고 들어가자 그리운 풍경이 눈앞에 펼쳐졌다. 거대한 나무판으로 된 카운터 안쪽에서 마스터인 노자와가 "어서 오세요" 하고 인사를 건넸다.

카운터석은 절반 정도 차 있었지만 과거 세이치로와 니시가 지정석으로 삼았던 왼쪽 끝 두 자리는 비어 있었다. 자리에 앉자 노자와가 이쪽으로 다가왔다.

"오래만에 오셨네요."

"오래 못 와서 죄송합니다."

세이치로가 살짝 고개를 숙이며 대답했다.

마지막으로 온 것이 언제였는지 정확히 기억나지 않았다. 니시와 둘만의 송별회를 한 뒤로는 온 적이 없으니 적어도 5년은 지났을 터였다.

"많이 바쁘시죠? 영전하셨다는 소문은 들었습니다."

마스터에게 그런 말을 할 사람은 한 사람밖에 없었다. 니시는 여전히 이곳을 드나들고 있는 걸까.

"글렌피딕을 하이볼로."

세이치로가 주문하자 노자와가 선반에서 술병을 꺼내 음료를 만들어주었다. 눈앞에 놓인 잔을 들어 한 모금 마셨다. 그 시절 즐겨 듣던 재즈가 흘러나오는 어두운 가게 안에서 술을 마시고 있으려니 니시와 마지막으로 함께 마신 기억이 떠올랐다.

니시가 경찰을 그만둔 날도 여기서 함께 술을 마셨다. 예상했던 대로 제대로 된 환송회는 열리지 않은 듯했다. 그날은 두 사람 다 말수가 적었다. 무슨 말을 한들 둘 사이에 깊게 파인 틈을 메우는 것은 불가능하다는 사실을 서로가 잘 알고 있었기 때문이다. 세이치로는 그저 니시와 함께 술을 마시고 싶었을 뿐이었다. 결국 마지막까지 입 밖에 내지는 않았지만 적어도 자신만은 니시를 위로하고 격려하는 마음으로 배웅하고 싶었다. 누가 뭐래도 니시는 우수한 형사였다.

"어서 오세요."

노자와의 목소리에 옛 기억에서 깨어난 세이치로는 다시 잔을 들어 입으로 가져갔다.

"이런 데서 술이나 마시고 있는 걸 보니 일이 한가한가 보네."

익숙한 목소리에 문 쪽을 돌아보았다. 니시가 이쪽으로 다가와 옆자리에 앉았다.

"오늘로 내 일은 끝났으니까."

세이치로가 대답했다.

"아아, 그랬지. 여전히 글렌피딕인가?"

세이치로가 고개를 끄덕이자 니시도 노자와에게 주문을 했다.

"같은 걸 온더록으로."

얼마 지나지 않아 눈앞에 잔이 놓였다. 니시는 술병이 진열된 정면의 선반을 바라보며 술을 마셨다.

"그쪽이야말로 한가해 보이는데."

"아직 내가 나설 때가 아니니까."

니시가 이쪽을 돌아보지 않고 대답했다.

피의자가 정식으로 기소되고 수사 기관에서 증거를 제출한 후부터가 시작이라는 건가.

형사였을 때 그런 사건을 경험하고, 억울하게 누명을 쓰는 사람을 없애기 위해 변호사가 된 니시다운 생각이었다.

하지만….

"네가 나설 차례는 영원히 오지 않을 거야."

세이치로가 말하자 니시가 고개를 돌려 이쪽을 쳐다보았다. 두 사람의 시선이 교차했다.

"스즈카 씨는 틀림없이 유죄니까."

조만간 니시 너도 인정할 수밖에 없을 것이다. 그때는 어떻게 할 생각이냐. 범죄를 증오하는 네가 대체 어떻게 범인을 변호하겠다는 거냐.

너는 그쪽에 있을 사람이 아니다. 어째서 그런 선택을 한 거냐. 나는 너와 함께 이 사회의 악을 물리치고 싶었는데….

니시가 세이치로의 시선을 피해 다시 앞을 보며 잔을 입으로 가져갔다.

"그건 내가 직접 보고 판단할 문제야."

14

린코가 니시와 함께 사무실로 돌아가자 대표인 호소카와가 자리에 있었다. 자료를 검토 중인 듯했다.

"다녀왔습니다."

린코가 가까이 다가가며 인사하자 호소카와가 고개를 들었다. 니시는 말없이 자기 자리로 가서 앉았다.

"두 사람이 같이 온 걸 보니 스즈카 씨 접견을 다녀오는 길인가요?"

"네. 오늘 스즈카 씨가 기소되었습니다."

린코는 가방에서 공소장 사본을 꺼내 호소카와에게 내밀었다. 호소카와가 평소와 달리 심각한 표정으로 공소장에 적힌 내용을 확인했다.

"린코 변호사는 공판 전 준비절차가 이번이 처음이던가요?"

호소카와의 물음에 린코는 "네" 하고 고개를 끄덕였다.

공판 전 준비절차란 형사재판에서 효율적인 심리를 위해 도입된 제도로, 판사와 검사와 변호인이 공판 전에 미리 모여 증거 및 쟁점을 정리하고 심리 계획을 세우는 것을 말한다.

배심원 재판에서는 반드시 공판 전 준비절차를 거쳐야 하는데 스즈카의 죄명은 살인이므로 배심원 재판에 해당했다.

"시간이 얼마 없지만 오늘부터 관련 서적을 열심히 읽으며 공부할 생각입니다."

린코가 대답했다.

"니시 변호사는 경험이 있던가요?"

호소카와가 니시에게 묻길래 린코도 니시 쪽을 쳐다보았다. 니시는 하품을 하며 노트북 자판을 두드리고 있었다.

"두 번 해 봤습니다."

니시가 노트북 화면에서 시선을 떼지 않은 채 짧게 대답했다.

"어떤 사건이었나요?"

린코가 묻자 니시가 이쪽을 돌아보며 "두 건 다 강도상해였고, 살인은 나도 안 해 봤어"라며 귀찮다는 듯 대답했다.

"뭐 니시 변호사도 같이 하는 거니까 린코 변호사는 안심하고 맡겨도 되겠네요."

호소카와가 웃으며 말했지만 린코는 도무지 안심이 되지 않았다.

"그건 그렇고…, 호소카와 대표님은 하야시 테츠나리 사건 재판이 어떻게 진행되고 있는지 아시나요?"

린코가 갑자기 화제를 전환하자 호소카와가 고개를 갸웃거렸다.

"하야시 테츠나리…?"

"2년 전 오가와마치에서 발생한 유아 납치 살인 사건입니다."

"아…." 호소카와가 그제야 기억이 난 듯 고개를 주억거렸다. "야마데라 변호사님이 담당했던 사건 말이군요."

야마데라는 호소카와와 마찬가지로 유명한 인권 변호사였다.

"갑자기 그 사건은 왜…?"

"실은 스즈카 씨의 지인이 그 사건 피해자의 어머니라고 합니다. 그래서인지 스즈카 씨도 재판이 어떻게 진행되고 있는지 궁금해하더라고요."

"그런가요. 사형이냐 아니냐를 다투는 어려운 사건이다 보니 아직 재판이 시작되지 않은 것 같던데요."

"그렇군요…."

린코는 고개를 떨구었다.

배심원 제도의 도입으로 재판 기간이 이전보다 단축된 것은 사실이었다. 하지만 사전에 쟁점을 정리하는 공판 전 준비절차를 거쳐야 하다 보니 재판이 시작되기까지 시간이 오래 걸린다는 폐해도 있었다.

"린코 변호사가 많이 피곤해 보이는데요."

호소카와가 린코를 보며 걱정스러운 표정을 지었다.

최근 3주 정도는 주말에도 쉬지 않고 일을 했다. 그래도 어제까지는 딱히 피곤하다고 느끼지 않았는데 아까부터 강한 허탈감이 몰려왔다. 매일 접견을 가서 스즈카에게 경찰 조사에 굴하지 말라고 당부하며 린코 자신도 긴장의 끈을 놓지 않고 있었는데 이번 기소를 계기로 갑자기 긴장이 풀린 듯했다.

"좀 쉬는 게 좋지 않을까요? 다른 일에 지장이 없다면 2~3일 휴가를 내도 됩니다."

"괜찮습니다."

린코는 무리해서 미소를 지어 보이고는 자리로 돌아왔다.

지금까지는 스즈카에게 묵비권을 행사하라고 옆에서 조언하기만 하면 되었지만 이제부터는 달랐다. 재판 준비를 해야 하니 쉬고 있을 때가 아니었다.

책장에서 공판 전 준비절차에 관한 책을 몇 권 꺼내서 의자에 앉았다.

책을 펼치려는데 문득 책상 위에 놓여 있는 봉투가 눈에 들어왔다. 우편물 전송 스티커가 붙어 있었다. 이전 회사에서 린코 앞으로 온 편지를 전달해 온 모양이었다.

봉투를 집어 뒤집어 보았다. 주소란에는 토치기 교도소라고 적혀 있었다.

타카시마 치사토.

보낸 사람 이름을 확인한 순간, 심장 박동이 빨라졌다.

린코는 가방에서 열쇠를 꺼내 문을 열었다. 현관에서 신발을 벗고 있는데 엄마가 나와서 맞아 주었다.

"오늘은 일찍 왔네."

린코는 고개를 끄덕였다.

편지를 받고부터는 일이 손에 잡히지 않아 결국 일찍 퇴근했다.

"바로 밥부터 먹을래?"

"남은 일이 있어서 끝나면 내려올게요."

린코는 엄마의 시선을 피해 계단을 올라갔다. 방에 들어가서 가방에서 책을 꺼내 책상에 앉았지만 역시 글자가 눈에 들어오지 않았다. 침대 위에 던져 놓은 가방에 자꾸 눈길이 갔다.

편지 내용이 궁금했지만 열어보지 못한 채 가방 안에 넣어 둔 상태였다.

1년 전, 린코는 토치기 교도소에서 복역 중인 치사토 앞으로 편지를 보냈다. 그때까지 6년 넘게 치사토에 대한 복잡한 감정 때문에 힘들어하다가 고민 끝에 자신의 생각을 정리해서 적어 보낸 것이었다. 집으로 답장이 오면 어머니와 할아버지가 놀랄 것 같아서 보내는 사람 주소에는 이전 직장 주소를 적었다.

그로부터 1년이 지났다. 치사토도 답장을 보낼지 말지 많이 망설인 모양이었다.

어떤 내용이 적혀 있을까. 치사토는 자기가 죽인 사람의 딸에게 과연 무슨 말을 했을까.

린코의 아버지가 타카시마 치사토에게 살해당한 것은 7년 전 11월, 린코가 사법연수원에 들어가기 직전의 일이었다.

집에서 TV를 보고 있는데 전화벨이 울렸다. 상대는 아버지와 함께 일하는 법률사무소 동료로, 린코가 수화기를 집어 들기가 무섭게 빠른 말투로 횡설수설하며 말을 쏟아 냈다. 처음에는 무슨 말인지 이해하지 못해 눈만 깜빡이다가 이윽고 아버지가 누군가에게 칼에 찔린 상황임을 깨달은 린코는 어머니와 할아버지와 함께 서둘러 병원으로 달려갔다. 병원에 도착하니 중환자실 앞에 법률사무소 대표와 아까 통화한 코바야시라는 동료가 기다리고 있었다. 코바야시가 입은 셔츠는 피로 물들어 있었다.

코바야시의 설명에 따르면 아버지와 함께 점심을 먹으려고 사무실을 나서는데 갑자기 한 여자가 이쪽을 향해 돌진해 왔다고 했다. 여자는 의미를 알 수 없는 괴성을 내지르며 아버지의 가슴에 무언가를 힘껏 찔러 넣었다. 여자가 한 발짝 물러서자 아버지는 그 자리에 무너져 내리듯 주저앉더니 그대로 뒤로 쓰러졌다. 아버지의 가슴에 꽂힌 칼을 보고 코바야시는 사무실 쪽을 향해 다급한 목소리로 구급차를 불러 달라고 외쳤다. 여자는 넋이 나간 듯 그 자리에 못 박힌 듯 서 있다가 소리를 듣고 달려 나온 사무실 직원들에게 붙잡혔다.

2시간 후, 아버지는 치료한 보람도 없이 숨을 거두었다. 출혈성 쇼크사였다.

이튿날 경찰이 와서 용의자에 대해 설명해 주었다. 용의자 타카사키 치사토는 마흔두 살의 여성으로, 린코의 아버지가 변호를 담당했던 형사 사건의 관계자였다. 린코의 아버지는 상해치사 사건을 일으킨 마스다 토모카라는 스무 살짜리 피고인의 변호를 맡았고, 마스다가 죽인 열여덟 살짜리 피해 소년의 어머니가 치사토였다.

아버지는 형사 사건을 전문으로 다루는 인권 변호사로, 법조계에서는 잘 알려진 존재였다. 피고인이 누명을 썼다고 주장하는 사건에서 무죄 판결을 받아 낸 적도 여러 번 있었다.

공판에서 아버지는 마스다가 어릴 적 불우한 환경에서 자랐으며 사건 발생 후에는 피해자의 모친에게 진심으로 반성하는 마음을 담아 매일같이 편지를 보내고 있다는 점 등을 들어 정상 참작을 호소했고, 최종적으로 검찰의 구형보다 훨씬 가벼운 판결을 받아 내는 데 성공했다. 그것이 불과 2주 전의 일이었다. 판결에 앙심을 품고 이번 범행을 저지른 치사토는 반성하는 기색을 보이기는커녕 '그런 변호사는 죽어 마땅하다'라고 당당하게 말했다.

피의자가 진술한 내용을 전해 들은 가족들은 모두 할 말을 잃었다.

린코는 대학에 다니면서 사법고시를 준비할 때, 아버지와 몇 번인가 변호사라는 직업에 대해 이야기를 나눈 적이 있었다. 당시 린코는 변호사의 정체성에 대해 의문을 품고 있었다. 피고인의 누명을 벗기기 위해 최선을 다해야 한다는 점에는 동의했지만, 범죄자를 옹호하고 감형을 위해 노력한다는 것은 받아들이기 어려웠다.

린코가 '세상 사람들이 모두 극악무도한 놈이라고 욕하는 사람을 옹호하는 데 망설임은 없느냐'고 묻자, 아버지는 곰곰이 생각하더니 '누군가는 해야 하는 일이니까. 그 일을 내가 하는 것뿐'이라고 대답했다.

피의자나 피고인에게는 자기편이 변호인밖에 없다. 자기편은커녕 자기 말을 제대로 들어 주는 사람조차 거의 없는 경우가 태반이다. 경찰이나 검찰은 조직의 압도적인 힘을 내세워 피의자나 피고인의 죄를 입증하려고 든다. 그리고 법원은 제출된 증거를 바탕으로 죄를 판결한다. 죄를 저지를 정도로 코너에 몰린 사람들에게는 믿을 수 있는 가족이나 친구가 없는 경우가 많다.

그러니 그들의 이야기를 들어 줄 사람은 변호인밖에 없다…라고.

범죄자를 옹호하는 입장이라는 사실 때문에 세간의 욕을 먹으면서도 아버지는 형사 변호인이라는 직업에 자부심을 갖고 있었다. 어머니도 아버지가 하는 일을 이해하고 있었을 것이다.

어머니는 누구보다 아버지의 죽음을 슬퍼하고 범인을 증오했을 테지만 어머니의 입에서 그런 말이 나온 적은 단 한 번도 없었다. 범인을 향한 증오심을 드러내는 것은 남편의 뜻을 부정하는 일이 될 수도 있다고 생각했기 때문이리라.

어머니뿐만 아니라 할아버지와 오빠도 그 사건이나 범인에 대해 말하는 것을 최대한 피하려고 했다. 가족끼리 그 이야기를 하는 일은 없었지만 린코의 마음 한구석에는 범인을 향한 증오가 뚜렷하게 자리잡았다.

사실 그전까지 린코는 별다른 목적의식 없이 법 공부를 해 왔다. 할아버지, 아버지, 오빠 모두 법조인이라는 막연한 이유로 사법고시를 준비하게 된 것이었다. 하지만 아버지가 살해당한 것을 계기로 린코는 장차 검사가 되어야겠다고 마음먹고 사법연수원으로 향했다.

사법연수원 생활이 중반에 달했을 무렵, 린코는 아버지 동료인 코바야시로부터 다음 주에 치사토의 첫 공판이 열린다는 소식을 전해 들었다. 집에도 알렸지만 어머니도 할아버지도 재판을 방청할 생각은 없다고 했다.

린코는 담당 교관에게 사정을 설명하고 휴가를 받아 치사토의 재판을 보러 가기로 했다. 자기만이라도 치사토에게 유족의 따가운 시선을 퍼부어 주고 싶었다.

법정에 선 치사토는 뉴스 등을 통해서 본 사진보다 훨씬 더 나이가 들어 보였다. 마흔두 살이라고는 믿기지 않을 정도로 흰머리가 많고 뺨은 폭 파인 데다가 전체적으로 야윈 모습이었다.

검사가 공소장을 읽는 동안 린코는 증언대 앞에 선 치사토를 날카롭게 쏘아보았다.

죄상 인정 여부를 묻는 질문에 치사토는 "모두 사실입니다"라며 순순히 기소 사실을 인정했다. 증거 조사가 끝나고 검찰 측 증인으로 아버지 동료인 코바야시가 나와 사건 당시 상황을 증언했다. 피고인 측 증인은 없었기 때문에 바로 피고인 신문으로 넘어갔다. 검찰 측 질문에 대해 치사토는 사건을 저지르게 된 경위를 더듬더듬 설명했다.

치사토는 10년 전 남편이 죽은 후부터 아들과 단둘이 살아왔다. 자기에게는 무엇과도 바꿀 수 없는 소중한 존재였다고 연신 눈물을 훔치며 아들과의 추억을 이야기했다. 그런 아들이 어느 날 길을 걷다가 눈이 마주쳤다는 이유로 시비를 걸어온 마스다에게 무차별적으로 폭행을 당해 죽어 버렸다. 아들의 죽음을 좀처럼 받아들이지 못하고 그저 아들을 죽인 범인이 엄벌에 처해지기만을 바랐는데 그마저도 이루어지지 않았다.

린코의 아버지가 변호를 담당한 결과 피고인에게는 구형보다 훨씬 더 가벼운 판결이 선고되었고, 치사토는 절망했다. 린코의 아버지는 피고인이 진심으로 반성하고 있으며 아직 젊기 때문에 충분히 갱생이 가능하다고 주장했지만, 과연 그 말에 어디까지 책임을 질 수 있을지 의심스럽다며 치사토는 린코의 아버지를 욕했다.

아들을 죽인 범인은 당연히 증오스러웠고, 범죄자의 형을 줄여주기 위해 무책임한 주장을 늘어놓는 변호인에게도 화가 났다고 했다. 감형은 되었지만 어쨌거나 재판이 끝난 후 범인은 감옥에 들어갔고, 피해자 유족으로서는 출소 후에도 거처를 알 수 없을 터였다. 그렇다면 아들을 죽인 범인 다음으로 증오스러운 변호인에게 복수하고 싶었다는 것이 범행의 동기였다.

치사토의 주장을 들으면서 린코는 참을 수 없는 분노에 휩싸였다. 아버지가 소중히 지켜 온 신념과 자부심을 함부로 짓밟힌 듯한 기분이 들었다.

아버지는 무책임한 태도로 피고인 편을 든 것이 아니었다. 그저 그렇게 할 수 있는 존재가 변호인밖에 없으니까, 누군가는 해야 하는 일이니까 그 일을 했을 뿐이다.

"저는 살인이라는 엄청난 죄를 저질렀습니다. 이런 인간은 무책임하게 보호받아서는 안 됩니다. 그러니 변명은 일절 하지 않을 것이고, 어떠한 벌이라도 달게 받겠습니다. 하지만 이것만은 분명히 말할 수 있습니다. 저는 모치즈키 변호사를 죽인 것을 후회하지 않습니다. 그 사람은 죽어 마땅한 짓을 했으니까요."

치사토는 마지막에 이렇게 말했다. 판결에서는 검찰의 구형보다 2년 더 늘어난 징역 16년이 선고되었다. 피고인에게 반성의 기미가 전혀 보이지 않아 양형이 늘어난 것이다. 치사토는 항소하지 않았고, 그대로 판결이 확정되었다.

재판을 방청한 후, 린코는 한동안 마음이 걷잡을 수 없이 흔들려 주체하기 어려웠다. 아버지를 죽인 치사토를 용서할 수 없었다. 하지만 치사토를 증오하는 것은 곧 그녀의 주장에 동의한다는 것을 의미했다.

아버지가 살아 계셨다면 어땠을까. 아버지라면 소중한 사람이 범죄의 희생양이 되더라도 변함없이 자신의 신념을 유지할 수 있었을까.

알 수 없었다. 다만 아버지가 해 온 일은 틀리지 않았다고 믿고 싶었다. 그 사실을 증명하기 위해서는 피해자의 딸인 자신이 형사 변호인이 되어 피의자나 피고인을 위해 살아가는 수밖에 없었다. 그것이 아버지의 억울함을 풀고, 아버지의 뜻에 보답하는 유일한 방법이었다. 그래서 린코는 검사 대신 변호사가 되기로 마음먹었다.

사법연수원을 마친 린코는 도쿄에 있는 법률사무소에 취직했다. 형사 변호를 전문으로 다루는 곳은 아니었지만 그래도 몇 차례 형사 변호를 경험할 수 있었다.

세간의 비난을 받는 피의자들과 린코 나름대로 마주해 왔다. 단지 그들의 입장을 옹호하기만 한 것은 아니었다. 그들이 두 번 다시 죄를 저지르지 않게 하기 위해서는 어떻게 해야 하는지를 필사적으로 고민했다.

1년 후, 린코는 고민 끝에 치사토에게 편지를 보냈다. 편지에는 재판에서 치사토가 주장한 내용을 듣고 피해자의 딸인 자신이 형사 변호인을 목표로 하게 되었다고 적었다.

아버지가 해 온 일은 틀리지 않았다. 자신이 형사 변호인으로 일하면서 이 사실을 증명해 보이겠노라고, 그리고 치사토를 용서할 생각이라고도 적었다. 그러니 당신도 자신이 저지른 잘못을 인정하고, 뉘우치고, 갱생에 힘쓰기 바란다고.

린코는 가방을 보며 크게 한숨을 내쉬었다. 의자에서 일어나 침대로 다가갔다. 가방 안에서 봉투를 꺼내 가만히 쳐다보았다.

과연 그 마음이 치사토에게 전해졌을까.

린코는 일말의 망설임을 안고 조심스럽게 봉투를 찢었다.

15

린코가 사무실 문을 열고 안으로 들어가자 컴퓨터 화면을 보고 있던 유카리가 이쪽으로 고개를 돌렸다. 호소카와와 니시는 자리에 없었다.

"아, 린코 변호사님. 니시 변호사님 지시로 복사한 자료들, 책상 위에 놓아 뒀습니다."

"고마워요."

린코는 서둘러 자기 자리로 향했다.

오늘 아침, 검찰 측에서 증거를 공개하겠다는 연락이 왔다. 마음 같아서는 바로 열람하고 싶었지만 린코는 오후 2시까지 민사 사건 관련 미팅이 있었기 때문에 니시가 대신 검찰청에 가 주었다.

린코는 의자에 앉기가 무섭게 눈앞에 쌓인 서류 더미를 읽기 시작했다. 시체검안서라든지 상처가 적나라하게 드러난 피해자 사진을 보고 있으려니 자연스럽게 몸에 힘이 들어가는 것이 느껴졌다.

자료에는 관계자 진술 조서도 포함되어 있었다. 우선 최초 발견자인 후쿠다 요코, 23세 여성. 요코는 피해자인 카노가 일하던 호스트바 루비 로드의 손님이었다. 원래는 과거 카노가 몸담았던 밴드 퍼스트레이션의 팬으로, 카노가 호스트로 일한다는 소문을 듣고 사건 발생 3개월 정도 전부터 가게를 방문하기 시작했다. 요코는 사건 당일인 10월 13일 오후 6시에 카노와 만나서 함께 가게로 이동할 예정이었다. 하지만 약속 시간이 한참 지나도록 카노는 나타나지 않았고 연락도 닿지 않았다. 결국 요코는 예전에 한 번 가 본 적이 있는 카노의 집으로 찾아갔고, 그곳에서 시체를 발견했다. 요코는 그날 카노가 강간 목적으로 여자를 덮쳤을 리 없다고 단언했다.

어째서 그렇게 단언할 수 있는지 그 근거가 궁금했지만 일단 페이지를 넘겼다. 다음은 루비 로드에서 일하는 카노의 동료인 오자키 요시히코의 진술 조서였다.

나이 27세, 직업 호스트인 오자키의 진술에 따르면 스즈카가 마지막으로 호스트바를 찾은 것은 사건 발생 나흘 전인 10월 9일이었다. 스즈카는 저녁 8시경 가게에 도착해서 밤 11시경에 돌아갔다. 오자키는 카노와 함께 스즈카를 건물 밖까지 배웅했는데 엘리베이터 안에서 카노는 스즈카에게 가게 밖에서도 만나고 싶으니 연락처를 알려 달라고 요청했다. 하지만 스즈카는 따로 만날 생각은 없다며 카노의 요청을 거절했다. 엘리베이터에서 내린 후 카노는 스즈카를 데리고 오자키에게서 조금 떨어진 곳으로 가더니 무언가 귓속말을 했다. 오자키의 위치에서는 구체적인 대화 내용은 들리지 않았지만 갑자기 스즈카의 표정이 딱딱하게 굳었다. '다음 비번은 토요일', '1시에 역 앞 흡연소에서' 같은 말들이 뜨문 뜨문 들리길래 오자키는 두 사람이 토요일에 만날 약속을 하나 보다 하고 생각했다.

이게 대체….

이 진술이 사실이라면 스즈카와 카노는 그날 우연히 만난 것이 아니었다. 스즈카에게 들은 말과 전혀 달랐다.

린코는 초조함을 느끼며 종이를 넘겼다. 토코로자와에 위치한 대형 마트 요시모토에 근무하는 26세 직원 나미키 유이의 증언에 따르면, 스즈카는 사건 당일 오후 12시 47분에 요시모토 지하 식품관에서 주스 네 캔을 구입했다. 나미키 유이는 워낙 특이한 손님이라 인상에 남았다면서 경찰이 제시한 스즈카의 사진을 보고 이 사람이 틀림없다고 증언했다.

누군가와 만날 예정도 아니었는데 스즈카는 왜 토코로자와에서 주스를 네 캔이나 산 걸까.

자료를 넘기는 손바닥이 땀에 젖어 축축해졌다.

다음은 오오스미 켄타라는 25세 남성의 진술 조서였다. 켄타는 카노가 죽기 전까지 몸담고 있던 밴드의 멤버였다.

켄타의 진술에 따르면 10월 2일 오후 9시 36분, 카노에게서 전화가 왔다. 혹시 시간 있으면 지금 당장 토코로자와에 있는 호스트바 앞으로 와 달라는 부탁이었다. 켄타가 오후 10시 47분에 호스트바 건물 앞에 도착해서 카노에게 전화를 걸자 카노는 '지금 나가는 여자를 미행해서 주소와 이름을 알아봐 달라'고 하면서 여자의 인상착의를 알려 주었다.

왜 카노가 그런 부탁을 한 것 같느냐는 경찰의 질문에 켄타는 '그 여자의 약점을 잡고 협박해서 돈을 뜯어내려고 한 것 같다'라고 대답했다. 그렇게 생각하는 근거는 사건 이틀 전 밴드 연습을 하던 중에 카노가 인디 앨범 CD를 만들자고 제안했기 때문이었다. 다른 멤버들이 비용은 어떻게 마련할 생각이냐고 묻자 카노는 의기양양한 얼굴로 '괜찮은 돈줄을 잡았다'고 대답했다.

괜찮은 돈줄을 잡았다….

켄타의 진술 조서를 읽으며 내심 당혹감을 감추지 못하고 있는데 갑자기 문소리가 났다. 린코는 깜짝 놀라 고개를 들었다.

사무실로 들어오는 니시와 눈이 마주쳤다. 니시는 평소보다도 더 심각한 표정을 짓고 있었다.

"조서 봤어?"

니시의 물음에 린코는 고개를 끄덕였다.

"스즈카 씨를 만나러 가야겠어요."

린코는 자리에서 일어나 니시에게 다가갔다.

역 계단을 내려가자 플랫폼에 열차가 정차해 있었다.

린코는 니시와 함께 열차에 올라탔다. 오후 4시라는 시간대 때문인지 교복을 입은 학생들이 많이 눈에 띄었다. 빈 좌석에 니시와 나란히 앉아 린코는 가방에서 서류 더미를 꺼냈다.

"니시 변호사님은 다 읽으셨나요?"

린코가 묻자 니시가 이쪽을 보며 "대충" 하고 대답했다. 아까부터 계속 표정이 심각했다.

"어떻게 생각하세요?"

"일단은 스즈카 씨를 만나서 확인해 봐야지. ATM에서 찾은 20만 엔을 어디에 썼는지를 포함해서."

"20만 엔이요?"

린코가 고개를 갸웃거렸다.

"자료 아직 다 안 읽었어?"

"네…."

켄타의 진술 조서까지 읽은 상태에서 바로 사무실을 나와 구치소로 향하는 중이었다.

"스즈카 씨는 사건 당일 코테사시역 앞 은행 ATM에서 20만 엔을 인출했어."

마음이 술렁였다. 손에 든 자료를 넘기자 니시가 말하는 은행 기록이 나왔다. 10월 13일 오전 11시 35분에 20만 엔이 인출되었다.

루비 로드의 호스트 오자키는 가게에 온 스즈카를 배웅하러 나왔을 때 카노와 스즈카가 나눈 대화를 바탕으로 두 사람이 사건이 발생한 13일 오후 1시에 만날 약속을 한 것 같다고 진술했다. 당시 스즈카가 굳은 표정으로 카노를 쳐다봤다고도 했다.

"검찰이 이 사건이 계획적인 살인임을 입증하려는 건지는 증명예정사실 준비서면을 봐야 알겠지만 적어도 스즈카 씨가 카노 씨에게 협박을 당했고, 그래서 자신을 협박한 카노 씨를 살해한 거라고 주장하리라는 건 확실해 보이네."

증명예정사실 준비서면이란 검찰 측이 공판에서 증명하고자 하는 사항을 적은 문서로, 공판 전 준비절차가 시작되기 전에 제출하게 되어 있었다. 과연 거기에는 어떤 내용이 적혀 있을까.

열차 출발을 알리는 소리에 린코는 퍼뜩 생각에서 깨어났다. 문이 닫히고 열차가 출발했다.

린코는 무릎 위에 놓인 자료를 읽기 시작했다. 구치소가 있는 우라와까지 네 정거장밖에 되지 않았지만 스즈카를 만나기 전에 조금이라도 더 훑어볼 생각이었다.

집중해서 읽어 나가던 중에 유독 눈길을 끄는 증거 하나를 발견했다. 카노가 살았던 아일랜드 토코로자와에서 100미터 거리에 있는 아파트 주민의 진술 조서였다.

에모토라는 주민이 사건 당일 베란다 너머로 카노의 집에서 빠져나가는 여자를 목격했다는 내용이었다. 시간은 오후 1시 반에서 2시 사이. 얼굴까지 정확히 보지는 못했지만 에모토가 기억하는 여자의 인상착의는 편의점과 역 앞 CCTV에 찍힌 스즈카의 모습과 일치했다. 그 여자는 카노의 집에서 황급히 뛰쳐나와 계단 쪽으로 가려다가 문득 동작을 멈추고 다시 집 안으로 들어갔고, 1~2분 후에 다시 나와 에모토 쪽을 보더니 곧바로 몸을 숙여 벽 아래로 모습을 감추었다고 했다.

여자를 목격한 시간은 스즈카가 카노의 집에서 나간 시간과 일치했다.

"이게 대체…."

저도 모르게 고개를 들어 옆에 앉은 니시를 보았다. 시선이 마주쳤다. 니시는 자료를 읽은 린코의 반응이 궁금했는지 심각한 표정으로 이쪽을 쳐다보고 있었다.

"스즈카 씨가 한 말과 전혀 다른데요."

니시가 딱딱한 표정으로 묵묵히 고개를 끄덕였다.

스즈카는 술병으로 카노의 머리를 내리친 후 상대가 놓친 칼과 옷가지를 챙겨 나오려고 했다고 말했다. 문득 카노의 상태가 마음에 걸려 뒤를 돌아보니 카노가 이쪽을 노려보며 일어나려고 하길래 서둘러 집 밖으로 뛰쳐나왔고, 편의점 쓰레기통에 칼을 버리고 역으로 갔다고. 카노의 집에 다시 돌아갔었다는 말은 한마디도 하지 않았다.

에모토의 진술은 사실일까. 에모토는 스즈카와도 카노와도 전혀 면식이 없으니 위증을 할 이유가 없었다. 에모토의 말이 사실이라면 카노가 있는 집에 스즈카는 왜 돌아갔던 걸까. 스즈카가 한 말에 따르면 그 시점에 카노는 아직 살아 있었고, 그렇다면 다시 공격당할 가능성이 남아 있었다는 말인데.

안쪽 문이 열리는 것을 보고 린코는 니시와 함께 자리에서 일어났다. 접견실에 들어온 스즈카는 지난번에 만났을 때와 같은 트레이닝복 상의에 청바지를 입고 있었다. 기분 탓인지 전보다 혈색이 좋아 보였다.

"몸은 좀 어떠세요?"

아크릴판 너머로 린코가 인사를 건네며 자리에 앉자 스즈카가 "괜찮습니다"라고 대답하며 마주 보고 앉았다.

"이제 조사도 안 받으니까… 경찰서에 있을 때보다 밥도 잘 먹고 잠도 잘 자고 있어요."

"그 말을 들으니 안심이 되네요."

린코는 스즈카에게 미소를 지어 보이며 어떻게 말을 꺼내야 할지 고민했다.

검찰 측 증거는 스즈카가 지금까지 한 말을 모두 뒤집는 것들이다. 그렇다고 해서 변호인이 스즈카의 말을 의심하는 기색을 보이면 지금까지 쌓아온 신뢰 관계가 무너져 내릴 수도 있었다.

"오늘 검찰 측 증거가 공개되었습니다."

옆에 있던 니시가 낮은 목소리로 입을 열었다.

"복사한 자료를 가져 왔으니 나중에 한번 살펴보시죠. 그 전에 몇 가지 확인하고 싶은 것 있습니다."

니시의 눈빛이 위압적으로 느껴졌는지 스즈카의 표정이 딱딱하게 굳었다.

"제가 말할게요."

니시와 눈짓을 주고받으며 린코가 말하자 스즈카가 이쪽으로 시선을 돌렸다.

"우선 다시 한번 여쭙겠습니다. 사건이 일어난 10월 13일에 카노 씨와 만난 것은 우연인가요?"

스즈카가 고개를 끄덕였다.

"우연히 만난 카노 씨와 이야기를 나누다가 데모 테이프를 들으러 카노 씨 집으로 갔다고 하셨죠?"

"네…."

"틀림없나요?"

린코가 상반신을 앞으로 기울이며 거듭 확인하자 스즈카가 "왜 그러시죠?" 하고 미심쩍은 눈초리로 쳐다보았다.

"실은… 스즈카 씨와 전혀 다른 진술을 하는 사람이 있습니다."

이쪽을 보는 스즈카의 눈빛에서 동요가 느껴졌다.

"스즈카 씨가 마지막으로 호스트바를 방문한 것이 사건 나흘 전인 10월 9일이었죠?"

"날짜를 정확히 기억하지는 못하지만… 아마 그럴 거예요."

"가게에서 나올 때 상황을 기억하시나요?"

"네…."

"카노 씨와 다른 호스트 한 명이 건물 1층까지 스즈카 씨를 배웅했나요?"

"네, 카노 씨랑 다른 한 명은 보조로 붙은 세이야라는 호스트였어요."

"세이야 씨 말에 따르면 그때 엘리베이터 안에서 카노 씨가 스즈카 씨한테 가게 밖에서도 만나고 싶다고 했다던데요."

"그랬을지도요. 저는 가게에서 별로 돈을 많이 쓰는 손님이 아니었기 때문에 카노 씨는 제게 몇 번인가 따로 만나자고 제안했어요. 하지만 전에도 말씀드렸다시피 저는 가게 밖에서 만날 생각은 전혀 없었기 때문에 그런 요청은 모두 거절했습니다."

"그날 엘리베이터에서 내린 카노 씨가 스즈카 씨를 데리고 세이야 씨에게서 조금 떨어진 곳으로 이동해서 몇 마디 주고받았다던데 무슨 이야기를 하셨나요?"

린코가 묻자 스즈카가 시선을 피했다. 눈동자를 이리저리 굴리다가 마침내 기억이 났다는 듯 다시 린코를 쳐다보았다.

"다음에는 언제 올 거냐는 이야기였어요. 제가 잘 모르겠다고 하니까 다른 손님이랑 겹치면 곤란하니 라인 아이디를 교환해서 그쪽으로 미리 연락을 달라고 하더라고요. 물론 거절했지만요."

"정말인가요?"

저도 모르게 말투가 날카로워졌는지 스즈카가 불쾌하다는 듯 눈썹을 찌푸렸다.

"세이야 씨는 그때 두 사람 사이에서 '다음 비번은 토요일', '1시에 역 앞 흡연소에서' 같은 말이 오갔고, 그래서 두 사람이 토요일에 만날 약속을 한 것 같다고 하던데요."

이쪽을 보고 있던 스즈카가 짧게 숨을 들이마셨다. 그러고는 고개를 절레절레 흔들며 대답했다.

"약속 같은 건 하지 않았습니다."

"정말인가요? 이건 굉장히 중요한 문제입니다. 재판부가 스즈카 씨의 증언을 믿을 수 없다고 판단해 버리면 상황이 매우 불리해집니다. 만약 사실은 그게 아니었다면 지금이라도 사실대로 말해주세요."

스즈카가 입을 꾹 다물고 고개를 숙였다.

"스즈카 씨."

린코가 불러도 고개를 들려고 하지 않았다. 어떻게 하면 좋을지 알 수 없어 옆에 앉은 니시를 돌아보았다. 니시가 한숨을 내쉬더니 스즈카를 보며 입을 열었다.

"검찰이 제출한 진술서 중에는 스즈카 씨가 10월 13일 오후 12시 47분에 토코로자와에 있는 요시모토라는 마트의 지하 식품관에서 주스 네 캔을 구입했다는 내용도 포함되어 있습니다. 사실입니까?"

스즈카는 대답하지 않았다.

"누군가와 만날 약속을 한 것도 아닌데 왜 토코로자와에서 주스를 네 캔이나 샀는지…. 변호인으로서는 스즈카 씨의 말을 믿고 싶지만 재판에서 중요한 것은 판사와 배심원이 어떻게 생각하느냐입니다. 지금 같은 상황에서는 세이야 씨 진술이 더 신뢰할 수 있다고 볼 가능성이 높습니다. 안타깝지만 스즈카 씨는 피고인이니까요."

스즈카가 천천히 고개를 들어 니시를 똑바로 쳐다보았다.

"물론 스즈카 씨가 지금까지 한 말이 모두 사실이라고 강력하게 주장한다면 저희도 그 주장대로 싸울 겁니다. 하지만 만약 그렇다면 스즈카 씨가 진실만을 말하고 있다고 맹세해 주십시오. 그렇지 않으면 서로를 믿으며 함께 싸워 나가는 건 불가능하니까요."

스즈카는 아무 말도 하지 않고 가만히 니시를 응시했다.

"맹세할 수 있습니까?"

니시가 재차 확인하자 스즈카가 시선을 떨구며 "죄송합니다…"라고 조그맣게 중얼거렸다.

"스즈카 씨, 그게 무슨 뜻이죠?"

린코는 아크릴판에 얼굴을 바싹 들이대며 물었다.

"제가 거짓말을 했습니다…. 그날 카노 씨와 만나기로 약속했었습니다."

린코는 크게 낙담했다. 이것 말고도 거짓말을 한 게 더 있는 걸까.

할 말을 잃은 린코 옆에서 니시가 스즈카에게 물었다.

"왜 만나기로 한 겁니까?"

"그냥… 가벼운 제안이라고 생각해서…."

"가벼운 제안이요?"

고개를 떨군 스즈카에게 니시가 부드러운 목소리로 물었다.

"제게 밴드 노래를 들려주고 싶다고 했어요."

"데모 테이프 말인가요?"

"네."

"왜 약속했다는 사실을 숨기셨죠?"

린코가 묻자 스즈카가 고개를 들었다.

"남편을 더 이상 실망시키고 싶지 않았어요."

니시는 그 말의 진위를 가려내겠다는 듯 날카로운 눈빛으로 스즈카의 표정을 살폈다.

"이미 저는 젊은 남자 집에 가서 상대를 죽게 만들었습니다. 사전에 만날 약속까지 했었다는 사실을 알게 되면 아무리 제가 그럴 생각으로 찾아간 게 아니었다고 해도 남편은 믿지 않겠죠. 애초부터 불륜 관계였다고 의심할 가능성도 높고요. 그렇게 되면 경찰도 카노 씨가 저를 덮친 게 아니라 치정 싸움이었다고 생각할 테고…."

"맞습니다."

니시가 중간에 끼어들자 횡설수설 말을 이어 가던 스즈카가 입을 다물었다.

"경찰도 검찰도 카노 씨가 스즈카 씨를 덮치려다가 반격당해서 죽었다고는 생각하지 않습니다."

"그럼 어떻게…."

"재판에서 어떤 주장을 할지는 알 수 없지만 검찰 측이 제출한 증거를 보면 아마도 스즈카 씨가 카노 씨에게 협박을 당했고 그래서 카노 씨를 죽였다고 생각하는 것 같습니다."

"협박을 당했다고요?"

스즈카가 무슨 말인지 모르겠다는 듯 고개를 갸웃거렸다.

"20만 엔은 어디에 쓰려고 한 거죠?"

린코의 질문에 스즈카가 깜짝 놀라 이쪽을 쳐다보았다.

"카노 씨를 만나기 전에 코테사시역 앞 ATM에서 돈을 찾으셨죠? 그 돈이 왜 필요했던 건가요?"

스즈카는 잠시 무언가를 생각하더니 이윽고 납득이 간다는 듯 "그런 거였군요" 하고 고개를 끄덕였다.

"네?"

"그날 제가 찾은 20만 엔이 카노 씨가 저를 협박해서 뜯어내려고 한 돈 아니냐는 거죠? 경찰 조사 때도 같은 질문을 받았거든요."

"실제로는요?"

"여행사에서 호텔과 항공권 예약을 하려고…."

"어디 갈 예정이셨는데요?"

"홋카이도 니세코에요. 예전에 남편과 함께 TV를 보다가 근사한 호텔이 나오는 걸 보고 한 번만이라도 좋으니 저런 곳에 묵어 보고 싶다는 이야기를 한 적이 있거든요. 마침 다음 주말은 둘 다 쉬는 날이어서….”

“여행 계획은 남편분도 알고 있나요?”

“깜짝 놀라게 해 주려고 일부러 말하지 않았습니다. 그냥 다음 주 주말 이틀은 비워놔 달라고만 했어요.”

“여행사에는 가셨나요?”

“네, 정오쯤에요. 번호표를 받고 기다리는데 대기자가 너무 많아서 약속 시간에 늦을 것 같아 그냥 나왔어요. 돌아가는 길에 다시 들를 생각으로요.”

“지금 이 얘기를 경찰한테는….”

“물론 했습니다.”

그런데도 협박 가능성을 의심한다는 것은 스즈카가 여행사에 들른 사실을 확인할 수 없었던 걸까.

“어느 여행사였나요?”

“토코로자와역 근처에 있는 다이니혼 여행사요.”

“그날 이후 다시 여행사를 찾아가거나 예약을 하지는 않았나요?”

“도저히 그럴 상황이 아니어서….”

스즈카가 어두운 표정으로 고개를 저었다.

그럴 만도 했다. 그날은 카노에게서 도망치기 바빴을 테고, 이튿날 카노의 사망 소식을 들었을 테니까.

“그 20만 엔과는 별개로 카노 씨에게 뭔가 협박을 당하지는 않았나요?”

니시의 질문에 스즈카는 “아니요” 하고 고개를 저었다.

“호스트인 세이야 씨 말에 따르면 토요일에 만날 약속을 정할 때 카노 씨를 보는 스즈카 씨 표정이 딱딱하게 굳어 있었다던데요. 카노 씨에게 뭔가 협박조의 말을 들은 것 아닙니까?”

"아닙니다. 그때 어떤 표정을 하고 있었는지 기억도 안 나고 세이야 씨가 왜 그렇게 생각했는지도 모르겠네요."

"카노 씨가 자기는 다 알고 있다고 말한 것 아닙니까? 스즈카 씨가 경찰관이라는 사실을요."

니시가 거듭 물었다.

"아닙니다."

"카노 씨는 지난 10월 2일, 지인에게 부탁해서 가게에서 집으로 돌아가는 당신을 미행했습니다."

니시의 말에 놀란 스즈카의 눈이 휘둥그레졌다.

"당시 부탁을 받은 지인은 스즈카 씨의 이름까지 알아내지는 못했지만, 카노 씨가 그 후에 조사를 더 해서 당신의 본명과 직업을 알아냈을 가능성이 높습니다. 사건 이틀 전, 카노 씨는 그 지인에게 '괜찮은 돈줄을 잡았다'라는 말을 했다고 합니다."

"저하고는 상관없는 얘기예요. 카노 씨는 저한테 경찰관 아니냐는 말을 한 적도 없고 협박을 한 적도 없습니다. 제발 믿어 주세요. 정말입니다!"

린코는 옆에 앉은 니시의 얼굴을 살폈다. 아무래도 석연치 않은 표정이었다.

스즈카는 기진맥진한 상태로 숨을 거칠게 몰아쉬었다.

"자꾸 이런 질문을 드려서 죄송합니다. 하지만 이것만은 알아주세요. 저희는 스즈카 씨 편입니다. 그렇기 때문에 아무리 거북한 질문이라도 재판을 위해서는 물어볼 수밖에 없습니다. 많이 피곤하시겠지만 마지막으로 하나만 더 대답해 주시겠어요?"

린코가 말하자 스즈카가 힘겹게 고개를 들었다.

"카노 씨를 술병으로 내리친 다음… 스즈카 씨는 카노 씨가 놓친 칼과 옷가지를 들고 도망치려고 하셨죠?"

"네."

"카노 씨 상태가 마음에 걸려 뒤를 돌아보니 비명을 지르며 몸부림치던 카노 씨가 스즈카 씨를 노려보며 일어나려고 하길래 서둘러 집 밖으로 뛰쳐나왔고 곧장 역으로 갔다고요."

스즈카가 고개를 끄덕였다.

"혹시 스즈카 씨가 잘못 기억하고 있을 가능성은 없을까요?"

린코의 질문에 스즈카가 고개를 갸웃거렸다.

"당시 카노 씨 집에서 나오는 스즈카 씨를 목격한 사람이 있습니다. 목격자 진술에 따르면 일단 집에서 나온 여자가 계단 쪽으로 가려다가 발걸음을 돌려서 다시 집으로 돌아갔고, 1~2분 후에 다시 나왔다고 합니다. 스즈카 씨, 그날 카노 씨 집에 다시 돌아갔었나요?"

스즈카는 좀처럼 입을 열지 않았다. 린코 쪽도 니시 쪽도 보지 않고 그저 아크릴판을 뚫어지게 응시할 뿐이었다.

"네?"

재차 묻자 스즈카가 퍼뜩 정신을 차린 듯 이쪽을 보더니 고개를 흔들었다.

"무슨 뜻이죠?"

"잘 모르겠습니다…."

스즈카가 자신 없는 목소리로 대답했다.

"잘 모르겠다니요?"

"제 기억에는… 예전에 변호사님들께 말씀드린 대로예요. 하지만 저를 봤다는 사람이 있고 그 사람이 그렇게 진술했다는 말을 들으니까 그랬나 싶기도 하고…. 솔직히 그때는 저도 패닉 상태여서 카노 씨를 술병으로 내리친 후의 기억은 분명하지 않거든요…."

스즈카가 머리를 감싸 쥐며 말했다.

"카노 씨가 스즈카 씨를 노려보며 일어나려고 했다는 건…."

"그것도… 사실 자신이 없습니다."

166

스즈카가 그렇게 대답하며 고개를 푹 숙였다.

앞서 걷는 니시의 뒷모습이 조금씩 멀어지는 것이 느껴졌지만 도저히 따라갈 기운이 나지 않았다.

스즈카를 직접 만나 이야기를 들으면 불안이 해소될 줄 알았는데 오히려 불안감은 더 커지기만 했다.

니시가 걸음을 멈추고 이쪽을 돌아보며 물었다.

"왜 그래?"

뭐라고 대답해야 할지 알 수가 없었다.

"피고인이 변호인한테 거짓말을 했다는 게 그렇게 충격이었어?"

린코는 니시 앞에 멈춰 서서 고개를 끄덕였다.

"인간은 원래 거짓말을 하는 동물이라고 했잖아."

"그래도…."

거짓말을 했다는 사실 자체도 충격이었지만, 그보다 더 큰 문제는 스즈카가 자신의 기억을 확신하지 못한다는 점이었다. 애초에 그날 바로 경찰에 신고하지 않은 가장 큰 이유는 카노가 죽을 줄 몰랐기 때문이라는 것이 스즈카의 주장이었다. 스즈카는 카노가 자신을 노려보며 일어나려고 하는 것을 보고 서둘러 도망쳤다고 했다. 그 기억마저 확실하지 않다고 하면 스즈카가 지금까지 한 주장은 뿌리째 흔들리게 된다.

스즈카의 말을 어디까지 믿고 앞으로 어떻게 변호해 나가야 할지 전혀 감이 잡히지 않았다.

"이제 어떻게 해야 할까요?"

지푸라기라도 잡는 심정으로 린코가 묻자 이쪽을 보고 있던 니시가 크게 한숨을 내쉬었다.

"나도 몰라."

"하긴…."

린코가 어깨를 축 늘어뜨렸다.

"결국은 하나씩 확인해 나가는 수밖에 없겠지. 스즈카 씨가 하는 말 중 무엇이 진실이고 무엇이 거짓인지."

맞는 말이었다. 변호를 맡은 이상 가만히 있을 수는 없는 노릇이었다.

"일단 스즈카 씨가 갔었다는 여행사에 가 보려고요. 아마도 경찰은 직원 말을 듣고 스즈카 씨가 거짓말을 했다고 생각하는 것 같은데 당시 거기 있던 손님들한테도 확인했는지는 알 수 없으니까요. 어쩌면 한 명 정도는 스즈카 씨를 봤을 수도 있잖아요."

"그 전에 스즈카 씨 남편을 한 번 더 만나 보고 싶은데."

"남편이요?" 린코가 물었다.

"응. 사건 전 스즈카 씨에게 평소와 다른 점은 없었는지 물어보려고. 남편을 깜짝 놀라게 해 주려고 여행 준비는 비밀로 했다지만 아무리 숨기려고 해도 태도나 분위기에서 느껴지는 게 있지 않았을까? 1박에 20만 엔이나 하는 호텔에 가는 건데."

"듣고 보니 그렇네요. 가는 김에 남편분께 스즈카 씨 사진도 받아 와야겠어요."

여행사 손님들에게 스즈카를 봤는지 물어보려면 사건 당시 스즈카가 무슨 옷을 입고 있었는지 확인할 필요가 있었다. 검찰 측 증거에는 CCTV 영상 사진도 포함되어 있었지만 인물이 너무 작아서 잘 보이지 않았다. 실물은 이미 압수당했을 가능성이 높지만 그 옷을 입고 있는 스즈카가 선명하게 찍힌 사진이 있다면 목격자 증언을 구하는 작업이 훨씬 수월해질 터였다.

린코는 가방에서 스마트폰을 꺼내 테루히사에게 전화를 걸었다.

현관문이 반쯤 열리고 테루히사가 얼굴을 내밀었다. 법정에서 만났을 때는 깨끗하게 면도가 되어 있던 수염이 다시 지저분하게 자라 있었다.

"들어오세요….'

테루히사가 기운 없이 중얼거리며 문에서 손을 뗐다.

테루히사는 현관에서 린코와 니시가 들어오는 것을 기다리지 않고 집 안으로 들어가 버렸다.

현관 앞에 놓인 슬리퍼를 신고 테루히사를 따라 들어갔다. 안으로 들어가자 지난번에 왔을 때와는 다른 악취가 풍겼다. 부엌 여기저기에 씻지 않은 컵들이 굴러다니고, 싱크대에는 먹다 남은 피자가 놓여 있었다.

"갑자기 찾아와서 죄송합니다."

"아닙니다…. 어차피 휴직해서 매일 시간이 남아돌거든요."

테루히사가 테이블 위를 간단히 정리한 다음 의자를 권했다. 린코와 니시는 테루히사와 마주 보고 앉았다.

"집이 너무 지저분해서 차를 내오기도 좀 그렇네요."

"신경 안 쓰셔도 됩니다."

"시간은 남아도는데 청소를 못해서…. 이웃들 시선이 신경 쓰여서 쓰레기도 못 버리고 있습니다."

"건강은 괜찮으신가요?"

테루히사가 전혀 건강을 돌보지 않고 있다는 건 얼굴만 봐도 알 수 있었다.

"아직은요…. 뭐 언제까지 버텨 줄지는 모르겠습니다만."

예전 같으면 바로 격려의 말을 건넸을 텐데 오늘은 좀처럼 말이 나오지 않았다. 스즈카가 무고하다고 믿지 못하게 되었기 때문일까.

"그래서… 오늘은 무슨 일이시죠?"

테루히사가 물었다.

"오늘 검찰 측 증거가 공개되어 스즈카 씨를 만나고 왔습니다. 증거 중에는 스즈카 씨가 사건 당일 피해자와 만나기 전에 은행 ATM에서 20만 엔을 찾았다는 인출 기록도 있었습니다."

"남자를 만나기 전에 20만 엔을 찾았다고요?"

테루히사의 표정이 어두워졌다.

"스즈카 씨에게 확인해 보니 그 돈으로 남편분과 여행을 갈 생각이었다고 하시더군요."

"저랑 여행을요?"

"네, 언젠가 TV에 니세코의 호텔이 나오는 걸 보고 한 번만이라도 좋으니 저런 곳에 묵어 보고 싶다고 하셨다고요?"

"듣고 보니 그런 말을 했던 것 같기도 하네요. 하지만 여행에 대해서는 전혀 들은 바가 없습니다."

"깜짝 놀라게 해 줄 생각이었답니다. 스즈카 씨가 그다음 주말은 둘다 쉬는 날이니까 일정을 비워줘 달라고 말하지 않았나요?"

린코가 묻자 테루히사가 자리에서 일어나 어디론가 사라지더니 곧 수첩을 손에 들고 돌아왔다.

"그랬던 것 같네요."

테루히사가 린코와 니시 앞에 수첩을 내려 놓았다.

달력의 10월 20일과 21일 칸에 '스즈카'라고 적혀 있었다.

"설마 아내가 그런 생각을 하고 있었을 줄이야…."

테루히사가 씁쓸한 미소를 지으며 의자에 털썩 주저앉았다.

"스즈카 씨가 여행 계획을 세우고 있다는 사실을 전혀 눈치채지 못하셨습니까?"

니시의 질문에 테루히사가 고개를 끄덕였다.

"히비키가 죽은 후 여행은커녕 둘이 함께 외출한 적도 거의 없었거든요."

"스즈카 씨는 사건이 일어난 날 여행사에 가서 호텔과 항공권을 예약할 생각이었다고 합니다. 그즈음 스즈카 씨의 분위기가 평소와 좀 다르거나 하지는 않았습니까?"

니시가 몸을 앞으로 내밀며 물었다.

테루히사가 기억을 더듬듯 허공을 쳐다보다가 "그러고 보니…" 하고 중얼거렸다.

"뭐죠?"

"평소보다 훨씬 더 싸한 분위기였습니다."

"싸했다고요?"

"표정이 굳어 있달까, 무슨 생각을 하고 있는지 모르겠달까…."

당시 스즈카는 어떤 마음이었을까. 깜짝 선물을 준비하며 설레는 마음을 필사적으로 숨기려고 한 걸까, 아니면 카노에게 협박당하고 있다는 사실을 남편에게 솔직히 털어놓지 못하고 혼자서 끙끙 앓고 있었던 걸까.

"아마 이혼을 생각하고 있었을 겁니다."

린코는 깜짝 놀라 테루히사를 쳐다보았다.

"더 이상은 같이 못 살겠다고요. 마지막으로 제 소원을 들어주고 그 자리에서 이혼해 달라고 할 생각이었겠죠."

테루히사가 쓸쓸한 미소를 지으며 말했다.

16

린코는 지하철 안 손잡이를 잡고 서서 다른 한 손으로 가방에서 사진을 꺼냈다.

다시 봐도 여전히 마음이 복잡했다. 사진에는 스즈카와 아들 히비키가 찍혀 있었다. 둘이 함께 카메라를 향해 활짝 웃으며 브이 사인을 하고 있었다. 동물원에서 찍은 사진이었다. 스즈카는 흰색 블라우스에 검은색 꽃무늬 스커트를 입고 모자가 달린 회색 코트를 걸치고 있었다.

테루히사에게 사건 당시 스즈카가 어떤 옷을 입고 있었는지 알려 주고, 그 옷을 입고 있는 사진을 찾아 달라고 부탁해서 받은 것이었다.

테루히사 말에 따르면 스즈카는 이 옷을 좋아해서 외출할 때 자주 입었지만 히비키가 죽은 후로는 입지 않게 되었다고 했다.

아들과 함께 있을 때 즐겨 입던 옷을 입고 남자를 만나러 가다니⋯. 스즈카는 대체 무슨 생각으로 이 옷을 고른 걸까. 단순한 우연이었을까.

"남편분 말처럼 스즈카 씨는 이혼 얘기를 꺼내려고 여행을 준비했던 걸까요?"

린코는 옆에 선 니시에게 물었다.

"글쎄. 정말로 여행을 가려고 했던 건지도 알 수 없으니까."

퉁명스럽게 대꾸하는 니시의 대답을 듣고 그제야 깨달았다.

니시 말대로 여행에 관한 이야기는 어디까지나 스즈카에게 들은 말이었다. 설령 사실이라 하더라도 그것을 증명할 수 없다면 판사나 배심원은 검사의 손을 들어줄 것이다. 검찰 측이 제출한 서류에 적힌 내용은 스즈카의 진술과 일치하는 것이 거의 없었다.

"다음 역은 토코로자와…."

린코는 안내 방송을 듣고 사진을 가방에 다시 넣었다.

토코로자와역에서 지하철을 내려 개찰구를 빠져나왔다. 서쪽 출구에서 스마트폰으로 여행사 위치를 검색해 역 앞 백화점 옆으로 난 길을 쭉 따라서 걷다 보니 다이니혼 여행사라는 간판이 보였다. 여행사 앞 진열대에 여행 상품 팸플릿이 잔뜩 꽂혀 있었다. 바로 자동문을 들어서려는 린코를 니시가 불러 세웠다.

"들어가기 전에 우선 주변을 좀 살펴보자고."

처음에는 의아했지만 곧 니시의 의도를 알아차렸다. 여행사 주변에 CCTV가 있는지 확인해 보자는 것이었다.

"백화점에서 여기까지 오는 길에는요?"

린코가 묻자 니시가 고개를 가로저었다.

"없었어."

린코는 머리 위를 주의 깊게 살피며 니시와 함께 주위를 돌아보았다. 마침내 CCTV를 발견한 곳은 여행사에서 200미터 정도 떨어진 대형 마트 앞이었다. 진술 조서에도 등장하는 마트 요시모토의 입구에 동그란 소형 카메라가 달려 있었다. 어떤 각도로 촬영되는지는 알 수 없지만 이 정도 거리라면 여행사를 드나드는 스즈카의 모습은 찍히지 않았을 것 같았다.

"우선 여기부터 가볼까?"

니시가 마트 입구를 손으로 가리키며 말했다.

"나미키 유이라는 직원이 지금 있을지도 모르니까."

"그렇네요."

린코는 고개를 끄덕였다.

니시와 함께 마트에 들어서자 경쾌한 음악이 들려왔다. 마트 요시모토의 로고송을 들으며 에스컬레이터를 타고 지하로 내려갔다.

여덟 대가 일렬로 놓인 계산대를 순서대로 지나가며 안쪽을 살폈다. 계산대에는 여섯 명의 직원이 있었지만 모두 중년의 여성이었다. 나미키 유이는 스물여섯 살이라고 했으니 이 중에는 없는 듯했다.

니시와 둘이서 식품 매장을 돌고 있는데 컵라면 매대 앞에 쪼그려 앉아 있는 젊은 여자 직원이 눈에 들어왔다. 그쪽으로 다가가자 직원이 두 사람을 향해 웃으며 "어서 오세요" 하고 인사했다. 가슴에 달린 명찰에 '나미키 유이'라고 적혀 있었다.

"실례지만 나미키 유이 씨 되시나요?"

린코가 묻자 직원이 상품을 진열하던 손을 멈추고 "네, 그렇습니다만…" 하고 고개를 끄덕였다.

"저희는 변호사입니다."

나미키 유이가 고개를 갸웃거렸다.

"10월 13일에 토코로자와에서 일어난 사건을 담당하고 있습니다."

그제서야 상황을 이해한 듯 "아아" 하고 고개를 끄덕였다.

"2~3분만 시간을 내 주실 수 있을까요?"

니시의 말에 유이가 자리에서 일어서며 "무슨 일이시죠?" 하고 물었다.

"타루미 스즈카 씨라는 여성이 10월 13일 오후 12시 47분에 여기에서 주스 네 캔을 구입했다고 경찰에 진술하셨죠?"

"네, 그런데요."

"틀림없습니까?"

"스즈카 씨라는 분은 누군지 모르겠지만 경찰이 보여준 사진 속 여자분이 주스를 구입한 건 맞습니다."

"실례지만 하루에 꽤 많은 손님을 상대하실 텐데 어떻게 그렇게 정확히 기억하시나요?"

"인상에 남는 손님이었거든요."

나미키가 바로 답했다.

"왜죠?"

"계산대에서 갑자기 '나미키 유이 씨, 뭐 좀 여쭤봐도 될까요?' 하고 말을 거셨거든요. 아마도 제 명찰을 보고 아셨겠지만 모르는 사람한테 풀네임으로 불린 건 처음이라 좀 놀랐어요. 그러고는 '오늘은 2018년 1월 13일이죠?' 하고 물으시길래 '네, 맞습니다'라고 하니까 '지금 몇 시인가요?' 하고 다시 물으셔서 계산대 시간을 확인해서 알려 드렸습니다."

유이의 대답을 들으며 린코는 니시와 얼굴을 마주 보았다.

스즈카는 왜 그런 질문을 한 걸까. 시간이 궁금한데 핸드폰도 시계도 갖고 있지 않아서 물어본 걸까. 아무튼 인상에 남는 손님이었다는 것은 분명하니 유이의 증언은 충분히 신빙성이 있었다.

"바쁘신데 실례했습니다. 감사합니다."

린코는 니시와 함께 유이에게 인사하고 돌아 나왔다. 에스컬레이터를 타고 1층으로 올라와 마트를 나섰다.

다시 여행사로 돌아와 자동문을 통과해 안으로 들어갔다. 모든 창구가 상담 중이고, 대기 의자에도 손님 세 명이 앉아서 팸플릿을 들여다보고 있었다.

린코는 입구 옆에 놓인 기계에서 번호표를 뽑은 다음 니시와 나란히 대기 의자에 앉았다. 여행사 내부를 찬찬히 살펴보았다. CCTV가 눈에 들어왔다. 마트에서 본 소형 카메라가 아니라 딱 봐도 CCTV라는 것을 알 수 있는 커다란 카메라였다. 설치된 각도를 봤을 때 창구 주변만 촬

영하고 있는 듯했다. 더 없을까 싶어서 천장을 샅샅이 훑어보았지만 다른 CCTV는 보이지 않았다.

이윽고 차례가 와서 린코는 니시와 함께 창구로 갔다.

"어서 오세요. 여행 상품을 알아보러 오셨나요?"

여자 직원이 상냥하게 응대했다.

"아니요, 실은 저희는 이런 사람들입니다."

린코가 명함을 내밀자 직원이 당황한 듯 고개를 갸웃거렸다.

"저희 의뢰인이 10월 13일 정오쯤에 여기에 왔었다고 하는데 사실 확인을 할 수 있을까 해서 찾아왔습니다."

"아, 네…."

린코는 가방에서 사진을 꺼내 직원 앞에 내려놓았다.

"이 여자분인데요, 당시 사진과 동일한 복장을 하고 있었습니다. 시간이 없어서 창구에서 상담은 받지 못하고 대기 의자에 앉아 있다가 돌아갔다고 합니다."

"잠시만 기다려 주시겠어요?"

직원이 사무적인 말투로 말하며 자리에서 일어나 안쪽에 있는 방으로 들어가더니 잠시 후 양복을 입은 중년 남성과 함께 돌아왔다. 남자의 가슴에 달린 명찰에는 '지점장 우에노'라고 적혀 있었다.

"죄송하지만 이쪽으로 와 주시겠습니까?"

지점장이 입구에서 가장 멀리 떨어진 맨 끝자리를 손으로 가리켰다.

린코는 사진을 들고 일어나 자리를 옮겼다.

"변호사라고 하셨는데 혹시 10월에 이 근처에서 일어난 살인 사건 관련인가요?"

지점장이 목소리를 낮추어 물었다.

역시 경찰이 이미 다녀간 듯했다.

"맞습니다."

린코는 고개를 끄덕이며 지점장 앞에 스즈카의 사진을 내려놓았다.

"10월 13일 정오쯤에 이 여자분을 보지 못하셨나요? 창구에서 상담은 받지 않았지만 대기 의자에 앉아 있었다고 합니다. 여기 보이는 이 옷을 입고 있었고요."

지점장이 사진은 쳐다보지도 않고 고개를 끄덕였다.

"경찰도 같은 질문을 해서 제가 당시 창구에 있던 직원들에게 전부 확인했습니다. 직원 중 한 명이 그 여성분을 기억하고 있더군요."

"그게 몇 시쯤이었습니까?"

니시가 몸을 앞으로 내밀며 물었다.

"정오쯤에 와서 10분 정도 머물다 갔다고 합니다."

"이 이야기는 경찰에도 하셨나요?"

"물론입니다."

"그렇군요…. 바쁘신데 시간 내 주셔서 감사합니다."

니시가 고개 숙여 인사하고 자리에서 일어났다.

린코도 니시와 함께 일어나 여행사를 빠져나왔다.

"스즈카 씨가 여행사에 갔었다는 게 확인되어서 다행이네요."

린코가 안도하며 말을 건넸지만 니시의 표정은 어두웠다.

"왜 그러세요?"

"아직 기뻐하기는 일러."

"왜요?"

린코는 영문을 알 수 없어서 재차 물었다.

"우리가 확인한 건 스즈카 씨가 정오쯤에 10분 정도 다이니혼 여행사에 머물렀다는 사실뿐이야. 아직 카노 씨와 만나기로 한 시간이 되지도 않았는데 왜 상담을 받지 않고 그냥 나왔냐고 검사한테 공격당할지도 몰라. 어쩌면 나중에라도 ATM에서 인출한 20만 엔을 어디에 썼는지 대답할 수 있도록 핑계를 만들어 둘 목적으로 여행사에 들렀다고 할 수도 있고."

"나중에라도요?"

"사건이 발각되었을 때에 대비해서."

니시의 한마디가 린코의 가슴을 무겁게 짓눌렀다.

"검찰은 이렇게 생각하고 있을 거야. 경찰관인 스즈카 씨라면 카노 씨의 시신이 발견될 경우 CCTV 영상이라든지 호스트와 목격자 들의 증언을 토대로 자신이 용의선상에 오르리라는 사실을 누구보다 잘 알고 있었을 거라고 말이야. 체포되면 그날 ATM에서 인출한 20만 엔을 어디에 썼는지 경찰이 물어보리라는 것도 충분히 예상했을 테고."

"하지만 만약 스즈카 씨가 처음부터 카노 씨를 죽일 계획이었다면 20만 엔을 찾을 필요도 없잖아요."

검찰은 스즈카가 카노에게 협박당해서 20만 엔을 준비했다고 생각하고 있는 것이 틀림없었다.

"확실하게 죽일 계획이었다면 그렇겠지. 하지만 검찰 측은 이미 그런 반론에 대한 반론도 준비했을 거야. 스즈카 씨는 돈을 인출하는 시점에는 아직 망설이고 있었다고 말이야. 카노 씨에게 20만 엔을 건네서 아무 일 없이 끝나면 좋겠지만 만약 거기서 끝나지 않고 더 무언가를 요구해 오면 죽일 생각이었다…. 그래서 만약 죽이게 되었을 경우에 대비해서 20만 엔을 어디에 쓸 예정이었는지 대답할 수 있도록 일부러 여행사에 들른 거라고."

니시의 설명을 듣자 잠시 들떴던 마음은 흔적도 없이 사라져 버렸다.

린코는 엘리베이터에서 내려 사무실 문을 열고 안으로 들어갔다.

"수고하셨습니다."

어딘가에서 호소카와의 목소리가 들려와 린코는 주위를 두리번거렸다. 호소카와는 2인용 소파 위에 몸을 쪼그리고 누워 있었다.

"다녀왔습니다, 대표님. 쉬고 계셨나요?"

"머리가 좀 어지러워서. 세월 앞에 장사 없다더니 저도 어쩔 수 없네요."

호소카와가 쓸쓸하게 웃으며 몸을 일으켰다.

"나이 탓이라기보다는 그냥 과로 탓 아닌가요?"

"두 사람이 들어온 덕분에 일은 전보다 훨씬 편해졌어요. 역시 나이 탓이 맞는 것 같네요."

"제가 조금이라도 도움이 되고 있다면 다행입니다."

린코는 가방을 책상 위에 내려놓고 탕비실로 들어갔다. 인스턴트 커피 두 잔을 타서 호소카와에게 가져갔다.

"유카리 씨한테 들었는데 검찰 측 증거가 공개되었다고요?"

호소카와가 물었다. 린코는 고개를 끄덕이며 소파 앞 테이블에 커피잔을 내려놓고 호소카와와 마주 보고 앉았다.

"솔직히 어려운 상황입니다."

린코는 검찰이 내놓은 증거에 대해 설명했다. 호소카와는 시종일관 담담한 표정으로 설명을 들었다. 린코의 말이 끝나자 호소카와가 손을 뻗어 커피잔을 들고 한 모금 마시더니 "니시 변호사는 뭐라던가요?" 하고 물었다.

"하나씩 확인해 나가는 수밖에 없다고요. 스즈카 씨가 하는 말 중 무엇이 진실이고 무엇이 거짓인지."

"그런가요."

호소카와가 만족스러운 미소를 지었다.

"니시 변호사님은 지금까지 형사 변호를 몇 건이나 맡으셨나요?"

"그건 왜 묻죠?"

"그냥 좀 궁금해서요…."

왜 갑자기 그런 게 궁금해졌는지는 스스로도 알 수 없었다. 다만 최근의 니시는 평소와는 좀 달랐다. 지금까지는 변호 활동을 그다지 열심히 하는 편이 아니었는데 이번 건은 굉장히 적극적으로 나서고 있었다. 일을 열심히 하는 것은 대환영이지만 뭔가 마음에 걸렸다. 요즘 니시에게서 느껴지는 분위기는 린코가 지금까지 보아 온 변호인들과는 전혀 달랐다.

"아마 이번이 열한 번째 사건일 겁니다."

린코보다는 많지만 경험이 풍부하다고 할 정도는 아니었다.

"대표님이 전에 그러셨잖아요, 니시 변호사는 형사 사건 관련 경험이 풍부하다고. 그건 무슨 뜻인가요?"

"말 그대로 경험이 풍부하다는 뜻입니다."

린코는 그래도 이해가 가지 않아서 호소카와를 가만히 쳐다보았다.

"니시 변호사가 제 의뢰인은 아니지만 그래도 다른 사람의 개인적인 이야기를 옮기는 건 내키지가 않네요. 같이 지내다 보면 차차 알게 될 겁니다. 니시 변호사가 어떤 사람인지."

의미심장한 말에 궁금증은 한층 더 커졌지만 일단은 물러서는 수밖에 없었다.

"그건 그렇고…, 타카시마 치사토 씨와는 자주 편지를 주고받는 사이인가요?"

이어지는 호소카와의 말에 린코는 고개를 번쩍 들었다.

"다른 사람 편지를 몰래 보는 취미는 없지만 그 편지를 우편함에서 꺼낸 사람이 저라서요."

호소카와가 어떻게 타카시마 치사토를 알고 있는 걸까. 린코는 호소카와에게 아버지가 변호사였다는 사실은 물론 아버지의 죽음에 대해서도 말한 적이 없었다.

"린코 변호사가 우리 사무실에 면접을 보러 왔을 때, 모치즈키 유즈루 변호사님 딸이 아닐까 싶기는 했습니다. 모치즈키는 흔한 성씨가 아니니까요."

"아버지를 아세요?"

"변호사 모임에서 몇 번 만난 적이 있습니다. 훌륭한 분이셨죠. 딸이 법대에 다니면서 사법고시를 준비 중이라는 이야기도 들은 적이 있고요.

어떤 길을 선택할지는 모르겠지만 변호사가 되면 좋겠다고 하시더군요."

"그러셨군요…."

"모치즈키 변호사님 딸인 린코 변호사가 형사 변호를 맡고 싶다고 했을 때는 솔직히 많이 망설였습니다. 지금까지 물어보지 못했는데 어째서 그런 힘든 선택을 한 거죠?"

"아버지의 원한을 풀어 드리고 유지를 이어받기 위해서는 그렇게 하는 수밖에 없다고 생각했기 때문입니다."

호소카와가 고개를 갸우뚱했다.

"법정에서 치사토 씨는 저희 아버지가 지금까지 해 온 형사 변호를 우롱하는 발언을 했습니다. 범죄자의 죄를 가볍게 만들어 주기 위해 무책임한 주장을 늘어놓는 변호인이 증오스럽다고, 그래서 자기 아들을 죽인 범인의 편을 든 아버지를 죽인 거라고요. 물론 저도 처음에는 치사토 씨를 증오했습니다. 하지만 그렇게 되면 저 역시 치사토 씨와 다를 게 없어지니까…."

"피해자 유족인 당신이 범죄자를 도움으로써 아버지가 지금까지 한 일이 옳았다는 걸 증명하고 싶었다는 건가요?"

"그리고… 치사토 씨에게 잘못을 인정하게 만들고야 말겠다는 마음도 있었고요. 진심으로 반성하고 갱생하기를 바랐습니다. 그래서 1년 전에 이런 제 마음을 담은 편지를 교도소에 보냈습니다. 제가 치사토 씨를 용서하고자 한다는 말과 함께요."

"그래서요?"

"제 마음은 치사토 씨에게 전해지지 않았습니다. 제가 편지에 적은 내용은 모두 궤변에 불과하다네요. 나와는 상관없는 일이니까 범죄자를 변호할 수 있는 거라고, 불쾌하기 짝이 없으니 두 번 다시 이런 편지는 보내지 말아 달라고 하더라고요."

"그랬군요…."

호소카와가 무거운 한숨을 내쉬었다.

17

린코는 엘리베이터에서 내려 니시와 함께 복도를 걸어갔다. 지정된 회의실 앞에 멈춰 서서 니시가 문을 노크했다.

"들어오세요."

방 안에서 남자가 대답하는 소리를 듣고 니시가 문을 열고 안으로 들어갔다. 린코도 "실례합니다"라고 인사하며 따라 들어갔다.

ㄷ자로 놓인 테이블 정면에 재판장 이시즈카, 우배석 에가와, 좌배석 소노하라, 서기관 무토가 앉아 있었다. 검사 측은 아직 오지 않은 듯했다.

"잘 부탁드립니다."

린코와 니시는 인사하고 나란히 자리에 앉았다. 가방에서 자료를 꺼내 읽고 있는데 노크 소리가 들렸다. 린코가 고개를 들자 히무로 검사와 함께 들어오던 아야와 눈이 마주쳤다. 린코 맞은편 자리에 앉은 두 사람은 들고 온 보자기에서 자료 뭉치를 꺼내 테이블 위에 내려놓았다.

"린코 변호사님은 공판 전 준비절차가 처음이신가요?"

아야의 질문에 린코는 "네…" 하고 고개를 끄덕였다. 긴장한 기색이 겉으로도 드러난 걸까.

"니시 변호사님은요?"

아야가 계속해서 묻자 옆에서 자료를 체크하던 니시가 고개를 들었다.

"몇 번인가 있습니다만 저도 익숙하지 않으니 살살해 주시면 감사하겠습니다."

"피고인도 참석을 희망합니까?"

히무로가 물었다.

피고인에게는 공판 전 준비절차에 참석할 권리가 있었다.

"설명은 했습니다만 일단은 저희끼리 진행해 달라고 합니다."

"그럼 슬슬 시작할까요?"

재판장이 입을 열었다. 린코는 아야에게서 시선을 거두어 재판장을 향해 고개를 끄덕였다.

"우선 변호인에게 묻겠습니다. 검찰 측의 증명예정사실에 대해 피고인에게 설명했습니까?"

재판장이 이쪽을 향해 물었다.

"네, 설명했습니다."

검찰 측에서 제출한 증명예정사실 준비서면에는 모종의 이유로 카노에게 협박당하던 스즈카가 살의를 가지고 카노의 머리를 술병으로 내리쳐 죽였다는 내용이 여러 증거와 함께 적혀 있었다.

"공소 사실을 다툴지 여부는 정했습니까?"

이어지는 질문에 니시가 이쪽을 쳐다보았다. 린코가 대신 입을 열었다.

"피의자는 부인하고 있습니다. 카노 씨의 머리를 술병으로 때린 것은 사실이지만 그건 어디까지나 저항하기 위해서였지 죽일 의도는 전혀 없었고, 카노 씨에게 협박당한 적도 없다고 합니다."

"그럼 다투겠다는 건가요?"

재판장의 확인에 린코는 대답을 망설이며 니시를 쳐다보았다.

"아직 고민 중이다…라고만 말씀드려도 될까요?"

니시가 테이블 위에서 깍지를 끼며 대답했다.

"알겠습니다."

재판장이 고개를 끄덕였다.

"그럼 공소 사실을 다툴지 여부는 조금 더 시간을 두고 정하도록 하겠습니다. 피고인 측에서 하고 싶은 말 있습니까?"

"진술 조서를 작성한 증인들을 직접 만나서 이야기를 들어 보고 싶습니다."

린코가 말하자 아야가 히무로를 쳐다보았다. 히무로가 의아하다는 표정을 지었다.

"왜죠?"

"진술 조서에 나오는 내용도 포함해서 재판 전에 몇 가지 확인하고 싶은 것이 있습니다."

린코가 히무로를 똑바로 마주 보며 대답했다.

"조서 내용에 납득이 가지 않는다면 동의하지 않는다고 한 다음 증인을 법정으로 불러내 반대 신문을 하면 될 텐데요."

지금까지의 온화했던 분위기가 거짓말처럼 사라지고 히무로의 말투가 거칠어졌다.

검사 입장에서는 당연한 반응이었다. 재판 전에 변호인과 접촉함으로써 증인의 기억이나 인상이 바뀔 가능성을 우려하는 것일 터였다.

"조서 내용에 납득이 가지 않는다는 게 아닙니다. 다만 증인을 직접 만나서 이야기를 들어 보면 서면상으로는 드러나지 않는 행간을 읽을 수 있지 않을까 싶어서요."

"죄송하지만 그 부분은 동의할 수 없습니다."

히무로가 단호하게 거절했다. 린코는 니시를 보며 한숨을 내쉬었다.

판사들은 이 문제에 대해서는 끼어들 생각이 없는지 잠자코 상황을 지켜보고 있었다.

"사실 저희가 지금 상당히 궁지에 몰린 상태라서요."

니시가 웃으며 머리를 긁적였다.

니시의 과장된 몸짓을 보니 무슨 말을 하려고 하는 것인지 대충 짐작이 갔다.

"앞으로 어떻게 변호를 해야 하나 고민하고 있거든요. 아니, 고민하는 정도가 아니라 거의 두 손 두 발 다 들었습니다."

두 손을 번쩍 들어 보이는 니시를 보고 히무로가 코웃음을 쳤다.

"그건 저희가 상관할 바가 아닙니다. 변호사님들이 고전하고 있는 것과 증인을 만나게 하는 것이 무슨 관계가 있습니까?"

"저희는 지금까지 피의자인 스즈카 씨의 이야기를 열심히 들어 왔습니다. 변호인으로서 피의자의 말이 사실이라고 믿으면서요. 하지만 검찰이 내놓은 증거와 피의자의 주장은 일치하는 부분이 거의 없습니다. 이게 대체 어떻게 된 일이냐고 물어도 자기는 죽이지 않았다고만 하고 납득할 만한 설명을 하지 못하고 있습니다. 설상가상으로 카노 씨와 우연히 만났다는 것도 실은 사실이 아니라고, 이제 와서 이런 말을 하고 있으니…."

히무로와 아야가 놀란 듯 얼굴을 마주 보았다.

"카노 씨와 우연히 만난 게 아니라고 피의자가 인정했다는 말입니까?"

히무로가 흥분한 어조로 상체를 앞으로 숙이며 물었다.

"네, 10월 9일 호스트바에서 나오는 길에 카노 씨가 데모 테이프를 들으러 오라고 해서 만날 약속을 잡았답니다. 그러니까 호스트인 오자키 요시히코 씨의 진술은 사실이었다는 말이죠."

"다른 진술 조서에 대해서는 뭐라던가요?"

히무로가 계속해서 물었다.

"방금 말씀드렸다시피 저희가 도저히 납득할 수 없는 설명만 늘어놓고 있습니다. 증인을 직접 만나서 이야기를 들어 보고 그 말이 맞는 것 같다고 저희가 판단하면 스즈카 씨에게도 지금까지와는 다른 방향으로 조언을 해 줄 수 있지 않을까 싶은데…."

"지금까지와는 다른 방향으로요?"

히무로가 고개를 갸웃거리며 물었다.

더 자세히는 묻지 말아 달라는 듯 니시가 애매한 표정으로 고개를 끄덕였다.

히무로 입장에서는 피의자가 혐의를 인정하도록 설득하겠다는 뉘앙스로 받아들여졌을 것이다. 피의자가 혐의를 인정하는 것은 검찰이 무엇보다 바라는 바였다.

"그렇게 하시죠."

지금까지 가만히 있던 아야가 입을 열자 히무로가 날카롭게 쏘아보았다. 마음대로 결정하지 말라고 제지하는 눈빛이었다.

"단, 증인이 변호인을 만나겠다고 하면요. 어떠세요?"

아야가 히무로의 시선에도 개의치 않고 말을 이었다.

"감사합니다."

린코가 아야에게 고맙다고 인사하며 옆을 돌아보자 니시가 만족스러운 표정으로 슬쩍 고개를 끄덕여 보였다.

18

"린코 변호사님, 스노우치 아야 검사님 전화입니다."

린코는 자판을 두드리던 손을 멈추고 유카리에게 "제 쪽으로 돌려 주세요" 하고 대답했다. 전화기 내선 램프가 깜빡이는 것을 보며 기도하는 심정으로 수화기를 집어 들었다.

"네, 전화 바꿨습니다."

"스노우치 아야입니다. 증인 건 관련해서 전화드렸습니다. 네 명 다 괜찮다고 하니 연락처를 알려 드리겠습니다. 지금 불러 드려도 될까요?"

"잠시만요."

두근거리는 마음을 진정시키며 펜과 메모지를 준비했다.

"네, 불러 주세요."

"에모토 키요시 씨, 090…."

린코는 아야가 빠르게 불러 주는 이름과 전화번호를 메모지에 받아 적었다.

살을 내어 주는 심정으로 어렵게 손에 넣은 귀중한 카드였다.

공판 전 준비절차가 시작될 때까지 린코와 니시는 앞으로의 변호 방침을 세우지 못한 채 고민하고 있었다. 검찰 측이 제시한 증거가 스즈카의 주장과 전혀 맞지 않았기 때문이다.

스즈카의 말은 변호인인 자신들이 듣기에도 설득력이 부족했다. 스즈카가 거짓말을 하고 있었다는 사실도 변호 방침을 세우지 못하는 이유 중 하나였다. 숨기고 있는 사실이 아직 더 있지 않을까. 변호인이 모르는 사실이 재판에서 밝혀지면 수습할 길이 없었다.

니시가 말한 대로 스즈카의 진술 중 무엇이 진실이고 무엇이 거짓인지 하나씩 확인해 나가는 수밖에 없었다. 일단 재판이 시작되면 손을 쓸 수 없으니 공판 전 준비절차가 끝나기 전에 모든 것을 마무리지어야 했다.

스즈카의 말이 사실인지 확인하기 위해서는 관계자들을 직접 만나 이야기를 들어 보는 수밖에 없다는 것이 니시와 린코가 내린 결론이었다. 하지만 검찰이 순순히 증인들의 정보를 알려 줄 리 없었다. 그래서 니시가 생각해 낸 방법이 바로 일부러 이쪽에 불리한 정보를 상대에게 알려줌으로써 변호인은 어디까지나 피고인 스스로 혐의를 인정하게 만들고자 노력하고 있다는 인상을 심어 주는 것이었다.

사실 린코는 이 제안이 그다지 내키지 않았다. 피고인이 거짓말을 했다고 인정하는 것은 위험한 일이었다. 하지만 상대가 유능하기로 소문난 히무로 검사인 이상 그 정도는 하지 않으면 이쪽이 하는 말을 믿어 주지 않을 것이라는 게 니시의 주장이었다.

살을 내어 주지 않으면 뼈를 취할 수 없다.

"…이상입니다."

"감사합니다." 린코는 펜을 내려놓았다.

"그런데 린코, 너희 사무실 대표님은 취향이 좀 독특하신가 봐."

"응?"

린코는 수화기를 든 채 고개를 갸웃거렸다.

"범죄자를 증오하는 사람을 형사 변호인으로 채용한 걸 보면 말이야."

아야의 말에 린코는 가슴이 뜨끔했다.

아야에게는 아버지 사건에 대해 말한 적이 없었다. 어디서 들은 걸까.

"그걸… 어떻게…."

린코가 조심스럽게 물었다.

"스가와라 검사한테 들었어. 몇 년 전까지 경찰 본청 수사1과에서 이름을 날렸다고."

무슨 소리인지 알 수가 없었다.

"무슨 소리야?"

"니시 변호사님 원래 경찰관이셨다며. 오오미야미나미 경찰서 형사로 우수한 인재였다던데?"

저도 모르게 입이 딱 벌어졌다.

"몰랐어?"

말이 나오지 않았다.

"지난번 공판에서처럼 이번에도 검찰 편에 서 주시길 바란다고 전해 줘."

아야는 자못 유쾌한 말투로 자기 할 말만 하고는 전화를 끊었다. 린코는 그대로 수화기를 든 채 통화 종료음을 듣고 있었다.

전직 검사인 변호사는 많지만 전직 형사인 변호사는 이제껏 들어 본 적이 없었다.

믿기 힘든 이야기였지만 듣고 보니 이해가 가는 부분도 적지 않았다.

니시는 형사 사건 관련 경험이 풍부하다던 호소카와의 말.

그건 형사 사건 관련 변호를 많이 해 봤다는 말이 아니라 형사로서의 경험이 풍부하다는 의미였다.

예전에 공판을 방청했을 때 도저히 피고인을 변호하고 있다고는 느껴지지 않았던 니시의 태도라든지 스즈카의 말을 의심하는 듯한 언동도 모두 전직 형사라고 하니 이해가 되었다.

니시는 왜 형사를 그만두고 변호사가 된 걸까. 아니, 그런 건 아무래도 상관없었다. 지금 고민해야 하는 것은 니시에게 스즈카의 변호를 계속 맡겨도 될 것인가 하는 점이었다. 최근에는 변호 활동에 적극적으로 임하고 있기는 하지만 그건 어디까지나 의뢰인을 위해서가 아니라 사건의 진상을 밝혀내기 위해서가 아닐까.

스즈카의 변호인으로서가 아니라 전직 형사로서.

린코는 호흡을 고른 다음 전화기에 손을 뻗었다. 메모를 보며 에모토 키요시의 휴대폰에 전화를 걸었다. 사건 당시 카노의 아파트에서 빠져나오는 스즈카를 목격한 인물이었다.

"여보세요."

남자가 약간 신경질적인 목소리로 전화를 받았다.

"안녕하세요, 호소카와 법률사무소 모치즈키 린코 변호사라고 합니다. 바쁘신데 갑자기 전화드려 죄송합니다. 에모토 씨 되시나요?"

"그런데요…."

"검사님께 얘기 들으셨는지 모르겠습니다만, 자택 근처에서 발생한 사건에 관해 여쭤보고 싶은 것이 있어서 연락드렸습니다."

"뭐죠?"

"가능하면 직접 만나 뵙고 이야기를 나눌 수 있을까요?"

"꼭 직접 만나야 합니까?"

"그런 건 아니지만… 부탁 좀 드릴 수 없을까요? 에모토 씨 편하신 시간에 맞추겠습니다."

상대가 한숨을 내쉬었다.

"알겠습니다. 다만 내일부터 해외 출장이라 당장은 어렵습니다."

"언제 돌아오시는데요?"

"1월 15일 밤에 오니 만나는 건 16일이 좋겠네요. 그날은 회사도 안 가니까."

16일이면 다음 공판 전 준비절차 전날이었다. 좀 더 일찍 만나서 이야기를 듣고 정리할 시간이 필요했다.

"오늘은 어려우신가요?"

"음…, 출장 준비로 이래저래 바빠서요."

"시간은 많이 안 뺏겠습니다. 꼭 좀 부탁드립니다."

린코는 전화기 너머 상대방에게 고개를 숙이며 부탁했다.

"그렇게까지 말씀하시니 어쩔 수 없군요. 오늘 3시에 토코로자와역 개찰구에서 뵙죠."

시계를 보니 1시였다. 아직 시간은 충분했다.

"혹시 자택으로 찾아뵈도 될까요?"

"네? 집으로요?"

에모토가 스즈카로 추정되는 여자를 목격한 상황을 직접 확인하고 싶었다.

"네. 무리한 부탁을 드려서 정말 죄송합니다."

"뭐… 알겠습니다. 그럼 3시까지 저희 집으로 오시죠."

"감사합니다!"

린코는 에모토에게 주소를 물어 메모지에 받아 적은 다음 다시 한번 고맙다고 인사하며 전화를 끊었다. 이어서 카노의 손님이었던 후쿠다 요코에게 전화를 걸었다. 부재중 전화 안내 멘트가 흘러나와서 메시지를 남긴 후 전화를 끊었다.

카노의 동료 호스트인 오자키 요시히코에게 전화를 걸자 몇 번인가 신호가 간 후에 "여보세요…"하고 경계하는 듯한 남자 목소리가 들렸다.

"안녕하세요, 오자키 요시히코 씨 되시나요?"

"그런데요…."

"저는 호소카와 법률사무소 모치즈키 린코 변호사라고 합니다."

"아…, 카노 사건으로 묻고 싶은 게 있다면서요? 뭐죠?"

"네, 그 건 관련해서 가능하면 직접 만나 뵙고 이야기를 나눌 수 있을까요?"

"토코로자와까지 와 준다면 저는 상관없어요."

"당연히 저희가 찾아뵙겠습니다. 언제가 좋으신가요?"

"글쎄요…."

"오늘 저녁은 어떠세요?"

"출근 전이면 괜찮아요. 한 6시쯤?"

3시에 에모토를 만나기로 했으니 6시면 가능할 것 같았다.

"네, 좋습니다."

토코로자와역 앞 카페에서 만나기로 하고 전화를 끊었다.

오자키가 진술한 내용에 대해서는 스즈카가 사실이라고 인정했으니 더 확인할 필요는 없었지만, 동료 입장에서 본 카노는 어떤 사람이었는지 물어볼 생각이었다.

카노와 같은 밴드 멤버였던 오오스미 켄타에게도 전화를 걸었지만 받지 않았다.

부재중 메시지를 남기고 있는데 문 여는 소리가 들렸다. 민사 사건 관련 미팅에서 돌아온 니시를 보고 심장 박동이 빨라졌다.

"…다시 전화드리겠습니다."

수화기를 내려놓다가 가까이 다가온 니시를 보고 저도 모르게 시선을 피했다.

"뭐야?"

뭔가 이상하다고 느꼈는지 니시가 물었다.

"아무것도 아닙니다…." 린코는 아무렇지 않은 척 니시를 쳐다보며 말했다.

"검찰 측에서 증인 네 명의 연락처를 알려줬습니다."

"그래?"

"에모토 씨는 오늘 오후 3시에 자택에서 보기로 했고, 오자키 씨는 6시에 토코로자와역 서쪽 출구에 있는 카페에서 만나기로 했어요."

"나는 잠시 후 여기서 미팅이 있는데."

니시의 말을 듣고 가슴을 쓸어내렸다. 니시가 형사였다는 사실을 알게 된 상태에서 평소처럼 니시를 대할 자신이 없었다.

"저 혼자 가도 됩니다."

"저녁에는 합류할 수 있으니까 6시 10분 전에 토코로자와역 개찰구에서 봐."

"네, 알겠습니다."

린코는 몰래 한숨을 내쉬며 고개를 끄덕였다.

토코로자와역 개찰구를 통과한 니시가 이쪽으로 다가왔다.

"별 소득은 없었나 보군."

린코의 얼굴을 보자마자 니시가 말했다.

"네, 에모토 씨의 증언은 뒤집을 수 없을 것 같아요. 역시 스즈카 씨는 카노 씨 집에 다시 돌아갔던 것 같습니다."

"에모토 씨가 목격한 인물이 스즈카 씨인 건 확실해?"

"얼굴까지 자세히 보지는 못했지만 옷이나 헤어스타일 같은 게 경찰이 보여준 사진 속 여성과 같았다더라고요. 카노 씨 집에 갔다는 사실은 스즈카 씨도 인정했으니까 동 시간대에 같은 옷을 입은 다른 여자가 드나들었다고 보기는 어렵죠…."

판사나 배심원 생각도 비슷할 것이다.

"그래?"

니시가 짧게 대답하고 서쪽 출구 쪽으로 향했다.

"니시 변호사님…, 뭐 하나 여쭤봐도 될까요?"

"뭔데?" 니시가 이쪽을 돌아보았다.

"왜 형사를 관두고 변호사가 되신 건가요?"

니시가 발걸음을 멈췄다. 린코도 그 자리에 멈춰 서서 니시를 마주 보았다.

"너랑은 상관없어."

"상관있습니다."

린코가 강한 말투로 받아치자 니시가 놀란 듯 멈칫했다.

"둘이 함께 스즈카 씨를 변호해야 하는데 니시 변호사님이 어떤 생각으로 변호를 맡고 있는지 모르는 상태로 일하는 건 불안하니까요."

니시는 아무 말도 하지 않고 린코를 가만히 쳐다보기만 했다.

"피고인을 돕기 위해 변호를 맡은 건지 그렇지 않은지⋯."

"피고인을 돕는다는 게 구체적으로 무슨 뜻인데?"

니시의 말에 린코는 말문이 막혔다.

"피고인이 저지른 죄를 최대한 봐 달라고 호소해서 조금이라도 양형을 낮춰 주는 건가?"

"표현에 어폐가 있긴 하지만 유죄가 확실한 경우에는 피고인의 이익을 생각해서 조금이라도 양형이 가벼워지도록 하는 것이 변호인의 역할이라고 생각합니다."

"과연 그럴까? 난 잘 모르겠는데." 니시가 고개를 가로저었다.

"모르겠다고요?"

"나는 지금까지 수많은 범죄자를 상대해 왔어. 그보다 더 많은 피해자와 피해자 가족들을 만나 왔고. 범죄로 인해 상처 입고, 괴로워하고, 소중한 사람을 빼앗긴 슬픔에 힘들어하는 사람들을 말이야. 방금 네가 말한 것이 피고인을 돕는다는 의미라면 나는 그렇게 할 자신은 없어."

니시는 그렇게 말하고는 린코에게서 시선을 돌려 다시 발걸음을 옮겼다.

린코는 그 자리에 가만히 서서 니시의 뒷모습을 바라보았다.

카페 문이 열리고 머리를 밝게 염색한 남자가 들어왔다. 가게 안을 두리번거리면서 이쪽으로 다가오는 것을 보니 린코가 기다리던 상대가 맞는 것 같았다.

린코는 남자에게 다가가 "오자키 씨 되시나요?" 하고 말을 걸었다.

상대가 고개를 끄덕이며 "모치즈키 린코 변호사님?" 하고 되물었다.

"네, 제가 린코 변호사입니다. 바쁘신데 시간 내 주셔서 감사합니다."

린코는 오자키를 자리로 안내했다. 남이 들으면 곤란한 이야기이기 때문에 최대한 다른 테이블과 멀리 떨어진 구석 자리를 골랐다.

"니시 변호사입니다. 잘 부탁드립니다."

자리에서 일어나 기다리고 있던 니시가 오자키를 맞이했다.

린코와 니시가 오자키 맞은편에 앉자 점원이 다가와 주문을 받았다. 린코와 니시는 오자키에게 명함을 건네고 음료가 나올 때까지 가벼운 잡담을 나누었다.

점원이 가져온 커피를 한 모금 마신 다음 잔을 내려놓고 오자키를 보며 입을 열었다.

"그럼 슬슬 본론으로 들어갈까요?"

오자키가 기다렸다는 듯 자세를 고쳐 앉았다.

"우선 10월 9일에 있었던 일에 대해 여쭙겠습니다. 오자키 씨가 카노 씨와 함께 스즈카 씨를 배웅한 날입니다."

"아…, 그날 일이라면 경찰한테 이미 다 말했는데요."

"네, 저희도 오자키 씨의 진술 조서를 읽었습니다. 호스트바에서 카노 씨와 스즈카 씨의 상태는 어땠나요?"

"글쎄요…."

오자키가 딱히 대답할 말이 생각나지 않는다는 듯 천장을 올려다보았다.

"예를 들어 뭔가 언쟁을 벌였다거나 평소와 달리 험악한 분위기였다거나…."

"딱히 그런 건 없었는데요. 애초에 제가 그 손님한테 붙은 건 그날이 처음이라서 평소랑 같았는지 달랐는지도 모르겠고, 그 테이블에 보조로 들어간 건 마지막 30분 정도였거든요."

"그 전까지는요?" 린코가 물었다.

"준이라는 호스트가 붙어 있었어요. 그러다가 준한테 지명이 들어와서 제가 대신 들어가게 된 거예요. 그러니 두 사람에 대해서는 잘 몰라요."

"혹시… 두 사람이 사귀는 사이라거나 사귀지는 않더라도 그렇고 그런 사이라고 느낄 만한 분위기는 아니었나요?"

"그렇고 그런 사이라면 육체관계를 말하는 건가요?"

린코가 고개를 끄덕였다.

만약 기혼자이면서 경찰관인 스즈카가 카노와 그런 관계였다면 충분히 협박당할 여지가 있었다.

"그건 아닐걸요. 상대가 돈을 잘 쓰는 여자라면 호스트가 베개 영업을 할 수도 있겠지만 그 여자는 그런 타입이 아니었거든요. 게다가 배웅하는 엘리베이터 안에서 카노가 계속 밖에서 만나자고 꼬셨는데 그런 사이라면 꼬실 이유가 없잖아요."

듣고 보니 맞는 말이었다. 불륜이었을 가능성은 희박해 보이니 다행이었다.

"엘리베이터에서 내려서 카노 씨가 스즈카 씨를 데리고 오자키 씨에게서 조금 떨어진 곳으로 갔다고요?"

옆에 있던 니시가 묻자 오자키가 고개를 끄덕였다.

"오자키 씨는 진술서에서 당시 두 사람이 구체적으로 무슨 말을 나눴는지는 알 수 없지만 카노 씨 말을 들은 스즈카 씨 표정이 굳었다고 했는데 분위기가 갑자기 돌변했다는 건가요?"

"저는 그렇게 느꼈습니다. 경찰한테는 표정이 굳었다고 말했는데 뭔가에 흠칫 놀란 듯한 표정이었어요."

"카노 씨가 뭐라고 했는지 짐작 가는 건 없고요?"

"전혀요." 오자키가 고개를 저었다.

"아무튼 그 전까지는 따로 만날 생각이 전혀 없던 스즈카 씨가 카노 씨의 요청을 받아들이게 될 만한 어떤 말을 들었다는 거겠죠?"

"그런 듯요."

"카노 씨가 한 말 중에 '경찰'이라든지 '경찰관'이라는 단어가 포함되어 있지는 않았습니까?"

니시의 질문에 린코가 움찔했다.

니시는 만약 스즈카가 카노에게 협박을 당하고 있었다면 아마도 정체를 들켰기 때문이었을 거라고 보는 듯했다. 그러고 보니 오자키의 조서에는 스즈카가 '다음 비번은 토요일'이라는 말을 했다고도 적혀 있었다. 호스트바 손님으로서의 스즈카는 여행사에 근무한다고 되어 있었다. 여행사 직원이라면 '비번'이 아니라 '쉬는 날'이라든지 '휴무'라는 단어를 사용했을 것이다.

"아니요, '경찰'이나 '경찰관'이라는 말은 못 들었어요. 어쩌면 말했을지도 모르겠지만 적어도 제 기억에는 없네요."

"카노 씨는 어떤 사람이었나요?"

린코가 묻자 오자키가 이쪽으로 시선을 돌렸다.

"음…, 전체적으로 좀 비실비실한 타입이었달까…, 전형적인 남동생 스타일이었어요."

"가게에서 문제를 일으키거나 동료들과 싸운 적은 없었나요?"

"전혀요. 얌전한 성격이라 원래 카노는 안 해도 되는 청소를 후배들이 도와 달라고 하는 경우가 많았는데 그때마다 불평 한마디 없이 웃으면서 도와주는 녀석이었어요."

이야기를 들으면 들을수록 스즈카를 덮치려고 한 남자라는 이미지가 흐릿해져갔다.

"아, 그러고 보니…."

무언가 생각난 듯한 오자키의 반응에 린코는 고개를 번쩍 들었다.

"아닌가? 그 여자였던 것 같은데…."

오자키가 눈동자를 굴리며 중얼거렸다.

"뭐가요?"

"아니, 다른 호스트한테 들은 이야기인데 얼마 전에 카노가 평소와 달리 기분이 아주 안 좋았던 적이 있었대요. 그때 상대한 손님이 그 여자였던 것 같은데…. 손님이 화장실 가서 자리를 비운 동안 분위기가 엄청 살벌했나 보더라고요."

린코는 저도 모르게 니시를 돌아보았다.

"카노 씨는 왜 기분이 안 좋았을까요?"

린코가 물었다.

"보조로 붙었던 호스트 말에 따르면 뭐 때문에 기분이 상했는지 전혀 감이 안 잡힌다고…. 평소처럼 즐거운 분위기였는데 손님이 자리를 비우자마자 '빌어먹을 썩을 년이…'라고 욕을 하더래요."

"그게 언제였죠?"

"글쎄요…."

오자키가 머리를 긁적이며 말했다.

"그때 보조로 붙었던 호스트는 누구였나요?"

"류지요. 본명은… 이름은 모르겠고 성은 후시미예요. 그러고 나서 일주일쯤 뒤에 관둬서 지금은 없어요."

"후시미 씨 연락처를 아십니까?"

니시가 묻자 오자키가 "몰라요" 하고 고개를 저었다.

"오늘 출근하면 점장님한테 여쭤볼까요?"

"부탁드립니다."

린코도 니시와 함께 고개를 숙였다.

린코는 입구에 걸린 천을 걷고 들어가 북적이는 가게 안을 둘러보았다. 야구 모자를 쓴 젊은 남자가 안쪽 테이블석에 혼자 앉아 있는 것을 보고 그쪽으로 다가갔다.

"후시미 씨 되시나요?"

린코가 말을 걸자 생맥주를 마시고 있던 남자가 이쪽을 보고 고개를 끄덕였다. 테이블에는 이미 몇 가지 안주가 놓여 있었다.

"바쁘신데 시간 내 주셔서 감사합니다. 이쪽은 니시 변호사입니다."

린코는 니시와 함께 후시미의 맞은편에 앉았다.

"별로 안 바쁘니까 괜찮습니다. 좀 일찍 와서 먼저 마시고 있었어요."

후시미가 시원스럽게 맥주잔을 비웠다.

점원이 주문을 받으러 왔지만 린코는 바로 주문하지 못하고 망설였다. 일하러 와서 술을 마실 수는 없는 노릇이었다.

"우롱차 주세요."

"술 못 마셔?"

니시가 물었다. 린코는 "마실 수는 있지만 지금은 일하는 중이니까요"라고 대답했다.

"마시는 것도 일이야. 난 맥주."

"맥주랑 사케 차가운 거 한 잔씩." 후시미가 잽싸게 두 잔을 주문했다.

"그럼… 저는 우롱차 말고 사과 하이볼로 할게요."

린코가 주문하는 것을 보고 니시가 슬며시 미소를 지었다. 잠시 후 점원이 가져온 잔을 각자 들고 가볍게 건배했다. 후시미가 맥주와 사케를 번갈아 마시며 입을 열었다.

"솔직히 전화 받고 처음에는 신종 사기 같은 건가 싶어서 올까 말까 망설였는데 인터넷을 찾아보니 진짜로 사건 기사가 떠서 깜짝 놀랐어요. 카노 레이지라는 이름만 봤을 때는 누군가 했는데 피해자 사진을 보니까 알겠더라고요. 게다가 피의자가 서른셋의 여성 경찰관이라면서요. 대박이네요. 루비 로드 손님이었다고요?"

"네, 가게에 오면 늘 카노 씨를 지명했다고 합니다."

린코가 가방에서 스즈카의 사진을 꺼내 후시미 앞에 내려놓았다.

"이 손님, 기억하시나요?"

후시미가 사진을 슥 보더니 "글쎄요, 잘 모르겠네요" 하고 고개를 흔들며 안주를 집었다.

"다시 한번 자세히 봐 주시겠어요? 굉장히 중요한 문제입니다. 후시미 씨는 가게에 손님으로 온 이 여성을 상대한 적이 있을 겁니다."

린코가 힘주어 부탁하자 후시미가 어쩔 수 없다는 듯 사진을 찬찬히 들여다보았다. 하지만 이내 고개를 들고 "모르겠는데요"라며 고개를 저었다.

"오자키 씨, 아니 가게에서는 세이야라는 이름을 사용한 것 같은데 아무튼 세이야 씨 말로는 카노 씨가 이 손님 테이블에 있을 때 후시미 씨가 보조로 붙었다던데요. 그날도 평소와 다름없이 즐겁게 이야기를 나누다가 손님이 화장실 가느라 자리를 비우자 카노 씨가 '빌어먹을 썩을 년이…'라고 욕하는 걸 후시미 씨가 들었다고요. 그때 상황에 대해 자세히 좀 말씀해 주시겠어요?"

"제가 그랬다고요?" 후시미가 고개를 갸우뚱했다.

린코가 가만히 쳐다보자 후시미가 어깨를 으쓱여 보였다.

"그 호스트바를 그만둔 지 세 달도 더 지났다고요. 그 후로도 다섯 번쯤 더 옮겨 다녔으니 그때 일을 기억하고 있을 리가 없잖아요. 변호사님도 그렇지 않나요? 왜 있잖아요, 그… 재판을 구경하러 오는 사람."

"방청인 말인가요?"

"맞아요, 방청인. 변호사님은 세 달 전 재판에 왔던 방청인을 기억하세요?"

"그야 그렇지만…, 그래도 손님이었잖아요."

"자랑은 아니지만 저는 거기서 손님한테 지명을 받은 적이 한 번도 없어요. 내 손님도 아니고 보조로 붙었던 테이블의 손님을 일일이 다 기억할리가 없죠." 후시미가 맥주잔을 비우고 따뜻하게 희석한 소주를 주문했다.

기억을 못 하는 건 어쩔 수 없지만 후시미는 애초부터 조사에 협조할생각이 전혀 없어 보였다. 단지 공짜 술과 안주를 먹고 싶어서 이 자리에 나온 듯했다.

"그럼 나도 같은 걸로 마셔 볼까?"

태평하게 말하는 니시를 보며 린코는 새어 나오는 한숨을 간신히 눌러 삼켰다.

"아무튼 손님한테 맞아 죽었다니…. 역시 거기서 빨리 발을 빼길 잘했네요."

"후시미 씨는 왜 그만둔 겁니까?" 니시가 상반신을 앞으로 기울이며물었다.

"돈이 안 돼서요."

"호스트는 돈을 잘 벌지 않습니까?"

"지명을 많이 받는 호스트나 그렇죠. 지명을 못 받으면 돈도 못 벌어요. 죽기 직전까지 술을 퍼마시면서 분위기 끌어올리려고 별짓 다하고, 어린놈들한테 부림당하고… 빡쳐서 못 하겠더라고요."

"듣기만 해도 힘들어 보이네요. 잘나가는 호스트는 한 달에 얼마나 법니까?"

"도쿄도 아니고 사이타마에 있는 호스트바라서 TV에 나오는 것처럼많이는 못 벌어요. 그래도 달에 3천 정도는 버는 것 같던데요? 월급날에히로토라는 호스트가 지폐 다발 세 개를 들고 부채질하는 걸 본 적이있거든요."

"그 사람이 제일 잘나가는 호스트였습니까?"

"네. 보통 히로토랑 켄야가 1, 2위를 다투는 사이였어요. 둘 다 별로 잘생기지도 않았는데 왜 그렇게 인기가 있는지…, 호스트로 일한 건 두 달 정도밖에 안 되지만 여자들 취향은 정말 알다가도 모르겠더라고요."

재미도 없는 호스트 이야기를 들으며 린코는 가만히 앉아 하이볼을 홀짝이는 수밖에 없었다.

"가게에서 가장 나이가 많은 호스트는 몇 살이었습니까?"

지치지도 않고 호스트 이야기를 이어가는 니시에게 진절머리가 났다.

"마흔둘 정도였을 걸요? 본명은 모르겠고 가게에서는 에이사쿠 씨라고 불렀어요. 평범한 아저씨였는데 의외로 인기가 있는 것 같더라고요."

"저보다도 나이가 많네요. 그렇다면 저도 호스트를 할 수 있다는 걸까요?" 니시가 농담처럼 웃으며 말했다.

"글쎄요. 얼굴은 에이사쿠 씨보다 나은데 호스트로 먹고살려면 뭔가 특기가 있어야 하거든요. 성격이 부지런하다든지 말을 잘한다든지…."

"간은 튼튼합니다."

"그럼 할 수는 있겠네요."

"그건 그렇고, 카노 씨는 어떤 사람이었습니까?"

갑자기 카노의 이야기로 돌아와서 린코는 멍하니 테이블을 응시하고 있던 시선을 들어 후시미를 쳐다보았다.

후시미가 기억을 더듬듯 천장을 올려다보다가 다시 이쪽을 보며 "한마디로 말하자면 호스트 같지 않은 호스트였어요"라고 대답했다.

"어떤 부분이 말입니까?" 니시가 물었다.

"고집이 없달까…. 호스트는 보통 지명을 받기 위해서 자기를 열심히 어필한다든지 출근 전후에 손님과 약속을 잡는다든지 하면서 적극적으로 영업에 나서는데 카노는 그런 게 전혀 없었거든요. 대신 좀 마니아 같은 측면이 있었어요."

"마니아 같은 측면이요?" 니시가 되물었다.

"네, 손님을 상대하면서 주구장창 음악 얘기만 늘어놨거든요. 그것도 EXILE이나 니시노 카나 같은 누구나 다 아는 가수가 아니라 아무도 모르는 마니악한 뮤지션 이야기를요. 그런 의미에서는 고집이 있는 편이었다고도 할 수 있겠네요."

"카노 씨는 밴드를 했다던데요."

"네. 처음부터 자기를 만나러 온 손님이면 아무래도 상관없지만 보조로 들어간 테이블에서도 그런 얘기만 해서 선배들한테 된통 깨지곤 했어요. 하지만 음악 말고는 여자들이 좋아할 만한 화제를 전혀 모르니 주의를 받으면 재미없다는 표정으로 입을 꾹 다물고 가만히 앉아만 있었어요."

후시미가 말을 멈추고 잔을 들었다. 소주를 기분 좋게 들이키는가 싶더니 갑자기 화들짝 놀란 표정으로 테이블을 내려다보았다. 시선이 스즈카의 사진을 향하고 있었다.

"그러고 보니…." 후시미가 사진을 집어 들며 중얼거렸다. "이 손님 때였는지는 모르겠지만 언젠가 카노가 화를 낸 적이 있긴 해요."

"기억이 나세요?" 린코가 저도 모르게 몸을 앞으로 내밀었다.

"카노랑 손님이랑 저랑 셋이서 마시고 있었어요. 그날도 화기애애한 분위기 속에서 음악 얘기를 하고 있었는데 언젠가부터 카노의 말수가 조금씩 줄어들더니…."

"기분이 상한 것 같던가요?"

"손님이랑 얘기할 때는 그렇지도 않았는데 손님이 화장실 간다고 자리를 비우자 바로 인상이 팍 구겨지더라고요. 화장실 쪽을 노려보면서 '빌어먹을 썩을 년이…'라고 중얼거렸어요."

"손님한테 한 말일까요?"

"그렇겠죠. 저한테 하는 말은 아니었으니까."

"카노 씨는 왜 기분이 상했던 걸까요? 손님이 뭔가 신경을 건드리는 말을 했나요?"

"그런 건 아니었던 것 같은데…. 제가 보기에는 갑자기 왜 이러지 싶었거든요."

"그때도 음악 얘기를 하고 있었나요?" 니시가 끼어들었다.

"음…, 아니요. 아이 얘기를 하고 있었어요."

"아이요?" 린코가 되물었다.

"네, 그 손님이 과거에 사고로 아이를 잃었다면서 아이와의 추억을 이야기했어요."

스즈카는 히비키에 대해 이야기한 걸까. 하지만 카노가 왜 불쾌해했는지 알 수가 없었다.

신이 나서 자기가 좋아하는 음악 얘기를 하고 있는데 갑자기 아이의 죽음이라는 어두운 화제를 꺼낸 것이 마음에 안 들었던 걸까.

"그 후의 분위기는 어땠나요?" 린코가 거듭 물었다.

"평범했어요. 손님이 자리로 돌아오니까 언제 그랬냐는 듯이 다시 기분 좋게 떠들더라고요. 뭐 좋은 게 좋다는 거죠."

"그게 언제였습니까?" 니시가 테이블 위에 두 손을 올리고 깍지를 끼었다.

"글쎄요, 오래 전 일이라…."

후시미의 대답을 들으며 린코는 손목시계를 내려다보았다. 11시 반이었다. 막차 시간을 생각하면 슬슬 일어나야 했다.

"아…, 오늘은 정말 감사했습니다. 이제 슬슬 일어날까요?"

린코가 말하자 후시미가 "전 아직 괜찮은데" 하고 대답했다.

"저희는 막차를 타야 해서요."

동의를 구하는 눈빛으로 옆을 돌아보자 니시가 "난 괜찮아"라고 대꾸했다.

"여긴 내가 낼 테니까 먼저 가."

니시에게 뒤를 맡기고 혼자 돌아가는 것이 미안했지만 술자리가 더 길어지면 내일 일을 제대로 할 수 없을 것이 분명했다.

"그럼 먼저 들어가 보겠습니다."

린코는 자리에서 일어나 다시 한번 후시미에게 고맙다고 인사하고 출구 쪽으로 향했다. 문 앞에서 잠시 멈춰 서서 니시와 후시미가 술잔을 나누는 모습을 확인하고 그대로 가게에서 나와 역을 향해 빠른 걸음으로 걷기 시작했다.

19

린코는 수화기를 귀에 댄 채 문 쪽을 돌아보았다. 니시가 사무실로 들어오고 있었다. 하품을 참으며 자기 자리로 비척비척 걸어가는 모습이 꽤나 힘겨워 보였다.

린코는 다시 책상 위로 시선을 돌려 상대방이 말하는 장소와 시간을 메모지에 받아 적었다.

"그럼 2시까지 찾아뵙겠습니다."

전화를 끊고 자리에서 일어나 니시에게 다가갔다.

"술자리가 늦게까지 이어졌나 보네요."

니시가 나른한 표정으로 린코를 쳐다보았다. 머리는 부스스하고 양복은 여기저기 주름이 잡혀 있었다. 막차를 놓치고 PC방 같은 데서 자다 온 모양이었다.

"기억해 낼 때까지 기다려 주느라."

"뭘요?"

"카노 씨가 손님한테 욕한 날 말이야. 10월 2일이었대."

린코는 니시를 쳐다보며 기억을 더듬어 보았다. 오오스미 켄타가 카노에게서 스즈카를 미행해 달라는 부탁을 받은 날이었다.

"그날 스즈카 씨는 저녁 8시쯤 가게에 와서 11시 정도까지 머물렀다는군. 술을 열 잔 넘게 같이 마시고 간신히 얻어 낸 정보가 고작 이 정도라니 나 원 참…."

니시가 어깨를 으쓱해 보였다.

"고생하셨어요. 저도 지금 막 후쿠다 요코 씨, 오오스미 켄타 씨와 연락이 닿은 참이에요. 후쿠다 씨는 오늘 오후 2시에 이케부쿠로에서, 오오스미 씨는 오후 6시에 다카다노바바에서 만나기로 했습니다."

니시가 수첩을 꺼내 확인했다.

"나는 오늘 1시부터 여기서 미팅이 있어. 2시 약속을 다른 날로 바꿀 수 없나?"

니시의 말에 린코는 애매하게 고개를 저었다.

"바꿀 수 있을지도 모르겠지만 마음이 바뀔 수도 있으니 제 생각에는 예정대로 오늘 만나는 게 좋을 것 같습니다."

겨우 연락이 닿은 후쿠다 요코는 검찰이 변호인에게 자기 연락처를 알려 주겠다는 것을 깊이 생각하지 않고 승낙했지만 다시 생각해 보니 지인을 죽인 범인의 변호인에게 협력한다는 것이 아무래도 내키지 않아서 지금까지 린코의 전화를 받지 않았다고 했다. 카노와 같은 밴드 멤버였던 오오스미 켄타도 같은 말을 했다. 그런 두 사람을 어렵게 설득해서 오늘 약속을 잡은 것이었다.

"저 혼자 가도 됩니다. 필요한 내용은 다 물어보고 나중에 보고드릴게요. 오오스미 씨는 저녁 6시에 다카다노바바에 있는 로코스라는 라이브 바에서 만나기로 했는데 그쪽은 올 수 있으세요?"

"아아, 오오스미 씨를 만나기 전에 후쿠다 씨가 무슨 이야기를 했는지 듣고 싶으니까 미팅 끝나는 대로 최대한 빨리 갈게. 다카다노바바에서 만나자고."

린코는 개찰구를 빠져나와 지하에서 바로 연결되는 백화점으로 들어가 엘리베이터를 탔다. 9층에서 내려 약속 장소인 옥상으로 향했다. 찬 바람을 맞으며 매점이 있는 쪽으로 걸어갔다.

후쿠다 요코는 이 백화점에 입점한 보석 브랜드 매장에서 일한다고 했다.

추운 겨울, 그것도 평일 오후의 애매한 시간대여서인지 주위는 한산했다. 매점 앞에 놓인 테이블과 의자에도 사람이 없었다. 매점에서 조금 떨어진 흡연 구역에서 검은 패딩을 걸친 젊은 여자가 담배를 피우고 있었다. 가까이 다가가자 인기척을 느꼈는지 여자가 고개를 들어 이쪽을 보았다. 화장은 수수한 편이었고, 호스트바에 드나든다는 사실이 믿기지 않을 정도로 얌전한 인상이었다.

"실례지만 후쿠다 요코 씨 되시나요?"

린코가 묻자 상대가 고개를 끄덕였다.

"잠깐만요."

후쿠다가 담배를 빨아들였다가 길게 연기를 내뱉은 다음 담배꽁초를 재떨이에 버리고 흡연 구역에서 걸어 나왔다.

"마실 건 뭐가 좋으세요?"

린코가 묻자 후쿠다가 "따뜻한 녹차요"라고 대답했다.

"제가 사 올 테니 앉아 계세요."

린코는 자판기에서 따뜻한 녹차와 밀크티를 사서 후쿠다가 앉아 있는 테이블로 갔다. 페트병에 든 녹차를 후쿠다에게 건네고 맞은편 의자에 앉았다.

"바쁘신데 시간 내 주셔서 감사합니다. 모치즈키 린코 변호사입니다."

명함을 내밀자 후쿠다가 떨리는 손으로 받아서 바로 주머니에 넣고 페트병을 양손으로 감싸 쥐었다.

"많이 추우세요?"

린코가 묻자 후쿠다가 "조금이요"라고 대답하며 고개를 끄덕였다.

"변호사님도 추우시죠? 이런 데서 만나자고 해서 죄송해요."

"아니요, 저는 괜찮습니다."

린코도 대답은 그렇게 했지만 사실은 페트병의 미미한 온기로 손을 녹이고 있었다.

"사람들 많은 데서 할 얘기는 아닐 것 같아서요. 이 근처에서 사람이 없는 데라고는 여기밖에 생각나지 않더라고요. 그래서… 무슨 이야기를 듣고 싶으신 건가요?"

"카노 씨가 죽은 10월 13일에 있었던 일에 대해 말씀해 주시겠어요?"

린코는 가방에서 수첩과 펜을 꺼냈다.

"경찰한테 한 얘기요?"

"네."

일단 이야기를 들어 보면서 궁금한 사항을 물어볼 생각이었다.

"10월 13일에는 미드랑 출근 전에 만나서 같이 가게로 가기로 했어요. 그래서 약속 시간인 6시에 맞춰서 토코로자와역으로 갔죠."

"미드요?" 린코가 되물었다.

"밴드에서 카노 씨가 사용하던 이름이에요. 가게에서는 쇼고라는 이름을 사용했는데 저는 그 이름이 영 어색해서 그냥 미드라고 불렀어요."

"카노 씨라든지 레이지 씨라고 부르지 않고요?"

"네. 본인이 본명으로 불리는 걸 싫어했거든요. 팬들은 모두 미드라고 불렀어요."

"왜 본명으로 불리는 걸 싫어했을까요?"

"글쎄요….." 후쿠다가 자기도 모르겠다는 듯 고개를 저었다.

"후쿠다 씨가 루비 로드에 처음 간 건 언제였나요?"

진술 조서에 사건이 일어나기 세 날쯤 전부터 다니기 시작했다는 내용이 있었지만 대화를 이어 나가기 위해 다시 물어보았다.

"아마 작년 6월 말인가 7월 초 정도였을 거예요."

"카노 씨한테 따로 연락을 받으셨나요?"

"그건 아니고… SNS에서 봤어요. 지금 여기서 일한다면서 가게 정보가 실려 있길래 찾아가 본 거죠. 호스트바 같은 데 가는 건 처음이라서 긴장했지만 퍼스트레이션이 갑자기 해체되고 SNS 계정도 닫혀서 미드가 어떻게 지내고 있는지 너무 궁금했거든요."

퍼스트레이션은 카노가 예전에 몸담았던 밴드의 이름이었다. 아까 오전 중에 오오스미에게 전화로 들은 바에 따르면 카노가 죽기 전까지 활동하던 밴드는 넥스터였다.

"루비 로드에 가 보니 진짜로 미드가 거기 있더라고요. 미드가 호스트를 한다는 게 의외이긴 했는데 새 밴드의 활동 자금을 모으기 위해서라는 말을 듣고 납득했어요. 퍼스트레이션이 해체되어도 음악은 계속해서 다행이라고 생각했죠. 그때부터는 새 밴드의 라이브를 쫓아다니면서 미드를 응원하는 의미에서 루비 로드에도 주 1회 정도 갔어요."

"퍼스트레이션은 왜 해체된 건가요?"

"모르겠어요. 갑자기 해체한다고 공지하고 SNS도 바로 닫혔거든요."

"그게 언제였죠?"

"재작년 봄? 4월쯤이었던 것 같은데…."

후쿠다의 말에 린코가 반응했다. 카노는 재작년 3월에 절도 혐의로 체포된 적이 있었다. 밴드가 해체된 것은 그것 때문이 아닐까.

"카노 씨는 그 시기에 경찰에 체포된 적이 있는데 후쿠다 씨도 알고 계신가요?"

"네?" 후쿠다의 눈이 휘둥그레졌다. "미드가 왜요?"

"남의 집에 들어가서 현금 3만 엔을 훔친 절도 혐의입니다."

"절도라니… 그럴 리가…. 당시 팬들 사이에서는 퍼스트레이션이 조만간 메이저 데뷔할 거라는 소문이 돌았는데….'

"그랬나요?"

"어디까지나 소문에 불과했지만요. 하지만 미드가 절도라니 믿기지가 않네요."

"카노 씨는 돈이 궁해 보이지 않았다는 건가요?"

연신 고개를 갸웃거리는 후쿠다를 보고 린코가 물었다.

"전혀요. 아마추어 밴드였지만 라이브 공연 때는 늘 관객이 몰렸고, 금전적으로 고생하는 것 같아 보이지는 않았어요. 밴드가 해체된 원인은 멤버 간 불화 때문일 거라고 생각했는데…. 미드 혼자서 다 먹여 살리는 밴드였으니까요."

이렇게 열심히 응원하는 팬이 있는데 카노는 왜 절도 같은 어리석은 짓을 저지른 걸까.

"작곡은 다른 멤버가 담당했지만, 퍼스트레이션의 가장 큰 매력은 역시 미드의 보컬과 가사였다고 생각하거든요. 들어 보실래요?"

후쿠다가 가방에서 뭔가를 꺼내려고 하길래 "아니요, 지금은 괜찮습니다" 하고 정중하게 거절했다.

전화로 약속을 잡았을 때 후쿠다는 30분 이상은 시간을 내기 어렵다고 했다. 이대로 사건과 아무 상관도 없는 밴드 이야기만 하다가 끝낼수는 없었다.

"그날 토코로자와역에 도착한 후 무슨 일이 있었는지 자세히 말씀해 주시겠어요?"

다시 본론으로 돌아와 린코가 물었다.

"역 앞에서 30분 넘게 기다려도 미드가 오지 않아서 메시지를 보냈는데 그것도 읽지 않길래 집으로 찾아갔어요."

"그 전에도 카노 씨 집에 간 적이 있으셨나요?"

"세 번 정도 가 봤어요. 벨을 눌러도 대답이 없길래 별생각 없이 손잡이를 한번 돌려 봤는데 그냥 열리더라고요. 집 안에 들어가 보니 미드가 죽어 있었고요. 침대 옆 바닥에 대자로 뻗어서 머리에서 피를 흘리고 있었어요. 바로 경찰에 신고했죠."

"그게 몇 시쯤이었나요?"

"오후 6시 45분쯤 되지 않았을까요? 그때부터 밤늦게까지 경찰서에서 조사를 받았어요."

"진술 조서에는 카노 씨가 강간 목적으로 여자를 덮쳤을 리 없다고 하셨다던데 어떻게 그렇게 단언하시나요?"

린코는 가장 물어보고 싶었던 질문을 던졌다.

"미드가 여자를 강간할 리 없다고 단언하는 게 아니라… 그 상황에서는 그럴 리가 없다는 말이었어요."

"그게 무슨 뜻이죠?"

"미드를 죽인 범인은 미드가 칼을 들고 자기를 협박하면서 관계를 강요했다고 진술했다면서요."

"네, 맞습니다."

"까놓고 말해서 미드는 저랑 그렇고 그런 관계였거든요."

"육체관계가 있었다는 말인가요?"

"네. 지금까지 세 번 잤고 그날도 만날 예정이었으니 만약 섹스를 하고 싶었으면 저랑 했겠죠. 왜 굳이 칼 들고 협박까지 해가면서 다른 여자를 덮치려고 했겠어요? 실제로 저랑은 그 전에도 출근 전에 그렇게 만나서 섹스한 적이 있었고요. 게다가 상대는 서른셋이나 먹은 아줌마라면서요. 말도 안 돼…."

그런 이유라면 요코의 말은 충분히 설득력이 있었다.

"미드가 지은 가사를 보면 변호사님도 아실 거예요, 그런 타입이 아니라는 걸."

"그런 타입이 아니라니요?"

"힘이나 폭력으로 남을 지배하려고 드는 타입이 아니라고요. 오히려 그 반대예요. 아주 여리고 섬세하고 항상 무언가 두려움에 떨고 있는 사람이라는 게 가사만 봐도 느껴진달까요."

가사 내용이 본인의 내면과 반드시 일치한다고 볼 수는 없을 텐데.

후쿠다가 손목시계를 보길래 린코는 "이제 가 보셔야 하나요?" 하고 물었다.

후쿠다가 고개를 끄덕였다.

"다음에 또 시간 내 주실 수 있을까요?"

린코가 말을 마치기도 전에 후쿠다가 고개를 강하게 저으며 자리에서 일어났다.

"오늘 말한 내용으로 충분할 것 같은데요. 전화로도 말씀드렸듯이 원래는 미드를 죽인 사람의 변호사 따위 만나고 싶지 않았어요."

멀어져 가는 후쿠다의 뒷모습을 바라보며 린코는 무거운 한숨을 내쉬었다.

니시가 피우던 담배를 재떨이에 거칠게 비벼 껐다. 눈앞에 놓인 커피잔을 들어 벌컥벌컥 들이켰다.

한 시간쯤 전에 카페에서 합류해 린코가 후쿠다 요코에게 들은 이야기를 들려주고 있었다. 이야기를 전해 들은 니시도 린코와 비슷한 심정인 듯했다.

"후쿠다 씨의 진술 내용이 바뀔 가능성은 희박해 보입니다."

린코가 말하자 니시가 커피잔을 내려놓고 담배갑에서 담배 한 대를 꺼냈다. 그러다가 문득 동작을 멈추더니 담배를 다시 집어넣으며 "슬슬 가지" 하고 자리에서 일어났다.

니시와 함께 카페에서 나와 오오스미와 만나기로 한 라이브 바로 향했다. 로코스라고 적힌 간판을 발견하고 입구에서 걸음을 멈췄다. 가게는 지하에 있는 듯했다.

"여기는 일단 나한테 맡겨."

니시의 말에 린코는 저도 모르게 옆을 돌아보았다. 의외라고 생각했지만 "아, 네…, 알겠습니다" 하고 대답했다.

니시가 이렇게 적극적으로 나서는 것은 처음 있는 일이었다. 아까 린코가 전한 후쿠다의 이야기 중에서 뭔가 흥미를 끄는 내용이 있었던 걸까.

잠시 기다리니 점퍼 주머니에 손을 찔러 넣은 남자가 이쪽으로 다가와 "변호사님?" 하고 물었다.

린코가 "오오스미 씨 되시나요?" 하고 물으니 "네" 하고 대답하며 지하로 이어진 계단을 내려갔다. 린코와 니시도 오오스미를 뒤따라갔다. 오오스미가 스프레이로 'ROCCOS'라고 낙서가 된 문 앞에 멈춰 서서 옆에 붙은 게시판을 쳐다보았다. 오늘의 라이브 공연 일정이 적혀 있었다. 공연 시작은 7시부터였다.

오오스미가 문을 열고 들어가자 불규칙한 악기 소리가 들려왔다. 정면에 보이는 무대에서 3인조 밴드가 리허설 중이었다. 무대 앞 테이블석에는 아무도 없었다.

오오스키는 밴드 사람들에게 가볍게 손을 들어 인사한 다음 벽 쪽 테이블석에 가서 앉았다.

"오늘 이렇게 시간 내 주서서 감사합니다. 제가 모치즈키 린코 변호사입니다."

"니시 변호사입니다."

두 사람은 오오스미에게 명함을 건네고 맞은편에 앉았다.

"공연이 시작되면 시끄러워지겠지만 한 시간이면 충분하겠죠? 미드에 관한 이야기를 한다면 역시 장소는 여기가 좋겠다 싶었거든요."

주문을 받으러 온 점원에게 맥주 세 잔을 시켰다. 니시가 무대 쪽을 돌아보며 "넥스터도 여기서 라이브 공연을 했었습니까?" 하고 물었다.

"네, 한 달에 한 번 정도 했어요."

"지금은요?"

"보컬이 없어졌으니 방법이 없죠. 시간이 좀 지나면 새 멤버를 영입할 생각이에요. 밴드 이름도 바꿀지도요. 사람이 죽어 나갔으니…."

린코는 점원이 가져온 맥주잔을 입으로 가져갔다. 들어오기 전에 니시가 시킨 대로 일단은 두 사람의 대화를 가만히 듣기만 할 생각이었다.

"넥스터는 활동한 지 얼마나 됐습니까?"

"4년쯤 됐습니다."

"4년이요?"

"원래는 저랑 아츠시, 카오루, 쇼스케 이렇게 넷이서 시작한 밴드였는데 보컬인 카오루가 그만뒀거든요."

"카노 씨는 언제 들어왔습니까?"

"작년 4월이었나? 신주쿠 길거리에서 기타 치며 노래하고 있는 걸 보고 말을 걸었죠."

카노는 죽기 전에 반년 정도 넥스터의 멤버로 활동한 셈이었다.

"우리도 음악하는 사람들이라고 소개하고 같이 마시러 갔어요. 술자리에서 저희 노래를 들려주면서 지금 보컬을 구하고 있다고 하니까 자기도 같이하고 싶다고 하더라고요."

"카노 씨가 퍼스트레이션이라는 밴드를 했다는 건 알고 있습니까?"

"네, 미드한테 들었어요. 처음 만났을 때 얘기로는 1년쯤 전에 그만뒀다고 하더라고요."

"왜 그만뒀는지 그 이유도 말하던가요?"

"다른 멤버들이랑 잘 안 맞았대요."

자신이 경찰에 체포당하는 바람에 밴드가 해체되었다고 솔직하게 말하기는 어려웠을 것이다.

"이전 밴드를 그만둘 때 상황에 대해 더 들은 건 없습니까? 꼭 밴드 관련이 아니더라도 예를 들어 생활에 쪼들렸다거나…."

"그런 얘기는 못 들었어요. 돈은 부족하지 않았을걸요?"

"왜 그렇게 생각하시죠?"

"집에 놀러 갔을 때 비싼 기자재가 많이 있길래 물어봤더니 부모님이 보내 주는 용돈으로 샀다고 했거든요. 이제는 용돈이 끊겨서 호스트바에서 일하게 되었다고 했으니 이전 밴드에 있을 때는 돈이 있었다는 거죠."

부모가 용돈을 보내 주는데 왜 절도 같은 짓을 한 걸까. 게다가 메이저 데뷔가 코앞이라는 소문이 날 정도로 밴드 활동도 순조로웠는데.

"그런데 왜 미드인 겁니까?"

니시의 물음에 오오스미가 고개를 갸우뚱했다.

"이름 말입니다. 카노 레이지라는 본명과는 아무 상관도 없는 것 같아서요. 왜 그런 이름을…."

"아, 자기가 지었어요. 본명에서 따왔다던데요."

린코는 무슨 말인지 알 수가 없었다. 옆을 보니 니시도 이해가 안 된다는 듯 고개를 갸웃거리고 있었다.

"오전 0시에서 따온 거죠. 자정이 영어로 미드나잇이니까 줄여서 미드. 호스트바에서는 쇼고라는 이름을 썼다면서요. 나름 12시로 통일한 거예요.*"

"카노 씨는 말장난을 좋아했나 보군요." 니시가 미소를 지으며 말했다.

"딱히 그렇다기보다는 자기 이름을 싫어했던 것 같아요. 가끔 누가 카노나 레이지라고 본명으로 부르면 흠칫 놀랐거든요."

그러고 보니 후쿠다 요코도 카노가 본명으로 불리는 것을 싫어했다는 말을 했다.

---

* '0시'는 일본어로 '레이지', '정오'는 '쇼고'라고 발음한다.

"왜 자기 이름을 싫어했을까요?"

니시가 흥미를 느낀 듯 몸을 앞으로 내밀며 물었다.

"글쎄요. 아무튼 옛날부터 누가 자기를 본명으로 부르면 소름이 돋는 다고 했어요."

니시가 턱을 짚은 채 말 뒤에 숨은 뜻을 찾으려는 듯 오오스미를 가만히 쳐다보았다.

입구 쪽이 소란스러워져서 린코가 고개를 돌려보니 사람들이 줄줄이 들어오고 있었다. 슬슬 본론으로 들어가는 편이 좋겠다고 니시에게 눈 짓을 해 보였다.

"오오스미 씨가 경찰에서 진술한 내용에 관해 여쭤보고 싶습니다만."

니시가 턱에서 손을 떼며 물었다.

"미드한테 손님을 미행해 달라는 부탁을 받았던 거요?"

니시가 고개를 끄덕였다.

"진술 조서에는 10월 2일 오후 9시 36분에 카노 씨한테 전화를 받았 다고 적혀 있던데요."

"맞아요. 보통 메시지를 주고받으니까 갑자기 전화가 와서 무슨 일인 가 했어요."

"카노 씨가 전화해서 뭐라고 하던가요?"

"지금 뭐 하냐고 묻길래 그냥 집에 있다고 했더니 지금 바로 토코로 자와로 와 달라고 했어요. 술 마시자는 얘기인 줄 알고 마시는 건 좋은 데 토코로자와까지 가기는 귀찮다고 대답했죠. 저는 나카노에 살거든 요. 그랬더니 그게 아니라 급하게 부탁할 게 있다고 하더라고요. 무슨 부 탁이냐고 물으니까 오면 말해 주겠다고 했어요. 우리 밴드의 미래를 좌 우하게 될지도 모르는 일이라면서."

"밴드의 미래를 좌우하게 될지도 모른다고요?" 니시가 고개를 갸웃거 렸다.

린코도 무슨 뜻인지 모르겠다는 표정으로 오오스미를 쳐다보았다.

"네, 어떻게든 시간을 끌어 볼 테니까 최대한 빨리 토코로자와의 호스트바로 와서 도착하면 알려 달라고 했어요. 그래서 저는 음악 업계 사람이 손님으로 와서 카노가 그 사람한테 다른 멤버들도 소개하려는 건줄 알고 서둘러 출발했죠."

"그리고 10시 47분에 호스트바가 있는 건물 앞에서 전화를 걸었고요?"

"네. 그랬더니 지금 나가는 여자를 미행해서 이름과 주소를 알아봐 달라고…. 여자가 입은 옷이랑 헤어스타일 같은 특징을 빠른 말투로 알려 줬어요."

"그 말을 듣고 여자를 미행한 겁니까?"

"바로 그러겠다고 한 건 아니에요." 오오스미가 당황한 듯 손을 휘휘 내저었다. "처음에는 저도 왜 그런 짓을 해야 하냐고, 이상한 일에 휘말리기 싫다고 거절했어요. 아마 카노도 처음부터 이런 말을 하면 바로 거절당할 줄 알고 밴드의 미래 어쩌고 하면서 일단 불러낸 게 아닌가 싶더라고요. 그런데 카노가 자기 평생소원이라고 하도 매달려서…, 그렇게 실랑이를 벌이고 있는데 여자가 건물에서 나와서 어쩔 수 없이…."

"그때 카노 씨가 미행을 부탁하면서 다른 말은 안 하던가요? 예를 들어 미행을 부탁하는 이유라든지 여자의 이름과 주소를 알아내면 그걸 가지고 무엇을 할 생각이라든지."

"아니요, 그냥 미행해서 이름과 주소를 알아봐 달라고만 했어요. 여자는 토코로자와역에서 지하철을 타고 두 정거장 가서 코테사시역에서 내렸고, 역에서 도보 5분 거리에 있는 아파트로 들어갔어요. 저는 공동 현관 열쇠가 없으니 아파트 안까지 따라 들어가지는 못하고 밖에서 기다리고 있으려니까 5층 복도 오른쪽에서 두 번째 집으로 들어가는 여자의 모습이 보였어요. 우편함을 확인하니 502호나 508호인 것 같은데 두 집다 이름은 안 적혀 있었고요."

"카노 씨한테는 바로 그 내용을 전했습니까?"

"네, 역으로 돌아가면서 미드한테 전화했죠. 주소랑 아파트 이름을 말하고 5층 복도 오른쪽에서 두 번째 집으로 들어갔다고 알려 줬어요. 이름까지는 확인 못 했다고 하니까 '그 정도만 알면 나머지는 내가 알아볼 수 있으니까 괜찮아'라고 하더라고요."

"그 외에는 뭐라던가요?"

"고맙다고요. 다음에 만났을 때 자기가 한 턱 쏘겠다고 했어요."

"그 후에 카노 씨로부터 그 여자에 대해 뭔가 들은 건 없습니까? 여자의 이름이라든지 직업이라든지…."

"메시지는 계속 주고받았지만 그 여자에 대한 이야기를 한 적은 없어요. 다른 멤버들도 다 같이 사용하는 단체 대화방이어서 그랬는지도 모르겠지만."

"그러고 나서 카노 씨와 만난 것은 언제였습니까?"

"10월 11일에 밴드 연습 때문에 모였어요. 미드가 죽기 이틀 전…."

"그때 카노 씨는 어때 보이던가요? 그때도 여자 이야기는 안 했습니까?"

"음…, 직접적으로는 안 했어요."

"직접적으로는 안 했다니요?"

"밴드 연습 중에도, 연습이 끝난 후 술자리에서도 미드는 내내 기분이 좋았어요. 술 마시면서 기세 좋게 떠들어대는 걸 보니 어쩌면 그 여자랑 관계가 있을지도 모르겠다 싶더라고요."

"카노 씨가 무슨 이야기를 했길래 그런 생각을 한 겁니까?"

"술자리에서 미드가 갑자기 인디 앨범을 내자는 말을 꺼냈어요. 우리도 만들고는 싶지만 돈이 없다고 하니까 미드가 그건 자기한테 맡기라고 하더라고요."

"앨범 만드는 데 비용이 얼마나 드는데요?"

린코가 묻자 오오스미가 이쪽을 보며 대답했다.

"가격대야 다양하지만 어느 정도 제대로 된 앨범을 만들려면 20~30만 엔은 들걸요."

20~30만 엔.

사건이 일어난 날, 스즈카가 ATM에서 찾은 돈은 20만 엔이었다.

"저희는 아직 한 번도 만들어 본 적이 없어서 정확히는 모르지만요."

"그 돈을 카노 씨가 어떻게 준비하겠다고 하던가요?"

니시가 물었다.

"괜찮은 돈줄을 잡았다고 했어요. 우선 앨범을 내고, 그걸 발판 삼아 메이저 데뷔를 해서 빼앗긴 것을 되찾겠다고 흥분한 말투로 막 떠들어 대던데요."

빼앗긴 것을 되찾겠다….

린코는 그 부분에서 움찔하고 반응했지만 오오스미가 계속 말을 이어 나가서 일단은 잠자코 듣기로 했다.

"그래서 그 여자 약점을 잡아서 그걸 빌미로 협박하기 위해 저한테 미행을 시킨 건가 하고…."

"하지만 그 말만 듣고 카노 씨가 그 여자를 협박했다고 단정 짓기는 어렵지 않을까요?"

린코는 그렇게 말하며 니시의 표정을 살폈다. 니시는 오오스미를 가만히 쳐다보고 있었다.

"카노 씨는 호스트였으니 돈 잘 쓰는 좋은 손님을 건졌다는 의미였을 수도 있고…."

"그건 그렇죠. 제가 미행한 여자가 돈줄이라는 말은 한마디도 안 했으니까. 하지만 미드를 죽인 게 그 여자잖아요. 경찰이 보여준 피의자 사진 속 인물은 제가 미행한 바로 그 여자였어요. 그렇다면 역시 미드는 여자를 협박하기 위해 저한테 미행을 시켰고, 그것 때문에 살해당했다고 보는 게 자연스럽지 않나요?"

오오스미의 반박에 말문이 막혔는지 니시가 생각에 잠긴 표정으로 턱을 짚었다.

적어도 경찰과 검찰은 그렇게 생각하고 있을 것이다.

"저… 하나 궁금한 게 있는데요."

린코가 입을 열자 오오스미가 "뭔데요?" 하고 이쪽을 돌아보았다.

"아까 카노 씨가 '빼앗긴 것을 되찾겠다'라고 말했다고 하셨죠? 그건 무슨 의미인가요?"

"글쎄요…." 오오스미가 고개를 천천히 가로저었다. "예전 밴드에서 뭔가 쌓인 게 많았던 게 아닐까요? 예를 들어 자기 노래는 완벽한데 다른 멤버들 실력이 부족해서 데뷔하지 못하고 시간을 낭비했다고 생각했을 수도 있잖아요. 거기서 빼앗긴 시간을 넥스터로 활동하면서 되찾겠다는 의미 아니었을까요?"

요코의 말에 따르면 퍼스트레이션의 활동은 꽤 순조로운 편이었다. 게다가 메이저 데뷔가 코앞이라는 소문이 만약 사실이었다면 데뷔가 무산된 것은 아마도 절도 혐의로 체포된 카노 때문이었을 테니 남 탓을 하거나 빼앗겼다고 표현하는 것은 말이 되지 않았다.

빼앗긴 것을 되찾겠다….

밴드 멤버들과 한 이야기이니 사건과는 관계가 없을 수도 있지만 무언가가 마음에 걸렸다. 어째서일까. 지금까지의 관계자 증언을 토대로 쌓아 올린 카노의 이미지와는 어울리지 않는, 어딘지 모르게 공격성이 느껴지는 발언이라서일까.

"퍼스트레이션의 멤버 중에 아는 사람은 없으신가요?" 린코가 물었다.

이전 멤버들에게 해체 전후 카노의 상태가 어땠는지 물어보고 싶었으나 밴드의 SNS 계정은 폐쇄되어 연락을 취할 길이 없었다.

"없는네요…. 이전 밴드 얘기는 미드도 거의 꺼낸 적이 없어요. 딥스에 가면 뭔가 알 수 있을지도 모르겠지만요."

"딥스요?" 린코가 다시 물었다.

"신주쿠에 있는 라이브 클럽이에요. 퍼스트레이션은 주로 거기서 공연을 했어요."

"아…."

"이제 됐나요? 곧 공연이 시작될 거예요."

오오스미의 말에 린코는 주위를 둘러보았다. 어느샌가 테이블을 가득 채운 사람들이 무대 쪽을 바라보고 있었다. 공연이 시작되면 대화를 나누기는 힘들 터였다.

린코가 슬슬 일어나려고 하는데 옆에서 니시가 "마지막으로 하나만 더요" 하고 입을 열었다.

"카노 씨는 지금 그 아파트에 언제부터 살았을까요?"

"10대 때부터 살고 있다고 했어요."

"가족들은요?"

"사야마시에 산다고 들었던 것 같아요."

토코로자와에 인접한 동네였다.

"그런가요. 감사합니다. 다음에 또 시간 내 주실 수 있을까요?"

"제가 아는 건 다 말한 것 같은데요…."

오오스미가 대답하는 도중에 무대 쪽에서 기타 줄 퉁기는 소리가 들리고 주위에서 박수가 터져 나왔다.

니시는 오오스미와 인사를 나누고 계산서를 집어 자리에서 일어났다. 린코도 가볍게 고개를 숙이면서 일어나 니시의 뒤를 따랐다. 가게를 나와 지상으로 향하는 계단을 올라가면서 "다음은 어디로 갈까요?" 하고 린코가 물었다.

"신주쿠로 가지. 퍼스트레이션의 멤버를 찾아서 이야기를 들어 봐야겠어."

니시가 스마트폰을 꺼내 라이브 클럽의 위치를 확인했다.

"니시 변호사님도 카노 씨가 한 말이 걸리시나요?"

니시가 스마트폰을 조작하던 손을 멈추고 린코를 쳐다보았다.

"빼앗긴 것을 되찾겠다…?"

"네."

"그것도 있고."

"그것 말고는요?" 린코가 다시 물었다.

"카노 씨가 어째서 오가와키타 경찰서 관내에서 절도 행각을 벌인 건지 궁금해서 말이야. 그곳이 카노 씨에게 익숙한 장소였는지 어땠는지 당시 함께 어울리던 멤버들이라면 알고 있겠지."

그러고 보니 아까 오오스미에게 들은 바에 따르면 재작년 2월에 카노는 토코로자와시에 살고 있었다. 가족들이 사는 본가는 사야마시. 두 군데 모두 오가와키타 경찰서가 관할하는 지역과는 멀리 떨어져 있었다. 노선도 달라서 지하철을 타더라도 쉽게 갈 수 있는 위치가 아니었다.

밴드 활동이 순조롭게 굴러가던 시기에 왜 절도 사건을 일으켰는지 하는 부분에만 정신이 팔려서 위치적인 문제까지는 미처 생각이 미치지 못했다.

큰길로 나와 택시를 잡아 탔다. 니시가 택시 기사에게 행선지를 밝히고 택시가 출발하자 린코는 가방에서 스마트폰을 꺼내 들었다. 지금 가는 라이브 클럽에서 별다른 정보를 얻지 못했을 경우에 대비해 최대한 정보를 확보해 둘 필요가 있었다. 일단 머릿속에 떠오르는 대로 '퍼스트 레이션', '밴드', '멤버', 'SNS' 같은 단어로 검색을 해 보았다.

퍼스트레이션 관련 게시물이 올라온 SNS는 여럿 있었지만 모두 멤버가 아니라 팬이 쓴 글이었다. 린코는 그중 단서가 될 만한 것이 없을지 빠르게 내용을 훑어보았다.

퍼스트레이션은 미드, 카츠, 히로키, 신으로 구성된 4인조 밴드였다. 멤버들의 본명은 공개되지 않은 듯했다.

"다 왔어."

니시의 목소리에 린코는 깜짝 놀라 창밖을 내다보았다. '딥스'라는 간판이 걸린 건물 앞에 청년들이 길게 줄을 서 있었다. 라이브 공연을 보러 온 사람들 같았다.

택시에서 내린 린코가 니시에게 "뒤에 가서 설까요?" 하고 물었다.

"안에 들어가더라도 뭘 물어볼 수 있을 것 같지는 않은데."

니시가 그렇게 말하며 줄 선 사람들 쪽으로 다가가서 그중 한 명에게 뭔가 물어보는가 싶더니 금방 다시 돌아왔다.

"공연은 10시쯤 끝난다고 하는군. 근처 술집에서 시간 좀 죽이다 다시 올 테니 넌 돌아가."

"그럼 저도 같이 남을게요."

니시가 고개를 저었다.

"클럽 측에 밴드 멤버들의 소식을 물어보는 것 정도는 나 혼자서도 충분히 할 수 있어. 밤까지 기다리면서 혼자 생각을 좀 정리할 것도 있고. 뭔가 알게 되면 바로 연락할게." 니시가 단호한 말투로 말했다.

"알겠습니다. 내일은 오후에 스즈카 씨 접견을 가야 하니 너무 많이 마시지는 마세요."

니시는 고개를 끄덕해 보이고는 등을 돌려 멀어져 갔다.

20

이쪽으로 다가오는 니시를 보고 모치즈키 린코는 가볍게 고개를 숙였다.

"니시 변호사님, 안녕하세요. 퍼스트레이션 멤버들의 소식은 알아내셨나요?"

니시가 고개를 저으며 린코의 앞에 멈춰 섰다.

"원래 클럽 측에서 공연에 출연하는 밴드들의 대표자 연락처를 보관해 두는데 퍼스트레이션 연락처는 없다는군. 아마도 밴드가 해체되면서 연락처도 파기한 것 같아."

"그런가요…."

"일단 가지."

니시가 걸음을 옮겼다.

구치소 건물로 들어가 접수대에서 접견 신청서를 작성했다. 대기실 의자에 앉아 기다리니 직원이 나와서 안내해 주었다. 접견실로 들어가 아크릴판 앞에 니시와 나란히 앉았다. 이윽고 반대쪽 문이 열리고 스즈카가 고개를 살짝 숙인 채 천천히 걸어 들어와 맞은편에 앉았다.

지난번에 만났을 때는 상태가 좀 좋아진 것 같았는데 지금 눈앞에 있는 스즈카는 경찰서에서 조사를 받던 때처럼 매우 초췌해 보였다. 무슨 일이 있었던 걸까.

"지난번에 만났을 때보다 안색이 더 안 좋아지신 것 같은데 무슨 일이 있었나요?"

린코가 말을 걸자 스즈카가 고개를 들었다. 공허한 눈동자였다.

"아니요…."

스즈카는 그 말만 하고 다시 고개를 떨구었다. 린코는 옆에 앉은 니시를 쳐다보았다. 먼저 시작하라며 니시가 고개를 끄덕여 보였다.

"우선… 10월 2일 루비 로드에서 있었던 일에 대해 말씀해 주시겠어요?"

린코의 말을 들은 스즈카가 "10월 2일이요?" 하고 고개를 갸웃거렸다.

"네, 그날 스즈카 씨는 루비 로드에 가셨죠? 스즈카 씨 테이블에는 카노 씨와 류지라는 호스트가 붙었을 겁니다. 거기서 히비키에 대한 이야기를 하셨다던데요."

거기까지 말하자 스즈카도 기억이 나는지 "아…" 하고 고개를 끄덕였다.

"정확한 날짜라든지 같이 있던 호스트가 누구였는지는 기억나지 않지만 카노 씨와 그런 이야기를 한 적은 있어요. 그게 왜요?"

"그날 카노 씨와 나눈 이야기를 최대한 자세히 말씀해 주실 수 있을까요?"

"그걸 왜…?" 스즈카가 의아하다는 듯 눈썹을 찡그렸다.

"류지 씨 말에 따르면 스즈카 씨가 중간에 잠깐 자리를 비웠을 때 카노 씨가 갑자기 인상을 팍 구기면서 '빌어먹을 썩을 년이'라고 중얼거렸다고 합니다."

"저한테요?"

믿을 수 없다는 표정을 짓는 스즈카에게 린코는 고개를 끄덕여 보였다.

"그리고 제가 지난번에 가져왔던 진술 조서에서 보셨듯이 그날 스즈카 씨가 가게에 머무는 동안 카노 씨는 같은 밴드 멤버인 오오스미 씨에게 전화해서 스즈카 씨를 미행해 달라고 부탁했습니다. 그런데 대체 왜 카노 씨가 스즈카 씨에게 욕을 하고 미행까지 붙이게 되었는지 그 이유를 모르겠습니다. 뭔가 짚이는 데가 있으신가요?"

"아니요, 전혀…." 스즈카가 당혹스러운 얼굴로 고개를 저었다.

"히비키에 관한 이야기 말고는 어떤 이야기를 했나요?"

죽은 아들과의 추억을 이야기한 것이 카노의 신경을 건드려서 미행까지 하게 만들었을 것 같지는 않았다. 그 자리에 함께 있던 후시미가 듣지 못했거나 잊어버린 무언가가 있을 터였다.

"그것 말고는 거의 음악 이야기였을 거예요." 스즈카가 답했다.

"카노 씨가 하는 음악을 깔보는 발언 같은 걸 하지는 않으셨나요?"

보통은 그런 이유로 미행을 붙이지는 않겠지만 일단 물어보았다.

"전혀요."

"무언가 약점을 잡힐 만한 말을 하지는 않았습니까?"

니시가 불쑥 끼어들었다.

"본인도 깨닫지 못하는 사이에 가족이나 직장과 관련된 말을 했을 가능성은요? 기혼자라는 건 처음부터 밝혔다고 했으니 경찰관이라는 사실을 눈치챌 만한 발언을 한 게 아닐까요?"

"아니요…. 저… 혹시 아직도 제가 카노 씨에게 협박을 당했다고 의심하고 계신 건가요?"

스즈카가 답답하다는 듯 인상을 썼지만 니시는 동요하지 않고 담담하게 말을 이어 갔다.

"카노 씨가 오오스미 씨에게 당신을 미행하도록 부탁했다는 사실 자체를 부정하기는 어려워 보입니다. 그렇다면 재판에서 검사는 당연히 이 점을 공격해 올 것이고, 우리로서는 최대한 미행이 이 사건과 관련이 없다고 주장하는 수밖에 없습니다. 그러기 위해서는 우선 카노 씨가 왜 스즈카 씨의 정체를 밝혀내려고 했는지 그 이유를 알아야 합니다."

"아무리 그러셔도 저도 몰라요. 정말로 모르겠다고요! 왜 제 말을 믿어 주지 않는 거죠?"

스즈카가 격앙된 목소리로 외치며 머리를 세차게 가로저었다.

"진정하세요. 스즈카 씨 말을 믿지 않는 게 아닙니다. 다만 여러 가지 가능성을 모두 고려해야 하기 때문에…."

린코가 아크릴판을 손으로 짚으며 달래듯이 말했다. 스즈카가 동작을 멈췄다.

"저… 오늘은 좀 피곤하니 이만…."

"마지막으로 하나만 더 대답해 주시겠어요?"

린코가 부탁하자 스즈카가 마지못해 고개를 끄덕였다.

"카노 씨 머리를 술병으로 때리고 집에서 뛰쳐나왔을 당시 상황에 대해 본인의 기억에 자신이 없다고 하셨는데 뭔가 더 기억나신 건 없나요?"

스즈카는 아무 대답도 하지 않았다.

"얼마 전 에모토 씨를 만나고 왔습니다. 에모토 씨는 사건이 일어난 시간대에 카노 씨 집에서 나가는 여자를 봤다는 목격자입니다. 직접 만나 대화를 나눠 본 결과, 진술 조서에 적힌 내용은 모두 사실인 것 같다는 느낌을 받았습니다. 판사나 배심원도 그렇게 생각할 가능성이 매우 높다는 말입니다. 그 여자가 스즈카 씨가 맞다면 왜 바로 도망치지 않고 다시 그 집으로 돌아갔는지…."

"기억나지 않습니다. 제 기억으로는… 그대로 도망쳤던 것 같은데… 에모토라는 분이 그렇게 말하는 걸 보면 그랬던 것 같기도 하고…. 하지만 왜 다시 돌아갔는지, 그때 카노 씨는 어떤 상태였는지 그런 건 저도 잘 모르겠어요…."

스즈카가 떨리는 목소리로 대답하며 고개를 푹 숙였다.

린코는 할 말이 생각나지 않아 그저 가만히 쳐다보고만 있는데 스즈카가 입술을 달싹였다.

"방금 뭔가 말씀하셨나요?" 린코가 물었다.

"제가 죽였습니다…."

가슴이 덜컹했다.

"네? 그게 무슨…."

"…그렇게 하는 게 편하겠네요."

"편하다니요?" 니시가 감정을 억누른 듯한 낮은 목소리로 물었다.

"저 때문에 카노 씨가 죽은 건 사실이니까요. 어차피 히비키도 없는데 어디서 지내느냐는 제게 크게 중요하지 않아요. 그게 감옥이든 어디든지요. 그렇다면 검찰 측 주장을 모두 인정하고 반성하는 자세로 재판에 임하는 게… 그게 훨씬 편할 것 같아서요. 저도 이제 지쳤습니다."

"스즈카 씨는… 죽일 생각은 없으셨던 거잖아요?"

린코가 묻자 스즈카가 힘없이 고개를 끄덕였다.

"그런데 정말 살인 혐의를 인정하시겠다고요? 남편분이나 어머니 마음이 어떨지는 생각하지 않으시나요?"

"어머니께는 죄송할 따름입니다."

"남편분은요?"

"물론 남편한테도요. 다만… 만약 제 주장이 받아들여진다 하더라도 어차피 원래대로 돌아가기는 어려울 테니까요. 지금 같은 상황이 길어져서 두 사람을 힘들게 하는 것보다는 차라리 하루라도 빨리 저를 포기할 수 있도록…."

"편한 선택은 하게 하지 않을 겁니다."

니시의 말에 스즈카가 고개를 번쩍 들었다.

"어떤 경위로든 사람을 죽인 것이 사실이라면 당신은 편한 선택을 해서는 안 됩니다. 죽은 카노 씨 본인은 물론 카노 씨의 가족, 친구, 카노 씨와 관계를 맺었던 모든 이들을 위해 아무리 괴롭고 힘들더라도 그 사람들에게 진실을 전해야 합니다. 그것이 한 사람의 목숨을 빼앗은 당신이 지켜야 할 최소한의 의무라고 생각합니다."

린코는 니시에게서 시선을 돌려 스즈카를 똑바로 쳐다보며 "제 생각도 같습니다"라고 결연한 어조로 말했다.

구치소 건물을 나와 린코는 크게 한숨을 내쉬며 옆에 있는 니시를 돌아보았다.

"심장이 멎는 줄 알았어요."

"'제가 죽였습니다'?"

무덤덤하게 말하는 니시에게 린코는 고개를 끄덕여 보였다.

"그런 말을 할 정도로 코너에 몰렸다는 걸까요?"

"글쎄. 그럴 수도 있고 아니면 저도 모르게 진실을 털어놓은 걸지도 모르지."

니시의 말에 흠칫 놀랐다.

"니시 변호사님은 정말로 스즈카 씨가 죽였을지도 모른다고 생각하시는 건가요?"

"그 생각을 전혀 안 한다고 하면 거짓말이겠지. 사람 마음은 눈으로 볼 수 있는 게 아니니까. 제시된 사실을 토대로 상대방의 마음을 유추해서 판단하는 수밖에 없잖아. 검찰이 제출한 증거와 스즈카 씨의 진술만 놓고 보면 절대로 죽이지 않았다고 단언하는 건 불가능해. 다만…."

"다만, 뭐요?"

"아니, 아무것도 아니야." 니시가 말끝을 얼버무리며 시선을 피했다.

"말씀해 주세요. 궁금하잖아요."

린코가 포기하지 않고 매달리자 니시가 후 하고 한숨을 내쉬며 다시 이쪽을 돌아보았다.

"만에 하나 스즈카 씨가 카노 씨를 죽였다 하더라도 계획적인 범행은 아니지 않았을까…, 나는 그렇게 생각해."

"왜 그렇게 생각하시는데요?"

"스즈카 씨는 카노 씨와 만나기로 한 날, 흰색 블라우스를 입고 있었어. 처음부터 살인을 계획하고 있었다면 피가 튈 가능성을 생각해서 흰색 옷은 피했겠지. 스즈카 씨의 소지품은 작은 핸드백 하나뿐이었으니 갈아입을 옷을 따로 준비한 것 같지도 않고. 게다가 사람을 죽이러 가는 길이라면 보통은 다른 사람 눈에 띄지 않도록 조심하지 않을까? 여행사에 들른 건 ATM에서 돈을 인출한 핑계로 삼기 위해서였다 하더라도 그 후에 마트에도 들렀잖아. 마트 직원에게 꽤나 강한 인상을 남기면서 말이야."

듣고 보니 정말 그랬다.

구치소 정문을 나오자 니시가 "난 이쪽이야"라고 하며 반대 방향으로 몸을 틀었다.

"뭐 다른 일 있으세요?" 린코가 물었다.

"아니, 퍼스트레이션 멤버를 찾아보려고."

"뭔가 단서를 찾으셨나요?"

"단서라고 할 정도는 아니지만 인터넷에서 검색해 보니 퍼스트레이션이 자체 제작한 CD를 팬들한테 배포했다는 이야기가 나오더라고. 그 CD 제작을 맡은 업체를 알아볼 생각이야."

"업체를 찾아내더라도 개인 정보를 쉽게 알려 주지는 않을 텐데요."

"할 수 있는 건 다 해 봐야지. CD 만드는 업체 하나가 고쿠분지에 있다고 하니까 거기부터 가 보려고."

"저도 같이 가요."

"둘이나 갈 필요는 없어. 너는 인터넷을 뒤지든지 요코 씨한테 다시 연락을 취하든지 해서 퍼스트레이션 멤버들의 연락처를 알아봐."

니시는 그렇게 말하고는 뒤돌아 걷기 시작했다.

21

모치즈키 린코는 히가시무라야마역에서 지하철을 내려 개찰구로 향했다. 플랫폼에 설치된 시계가 눈에 들어왔다. 오후 7시였다.

계단을 올라가자 개찰구 밖에서 기다리는 니시의 모습이 보였다. 니시는 린코가 온 줄 모르고 손에 든 태블릿 PC를 들여다보고 있었다. 개찰구를 통과한 린코가 가까이 다가가서 말을 걸자 니시가 고개를 들었다.

뭘 그렇게 열심히 보고 있는지 궁금해서 곁눈질로 화면을 힐끔 쳐다보았다. 수사 자료였다. 들고 다니며 볼 수 있도록 PDF로 만든 모양이었다.

"갑자기 왜 여기로 부르신 거예요?"

사무실로 돌아가서 퍼스트레이션 멤버들에 대해 알아보고 있는데 니시가 전화를 걸어왔다. 지금 바로 히가시무라야마로 와 달라는 것이었다.

"가면서 말해 줄게."

니시가 동쪽 출구 쪽으로 걸어가며 대답했다.

"퍼스트레이션의 CD를 만든 업체에서 멤버 연락처를 받았어. 이름은 토요다 히로키."

"생각보다 쉽게 알려 줬네요?"

"꿈을 파는 일을 하는 사람에게는 다들 친절하니까."

"네?"

"음악과 관련된 일을 한다고 했거든. 우연히 퍼스트레이션 CD를 들었는데 곡이 너무 좋아서 어떻게든 연락을 취하고 싶은데 방법이 없겠느냐고 물었지."

그다지 좋은 방법은 아니었지만 찬밥 더운밥 가릴 때가 아니었다.

"업체에서 알려 준 번호로 전화를 걸어 보니 이미 해지된 번호라는 안내 멘트가 나오더라고. 주소는 이 근처인데 나 혼자 찾아가는 것보다는 둘이 가는 편이 그쪽도 경계를 덜 하지 않을까 싶어서 말이야."

스마트폰으로 지도를 확인하며 주택가를 걸어가던 니시가 문득 발걸음을 멈췄다. 주위를 두리번거리더니 바로 옆에 보이는 빌라로 다가갔다.

"이 건물 203호야."

린코는 2층을 올려다보았다. 다섯 집 중 세 집의 창문에 불이 들어와 있었다. 203호로 추정되는 가운데 집도 불이 켜져 있으니 사람이 집에 있는 듯했다.

계단을 올라가 203호로 향했다. 문패는 따로 걸려 있지 않았다. 어떻게 할까 하고 니시를 쳐다보니 일단 물어보자는 듯 니시가 고개를 끄덕였다.

린코가 벨을 눌렀다. 잠시 기다리자 안쪽에서 "누구세요?" 하고 남자 목소리가 들렸다.

"밤늦게 죄송합니다. 여기가 토요다 히로키 씨 댁 맞나요?"

수상하다고 생각했는지 상대방은 아무 말도 하지 않았다. 본인이 아니라면 아니라고 대답할 터였다.

"저는 호소카와 법률사무소에서 나온 모치즈키 린코 변호사라고 합니다. 퍼스트레이션이라는 밴드에서 함께 활동하신 카노 레이지 씨 건으로 여쭤보고 싶은 것이 있어서 찾아왔습니다."

인터폰 너머로 쯧 하고 혀를 차는 소리가 들렸다.

"그만 좀 하시죠. 전 이제 그 자식과는 아무 상관도 없으니 돌아가세요."

"잠깐이면 됩니다." 린코가 물고 늘어졌다.

"그 자식이 감옥에 가든 말든 저랑은 상관없다고요."

아무래도 뭔가 오해하고 있는 듯했다.

"저… 혹시 사건에 대해 모르시나요?"

"그러니까 저랑은 상관없다고…."

"카노 씨가 사망한 사건 말입니다만."

상대방의 말을 중간에 자르고 끼어들자 인터폰 너머에서 남자가 "네?" 하고 화들짝 놀랐다.

"카노가 죽었다고요?"

"네, 작년 10월 13일에요. 그 일로 여쭤보고 싶은 것이…."

인터폰이 뚝 끊겼다. 이제 어떻게 해야 하나 하고 니시와 얼굴을 마주 보고 있는데 찰칵 하고 문 열리는 소리가 들렸다. 현관문이 벌컥 열리더니 머리를 갈색으로 염색한 남자가 얼굴을 내밀었다.

"그게 무슨 소립니까?"

남자가 심각한 표정으로 이쪽을 노려보며 물었다.

"전혀 몰랐어요…."

토요다가 시선을 피하듯 고개를 돌리며 무거운 한숨을 내쉬었다. 어지간히 놀랐는지 떨리는 손으로 컵을 들어 빨대도 꽂지 않은 채 아이스커피를 단숨에 반 정도 들이켰다.

린코와 니시는 토요다를 데리고 빌라 근처에 위치한 패밀리 레스토랑으로 이동해 카노가 죽은 사건에 대해 간단히 설명해 주었다.

"카츠랑 신은 알고 있으려나…."

토요다가 컵을 내려놓으며 중얼거렸다.

"저희도 거기까지는 모르겠습니다. 밴드 멤버 중 연락처를 알아낸 사람은 토요다 씨뿐이라서요. 하지만 만약 다른 멤버가 사건에 대해 알았다면 토요다 씨에게도 연락하지 않았을까요?"

"저랑은 연락하고 싶어도 할 수 없었을 거예요. 핸드폰 번호랑 메일 주소를 다 바꿨거든요. 미드… 아니, 카노는 제가 어디 사는지 알고 있었지만 카츠랑 신에게는 알려준 적이 없어요."

"핸드폰 번호랑 메일 주소는 왜 바꾸셨죠?" 니시가 물었다.

"그냥… 귀찮아서요. 예전에 알던 사람들이랑 계속 연락하는 게. 오늘은 무슨 용건이신가요? 두 분은 카노를 죽인 사람 변호를 맡고 있다고 하셨죠?"

적의가 느껴지는 눈초리에 린코는 저도 모르게 긴장했다.

"카노 씨에 대해 더 자세히 알고 싶어서요."

니시가 테이블 위에서 깍지를 끼며 대답하자 토요다가 날카로운 시선으로 니시를 쳐다보았다.

"저희 의뢰인은 카노 씨 집에 갔을 때 카노 씨가 칼을 들이대며 자신을 덮치려고 하길래 가까이 있던 술병으로 머리를 내리쳤다고 말하고 있습니다. 그래서 결과적으로 카노 씨를 죽게 만든 것 같다고요. 다만 의뢰인의 주장과 검찰 측에서 제출한 증거를 비교해 보면 서로 어긋나는 내용이 많습니다. 저희가 지금까지 만난 카노 씨 지인들이 말하는 이미지와 맞지 않는 부분도 있고요."

"카노는 여자를 덮치거나 할 녀석이 아니라고요?"

니시가 고개를 끄덕였다.

"그러니까… 두 분은 그 여자가 말하는 내용과 일치하는 증언을 해 줄 사람을 찾고 있다는 말이네요. 그래서 카노의 옛 지인인 저를 찾아온 거고요."

"그건 아닙니다. 의뢰인의 주장에 귀를 기울이고 변호하는 것이 저희 일이긴 하지만 그렇다고 해서 맹신은 하지 않습니다."

니시의 말에 토요다가 고개를 갸우뚱했다.

"카노 씨는 이제 이 세상에 없습니다. 사건을 목격한 사람도 없기 때문에 진실을 알고 있는 사람은 저희 의뢰인뿐입니다. 산 자가 법정에서 진실을 말하도록 돕는 것이 옆에 있는 사람들의 의무라고 생각합니다. 그러기 위해서는 저희도 저희 의뢰인에게 목숨을 빼앗긴 카노 씨가 어떤 인물이었는지에 대해 제대로 알 필요가 있습니다."

토요다의 눈동자에서 날카로움이 사라졌다. 토요다가 니시를 보고 쓴 웃음을 지으며 말했다.

"제가 생각하는 변호사의 이미지와는 좀 다르네요."

"그런 말 자주 듣습니다." 니시도 웃으며 대답했다.

"그럼 뭐부터 말하면 될까요?"

니시가 린코에게로 시선을 돌렸다. 먼저 질문하라는 의미인 듯했다.

"우선… 카노 씨와는 언제부터 알고 지내셨나요?"

린코가 묻자 토요다가 잠시 천장을 올려다보더니 "6년쯤 된 것 같아요" 하고 대답했다.

"카노 씨가 열여덟 살일 때 만났다는 거네요. 토요다 씨는 나이가 어떻게 되시나요?"

"카노랑 동갑이에요."

"같은 학교에 다니셨나요?"

"아니요, 아르바이트하면서 만났어요. 토코로자와에 있는 편의점에서."

"어느 편의점이었나요?"

"에브리마트 니시아라이마치점이요."

린코는 토요다가 말하는 점포명을 수첩에 받아 적었다.

"저는 밴드가 하고 싶어서 고등학교를 중퇴하고 나고야에서 올라왔어요. 편의점에서 일하면서 생활하고 있었는데 거기서 만난 카노가 자기도 자취한다고 해서 일 끝나면 같이 저녁 먹으러 가기도 하고 그러면서 친해졌죠."

"그러다가 자연스럽게 밴드를 결성하게 된 건가요?"

린코의 질문에 토요다가 고개를 가로저었다.

"원래 퍼스트레이션은 저랑 카츠랑 신, 이 셋이서 시작한 밴드였어요. 제가 보컬 겸 기타였고, 카츠가 베이스, 신이 드럼이었죠. 그러던 어느 날, 일 끝나고 카노랑 노래방에 갔는데 카노가 노래를 너무 잘해서 깜짝 놀랐어요. 편의점에서 일할 때는 분위기도 어둡고 목소리도 기어들어가던 녀석이 마이크를 잡으니까 완전 딴사람이 되더라고요."

"그래서 밴드 멤버로 스카우트하신 건가요?"

"맞아요. 쉽지 않았지만. 남들 앞에서 노래하고 주목을 받는 건 싫다고 처음에는 거절당했어요. 하지만 계속 설득했죠. 그런 노래를 들은 이상 너 없이 밴드를 한다는 건 생각할 수 없다고. 나도 원래 보컬이 하고 싶었지만 우리 밴드에 들어와 주기만 한다면 얼마든지 양보하겠다고. 둘 다 고등학교 중퇴라는 점에 열등감을 느낄 때가 많은데 함께 프로가 되어서 보란 듯이 성공해 보이자고 꼬셨어요. 결국 카노는 제 부탁을 받아들였고, 그때부터는 서로의 집을 오가며 함께 곡 작업을 했어요. 카노가 가사를 쓰고 제가 거기에 멜로디를 붙였죠. 주로 어두운 가사가 많았지만 언어적인 센스는 저보다 카노가 훨씬 뛰어났기 때문에 작사는 카노한테 일임했어요."

토요다가 그 시절을 회상하며 입가에 잔잔한 미소를 머금었다.

"당시 카노 씨의 자취방은 아일랜드 토코로자와라는 5층짜리 아파트였나요?"

"네, 설마 사건이 일어난 카노의 집이라는 게…."

린코는 고개를 끄덕였다.

"그 집에 계속 살았다니⋯. 그런 사건을 일으켰으니 당연히 이사했거나 본가로 돌아갔을 줄 알았는데. 하긴 아무래도 본가로 돌아가긴 싫었겠죠."

그런 사건이라는 건 카노가 절도로 체포되었던 일을 말하는 것이리라. 그 부분에 대해서도 물어보고 싶었지만 그보다 마지막 한마디가 마음에 걸렸다.

"본가로 돌아가는 게 왜요?"

"카노의 본가는 사야마시에 있는데 꽤 유서 있는 집안이래요. 부모님이 너무 엄격해서 집을 나왔다고 들었어요."

"왜 토코로자와였을까요?"

니시가 중얼거렸다.

"네?" 토요다가 되물었다.

"아니, 부모의 간섭이 싫어서 집을 뛰쳐나왔다면 좀 더 멀리 가지 않을까 싶어서 말입니다. 사야마와 토코로자와는 바로 인접해 있으니까요."

"듣고 보니 그렇네요⋯." 토요다가 고개를 끄덕였다. "지금까지 생각해 본 적도 없었어요. 왜 여기였을까요?"

셋이서 열심히 머리를 굴려 봤지만 그럴듯한 이유는 떠오르지 않았다.

"그건 그렇고 카노 씨는 본명으로 불리는 걸 좋아하지 않아서 미드라는 별명을 만들었다고 들었습니다만⋯."

린코가 화제를 바꾸어 다른 질문을 던졌다.

"네, 편의점에서 일할 때도 점장님이나 다른 직원이 카노라고 부르면 흠칫 놀라곤 했어요. 그래서 저는 카노가 밴드에 합류하고부터는 편의점에서도 미드라고 불렀어요."

"자기 이름을 왜 싫어했을까요?"

"학창시절 집단 괴롭힘을 당했던 게 아닐까요? 예를 들어 카노라고 부르면 바로 가서 빵을 사 와야 했다든지 그런 기억 때문에 지금도 이름을 불리면 반사적으로 위축되는 게 아니었나…."

"카노 씨가 그런 이야기를 한 적이 있나요?"

"아니요, 미드한테 직접 들은 적은 없지만 그 녀석이 지은 가사를 보면 대충 감이 온달까…."

그러고 보니 카노의 팬이자 호스트바 손님이었던 후쿠다 요코도 카노가 아주 여리고 섬세하고 항상 두려움에 떨고 있는 사람이라는 건 가사만 봐도 알 수 있다고 했다.

"카노 씨가 지은 가사, 지금 갖고 계신가요?"

린코가 묻자 토요다가 주머니에서 스마트폰을 꺼내 잠시 만지작거리더니 화면을 이쪽으로 내밀었다.

워드로 쓴 가사였다. 손가락으로 화면을 스크롤하면서 총 세 편의 가사를 한 문장 한 문장 꼼꼼하게 읽어 내려갔다. 마지막까지 다 읽자 저도 모르게 한숨이 새어 나왔다.

우울하기 그지없는 가사다, 이것이 린코의 솔직한 감상이었다.

화면을 끌어 올려 '블랙 모닝'이라는 제목의 가사를 다시 읽어 보았다. 세 편 중 이것이 가장 인상적이었다. 아침에 일어나서 집을 나서기까지의 심정을 풀어낸 가사였다. 바깥세상으로 나가야만 하는 공포와 고통, 그리고 이대로 집에 남아 있어도 결코 평온을 기대할 수는 없다는 절망감을 표현하고 있었다.

'…여기에도, 바깥세상에도 내가 있을 곳은 찾을 수 없어. 인터넷을 정처없이 떠돌며 목이 터져라 외쳐도 돌아오는 것은 이름 모를 타인들의 비웃음뿐. 이대로는 숨이 막혀 죽을 것만 같아. 그럴 때면 네 생각을 해. 너의 목소리가, 너의 눈물이, 나에게 힘을 줘. 나는 그렇게 약하지 않다고, 아니 원래는 강한 사람이라고 깨닫게 해 줘. 너를 다시 한번 만나

고 싶어서 나는 오늘도 이 문을 열고 바깥세상에 발을 내딛는다.'

이 가사는 카노 본인의 생각을 쓴 걸까. 만약 그렇다면 '너'는 누구일까.

"저도 좀 봐도 되겠습니까?"

토요다가 고개를 끄덕이며 스마트폰을 니시에게 건넸다. 니시는 화면을 뚫어져라 들여다보았다.

"퍼스트레이션이 메이저 데뷔를 앞두고 있다는 소문이 돌았다던데 사실인가요?" 린코가 물었다.

"네, 대형 음반 회사와 계약 직전까지 갔었어요. 4년 동안 죽어라 노력해서 가까스로 손에 넣은 기회였는데…."

"카노 씨가 절도 혐의로 체포되는 바람에 계약이 백지로 돌아갔나요?"

"맞아요. 대체 왜 그런 바보 같은 짓을 한 건지…."

토요다가 도무지 이해가 가지 않는다는 듯 고개를 절레절레 흔들었다.

"카노 씨는 오가와키타 경찰서 관내에서 체포되었는데 그건 알고 계십니까?"

니시가 묻자 토요다가 움직임을 멈추고 "네" 하고 대답했다.

"신문에도 나왔고, 저를 찾아온 변호사도 그렇게 말하더군요."

"집이 있는 토코로자와에서도 멀고, 본가인 사야마에서도 멀리 떨어진 곳인데 평소 카노 씨에게 뭔가 들은 적 없으십니까? 예를 들어 여기 사는 친구가 있다든지 원래부터 잘 아는 동네라든지…."

"전혀요."

"당시 카노 씨는 돈이 부족해 보이던가요?" 니시가 이어서 물었다.

"글쎄요, 딱히 그런 느낌은 못 받았는데…. 부모님이 보내 주는 용돈에 편의점 아르바이트로 버는 돈도 있고, 편의점 말고 다른 일도 하는 것 같았어요."

그 말에 린코가 몸을 앞으로 내밀며 물었다.

"다른 일이요? 어떤….."

"몰라요. 물어봤는데 안 가르쳐 주더라고요. 취미와 실익을 겸한 일이라고 했으니 시급은 괜찮지 않았을까요? 아무튼 돈이 부족해 보이지는 않았어요. 물론 제가 모르는 빚 같은 게 있었을 수도 있지만요. 아무리 그래도 역시 이해가 안 돼요. 메이저 데뷔가 코앞이었는데."

토요다가 도저히 마음이 가라앉지 않는다는 듯 인상을 찌푸리며 말했다.

"카노 씨가 경찰에 체포된 후 만난 적이 있습니까?"

니시가 묻자 토요다가 고개를 저었다.

"하필 그 시점에 그런 사건을 일으켰다는 게 도저히 믿기지가 않아서 본인 입으로 직접 설명을 들으려고 카노 부모님께 부탁드려서 같이 경찰서로 찾아갔는데 못 만났어요."

"부모님도요?" 린코가 물었다.

"네….."

그렇다면 아마도 접견 금지 결정이 내려진 상태였을 것이다. 카노가 혐의를 부인하기라도 한 걸까, 아니면 공범의 존재가 의심되는 상황이었던 걸까.

"그로부터 몇 달 후, 저희 집에 변호사가 찾아왔어요. 그 사람 말에 따르면 카노는 혐의를 인정했다고 했어요. 그러니 저보고 재판에 증인으로 나와 달라고….."

토요다는 말을 잇지 못하고 고개를 푹 숙였다.

힘들어하는 사람을 재촉하기가 미안했지만 린코는 조심스럽게 "그래서 어떻게 하셨나요?" 하고 물었다.

"거절했어요…. 달리 친한 사람이 없어서 저한테 부탁하는 거라고 했는데…. 도저히 카노를 용서할 수가 없었어요. 그래서 체포된 후로는 한 번도 만나지 않았어요. 아… 어차피 이제 두 번 다시 못 만나겠네요."

"그 변호사 이름 기억하세요?"

토요다와의 대화에서도 풀리지 않은 의문점들을 그 변호사를 직접 만나 물어보고 싶었다.

"아니요. 카노와는 더 이상 얽히고 싶지 않아서 변호사한테 받은 명함도 바로 버렸어요. 제가 카노를 데려오는 바람에 카츠랑 신과 함께 만든 밴드를 망쳐 버렸으니까요. 우리의 소중한 4년을 그 자식이…."

토요다가 휴대폰 번호와 메일 주소를 바꾸고 주위와 연락을 끊은 것은 인간관계가 귀찮아졌기 때문이 아니라 다른 멤버들을 볼 낯이 없었기 때문이 아니었을까.

고개를 숙인 채 부들부들 떠는 토요다를 보며 린코는 무슨 말을 해야 좋을지 알 수가 없었다.

"토요다 씨를 찾아왔다는 변호사 말입니다만."

니시의 말에 토요다가 천천히 고개를 들었다. 눈가에 눈물이 맺혀서 당장이라도 흘러내릴 것만 같았다.

"죄송합니다. 몇 가지만 더 여쭤보겠습니다."

"뭐죠?"

토요다가 퉁명스럽게 대답하며 소매로 눈가를 닦았다.

"아까 카노 씨가 체포되고 나서 몇 달 뒤에 변호사가 찾아왔다고 했는데 그게 언제였는지 기억하십니까?"

"정확히는 모르겠는데요." 토요다가 고개를 가로저었다.

"한 세 달쯤 지나서였을까요?"

"글쎄요…, 잠시만요."

토요다가 테이블 위에 놓인 스마트폰을 집어 들어 달력을 확인했다.

"정확한 날짜는 모르겠지만 6월 말경이었던 것 같아요. 6월 28일에 술자리가 있었는데 거기서 제가 변호사가 찾아왔었다는 이야기를 한 기억이 나거든요. 그 며칠 전이었어요."

카노가 체포된 것은 3월 6일이었으니 세 달 반 이상 지난 셈이었다.

"변호사가 그 사건에 공범이 있었다는 말은 하지 않던가요?"

"아니요, 카노가 단독 범행이라고 인정했다고 했어요."

"흠…." 니시가 고개를 까닥거렸다.

뭔가 납득이 가지 않는 부분이 있는 걸까.

"카노 씨의 인성이나 성격에 대해 말씀해 주시겠습니까?"

"성격이라면… 여자를 덮칠 것 같은 놈이었냐는 질문인가요?"

니시가 고개를 끄덕였다.

"아까도 말씀드렸다시피 편의점에서 일할 때는 분위기가 어둡고 동작도 굼떴어요. 밴드에서도 공연 때 말고는 대부분 그런 느낌이었고요. 멤버들한테도 하고 싶은 말을 제대로 못 할 정도로 소심한 녀석이었어요. 어딜 봐도 그런 짓을 할 놈 같아 보이지는 않았지만… 알 수 없죠."

"알 수 없다니요?" 니시가 거듭 물었다.

"카노가 그런 태도를 보이는 상대는 보통 다 남자였으니까요. 죽은 사람을 두고 이렇게 말하는 게 좀 그렇긴 하지만 카노가 여자나 자기보다 약한 상대를 대할 때 어땠을지는 알 수 없다고요."

"실제로 그렇게 느낄 만한 일이 있었습니까?"

니시가 묻자 토요다가 "몇 번인가 여자를 울린 적이 있어요"라고 대답했다.

"카노 씨가 말입니까?"

니시가 의외라는 듯 눈썹을 씰룩였다.

"네, 제일 처음은 공연 뒤풀이 때였어요. 저희 밴드의 오랜 팬이었던 여자애랑 마시고 있었는데 갑자기 카노가 벌컥 화를 내면서 그 애를 울렸어요."

"화를 낸 이유는 뭐였나요?" 린코가 물었다.

"별거 아니었어요. 그날 공연에 대해 좀 더 이렇게 했으면 좋았겠다고 그 여자애가 자기 의견을 말했거든요. 공연 끝나고 다들 지친 데다가 보통 그런 자리에서는 일단 잘했다는 말을 듣고 싶잖아요. 분위기 파악 좀 해라 싶기는 했지만 뭐 밴드 잘되라고 하는 말이니까 대충 흘려들었죠. 그런데 카노가 갑자기 두 손으로 테이블을 탕 내리치면서 '아까부터 쫑알쫑알 시끄러워 죽겠네! 너 같은 거 필요 없으니까 당장 꺼져!' 하고 버럭 소리를 질렀어요."

"취해서 그런 건 아니고요?"

니시가 확인차 묻자 토요다가 "네" 하고 고개를 끄덕였다.

"별로 마시지도 않았는데 완전히 딴사람이 되어서 핏발 선 눈으로 고래고래 소리를 지르니까 팬은 놀라서 그 자리에 얼어붙었죠. 제가 카노를 어떻게든 진정시키려고 했는데 결국 그 여자애가 울음을 터트렸고, 카노는 우는 애를 억지로 일으켜 세워서 가게 밖으로 쫓아내 버렸어요. 그 후로도 비슷한 일이 몇 번인가 있었고요. 평소에는 얌전한데 뭔가 계기가 있으면 사람이 돌변하더라고요."

"카노 씨가 그렇게 변하는 건 주로 퍼스트레이션의 음악에 대해 남에게 안 좋은 소리를 들었을 때였나요?"

린코가 묻자 토요다가 이쪽을 보며 고개를 저었다.

"꼭 그렇지만도 않았어요. 언젠가 한 번은 저희 팬인 여자애가 그날 공연을 보러 왔던 남자들 중에 아주 촌스러운 사람이 있었다고 하는 걸 듣고 화를 낸 적도 있었거든요. 나쁜 녀석은 아니었어요. 오히려 평소에는 얌전하고 남을 많이 배려하는 편이었는데…, 뭐랄까 절대로 건드리면 안 되는 스위치 같은 게 있었달까요."

"건드리면 안 되는 스위치요?"

린코가 되묻자 토요다가 고개를 끄덕였다.

"카노 씨가 폭발하는 건 여자를 상대할 때뿐이었나요?" 린코가 물었다.

"제가 아는 한에서는요…. 그런데 또 생각해 보면 남자도 마찬가지였던 것 같기는 해요. 멤버들끼리 모여서 얘기할 때 때때로 카노가 자기 뺨을 때릴 때가 있었거든요. 처음에는 뭐 하는 건가 싶었는데 어쩌면 대화 중에 마음에 안 드는 부분이 있을 때마다 그렇게 자기 뺨을 때리면서 화를 삭였던 게 아닌가 싶더라고요."

카노의 집에서 스즈카가 뭔가 카노의 신경을 건드리는 말을 한 걸까.

강간이 목적이었던 것이 아니라 순간적인 분노 때문에 스즈카를 공격했던 것이라면?

"카노는 감정의 기복이 심한 편이었고 여자한테 공격적인 측면이 있었던 것도 사실이지만 그래도 칼로 협박해서 여자를 덮치는 이미지는 아니었는데…. 그건 그렇고 아까부터 계속 궁금했는데요…."

"뭐죠?" 린코가 토요다에게 물었다.

"카노를 죽인 여자는 어떤 사람인가요? 2년 가까이 안 봤으니 최근 카노가 어땠는지는 모르겠지만 적어도 제가 아는 카노는 칼로 위협해 가면서까지 덮칠 정도로 여자를 밝히는 녀석은 아니었거든요."

"나이는 서른셋이고, 카노 씨의 손님이었습니다."

"손님이라니요?" 토요다가 되물었다.

"카노 씨가 일하던 호스트바의…."

"호스트? 카노가요?"

토요다의 눈이 휘둥그레졌다.

"네, 카노 씨는 작년 5월경부터 토코로자와에 있는 루비 로드라는 호스트바에서 일하고 있었습니다. 퍼스트레이션의 팬이었던 사람들도 손님으로 찾아와서 인기는 꽤 많았던 모양입니다."

"우와…."

린코의 설명을 듣고도 토요다는 여전히 믿기지 않는다는 얼굴을 하고 있었다.

"왜 하필 호스트였을까요? 여자 말 상대를 하는 건 카노가 제일 싫어하는 일 중 하나였는데."

"퍼스트레이션의 팬이었던 손님의 증언에 따르면 호스트바에서 일하는 것은 새 밴드의 활동 자금을 모으기 위해서였다고 합니다."

"새 밴드라고요?"

토요다가 눈썹을 살짝 찡그리며 물었다.

"카노 씨는 작년 4월부터 새 밴드에서 활동하고 있었습니다."

린코의 대답을 들은 토요다의 표정이 일그러졌다.

"밴드 이름이 뭔데요?"

"넥스터라는 밴드입니다."

린코가 대답하자 토요다가 바로 스마트폰으로 검색해 보더니 씁쓸한 표정으로 고개를 들었다.

"뭔가 기분이 복잡하네요."

토요다는 그렇게 말하며 스마트폰을 테이블에 휙 내던졌다.

화면에는 밝은 표정으로 넥스터 멤버들과 어울리고 있는 카노의 모습이 떠 있었다.

"그런 일이 있은 후에 다시 밴드 활동을 한다면 우리한테 먼저 양해를 구해야 하는 거 아닌가 싶은데…. 그야 제가 증인 요청을 거부해서 그쪽에서도 기분이 좋지는 않았겠지만."

토요다가 불쾌한 어투로 내뱉었다. 심기가 불편해 보이는 토요다를 보며 린코는 죄책감이 들었다. 카노에 관한 중요한 정보를 얻어 내는 대신 밴드와 관련된 토요다의 추억을 더 안 좋게 만든 것은 아닐까.

린코는 니시 쪽을 돌아보았다. 니시도 더 물을 것이 없는지 린코에게 고개를 끄덕여 보였다.

"바쁘신데 시간 내 주셔서 감사합니다."

린코가 인사를 하며 자리에서 일어나자 토요다와 니시도 따라 일어섰다. 토요다가 두 사람을 향해 고개를 꾸벅 숙이더니 먼저 출구 쪽으로 걸어 나갔다. 가게에 들어올 때보다 등이 굽어 보였다.

토요다의 모습이 시야에서 사라진 후, 린코는 계산서를 집어 들고 계산대로 향했다. 계산을 마치고 니시와 함께 패밀리 레스토랑을 나섰다.

"토요다 씨한테는 안 좋은 기억을 떠올리게 한 것 같아서 미안하지만 수확은 있었네요."

역을 향해 걸으며 린코가 말했다.

과거 카노가 여자들한테 소리를 지르며 화를 낸 적이 있다는 증언은 스즈카를 변호하는 입장에서 큰 의미가 있었다.

흥분한 린코에게 니시가 "그러게" 하고 건성으로 대답했다.

방금 전까지 토요다와 나눈 대화를 곱씹고 있는 듯했다.

"그러고 보니 아까 토요다 씨가 카노 씨 변호사한테 '카노가 자신의 단독 범행임을 인정했다'라는 말을 전해 들었다고 했을 때, 니시 변호사님은 뭔가 납득이 가지 않는다는 표정이시던데요."

린코는 줄곧 신경 쓰이던 점에 대해 물었다.

"납득이 가지 않는다기보다는 그냥 좀 이상해서."

"뭐가요?"

"카노 씨가 체포되고 변호사가 토요다 씨를 찾아오기까지 세 달 반 이상 걸렸잖아. 본인이 혐의를 인정했고 공범도 없는데 재판까지 너무 시간이 오래 걸린 것 같아서 말이야."

"처음에는 혐의를 부인했던 게 아닐까요? 아니면 피해자와 합의하는 데 시간이 걸렸거나."

린코가 말하자 니시가 "그럴 수도 있고"라고 대꾸했다.

"그것뿐만이 아니라 카노 씨가 저질렀다는 절도 사건 자체가 아무래도 마음에 걸린단 말이지."

그건 린코도 마찬가지였다. 메이저 데뷔를 앞둔 중요한 시기였고 금전적으로 쪼들리는 상태도 아니었는데 카노는 어째서 절도 사건을 일으킨 걸까. 게다가 자기 집에서도 본가에서도 멀리 떨어진 장소에서….

"당시 카노 씨를 담당했던 변호사에게 직접 이야기를 들어 볼 수는 없을까요?"

"찾기가 쉽지 않을걸. 카노 씨 가족한테 물어보면 바로 알 수 있겠지만."

카노 씨 가족들이 카노를 죽인 범인의 변호인을 만나 줄 리가 없었다. 린코 역시 소중한 아들을 빼앗긴 부모의 감정을 쓸데없이 자극하고 싶지 않았다.

"변호사가 토요다 씨를 찾아왔던 걸 보면 다른 멤버들한테도 찾아가지 않았을까요?"

"음…, 하지만 멤버들 찾는 것도 쉽지 않을 것 같은데…"

니시가 말을 하다가 갑자기 무언가 생각이 난 듯 걸음을 멈추었다.

"왜 그러세요?"

"아니…, 내일은 법원에 가야겠어."

"법원이요?" 린코는 갑자기 무슨 말인가 싶어 되물었다.

"그래, 법원. 내일 오전 중에는 다른 일이 있으니 2시에 만나는 걸로 하자."

니시가 그렇게 말하더니 린코를 그 자리에 내버려두고 혼자 걸어가 버렸다.

22

손목시계를 확인하니 2시 20분이었다. 린코는 30분 전부터 안내 데스크 앞 의자에 앉아 기다리고 있었지만 니시는 도무지 올 기미가 보이지 않았다.

다른 일이 길어지고 있는 걸까. 법원에서 무엇을 할 계획인지 어제 미리 말해 줬더라면 린코가 대신 처리할 수도 있었을 텐데 니시는 신주쿠에서 술 약속이 있다면서 린코와는 다른 지하철을 타고 가 버렸다.

린코는 스마트폰을 꺼내 들었다. 《지금 어디세요?》라고 메시지를 보내니 곧바로 답이 왔다. 《202호 법정에 있어》라고만 적혀 있었다.

이미 법원에 와 있었다는 말인가?

린코는 한숨을 내쉬며 자리에서 일어나 엘리베이터로 향했다. 202호 법정 앞에 도착해서 문 앞에 붙은 시간표를 확인했다.

1시부터 '강간 등 치상 사건' 관련 심리가 진행되고 있었다. 피고인란에는 '야마모토 켄스케'라고 적혀 있었다.

이 법정에 무슨 볼일이 있는 걸까.

린코는 조심스레 문을 열고 안으로 들어갔다. 다음 순간, 검사석에 선 여자를 보고 깜짝 놀랐다.

종이를 손에 들고 말하고 있던 아야가 이쪽을 보고 잠시 멈칫했다가 다시 종이를 보며 말을 이어 나갔다.

"…이처럼 피해자가 받은 상처는 매우 크며, 사건으로부터 1년 이상 지난 지금도 여전히 외상후 스트레스장애(PTSD)로 고통받고 있습니다. 피해자는 피고인을 도저히 용서할 수가 없습니다. 피고인이 가능한 한 감옥에서 오래 지내면서 제대로 갱생하기를 바라며 엄벌을 요구하는 바입니다."

아야의 발언을 들으며 린코는 법정 안을 둘러보았다. 방청석 맨 뒷자리에 앉은 니시를 발견하고 그쪽으로 다가갔다. 니시는 옆자리에 앉은 린코에게 알은척도 하지 않고 논고문을 읽는 아야를 응시하고 있었다.

아야의 공판을 견학하며 전술이라도 짜 보겠다는 건가.

검찰의 논고와 구형에 이어 변호인이 최종 변론을 했다. 그리고 마지막으로 피고인이 증언대 앞에 서서 울먹이며 최후 진술을 했다.

"…판결 선고는 1월 24일 오후 2시에 이 법정에서 진행하도록 하겠습니다. 오늘 재판은 이상으로 마치겠습니다."

판사의 말에 린코를 포함해 법정 안에 있는 모두가 자리에서 일어났다. 판사와 배심원이 목례를 하고 법정을 빠져나갔다.

검사석을 보니 아야가 담담한 표정으로 서류를 정리하고 있었다. 보자기를 챙겨 들고 방청석 쪽으로 나온 아야는 뭐 하러 왔느냐는 듯한 표정으로 린코를 흘깃 쳐다보더니 그대로 밖으로 나가 버렸다.

"니시 변호사님, 여기서 뭐 하세요?"

니시는 잠자코 변호인석 쪽을 바라보았다.

"혹시 저 분이 카노 씨 사건을 담당했던 변호인인가요?"

"아니, 내가 용건이 있는 사람은 그 앞에 있는 아저씨야."

무슨 뜻인지는 모르겠지만 니시의 시선이 향한 방향으로 고개를 돌리니 변호인석 바로 앞에 앉아 있던 방청인이 가방을 들고 자리에서 일어나는 참이었다. 흰머리가 섞인 장발을 하나로 묶은 남자였다. 린코도 본적이 있는 얼굴이었다. 예전에 린코에게 말을 건 적이 있는 재판 방청 마니아 코스게였다.

"오오, 니시 변호사님에 린코 변호사님까지! 두 분이 여긴 어쩐 일이십니까?"

코스게가 미소를 지으며 다가왔다.

"코스게 씨를 만나러 왔습니다."

니시가 대답하자 코스게가 어리둥절한 표정으로 "저를요?" 하며 자기 얼굴을 손가락으로 가리켰다.

"시간표를 보니 오늘은 이제 딱히 흥미로운 공판은 없는 것 같던데요."

"네, 이게 오늘의 메인 이벤트였습니다. 이제 돌아가서 낮잠이나 자려고요."

거의 매일 법원에 방청하러 온다더니 정말 그런 모양이었다. 대체 뭐하는 사람인 걸까. 아직 은퇴할 나이도 아닌 것 같은데.

"시간 괜찮으시면 지금부터 같이 한잔하지 않으시겠습니까? 낮에도 여는 술집은 있을 테니까요."

니시가 권하자 코스게가 이쪽을 보며 "린코 변호사님도 오시나요?" 하고 물었다.

"물론입니다."

니시가 자기 멋대로 결정해 버렸다.

"저… 니시 변호사님."

린코가 팔꿈치로 쿡 찌르자 니시가 고개를 돌려 린코를 쳐다보았다.

"지금 대낮부터 마시고 있을 때가 아닌 것 같은데요. 니시 변호사님은 원하시면 가셔도 되지만 저는 조사할 게 남아서…."

"조사할 건 많지만 조사할 방법이 없을 텐데? 그럴 땐 일단 머리를 비우고 술이나 마시는 게 나아. 어서 가자고."

니시가 린코의 소매를 붙들고 끌고 갔다. 셋이서 법원 건물을 나설 즈음에는 린코도 포기하고 니시의 손을 뿌리친 후 자기 발로 따라갔다.

법원에서 조금 떨어진 곳에 있는 술집에 들어갔다. 카운터석밖에 없는 가게라서 코스게를 가운데 앉히고 린코와 니시가 양옆에 앉았다.

"오늘은 제가 쏠 테니 드시고 싶은 걸 주문하시죠."

니시의 말을 듣고 린코는 바로 메뉴판을 집어 들었다. 억지로 데려왔으니 잔뜩 먹어주겠다고 벼르며 음식들을 줄줄이 주문했다. 먼저 나온 맥주로 셋이서 건배했다. 단숨에 들이키는 니시와 코스게를 보면서 린코도 목을 축였다.

"카~ 역시 낮에 마시는 술은 최고네요!"

코스게가 만족스러운 표정으로 외쳤다.

"저… 하나 여쭤봐도 될까요?"

코스게가 싱글벙글 웃는 얼굴로 린코를 돌아보았다.

"코스게 씨는 무슨 일을 하시나요?"

"일이요? 안 합니다. 일을 하면 방청하러 못 오잖아요."

코스게가 호탕하게 웃으며 점원에게 맥주 한 잔을 더 시켰다.

자산가여서 돈과 시간이 남아도는 걸까. 부러운 듯 아닌 듯 복잡한 기분이 들었다.

"코스게 씨한테 몇 가지 물어보고 싶은 게 있습니다만."

니시가 말을 꺼냈다.

"역시. 변호사님이 아무 이유 없이 술을 살 리가 없다고 생각했습니다. 물어보고 싶은 게 뭡니까?"

"카노 레이지라는 피고인을 아십니까?"

갑자기 카노의 이름이 나와서 놀란 린코가 니시를 쳐다보았다. 니시는 수첩에 뭔가 끄적이더니 그대로 찢어서 코스게에게 건넸다.

"이 사람이 왜요?"

"저희가 지금 조사 중인 인물입니다. 2017년 3월 6일에 오가와키타 경찰서 관내에서 절도 혐의로 체포됐습니다. 재판은 아마도 그해 6월 말에서 7월 초에 열렸을 겁니다."

"잠시만요."

코스게가 바닥에 내려놓은 가방을 열었다. 가방 안에는 노트 수십 권이 빼곡이 들어차 있었다. 표지에 적힌 제목을 확인하더니 세 권을 꺼내 카운터에 내려놓았다. 표지에는 '2017년 6월 20일~30일' 하는 식으로 날짜가 적혀 있었다.

코스게가 펼친 노트를 린코도 옆에서 들여다보았다. 처음 만났을 때 봤던 것처럼 사건번호, 죄상, 피고인과 담당 판사의 이름, 공판 내용뿐만 아니라 피고인의 본적, 출신 학교, 직장명 등 공판에서 밝혀진 개인 정보도 함께 적혀 있었다.

"이 가방 안에 몇 년 치가 들어 있는 건가요?"

린코가 물었다.

"항상 들고 다니는 건 2년 치 정도 됩니다. 집에는 10년 치 정도 보관하고 있고요."

"와…." 절로 탄성이 나왔다.

"코스게 씨는 사이타마 지법의 데이터베이스라고 불릴 정도니까."

어딘지 모르게 자랑하는 듯한 니시의 말을 들으니 왜 오늘 코스게를 찾아 법원에 왔는지 대충 짐작이 갔다.

"아, 이건가?"

코스게가 페이지를 넘기던 손을 멈추며 말했다.

노트를 보니 사건번호 아래에 피고인 카노 레이지라고 쓰여 있었다. 죄상은 절도, 공판 날짜는 재작년 7월 11일이었다.

"변호인 이름은요?"

니시가 묻자 코스게가 고개를 저으며 대답했다.

"변호인 이름은 보통 공개되지 않으니까요. 니시 변호사님이나 린코 변호사님처럼 스타성을 지닌 사람이라면 자연스럽게 이름이 알려지지만 그렇지 않은 경우에는 그냥 별명으로 불러요."

"이 변호인의 별명은 무엇이었습니까?"

"캇파*."

린코는 자신이 아는 변호사 중 캇파라는 별명이 어울릴 만한 사람이 있는지 생각해 보았다. 딱히 생각나는 사람이 없었다.

"이 공판에서 뭘 알고 싶으신 건데요?"

코스게가 점원이 새로 가져다 준 맥주잔을 손에 들며 물었다.

"그 노트에 적힌 내용, 그리고 코스게 씨가 기억하는 내용을 하나도 빠짐없이 다 말씀해 주시겠습니까?"

니시가 대답했다. 코스게는 맥주를 한 모금 마시더니 잔을 내려놓고 노트를 보며 입을 열었다.

"그냥 단순 절도네요. 사건 발생일은 재작년 2월 16일. 피해자는 오가와마치에 위치한 단독 주택에 혼자 사는 할아버지인데 그날은 오전 9시부터 오후 4시까지 데이케어센터에 가느라 집을 비웠고, 돌아와 보니 부엌 창문이 깨져 있고 집 안도 난장판이 되어 있어서 바로 경찰에 신고했답니다. 피해 총액은 옷장 서랍 안에 넣어 두었던 현금 3만 엔. 현장에 남아 있던 증거를 토대로 카노가 용의선상에 올랐고, 3월 6일에 절도 혐의로 체포되었습니다."

"현장에 남아 있던 증거라는 게 뭐였습니까?" 니시가 물었다.

"그건 제 노트에도 안 적혀 있네요." 코스게가 노트를 손가락으로 두

---

* 정수리 부분만 대머리인 물속에 사는 요괴

드리며 고개를 저었다. "다만 피고인에게는 전과가 있었다고 하니 지문 조회로 잡힌 게 아닐까요?"*

"카노 씨한테 전과가 있었다고요?"

린코가 바로 반응했다.

"네. 열일곱 살 때 체포당해서 다니던 고등학교를 자퇴했다네요."

"그때도 절도였나요?"

린코가 묻자 코스게가 "그건 모르겠습니다" 하고 고개를 저었다.

"모두진술에서 언급하지 않았습니까?" 니시가 다시 물었다.

"음… 아니요, 모두진술에서 그런 이야기는 나오지 않았습니다. 증인 신문 때 증인이 한 말 중에 피고인에게 전과가 있다는 내용이 나오네요."

무슨 혐의였는지는 모르겠지만 이로써 한 가지는 분명해졌다.

부모의 간섭이 싫어서 집을 뛰쳐나왔다는 카노가 어째서 본가인 사야마시 바로 옆에 있는 토코로자와시에 살고 있었던 것인지.

아마도 카노가 토요다에게 설명한 이유는 사실이 아니었을 것이다. 부모의 간섭이 싫어서 집을 나온 것이 아니라 사실은 집에서 쫓겨난 것이 아닐까. 유서 있는 집안이라고 했으니 카노의 부모는 주위 사람들 눈이 신경 쓰여서 문제를 일으킨 아들과 같이 살고 싶지 않았을 것이다. 하지만 너무 멀리 보내 버리면 혼자서 또 무슨 짓을 벌일지 몰라 불안하니 결국 절충안으로 본가에서 가까운 토코로자와에 방을 구해서 살게 한 뒤 매달 용돈을 보내 준 것이리라.

"증인은 누구였습니까?"

"피고인의 형이라고 적혀 있네요. …주종을 사케로 바꿔도 될까요?"

코스게가 빈 맥주잔을 들어 보이며 니시에게 물었다.

---

* 일본은 전 국민의 지문을 등록하지 않고 전과자에 한해 지문 등록을 한다.

니시가 고개를 끄덕이는 것을 보고 코스게가 점원에게 사케를 주문했다. 점원이 잔에 사케를 가득 따라 주자 코스게가 잔을 입으로 가져가한 모금 마셨다.

"아, 달다 달아. 역시 술이 들어가야 머리가 맑아진다니까요."

"제대로 기억해 내기만 한다면 한 병 다 드셔도 됩니다. 그래서요?"

니시가 코스게의 대답을 재촉했다.

"피고인과 달리 형은 멀쩡했어요. 옷차림도 단정하고 말투도 시원시원하고. 유능한 회사원 같은 느낌이었달까요."

"나이는요?"

"글쎄요, 20대 중반 정도? 동생이 잘못하기는 했지만 정상을 참작해 달라고 호소하면서 앞으로 가족 모두가 힘을 합쳐 동생이 잘못을 뉘우치고 새사람이 될 수 있도록 노력하겠노라고 무슨 업무 발표라도 하는 것마냥 거침없이 술술 읊어대더라고요."

"정상을 참작해 달라는 부분에서 구체적으로 무슨 말을 했는지 기억하십니까?"

"과거의 사건에 대해 언급했습니다."

"카노 씨가 열일곱 살 때 일으켰다는 사건이요?"

"네. 물론 범행 자체는 용서받지 못할 일이지만 그 사건이 일어나게 된 배경에는 피고인이 당시 학교에서 당한 집단 괴롭힘이 영향을 미친 측면이 크다고요. 피고인은 어려서부터 소심하고 내성적인 성격이라 친구들에게 놀림을 받거나 괴롭힘을 당하는 일이 잦았다고 했습니다."

"피고인 본인은 뭐라고 했습니까? 왜 돈을 훔쳤다고 하던가요?"

"아까부터 기억해 내려고 노력하고 있습니다만… 잘 기억이 나지 않네요. 여기 '애매함'이라고 적은 거 보이세요?" 코스게가 노트를 가리키며 말했다.

노트에는 '피고인', '애매함'이라고 적혀 있었다. '겁먹은 표정, 자신 없는 말투', '변호인이 싫은가?', '마지막에 억울하다', '반성하는 기색 없음?' 등의 글자가 눈에 들어왔다.

"범행 자체는 인정했지만, 경위에 대해서는 아마도 '잘 기억이 나지 않는다'든지 '왜 그런 짓을 했는지 스스로도 잘 모르겠다'는 식으로 말했던 것 같네요."

"카노 씨는 절도 사건을 일으켰을 때 토코로자와에 살고 있었습니다. 본가는 사야마시에 있고요. 둘 다 범행 현장인 오가와마치에서 멀리 떨어져 있는데 그 점에 대해서는 뭐라고 하던가요?"

"음…, 그 부분도 '애매함'이었던 것 같아요. 범행 현장까지 어떻게 이동했는지도 모르겠고요." 코스게가 고개를 저으며 대답했다.

의문은 풀리지 않았다.

"이건 무슨 의미인가요?"

린코는 노트에 적힌 '겁먹은 표정, 자신 없는 말투' 부분을 가리키며 물었다.

"글자 그대로의 의미입니다. 형과는 달리 시종일관 겁먹은 표정으로 몸을 움츠리고 있었고, 피고인 신문 때도 자신 없는 말투로 묻는 말에만 겨우 대답하는 느낌이었어요."

"그 옆에 적힌 '변호인이 싫은가?'는요?"

"그건 어디까지나 제가 받은 인상입니다. 변호인 질문에 대답하는 걸 보고 그렇게 생각했던 것 같아요. 다른 사람 질문에는 주눅이 들어서 대답도 제대로 못 하더니 변호인이 질문할 때만 어딘지 모르게 반항적인 태도를 보이며 말투도 거칠어졌거든요. 그래서 피고인이 자기 변호인을 신뢰하지 않는 건가 싶었죠."

"왜 변호인을 믿지 않았을까요?"

니시의 질문에 코스게가 팔짱을 끼며 끙 하고 앓는 소리를 냈다. 니시가 말을 이었다.

"카노 씨는 혐의를 부인하고 싶었지만 변호인이 억지로 설득해서 인정하게 만든 게 아니었을까요?"

"진실은 알 수 없지만 어쩌면 그랬을지도요. 이 사건 때문에 자기가 몸담았던 밴드가 해체되었네 어쩌네 했으니까…. 피의자 본인은 가능하면 혐의를 부인하고 싶었겠지만 증거가 있으니 싸워도 이길 수 없다고 변호인이 설득했을 수도 있겠네요."

"'마지막에 억울하다'는 뭔가요?"

린코가 노트를 보며 물었다.

"피고인이 마지막에 그렇게 말했어요. 일이 이렇게 돼서 너무 억울하다고."

"밴드가 해체된 게 억울하다는 의미였을까요?"

"뭐 그런 거겠죠. 듣기에 따라서는 자기가 바보 같은 짓을 저지르는 바람에 일을 다 망쳐서 후회된다는 의미로 볼 수도 있겠지만 직접적으로 반성한다는 말은 하지 않았던 걸로 기억합니다. 검찰 측 구형은 징역 2년이었고, 판결은 징역 2년에 집행유예 4년. 피해자가 합의해 준 덕분에 실형은 면한 거죠. 제가 기억하는 건 이 정도입니다."

"피고인의 본적이 어디인지 알려 주시겠습니까?"

코스게가 노트를 보며 불러 주는 주소를 니시가 수첩에 받아 적었다.

"감사합니다. 많은 참고가 되었습니다. 저희는 가 볼 곳이 있어서 먼저 일어나겠습니다."

니시가 그렇게 말하며 갑자기 일어나는 바람에 린코도 허둥지둥 자리에서 일어났다.

"벌써요? 더 마실 수 있을 줄 알았는데."

코스게가 불만스러운 어조로 대꾸했다.

"코스게 씨는 이걸로 더 드시고 가세요."

니시가 카운터 위에 1만 엔짜리 지폐를 올려 두고 문 쪽으로 걸어갔다.

린코는 "오늘은 정말 감사했습니다" 하고 코스게에게 인사를 한 뒤 니시와 함께 술집을 나섰다.

"귀한 정보를 얻었네요."

린코의 말에 니시가 "아아" 하고 고개를 끄덕였다.

"열일곱 살 때 일으킨 사건도 역시 절도였을까요?"

"아마 아닐걸. 동종의 범행이었다면 모두진술 때 언급했겠지."

아무튼 카노가 전과 2범이라는 사실을 알게 된 것은 큰 성과였다.

"코스게 씨랑 좀 더 이야기를 나누어도 좋았을 것 같은데."

린코가 가게 문을 돌아보며 말했다.

"재판 끝나면 한 번 더 만나서 그때는 느긋하게 마셔 봐야지. 지금은 시간이 없어. 지금부터 스즈카 씨를 만나러 갈 거야."

"스즈카 씨를요?"

니시가 진지한 표정으로 고개를 끄덕였다. 코스게의 이야기를 듣고 무언가 확인하고 싶은 것이 생긴 모양이었다.

길을 건너 법원 옆에 있는 구치소로 향했다. 건물이 가까워질수록 심장 박동이 빨라졌다. 스즈카가 어떤 상태일지 걱정이 되었다.

린코는 구치소 건물로 들어가 접수를 하고 니시와 함께 대기실에서 기다렸다. 얼마 지나지 않아 직원의 안내를 받아 접견실로 들어갔다. 아크릴판 앞에 놓인 의자에 앉자 안쪽 문이 열리고 스즈카가 들어왔다. 표정은 어제와 비슷하게 어두웠다.

니시는 좀처럼 입을 열려고 하지 않았다. 일단 분위기를 좀 풀어 봐야겠다는 생각에 린코는 스즈카를 쳐다보며 입을 열었다.

"몸은 좀 어떠세요?"

"여전합니다…." 스즈카가 들릴 듯 말 듯한 목소리로 대답했다.

"1월 17일에 두 번째 공판 전 준비절차가 열릴 예정입니다. 스즈카 씨도 참석하시겠어요?"

"아니요…, 가능하면 안 나가고 싶습니다."

"왜죠?"

"무서워서요…. 전에도 무서워서 죽는 줄 알았어요."

구속 사유 공개 청구 때를 말하는 듯했다.

"이번에 하는 건 공판 전 정리절차이니까 방청인은 들어올 수 없습니다."

"그래도…."

스즈카가 말끝을 흐리며 고개를 숙였다.

"무리하실 필요는 없지만 앞으로를 생각하면 그런 자리에 익숙해질 필요도 있을 것 같네요. 조만간 재판이 시작될 테니까요."

스즈카는 고개를 끄덕였지만 대답을 하지는 않았다. 대화가 이어지지 않아서 난감해진 린코는 니시에게 눈빛으로 도움을 요청했다.

"하나만 여쭙겠습니다. 결과적으로 스즈카 씨 때문에 카노 씨가 죽었다는 사실 자체를 다투는 건 불가능하다 하더라도 어디까지나 고의는 아니었다고 주장할 생각이신가요?" 니시 변호사가 말했다.

그 말을 듣고 스즈카가 고개를 들어 니시를 보았다.

"슬슬 변호 방침을 정해야 해서요."

"고민 중입니다…." 스즈카가 말했다.

"어제 말씀하신 이유 때문인가요?"

"제게는 해야 할 의무가 있다는 두 분 말씀은 충분히 이해했습니다. 하지만 오랜 시간 혼자 있다 보면 마음이 꺾일 것만 같아서… 아니, 이미 몇 번 꺾인 것 같지만요."

"스즈카 씨 마음은 이해합니다만 결정해 주셔야 합니다. 그렇지 않으면 저희는 변호를 할 수가 없습니다. 고의로 죽인 건 아니다, 아니면 내가 죽인 게 맞다. 둘 중 어느 쪽이냐에 따라 변호의 방향이 전혀 달라집니다."

스즈카가 고개를 푹 숙이더니 무릎 위에 얹은 두 손을 꽉 움켜쥐었다. 좀처럼 마음을 정하지 못하는 눈치였다.

"저는 죽이지 않았어요…."

"사실 관계를 다투겠다는 말씀이신 거죠?"

니시가 한 번 더 확인하자 스즈카가 고개를 들었다. 이쪽을 보며 천천히 고개를 끄덕였다.

"알겠습니다. 오늘 찾아온 것은 이 점을 확인하기 위해서였습니다. 그리고 하나 더 기억해 내 주셨으면 하는 것이 있습니다."

"뭐죠?" 스즈카가 물었다.

"재작년 3월에 카노 씨가 절도 혐의로 체포됐었다는 이야기는 전에도 말씀드린 적이 있습니다만, 그 당시 일을 잘 떠올려 보시기 바랍니다. 수사, 체포, 조사 단계에서 스즈카 씨가 어떤 식으로든 그 사건에 관여한 적은 없습니까?"

니시의 질문에 스즈카가 당혹스러운 표정을 지었다.

"그게 이번 일과 무슨 관계가 있는데요?"

스즈카가 의아하다는 듯 눈썹을 찌푸리며 물었다.

"아직 모릅니다. 다만 굉장히 신경이 쓰여서요."

"신경이 쓰인다고요?"

"네. 카노 씨가 체포된 오가와키타 경찰서에 스즈카 씨가 근무하고 있었고, 그로부터 약 1년 반 후에 두 사람이 다른 장소에서 우연히 만나 가해자와 피해자가 되었다. 과연 이런 일이 있을 수 있는지…."

"아무리 그렇게 말씀하셔도…."

스즈카가 동요한 듯 다리를 떨기 시작했다.

"그때 체포되는 바람에 당시 카노 씨가 몸담았던 밴드가 해체되었습니다. 그 밴드는 당시 메이저 데뷔를 앞두고 있었는데 그 일로 모든 것이 물거품이 되었죠. 스즈카 씨가 기억하지 못할 뿐 카노 씨는 스즈카 씨를 원망하고 있었을지도 모릅니다."

린코는 니시의 말을 듣고 스즈카에게로 시선을 돌렸다.

"처음 두 사람이 만났을 때, 역 앞에서 호객 행위를 하던 카노 씨가 스즈카 씨에게 말을 걸어서 루비 로드로 데려갔다고 하셨죠?"

린코가 묻자 스즈카가 "네, 그런데요…" 하고 대답했다.

"절도 사건 수사에 관여한 스즈카 씨의 얼굴을 카노 씨가 기억하고 있었을 가능성은 없을까요? 그러다가 토코로자와역에서 스즈카 씨를 발견하고 예전에 자신의 꿈을 물거품으로 만든 형사라는 사실을 기억해 낸 거죠. 사실은 단순한 호객 행위가 아니라 다른 목적을 가지고 접근한 것이었을지도 모릅니다."

"저에게 복수하려고요?"

"스즈카 씨에게라기보다는 자신을 체포했던 오가와키타 경찰서의 경찰관에게 복수하려던 게 아니었을까요?"

스즈카를 덮친 것도 성폭행이 목적이었다기보다는 복수가 목적이었다고 생각하면 납득이 갔다.

어쩌면 카노도 한동안은 스즈카가 그때 그 형사라고 확신하지 못했을지도 모른다. 어딘가에서 본 것 같다거나 그때 봤던 형사들 중 한 명과 닮은 것 같다 정도로만 느꼈을 수도 있다. 호스트 대 손님으로 만나면서도 스즈카는 자신이 경찰관이라는 사실을 비밀로 했다. 하지만 카노의 마음속에서는 스즈카에 대한 의혹이 점점 커져 갔고, 그래서 같은 밴드 멤버인 오오스미에게 스즈카를 미행해 달라고 부탁했다. 미행 결과, 사실은 경찰관이었다는 사실이 밝혀짐에 따라 카노는 스즈카가 당시 자신의 사건을 담당했던 형사라고 확신하고 원한을 갚고자 했다….

"과거 같은 밴드였던 동료의 말에 따르면 카노 씨는 평소에는 얌전한 성격이었지만 때때로 여자를 상대로 공격적인 성향을 보이곤 했다고 합니다. 물론 그렇다고는 해도 경찰관인 스즈카 씨를 덮친다는 건 보통은 생각하기 어려운 일이죠. 하지만 음악과 밴드 활동은 카노 씨 인생에서 굉장히 중요한 부분을 차지했던 만큼 그 둘을 동시에 잃게 된 분노를 참지 못하고 그만…, 이렇게 생각하면 전혀 불가능한 일은 아니라고 생각됩니다. 사건 당일 아니면 그 전에라도 카노 씨가 절도 사건이라든지 오가와키타 경찰서에 대해 언급한 적은 없었나요?"

린코가 묻자 스즈카가 기억해 내려는 듯 눈동자를 이리저리 굴리다가 다시 린코를 보며 고개를 저었다.

"아니요…, 그런 말은 들은 적이 없어요. 저 역시 오가와키타 경찰서에 있었을 때 카노 씨를 만난 기억이 전혀 없고요."

단언하는 스즈카를 보며 린코는 어깨를 축 늘어뜨렸다.

23

사야마시역에서 내리자 니시가 윗주머니에서 스마트폰을 꺼냈다. 지도 앱으로 위치를 확인하는 듯했다.

"10분 정도 걸린다고 하니까 그냥 걸어가자."

스마트폰을 보며 걷기 시작한 니시를 린코가 따라갔다. 큰길에서 주택가로 들어가 조금 걸으니 고풍스러운 담벼락이 나타났다. 끝없이 이어지는 담을 따라 걷다가 위압감이 느껴지는 커다란 문 앞에서 걸음을 멈췄다. '카노'라는 문패가 걸려 있었다. 과연 유서 깊은 집안답게 대문부터 으리으리했다. 주변 집들이 몇십 채는 가뿐히 들어갈 정도로 넓은 부지를 차지하고 있었다.

문패를 확인한 니시는 다시 걷기 시작했다. 카노의 본가에서 얼마 떨어지지 않은 맞은편 골목에 위치한 작고 오래된 구멍가게 앞에서 니시가 걸음을 멈추더니 린코를 돌아보았다.

"피해자의 본가 근처이니 배지는 빼는 게 나을 것 같군."

니시가 옷깃에 달린 변호사 배지를 풀었다. 린코도 배지를 떼서 가방에 넣은 후 함께 가게 안으로 들어갔다.

안에는 아무도 없었다. 니시가 냉장고에서 캔커피를 꺼낸 다음 린코를 쳐다보았다. 린코는 페트병에 든 녹차를 집어 들었다.

"계십니까?"

니시가 가게 안쪽을 향해 외치자 "네~" 하고 대답하며 나이가 지긋한 중년 여성이 걸어 나왔다.

"이거 두 개 주세요."

"280엔입니다."

"저기 보이는 저 집 정말 으리으리하네요."

니시가 100엔짜리 동전 세 개를 건네며 말했다.

"아, 카노 씨네요? 이 주변에서는 유명하죠."

여자가 잔돈을 거슬러 주며 대답했다.

"뭐 하는 집안인데요?"

"이 동네 최대 지주예요. 이 일대 땅을 많이 가지고 있고 사업도 다양하게 벌이고 있고…. 당신들, 기자나 뭐 그런 건가요?"

여자가 궁금하다는 듯 물었다.

"기자들이 많이 찾아오나요?"

니시가 질문에는 대답하지 않은 채 되물었다.

"사건 발생 직후에는 많이 왔었어요. 우리 가게에도 몇 명인가 찾아와서 이것저것 물어봤고요."

"하긴 피의자가 경찰관이라는 점 때문에 꽤 화제가 되었으니까요."

"아들이 그렇게 죽어서 참 안됐어요. 외동이 아닌 게 그나마 다행이랄까."

"형이 아주 우수한 인재라던데…."

"현역으로 도쿄대에 합격해서 은행에 들어갔다더라고요. 언젠가는 그만두고 돌아와서 아버지 회사를 이어받지 않을까요?"

"동생 입장에서는 형이 너무 잘나서 힘든 점도 있지 않았을까요?"

"아무래도 그랬겠죠. 과거에 그런 사건을 일으켜서 고등학교를 자퇴하고, 이제 좀 잊을 만하다 싶으니까 이번에는 여자한테 맞아 죽었으니 부모 마음이 어떻겠어요."

"과거 사건이라니요?"

"당신들 그런 것도 모르고 찾아온 거예요? 어느 주간지인지는 몰라도 일을 그렇게 해서 되겠어요?"

여자는 니시와 린코를 기자라고 믿어 의심치 않는 모양이었다.

"준비가 부족해서 죄송합니다."

니시가 겸연쩍게 웃으며 머리를 긁적였다.

"남자아이를 데리고 장난을 쳤어요."

"남자아이요?"

니시와 린코가 동시에 고개를 갸웃거렸다.

"네. 동네에서 마주친 유치원생이나 초등학교 저학년 남자아이를 공원에 있는 공중화장실로 데려가서 추잡한 짓을 했대요. 남사스럽기도 하지…."

여자가 얼굴을 찌푸리며 고개를 절레절레 저었다. 생각지도 못했던 대답에 린코의 눈이 동그래졌다.

"아이한테 구체적으로 어떤 짓을 한 겁니까?" 니시가 물었다.

"그게…."

여자가 대답하기 난감하다는 듯 어물거렸다. 더 재촉하지 않고 가만히 기다리니 이윽고 여자가 다시 입을 열었다.

"나도 들은 얘기라 어디까지 사실인지는 모르겠지만… 바지랑 속옷을 억지로 벗겨서 사진을 찍는다든지 기분 나쁘게 만져댄다든지…. 커터 칼을 들이대며 고추를 잘라 버리겠다고 위협하기도 했대요."

가게 주인의 대답을 들으니 등줄기가 서늘해졌다.

"피해 아동은 얼마나 됩니까?" 니시가 물었다.

"일고여덟 명쯤 된다고 했던 것 같아요. 하지만 피해자가 유치원생에서 초등학교 저학년 정도 되는 어린아이라는 점을 생각하면 그런 짓을 당하고도 부모한테 말하지 않거나 신고하지 않은 아이도 있을 테니 실제로는 더 많겠죠."

"카노 레이지 씨는 왜 그런 짓을 했을까요?"

린코가 묻자 여자가 끙 하고 앓는 소리를 냈다.

"저 집하고는 그다지 왕래가 없으니까 잘은 모르겠지만… 소문에 따르면 부인 말로는 자기 아들이 그런 사건을 일으키게 된 건 동급생들 때문이라고 했다네요."

"학교에서 집단 괴롭힘을 당했던 걸까요?"

여자가 "아마 그런 것 같아요"라며 고개를 끄덕였다.

"불량한 아이들한테 찍혀서 심한 짓을 당한 모양이더라고요. 화장실로 끌려가서 바지랑 속옷을 벗은 채로 사진을 찍힌다든지 두들겨 맞는다든지 돈을 뺏긴다든지…. 부모는 자기 아들이 경찰에 체포되고 나서야 학교에서 그런 일이 있었다는 걸 알았대요. 가해자들한테 직접 맞서기는 무서우니까 대신 저항하지 못하는 어린아이를 상대로 화풀이를 한 게 아닐까요? 그나저나 나도 하나 물어봐도 될까요?"

여자의 질문에 니시가 "네" 하고 고개를 끄덕였다.

"저 집 아들은 왜 죽은 건가요? 뉴스에서는 경찰관인 여자한테 머리를 맞아서 죽었다고만 하잖아요. 기자라면 어쩌다 그렇게 된 건지 알 것 같은데."

린코는 니시와 얼굴을 마주 보았다. 어떻게 대답해야 좋을지 망설여졌다.

"저희는 기자가 아닙니다."

니시가 솔직하게 말하자 여자가 "어머, 그래요?" 하고 놀란 표정을 지었다.

"그럼 왜 저 집 아들에 대해 꼬치꼬치 캐물은 거죠?"

"말씀드릴 타이밍을 놓쳤습니다만 사실 저희는 카노 레이지 씨 사건을 담당하는 변호인입니다."

"변호인이라면… 저 집 아들을 죽인 사람을 변호하는 건가요?"

니시와 린코가 동시에 고개를 끄덕였다. 여자의 표정에는 이렇다 할 변화가 없었다. 이웃을 죽인 자를 변호하는 사람들이라는 사실을 알고 나서도 니시와 린코를 쳐다보는 눈빛에서 혐오나 경멸은 느껴지지 않았다.

"사건에 대해 본인의 동의 없이 제삼자에게 이야기하는 것은 문제가 될 수 있어서요…."

"아, 네…."

린코가 설명하자 여자는 다소 실망한 눈치였다.

"카노 씨는 이 가게에 자주 왔나요?"

니시의 질문에 여자가 애매하게 고개를 끄덕였다.

"초등학생 때는 가끔 왔었는데 자기 엄마한테 들키면 혼나니까 점차 발길이 멀어졌어요."

"구멍가게에 오는데 왜 혼이 나죠?"

"좋은 집안 자식이 싸구려 불량 식품 따위를 사 먹으면 안 된다는 거겠죠. 부인이 좀 예민한 편이었달까, 옆에서 보기에도 많이 피곤한 타입이었거든요."

"그러셨군요…. 말씀드렸다시피 원래는 본인의 동의부터 구해야 하지만 오늘은 특별히 사건에 대해 간단히 설명해 드리겠습니다."

니시의 말에 린코가 "네? 정말이요?" 하고 화들짝 놀랐다.

"원하는 걸 얻고 싶으면 우리가 가진 정보도 어느 정도 내놓아야지." 니시가 린코에게서 여자에게로 시선을 옮겼다. "다만 지금부터 말씀드리는 내용은 어디까지나 피의자의 주장이라는 점을 감안하고 들어 주십시오. 또 절대로 외부에 발설해서도 안 됩니다."

"네, 그럴게요." 여자가 고개를 끄덕였다.

"피의자는 사건 당일 카노 씨와 함께 카노 씨의 집으로 갔습니다. 두 사람 사이에 연애 감정이 있었던 것은 아니며, 밴드 활동을 하던 카노 씨가 자신이 만든 곡을 들려주겠다며 피의자를 집으로 데려갔다고 합니다. 그런데 집에 들어가자 갑자기 카노 씨가 칼로 자기를 위협하며 덮치려고 하길래 필사적으로 저항하다가 근처에 놓여 있던 술병으로 카노 씨의 머리를 때린 후 그 집에서 뛰쳐나왔다고 합니다."

"그래서 죽었다고요?"

"네. 사실 피의자의 변호인이라고 하면 이 주변에 사시는 분들은 이야기도 들어주지 않으실 것 같아서 처음부터 솔직하게 신분을 밝히지 못했습니다. 죄송합니다."

니시가 사과하는 것을 보고 린코도 따라서 고개를 숙였다.

"뭐 그건 상관없어요. 다만 어디까지나 피의자의 주장이라고는 해도 좀 충격적인 얘기라서…. 뭐랄까…." 여자가 말꼬리를 흐렸다.

"저희는 피해자인 카노 씨에 대해 전혀 아는 바가 없습니다. 아무리 사소한 것이라도 좋으니 카노 씨에 대해 아는 대로 말씀해 주실 수 있을까요?"

니시가 부드럽게 물었다.

"어릴 때는 착한 아이였어요…."

여자가 기억을 되짚으며 중얼거렸다.

"당시에는 자기보다 어린 아이들에게 나쁜 짓을 하지는 않았나요?"

여자가 "전혀요" 하고 고개를 저었다.

"고등학교 때 집단 괴롭힘으로 인해 얻은 마음의 상처 때문에 사람이 변한 거겠죠. 동정의 여지가 없지는 않지만 아무리 그렇다고는 해도 자기도 똑같은 짓을 해서 아이들의 마음에 상처를 입히다니…. 아니, 자기보다 어리고 약한 자를 상대로 삼았다는 점에서 훨씬 더 악질이라고 할 수 있겠네요. 어릴 때부터 옆에서 보아온 어른으로서 제대로 반성하라고 따끔하게 한마디 해 줬어야 했는데….'"

"그 사건 이후에 카노 씨를 만나신 적이 있나요?"

니시가 묻자 여자가 "딱 한 번이요" 하고 고개를 끄덕였다.

"그 사건 이후 집을 나갔는지 계속 안 보이다가 2년쯤 전인가… 요 앞을 걸어가는 걸 보고 망설이다가 말을 걸었죠."

"가족을 만나러 왔던 걸까요?"

"저도 그렇게 물었는데 아니라고 했어요. 가족들은 벌써 몇 년째 만난 적이 없다고 하더라고요."

"그럼 왜 이 주변을 돌아다니고 있었을까요? 2년 전이라면 사건 발생 후 5년쯤 지났을 때라는 말이네요. 시간이 지났다고는 해도 아직 기억하는 사람도 많았을 텐데 주위의 시선이 신경 쓰이지 않았을까요?"

"본인 입으로도 사실은 오고 싶지 않았다고 하더라고요. 하지만 스스로에게 용기를 불어넣기 위해서 왔다고 했어요."

"스스로에게 용기를 불어넣기 위해서요?"

무슨 의미인가 싶어 린코가 되물었다.

"이 주변을 걸으면 나쁜 기억들이 되살아나지만 동시에 창작 의욕이 샘솟는다나 뭐라나. 글이라도 쓰냐고 물었더니 음악을 한다더군요."

2년 전이라면 카노가 퍼스트레이션으로 활동하며 메이저 데뷔를 앞두고 있었을 때다.

"한 가지만 여쭙겠습니다. 카노 씨나 카노 씨 가족분들에게서 오가와마치라는 지명을 들은 적이 있으십니까?" 니시가 물었다.

"오가와마치요? 사이타마에 있는?"

"네, 카노 씨의 친구라든지 친척이 거기 산다든지 하는 이야기를….'"

"아니요, 한 번도 들은 적 없어요. 오가와마치가 왜요?"

"들은 적이 없으시다면 됐습니다. 이것저것 알려 주셔서 감사합니다."

니시가 여자에게 고개 숙여 인사하며 린코에게 눈짓으로 신호를 보냈다.

린코도 여자에게 고맙다고 인사하며 니시와 함께 가게를 나왔다. 역을 향해 나란히 걷는 동안 두 사람 다 아무 말도 하지 않았다.

카노에게 아동 성추행 전과가 있다는 점, 칼을 사용해 어린아이를 협박했다는 점 등 새로운 사실을 알게 되었지만 스즈카의 변호에 도움이 되는 정보를 얻었다는 기쁨보다는 착잡함과 분노가 훨씬 더 컸다.

이 주변을 걸으면 나쁜 기억들이 되살아나지만 동시에 창작 의욕이 샘솟는다….

과거 카노가 했었다는 말을 되짚어 보던 린코는 문득 발걸음을 멈췄다.

"왜 그래?"

니시가 이쪽을 보며 물었다.

"혹시 토요다 씨가 보여준 '블랙 모닝'의 가사에 나오는 '너'는 남자아이를 가리키는 게 아니었을까요?"

린코의 말에 니시도 퍼뜩 정신이 든 표정으로 "카노 씨가 추잡한 짓을 했다는 남자아이?"라고 중얼거렸다.

너의 목소리가, 너의 눈물이, 나에게 힘을 줘….

나는 그렇게 약하지 않다고, 아니 원래는 강한 사람이라고 깨닫게 해 줘….

여기서 말하는 '너'가 피해 아동을 의미하는 것이라면 이 가사는 과거의 자신을 표현한 것일까, 아니면….

"만약 밴드 활동을 하면서도 가사에서 말하는 종류의 욕망을 안고 있었다면 카노 씨의 가학적인 성향은 상당히 뿌리 깊은 것이 아니었을까요?"

린코의 주장을 들은 니시가 턱을 만지며 생각에 잠긴 표정을 지었다.

"그럴 수도 있겠지만…, 이 가사를 증거로 삼아서 카노 씨의 폭력성을 주장하기는 어려울 거야."

"역시 그렇겠죠?"

남아 성추행으로 체포된 전적이 있다는 사실은 물론 인정되겠지만 가사 내용에 관한 해석은 어디까지나 개인의 감상에 지나지 않았다.

"가사가 아니라 실제로 카노 씨의 가해적 성향을 뒷받침할 수 있는 증거가 있다면…."

니시가 갑자기 말을 멈추더니 골똘히 생각에 잠겼다.

"왜 그러세요?" 린코가 물었다.

"아니… 아무것도 아니야. 이 사건과는 상관없는 거니까 신경 꺼."

니시는 늘 그랬듯 자기 생각을 감추려고 들었다.

"말씀해 주세요. 신경 쓰이잖아요."

린코가 짜증을 억누르며 말했다.

"퍼스트레이션 멤버였던 토요다 씨가 한 말 중에 계속 마음에 걸리는 게 있어서 말이야. 카노 씨는 편의점 말고 다른 아르바이트도 하는 것 같다고 했잖아. 취미와 실익을 겸한 일이라고. 그게 뭐였을까…. 취미와 실익을 겸한다고 했을 때 가장 먼저 떠오르는 건 음악 관련 일이지만 만약 그렇다면 밴드 동료인 토요다 씨한테 비밀로 할 이유가 없었을 테고…."

"듣고 보니 그렇네요."

"아까 구멍가게 주인 이야기를 들으니 어쩌면 아이와 관련된 일을 한 게 아닐까 싶어서."

린코는 어떤 반응을 보여야 할지 몰라 망설였다. 니시가 말한 대로 사건과는 전혀 상관없는 문제였다.

"처음에는 정말 단순히 화풀이 대상이었는지도 모르지만 그 과정에서 점차 어린아이라는 대상 그 자체에 흥미를 갖게 되었다면…."

"소아성애 말인가요?"

"일을 하면서 고등학생 때처럼 아이를 상대로 성적 학대를 하지는 못했겠지. 하지만 반드시 그 목적이 아니더라도 어린아이에게 집착하는 인간은 적지 않아."

"그러고 보니 토요다 씨는 이런 말도 했어요. 카노 씨는 여자한테 관심이 없는 것 같다고, 오히려 여자를 싫어하는 것 같았다고요. 어찌 됐든 니시 변호사님 말씀대로 스즈카 씨 사건과는 관계없는 일이지만요."

"그렇긴 한데… 취미와 실익을 겸했다는 건 카노 씨의 인격과 밀접한 관련이 있다고 봐야 하지 않을까? 그 아르바이트 관계자에게 이야기를 들을 수 있다면 지금까지 만난 사람들은 알지 못했던 카노 씨의 본성을 발견할 수 있을지도…."

그제야 린코도 니시의 생각을 이해했다.

"아이와 접하는 일이라면… 보모 같은 거였을까요?" 린코가 말했다.

"그게 제일 가능성이 높긴 하지만 편의점 아르바이트와 병행하긴 어렵지 않았을까?"

"보모가 아니라면…."

"아까 들른 구멍가게처럼 아이들이 좋아하는 물건을 파는 가게 직원이라든지 아니면 백화점 옥상 같은 데 있는 소규모 놀이공원이나 오락실 직원…."

"수영장 안전 요원도 아이들과 접하는 일이에요."

"그럴 수도 있겠지. 아무튼 찾아볼 가치는 있을 것 같군."

린코는 고개를 끄덕이며 니시와 함께 역으로 걸어갔다.

24

"그럼 다음 기일을 정하겠습니다."

판사의 말에 모치즈키 린코는 수첩을 확인했다. 옆에 앉은 니시, 맞은편에 앉은 아야와 히무로도 각자 수첩을 보며 가능한 날짜와 시간을 말했다.

"2월 7일 11시 어떻습니까?"

판사가 모두의 의견을 취합해 제안하자 린코를 포함한 전원이 "좋습니다"라고 대답했다.

"다음 기일은 2월 7일 11시로 정해졌습니다. 다들 잘 부탁드립니다. 수고 많으셨습니다."

판사 세 명과 서기관이 방에서 나갔다. 린코도 니시와 함께 자리에서 일어나 아야와 히무로에게 가볍게 목례했다. 아야와 히무로가 굳은 표정으로 고개를 끄덕여 보이고 서류를 정리하는 것을 보며 린코와 니시는 방에서 빠져나왔다.

"살벌하네."

니시가 중얼거렸다.

"저쪽으로서는 아무래도 뒤통수 맞은 기분이겠죠."

방금 끝난 두 번째 공판 전 준비절차에서 니시가 공소 사실을 전면 부인하겠다고 밝히자 아야와 히무로의 표정이 돌변했다. 지난번에는 스즈카가 혐의를 인정하도록 만들겠노라는 뉘앙스를 풍겨서 증인들 연락처를 다 받아가 놓고 이제 와서 말을 바꾼 셈이니 당황스러울 만도 했다.

"이제부터는 정말 시간과의 싸움이 되겠군."

"네."

린코가 결연한 표정으로 고개를 끄덕였다. 다음 공판 전 준비절차부터는 각 쟁점에 대해 검사와 논쟁을 벌여야 했다.

린코와 니시는 엘리베이터를 타고 1층으로 내려갔다. 법원을 나서는데 반대편에서 들어오던 양복 차림의 남자가 바로 옆을 스쳐 지나갔다. 문을 나서던 린코는 걸음을 멈추고 뒤를 돌아보았다. 건물 안으로 걸어 들어가는 남자의 뒷모습이 보였다. 정면에서 봤을 때는 두발이 머리를 덮고 있지만 뒤에서 보니 정수리 부분이 원형으로 벗겨져 있었다.

"왜?"

니시가 물었다.

"캇파…."

린코가 중얼거리자 "뭐?" 하고 니시가 고개를 갸우뚱했다.

"가시죠."

자세히 설명하고 있을 시간이 없었다. 린코는 남자에게 빠른 걸음으로 다가갔다. 니시가 뭐가 뭔지 모르겠다는 표정으로 따라왔다. "잠시만요" 하고 린코가 말을 걸자 엘리베이터를 기다리고 있던 남자가 이쪽을 돌아보았다. 나이는 50대 후반. 양복 옷깃에 변호사 배지를 달고 있었다.

부리처럼 오므린 입술에 눈이 튀어나와 보이는 원시용 안경을 쓰고, 무엇보다 아까 본 벗겨진 정수리가 캇파를 연상시켰다.

남자가 의아하다는 표정으로 이쪽을 보며 "네?" 하고 물었다.

"갑자기 불러 세워서 죄송합니다. 저는 호소카와 법률사무소의 모치 즈키 린코 변호사라고 합니다."

가방에서 명함을 꺼내 건네자 남자의 얼굴에서 경계하는 빛이 조금 옅어졌다.

"아아, 호소카와 변호사님 밑에서 일하시는군요. 저는 오오야라고 합니다."

남자가 자신의 명함을 꺼내 내밀었다. '히카와 법률사무소 변호사 오오 야 히로시'라고 적혀 있었다. 사무실 주소는 카와고에서 미야시타마치였다.

"그런데 제게는 무슨 일로?" 오오야가 물었다.

"갑자기 이상한 질문을 드리게 되어 죄송합니다. 오오야 변호사님은 과거에 카노 레이지라는 남자의 변호를 맡으신 적이 있지 않나요?"

"카노 레이지요?"

"네. 재작년 2월 16일에 오가와마치의 한 주택에서 일어난 절도 사건 으로 공판은 그해 7월 11일에 열렸고, 피고인 카노 레이지 씨는 당시 스 물두 살이었습니다."

린코가 거기까지 설명하자 오오야도 기억이 난 것 같았다.

"아…, 듣고 보니 그런 사건을 담당했던 것 같기도 하네요. 아마 피고 인이 음악을 하는 사람이었던 것 같은데….'

린코의 심장 박동이 점차 빨라지기 시작했다.

"맞습니다. 당시 공판 내용에 대해 몇 가지 좀 여쭤봐도 될까요?"

"왜 그러시죠?"

오오야가 다시금 의아한 표정을 지었다.

"실은 지금 저희가 담당하고 있는 사건과 관련이 있어서요."

"카노 씨 변호를 맡고 계신가요? 그렇다면 본인한테 직접….'

"아니요, 카노 씨가 피해자인 사건입니다." 린코가 오오야의 말을 중간 에 끊으며 대답했다. "카노 씨는 사망했고요."

"죽었다고요?" 오오야의 표정이 어두워졌다.

"작년 10월 13일에 토코로자와에서 발생한 여성 경찰관에 의한 살인 사건입니다."

바로 알아들었는지 안경 속 눈동자가 휘둥그레졌다.

"그 사건의 피해자가 카노 씨였다고요?"

린코가 고개를 끄덕였다.

"당신처럼 젊은 변호사가 그런 큰 사건을…."

오오야가 의외라는 반응을 보였다.

"여기 계신 니시 변호사님과 함께 담당하고 있습니다."

린코가 소개하자 옆에 있던 니시가 오오야에게 고개를 숙이며 인사했다.

"호소카와 법률사무소에서 그 사건을 맡았다는 건 피고인이 무죄일 가능성이 높다는 말인가요?"

"사무실 차원에서 사건을 맡은 건 아닙니다만…, 일단 피고인은 혐의를 부인하고 있습니다. 다만 피고인의 진술과 검찰이 내놓은 증거가 서로 맞지 않아 피해자에 관한 정보 등을 다방면으로 알아보던 와중에 피해자에게 전과가 있다는 사실을 알게 되었습니다. 이와 관련해서 몇 가지 궁금한 점이 있어 당시 사건을 담당했던 변호사를 찾고 있던 참이었고요."

"흠, 그러셨군요. 그나저나 제가 카노 씨 사건을 담당했던 변호사라는 건 어떻게 아셨습니까?"

"그건…." 린코가 말을 얼버무렸다.

당시 공판을 방청한 코스게가 캇파라는 별명을 알려줬고, 캇파를 똑은 대머리 정수리 덕분에 바로 알아봤다고 솔직하게 말할 수는 없는 노릇이었다.

"재판 방청이 취미인 분에게 들었습니다."

니시가 대신 답하자 오오야가 무슨 뜻이냐는 듯 고개를 갸웃거렸다.

"자주 방청을 오는 장발 남자분께 카노 씨 공판 내용에 대해 물어봤는데 담당 변호사의 이름은 모른다더군요. 그래서 외모상 특징과 나이대를 기준 삼아 여기 오는 변호사들에게 닥치는 대로 물어보던 참이었습니다."

"외모상 특징이라면 캇파랑 닮았다느니 뭐 그런 거였겠군요."

오오야가 자조적인 말투로 내뱉었다.

"아닙니다. 단정하고 이지적인 분위기에 안경을 쓴 50대 남자라고만 했습니다."

오오야는 믿지 않는 듯했지만 그래도 웃으며 대답했다.

"이야기를 나누는 건 상관없지만 지금은 제가 재판에 들어가야 해서요. 그리고 두 분이 정확한 정보를 알고 싶으시다면 일단 사무실로 돌아가 당시 자료를 찾아봐야 할 것 같습니다."

"변호사님 시간 괜찮으실 때 저희가 사무실로 찾아뵈어도 될까요?"

린코가 묻자 오오야가 고개를 끄덕였다.

"오늘 4시 이후에는 사무실에 있을 겁니다."

"알겠습니다. 시간 맞춰 찾아뵙도록 하겠습니다."

사무실 입구에 놓인 전화기를 들어 귀에 가져다 대자 여자 목소리가 들렸다.

"네, 어디서 오셨나요?"

"호소카와 법률사무소 모치즈키 린코 변호사입니다. 오오야 변호사님 자리에 계신가요?"

린코가 대답하자 "잠시만 기다려 주세요" 하고 전화가 끊겼다. 곧 여자 직원이 나와서 입구로 두 사람을 맞이했다.

"이쪽으로 오시죠."

직원의 안내에 따라 린코와 니시는 바로 옆에 있는 방으로 들어갔다. 회의실 같아 보이는 공간에 4인용 테이블이 놓여 있었다.

"오오야 변호사님이 통화 중이라 여기 앉아서 조금만 기다려 주십시오."

린코와 니시는 의자에 나란히 앉았다. 직원이 다시 와서 두 사람 앞에 찻잔을 내려놓고 방에서 나갔다. 잠시 후 문이 열리고 한 손에 자료 뭉치를 든 오오야가 들어왔다.

"기다리시게 해서 죄송합니다."

린코와 니시는 자리에서 일어나 오오야와 인사를 나눈 다음 마주 보고 앉았다.

"그래서… 카노 씨 공판에 대해 두 분이 알고 싶으신 게 뭡니까?"

오오야가 이쪽으로 몸을 살짝 내밀며 물었다. 린코는 옆을 돌아보았다. 니시가 자기가 말하겠노라고 고개를 끄덕여 보였다.

"우선 카노 씨가 체포된 경위를 알고 싶습니다. 방청인 말에 따르면 현장에 남아 있던 증거를 토대로 카노 씨가 용의선상에 올라 결국 체포된 거라고 하던데요."

"맞습니다. 피해자인 나가야마 미츠구 씨는 그 집에 혼자 살고 있었습니다만, 피해자 것이 아닌 녹음기가 방구석에 떨어져 있는 것을 경찰이 발견하고 압수했습니다."

"녹음기요?"

린코가 되묻자 오오야가 해당 페이지를 펼쳐서 이쪽으로 내밀었다. "이겁니다" 하고 손가락으로 짚은 곳을 보니 검은색 MP3 플레이어 사진이 실려 있었다.

"기기에서 카노 씨의 지문이 검출된 겁니까?"

니시의 말에 오오야가 사진을 보며 "맞습니다. 카노 씨는 경찰에 지문이 등록되어 있었거든요"라고 대답했다.

"남아 성추행 혐의로요?"

오오야가 놀란 듯 사진에서 시선을 들어 니시를 쳐다보았다.

"그걸 어떻게 알고 계시죠? 공판에서는 언급하지 않았던 걸로 기억합니다만…."

"카노 씨 본가가 있는 동네 주민분께 들었습니다. 카노 씨는 열일곱 살 때 어린 남자아이들을 성추행한 혐의로 체포된 적이 있다고요."

"그러셨군요…."

"오오야 변호사님은 그때 어떤 처분이 내려졌는지 아십니까?"

"카노 씨 아버님께 듣기로는 보호 관찰 처분을 받았다고 합니다. 피해자 부모들에게 거액의 돈을 건네고 합의했다고 하더군요."

"절도 사건 공판에서 오오야 변호사님이 카노 씨의 변호를 담당하게 된 것은 국선이었습니까?"

"아니요, 사선이었습니다. 카노 씨가 경찰에 체포되자마자 아버님이 저희 사무실로 찾아와 아들 변호를 의뢰하셨습니다. 아는 사람한테 소개받았다고 하면서요."

"그렇다면 꽤 일찍부터 카노 씨 접견도 가셨겠군요."

"네, 체포된 다음날에는 본인과 만날 수 있었습니다."

"접견 때 카노 씨는 뭐라고 했습니까? 자기가 했다고 인정하던가요?"

"아니요, 혐의를 부인했습니다. 경찰 조사 때 형사가 카노 씨한테 이 녹음기를 보여주면서 안에 든 곡도 들려줬다고 합니다. 카노 씨 말로는 예전에 자기가 가지고 있던 MP3 플레이어와 동일한 모델이고, 안에 든 곡도 밴드 연습 중에 녹음한 것이니 자기 게 맞는 것 같다고 하더군요. 다만 자신의 MP3 플레이어는 오래전에 잃어버렸고, 오가와마치에 있는 단독 주택에는 간 적도 없을뿐더러 빈집털이를 한 적도 없다고 했습니다."

"잃어버렸다고요? 언제요?"

니시가 흥미를 느낀 듯 다시 묻자 오오야가 자료를 뒤적거리며 대답했다.

"확실하지는 않지만 2~3년쯤 전에 잃어버렸다고 했습니다. 언제 어디서 잃어버렸는지는 자기도 모른다더군요. 그리 비싼 것도 아니라서 금방 새것을 다시 샀고, 잃어버린 사실조차 까맣게 잊고 있었다고요."

"오오야 선생님도 처음에는 혐의를 부인하는 방향으로 갈 생각이셨습니까?"

"네, 본인이 죽어도 하지 않았다고 주장했으니까요. 당시 카노 씨가 속한 밴드가 대형 음반 회사와 계약을 앞두고 있는 상황이라고 했습니다. 돈이 궁하지도 않은데 고작 3만 엔 때문에 자기가 왜 그런 바보 같은 짓을 했겠냐고 하더군요. 아버님으로부터는 밴드나 데뷔 이야기는 듣지 못했기 때문에 카노 씨에게 처음 그 이야기를 들었을 때는 반신반의했는데 확인해 보니 사실이었습니다. 약물이나 상해 등으로 체포된다면 또 모를까 데뷔를 앞둔 뮤지션이 빈집털이를 한다는 건 저도 이상하다고 생각했습니다. 그때는요."

"그때는, 이라뇨?"

"검찰 측 증거를 보고 카노 씨한테 이것저것 물어봤습니다만 아무래도 합리적인 변호는 어렵겠다는 예감이 들었습니다. 카노 씨가 하는 말을 곧이곧대로 믿을 수는 없겠더군요."

"녹음기 말고 다른 증거가 또 있었나요?"

니시의 질문에 오오야가 "아니요" 하고 고개를 저었다.

"집 안은 난장판이었지만 카노 씨 지문은 검출되지 않았습니다. 집 근처에서 카노 씨를 봤다는 목격자 증언도 얻지 못했고요. 하지만 동시에 카노 씨 본인의 알리바이도 입증하지 못했습니다."

"집에 혼자 있어서 알리바이를 입증하지 못한 겁니까?"

"그런 거라면 저도 이해하겠는데 그날 그 시간대에는 차를 빌려서 드라이브를 하고 있었다더군요."

"친구 차를 빌려서요?"

"아니요, 렌터카로요."

생각지도 못한 대답에 린코는 저도 모르게 니시와 얼굴을 마주 보았다가 다시 오오야에게 물었다.

"알리바이가 없다는 건 당시 카노 씨는 혼자였다는 말이겠네요?"

오오야가 고개를 끄덕였다.

"어딘가 가고 싶은 곳이 있었다던가요?"

"딱히 목적지는 없었다고 합니다. 자기가 어디를 어떻게 달렸는지도 잘 기억나지 않는다고 했고요."

린코는 면허가 없기 때문에 차를 운전하는 사람의 마음을 정확히 이해하기는 어려웠다. 하지만 목적도 없이 그저 혼자 드라이브를 하려고 렌터카를 빌리는 것이 과연 일반적인 일인지 의문이 들었다.

"본인 말로는 옆집이 인테리어 공사 때문에 시끄러웠답니다. 집에 있어도 쉴 수가 없으니 차를 빌려서 드라이브나 해야겠다는 생각이 들었다고요. 실제로 카노 씨 옆집인 301호 세입자가 퇴실해서 그날은 인테리어 업자 몇 명이 아침부터 작업을 했다고 합니다. 하지만 도배를 새로 하고 입주 청소를 하는 정도였기 때문에 큰 소음은 나지 않았을 거라고 하더군요. 또 렌터카 회사 직원의 증언도 걸렸고요."

"그 직원은 뭐라던가요?"

"카노 씨는 운전에 관해서는 완전 초보 같아 보였다고요. 시동을 어떻게 거는지도 몰라서 직원한테 물어봤답니다. 그러면서 자기는 한 번도 운전을 해 본 적이 없는 장롱면허라고 했다네요. 그래서 그 직원은 카노 씨가 렌터카 회사 주차장을 완전히 다 빠져나갈 때까지 조마조마한 마음으로 지켜봤다고 합니다."

"그러니까 운전도 못하는 사람이 왜 갑자기 렌터카를 빌렸는지 검찰에서는 그 점을 공격했겠군요?"

니시의 말에 오오야가 고개를 끄덕였다.

"경찰 조사 때도 그 부분을 계속해서 추궁당했다고 하더군요. 저도 같은 질문을 했지만 애매한 대답밖에 듣지 못했습니다. 그냥 그러고 싶어서 그랬을 뿐이라고…."

그런 대답으로 경찰과 검찰이 납득했을 리 없다. 렌터카를 빌린 것은 지하철 같은 대중교통을 이용하지 않고 빈집털이하기 쉬운 장소를 물색하기 위해서였다고 생각했을 것이다.

"차에 내비게이션은 안 달려 있었나요?" 린코가 물었다.

내비게이션이 달려 있었다면 GPS로 주행 경로를 확인할 수 있을 터였다.

"안 달려 있었습니다. 정확히 말하자면 카노 씨가 내비게이션이 달려 있지 않은 차를 원했다고 합니다."

그 말을 들으니 왜 오오야가 합리적인 변호는 어렵겠다고 판단했는지 이해가 갔다.

"이유는…?"

니시가 묻자 오오야가 쓴웃음을 지으며 대답했다.

"가려는 목적지가 정해져 있는 것도 아니니 내비게이션은 필요 없다고 생각했답니다. 그리고 운전 중에 자꾸 목소리가 들리면 주의가 분산된다고요. 뭐 앞서 한 대답에 비하면 이건 나름 말이 되기는 합니다. 내비게이션이 있으면 편한 건 사실이지만 저도 운전할 때 옆에서 계속 이래라저래라 하는 게 짜증날 때가 있으니까요. 그 밖에 검찰이 내놓은 증거 중에는 평소 카노 씨가 집 앞 PC방을 자주 이용했다는 것도 있었습니다. 사건 전날에도 갔으니 그날 옆집이 시끄러워서 쉴 곳이 필요했다면 번거롭게 렌터카를 빌릴 것도 없이 그냥 PC방에 가면 됐을 거라는 말이죠."

맞는 말이다. 사건 당일 카노가 취한 행동과 그에 대한 변명은 그야말로 모순덩어리였다.

게다가 자기가 사용하던 MP3 플레이어가 현장에서 발견되었다는 물적 증거까지 있는 상황이었다.

"그래서 오오야 변호사님은 어떻게 하셨습니까?"

니시가 몸을 앞으로 내밀며 물었다.

"카노 씨 아버님께 상황을 있는 그대로 말씀드렸습니다. 본인은 혐의를 전적으로 부인하고 있다는 점도 포함해서요. 아버님은 아들 말을 안 믿으시더군요. 예전에 체포당했을 때도 결정적인 증거들이 수두룩한데 앞뒤가 맞지 않는 말을 늘어놓으며 부정하더니 결국 다 거짓말이었다고요. 현장에서 소지품이 발견되었다면 이번에도 아들이 한 짓이 틀림없을 거라고 했습니다. 하지만 아무리 구제불능이라 할지라도 어쨌거나 내 자식이니 일을 크게 만들고 싶지는 않다고, 그러니 조금이라도 형을 가볍게 하려면 어떻게 하는 것이 좋겠냐고 물으시더군요."

린코는 그것이 과연 자식을 위하는 마음에서 우러나온 말이었을지 의심스러웠다.

일을 크게 만들고 싶지 않다는 부분에서 세간의 평판을 신경 쓰는 것이 느껴졌다.

"그래서 저는 우선 피해자와 합의할 것, 그리고 카노 씨가 혐의를 인정할 것을 제안드렸습니다. 아버님은 제게 어떻게 해서든지 아들이 그렇게 하도록 설득해 달라고 하셨고요."

"카노 씨가 그러겠다고 하던가요?"

"아니요, 처음에는 절대로 인정할 수 없다고 버텼습니다. 자기 말을 믿고 변호할 생각이 없다면 음반 회사에 부탁해서 당장 다른 변호사로 교체하겠다고 길길이 날뛰더군요. 저는 그래도 상관없다고 하면서 현 상황을 냉정하게 설명해 줬습니다. 지금 같은 주장을 계속 밀고 나간다 한들 무죄를 받을 가능성은 매우 낮지만, 순순히 죄를 인정한다면 아마도 집행유예를 받을 수 있을 거라고요. 그리고 말도 안 되는 주장을 늘어놓으며 혐의를 부인하면 실형을 받을 수도 있다고 설명하자 본인도 겁이 났는지 혐의를 인정하겠다고 했습니다."

"감옥에 들어갈지도 모른다고 생각하니 마음이 바뀐 걸까요?"

니시의 말에 오오야가 고개를 끄덕였다.

"그럴지도요. 카노 씨는 고등학교 때 동급생들에게 심한 집단 괴롭힘을 당했다고 들었습니다. 카노 씨가 남아 성추행 사건을 저지른 것도 결국 그게 원인이었다고 하더군요. 감옥에 들어가면 그때 그 동급생들보다

휠씬 더 난폭한 사람들과 함께 생활하게 될 테니 겁이 났겠죠."

"혐의를 인정한 후에는 오오야 변호사님이 납득할 만한 설명을 하던 가요?"

"사실 그렇지는 않았습니다. 렌터카를 타고 평소 자신의 생활권에서 벗어난 곳으로 가서 빈집털이할 집을 물색했다는 사실은 인정했지만 차를 어디에 세웠는지, 집 안에는 어떻게 들어갔는지 등 구체적인 부분에 대해서는 시간이 많이 지났기 때문에 기억이 잘 나지 않는다는 말만 반복했거든요."

"왜 오가와마치를 골랐다던가요? 예를 들어 본인에게 익숙한 장소였다든지…."

"아니요, 딱히 익숙한 장소도 아니고 원래부터 거기를 가려고 했던 것도 아니었답니다. 그냥 차로 적당히 달리다 보니 도착한 곳이 거기였다고…. 길에 지나다니는 사람도 별로 없고, 주변을 좀 살펴보니 마침 외딴 곳에 있는 단독 주택이 눈에 들어와서 여기가 좋겠다 싶었답니다. 현관 벨을 누르니 아무도 없는 것 같길래 그대로 들어갔다고요."

"흠…, 애초에 카노 씨는 왜 빈집털이를 한 겁니까? 돈이 필요했다던가요?"

"그건 아닌 것 같았습니다. 부모님이 보내 주는 용돈에 자기도 아르바이트를 두 개나 하고 있어서 돈이 부족하지는 않다고, 게다가 아마추어이긴 하지만 음악 활동으로 들어오는 돈도 있어서 자기는 빈집털이 같은 짓을 할 이유가 전혀 없다고 첫 접견 때 제게 거듭 강조했거든요. 혐의를 인정한 후에도 자기가 왜 그랬는지 공판에서 제대로 설명하지 못했습니다. 욕구나 충동이라고밖에 표현할 길이 없다고 하더군요."

"욕구나 충동이라…."

니시가 무언가를 골똘히 생각하는 표정으로 중얼거렸다.

"예를 들어 필요한 물건도 아닌데 가게에서 물건을 훔치는 심리 같은 거냐고 판사가 묻자 그런 것 같다고 대답했습니다. 하면 안 되는 짓이라는 걸 머리로는 알고 있지만 욕구를 억제하지 못했다고요. 마지막에는 일이 이렇게 되어서 억울하다고 했습니다."

"아까 카노 씨가 아르바이트를 두 개 했다고 하셨는데 어떤 일이었는 지도 아십니까?" 니시가 물었다.

"토코로자와에 있는 편의점에서 아르바이트를 하고 있고, 그 외에 부 정기적으로 하는 일이 하나 더 있다고 했습니다."

"부정기적으로 하는 일은 뭐였을까요?"

"심부름센터 같은 거라고 했습니다. 가끔 의뢰가 들어오는데 시간이 맞으면 한다고 하더군요."

"회사나 가게 같은 곳에서 의뢰하는 걸까요?"

"거기까지는 잘 모르겠습니다." 오오야가 고개를 저었다.

심부름센터라면 어린아이와 접하는 일은 아닌 듯했다.

오오야가 벽에 걸린 시계를 보았다. 린코는 슬슬 일어나는 편이 좋겠 다고 니시에게 눈짓을 보냈다. 니시도 알겠다는 듯 고개를 끄덕이며 오 오야를 향해 입을 열었다.

"바쁘실 텐데 긴 시간 내 주셔서 감사합니다. 마지막으로 하나만 더 여쭙겠습니다."

"네, 뭔가요?"

"카노 씨가 사건을 수사한 사람들에 대해 언급한 적은 없었습니까?"

"형사 말인가요?"

니시가 고개를 끄덕였다.

"예를 들어 형사 개인, 또는 경찰을 원망하는 말을 했다든지…."

"경찰서 유치장에 있을 때는 매일같이 경찰을 욕했습니다. 형사 개인의 이름을 언급한 적은 없지만 아무튼 자기는 누명을 썼을 뿐인데 경찰이 자 기 말을 믿어 주지 않는다고요. 자기한테 누명을 씌운 사람을 반드시 찾 아내서 여기 있는 사람들을 전부 자기 앞에 무릎 꿇리겠다고 했습니다."

25

"…그러시군요. 알겠습니다. 바쁘신데 시간 내 주셔서 감사합니다."

모치즈키 린코는 수화기를 내려놓고 한숨을 내쉬었다.

전화 상대방인 후쿠다 요코는 카노가 편의점 외에 하고 있었던 아르바이트에 대해서는 아는 바가 없다고 했다. 앞서 통화한 카노의 동료 호스트인 오자키 요시히코와 밴드 넥스터의 멤버인 오오스미 켄타의 대답도 마찬가지였다.

"린코 변호사님, 편지 왔습니다."

사무실 직원인 유카리가 건넨 편지를 받아 든 린코는 고개를 갸웃거렸다. 사이타마 구치소에서 온 편지였다. 보내는 사람은 '타루미 스즈카'라고 적혀 있었다.

스즈카가 편지를 보내온 것은 처음 있는 일이었다. 사흘에 한 번은 접견을 가니 할 말이 있다면 만나서 하면 될 텐데 갑자기 무슨 일일까.

원인 모를 불안함을 느끼며 린코는 봉투를 열어 안에 든 편지지를 꺼내 들었다.

《모치즈키 린코 변호사님

이렇게 갑자기 편지를 드려 놀라지는 않으셨는지요. 상의드리고 싶은 일이 있으니 가능한 한 빨리 만나러 와 주실 수 있을까요? 무리한 부탁을 드려 죄송하지만 이번에는 린코 변호사님 혼자 와 주시면 감사하겠습니다. 아무쪼록 잘 부탁드립니다.

타루미 스즈카》

편지 속 한 문장이 린코의 시선을 잡아끌었다.

이번에는 린코 변호사님 혼자 와 주시면 감사하겠습니다 —

초조한 마음을 달래며 기다리고 있으려니 이윽고 아크릴판 너머 문이 열리고 스즈카가 들어왔다. 고개를 숙인 채 린코에게 살짝 목례를 하더니 맞은편에 앉았다.

"보내 주신 편지를 읽고 바로 왔습니다."

린코가 말하자 스즈카가 "감사합니다" 하고 대답했다. 어찌된 일인지 린코와 시선을 마주치려 하지 않았다.

잠시 기다려 봤지만 스즈카는 좀처럼 입을 열 기색을 보이지 않았다. 어쩔 수 없이 이쪽에서 먼저 말을 꺼냈다.

"상의하고 싶은 게 있으시다고요?"

린코의 말에 스즈카의 어깨가 움찔하고 반응했지만 여전히 말이 없었다.

"저…." 말을 이어 가려는데 스즈카가 입을 열었다.

"제 변호를 그만둬 주셨으면 합니다."

갑작스러운 요구에 머릿속이 새하얘졌다.

"…갑자기 왜 그러시죠?"

생각이 잘 정리되지 않아 간신히 한마디를 내뱉었다. 스즈카는 입을 꾹 다문 채 대답하지 않았다.

"변호를 그만둬 달라니… 대체 왜…."

무슨 영문인지 알 수가 없었다.

"지금까지 두 분이 애써 주신 데에는 진심으로 감사드립니다. 하지만 더 이상 두 분을 믿을 수가 없다고 판단했습니다."

스즈카의 말이 가슴을 아프게 파고들었다.

"구체적으로… 어떤 부분에 불만을 느끼셨는지요?"

린코는 이제껏 스즈카의 변호 활동에 최선을 다해 왔다고 자부할 수 있었다. 왜 갑자기 스즈카가 자신들을 믿을 수 없다고 하는지 이해가 가지 않았다.

"제 말을 안 믿으시잖아요."

지금까지 한 번도 들어 본 적 없는 날 선 말투였다. 이쪽을 쳐다보는 눈빛도 싸늘했다.

"그렇지 않습니다. 저희는 스즈카 씨가 하는 말을 믿고, 그에 따라 변호 활동을…."

"정말 그런가요?" 스즈카가 도저히 못 믿겠다는 듯 쏘아붙였다. 불신하는 기색이 역력했다. 처음 보는 차가운 태도에 린코는 당혹감을 느꼈다.

"만약 그렇게 느끼셨다면 죄송합니다. 스즈카 씨가 한 말 중 잘 이해가 가지 않거나 모순이라고 느껴지는 부분에 대해 저희가 몇 번씩 되묻거나 한 건 사실입니다. 하지만 그건 결코 스즈카 씨를 못 믿어서가 아닙니다. 저희가 모순이라고 느끼는 부분은 검사도 공판에서 공격해 올 것이 분명하기 때문에 확실하게 검증해 둘 필요가…."

"린코 변호사님은 아닐지 몰라도 니시 변호사님은 제 말을 안 믿으시잖아요. 니시 변호사님 눈을 보면 느껴지는걸요. 니시 변호사님과 마주하고 있으면 마치 경찰서에서 조사받는 기분이 들어요. 제 편이라기보다는 경찰과 검찰 편에 서서 저를 잡아넣으려는 듯한…."

린코는 스즈카의 말을 들으며 우려했던 상황이 현실이 되었음을 깨달았다. 첫 접견 때부터 니시는 스즈카에게 냉정하게 대했다. 하지만 아무리 그래도 변호사가 경찰과 검찰 편에 서서 자기 의뢰인을 잡아넣으려고 한다는 말은 너무하지 않나 싶었다.

"니시 변호사의 언동에 문제가 있었다는 건 저도 인정합니다. 하지만 이것만은 알아주세요. 니시 변호사는 경찰이나 검찰처럼 스즈카 씨를 의심해서 그런 게 아닙니다. 물론 스즈카 씨를 잡아넣으려고 하는 것도 아니고요. 변호인으로서 피고인을 지키기 위해 스즈카 씨가 말하는 내용을 최대한 분명하고 정확하게 파악하려고 노력했을 뿐입니다."

린코 역시 진위를 판단하고자 하는 니시의 강한 눈빛을 기억하고 있었다. 형사로 일하던 때의 습관이 아직 남아 있는 것 같기도 했다.

"니시 변호사님이 저를 지키려 한다는 느낌은 조금도 받지 못했어요!"

신경질적으로 소리를 지르는 스즈카의 반응에 린코가 움찔했다.

"하지만 앞서 열렸던 공판 전 준비절차에서도 니시 변호사는 스즈카 씨의 뜻에 따라 혐의를 전면 부인하겠다고 밝혔습니다. '나는 죽이지 않았다'라는 스즈카 씨의 말을 믿고…."

"아무튼!" 스즈카가 린코의 말을 가로막으며 외쳤다. "아무튼 못 믿겠다고요. 제 변호를 그만둬 주세요. 부탁입니다."

스즈카는 그렇게 말하며 고개를 숙였지만 표정은 여전히 딱딱했다. 린코가 뭐라고 말해도 물러서지 않겠다는 강한 고집이 느껴졌다.

"달리… 생각하고 있는 변호인이 있으신가요?"

"아니요, 적당히 찾아볼 생각입니다." 스즈카가 고개를 저으며 대답했다. "저는… 제가 하는 말을 믿고 변호해 주기만 한다면 아무라도 상관없어요. 그 결과 재판에서 지는 한이 있더라도…, 제가 필요로 하는 건 제 말을 믿어 줄 사람이에요."

이해할 수가 없었다. 재판에서 진다는 것은 곧 스즈카의 진술이 거짓으로 판명난다는 말이었다. 세상 사람들이 다 믿지 않아도 변호인만 믿어 주면 그걸로 충분하다는 건가.

"저희가 사임하면 남편분께 새 변호사를 찾아 달라고 부탁할 생각이 신가요?"

린코의 말에 잔뜩 날이 서 있던 스즈카의 얼굴에서 갑자기 힘이 풀렸다. 스즈카가 힘없이 고개를 가로저으며 얼굴을 숙였다.

"아니요…, 그 사람한테 더 이상 폐를 끼칠 수는 없어요. 이런 부탁을 드리는 게 말이 안 된다는 건 알지만 린코 변호사님이 다른 변호사를 소개해 주실 수는 없을까요?"

"스즈카 씨 말을 믿어 줄 사람을요?"

스즈카가 고개를 끄덕였다.

"저는 믿습니다."

린코가 말하자 스즈카가 고개를 들었다.

"저는 스즈카 씨를 믿습니다. 그래도 제가 스즈카 씨 변호를 그만두길 원하시나요?"

재판에서 져도 상관없다며 자포자기 상태에 빠진 스즈카를 이대로 다른 변호인에게 넘기고 싶지 않았다. 재판에서는 치열한 공방이 벌어질 것이 분명했다. 이미 공판 전 준비절차가 시작된 이 시기에 변호인이 바뀐다면 좋은 결과는 기대하기 어려울 터였다.

린코라면 스즈카의 신뢰를 저버리지 않고 재판에서 스즈카의 주장이 받아들여지도록 싸울 각오가 되어 있었다. 적어도 처음부터 질 것을 감안하고 재판에 임할 생각은 없었다.

린코는 사무실 문을 열고 들어가 곧장 자기 자리로 향했다. 자리에 앉는 것과 동시에 깊은 한숨이 새어 나왔다.

"많이 피곤한가 보네요."

뒤쪽에서 들려온 목소리에 린코는 깜짝 놀라 고개를 돌렸다. 소파에 앉은 호소카와가 걱정스러운 표정으로 이쪽을 보고 있었다. 테이블 위에는 자료 더미가 쌓여 있었다.

"대표님이 계신 줄도 모르고 실례했습니다."

호소카와가 이 시간에 사무실에 있는 경우는 드물었다.

"스즈카 씨 사건은 어떻게 되어 가고 있나요?"

호소카와가 소파에서 일어나 이쪽으로 걸어왔다.

"그게…."

린코가 입을 열었다가 어물어물 말꼬리를 흐렸다. 니시가 없는 자리에서 할 이야기는 아닌 것 같았다.

"저… 니시 변호사님이 돌아오시면 함께 말씀드리고 싶은 것이 있습니다만, 대표님은 몇 시까지 사무실에 계실 예정이신가요?"

"니시 변호사는 몇 시에 돌아오지요?"

"8시쯤 도착한다고 합니다."

아까 핸드폰 메시지로 도착 시간을 확인해 두었다.

"오늘 밤에 기차를 타고 센다이에 가야 하는데 9시 반 정도까지는 괜찮습니다."

그때 문 쪽에서 소리가 났다. 린코는 문을 열고 들어오는 니시에게 다가가 말했다.

"니시 변호사님, 대표님과 셋이서 얘기하고 싶은 게 있는데요."

니시는 어리둥절한 표정으로 안으로 들어와 호소카와 맞은편에 앉았다. 린코는 일단 마음을 진정시키기 위해 탕비실로 들어가서 커피 세 잔을 타서 소파로 들고 갔다. 테이블에 커피잔을 내려놓고 니시와 나란히 앉았다.

"실은 오늘… 구치소에 있는 스즈카 씨에게서 편지가 왔습니다."

린코가 말을 꺼내자 호소카와가 "편지가요?" 하고 고개를 갸웃거렸다.

"상의하고 싶은 것이 있으니 저 혼자 구치소로 와 달라는 내용이었습니다. 바로 찾아갔더니 스즈카 씨가…."

린코는 거기서 한 번 말을 끊고 호흡을 고른 다음 다시 입을 열었다.

"스즈카 씨가 자기 변호를 그만둬 달라고 요구했습니다."

호소카와가 놀란 듯 눈을 크게 떴다. 옆에 앉은 니시는 눈썹을 찌푸린 채 린코를 쳐다보았다.

"그래서요?" 호소카와가 이야기를 재촉했다.

"스즈카 씨는 저희가 자기 말을 믿어 주지 않는 게 불만이라고 했습니다. 결코 그렇지 않다고 간신히 설득해서 저는 변호를 계속하기로 했지만 니시 변호사님은…."

"해임당한 건가."

담담하게 말하는 니시의 목소리를 들으며 린코는 옆을 돌아보지 않고 고개만 끄덕였다.

"니시 변호사님도 스즈카 씨를 안 믿어서 그러는 게 아니라고는 설명했습니다. 변호인으로서 피고인을 지키기 위해 스즈카 씨가 말하는 내용을 최대한 분명하고 정확하게 파악하려고 노력했을 뿐이라고요. 앞서 열렸던 공판 전 준비절차에서도 니시 변호사님이 스즈카 씨의 뜻에 따라 혐의를 전면 부인하겠다고 밝힌 것도 설명했고요. 그런데도…."

"싫다는 건가." 니시가 쓴웃음을 지으며 말했다.

"니시 변호사님과 마주하고 있으면 경찰서에서 조사받는 기분이 든다고 합니다."

호소카와가 니시를 보며 어깨를 으쓱해 보였다.

스즈카는 더 심한 말도 했지만 그건 굳이 옮기지 않아도 될 것 같았다.

"흠, 상황이 좀 곤란해졌네요…." 호소카와가 팔짱을 끼며 한숨을 내쉬었다.

"스즈카 씨는 설령 재판에서 지는 한이 있더라도 자기가 하는 말을 믿고 변호해 줄 사람을 원한다고 했습니다."

린코의 말에 호소카와가 팔짱을 풀고 몸을 이쪽으로 내밀었다.

"설령 재판에서 지는 한이 있더라도…?"

"네. 스즈카 씨 접견을 마친 후 남편분과도 만나서 이야기를 나누었습니다만 남편분은 니시 변호사님 해임에 찬성할 수 없다고 했습니다. 대놓고 말하지는 않았지만 저 혼자 변호하게 되는 것을 불안해하는 눈치였습니다."

"흠…, 니시 변호사는 어떻게 생각하나요?"

호소카와가 니시를 보며 물었다.

"어떻게 생각하고 말고 할 것도 없지 않습니까." 니시가 고개를 저으며 대답했다. "제가 말씀드릴 수 있는 건 지금까지 스즈카 씨가 한 말을 공판에서 그대로 주장하더라도 판사나 배심원의 동의를 얻기는 어려울 거라는 사실뿐입니다. 스즈카 씨가 진술한 내용 중에 사실이라고 확인된 것도 있지만 합리적인 설명이 불가능한 것들도 여전히 많이 남아 있으니까요."

맞는 말이었다.

"둘이 함께 변호할 수 있는 길을 찾는 게 제일 좋을 것 같네요."

호소카와가 린코와 니시를 번갈아 쳐다보며 미소를 지었다.

"린코 변호사 혼자 이 사건을 담당하기는 많이 버거울 겁니다. 니시 변호사를 대신할 변호사를 찾는다 한들 그 역시 스즈카 씨에게 진술의 신빙성을 의심하는 발언을 하면 마찬가지로 해임당할 테고요."

린코도 그렇게 생각했다.

"니시 변호사와 함께 접견을 가서 설득해 보면 어떨까요?" 호소카와가 니시를 보며 말했다. "의뢰인의 불신을 사지 않도록 니시 변호사도 조심해 주시고요."

"저… 우선은 저 혼자 가서 설득해 보고자 합니다만…." 린코가 말했다.

니시의 변호를 완강하게 거부하던 스즈카의 태도를 생각하면 그게 좋을 것 같았다.

"니시 변호사 생각은 어떻습니까?"

호소카와의 물음에 니시가 "그렇게 하시죠" 하고 대답했다.

26

아크릴판 너머 문이 열리고 스즈카가 들어왔다. 린코와 눈을 마주치지 않은 채 맞은편에 앉았다.

"어제 말씀하신 건으로 상의드리고 싶은 것이 있어 찾아왔습니다."

린코가 곧바로 용건을 꺼냈지만 스즈카는 고개를 숙인 채 아무 말도 하지 않았다.

"남편분을 만나서 스즈카 씨가 니시 변호사의 해임을 원한다는 이야기를 전했습니다. 남편분은 동의하지 않는다고 하셨고요. 저 혼자 살인 사건 변호를 맡는 것을 불안해하는 눈치셨습니다."

"그런가요…."

감정이 느껴지지 않는 담담한 말투였다.

"사무실로 돌아가 저희 대표님과 함께 여러모로 방법을 논의해 봤습니다만, 새 변호인을 찾는 것도 쉬운 일이 아니고, 어떻게 구한다 하더라도 그 사람이 스즈카 씨의 마음에 들지는 알 수 없는 일입니다. 스즈카 씨에게 가장 좋은 변호를 하고자 한다면 역시 지금처럼 니시 변호사와 저 둘이서 맡는 것이 가장 좋겠다는 결론이 났습니다. 스즈카 씨가 다시 생각해 주실 수 없을까요?"

린코가 고개를 숙이자 스즈카가 한숨을 내쉬었다. 린코는 다시 고개를 들며 입을 열었다.

"스즈카 씨의 불신을 초래한 점에 대해 니시 변호사도 반성하고 있습니다. 앞으로는 이런 일이 없도록 주의할 겁니다. 어제는 저 혼자서라도 어떻게든 스즈카 씨 변호를 해 보려고 했습니다만, 역시 그건 스즈카 씨에게도 좋지 않을 것 같습니다. 저는 이번처럼 큰 형사 사건은 한 번도 다뤄 본 적이 없습니다. 공판 전 준비절차도 이번이 처음이고요. 니시 변호사는 저보다 형사 사건 경험이 풍부하니…."

"그만하세요."

스즈카가 린코의 말을 자르더니 천천히 고개를 들어 차가운 눈빛으로 린코를 쳐다보았다.

"제 생각은 변함없습니다. 오늘 아침에 해임 신청서를 제출했습니다."

"니시 변호사의 해임 신청서를요?"

린코가 놀라서 묻자 스즈카가 무표정한 얼굴로 고개를 끄덕였다.

"제 의견이 받아들여지지 않는다면 린코 변호사님의 해임 신청서도 제출할 생각입니다."

뭐라 할 말이 생각나지 않았다.

"어제도 말씀드렸다시피 저는 린코 변호사님이 아니어도 상관없습니다. 물론 이렇게까지 말씀하시는데 다른 변호사를 찾아 달라고 부탁드리는 건 아닌 것 같으니 새 변호사는 제가 알아서 찾아보겠습니다."

"그 사람이 스즈카 씨 마음에 안 들면요?"

린코가 겨우 한마디를 내뱉었다.

"어쩔 수 없죠. 저는 지금까지와 똑같은 주장을 할 뿐이에요. 질 게 뻔하다고 변호를 대충 하셔도 감수할 생각입니다."

스즈카의 이 완고한 고집은 대체 어디서 오는 걸까.

"어떻게 하시겠어요?"

스즈카가 몸을 앞으로 내밀며 물었다.

"어떻게…라니요?"

"제 변호를 계속 맡아 주시겠어요?"

이쪽을 똑바로 쳐다보며 묻는 스즈카에게 린코는 바로 대답하지 못했다.

"새 변호사를 찾아서 다시 처음부터 같은 이야기를 반복하는 것도 번거로우니 저로서는 가능하면 이대로 린코 변호사님이 맡아 주시면 좋겠는데요. 무거운 양형이 내려지더라도 린코 변호사님을 원망하는 일은 없을 겁니다. 하지만 그렇게 되면 린코 변호사님 경력에도 흠집이 나는 셈이니 그게 싫으면 사임하셔도 됩니다."

"생각할 시간을 좀 주시겠어요?"

스즈카가 고개를 살짝 갸웃거렸다.

"스즈카 씨가 원망하지 않더라도 스스로가 납득할 만한 변호를 하지 못해서 무거운 양형을 선고받는다면 제 경력이 아니라 마음에 상처가 날 겁니다. 솔직히 저 혼자서 변호를 계속해도 될지 망설여지는 부분이 없지 않지만 동시에 마지막까지 스즈카 씨 변호를 맡고 싶다는 마음도 큽니다. 신중하게 생각해서 답변드리고 싶습니다."

"알겠습니다. 저도 서두를 이유는 없으니 천천히 생각해 봐 주세요."

스즈카가 말을 마치고 자리에서 일어나 반대쪽으로 나갔다.

린코는 접견실에서 나와 출구 쪽으로 향했다. 구치소에서 어느 정도 떨어진 곳까지 걸어와서 가방에서 스마트폰을 꺼내 전화를 걸었다.

"여보세요."

니시가 전화를 받았다.

"린코입니다. 지금 막 스즈카 씨 접견을 마치고 나오는 길인데 오늘 아침에 니시 변호사님 해임 신청서를 제출했다고 합니다."

"나도 알아. 방금 법원에서 사무실로 연락이 왔거든. 내 해임 신청서가 들어왔는데 이대로 처리해도 되는 거냐고 말이야."

"그래서 뭐라고 하셨는데요?"

"오늘 접견한 내용을 들어 보고 판단하려고 내 쪽에서 다시 연락하겠다고 했어."

"니시 변호사님 해임을 받아들이지 않으면 저도 해임하겠답니다."

수화기 너머에서 니시의 무거운 한숨 소리가 들렸다.

"너는 어떻게 하고 싶은데?" 니시가 물었다.

"변호를 계속하고 싶습니다. 저 혼자서라도…."

일단 맡은 의뢰를 중간에 내던지고 싶지 않다는 것도 있었다. 하지만 그보다 스즈카의 설명하기 어려운 강한 고집의 정체를 알고 싶다는 마음이 더 컸다. 재판 결과보다 더 중요한 게 대체 뭘까. 스즈카는 무엇을 지키려고 하는 걸까.

어떻게 해서든지 이 질문에 대한 답을 알아내고 싶었다. 아니, 반드시 알아내야만 할 것 같았다.

"알았어. 그럼 그렇게 해."

린코는 전화를 끊고 스마트폰을 다시 가방에 집어넣었다. 그러고는 왔던 길을 되돌아 다시 구치소 쪽으로 향했다.

27

"그럼 잘 부탁드립니다."

수화기를 내려놓고 고개를 돌리자 자기 자리에 앉아서 이쪽을 보고 있는 니시와 눈이 마주쳤다. 니시가 통화 내용을 눈빛으로 물어왔다.

"검토해 보겠답니다."

니시가 해임된 것 때문에 다음 공판 전 준비절차 기일을 연기하고 싶다고 법원에 연락한 참이었다. 하지만 기일을 연기하려면 우선 이유 및 기간을 명기한 기일 변경 신청서를 제출한 후 법원에서 검찰 측 의견까지 취합해서 판단하고 결정하는 과정을 거쳐야 했다.

니시가 자리에서 일어나 이쪽으로 걸어오더니 손에 든 종이를 린코의 책상 위에 내려놓았다. 손으로 찢어낸 듯한 한 장짜리 생활정보지였다. 심부름센터 항목에 실린 업체명에 전부 빨간펜으로 X 표시가 되어 있었다.

"전멸이야. 카노 레이지라는 사람을 고용했다는 곳은 한 군데도 없어."

"그런가요…."

린코는 한숨을 내쉬며 종이를 들어 그대로 쓰레기통에 버렸다.

"사실 절반 정도는 이쪽 얘기를 제대로 듣지도 않고 귀찮다는 듯이 모른다고 대답하면서 끊어 버렸지만 말이야. 아무튼 나는 이제 스즈카 씨 사건에서 손 뗄 테니까 뒤를 잘 부탁해."

니시의 무정한 선언에 린코는 돌연 불안해졌다.

그런 린코의 마음을 아는지 모르는지 니시는 곧바로 자기 자리로 돌아가 버렸다.

스즈카의 의향에 맞는 사람을 찾으려면 이 사건을 공동으로 수임할 변호사는 쉽게 구해질 것 같지 않았다. 어쩌면 이대로 재판까지 린코 혼자서 변호를 해야 할지도 몰랐다. 게다가 스즈카는 재판에서 져도 상관없다는 자포자기 상태였다.

이런 상황에서 제대로 된 변호를 할 수 있을까. 아니다, 시작부터 우는소리나 늘어놓고 있을 때가 아니었다. 우선은 지금 할 수 있는 일부터 하나씩 처리해 나가는 수밖에.

취미와 실익을 겸한 일….

만약 그것이 니시와 린코가 생각하는 그런 일이라면 카노의 인간성을 파악할 실마리를 찾을 수 있을지도 모른다. 과거 아이들을 상대로 발현되었던 가해 성향이 아직도 남아 있었다고 한다면 사건 당일 카노가 스즈카를 성폭행하려고 했다는 진술의 신빙성도 높아졌다.

린코는 책상에 놓인 스마트폰을 집어 들어 가방에 넣고 "잠깐 나갔다 오겠습니다"라는 말을 남긴 채 사무실을 뒤로 했다.

린코는 편의점에 들어가 계산대 쪽을 살폈다. 계산대 앞에 손님들이 줄을 서서 기다리고 있었다. 손님이 없어질 때까지 기다릴 요량으로 잡지 매대 쪽에서 패션 잡지를 보는 척하며 기다리니 얼마 지나지 않아 줄이 사라졌다. 계산대로 가서 안에 있는 젊은 여자에게 말을 걸었다.

"바쁘신데 죄송합니다. 저는 이런 사람입니다만." 린코는 여자에게 명함을 내밀었다. "점장님 계신가요?"

"잠시만 기다리세요."

여자가 계산대에서 나와 안쪽 문을 열고 들어갔다.

잠시 후 여자와 함께 50대쯤 되어 보이는 안경을 쓴 남자가 걸어 나왔다. 명함을 보며 고개를 갸우뚱거리던 남자가 이쪽을 보았다.

"제가 점장인 츠지무라입니다만 무슨 일이시죠?"

남자가 불안한 표정을 지으며 다가왔다.

"갑자기 방문드려 죄송합니다. 예전에 여기서 아르바이트를 했던 카노 레이지라는 분에 대해 여쭤보고 싶은 것이 있어서요."

린코의 말에 남자가 움찔하더니 손에 쥔 명함을 한 번 더 확인하고 다시 이쪽을 보았다.

"카노 일이라면 혹시…."

"카노 씨가 죽은 건 알고 계신가요?"

"네…. 뉴스에서 본 건 아니고 경찰이 가게로 찾아왔었거든요. 혹시 피의자 변호를 맡고 계신가요?"

"네, 피해자인 카노 씨에 대해 몇 가지 확인하고 싶은 것이 있어서 찾아왔습니다. 바쁘시면 약속을 잡고 다시 찾아오겠습니다."

"아니요, 괜찮습니다. 이쪽으로 오시죠."

점장이 아까 나온 문을 손으로 가리켰다. 안쪽에 사무실이 있는 모양이었다.

피고인 변호를 맡고 있다는 말을 듣고도 점장은 딱히 싫은 내색 없이 린코를 사무실로 안내했다. 린코가 접이식 의자에 앉자 페트병에 든 차를 내왔다.

"감사합니다."

"카노에 관해서 무엇을 알고 싶으신 건가요?"

점장이 책상 위에 명함을 내려놓고 린코와 마주 보고 앉았다.

"카노 씨는 여기서 얼마나 일했나요?"

우선은 대답하기 쉬운 간단한 것부터 물었다.

"2012년 2월부터 2017년 3월까지 일했으니까 대충 5년쯤 됩니다."

경찰도 물어본 질문이었는지 바로 대답이 나왔다.

"2017년 3월에 일을 그만둔 이유는…."

"절도 사건을 일으켜서 체포당하는 바람에… 아무리 일을 못해도 자르지는 않는다는 게 제 신조이지만 경찰에 체포되는 건 아무래도 좀 얘기가 다르니까요."

"카노 씨는 어떤 직원이었나요?"

"한마디로 말하자면 얌전한 직원이었습니다. 솔직히 일을 잘하는 편은 아니었지만 아르바이트 말고 다른 일을 안 해서 근무 시간을 늘리거나 바꾸는 게 자유롭다는 점에서는 편했죠. 다른 아르바이트생이 갑자기 못 오게 되면 대신 나와 주는 경우도 많았고요."

"한 달 월급이 얼마나 됐나요?"

"야간 근무도 많이 해서 18만 엔 정도 받았을 겁니다."

부모가 보내 주는 용돈도 있으니 다른 일을 하지 않더라도 그 정도면 충분했을 것이다.

"절도 사건을 일으킨 걸 보면 돈이 필요했던 걸까요?"

"평소 생활 습관을 모르는 입장에서는 뭐라 말씀드리기 어렵지만 사건 얘기를 처음 들었을 때 좀 의외이긴 했습니다. 카노와 친하게 지내던 아르바이트생 말로는 집에 돈이 많은 것 같다고 했거든요."

"카노 씨는 이 편의점 말고 다른 아르바이트도 했다던데 알고 계셨나요?"

"그런가요?"

점장은 다른 아르바이트에 대해서는 들은 바가 없는 듯했다. 그때 린코의 가방 안에서 스마트폰이 진동했다.

"전화 받으셔도 됩니다."

점장이 권했지만 린코는 괜찮다고 하고 대화를 이어갔다.

"그러고 보니… 몇 번인가 급한 일이 생겼다고 못 나온 적이 있었어요. 그게 어쩌면 다른 아르바이트 때문이었는지도 모르겠네요. 다른 일 하느라고 편의점 일을 쉬겠다고 할 수는 없으니 제게는 일부러 말을 안 했는지도요."

"그런 일이 얼마나 자주 있었나요?"

"그때그때 다르지만 한 달에 한두 번 정도? 많을 때는 한 달에 다섯 번 정도 쉰 적도 있었던 것 같은데 제 쪽에서 갑자기 나와 달라고 부탁하는 경우도 많아서 강하게 뭐라고 하지는 못했어요. 워낙 다른 아르바이트생 대타를 많이 해 줬기 때문에 카노 대신 나와 줄 사람을 구하기도 쉬워서 저로서는 특별히 문제 될 게 없었죠."

편의점 아르바이트보다 우선시하는 일은 과연 무엇이었을까.

"저… 카노 씨와 함께 일하던 아르바이트 동료 중 지금도 여기서 일하는 사람이 있나요?"

린코가 묻자 점장이 벽에 걸린 출퇴근 카드를 확인했다.

"세 명 있네요. 카노랑 같은 시간대에 일했던 사람은 그중 한 명뿐이지만."

"제가 만나 볼 수 있을까요?"

"함부로 연락처를 알려 드릴 수는 없으니 그 친구가 출근하면 물어보겠습니다. 마침 오늘 저녁 근무네요."

"잘 부탁드립니다. 이쪽으로 전화 주시면 됩니다."

린코는 명함 한 장을 더 꺼내 점장에게 건넸다.

편의점을 나와 스마트폰을 꺼내 들었다. 하야마 아야노에게서 부재중 전화가 와 있는 것을 확인하고 전화를 걸었다.

"모치즈키 린코입니다. 전화 못 받아서 죄송합니다. 무슨 일 있으신가요?"

아야노가 전화를 받자 린코가 물었다.

"아니요, 무슨 일이 있어서가 아니라… 스즈카 형사님 상태가 어떤지 걱정이 되어서요."

뭐라고 대답해야 할지 망설여졌다.

"죄송합니다. 변호사님도 대답하기 곤란하실 텐데. 바쁘신데 괜히 귀찮게 연락드려서 정말 죄송합니다."

당장이라도 전화를 끊을 듯한 분위기에 린코는 저도 모르게 물었다.

"오늘 일정이 어떻게 되시나요?"

"쉬는 날이라 집에 있습니다만…."

"괜찮으시다면 지금 찾아뵈어도 될까요?"

딱히 만나야 할 이유가 있는 것은 아니었지만 이대로 전화를 끊으면 아야노는 혼자서 계속 끙끙댈 것이 분명했다.

"네…, 저는 괜찮습니다."

초인종을 누르자 곧 문이 열리고 아야노가 얼굴을 내밀었다.

"여기까지 와 주셔서 감사합니다. 지저분하지만 들어오세요."

아야노가 송구해하며 린코를 안으로 맞아들였다.

린코는 "실례하겠습니다" 하고 인사하며 현관에 들어섰다. 현관 바로 앞이 부엌이고, 벽 쪽으로 이삿짐 상자가 잔뜩 쌓여 있었다. 린코가 들어간 안쪽 방에도 개봉되지 않은 이삿짐 상자가 열 개 정도 놓여 있었다. 이삿짐 상자 외에 TV와 서랍장도 있어서 탁자를 치워도 요 하나 깔 공간밖에 없었다.

서랍장 위에 놓인 액자에 눈이 갔다. 야구 모자를 눌러쓴 남자아이 사진이었다. 아마도 아들 슌타로의 영정 사진이리라. 사진 앞에 과자가 놓여 있었다.

"케이크 사 왔으니 나중에 드세요."

린코가 케이크 상자를 내밀자 아야노가 "감사합니다" 하고 받아들었다.

"앉으세요."

아야노가 탁자 앞에 놓인 방석을 권했다.

탁자 위에 미니카가 놓여 있었다. 슌타로가 가지고 놀던 장난감인 듯했다.

아야노가 홍차와 케이크가 든 쟁반을 가져와 탁자에 내려놓고 맞은편에 앉았다.

"사 오신 케이크, 지금 함께 드시죠."

아야노가 포크를 손에 들며 말했다.

케이크를 먹는 아야노를 보며 린코도 찻잔을 입으로 가져갔다.

"이러고 있으니 그날 일이 생각나네요."

아야노가 포크를 든 손을 멈추고 말했다.

"스즈카 씨가 여기 왔을 때요?"

사건 전날, 스즈카는 케이크를 사 들고 아야노를 찾아왔었다고 했다.

"네, 다시 둘이서 그런 시간을 보낼 수 있으면 좋을 텐데…. 스즈카 형사님 몸 상태는 좀 어떤가요? 오래 갇혀 있으니까 걱정이 돼서…."

"건강은 나쁘지 않은 것 같습니다만…."

린코가 말꼬리를 흐리자 아야노의 표정이 어두워졌다. 아야노가 린코 쪽으로 몸을 내밀며 "무슨 일이 있나요?" 하고 물었지만 어디까지 말해도 될지 판단이 잘 서지 않았다.

"아무한테도 말하지 않을 테니 알려 주시면 안 될까요?"

아야노의 간절한 부탁에 린코는 망설이며 입을 열었다.

"실은… 니시 변호사님이 빠지게 됐거든요."

"다른 일이 바쁘셔서요?"

"아니요, 저희 사정이 아니라 스즈카 씨 쪽에서 해임을 요구했습니다."

아야노가 놀란 듯 눈을 동그랗게 뜨고 "왜요?" 하고 물었다.

"스즈카 씨가 저희 변호에 불만이 있으셨나 보더라고요. 저희는 그런 의도가 아니었는데 자기 말을 믿어 주지 않는 것 같다고요. 스즈카 씨를 설득해서 저는 계속해서 변호를 맡기로 했지만…."

"니시 변호사님을 대신할 분은 구해졌나요?"

"아니요, 아직…. 당분간은 저 혼자 담당할 예정입니다."

"괜찮을까요? 아, 아니… 제 말은 린코 변호사님이 어떻다는 게 아니라 살인 사건을 혼자 담당하면 힘들지 않을까 싶어서요."

"솔직히 쉽지 않을 것 같습니다. 하지만 스즈카 씨 요구에 따라야지요."

"스즈카 형사님이 뭐라고 요구했는데요?"

"자기 말을 믿고 변호해 달라고요. 만약 그래서 재판에서 지더라도 상관없다고 했습니다."

"재판에서 져도 상관없다니…, 정말 그렇게 생각하는 걸까요?"

눈썹을 찡그리며 묻는 아야노에게 린코가 고개를 끄덕여 보였다.

"스즈카 씨의 진술은 변호인인 제가 보기에도 모순되거나 말이 안 되는 부분이 많습니다. 이대로는 판사나 배심원에게 받아들여질 가능성이 매우 낮다는 말이지요. 스즈카 씨에게도 그렇게 설명했지만 고집을 굽히지 않으시네요."

"스즈카 형사님은 지금도 만날 수 없나요?"

"아야노 씨가요?"

"네. 저 혼자 생각일 수도 있겠지만 제가 설득하면 들을지도…."

"안타깝지만 여전히 접견 금지 상태여서 변호인 이외에는 면회가 불가능합니다."

"그런가요…."

아야노가 한숨을 쉬며 고개를 떨구었다.

"죄송합니다. 안 좋은 이야기밖에 하지 못해서…."

"아닙니다. 저야말로 이런 중요한 시기에 변호사님을 여기까지 오시게 해서….”

린코는 오히려 이런 중요한 시기에 여기 오길 잘했다고 생각하고 있었다. 아야노에게 고민을 털어놓으니 조금이나마 마음이 편해진 것 같았다.

아야노가 탁자에 놓인 미니카를 물끄러미 쳐다보았다.

“슌타로 장난감인가요?”

린코가 말을 걸자 아야노가 고개를 들고 쓸쓸한 미소를 지었다.

“이사 오고 1년도 더 지났는데 얼마 전까지 아이 물건은 이삿짐 상자에 넣어둔 채로 지냈어요. 꺼내도 놔둘 공간도 없고, 아직은 눈에 보이면 너무 힘들 것 같아서…. 그러다가 이번에 스즈카 형사님 일이 터지고 문득 생각이 나서 오랜만에 꺼내 봤네요.”

둘이서 슌타로 이야기를 많이 나누었기 때문일까.

“슌타로는 미니카를 좋아해서 자주 가지고 놀았어요. 마지막까지 가지고 놀던 장난감이 남아 있으면 더 좋았겠지만 그건 경찰에서 증거물로 가져가 버려서….”

“미니카를요?”

“네. 유괴 당시 목격자 증언과 CCTV 영상으로 슌타로와 함께 있던 남자를 찾아냈고, 경찰이 그 남자 집을 수색할 때 스즈카 형사님이 미니카를 발견했어요. 지문 감식을 통해 슌타로 것이라는 게 밝혀졌고요.”

“그랬군요. 그래서 스즈카 씨 생각을 하다가 미니카를 떠올리신 건가요?”

린코의 말에 아야노가 고개를 저었다.

“미니카를 발견한 사람이 스즈카 형사님이어서가 아니라 형사님이 예전에 했던 말이 생각나서요. 형사님은 아들인 히비키가 죽은 후 아들의 추억이 담긴 물건을 항상 가방에 넣어 다닌다고 했어요. 그걸 가지고 있으면 아무리 힘들어도 살아야겠다는 생각이 든다고요. 그 생각이 나서 저도….”

“히비키의 추억이 담긴 물건도 미니카 같은 장난감이었나요?”

“아니요, 소형 MP3 플레이어였어요. 투명 지퍼백에 소중히 넣어 다니는 걸 본 적이 있어요."

"세 살이었던 히비키가 MP3 플레이어를 사용했다고요?"

린코가 이상하다는 듯 물었다.

"히비키의 목소리가 녹음되어 있다고 했어요. 동영상을 찍어둔 게 없어서 아들의 육성이 담긴 건 그것뿐이라고 하더라고요."

아야노가 쓸쓸한 눈빛으로 미니카를 바라보며 대답했다.

린코는 편의점에 들어가 매장 안을 돌아다니며 점장을 찾았다. 도시락 진열대 앞에서 상품을 정리 중인 츠지무라를 발견하고 말을 걸었다.

"전화 주셔서 감사합니다."

린코가 고개를 숙이자 츠지무라가 사무실로 연결된 문을 가리키며 말했다.

"나카타니는 안에 있습니다."

"지금 들어가도 될까요?"

"네, 제가 매장을 보고 있을 테니까 천천히 말씀 나누세요."

아야노네 집에서 사무실로 돌아가는 길에 린코의 핸드폰으로 츠지무라 점장에게서 전화가 걸려 왔다. 저녁에 출근한 아르바이트생에게 물어보니 만나겠다고 했다길래 린코는 그럼 지금 바로 가도 되겠느냐고 물었다. 츠지무라는 선선히 그러라고 했다.

린코가 문을 열자 책상 앞에 앉아 있던 남자가 이쪽을 돌아보았다. 20대 후반 정도 되어 보이는 마른 남자였다. 유니폼 가슴팍에 달린 명찰에 '나카타니'라고 적혀 있었다. 한 손에 린코가 츠지무라에게 주고 간 명함을 쥐고 있었다.

"모치즈키 린코 변호사입니다. 시간 내 주셔서 감사합니다."

"아닙니다. 이거 점장님이 드시랍니다."

나카타니가 책상 위에 놓인 페트병을 린코에게 내밀었다.

린코는 미소를 지으며 페트병을 받아 들고 접이식 의자에 앉았다. 뚜껑을 열어 안에 든 차를 한 모금 마시고 이야기를 시작했다.

"여기서 아르바이트로 일한 카노 레이지 씨에 대해 여쭤보고 싶은 것이 있습니다만, 카노 씨가 죽은 건 알고 계신가요?"

나카타니가 굳은 표정으로 고개를 끄덕였다.

"그만둔 지 꽤 돼서 거의 잊어버리고 있었는데 얼마 전에 점장님한테 카노 일로 경찰이 찾아왔다는 말을 듣고 신경이 쓰여서 인터넷에서 찾아봤어요. 호스트바 손님한테 맞아 죽었다면서요?"

"언론에서는 그렇게 보도했을 겁니다. 저는 피고인, 그러니까 카노 씨를 죽인 혐의로 체포된 여자분의 변호를 맡고 있습니다. 그래서 피해자인 카노 씨에 대해 이것저것 알아보는 중입니다. 나카타니 씨는 카노 씨와 같은 시간대에 근무한 적이 있다고 들었습니다."

"네. 저는 원래 야간 아르바이트였는데 다른 사람 대타로 들어온 카노와 몇 번인가 함께 일한 적이 있어요."

"카노 씨는 어떤 사람이었나요?"

"글쎄요…." 나카타니가 뭐라고 대답해야 좋을지 모르겠다는 듯 머리를 긁적였다. "조용하고 얌전해서 눈에 잘 띄지 않는 녀석이었어요. 일 끝나고 몇 번 같이 밥도 먹었는데 무슨 얘기를 했었는지 하나도 기억이 안 나네요. 딱 하나 기억하는 건 다른 아르바이트생인 토요다와 함께 밴드를 한다고 했던 거예요. 아무리 봐도 밴드 보컬을 할 타입 같아 보이지는 않아서 굉장히 의외였거든요. 그래서 사실은 호스트바에서 일했다는 것도 잘 믿기지가 않아요. 정말인가요?"

"사실입니다. 이 편의점에서 일할 당시 카노 씨는 다른 아르바이트도 했다던데 혹시 어떤 일이었는지 아시나요?"

린코가 묻자 나카타니가 기억을 더듬는 듯한 표정을 지었다.

"그건가…."

"짚이는 게 있으신가요?"

린코는 저도 모르게 몸을 앞으로 불쑥 내밀며 물었다.

"언젠가 패밀리 레스토랑에서 카노가 아이랑 같이 있는 걸 우연히 보고 애가 있었냐고 물으니까 용돈벌이라고 하더라고요."

"베이비시터…?"

"아마 그런 거 아니었을까요? 요즘은 인터넷을 통해 아무나 할 수 있다잖아요."

"어디 있는 패밀리 레스토랑이었나요?"

"토코로자와요. 역 앞 백화점 뒤쪽 대로변에 있는 샌디즈였어요."

카노가 사는 아파트 근처에 있는 패밀리 레스토랑이었다. 일전에 갔을 때 본 기억이 났다.

"같이 있던 아이는 몇 살쯤 되어 보이던가요?"

린코가 계속해서 물었다.

"글쎄요…, 애들 나이는 잘 모르겠지만 아마 서너 살쯤 됐던 것 같아요. 파란색 야구 모자를 쓰고 바지를 입고 있었으니 남자아이였겠죠?"

"언제였는지 기억하시나요?"

"아마… 카노가 편의점을 관두고 반년쯤 지났서였을 거예요."

카노의 공판은 7월이었으니 공판이 끝나고 두 달 정도 지났을 때였다는 말이었다.

"왜 그런 일을 했는지 모르겠지만요. 시급이 얼마였는지는 모르겠지만 어찌 됐든 차를 빌리면 버는 돈보다 나가는 돈이 더 많았을 텐데."

"네?"

"다 먹고 아이를 차에 태워서 돌아갔는데 번호판을 보니 렌터카였거든요."

문득 카노가 빈집털이를 했을 때도 렌터카를 빌렸었다는 사실이 기억났다.

니시가 사무실로 돌아왔다.

"…그럼 잘 부탁드립니다."

린코는 테루히사와의 통화를 마치고 니시의 자리로 갔다. 피곤한지 의자에 기대어 앉아 있던 니시가 린코를 올려다보았다.

"카노 씨가 하던 다른 일이 무엇인지 알아냈습니다."

린코가 말하자 니시가 "뭔데?" 하고 벌떡 몸을 일으켰다.

"베이비시터였던 것 같습니다."

"베이비시터?"

린코는 고개를 끄덕이며 카노의 편의점 동료였던 나카타니에게 들은 이야기를 전했다.

카노가 렌터카를 끌고 다녔다는 부분에서 니시의 미간에 주름이 잡혔다. 린코와 마찬가지로 뭔가 걸리는 눈치였다.

"오오야 변호사 말에 따르면 카노 씨는 운전이 미숙하다고 했잖아. 집행유예 판결을 받은지 얼마 지나지도 않았는데 큰 사고라도 일으켜서 집행유예가 취소될 가능성은 생각하지 않은 건가?"

"저도 그렇게 생각해요." 린코가 고개를 끄덕였다.

"어린 남자아이랑 같이 있었다는 것도 찜찜하지만 그보다 카노 씨가 그런 시기에 렌터카를 빌렸다는 게 아무래도 걸려서요."

"애 보는 일이라면 집에서도 할 수 있잖아. 반드시 차를 타고 가야만 하는 곳이라도 있었던 건가…."

니시가 혼잣말처럼 중얼거렸다.

"가야 할 곳이 있다면 지하철이나 버스를 타면 되지 않았을까요? 일부러 차를 빌려서 익숙하지도 않은 운전을 하는 것보다는 그게 훨씬 나았을 텐데요."

"그건 그런데…."

"제 생각에는⋯."

린코가 주저하며 입을 열자 니시가 이어지는 말을 기다리며 린코를 쳐다보았다.

"예전의 나쁜 버릇이 도진 게 아니었을까요?"

그렇게만 말해도 알아들었는지 니시가 바로 반응했다.

"애한테 나쁜 짓을 하려고 차를 빌렸다고?"

"네. 절도 사건 때 카노 씨는 옆집이 인테리어 공사 중이라 시끄러워서 드라이브하러 나갔다고 진술했잖아요? 말도 안 되는 소리라고 생각했는데 어쩌면 벽이 얇아서 소리가 다 들리는 건 사실이지 않았을까 싶더라고요. 집에서 그런 짓을 하면 아이가 큰 소리를 낼까 봐 걱정되어서 차 안에서 하려고 한 게 아닐까요?"

"아무리 인터넷을 통해 베이비시터 일을 구했다고 해도 만약 문제가 터져서 경찰이 수사에 들어가면 신원은 금방 밝혀질 텐데? 과연 위험을 감수하면서까지 그런 짓을 했을지⋯."

"폭력을 휘두르거나 심한 짓만 하지 않으면 괜찮다고 생각한 게 아닐까요? 아이 몸을 좀 만진다든지⋯, 자기가 무슨 짓을 당하고 있는지조차 이해하지 못하는 어린아이에게는 더한 짓을 했을지도 모르지만요."

"어쨌든 인터넷 중개 사이트를 이용했다면 카노 씨에게 아이를 맡겼던 사람을 찾아서 정말로 그런 일이 있었는지 알아보는 건 쉽지 않을 것 같은데⋯."

"저도 그렇게 생각해요. 어떻게든 방법을 찾아봐야겠지만 일단 내일은 스즈카 씨 집에 가서 남편분을 만난 후에 접견을 갈 예정이라서요."

"스즈카 씨 남편은 왜?"

"니시 변호사님 해임된 건도 보고를 드려야 하고, 빌리고 싶은 물건도 있어서요."

"빌리고 싶은 물건?" 니시가 관심을 보였다.

"스즈카 씨가 가지고 다니던 MP3 플레이어요. 히비키의 목소리가 녹음되어 있어서 항상 가방에 넣어 다녔대요. 그걸 가지고 있으면 아무리 힘들어도 살아야겠다는 생각이 든다면서요. 그 안에 녹음된 히비키 목소리를 들으면 지금의 자포자기한 심정도 바뀌지 않을까 싶은데 경찰의 압수품 목록에는 없길래 남편분께 찾아봐 달라고 부탁해 놨어요."

이 타이밍에 아들 목소리를 들려주는 것은 어쩌면 역효과가 날 수도 있기 때문에 스즈카의 반응을 잘 살펴보며 결정할 생각이었다.

"누가 그런 말을 했는데?"

"아야노 씨가요. 전화가 와서 만나러 갔더니 스즈카 씨 상태를 많이 걱정하더라고요."

"사이가 엄청 좋았나 보네."

"사이가 좋다기보다는 아야노 씨한테 스즈카 씨는 특별한 존재인 것 같았어요. 유괴 사건 때 범인 집에서 슌타로의 물건을 찾아낸 사람이 스즈카 씨였다더라고요."

"그래? 그 물건은 뭐였는데?"

"슌타로가 가지고 놀던 미니카요."

린코의 대답을 들은 니시가 짧게 탄식했다.

28

벽에 걸린 시계를 보니 저녁 7시였다. 현재는 안고 있는 사건이 없으니 슬슬 돌아가도 될 시간이었다.

히나타 세이치로는 가방을 손에 들고 자리에서 일어났다. 옆자리 동료에게 먼저 들어가 보겠다고 인사하며 문 쪽으로 향했다.

"아, 잠깐만."

코이데 계장이 자기 자리에서 손짓해 세이치로를 불렀다.

"무슨 일이십니까?"

세이치로는 어디서 사건이라도 터졌나 하고 조심스러운 말투로 물었다.

"오늘 지검에 갔다가 복도에서 우연히 스가와라 검사를 만나 잠시 이야기를 나눴는데 말이야…"

스가와라가 어느 사건의 담당 검사인지 바로 생각이 나지 않았다.

"니시가 해임당했다는군."

순간적으로 코이데가 무슨 말을 하는지 이해하지 못한 세이치로는 고개를 갸우뚱했다.

"타루미 스즈카의 변호인을 그만두게 됐다고."

코이데가 이렇게 덧붙이자 그제야 이해가 갔다.

"해임당했다고요? 자기가 그만둔 게 아니라요?"

"그래, 피의자 쪽에서 해임 신청서를 제출했대."

"다음 변호인은 누구랍니까?"

"아직 안 정해졌대. 모치즈키 린코라는 여자 변호사가 니시의 해임을 이유로 공판 전 준비절차 기일을 연기해 달라고 요청해 왔다는군."

"그런가요…" 더 할 말이 없었다.

"일단 알아두라고. 어서 들어가 봐."

세이치로는 코이데에게 인사하고 석연치 않은 표정으로 방을 나섰다.

니시 스스로 변호인을 관두는 거라면 이해가 갔다. 상대가 옹호할 가치도 없는 나쁜 놈이라고 판단되면 그럴 수도 있을 것 같았다. 니시는 원래 범죄를 증오한 나머지 경찰관이 된 남자였으니까.

하지만 스즈카 쪽에서 그만두게 했다는 건 무슨 뜻일까. 대체 무슨 일이 있었던 걸까.

바의 문을 열고 들어가자 카운터석에 손님 셋이 띄엄띄엄 앉아 있었다. 세이치로는 그 가운데 자신이 찾는 남자의 뒷모습을 발견했다.

"어서 오세요."

마스터인 노자와의 인사를 받으며 카운터석으로 다가갔다.

예전과 다름없이 위스키를 온더록으로 마시고 있는 남자의 앞에 놓인 맥켈란 12년산이 눈에 들어왔다. 병에 붙은 라벨지에 검은 매직으로 '니시 다이스케', '히나타 세이치로'라고 적혀 있었다.

니시의 경찰 인생 마지막 날에 둘이서 키핑한 병이었다.

"이게 아직도 남아 있었어?"

세이치로가 말을 걸자 니시가 이쪽으로 고개를 돌렸다.

"둘이서 같이 산 술을 혼자 마시면 미안하니까."

"그러면서 지금 혼자 마시고 있잖아."

세이치로는 니시의 잔을 가리키며 옆자리에 앉았다.

"나도 방금 왔어. 큰 사건이 터진 게 아니라면 슬슬 오지 않을까 싶어서 준비해 둔 거야."

"변호인을 해임당했으니 위로해 달라고?"

니시가 쓴웃음을 지으며 잔을 비웠다.

"뭘로 하시겠습니까?"

노자와의 물음에 세이치로는 "모처럼 만났으니" 하고 니시와 같은 온 더록을 주문했다. 노자와는 세이치로 앞에 술이 담긴 잔을 내려놓고 다른 손님을 챙기러 갔다. 세이치로는 술을 한 모금 마시고 "왜 해임당한 건데?" 하고 물었다.

"경찰인 너한테 내가 그 이유를 말해 줄 리가 없잖아."

"나랑 얘기하고 싶어서 이걸 준비해 놓은 거 아니었어?"

세이치로가 술병을 가리키며 지적했다.

"뭐 그건 그렇지만 해임당한 이유를 설명할 생각도 없고 너한테 위로받을 생각은 더더욱 없어. 한 가지 묻고 싶은 게 있어서 말이야."

"뭔데? 수사에 관한 내용이라면 나도 못 말해줘."

"그건 나도 알아. 오가와키타 경찰서 형사과에 내가 아는 사람이 있을까?"

세이치로는 질문의 의도를 알 수 없어서 고개를 갸우뚱하며 대답했다.

"우리 동기인 쿠사마가 거기 있어. 2년 반 전에 그 동네에 유괴 사건이 발생해서 수사본부가 만들어졌을 때 만났거든."

"피해자 이름은 하야마 슌타로?"

"맞아."

"쿠사마는 지금도 오가와키타 경찰서에 있는 건가?"

"나랑 만났을 때 이쪽에 온 지 1년밖에 안 됐다고 했으니까 아마 그렇지 않을까? 그런데 그건 왜?"

니시가 무엇을 알고 싶어 하는 것인지 전혀 감이 오지 않았다.

"쿠사마랑 만나고 싶은데 자리 좀 마련해 줄래?"

"뭐 하려고?"

역시나 니시는 세이치로의 질문에 대답하지 않았다. 하지만 아마도 스즈카와 카노의 관계를 알아보기 위해서일 것이다. 카노가 2년 전 절도 사건으로 체포되었을 때, 스즈카는 오가와키타 경찰서 형사과에 있었다. 그로부터 1년 반이 지나 이번에는 피해자와 가해자로 다시 만났다. 단순한 우연이라고 보기에는 석연치 않은 부분이 있어 본부에서도 두 사람의 관계를 철저하게 조사했지만 결국 아무것도 알아내지 못했다.

"무슨 속셈인지는 모르겠지만 포기하는 게 좋을걸."

"왜?" 니시가 되물었다.

"쿠사마는 너 엄청 싫어해."

수사본부가 세워진 동안 세이치로는 몇 번인가 쿠사마와 동기들 이야기를 나눌 기회가 있었는데 그때마다 쿠사마는 경찰 조직을 배신한 니시를 강하게 비난했다.

"쉽지 않을 거라는 건 나도 알아. 그래서 너한테 부탁하는 거야."

"아, 그러세요? 그런 귀찮은 일을 떠맡는 게 나한테 무슨 메리트가…."

"있어."

니시가 단호한 눈빛으로 세이치로를 응시했다. 그게 뭐냐고 세이치로가 되묻기 전에 니시가 다시 입을 열었다.

"진실에 한발 더 다가가게 될 거야."

29

아크릴판 앞에 앉아 기다리고 있으려니 맞은편 문이 열리고 스즈카가
안으로 들어왔다. 언제나처럼 린코와는 눈을 마주치지 않은 채 마주 앉
았다.

"몸은 좀 어떠세요?"

가벼운 안부 인사를 건넸지만 스즈카는 아무 말도 하지 않았다.

"조금 전 남편분을 만나고 오는 길입니다. 어머님과도 전화로 통화했
고요. 두 분 다 스즈카 씨 몸 상태를 걱정하셨어요."

"아, 네…." 스즈카가 무심한 말투로 대꾸했다.

"남편분께 부탁해서 가져왔습니다."

린코는 가방에서 꺼낸 종이를 스즈카 앞에 내려 놓았다.

스즈카가 이쪽을 힐끗 보는가 싶더니 화들짝 놀라 몸을 쑥 내밀었다.

"이걸 보고 스즈카 씨가 조금이라도 기운이 나면 좋겠다면서 남편분
이…."

린코의 말은 전혀 들리지 않는 듯 스즈카는 그림을 뚫어지게 쳐다보

왔다. 히비키가 크레파스로 그린 가족의 모습이었다.

"원래는 스즈카 씨의 MP3 플레이어를 가져오고 싶었는데 집에는 없는 것 같더라고요."

스즈카가 깜짝 놀라 고개를 들었다. 굉장히 놀란 표정이었다.

"히비키 목소리가 녹음되어 있다던데 그건 지금 어디 있나요?"

테루히사와 하루에에게 물어봤지만 두 사람 모두 MP3 플레이어에 대해서는 아는 바가 없었다.

"아야노 씨한테 들었습니다. 그걸 가지고 있으면 아무리 힘들어도 살아야겠다는 생각이 든다고 하셨다고요. 오지랖일 수도 있겠지만 히비키의 목소리를 들으면 조금은 기운이 나지 않을까 싶어서 남편분과 어머님께 찾아봐 달라고 부탁드렸는데 두 분 다 어디 있는지 모른다고 하시더라고요."

스즈카는 입을 꾹 다물고 아무 말도 하지 않았다.

"히비키 목소리 듣고 싶지 않으세요? 어디 있는지 알려 주시면 다음 접견 때 가져와서 들려 드릴게요. 남편분도 들어 보고 싶다고 하셨어요. 아들 목소리를 한 번 더 듣고 싶다고…."

"없습니다." 스즈카가 단호한 말투로 린코의 말허리를 잘랐다. "이미 예전에 버렸습니다."

"버렸다고요?"

린코가 되묻자 스즈카가 고개를 끄덕였다.

"왜죠?"

린코는 도저히 이해가 가지 않아 다시 물었다.

"왜냐니…, 갖고 있기가 힘들었으니까요. 그런 걸 계속 가지고 있으면 히비키가 보고 싶을 때마다 목소리를 듣고 싶어지잖아요. 하지만 듣고 나면 듣기 전보다 훨씬 더 괴로워지기만 하니까 그냥 버리는 게 낫겠다 싶었어요."

하지만 아야노 말에 따르면 스즈카는 항상 MP3 플레이어를 몸에 지니고 다니며 포기하고 싶어질 때마다 그걸 보면서 자신을 일으켜 세웠다고 했다.

이미 죽고 없는 사람 목소리를 들으면 괴롭고 슬프기야 하겠지만 그렇다고 해서 죽은 아들의 육성이 담겨 있는 유일한 물건을 버렸다는 건 이해하기 어려웠다.

"녹음한 파일을 지우지 않고 기기를 통째로 버렸다는 말씀이신가요?"

"네."

"남편분께는 그런 물건이 있다는 걸 왜 말씀하지 않으셨나요?"

"그건 변호사님이 상관하실 문제가 아닌 것 같은데요. 아무튼 MP3 플레이어는 더 이상 존재하지 않습니다. 이제 됐나요?"

린코가 대답하기도 전에 스즈카가 자리에서 일어나더니 뒤도 돌아보지 않고 곧장 방에서 나가 버렸다.

닫힌 문을 바라보며 린코는 어딘지 모르게 석연치 않은 느낌을 지울 수가 없었다.

30

히나타 세이치로는 술집에 들어가 주위를 둘러보았다. 안쪽으로 걸어 들어가자 자리에 앉아 있던 쿠사마가 고개를 들었다. 이미 안주까지 시켜놓고 생맥주를 마시고 있었다.

"미안하지만 먼저 한잔하고 있었어."

"괜찮아. 나야말로 늦어서 미안."

세이치로는 겉옷을 벗으며 쿠사마와 마주 보고 앉은 다음 점원에게 생맥주를 주문했다.

"네가 술 마시자는 말을 다 하다니 오래 살고 볼 일이네. 무슨 일 있어?"

쿠사마가 물었지만 바로 용건을 꺼내기는 망설여졌다.

"그러게. 오랜만이네. 마지막으로 같이 마신 게 언제였지?"

사실은 기억하고 있었지만 세이치로는 짐짓 너스레를 떨며 주위를 돌아보았다.

"하야마 슌타로 사건 수사본부가 해산할 때였으니까 2년쯤 됐네."

여기서 가까운 오가와키타 경찰서에 유괴 사건 특별수사본부가 만들어졌을 때, 세이치로와 쿠사마는 때때로 이 술집에서 동료 형사들과 한 잔하곤 했다.

세이치로가 주문한 맥주가 나와 일단 건배했다.

"와, 그게 벌써 2년 전이라고?"

과거 담당했던 사건들 중에서도 특히나 가슴 아픈 케이스였기 때문에 당시 일은 지금도 똑똑히 기억하고 있었다.

"다들 죽을 고생해서 간신히 범인을 잡았는데 재판은 아직 시작도 안 했으니…. 진짜 못 해먹겠다."

쿠사마가 투덜거리며 안주를 집었다.

"내 말이."

세이치로도 고개를 끄덕이며 단숨에 맥주잔을 반 정도 비웠다.

"그러고 보니… 스즈카 형사 사건은 너희가 담당하냐?"

고맙게도 쿠사마 쪽에서 먼저 사건 이야기를 꺼내 주었다.

"응. 그런 형태로 다시 만나고 싶지는 않았는데."

"정말로 계획적인 살인이었던 거야?" 쿠사마가 목소리를 낮추어 물었다.

"경찰에서는 그렇다고 보고 있어."

세이치로가 간결하게 대답하자 쿠사마가 "그렇구나…"하고 크게 한 숨을 내쉬며 의자 등에 몸을 기댔다.

"그렇게 딱 부러지는 여자가 호스트 따위한테 빠져서 그런 짓을 저지르다니…."

"오가와키타 경찰서에서도 그렇고 이번에 옮긴 모로 경찰서에서도 그렇고 형사로서의 평가는 나쁘지 않았던 것 같던데."

"맞아. 원래는 지역과에 있었는데 언제부터인가 형사과로 가고 싶다고 일과 공부를 병행하면서 엄청 열심히 준비했지."

"그래? 왜 그렇게 형사과에 가고 싶었을까?"

"글쎄. 본인한테 물어본 적이 없으니 잘은 모르겠지만 슬픔을 잊기 위해 새로운 목표가 필요했던 게 아닐까?"

"슬픔을 잊기 위해서라면… 아들 일 때문에?"

"이런 말은 좀 그렇지만 아들이 살아 있을 때는 정시에 칼퇴근하는 타입이었는데 그 일이 있고부터는 매일 밤늦게까지 야근을 했거든. 뭐 사실 일을 하고 싶었다기보다는 그냥 남편이랑 같이 있는 게 불편해서 집에 있는 시간을 최대한 줄이고 싶었던 건지도 모르지."

스즈카의 남편을 경찰서로 불러 조사했을 때, 그는 아들이 죽은 후 부부 사이에 메울 수 없는 틈이 생겼다고 말했다. 부부간에 거의 대화를 하지 않아서 아내의 친구 관계는커녕 쉬는 날 무엇을 하며 지내는지도 모른다고.

"스즈카 형사 사건 관련해서 한 가지 재미있는 사실을 알려줄까?"

세이치로의 말에 쿠사마가 흥미를 느꼈는지 눈을 빛내며 "뭔데?" 하고 물었다.

"피의자 변호인이 니시야."

금방은 알아듣지 못했는지 쿠사마가 반응할 때까지 잠시 시간이 걸렸다. 이윽고 쿠사마의 얼굴이 벌겋게 달아올랐다.

"니시라면… 내가 아는 그 니시 다이스케 말이야?"

"그럼 누구겠어? 정확히 말하자면 최근에 변호인을 해임당하긴 했지만."

세이치로가 니시의 이름을 꺼낸 순간, 조금 전까지의 화기애애한 분위기는 자취를 감추었다. 쿠사마가 험악한 얼굴로 잔에 남은 맥주를 단숨에 들이키더니 테이블에 쾅 하고 내려놓았다. 그러고는 맥주를 한 잔 더 갖다 달라고 점원에게 소리를 질렀다.

"어제 갑자기 니시한테 전화가 왔는데 녀석이 이상한 소리를 하더라고."

실제로는 바에서 만나 이야기를 나누었지만 쿠사마에게는 사실대로 말하지 않는 편이 좋을 것 같았다.

"뭐라고 했는데?" 쿠사마가 불쾌한 기색을 역력히 드러내며 물었다.

"오가와키타 경찰서에 자기가 아는 사람이 있는지 묻길래 네 얘길 했더니 자리 좀 만들어 달라더라."

"나를 왜 만나려고 하는데?" 쿠사마의 표정이 불쾌함에서 의아함으로 바뀌었다.

"스즈카 형사가 오가와키타 경찰서 근무 당시 어땠는지 물어보고 싶은가 보지."

"그걸 알아서 어쩌려고? 이번 사건이랑은 관계없잖아."

"실은 피해자인 카노 레이지 씨한테는 재작년 2월에 오가와키타 경찰서 관내에서 절도 사건을 일으켜 체포당한 전과가 있어. 스즈카 형사가 아직 그쪽에서 근무할 때야."

쿠사마가 놀란 듯 눈을 휘둥그레 떴다.

"물론 경찰 조사 때 스즈카 형사한테 직접 물어보기도 했고, 수사본부에서도 과거까지 거슬러 올라가 두 사람의 관계를 샅샅이 조사했어. 결국 아무런 접점도 발견하지 못해서 경찰에서는 단순한 우연이라고 결론지었고."

"니시는 그걸 자기가 다시 알아보려고 하는 거고?"

"자기 입으로 그렇게 말하지는 않았지만 오가와키타 경찰서에 있는 형사를 만나고 싶어하는 이유가 그것 말고 또 있을까? 니시는 해임당했지만 남은 여자 변호인 한 명도 니시랑 같은 사무실 소속이니 역시 용건은 스즈카 형사 사건 관련이겠지."

"웃기고 있네. 내가 왜 그 자식 좋은 일을 해야 되는데?"

쿠사마의 반응은 예상대로였다.

"혹시 그거 부탁하려고 오늘 보자고 한 거야? 경찰관이 자기가 담당한 사건의 변호인한테 협력하겠다고?"

쿠사마가 잔뜩 흥분해서 세이치로를 비난했다.

쿠사마의 말이 맞았다. 하지만 세이치로는 어젯밤 니시가 한 말이 뇌리에 박혀 좀처럼 지워지지 않았다.

진실에 한발 더 다가가게 될 거야….

니시가 찾아내려고 하는 진실은 대체 무엇일까. 같은 사건을 다루면서도 니시는 세이치로와는 전혀 다른 무언가를 보고 있는 것 같았다. 세이치로는 그게 무엇인지 알고 싶었다.

"물론 변호인한테 협력할 생각은 없어. 말도 안 되는 소리 하지 말라고 하고 바로 끊었지. 그런데 아무래도 마음에 걸려서 너한테 연락한 거야."

"뭐?"

"니시는 우리가 모르는 사실을 알아낸 건지도 몰라."

쿠사마가 무슨 소리냐는 듯 고개를 갸웃거렸다.

"그리고 그 사실을 증명할 무언가를 찾기 위해 오가와키타 경찰서 근무 당시 스즈카 형사에 대해 물어보려고 하는 것 같단 말이지. 니시가 무엇을 알아내려고 하는 건지 궁금하더라고. 검찰한테 듣기로는 공판전 준비절차에서 니시가 피의자의 혐의를 전면 부인하겠다고 했대. 다만 아직 변호 방침이 정해진 것도 아니고 쟁점도 뚜렷하지 않다고 말이야. 우리로서는 만반의 태세를 갖추고 기소했다고 자부하지만 피고인 측 속셈을 미리 알아서 나쁠 건 없잖아."

조금 전까지 얼굴이 울그락불그락하던 쿠사마는 세이치로의 말을 듣고 어느 정도 이성을 되찾은 듯했다.

"그래서 지금 나 보고 니시를 만나서 무슨 속셈인지 알아내라고?"

"응, 부탁 좀 해도 될까?"

결정을 내리기가 어려운지 쿠사마가 끙 하고 앓는 소리를 냈다. 점원이 가져온 생맥주를 벌컥벌컥 들이키더니 한참을 허공만 쳐다보고 있었다.

"어때?"

재차 묻자 쿠사마가 이쪽을 보았다.

"미안하지만 역시 그 자식 얼굴은 두 번 다시 보고 싶지 않아. 얼굴을 마주한 순간, 바로 맥주잔으로 내리칠지도 모른다고."

　조직을 배신한 니시에게 쿠사마가 느끼는 분노는 세이치로가 상상한 것보다 훨씬 더 큰 모양이었다.

　"상대가 니시가 아니라면?"

　"니시랑 같은 사무실이라는 여자 변호사 말하는 거야?"

　세이치로가 고개를 끄덕이자 쿠사마가 크게 한숨을 내쉬더니 "알았어"라고 대답했다.

31

사무실 문을 열고 들어가자 자리에 앉아 자료를 살펴보고 있던 니시가 고개를 들었다. 이 시간에 니시가 출근해 있는 것은 흔한 일이 아니었다.

"안녕하세요."

린코는 니시와 사무실 직원 유카리에게 인사를 건네며 자기 자리로 향했다. 린코가 자리에 앉자 니시가 이쪽으로 다가왔다.

"스즈카 씨한테 들려줬어?"

다짜고짜 묻는 니시에게 린코가 고개를 갸웃거렸다.

"아들 목소리 말이야."

"아니요…. 남편분이랑 어머님 말로는 집에는 없다고 하고, 접견 가서 스즈카 씨한테 직접 물어보니 버렸다고 하더라고요."

"버렸다고? 아들 육성이 담긴 MP3 플레이어를?"

"네…. 가지고 있으면 목소리를 듣고 싶어지고, 듣고 나면 듣기 전보다 훨씬 더 괴로워지기만 한다고요…."

린코의 말을 들으며 니시가 미간을 찌푸렸다. 린코와 마찬가지로 뭔가 이상하다고 생각하는 눈치였다.

"그건 그렇고 오늘 밤에 시간 있어?"

니시의 물음에 린코가 고개를 끄덕였다.

"만나 주었으면 하는 사람이 있어."

"누군데요?"

"오가와키타 경찰서에 근무하는 쿠사마라는 남자 형사야. 나는 같이 못 가지만 세팅은 다 해 놨어. 사카도역 앞에 있는 토로야라는 술집으로 8시까지 가면 돼."

"오가와키타 경찰서 형사라고요? 스즈카 씨 사건 때문이라면 모로 경찰서 형사를 만나는 편이…."

"물론 모로 경찰서 동료들한테도 이야기를 들어 봐야겠지만 우선은 제일 신경 쓰이는 오가와키타 경찰서부터 처리하자고."

"뭐가 그렇게 신경 쓰이시는데요?" 린코가 물었다.

"스즈카 씨가 우리한테 변호를 그만둬 달라고 하기 전에 무슨 이야기를 했었는지 기억해?"

할 얘기가 있으니 만나러 와 달라는 스즈카의 편지를 받기 직전에 갔던 접견을 떠올려 보았다.

두 번째 공판 전 준비절차를 앞두고 스즈카에게 이제 슬슬 변호 방침을 정해야 한다고 설명했던 기억이 났다. 스즈카는 다시 한번 자기는 죽이지 않았다고 단언했고, 린코와 니시는 그 말을 믿고 사실 관계를 다투기로 결정했다.

그 외에 무슨 말을 했었는지 기억해 내려고 노력하고 있는데 니시가 입을 열었다.

"그 자리에서 내가 스즈카 씨한테 과거 카노 씨가 절도 사건을 저질렀을 때를 떠올려 보라고 했어. 스즈카 씨는 기억나지 않는다고 했지만 나는 카노 씨가 자기를 체포한 오가와키타 경찰서 형사를 원망해서 고의적으로 접근한 게 아닌가 하는 내 추측을 말해 줬지. 그 접견 이후 우리를 대하는 스즈카 씨의 태도가 돌변한 것 같지 않아?"

듣고 보니 정말 그랬다.

"더 이상 그 이야기를 하고 싶지 않아서 우리한테 변호를 그만둬 달라고 했다고요?"

린코가 묻자 니시가 "잘은 모르겠지만…"이라고 하며 고개를 천천히 저었다.

"다만 계속 신경이 쓰이더라고. 왜 갑자기 스즈카 씨가 나를 빼려고 한 건지…, 왜 재판에서 져도 상관없으니 자기 말을 의심하지 않는 변호인을 원한다는 그런 말도 안 되는 고집을 부리게 된 건지…."

린코 역시 스즈카의 갑작스러운 태도 변화를 이상하다고 생각하고 있었다. 니시 말대로 그 접견 이후로 스즈카의 태도가 돌변한 것 같았다.

"알겠습니다. 쿠사마라는 형사를 만나서 카노 씨가 절도 혐의로 체포되었을 당시 스즈카 씨의 상태에 대해 물어보면 되는 거죠?"

"쉽게 알려 주려 하지 않겠지만 지금으로서는 네 애교에 기대하는 수밖에."

응원하는 건지 바보 취급하는 건지 알 수 없는 니시의 발언에 살짝 욱했다.

"쿠사마 형사님은 어떤 분이신가요?"

"술집에서 제일 우락부락하고 험상궂게 생긴 사람을 찾으면 돼. 보면 바로 알 거야."

니시의 간단명료한 설명을 들으니 만나기도 전부터 기분이 우울해졌다.

문을 열고 들어가자 직원들이 "어서 옵쇼!" 하고 우렁찬 목소리로 손님을 맞았다. 그중 한 명이 린코 앞으로 다가왔다.

"몇 분이신가요?"

"일행이 먼저 와 있을지도 모르니 좀 둘러봐도 될까요?"

직원의 안내를 정중히 거절하고 린코는 가게 안으로 걸어 들어갔다. 테이블석에 혼자 앉아 있는 남자를 발견하고 그쪽으로 향했다. 인기척을 느꼈는지 남자가 이쪽을 쳐다보았다. 험상궂은 인상과 노려보는 듯한 눈빛에 저도 모르게 몸이 움츠러들었다.

"저… 혹시 쿠사마 형사님이신가요?"

린코가 조심스럽게 말을 걸자 남자가 퉁명스럽게 고개를 끄덕였다.

"저는 호소카와 법률사무소 소속 모치즈키 린코 변호사라고 합니다. 이렇게 시간 내 주셔서 정말 감사합니다."

쿠사마가 린코의 명함을 받아들고 잠시 살펴보더니 이윽고 천천히 시선을 들었다.

"당신이 스즈카 형사의 변호인이라고요?"

"네."

"상당히 의외네요. 몇 살이죠?"

"서른입니다."

"흐음." 쿠사마가 코웃음을 쳤다.

경험이 부족한 변호인이라고 얕보는 느낌이었다. 마주 보고 앉자 쿠사마가 테이블에 설치된 벨을 눌러 점원을 불렀다. 쿠사마와 린코는 생맥주와 안주 몇 가지를 시켰다. 주문을 받은 점원이 물러갔다.

"저… 지금부터 나누는 대화를 녹음해도 될까요? 물론 니시 변호사 말고 다른 사람에게는 들려주지 않을 겁니다."

린코는 가방에서 꺼낸 녹음기를 쿠사마에게 보여주며 물었다.

"상관은 없지만 그 자식한테는 반드시 편집하지 말고 그대로 다 들려주세요."

쿠사마가 한쪽 입꼬리만 올려 웃으며 위압적인 말투로 대꾸했다.

기분나쁜 미소가 무엇을 의미하는지 알 수 없었지만 린코는 고개를 끄덕였다. 녹음 버튼을 누르고 녹음기를 테이블 가장자리에 내려놓았다.

"그럼 바로 조사를 시작해 볼까요?" 쿠사마가 이쪽으로 몸을 내밀며 농담인지 진담인지 구분이 가지 않는 말투로 말했다. "알고 싶은 게 뭡니까?"

"우선 스즈카 씨가 어떤 사람이었는지 말씀해 주시겠어요?" 린코는 쿠사마의 위압감에 맞서듯 의식적으로 몸을 앞으로 숙이며 물었다.

"어떤 사람이었냐니…."

쿠사마가 뭐라고 대답해야 좋을지 모르겠다는 듯 머리를 긁적였다.

점원이 생맥주와 안주가 가져왔다. 건배는 생략하고 쿠사마가 바로 맥주잔을 들이켰다.

"스즈카 씨와는 얼마나 오래 같이 일하셨나요?"

린코가 질문을 바꾸었다.

"3년 전 봄에 스즈카 형사가 지역과에서 형사과로 옮겨 왔고, 이듬해 봄에 모로 경찰서로 갔으니까 딱 1년쯤 되겠네요."

그 1년 사이에 하야마 슌타로 유괴 사건과 카노 레이지의 절도 사건이 발생했다.

"한마디로 표현하자면 성실한 사람이었어요. 본인 희망대로 형사과에 오게 되어서 기합이 단단히 들어가 있었죠. 열심히 일을 배우려고 했어요."

"형사는 2인 1조로 움직인다고 들었는데요."

"맞아요, 스즈카 형사는 저랑 한 팀이었습니다."

그렇다면 현장에서의 스즈카를 가장 잘 아는 사람이라고도 할 수 있었다.

"재작년 2월에 발생한 절도 사건에 대해 여쭤보고 싶은데요."

린코가 말하자 쿠사마의 눈빛이 날카롭게 빛났다.

"한 달 후인 3월에 카노 레이지라는 남자가 오가와키타 경찰서에 체포되었는데 그 사건을 기억하시나요?"

"기억하고 말고요. 스즈카 형사가 죽인 남자이지 않습니까."

"아직 죽었다고 결론이 난 건…."

아직 재판이 시작되지도 않았는데 그렇게 단언하기는 이르다는 뜻을 담아 린코는 눈빛으로 항의했다.

"당신들이야 인정하고 싶지 않겠죠. 하지만 증거가 충분히 갖춰졌으니 기소한 거 아닙니까. 검찰은 자기가 질 싸움은 애초에 시작하지도 않아요."

실제로 일본에서 검찰이 기소한 사건이 유죄 판결을 받는 비율은 99퍼센트가 넘었다.

"솔직히 말해서 그 사건에 대해서는 완전히 잊어버리고 있었는데 최근에 다시 기록들을 읽어 봤습니다."

"쿠사마 형사님과 스즈카 씨도 수사에 참여하셨나요?"

"네"하고 쿠사마가 고개를 끄덕이는 것을 보고 린코는 얕은 한숨을 내쉬었다. 스즈카는 전혀 기억나지 않는다고 했지만 역시 카노의 절도 사건을 담당했던 것이다.

"절도 사건에 관해 기억하고 계신 내용을 이야기해 주실 수 있을까요?"

쿠사마가 안주로 시킨 풋콩에 손을 뻗었다. 린코를 약 올리듯 천천히 콩깍지에서 콩을 하나씩 꺼내어 먹으며 입을 열었다.

"도둑이 들었다는 신고를 받고 제일 먼저 저랑 스즈카 형사가 그 집에 가서 피해자로부터 상황 설명을 들었습니다. 피해자는 그 집에 혼자 사는 70대 후반의 할아버지였어요. 매일 아침 데이케어센터에 가서 저녁때 돌아오는데 그날은 집에 돌아오니 창문이 깨지고 집 안이 난장판이 되어 있더랍니다. 피해자로부터 이야기를 듣던 도중에 스즈카 형사가 옷장 아래 떨어져 있던 물건을 발견해서 할아버지 것이냐고 물었습니다."

"MP3 플레이어 말이군요."

"네. 역시 변호인은 모르는 게 없군요." 쿠사마가 비꼬듯 웃으며 대답했다. "피해자가 자기 건 아니라고 해서 일단 경찰서에서 증거품으로 보관하기로 했습니다. 그 후에 감식반이 와서 현장 감식을 진행했지만 지문이나 다른 증거는 찾지 못했습니다."

증거를 발견한 사람이 스즈카였다니.

"그리고 문제의 MP3 플레이어에서 지문이 검출되어서 카노가 용의선상에 오르게 된 거죠. 저희는 바로 체포영장을 발부받아서 토코로자와에 있는 집으로 찾아갔고요."

"쿠사마 형사님과 스즈카 씨 둘이서요?"

"설마요. 도망이라도 치면 큰일이니 저랑 스즈카 형사를 포함해서 총여섯 명이 갔습니다."

"카노 씨에게 수갑을 채운 사람이 누구였는지 기억하시나요?"

카노가 자신을 체포한 오가와키타 경찰서의 형사를 원망한다면 그 상대는 자신에게 직접 수갑을 채운 사람일 가능성이 가장 높을 것 같았다.

"제가 채웠습니다."

스즈카는 아니라는 말이었다.

"경찰 조사는 누가 담당했나요?"

"그것도 제가 했습니다. 조서는 스즈카 형사가 썼고요."

"조사는 어떻게 진행되었나요?"

"처음에는 완강히 부인하더군요. 자기는 덫에 걸렸을 뿐이라고 떠들어 댔어요. 뭐 얼마 지나지 않아 혐의를 인정했지만요. 아마도 이대로는 재판에서 이길 수 없으니 혐의를 인정하고 감형이라도 받자고 변호인이 카노를 설득한 거겠죠."

"조사 때 카노 씨와 주로 이야기한 사람은 쿠사마 형사님이셨겠네요."

"네."

"스즈카 씨와 카노 씨 사이에 무슨 일이 있지는 않았나요?"

"무슨 일이요?"

"예를 들어 스즈카 씨가 카노 씨의 원한을 살 만한 말이나 행동을 했다든지…."

쿠사마가 입꼬리를 올리며 씩 웃었다.

"그게 당신들 시나리오군요?"

"네?" 스즈카가 고개를 갸웃거렸다.

"자신을 체포한 것에 앙심을 품고 카노가 스즈카 형사를 덮쳤다고 보는 거죠? 스즈카 형사는 거기에 저항하려다가 카노의 머리를 가격한 거라고요."

그럴 가능성이 있다고 보고 있는 것은 사실이었지만, 린코는 긍정도 부정도 하지 않았다.

"스즈카 형사가 그렇게 말하던가요? 나한테 묻기만 하지 말고 그쪽도 알고 있는 게 있으면 말해 줘요. 나도 예전 동료로서 이게 대체 어떻게 된 일인지 궁금하니까."

생각을 정리할 시간을 벌기 위해 린코는 맥주잔을 들고 천천히 마셨다. 딱히 먹고 싶은 건 아니었지만 앞에 놓인 풋콩도 집어 먹었다.

예전 동료로서 신경이 쓰인다는 말은 사실처럼 들리지 않았다. 십중 팔구 이쪽 생각을 알아내서 검찰과 수사1과에 전하려는 속셈일 터였다.

"그쪽이 아무 말도 안 하면 나도 더 이상 말 안 합니다."

쿠사마가 잔에 남은 맥주를 한 입에 털어넣더니 점원을 불러 한 잔 더 시켰다. 점원이 새 잔을 가져오기가 무섭게 거친 동작으로 맥주잔을 집었다.

"쿠사마 형사님 말씀이 맞아요."

린코의 말에 쿠사마가 잔을 입으로 가져가려던 동작을 멈추고 이쪽을 쳐다봤다.

"카노가 앙심을 품고 자기를 덮쳤다고 스즈카 형사가 그러던가요?"

니시는 쿠사마에게서 정보를 얻어내기 위해서라면 이쪽이 가진 카드를 어느 정도는 보여 줘도 상관없다고 했다. 하지만 현재 스즈카가 카노의 절도 사건을 기억하지 못한다고 주장하고 있다는 건 말하지 않는 편이 좋을 것 같았다.

"그렇게까지 자세히 말씀드릴 수는 없지만 저희가 변호 방침 중 하나로 검토하고 있는 건 맞습니다."

솔직히 말해 오늘 쿠사마의 이야기를 들으면서 린코는 스즈카가 한 말이 과연 사실이었을지 의심을 품게 되었다.

사건 현장에서 증거품인 MP3 플레이어를 발견한 사람이 다름 아닌 스즈카였고, 범인을 체포할 때는 물론 경찰 조사 때도 입회했는데 카노를 전혀 기억하지 못한다는 건 말이 되지 않았다.

"쿠사마 형사님이 처음에 말씀하시길 이 절도 사건에 대해서는 완전히 잊어버리고 있었다고 하셨잖아요. 원래 그런 건가요?"

"하루가 멀다 하고 새로운 사건이 일어나니까요. 게다가 벌써 2년 전 일이잖습니까. 큰 사건이나 인상에 남는 사건이 아니면 잊어버리기도 하죠. 저는 잊어버렸지만⋯ 스즈카 형사 입장에서는 자기가 오가와키타 경찰서에서 마지막으로 해결한 사건이었으니 당연히 기억하고 있겠죠."

쿠사마의 말을 들으니 사건을 기억 못 한다는 스즈카의 주장이 더더욱 이상하게 느껴졌다.

역시 변호인에게도 밝히고 싶지 않은 뭔가가 있는 걸까. 과거에 일어난 절도 사건, 그리고 카노와의 관계에 대해 뭔가 숨기는 게 있는 걸까.

하지만 그 후 스즈카와 카노 사이에 무슨 일이 있었는지는 쿠사마도 모를 터였다. 스즈카는 절도 사건 후 얼마 지나지 않아 모로 경찰서로 발령이 나서 옮겨 갔으니까.

"스즈카 씨가 모로 경찰서로 간 뒤 만나신 적은 없나요?"

혹시 모르니 일단 물어보았다.

"아니요⋯" 하고 고개를 저으려던 쿠사마가 잠시 멈칫하더니 "그러고 보니 몇 달 전에 호타루정에서 혼자 마시고 있던 스즈카 형사와 우연히 마주친 적은 있습니다"라고 대답했다.

"호타루정이요?"

"오가와키타 경찰서 근처에 있는 식당 겸 술집입니다. 경찰서 사람들이 자주 가는 단골집인데 스즈카 형사는 주인 아주머니랑도 친한 것 같더라고요."

"그때 뭔가 얘기를 나누셨나요?"

"가벼운 인사 정도요. 추억이 있는 장소라서 오랜만에 들렀다고 했어요. 함께 일할 때랑 하나도 안 변했다고 생각했는데 설마 그 직후에 그런 사건을 일으킬 줄이야…"

린코는 쿠사마의 탄식을 들으며 머릿속에 호타루정이라는 이름을 새겨 넣었다. 그곳에 가면 자신들이 알지 못하는 스즈카에 대해 들을 수 있을지도 모르겠다는 생각이 들었다.

"그나저나 경찰의 수치라고 할 수 있는 놈이 또 다른 경찰의 수치를 변호하다니 정말이지 웃기지도 않네요."

"무슨 말씀이신지…?"

"해임당하기 전까지는 니시도 당신이랑 같이 스즈카 형사 변호를 맡았다고 하던데요. 5년 전까지 니시는 우리 동료였습니다."

니시가 경찰이었다는 사실은 린코도 알고 있었다. 하지만….

"경찰의 수치라는 건 무슨 뜻이죠?"

"글자 그대로의 의미입니다. 니시는 경찰 조직을 배신했어요. 그리고 도망치듯 그만뒀죠. 저희 동기들의 수치입니다."

쿠사마가 테이블 가장자리에 놓인 녹음기를 향해 똑똑히 외쳤다.

"니시 변호사님이 경찰 조직을 배신했다고요?"

그냥 지나치기 어려운 말이었다.

"네. 아케가와 사건이라고 아십니까?"

린코도 이름은 들은 적이 있었다. 자세한 내용은 모르지만 잔인무도한 살인 사건이라고 알고 있었다.

린코가 가만히 있자 쿠사마가 사건의 개요를 간단히 설명해 주었다.

6년 전, 사이타마시의 민가에서 화재가 발생했고 집 안에서 노부부의 시체가 발견되었다. 피해자인 우치우미 시게오와 아내 유키요는 그 지역에 많은 땅을 가진 자산가였다. 시체에서 칼에 찔린 상처가 다수 발견되었기 때문에 경찰은 살인 방화 사건으로 보고 수사를 시작했고, 그로부터 한 달 후 부부가 생전 친하게 지내던 마흔두 살의 음식점 주인 아케가와 타모츠를 체포했다.

　아케가와는 가게 운영난으로 300만 엔 가까운 빚을 지고 있었다. 빚 때문에 우치우미 부부에게 돈을 빌리려다가 거절당하고 언쟁을 벌이는 모습을 보았다는 가게 손님의 목격 증언도 나왔다. 화재 현장에 남아 있던 흉기에서 아케가와의 지문이 검출되었을 뿐만 아니라 사건 당시 알리바이도 없었기 때문에 경찰은 아케가와를 체포해 조사에 들어갔고, 이윽고 '돈을 빌려 달라고 했는데 단칼에 거절당해 홧김에 두 사람을 죽이고 집에 불을 질렀다'는 자백을 받아 냈다.

　거기까지 들으니 린코도 기억이 났다.

　막 변호사가 되었을 무렵 발생한 큰 사건이라 기억하고 있었다.

　"아케가와는 경찰 조사에서는 범행을 인정했지만 막상 재판이 시작되니 혐의를 부인하기 시작했습니다. 장시간에 걸친 비인간적이고 폭력적인 조사를 견디다 못해 거짓 자백을 했다고 말입니다."

　"그 사건이…."

　대체 니시와 무슨 상관이 있다는 걸까.

　"니시는 당시 오오미야미나미 경찰서 형사과 소속으로 수사1과와 함께 그 사건을 담당했습니다. 그런데 재판에서 자기가 피고인 측 증인으로 나와서 위법 수사가 이루어졌다고 자신이 속한 조직을 비난한 겁니다."

　쿠사마의 말을 들으며 린코는 오늘 자신이 혼자 여기 오게 된 이유를 깨달았다. 쿠사마는 니시와 만나기를 거부했을 것이다.

　"경찰로서는 전대미문의 불상사였죠. 하지만 그 사건은 피의자의 자백 말고도 움직일 수 없는 증거들이 더 있었습니다. 그럼에도 불구하고 그들은 죄를 쉽게 인정하려 들지 않지만요."

"그들이요?"

"사형이나 무기징역에 해당하는 중범죄를 저지른 범죄자 전반을 말하는 겁니다. 일전에 유괴 살인 사건으로 체포된 범인도 그랬고."

"혹시 하야마 슌타로 사건 말인가요?"

"네. 결정적인 증거가 있는데도 아직까지 범행을 인정하지 않아서 재판이 언제 시작될지도 알 수 없는 상황이죠. 고집이 장난이 아닙니다."

"결정적인 증거라는 건 아이가 가지고 있던 미니카를 말씀하시는 건가요?"

쿠사마가 눈을 끔뻑였다. 그걸 어떻게 알았냐는 표정이었다.

"그뿐만이 아닙니다. 범인이 체포되고 8개월 후에 더 결정적인 증거가 나왔습니다."

"그게 뭔데요?" 린코가 물었다.

"경찰 관계자도 아닌 당신한테 그런 것까지 다 알려줄 수는 없죠."

새로 발견된 결정적인 증거가 무엇인지 듣지 못한 것은 아쉬웠지만 그 덕분에 재판 진행에 진전이 있다면 좋은 일이었다. 린코는 이로써 아야노의 마음이 조금이라도 가벼워지면 좋겠다고 생각했다.

"아무튼 흉악 범죄를 저지르는 놈들은 원래 다 그런 겁니다. 어떻게든 거짓말을 해서 빠져나가려고 하죠. 재판 결과, 역시나 아케가와에게는 사형이 선고되었습니다. 니시의 증언은 단순한 트집에 불과했고 재판에 아무런 영향도 미치지 못했다는 거죠. 왜 그런 바보 같은 짓을 했는지 동기인 저조차도 이해를 못 하겠습니다. 나중에 변호사가 되었다는 말을 들으니 좀 납득이 가더군요."

녹음기를 노려보며 말하던 쿠사마가 거기서 말을 멈췄다.

"무슨…?"

린코가 묻자 쿠사마가 이쪽을 보았다. 눈빛에서 분노인지 슬픔인지 알 수 없는 복잡한 감정이 느껴졌다.

"니시는 경찰 조직에 맞서는 정의의 사도라는 이미지를 손에 넣은 다음 원래 꿈이었던 변호사로 갈아탄 겁니다."

"니시 변호사님이 원래 변호사가 되고 싶어 했다고요?"

린코는 처음 듣는 말이었다.

"경찰학교에 있을 때는 몰랐는데 나중에 듣기로는 명문 국립대 재학 중에 사법고시를 패스한 수재였다더군요. 처음부터 변호사를 목표로 했다고요. 그 얘길 듣고 역시나 싶었죠. 법학 과목에서 니시는 1등을 놓친 적이 없었고 다른 과목에서도 늘 상위권이었거든요. 경찰관으로 임용된 후에도 니시의 소식은 여기저기서 들려 왔습니다. 저희 동기들의 자랑이었죠. 그런데…."

"니시 변호사님은 왜 변호사가 되지 않고 경찰관이 되었던 걸까요?"

"글쎄요, 저는 들은 바가 없습니다. 경찰학교 때는 니시가 원래 변호사가 되려고 했다는 것도 몰랐으니까요. 하지만 사법고시까지 패스한 엘리트가 갑자기 지방 공무원을 선택하게 되는 이유라면 어느 정도 예상이 가지 않나요? 예를 들어 가까운 사람이 범죄의 희생양이 되었다거나…."

린코가 헉하고 숨을 들이마셨다. 니시도 린코와 마찬가지로 범죄로 인해 가까운 사람을 잃은 경험이 있는 걸까.

"실제로 경찰학교 재학 당시 TV에서 흉악 범죄에 관한 뉴스가 나오면 니시는 범죄자를 극도로 증오하는 반응을 보였고, 이 사회에서 범죄를 없애는 것이 자신의 사명이라고 말했거든요."

린코 역시 사법연수원 시절 비슷한 생각을 했다.

"이상론이라고 생각하면서도 한편으로는 그런 니시가 부러웠습니다. 저는 그 정도로 강한 사명감을 가지고 경찰학교에 들어온 게 아니었으니까요."

"하지만 범죄를 없애기 위해서라면 검찰이 되는 방법도 있었을 텐데요."

이미 사법고시에 패스한 상태였다면 그 편이 훨씬 더 빠르고 수월했을 것이다.

"듣고 보니 그렇네요. 역시 그냥 변덕을 부린 건지도 모르죠. 갑자기 생각이 바뀌어서 변호사에서 경찰로 방향을 틀었는데 막상 경찰관이 되고 보니 자기가 생각하던 것과는 달라서 다시 돌아가기로 한 건지도요. 사무실로 돌아가면 니시한테…, 아니 여기에 말하면 되겠군요."

쿠사마가 녹음기를 힐끗 쳐다보았다.

"다른 동기들은 모두 지금도 경찰관으로 일하고 있어. 경찰학교를 졸업할 때 마음 그대로 변함없이. 범죄자를 잡기 위해 매일 지쳐 쓰러지기 직전까지 현장을 돌아다니며 진흙탕 속까지 샅샅이 헤집고 다니지. 그게 우리의 사명이라고 생각하니까. 지금 너한테 사명이라는 게 있기는 하냐?"

거기까지 말한 다음 쿠사마가 손을 뻗어 녹음 버튼을 껐다.

"더 물을 게 있습니까?"

린코가 스즈카에 대해 궁금했던 질문은 거의 다 했다.

"아니요, 감사합니다."

"하나도 건드리지 말고 그 자식한테 그대로 들려주세요. 그럼 먼저 일어납니다."

쿠사마가 계산서를 집어 들고 자리에서 일어나 계산대로 향했다.

오오미야역에 곧 도착한다는 안내 방송을 듣고 린코는 손목시계를 확인했다. 밤 10시 반이었다.

니시가 아직 사무실에 있을지 궁금해하며 린코는 지하철에서 내렸다.

오오미야역을 나와 밤거리를 걸었다. 건물 앞에서 올려다보니 사무실에 불이 켜져 있었다. 엘리베이터를 타고 3층으로 올라가 사무실 문을 열고 들어갔다.

"늦게까지 고생이 많네요."

소파에 앉아 자료를 읽고 있던 호소카와가 인사를 건넸다. 린코도 인사하며 사무실 안을 둘러보았다. 니시와 유카리의 모습은 보이지 않았다.

"니시 변호사를 찾나요?"

호소카와의 질문에 린코가 고개를 끄덕였다.

"10시 정도까지는 있었는데 술이 마시고 싶다면서 조금 전에 퇴근했습니다."

"아…."

사무실에 들르겠다고 미리 연락해 둘걸 그랬다고 뒤늦게 후회가 되었다.

"아케가와 타모츠 사건은 대표님이 담당하셨었나요?"

린코가 소파 쪽으로 다가가며 묻자 호소카와가 고개를 갸웃거렸다.

"아케가와 사건이요."

린코가 하고 싶은 말이 짐작이 가는지 호소카와가 빙그레 웃었다.

"그러고 보니 니시 변호사의 옛 동료를 만나러 간다고 했던가요. 상대가 린코 변호사를 울리는 건 아닌지 니시 변호사가 걱정하던데요."

"그렇게까지 나쁜 사람은 아니었으니 안심하셔도 됩니다."

"흠…. 아케가와 사건의 변호는 제가 아니라 야마데라 변호사님이 담당했습니다."

"어떤 경위로 니시 변호사님이 피고인 측 증인으로 나오게 된 건가요?"

"경위랄 것도 없습니다. 그렇게 하는 것이 옳다고 판단해서 니시 변호사가 야마데라 변호사님을 찾아간 겁니다. 단지 그뿐이에요."

"아케가와 타모츠는 사실은 무죄였던 건가요?"

니시 변호사는 옷을 벗을 각오를 하고 증언대 앞에 섰던 것일까.

"사형이 확정되었습니다. 사법적으로는 그게 전부입니다."

호소카와답지 않게 냉정한 대답이었다.

"하지만 변호인으로서는 판결이 전부라고 생각하면 안 되겠지요. 선고가 확정된 경우라 하더라도 누명을 썼을 가능성이 있으니까요. 세상 사람들이 모두 진실이라고 믿는 사실 가운데 어쩌면 진실이 아닌 것이 섞여 있을 수도 있고요. 누명인지 아닌지를 섣불리 단언할 수는 없지만 재판을 방청한 사람으로서 이 사건은 적어도 다툴 가치가 있는, 아니 다투지 않으면 안 되는 싸움이라고 느꼈습니다."

"법정에서 니시 변호사님의 증언을 들으셨나요?"

"네. 연일 강도 높은 조사에 시달리며 정신이 피폐해진 상태에서 계속 이렇게 부인하면 사형이 나올 수도 있다고 형사한테 협박당하는 바람에 본의 아니게 자백하게 됐을 가능성이 높다고 했습니다. 사건을 직접 담당한 형사도 아닌데 피고인 측 증인으로 나왔다는 점이 흥미롭더군요. 그러부터 얼마 후, 호기심과 걱정이 반반쯤 섞인 심정으로 니시 변호사한테 연락을 취해서 만나러 갔습니다. 약속 장소는 술집이었는데 경찰을 그만두고 나와서 홧김에 진탕 마셨는지 니시 변호사는 이미 술에 잔뜩 취해 있었죠. 이야기를 나누던 중에 사법고시에 패스했었다는 사실을 알게 되었습니다. 경찰관이 되기 전에는 원래 변호사가 되려고 했었다더군요."

"그래서 변호사가 되라고 권한 다음 직접 채용하신 건가요?"

"그리 쉽지만은 않았지만요. 처음에는 범죄자의 변호 따위 하고 싶지 않다며 거절당했습니다. 하지만 저도 끈질기게 물고 늘어졌습니다. 니시 변호사 같은 사람이야말로 형사 변호를 해야 한다고 생각했으니까요. 결국 니시 변호사는 사법연수를 받고 우리 사무실에서 일하게 되었죠. 계약서 쓸 때 조건을 내걸긴 했지만."

"조건이요?"

"형사 변호에 관해서는 거부할 권리를 달라고요."

그러고 보니 예전에 니시가 호소카와에게 한 말이 기억났다.

— 고용 계약서에는 이렇게도 적혀 있었던 것 같은데요. 1년에 두 번까지는 대표님 부탁을 거절해도 된다고….

"일 년에 네 번은 대표님 부탁을 들어줘야 하고, 대신 니시 변호사님한테는 두 번 거절할 권리가 있다….'"

"맞습니다. 변호사로서 바람직한 자세인지는 모르겠지만 아무튼 니시 변호사에게는 명확한 기준이 있습니다. 변호할 가치가 있는 사람인지 아닌지를 구분하는 기준 말입니다. 그 기준은 수임료 액수나 사건의 중요도 같은 것이 아니고 무죄 가능성도 아닙니다."

"그럼 뭔가요?"

"진실을 알고 싶다는 니시 변호사의 욕구죠. 진실을 밝혀내지 못하면 피고인에게 적절한 판결을 내릴 수 없다, 그리고 진실이 감춰진 상태에서는 진정한 의미의 속죄나 갱생을 기대할 수 없다는 것이 니시 변호사의 생각입니다."

니시는 '진실'이라는 단어를 자주 사용했다.

"니시 변호사는 지금도 시간 날 때마다 아케가와 사건의 재심 청구를 위한 증거를 모으고 있습니다."

"니시 변호사님은 왜 변호사가 아니라 경찰관이 되었던 걸까요?"

"글쎄요. 본인한테 몇 번 물어보긴 했는데 그때마다 어쩌다 보니 그렇게 되었다고 얼버무리더군요."

"경찰관이 아니라 검사가 되는 방법도 있었을 텐데…."

이미 사법고시를 패스한 상태에서 범죄자를 처단하는 일을 하고 싶다면 경찰관이 아니라 검사를 목표로 하는 편이 더 현실적이지 않았을까.

"이유는 저도 잘 모르겠네요. 다만 한 가지 확실한 건 니시 변호사 아버지가 도쿄지검 검사장이라는 겁니다."

린코는 너무 놀라 숨이 멎는 줄 알았다. 도쿄지방검찰청의 장이라니.

"현직 검사장이요?"

"네. 오늘은 쓸데없는 말을 너무 많이 한 것 같군요. 니시 변호사한테는 비밀로 해 주세요."

호소카와가 말을 마치고 다시 서류를 검토하기 시작했다.

32

"피곤해 보이세요."

유카리가 린코의 책상에 커피잔을 내려놓으며 말했다.

린코는 살짝 고개를 숙여 유카리에게 고마움을 표했다.

어젯밤에는 막차를 타고 집에 돌아갔지만 잠자리에 들어서도 좀처럼 잠이 오지 않았다. 쿠사마 형사와 나눈 이야기 때문에 앞으로의 변호 활동이 걱정되기도 했고, 무엇보다 니시의 과거가 신경이 쓰였다.

니시는 왜 변호사가 되지 않고 경찰관이 된 걸까. 그리고 도쿄지검 검사장이라는 아버지와는 어떤 관계인 걸까.

커피를 마시고 있으려니 문 쪽에서 소리가 났다. 문을 열고 들어온 니시가 곧장 린코의 자리로 다가왔다.

"쿠사마랑 만났어?"

니시의 물음에 린코는 고개를 끄덕이며 녹음기를 들어 보였다.

"허락받고 녹음도 했어요."

"들려줘."

니시가 가까이 있는 의자를 가져와 린코 옆에 앉았다. 린코는 재생 버튼을 누른 다음 녹음기를 책상 위에 내려놓았다.

【그럼 바로 조사를 시작해 볼까요?】

쿠사마의 목소리와 함께 흘러나오는 코웃음 소리에 린코는 조심스럽게 옆자리를 곁눈질했다. 니시는 녹음기를 쳐다보며 두 사람의 대화에 귀를 기울이고 있었다.

갑자기 니시의 눈썹이 움찔했다. 빈집털이를 당한 집에서 스즈카가 MP3 플레이어를 발견했다는 말에 반응한 듯했다. 스즈카 입장에서는 오가와키타 경찰서에서 마지막으로 해결한 사건이니 당연히 기억하고 있을 것이라는 부분에서는 턱을 만지며 생각에 잠겼다.

【…함께 일할 때랑 하나도 안 변했다고 생각했는데 설마 그 직후에 그런 사건을 일으킬 줄이야…】

쿠사마가 탄식하는 부분에서 린코는 정지 버튼을 누르려고 손을 뻗었다. 니시가 "끝까지 놔둬"라며 린코의 손을 밀어냈다.

【그나저나 경찰의 수치라고 할 수 있는 놈이 또 다른 경찰의 수치를 변호하다니 정말이지 웃기지도 않네요.】

니시는 무표정한 얼굴로 쿠사마의 말을 들었다. 옆에 앉아 어쩔 줄 몰라 하는 린코의 모습은 눈에 들어오지도 않는지 녹음기에서 흘러나오는 두 사람의 대화에 의식을 집중하고 있는 것 같아 보였다.

【다른 동기들은 모두 지금도 경찰관으로 일하고 있어. 경찰학교를 졸업할 때 마음 그대로 변함없이. 범죄자를 잡기 위해 매일 지쳐 쓰러지기 직전까지 현장을 돌아다니며 진흙탕 속까지 샅샅이 헤집고 다니지. 그게 우리의 사명이라고 생각하니까. 지금 너한테 사명이라는 게 있기는 하냐?】

대화가 끊기자 그제야 니시가 이쪽을 돌아보았다.

"잘했어."

마음이 복잡할 텐데 그런 기색은 조금도 내비치지 않고 니시가 씩 웃으며 말했다.

"니시 변호사님은 어떻게 생각하세요?"

"절도 사건 수사에 이렇게까지 직접적으로 관여했으면서 전혀 기억하지 못한다는 스즈카 씨의 진술을 곧이곧대로 믿기는 어려울 것 같군."

니시의 생각도 린코와 다르지 않은 듯했다.

"모로 경찰서 분들한테 이야기를 들어 볼 수는 없을까요?"

"그것도 방법이지만 일단은 호타루정에 가 보자."

"가 보자고요? 니시 변호사님도 함께요?"

"자원봉사하는 셈 치고 도와줄게."

니시가 그렇게 말하며 자리에서 일어나 문 쪽으로 걸어갔다.

린코는 서둘러 겉옷을 챙겨 들고 니시의 뒤를 따랐다.

오가와마치역 개찰구를 빠져나온 린코는 걸음을 멈추고 니시에게 말했다. "일단 오가와키타 경찰서까지 가 보죠."

지하철 안에서 호타로정을 검색해 봤지만 인터넷상에서는 정보를 찾을 수 없었다. 스마트폰으로 오가와키타 경찰서의 위치를 확인하고 니시와 함께 역을 나섰다. 주위에 있는 가게들을 살피며 15분 정도 걸어가니 오가와키타 경찰서에 도착했다. 오는 길에 호타루정은 보이지 않았다.

"쿠사마 형사님 말에 따르면 경찰서 가까이 있는 것 같았는데."

"나눠서 찾아보자."

린코와 니시는 양쪽으로 갈라져서 오가와키타 경찰서 주변을 뒤지기 시작했다. 린코는 한참을 돌아다니다가 어느 골목에서 줄 서서 기다리고 있는 사람들을 발견했다. 처마 아래 간판에 '호타루정'이라고 적혀 있었다.

입구 옆에 정식 메뉴를 적은 화이트보드가 놓여 있었다. 2시까지가 점심시간이었다. 이 주변에는 식당이 거의 없으니 점심때는 많이 붐빌 것 같았다.

린코는 니시에게 전화를 걸어 위치를 알려준 다음 대기줄 끝에 가서 섰다. 가게에서 식사를 마친 사람들이 나와 줄이 조금 줄어들었을 때, 등 뒤에서 "많이 붐비네" 하는 소리가 들렸다. 고개를 돌리니 니시가 서 있었다.

"지금이 딱 점심때니까요."

린코가 말하자 니시가 손목시계로 시간을 확인했다.

"다른 데서 시간 좀 죽이다가 점심시간 끝날 때쯤 다시 오는 게 좋겠는데?"

"그러게요."

린코와 니시는 대기줄에서 빠져나왔다. 근처에서 시간을 때울 만한 곳을 찾으려 했지만 적당한 가게가 보이지 않았다.

"나한테 뭐 묻고 싶은 거 있지 않아?"

느닷없는 지적에 린코는 화들짝 놀라 니시를 쳐다보았다.

"아침부터 계속 할 말이 있는 얼굴로 쳐다보던데."

어젯밤 쿠사마 형사와 호소카와로부터 니시에 관한 이야기를 들은 이후 여러 가지 질문들이 린코의 머릿속을 어지럽게 돌아다니고 있는 것은 사실이었다.

"니시 변호사님은 대학 재학 중에 사법고시에 합격하셨다고 들었습니다. 그런데 왜 경찰관이 되신 건가요?"

린코가 큰맘 먹고 질문을 던지자 니시의 발걸음이 빨라졌다.

역시 대답해 줄 마음은 없는 모양이었다.

니시가 자동판매기 앞에서 멈춰 섰다. 동전을 넣고 캔커피를 하나 사더니 다시 동전을 넣고 린코에게 버튼을 누르라고 했다. 린코는 고맙다고 하며 따뜻한 홍차를 선택했다. 자판기에서 나온 홍차를 집어 들고 니시와 함께 근처에 있는 공원으로 갔다. 니시가 벤치에 앉아 캔커피를 땄다. 린코도 옆에 앉아 홍차를 한 모금 마셨다.

"…쿠사마가 짐작한 대로야."

니시의 말에 린코가 고개를 돌렸다. 니시는 정면을 바라본 채 캔커피를 마시고 있었다.

"가까운 사람이 범죄의 희생양이 되었다는 것 말인가요?"

"그래."

"가족이요?"

"아니, 당시 사귀던 여자친구."

니시의 옆모습을 쳐다보고 있으려니 가슴이 저려 왔다. 더 물으면 안 될 것 같아서 린코는 시선을 돌렸다.

"같은 대학을 다녔고, 그 친구도 변호사가 되는 게 꿈이었어. 둘 다 자취 하면서 지하철로 두 정거장 거리에 살았기 때문에 자주 왔다 갔다 했지."

"본가가 도쿄 아니셨어요?"

"본가는 도쿄에 있지만 고등학교 3학년 때 어머니가 돌아가시고 바로 독립했어. …그날은 친구들이랑 술 마시고 밤늦게 여자친구 집을 찾아갔 지. 밖에서 봤을 때는 창문에 불이 켜져 있었는데 초인종을 눌러도 대 답이 없더군. 문이 잠겨 있지 않길래 그대로 열고 들어갔는데…."

그리고 긴 침묵이 이어졌다.

린코는 손에 쥔 홍차를 내려다보며 니시가 다시 입을 열기를 기다렸다.

"…침대에 쓰러져 있는 여자친구를 발견했어. 아무리 이름을 부르고 몸을 흔들어도 꿈쩍도 안 하더군. 얼굴은 보라색으로 부어올랐고, 목에 는 눌린 듯한 자국이 나 있었어."

니시의 목소리는 시종일관 담담하고 차분했다.

"경찰에 신고한 나는 여자친구의 죽음을 슬퍼할 겨를도 없이 오랜 시간 조사를 받아야 했어. 최초 발견자라서 의심을 받은 거지. 부검을 통해 사 망 추정 시각이 밝혀지고 내 알리바이가 확인되자 겨우 풀어 주더군. 여 자친구는 내가 친구들과 술 마시고 있던 시간에 사고를 당한 거였어. 사 법고시 합격 기념이라고 내가 정신줄 놓고 부어라 마셔라 하는 동안…."

"범인은 잡혔나요?"

린코가 니시를 보며 묻자 니시가 고개를 가로저었다.

"15년이 지난 지금까지 범인은 잡히지 않았어. 아까 가족은 아니라고 했지만 내게는 가족이나 다를 바 없는 존재였어. 어머니가 돌아가신 후 내게는 유일한…."

두 사람은 장래를 약속한 사이였던 듯했다. 니시의 굳은 옆모습을 쳐다보며 린코는 절망적인 기분에 사로잡혔다.

린코의 아버지를 죽은 범인은 바로 잡혔고, 현재 수감되어 형을 살고 있었다. 하지만 니시는 지금도 오갈 데 없는 분노를 가슴속에 끌어안고 있었다. 니시가 형사 변호를 맡고 싶어 하지 않는 이유도, 피의자나 피고인을 대하는 무성의한 태도도 지금이라면 이해가 갔다.

"자기 손으로 직접 범인을 잡고 싶어서 검사가 아니라 경찰관이 되신 건가요?" 린코가 물었다.

"그런 것도 있고. 게다가 애초부터 검사가 되겠다는 선택지는 나한테 존재하지 않았어."

"왜요?"

"어렸을 때부터 내가 싫어한 사람과 같은 일을 하고 싶지 않았으니까."

아버지 이야기라는 건 알았지만 호소카와가 비밀로 해 달라고 했기 때문에 린코는 내색하지 않았다.

고등학생 때 집을 나온 것도 그렇고, 같은 법조계이기는 하지만 검사가 아니라 변호사를 목표로 한 것도 그렇고, 아버지와 사이가 꽤나 안 좋은 모양이었다.

"내가 말이 너무 많았군." 니시가 쓴웃음을 지었다. "이걸로 궁금한 건 대충 다 해결됐지?"

린코는 니시가 이렇게까지 자기 얘기를 솔직하게 털어놓은 것에 내심 놀라며 고개를 끄덕였다.

"나도 하나만 물어봐도 될까?" 니시가 이쪽을 보며 말했다.

"뭔데요?"

"왜 변호사가 됐지?"

단순하지만 어려운 질문에 린코는 바로 대답하지 못했다.

니시가 갑자기 왜 이런 질문을 하는 것인지 궁금했다.

"아버지가 모치즈키 유즈루 변호사님이지?"

린코의 눈이 휘둥그레졌다.

"그걸 어떻게…. 대표님이 말씀하셨나요?"

"아니, 마스다 토모키를 체포한 건 당시 내가 일하던 오오미야미나미 경찰서 형사과였거든."

생각지도 못한 대답이었다.

"사건을 뉴스에서 보고 깜짝 놀랐어. 네 아버지를 죽인 범인으로 체포된 타카시마 치사토 씨는 형사 피해자 유가족이기 때문에 경찰 조사 과정에서 나도 만난 적이 있었으니까."

"제가 입사했을 때부터 저희 아버지 딸이라는 걸 알고 계셨나요?"

"그전부터 알고 있었어."

린코가 고개를 갸웃거렸다.

"타카시마 치사토 씨 공판이 열렸을 때 방청하러 갔었거든. 방청석에 앉아 있던 너의 증오에 찬 눈빛을 보고 피해자 딸이겠구나 했지. 네가 우리 사무실에 들어온 이후 계속 가슴 한구석이 찝찝해. 아무리 노력해도 풀리지 않는 난제를 안고 있는 기분이라고."

하긴 아버지를 살해당한 딸이 때로는 범죄자를 옹호하는 입장에 서게 되는 변호사가 된다는 것은 결코 흔한 일이 아니었다.

니시도 린코와 마찬가지로 범죄자의 손에 소중한 사람을 잃었다. 아무리 일이라고는 해도 범죄자를 변호하는 것이 그리 내키지는 않았을 것이다. 그래서 린코가 어떤 마음으로 이 일을 하고 있는지 알고 싶은 게 아닐까.

어쩌면 그 대답을 듣기 위해서 일부러 자신의 과거와 가족 이야기를 꺼낸 것인지도 몰랐다. 니시 입장에서는 린코에게 굳이 말할 필요도 없고 입 밖으로 꺼내기도 싫은 화제였을 테니까.

사실 린코 역시 형사 변호를 하는 것에 대해 마음속에서 완전히 정리가 끝났다고는 말하기 어려웠다. 그래도 뭐라도 대답을 해야겠다는 생각에 천천히 입을 열었다.

"저희 아버지가 사고를 당하신 건 제가 사법연수원에 들어가기 일주일 전이었습니다. 당시 제게는 반드시 법조인이 되어야겠다는 확고한 목적의식이 있었던 건 아니었어요. 아버지는 변호사이고 오빠와 할아버지는 판사이니 자연스럽게 저도 그 길을 따라간다는 느낌이었죠. 하지만 아버지 사건을 겪으면서 피의자나 피고인을 단죄하는 검사가 되는 것이 제 사명이라고 생각하게 되었고, 그렇게 사법연수원에 들어갔습니다."

아마도 당시 린코의 마음은 변호사에서 경찰관으로 진로를 바꾼 니시의 심경과 매우 비슷했을 것이다.

"사법연수원 과정이 절반쯤 지났을 때 타카시마 치사토 씨의 공판이 시작되어 방청을 갔습니다. 법정에서 치사토 씨는 자신의 죄를 솔직히 인정했습니다. 하지만 반성하는 기색은 전혀 없었습니다. 자기 아들을 죽인 범인도 물론 용서할 수 없지만 범인의 죄를 가볍게 해 주려고 무책임한 주장을 늘어놓은 변호사의 만행을 도저히 참을 수가 없어서 저지른 범행이라고 했어요."

"마스다의 양형은 징역 6년이었던가?"

린코는 고개를 끄덕였다. 검찰의 구형은 징역 10년이었다.

"아버지는 형사 사건을 전문으로 다루는 이른바 인권 변호사셨어요. 언젠가 아버지께 '세상 사람들이 모두 극악무도한 놈이라고 욕하는 사람을 옹호하는 데 망설임은 없느냐'고 여쭤본 적이 있어요. 아버지는 곰곰이 생각하시더니 '누군가는 해야 하는 일이니까. 그 일을 내가 하는 것뿐'이라고 대답하셨어요. 하지만 법정에서 치사토 씨는 그런 아버지의 신념을 무참히

짓밟는 말들을 아무렇지도 않게 내뱉었죠. 마지막에는 아버지를 죽인 걸 후회하지 않는다고, 저희 아버지는 죽어 마땅한 사람이라고까지 했어요….'

"그 말을 인정할 수는 없어서 변호사가 되었다는 건가."

"그런 셈이죠. 아버지가 한 일은 잘못되지 않았다. 그걸 증명하기 위해서는 저 자신이 변호인으로서 피의자나 피고인 편에 서는 수밖에 없다고 생각했습니다."

니시가 이쪽을 보며 고개를 끄덕였다.

"말해 줘서 고맙군."

니시가 린코에게 고맙다고 하는 것은 처음 있는 일이었다.

"하지만 충분한 답이 되지는 않은 것 같네요."

니시의 표정을 살피며 린코가 확인하자 니시가 "음…" 하고 고개를 끄덕였다.

"변호인은 필요한 존재라고 생각해. 너희 아버지가 해 오신 형사 변호가 중요한 일이라는 사실도 충분히 이해하고 있고. 반드시 죄를 지은 사람만이 체포되어 법정에 서게 되는 건 아니니까."

아케가와 사건을 염두에 둔 말인 듯했다.

"하지만 내 여자친구를 죽인 범인을 변호하는 건 불가능해. 설령 범인에게 어떤 피치 못할 사정이 있다 하더라도 변호는커녕 용서조차 할 수 없어. 이런 내가 이 일을 계속해도 되는 걸까, 그럴 자격이 있는 걸까, 아무리 생각해도 답이 안 나와."

린코도 마찬가지였다. 타카시마 치사토에게 보낸 편지에는 당신을 용서할 생각이라고 적었지만 그 마음이 어디까지 진심인지 스스로도 알 수 없었다. 누군가 린코에게 타카시마 치사토의 변호를 맡아 달라고 한다면 받아들일 자신이 없었다.

"…슬슬 갈까?"

니시의 말에 정신을 차리고 고개를 들자 니시는 이미 공원 출구 쪽을 향해 걸어가고 있었다. 린코는 벤치에서 일어나 니시와 함께 공원을 나섰다.

자판기 옆 쓰레기통에 다 마신 캔을 버리고 호타루정으로 향했다. 가게 앞 대기줄은 사라져 있었다. 미닫이문을 열고 가게 안으로 들어간 니시의 표정이 어딘지 모르게 굳어 보였다. 경찰서 가까이 있는 식당이니 예전 동료와 마주칠 가능성을 우려하는 듯했다.

"어서 오세요. 편하신 데 앉으세요."

테이블 여섯 개 중 절반이 차 있었고, 카운터석에서 손님 세 명이 식사 중이었지만 니시가 아는 사람은 없는 듯했다. 니시는 그제야 다소 긴장이 풀린 얼굴로 입구 근처 테이블석에 자리를 잡고 앉았다. 린코가 니시 맞은편에 앉아 메뉴판을 보고 있는데 분홍색 앞치마를 입은 중년 여성이 차를 내왔다.

식욕은 없었지만 주문을 안 할 수도 없어서 회 정식을 시키고 밥을 조금만 달라고 부탁했다. 니시도 같은 메뉴를 주문했다.

식사가 나오고 젓가락을 들었다. 밥을 조금만 달라고 했는데도 입맛이 없어 좀처럼 속도가 나지 않았다. 겨우 다 먹고 나서 시계를 보니 2시 20분이었다. 가게 안에 남아 있는 손님은 린코와 니시뿐이었다.

"차 더 드릴까요?"

아까 주문을 받았던 여자가 찻주전자를 들고 다가왔다.

"아, 네, 감사합니다. 점심시간은 2시까지였죠?"

"신경 쓰지 말고 천천히 일어나셔도 됩니다."

여자가 미소를 지으며 린코와 니시의 찻잔에 차를 따라 주었다.

"저… 뭐 좀 여쭤봐도 될까요?"

린코가 말을 꺼내자 여자가 "네?" 하고 고개를 갸웃거렸다.

"타루미 스즈카라는 분을 아시나요?"

여자가 화들짝 놀라 뒤로 물러서면서 테이블을 건드리는 바람에 니시의 찻잔이 엎어졌다. 니시가 자리에서 벌떡 일어났다. 차가 쏟아졌는지 바지에 얼룩이 져 있었다.

"아… 죄송합니다. 행주 가져올게요."

여자가 허둥지둥 부엌으로 사라졌다. 곧바로 행주를 가져와 바지의 젖은 부분을 닦으려 하자 니시가 "주세요" 하며 행주를 받아 들고 직접 닦았다.

"정말 죄송합니다."

여자가 거듭 사과했다.

"아닙니다. 저희야말로 놀라게 해 드려 죄송합니다. 실은 저희는 이런 사람들입니다."

니시가 건넨 명함을 본 여자가 "변호사시라고요?" 하고 고개를 갸웃 거리다가 문득 멈칫했다.

"혹시 스즈카의…?"

니시가 고개를 끄덕이며 린코를 가리켜 보였다.

"저는 보조이고, 여기 있는 린코 변호사가 스즈카 씨 변호를 맡고 있습니다."

"스즈카는 지금 어떤 상태인가요? 건강은 괜찮은가요?" 여자가 다급한 목소리로 물었다.

"어디가 아프거나 한 건 아니지만 작년 10월부터 계속 갇혀 있다 보니 아무래도 건강하다고는…."

"아…."

"갑자기 이렇게 찾아와 죄송합니다만 스즈카 씨 일로 잠시 이야기를 나눌 수 있을까요? 바쁘시면 날을 다시 잡아도 좋고요."

"점심 영업은 끝났으니 저는 괜찮습니다."

"일단 여기 앉으시죠."

니시가 자기 옆자리를 권했다. 테이블에 쏟은 차는 깨끗하게 닦여 있었다. 여자가 자리에 앉자 니시가 린코 옆자리로 옮겨 앉았다.

"성함이 어떻게 되시나요?" 린코가 물었다.

"히사모토 에츠코입니다."

"스즈카 씨 예전 동료분한테 스즈카 씨가 이 가게 단골이었다고 들었습니다. 주인 아주머니랑도 친했다고요."

"맞아요. 파출소에 근무할 때도, 형사과로 옮긴 후에도 자주 왔어요. 스즈카가 정말로 사람을 죽인 게 맞나요? 도저히 믿을 수가…."

히사모토가 비통한 눈빛으로 이쪽을 쳐다보며 말했다.

걱정과 근심으로 가득 찬 표정을 보니 스즈카가 그녀에게 어떤 존재였는지 알 것 같았다. 지금부터 하는 이야기는 히사모토를 더 힘들게 만들 것이 분명했지만 그래도 해야만 했다.

"스즈카 씨 때문에 사람이 죽은 것은 사실입니다."

린코가 고통을 견딜 각오를 하고 말을 건네자 눈앞에 앉은 히사모토가 "그런가요…"라고 중얼거리며 고개를 푹 떨구었다.

"다만 스즈카 씨는 혐의를 부인하고 있습니다. 상대방의 머리를 술병으로 때린 건 사실이지만 상대방이 자신을 덮치려고 했기 때문에 저항하다가 그렇게 되었을 뿐이라고요."

"뉴스에서 보니 피해자는 호스트바에서 일하는 사람이었다고…."

"맞습니다."

"스즈카가 그런 가게에 드나들었다는 것도 솔직히 믿기지가 않아요. 잘은 모르지만 호스트바는 젊은 남자랑 술 마시는 곳 아닌가요? 금슬 좋은 부부였고 남편도 좋은 사람이었는데 대체 왜 그런 곳에…."

"스즈카 씨 남편분과도 만난 적이 있으신가요?"

린코가 묻자 히사모토가 고개를 끄덕였다.

"언젠가 남편과 아이를 데려온 적이 있었어요. 평소에 스즈카가 가족 사진을 자주 보여줬거든요. 아들 히비키랑 남편이랑 같이 찍은 사진을요. 그걸 보고 제가 한번 만나보고 싶다고 하니까 데려온 거죠. 히비키가 그때 두 살이었나? 맞벌이인 데다가 스즈카는 순경이라서 근무 시간도 불규칙하니 애 키우기가 쉽지 않았을 텐데 남편과 손을 맞잡고 함께 노력하는, 그야말로 이상적인 부부였어요. 여기 왔을 때도 둘이서 아들을 살뜰히 챙기는 모습이 정말 행복해 보였고요.”

히사모토의 말을 들으니 세 가족의 단란한 모습이 눈앞에 떠올라 가슴이 저렸다.

“스즈카는 동네 사람 모두가 좋아하는 순경이었어요. 누구에게나 친절하고, 근무 중에 짬이 나면 혼자 사는 노인들을 찾아가서 말 상대도 해 드리고, 근무 시간이 아니더라도 이런저런 상담을 해 주곤 했거든요. 저희 역시 큰 도움을 받은 적이 있고요.”

“어떤 일로요?”

“제 손녀가 행방불명이 되어서요.”

생각지도 못했던 이야기에 니시와 린코는 깜짝 놀랐다.

“손녀 이름은 미우이고, 당시 중학교 2학년이었어요. 제 딸은 미우를 낳고 몇 년 있다가 이혼해서 저희랑 같이 살며 식당 일을 돕고 있어요. 4년 전인가… 저랑 남편이 패키지여행을 가 있는데 딸아이한테 전화가 와서 미친 듯이 울부짖으며 미우가 사라졌다고 하더라고요. 일요일이었는데 아이가 밖에 나가 전화를 받지 않는다고요. 아직 저녁 때였기 때문에 뭘 그렇게 호들갑을 떠나 했는데 전후 사정을 듣고 저희도 패닉에 빠졌죠.”

아이는 엄마에게 ‘살기 싫다’라는 문자 메시지를 남겼고, 그걸 본 아이 엄마가 놀라서 아이의 스마트폰에 수차례 전화를 걸고 메시지를 남겼지만 아무 대답이 없었다고 했다.

“경찰서에 가서 아이가 보낸 문자 메시지를 보여주며 도움을 요청했지만, 밤이 되어도 돌아오지 않으면 그때 다시 오라고만 하더래요. 저희도 여행을 중단하고 바로 돌아가기로 했지만 당시 나가사키에 있었기 때문에 이동에 시간이 걸릴 수밖에 없는 상황이었죠. 저는 가만히 있을 수가 없어서 일단 스즈카에게 전화를 걸었어요. 스즈카는 그날 비번이었는데 남편은 일하러 가고 혼자 집에서 아이를 보고 있다고 했어요. 그런데도 자기 아이를 베이비시터에게 맡기고 곧장 오가와키타 경찰서로 가서 수색 요청을 한 다음 저희 딸과 함께 미우를 찾아다녀 주었어요. 미우 친구들한테 미우가 갈 만한 곳을 물어서 결국 그날 밤 늦게 카와고에 오락실에서 혼자 있던 미우를 찾아냈죠."

미우는 학교에서 집단 괴롭힘을 당하고 있었다. 내일도 학교에 가야 한다고 생각하니 절망적인 기분이 들어서 엄마한테 문자 메시지를 보낸 후 밤거리를 정처 없이 배회하고 있었던 모양이었다.

"이미 늦은 시간이었는데도 스즈카는 미우의 고민을 귀기울여 들어 주었다더군요. 그러면서 죽고 싶다는 생각은 절대로 하면 안 된다고 부드럽게 타일렀던 모양이에요."

히사모토의 이야기를 들으니 예전에 하야마 아야노가 했던 말이 생각났다. 스즈카는 슌타로를 유괴한 범인이 체포되고 수사본부가 해체된 후에도 아들을 잃은 슬픔에서 헤어 나오지 못한 채 스스로를 탓하며 하루하루를 보내던 아야노를 일으켜 세우려고 애썼다.

"집단 괴롭힘 때문인지 미우는 그날 이후 등교 거부를 하게 되었고, 스즈카는 그런 미우를 계속 신경 써 주었어요. 미우도 스즈카를 잘 따랐고, 제 딸 역시 스즈카를 믿고 의지하는 부분이 컸죠. 그래서 두 사람 모두 이번 사건을 전해 듣고…." 히사모토가 말을 잇기 어려운 듯 고개를 숙였다. "스즈카가 하는 말이 사실이겠죠? 스즈카가 사람을 죽일 리가…, 그렇게 착한 아이가 그런 짓을 할 리가 없잖아요…."

린코는 자기 자신에게 들려주듯 중얼거리는 히사모토를 바라보며 뭐라 해야 좋을지 알 수가 없었다. 그때 옆에 있던 니시가 입을 열었다.

"저희도 그걸 확인하기 위해 스즈카 씨를 아는 분들을 만나러 다니는 중입니다. 스즈카 씨가 가끔은 일과 관련된 이야기도 했나요?"

니시의 질문에 히사모토가 고개를 들었다.

"일 얘기요?"

"네, 예를 들어 자기가 담당한 사건의 수사 진행 상황이라든지 체포된 범인에 대해서요."

"아니요. 파출소 근무 중에 만난 할아버지 할머니 이야기를 한 적은 있었지만 사건 수사나 범인에 관한 이야기는 한 번도 들은 적이 없어요." 히사모토가 고개를 저으며 대답했다. "저희 식당에는 경찰분들이 많이 오시지만 다들 일 얘기는 거의 안 하세요."

"그렇군요. 이번 사건이 일어나기 전에 스즈카 씨가 여기 왔었다고 들었습니다만."

"네, 사건 이틀 전 밤에 갑자기 혼자 찾아왔었어요."

린코는 저도 모르게 니시를 돌아보았다.

"오가와키타 경찰서에서 모로 경찰로 옮긴 후에도 여기에는 종종 들르곤 했나요?" 니시가 히사모토를 쳐다보며 물었다.

"아니요, 그날이 처음이었어요. 새 직장인 모로 경찰서도, 집이 있는 코테사시도 여기서는 꽤 머니까요. 오랜만에 얼굴을 봐서 반가웠죠."

"그때 스즈카 씨가 카노라는 이름을 언급하지는 않았습니까?"

"카노? 혹시 그 사건의 피해자인가요?"

니시가 고개를 끄덕였다.

"아니요, 못 들었습니다."

"그날 스즈카 씨가 무슨 이야기를 했는지 최대한 자세히 말씀해 주실 수 있을까요? 스즈카 씨가 이전과 달라졌다든지 어딘지 모르게 이상하다고 느낀 점이 있었다면 그런 것도 포함해서요."

"그날은 손님이 많아서 스즈카가 가게에 오고 한동안은 이야기를 나눌 시간이 없었어요. 스즈카는 카운터석에서 사케를 마셨고요. 이전과 달라진 점이라면 우선 그 점을 들 수 있겠네요."

"뭐가 말이죠?"

"스즈카가 사케를 주문한 건 처음이었거든요. 술이 센 편이 아니라서 평소에는 주로 맥주를 마셨어요. 뭔가 고민이 있는 것 같아 보이길래 손님이 어느 정도 빠진 다음에 '무슨 일 있어?' 하고 말을 걸었죠." 그날 일을 기억해 내려는 듯 히사모토의 시선이 허공을 맴돌았다.

"그랬더니 뭐라고 하던가요?"

니시가 뒷이야기를 재촉하자 히사모토가 다시 이쪽을 보며 대답했다.

"'이제부터 있을 예정이에요'라고…."

"그게 무슨 뜻이었을까요?" 린코가 물었다.

"저도 물어봤는데 더 자세히는 말해 주지 않았어요. 다만 그러고 나서 '그래서 용기를 얻기 위해 오늘 여기 온 거예요'라며 희미하게 웃더라고요."

린코는 히사모토를 쳐다보며 그 말이 무슨 의미였을지 생각해 보았다.

"무엇 때문에 용기가 필요한지도 말하지 않던가요?"

히사모토가 고개를 끄덕였다.

"대충 짐작은 갔어요. 아마도 이혼할 생각인가 보다… 하고."

"왜 그렇게 생각하셨죠?"

"혼자 마시는 동안 왼손 약지에 낀 반지를 빼 버렸더라고요. 자기 입으로 이혼 얘기를 직접 꺼내기는 힘드니까 제가 알아봐 주기를 바란 게 아닐까 싶었어요."

"히사모토 씨는 뭐라고 하셨나요?"

"어떤 결정을 내리게 되더라도 히비키를 최우선으로 생각하라고 했어요."

무슨 말일까. 부모가 이혼하면 천국에 있는 히비키가 슬퍼할 거라는 의미인 걸까.

"부모의 이혼으로 미우가 많이 힘들어했기 때문에 히비키는 그러지 않기를 바랐거든요. 히비키도 이제 초등학교 들어가서 알 건 다 알 나이이고…."

린코가 고개를 갸웃거렸다.

"저… 히비키는 죽었는데요."

린코가 말하자 히사모토가 소스라치게 놀라며 "네? 어쩌다가요?" 하고 물었다.

"급성 경막하 출혈이었다고 합니다."

"그런…." 히사모토가 입을 틀어막았다. "제가 스즈카한네 대체 무슨 말을 한 거죠? 못 만난 사이에 그런 일이 있었을 줄이야…"

"아니요, 히비키가 죽은 건 4년 전입니다."

"4년 전이라고요?" 히사모토가 믿을 수 없다는 표정으로 되물었다.

"네, 2014년 10월에요. 못 들으셨나요?"

"그런 말은 전혀…. 하지만 듣고 보니 언제부터인가 가족사진을 보여 주지 않았고, 제가 히비키는 잘 지내냐고 물어도 그냥 얼버무리곤 했어요. 하지만 왜 그런 중요한 일을 말하지 않은 걸까요?"

린코도 이상하다고 생각하며 니시와 얼굴을 마주 보았다. 무언가를 골똘히 생각하던 니시가 갑자기 고개를 번쩍 들어 히사모토를 쳐다보았다.

"미우가 행방불명된 날이 언제였는지 기억하십니까?"

니시의 기세에 압도당한 히사모토가 반사적으로 뒤로 물러앉았다.

"기억해 내셔야 합니다!"

니시가 다급한 말투로 재촉하자 히사모토가 "자… 잠시만 기다려 주세요" 하고 자리에서 일어났다. "2층이 살림집인데 아마 어딘가에 적어 뒀을 거예요"라고 말하며 가게 문을 빠져나갔다.

"왜 그러세요?" 린코가 니시를 보며 물었다.

"음…, 신경 쓰이는 게 있어서."

니시는 그렇게 말하고 입을 다물었다. 잠시 후 히사모토가 돌아와 다시 자리에 앉으며 테이블 위에 사진을 내려놓았다.

패키지여행에서 찍은 단체 사진인 듯했다. '나가사키, 글로버 정원에 서'라고 적혀 있었다. 사진에 찍힌 날짜는 2014년 10월 26일이었다.

"이 사진을 찍은 직후에 딸에게 전화를 받았으니 이날이 분명합니다."

히사모토가 사진을 손으로 가리키며 말했다.

"감사합니다. 오늘은 일단 여기서 돌아가야 할 것 같은데 다음에 다시 시간 내 주시면 감사하겠습니다."

니시가 일방적으로 통보하며 자리에서 일어났다.

어쩔 수 없이 린코도 따라 일어나 히사모토에게 인사한 다음 종종걸음으로 니시의 뒤를 쫓았다. 가게를 나와 왔던 길을 다시 되돌아갔다.

"대체 왜 그러시는데요. 알아듣게 설명해 주세요."

등 뒤에 대고 항의하자 니시가 발걸음을 멈추고 이쪽을 돌아보았다. 날카로운 눈빛에 저도 모르게 몸이 움츠러들었다.

"2014년 10월 26일이라는 날짜를 듣고 뭐 기억나는 거 없어?"

니시가 물었지만 린코는 아무것도 생각나지 않았다.

"히비키가 죽은 날이야."

니시의 말을 듣고 헉했다.

"카와고에로 가자." 니시가 다시 걸음을 옮겼다.

"오오야 변호사님한테요?"

카와고에에는 카노의 변호를 맡았던 오오야 변호사의 사무실이 있었다.

"뭘 물어보시려고요?"

니시가 대답해 줄 것 같지는 않았지만 일단 물어보았다.

"모든 점이 하나로 이어지면 그때 설명해 줄게."

시키역에서 내린 린코와 니시는 근처에 있는 대형 마트로 향했다.

"아직 7시도 안 됐는데요."

린코가 조심스럽게 지적하자 니시가 이쪽을 돌아보며 "1분이면 충분해"라고 대꾸했다.

평소와 다르게 머리보다 마음이 앞서는 것 같았다. 대체 니시는 무슨 생각을 하고 있는 걸까. 린코는 전혀 감이 오지 않았다.

마트 안으로 들어가 1층을 둘러보니 아야노가 말한 세탁소 간판은 금방 눈에 들어왔다. 카와고에에서 오오야 변호사를 만난 니시는 린코에게 지금 당장 아야노를 만나야겠으니 연락을 취해 달라고 했다.

린코가 아야노에게 전화하자 저녁 8시까지는 마트 안 세탁소에서 일하기 때문에 시간을 내기가 어렵다고 했다. 결국 8시에 마트 안에 있는 푸드코트에서 만나기로 약속했지만 니시는 잠깐이면 충분하다며 아야노가 일하는 세탁소로 직접 찾아온 것이었다.

자동문 너머로 계산대에 서서 손님을 응대하는 아야노의 모습이 보였다.

니시와 함께 세탁소 안으로 들어가자 아야노가 이쪽을 보고 깜짝 놀란 듯했지만 이내 표정을 추스르고 손님 응대를 계속했다. 아야노에게서 세탁물을 받아 든 손님이 돌아갔다.

"일하시는 곳까지 찾아와서 죄송합니다."

니시가 인사를 건네며 아야노에게 다가갔다.

"저는 괜찮습니다만 보시다시피 일하는 중이라….'

"1분이면 됩니다." 니시가 아야노의 말을 가로막았다.

아야노가 알았다고 하자 니시가 주머니에서 스마트폰을 꺼내 아야노 앞에 내려놓았다.

"이걸 좀 봐 주시겠습니까."

조금 전 히카와 법률사무소에서 찍은 사진이었다. 오오야 변호사를 만난 니시는 예전에 오오야 변호사가 보여준 자료 중 범인 체포에 결정적인 증거가 된 물건의 사진을 스마트폰으로 찍어 가도 되겠느냐고 물었다.

"일전에 아야노 씨가 보셨다는 스즈카 씨의 MP3 플레이어도 이것과 같은 모델이었습니까?"

니시가 묻자 아야노가 스마트폰 화면에 얼굴을 가까이 가져갔다. 한참을 뚫어지게 쳐다보더니 고개를 들고 끄덕였다.

"맞아요, 이것과 똑같은 모델이었어요."

아야노의 대답을 듣고 니시가 크게 한숨을 내쉬었다.

"이 MP3 플레이어는 스즈카 씨 건가요?" 아야노가 니시에게 물었다.

"아닙니다."

"그럼…."

"나중에 설명 드리겠습니다. 바쁘신데 협조해 주셔서 감사합니다."

니시가 아야노에게 고개 숙여 인사한 후 발걸음을 돌렸다. 린코도 서둘러 인사하고 니시의 뒤를 따랐다.

둘 다 말없이 푸드코트로 들어가 빈 테이블에 마주 보고 앉았다.

"모든 점이 하나로 이어졌군요?"

린코가 확신하며 묻자 니시가 고개를 끄덕였다.

"설명해 주세요." 린코가 몸을 앞으로 내밀며 말했다.

"한 가지 조건이 있어."

"뭔데요?"

"바보 같은 소리라고 비웃지 마."

린코는 멀뚱히 눈만 깜박였다.

"스스로도 말도 안 되는 이야기라고 생각하니까."

"알겠습니다."

"어디서부터 어떻게 설명해야 하나…."

니시가 앓는 소리를 내며 고개를 푹 숙였다.

재촉하지 않고 가만히 기다리고 있으려니 이윽고 니시가 고개를 들었다.

"카노 씨의 절도 사건은 누명이 아니었나 싶어."

린코는 고개를 갸웃거렸다. 니시가 왜 갑자기 이런 말을 하는지 이해가 가지 않았다.

"네?"

"스즈카 씨가 의도적으로 누명을 씌운 거지."

니시의 말에 린코는 헉하고 숨을 들이마셨다.

33

개찰구 밖에서 기다리고 있으니 니시가 이쪽으로 걸어오는 것이 보였다. 니시는 인사 대신 눈짓을 건넸고 그대로 둘이서 우라와역을 나섰다. 사이타마 구치소로 향하는 길을 걸으며 린코는 어제 니시가 한 말을 다시 한번 떠올렸다.

처음 들었을 때는 말도 안 되는 소리라고 생각했지만 몇 번이고 다시 생각하다 보니 어쩌면 그럴 수도 있겠다 싶었다.

니시의 추측이 만약 사실이라면 지금까지 스즈카가 한 말 중에서 이상하다고 느낀 부분이라든지 앞뒤가 맞지 않는 부분이 전부 딱 맞아떨어졌다.

린코는 구치소에 들어가 일반 면회 신청서를 작성한 후 니시와 함께 대기실에서 기다렸다. 니시는 더 이상 스즈카의 변호인이 아니었기 때문이다. 잠시 후 직원이 와서 두 사람을 면회실로 안내했다.

린코는 스즈카가 니시의 면회 신청을 받아들였다는 사실에 안도하며 방으로 들어가 아크릴판 앞에 앉아서 기다렸다. 잠시 후 맞은편 문이 열리고 교도관과 함께 스즈카가 들어왔다.

"안녕하세요."

린코가 인사를 건네자 스즈카가 눈앞에 서서 이쪽을 노려보았다.

"대체 무슨 생각이신 거죠?"

스즈카의 날 선 말투에 움찔했다.

"왜 해임한 니시 변호사님을 데려오신 거죠?"

"스즈카 씨, 일단 진정하시고 니시 변호사 말을 좀…."

"이런 식으로 나오시면 린코 변호사님도 믿을 수 없으니 해임하겠습니다." 스즈카가 린코의 말을 잘랐다. "이 말 하려고 온 겁니다."

스즈카가 몸을 돌려 문 쪽으로 걸어갔다.

"잠깐만요!" 니시의 단호한 목소리에 스즈카가 흠칫하며 문 앞에서 멈춰 섰다. 린코가 고개를 돌리니 옆에 앉아 있던 니시가 자리에서 일어나 스즈카의 뒷모습을 뚫어지게 응시하고 있었다.

"5분만 제 얘기를 들어 주시지 않겠습니까?"

니시가 부탁했지만 스즈카는 등을 돌리고 선 채 대답하지 않았다.

"5분이면 됩니다. 제 생각을 들어 주십시오. 제발… 부탁 드립니다."

니시가 스즈카의 등을 향해 고개를 숙였다.

한참을 가만히 있던 스즈카가 이윽고 이쪽을 돌아보았다.

"5분 지나면 바로 돌아가 주세요."

스즈카가 굳은 표정으로 짧게 말하고 맞은편 의자에 와서 앉았다. 교도관도 스즈카 뒤쪽 의자에 자리를 잡았다.

니시가 고개를 들어 자세를 가다듬은 다음 스즈카와 마주 보고 앉았다. 가면이라도 쓴 것처럼 아무런 감정도 느껴지지 않는 스즈카의 얼굴을 정면에서 바라보았다.

"처음 만났을 때, 제가 뭐라고 했는지 기억하십니까?"

니시가 부드러운 말투로 물었다. 스즈카는 니시를 잠자코 쳐다보기만 할 뿐 아무 말도 하지 않았다.

"앞으로 저희한테는 진실만을 말해 달라고 했습니다. 설령 상대가 잘못했다 하더라도 피해자는 이미 죽었으니까, 카노 씨는 더 이상 아무런 변명도 주장도 하지 못하니까, 그러니까 스즈카 씨에게는 진실을 말할 책임과 의무가 있다고 말입니다. 진실만을 말하겠노라고 약속해 준다면 저는 스즈카 씨 변호에 최선을 다하겠다고 말씀드렸습니다."

린코는 니시와 함께 처음 스즈카 접견을 왔을 때를 떠올렸다. 고작 4개월 전 일인데 사건과 스즈카에 대한 인상이 그때와는 크게 달라졌다.

"하지만 스즈카 씨는 그 약속을 지키지 않았습니다."

니시가 단언하자 스즈카가 미간을 찌푸렸다.

"저희한테 진실을 말하지 않으셨죠. 왜 그랬는지도 대충 알겠습니다. 제 추측이 틀리지 않았다면요."

스즈카의 입가가 희미하게 떨렸다. 동요를 감추려는 듯 고개를 돌려 시선을 피했다.

"스즈카 씨는 자신의 안위를 위해 진실을 은폐하려고 한 것이 아니었습니다. 그럴 수밖에 없는 이유가 있었던 것 아닙니까?"

"무슨 말씀이신지…."

아크릴판 너머에서 스즈카가 중얼거리며 고개를 들었다.

"니시 변호사님이 무슨 말씀을 하시는 건지 전혀 모르겠네요. 이제 그만 돌아가 주시겠어요?"

"알겠습니다. 저는 이만 돌아가도록 하겠습니다."

니시가 린코에게 힐끗 쳐다보며 자리에서 일어났다.

여기서 더 파고들어서 스즈카의 방어 본능을 자극했다가는 린코까지 쫓겨날 수 있다고 판단한 모양이었다.

"마지막으로 한 말씀만 더 드리겠습니다. 저는 가능하다면 다시 한번 스즈카 씨 변호를 맡고 싶습니다. 지금은 진심으로 그렇게 생각합니다."

니시는 뒤를 부탁한다는 듯 린코의 어깨를 툭 치고 방에서 걸어 나갔다.

문이 닫히자 린코는 스즈카 뒤에 앉아 있는 교도관에게 말했다.

"사전에 신청한 대로 계속해서 변호인 접견을 하고자 합니다만."

"알겠습니다. 일단 방에서 나가서 대기실에서 기다려 주십시오."

교도관의 안내에 따라 린코는 방을 나섰다. 잠시 대기실에서 기다리자 교도관이 아까와는 다른 방으로 안내해 주었다. 린코가 의자에 앉자 맞은편 문이 열리고 스즈카가 들어왔다. 이번에는 교도관을 대동하지 않고 혼자였다.

스즈카는 자리에 앉아 고개를 들었지만 린코와 시선을 마주치려 하지 않았다. 아크릴판 너머로 허공을 응시하고 있는 듯했다.

모든 것은 지금부터 린코가 하는 말에 달려 있었다. 굳게 닫힌 스즈카의 마음의 문을 어떻게 해서든지 열고 싶었다.

"쓸데없는 얘기로 시간 낭비할 생각이시라면 린코 변호사님도 이만 돌아가 주셨으면 좋겠는데요."

스즈카가 딱딱한 어조로 말했다.

"어제… 오가와마치에 있는 호타루정에 다녀왔습니다."

린코가 말을 꺼내자 스즈카가 화들짝 놀라 린코를 쳐다보았다.

"히사모토 씨를 만나서 이야기를 나누었습니다. 스즈카 씨를 많이 걱정하셨어요."

"아, 네…." 스즈카가 감정이 담기지 않은 목소리로 대꾸했다.

"가족끼리 교류가 있었다고 들었습니다. 스즈카 씨가 남편과 아들을 가게에 데려가기도 하고, 히사모토 씨 손녀인 미우가 사라졌을 때는 아이 엄마와 같이 찾으러 다니셨다고요."

스즈카는 아무 말도 하지 않았다. 이런 말을 하는 의도가 무엇이냐는 듯 의심스러운 눈초리로 린코를 쳐다볼 뿐이었다.

"히사모토 씨한테 왜 히비키가 죽었다는 사실을 밝히지 않으셨죠?"

핵심을 찌르는 질문이었지만 스즈카의 표정에는 이렇다 할 변화가 없었다.

"그게 그렇게 이상한가요? 그저 자주 가는 가게일 뿐인데 그 사람들한테 일일이 가족의 죽음을 알리지 않았다는 게?"

린코와 니시는 그런 문제가 아니라는 것을 알고 있었다. 히비키가 죽은 당일, 스즈카는 베이비시터에게 아이를 맡기고 미우를 찾으러 다녔다.

니시는 이것이 열쇠라고 말했다. 지금까지 알아낸 여러 가지 사실과 이제껏 상상했던 많은 것들이 이 한 조각으로 인해 서로 연결되기 시작했다고. 이제 남은 조각은 절도 사건의 증거가 된 MP3 플레이어뿐이었다.

"스즈카 씨가 늘 가지고 다니던 MP3 플레이어. 그건 버린 게 아니라 절박한 염원을 담아 놓아두고 나오신 거죠? 절도 사건 피해자인 나가야마 미츠구 씨 집에."

린코의 날카로운 지적에 스즈카가 흠칫 놀라 뒤로 물러앉았다.

"아까부터 대체 무슨 말을 하시는 거죠? 제발 그만 좀 하세요!"

스즈카가 상기된 얼굴로 언성을 높이며 의자에서 벌떡 일어섰다.

"사실대로 말씀해 주세요. 슌타로 사건은 걱정하지 않으셔도 됩니다."

문 앞에서 스즈카가 걸음을 멈췄다.

"며칠 전에 오가와키타 경찰서 쿠사마 형사님을 만났습니다. 슌타로 유괴 살인 사건의 범인인 하야시 테츠나리가 체포되고 8개월 후에 미니카보다 더 결정적인 증거가 나왔다고 합니다."

스즈카가 천천히 고개를 돌려 이쪽을 보았다. 믿기지 않는다는 듯 입이 반쯤 벌어져 있었다.

범인이 체포된 후 모로 경찰서로 옮겨간 스즈카는 새로 발견된 결정적인 증거에 대해서는 알지 못했을 것이다.

"저… 정말인가요?"

처음으로 스즈카의 말에서 감정이 느껴졌다.

"정말입니다. 구체적으로 어떤 증거인지까지는 듣지 못했지만요. 그러니 스즈카 씨가 진실을 말하더라도 그로 인해 슌타로 사건의 재판 진행에 영향을 미치는 일은 없을 겁니다. 그러니 이제 안심하고 솔직하게 말씀해 주세요."

그래도 스즈카는 여전히 입을 꾹 다문 채 문 앞에서 움직이지 않았다. 하지만 마음속으로 망설이고 있는 것이 느껴졌다. 조금만 더 하면 될 것 같았다.

"아까 니시 변호사가 한 말에 저도 동의합니다. 스즈카 씨에게는 진실을 말할 의무가 있습니다. 죽은 사람은 더 이상 아무런 변명도 주장도 하지 못하니까요. 그리고 죽은 사람은 카노 씨뿐만이 아닙니다."

린코는 윗옷 주머니에서 히비키의 사진을 꺼내 아크릴판에 가져다 댔다.

"히비키의 억울함을 풀어 주기 위해서라도 스즈카 씨는 진실을 말해야만 합니다. 그렇지 않아요?"

스즈카가 눈물을 글썽이며 이쪽으로 다가왔다. "히비키…, 히비키…" 하고 목멘 소리로 부르며 린코가 손에 든 사진을 향해 손을 뻗었다.

아크릴판에 손바닥이 닿은 순간, 스즈카가 쓰러지듯 상체를 푹 숙였다. "미안…, 히비키…, 엄마가 너무 미안해…." 스즈카의 입에서 오열이 터져 나왔다.

"미우를 찾는 동안 히비키를 맡겼던 베이비시터가 카노 씨였던 것 아닌가요?"

린코의 질문에 스즈카가 고개를 들었다. 잠시 뜸을 들인 후에 "맞습니다" 하고 붉게 충혈된 눈으로 고개를 끄덕였다.

"진실을 말씀해 주시겠어요?"

린코가 묻자 스즈카가 힘없이 고개를 끄덕이며 맞은편 의자에 앉았다.

"우선 2014년 10월 26일에 무슨 일이 있었는지부터 말씀해 주시겠어요? 미우가 사라진 날입니다."

스즈카가 눈을 감고 고개를 살짝 숙였다.

인생에서 가장 힘들었을 하루를 떠올리고 있는 듯했다.

"그날 전 비번이었고…, 남편이 출근한 후 집에서 히비키와 둘이 있었어요…."

스즈카가 고개를 들었다. 린코를 향한 두 눈에서는 더 이상 망설임이 느껴지지 않았다.

"오후 2시쯤 히사모토 씨한테 전화를 받고 미우 엄마인 카오루 씨와 함께 미우를 찾아보기로 했는데 히비키를 데리고 다니기는 아무래도 어려울 것 같았어요. 남편은 일하는 중이고, 평소에 히비키를 맡기던 어린이집은 문을 안 열었고, 친정 엄마도 입원 중이셔서 친구들에게 연락해 봤지만 부탁할 수 있는 사람이 없었어요. 아무래도 같이 찾기는 힘들겠다고 카오루 씨한테 전화를 하려던 참에 문득 한 친구가 한 말이 생각났어요. 그 친구는 인터넷에서 베이비시터를 구한 적이 있다고 했거든요. 그래서 저도 인터넷을 뒤져서 오가와 사토시라는 남자에게 아이를 맡기기로 했고, 그 사람이 바로 카노 씨였어요."

카노는 가명으로 베이비시터 일을 하고 있었던 것이다. 취미와 실익을 겸한 아르바이트를.

"카노 씨에게 맡길 때 히비키의 상태는 어땠나요?"

"아주 건강했어요. 코테사시역 개찰구에서 카노 씨를 만나 아이를 맡길 때 히비키는 웃으며 제게 손을 흔들었어요. 미우를 찾은 후 다시 개찰구에서 만났을 때는 카노 씨한테 안겨서 자고 있었고요. 하루종일 열심히 뛰어놀았다길래 많이 피곤한가 보다 했죠. 그런데 집에 돌아오고 얼마 지나지 않아 히비키가 갑자기 토를 하더니 의식을 잃었어요. 너무 놀라서 바로 구급차를 불렀고, 그리고…." 스즈카는 좀처럼 말을 잇지 못했다.

그날 밤 11시 48분에 히비키는 사망했다.

"집에 돌아온 후 히비키가 어딘가에 머리를 부딪히거나 하지는 않았나요?" 린코가 물었다.

"아니요…." 스즈카가 힘없이 고개를 저었다. "집에 와서는 계속 침대에서 자고 있었기 때문에 머리를 부딪히거나 할 일은 전혀 없었어요."

"경찰에 베이비시터를 신고할 생각은 하지 않으셨나요?"

린코의 말에 스즈카가 무거운 한숨을 내쉬었다.

"솔직히 많이 고민했어요. 하지만 그 사람 때문에 아이가 죽었다는 확실한 증거가 있는 것도 아니고 무엇보다…." 스즈카가 말끝을 흐렸다.

"미우랑 호타루정 분들 때문에 주저하신 거죠?"

"네…, 당시 미우도 정신적으로 많이 불안한 상태였거든요. 만약 자기를 찾으려고 베이비시터한테 맡기는 바람에 히비키가 죽었다는 사실을 알면…."

미우가 자살할지도 모른다고 우려했을 것이다. 호타루정에 히비키가 죽었다는 사실을 밝히지 못한 이유는 바로 이 때문이었다.

"MP3 플레이어는 히비키가 갖고 있었나요?"

"네…. 히비키가 죽은 후 바지 주머니에 들어있는 것을 발견했어요. 베이비시터의 물건일지 모르겠다는 생각이 든 순간, 제대로 보관해야겠다고 판단했죠. 곧바로 제 지문이 묻지 않도록 조심해서 투명 지퍼백에 넣었어요."

"경찰에 수사를 요청할 생각이셨던 건가요?"

"그때는 아직 마음을 정하지 못해서… 일단 만일에 대비한다는 느낌이었어요. 히비키의 장례식이 끝난 후, 지퍼백에 담긴 채로 MP3 플레이어 재생 버튼을 눌러 봤어요. 처음 듣는 노래들이 담겨 있었고 울음소리도 녹음되어 있었어요."

"히비키의 울음소리가요?"

"그건 확실하지 않지만 아이가 우는 소리이긴 했어요." 스즈카의 눈빛이 날카로워졌다. "게다가 한두 명이 아니라 수많은 아이들의 울음소리가 각각의 파일에 녹음되어 있었어요. 그걸 들으니 경찰에 신고할지 여부는 차치하더라도 일단 베이비시터를 다시 만나서 얘기는 들어 봐야겠다 싶더라고요. 여기 담긴 아이들 울음소리는 대체 뭔지, 히비키를 맡긴 동안 대체 무슨 일이 있었던 건지 확인해 봐야겠다고요. 하지만 인터넷에 등록된 전화번호로는 더 이상 연락이 닿지 않았어요."

"왜 2년도 더 지나서 MP3 플레이어를 그런 식으로 사용할 생각을 하게 되신 거죠?"

"직접적인 계기가 된 것은 하야마 아야노 씨와의 만남이었어요. 슌타로 사건에 대해서는 알고 계신가요?"

린코가 고개를 끄덕였다.

"슌타로 유괴 살인 사건은 피의자가 체포되었으니 조만간 전모가 밝혀지겠지요. 재판에서 죄에 상응하는 벌이 내려질 겁니다. 하지만 히비키의 죽음은 여전히 미궁 속에 빠져 있어요. 이대로 두면 안 되지 않을까 싶었죠. 하지만 이제 와서 남편에게 사실대로 털어놓고 경찰에 신고해서 수사를 요청할 용기는 나지 않았습니다. 더군다나 히비키가 죽고 시간이 많이 지나 인과관계를 입증하기도 어려울 테니 경찰이 제대로 수사할지도 의문이었고요. MP3 플레이어의 주인에게 전과가 없다면, 그래서 경찰 데이터베이스에 기록이 남아 있지 않다면 아무 의미도 없는 짓이라는 건 알고 있었지만 지푸라기라도 잡는 심정으로… 파일에 녹음된 아이들 울음소리는 삭제한 다음 MP3 플레이어를 절도 사건 피해자 집에 몰래 놓아두었습니다."

그 결과 카노가 용의자로 떠올랐고, 이윽고 체포되었다. 수사에 참여한 스즈카는 카노의 개인 정보를 확인할 수 있었을 것이다.

"스즈카 씨 쪽에서 먼저 카노 씨에게 접근한 건가요?"

"네. 역 앞에서 호객 행위를 하는 카노 씨를 몇 번인가 본 적이 있었기에 우연한 만남을 가장해서 호스트바의 손님이 되었습니다."

"왜 그런 짓을 하신 거죠?"

"어떤 사람인지 알고 싶었거든요. 히비키가 죽은 날 아이에게 무슨 짓을 했느냐고 단도직입적으로 묻는다 한들 순순히 대답할 리가 없잖아요. 그러니 카노 씨가 어떤 사람인지를 먼저 알아야겠다고 생각했죠. 카노 씨는 히비키가 죽기 전에도 아동 성추행 혐의로 체포된 전적이 있으니까요. 과거 자신이 상처 입힌 아이들에게 어떤 마음을 가지고 있는지 궁금해서 하루는 제가 아이 이야기를 꺼내 봤어요. 몇 년 전 사고로 아이를 잃었는데 사망 원인을 제공한 사람을 지금도 원망하고 있다고, 아이들에게 어떤 식으로든 위해를 가하는 사람은 절대로 용서할 수 없다고, 그런 인간은 언젠가 반드시 그 대가를 치르게 될 거라고 말했어요. 제 말을 듣고 카노 씨가 조금이라도 반성하는 기색을 보인다면 제 마음도 조금은 편해지지 않을까 싶었죠. 하지만 카노 씨는 심드렁한 표정이었어요."

카노는 그런 이야기를 꺼낸 스즈카에게 의심을 품고 밴드 동료인 오오스미를 시켜서 스즈카를 미행하게 한 것일 터였다.

"사건 나흘 전, 호스트바가 있는 건물 밖까지 배웅을 나온 카노 씨가 제게 이렇게 말했어요. 단둘이서 중요한 이야기를 나누고 싶으니 다음 비번 때 자기 집으로 오라고요. 카노 씨의 기분 나쁜 말투와 미소를 보고 제 정체를 들켰다는 사실을 깨달았죠. 제가 절도 사건의 증거를 조작했다는 것도요. 그래서 지도 각오를 단단히 하고 만나러 가기로 결심했습니다."

"홋카이도 여행을 예약하려고 한 이유는요?"

"카노 씨에게 히비키가 죽게 된 경위를 듣게 되면 남편에게 사실대로 털어놓을 계획이었어요. 아마 그 이야기를 들으면 남편은 제게 정나미가 떨어져서 이혼을 요구할 거라고 생각했고요. 그러니 마지막으로 남편이가 보고 싶어 했던 곳에 가서 말하려고…."

"마트에서 주스는 뭐 하러 사셨죠?"

"호신용으로요."

"네?" 린코가 고개를 갸웃거렸다.

"자기 집으로 오라고 했으니 만약 무슨 일이 생기면 주스캔이 든 비닐 봉지를 휘두를 생각이었어요. 실제로는 만나자마자 카노 씨한테 봉지째 빼앗겼지만요."

"그랬군요. 카노 씨 집에서는 무슨 일이 있었는지 말씀해 주시겠어요?"

린코가 말하자 스즈카가 기억을 더듬듯 시선을 먼 곳에 고정하며 입을 열었다.

"집 안에 들어가자 카노 씨가 안쪽에 놓인 테이블을 가리키며 앉으라고 권했지만 저는 앉지 않고 선 채로 얘기하기로 했어요."

"카노 씨를 경계해서요?"

"네. 무술을 익히기는 했지만 앉은 상태에서는 몸을 생각대로 움직이기가 어려우니까요. 제가 '중요한 이야기가 뭔데요?'라고 물으니 '다 알고 온 거잖아!'라며 카노 씨의 태도가 돌변했어요. '대체 왜 나를 함정에 빠트린 거지? 내가 체포당한 절도 사건에서 증거로 제출된 MP3 플레이어를 그 집에 놓아둔 건 당신이 한 짓이지?'라며 따지더군요. 저는 그렇다고 인정하고, 제가 왜 그런 짓을 했는지 알겠느냐고 물었어요. 전혀 모르겠다길래 4년 전 히비키를 맡겼던 그날 밤에 아이가 죽었다고 말해 줬죠."

"카노 씨는 뭐라던가요?"

"히비키에게 폭력을 휘두른 사실은 인정했지만 아이의 죽음과는 아무 상관도 없다고 발뺌했어요. 그저 저 때문에 데뷔가 물거품이 되었으니 그에 대한 보상은 앞으로 톡톡히 받아내겠다고, 그 전에 일단 자기 앞에 무릎 꿇고 사과부터 하라더군요. 그렇게 옥신각신하다가 카노 씨가 갑자기 칼을 꺼내서 제게 달려들었어요. 침대 위로 쓰러진 제 위에 올라타서 한 손에는 칼을 들고, 다른 한 손으로는 제 목을 졸랐어요."

"그래서 스즈카 씨는 가까이 있던 술병으로 카노 씨 머리를 내려쳤고요?"

"네. 카노 씨는 완전히 제정신이 아니라서 이대로 있다가는 정말 죽을 수도 있겠다 싶었거든요. 술병으로 내려친 순간, 카노 씨가 '으악!' 하고 소리를 지르며 뒤로 넘어갔어요. 저는 바로 몸을 일으켜서 일단 카노 씨의 손에서 칼을 뺏었죠."

"지금까지는 술병에 맞은 카노 씨가 칼을 놓쳤다고 말씀하셨는데….

"아니요, 제가 카노 씨 손에서 빼앗았습니다."

"아무리 상대가 쓰러진 상태라고는 하지만 칼을 빼앗는 게 겁나지는 않던가요?"

"움직이지 않았거든요."

"네?"

"지금까지는 카노 씨가 신음하며 방바닥을 데굴데굴 굴렀다고 말씀드렸지만… 사실은 바닥에 대자로 뻗어서 꿈쩍도 하지 않았어요."

"그때 이미 죽어 있었다는 말씀이신가요?"

스즈카가 고개를 끄덕였다.

"제가 칼을 뺏은 후 한참이 지나도록 미동도 하지 않길래 걱정이 돼서 확인해 봤어요. 숨도 안 쉬고 맥박도 뛰지 않더군요."

스즈카가 무거운 한숨을 내쉬며 고개를 숙였다.

"그러고 나서 스즈카 씨는 어떻게 하셨죠?"

린코가 뒷이야기를 재촉하자 스즈카가 고개를 들었다.

"일단 정신을 가다듬으려고 애썼습니다. 경찰에 신고해야겠다는 생각은 했지만 이제까지 있었던 일을 전부 다 솔직히 털어놓을 수는 없었어요. 제가 절도 사건의 증거를 조작했다는 사실이 밝혀지면 순타로 사건에도 영향을 미칠 거라고 생각했으니까요."

슌타로 유괴 살인 사건 때도 범인 체포에 결정적인 역할을 한 미니카를 발견한 사람은 스즈카였다. 피의자 측에서는 절도 사건에서와 마찬가지로 미니카 역시 스즈카가 조작한 증거라고 주장할 가능성이 높았다. 최악의 경우, 피의자인 하야시는 증거 불충분으로 풀려날 수도 있었다.

"하지만 제가 카노 씨를 죽인 사실이 밝혀지는 건 시간 문제라고 생각했습니다. 조만간 체포당할 텐데 어떻게 하면 카노 씨와 저의 관계를 들키지 않고 지금 이 상황을 설명할 수 있을지 머리를 굴렸죠. 고민 끝에 성폭행 피해자인 척하는 게 좋겠다는 결론을 내렸고, 블라우스 단추를 두세 개 푼 다음 칼과 가방과 코트를 가지고 집을 나와 역으로 향했습니다."

"맞은편 아파트에 사는 주민 말로는 스즈카 씨가 카노 씨 집에서 나왔다가 바로 다시 들어갔다던데…."

"집에서 나오는데 문득 카노 씨가 한 말이 마음에 걸리더라고요. '보상은 앞으로 톡톡히 받아내겠다'는 말이요. 그런 말을 한 걸 보면 오늘 저와 나눈 대화를 녹음하지 않았을까 싶더군요. 그래서 다시 돌아가서 여기저기 뒤진 끝에 침대 매트리스 사이에서 녹음 중인 MP3 플레이어를 발견했어요."

"그건 지금 어디 있죠?" 린코가 저도 모르게 몸을 앞으로 내밀며 물었다.

두 사람의 대화 내용, 그리고 카노가 스즈카를 덮친 상황이 녹음되어 있다면 지금까지 스즈카가 말한 내용을 입증할 완벽한 증거가 될 터였다.

"녹음된 파일을 지우고 원래 있던 장소에 돌려놨습니다."

"아…." 린코는 크게 낙담했다.

"오늘 제가 말씀드린 것이 이 사건의 진실입니다. 니시 변호사님도 린코 변호사님도 저를 변호하기 위해서 지금까지 최선을 다해 주셨는데 계속 거짓말만 해서 정말 죄송했습니다…." 스즈카가 고개를 깊이 숙였다.

"이 내용을 어머니와 남편분께도 그대로 말씀드려도 될까요?"

스즈카가 고개를 들어 끄덕였다.

"미안하다는 말도 같이 전해 주시겠어요?"

"그렇게 하겠습니다. 한 가지 더 확인하고 싶은 것이 있습니다만, 방금 스즈카 씨가 말한 내용을 예측한 사람은 니시 변호사입니다. 말주변도 없고 무뚝뚝하지만 변호사로서의 능력은 뛰어납니다. 니시 변호사가 다시 변호인으로 합류해도 될까요?"

"니시 변호사님만 괜찮으시다면… 부탁드립니다."

"니시 변호사에게 빨리 이 소식을 전하고 싶으니 오늘 접견은 여기서 마치도록 하겠습니다."

린코는 접견실에서 나와 복도를 걸어갔다. 의자에 앉아 있던 니시가 이쪽으로 고개를 돌렸다.

"어떻게 됐어?"

"니시 변호사님 예상이 맞았어요."

린코는 니시 옆에 앉아 스즈카에게 들은 이야기를 전했다.

린코가 말을 마치자 내내 무릎만 내려다보고 있던 니시가 고개를 들었다.

"스즈카 씨가 진실을 말하는 것 같아 보였어?"

"제가 보기에는요. 스즈카 씨는 니시 변호사님한테 다시 변호를 부탁하고 싶다고 했어요."

니시는 이렇게 될 줄 짐작하고 있었는지 "그래?" 하고 심드렁하게 대꾸했다.

"MP3 플레이어에 녹음된 내용이 남아 있기만 했더라면…."

니시도 린코와 비슷한 심정인 듯했다.

"아무튼 갑자기 이렇게까지 말이 바뀌면 검사랑 판사가 뒤로 넘어가겠는걸."

"생각해 봤는데요…."

린코가 말을 흐리자 니시가 어서 마저 이야기하라고 눈빛으로 재촉했다.

"이게 진실이라 하더라도 지금까지의 주장을 바꾸는 것이 스즈카 씨에게 도움이 될까요?"

니시의 추측을 들었을 때부터 고민한 부분이었다.

"무슨 뜻이지?"

"검찰이 주장해 온 사건의 경위와 동기를 무너뜨릴 수 있는 건 분명 큰 성과이지만 스즈카 씨가 카노 씨를 죽였다는 사실은 변함이 없잖아요. 검찰은 스즈카 씨를 살인으로 기소했으니 기소를 유지하는 데는 아무 문제가 없어요. 카노 씨가 스즈카 씨의 아들인 히비키를 죽였다, 적어도 스즈카 씨는 그렇게 생각하고 있었다는 사실이 밝혀지면 오히려 스즈카 씨에게 강력한 살해 동기가 있었다는 의미로 받아들여지지 않을까요?"

"충분히 그럴 수 있겠지…."

"그게 과연 스즈카 씨에게 좋은 일일까요?"

"일단 스즈카 씨 어머니와 남편에게 연락해 보자고. 스즈카 씨가 말한 내용을 전해야지."

니시가 린코의 질문에는 대답하지 않은 채 자리에서 일어나 복도를 걸어갔다.

"니시 변호사님…."

린코가 불만스러운 목소리로 부르자 니시가 발걸음을 멈추고 이쪽을 돌아보았다.

"피고인이 진실을 말했다면 우리는 그걸 바탕으로 피고인을 변호할 뿐이야."

니시가 출구 쪽으로 향했다.

린코는 멀어져 가는 니시의 뒷모습을 향해 고개를 끄덕인 다음 서둘러 뒤를 쫓았다.

34

"세이치로!"

코이데 계장의 호출에 히나타 세이치로는 자리에서 일어났다. 코이데는 자기 자리에서 손에 든 서류를 내려다보고 있었다.

"무슨 일이십니까?"

세이치로가 말을 건네자 코이데가 고개를 들었다. 표정이 심각했다.

"방금 스가와라 검사가 관리관 앞으로 보내온 서신이야. 변호인이 이런 주장을 하고 있다는군."

스가와라가 세이치로에게 서류를 내밀며 말했다.

스가와라 검사가 보냈다면 필시 타루미 스즈카 건일 터였다.

세이치로는 서류를 받아들고 눈으로 훑었다. 심장 박동이 점차 빨라졌다.

'이게 대체….'

종이에는 지금까지 경찰 조사 및 검찰 조사에서 스즈카가 진술한 내용은 모두 거짓이라고 적혀 있었다.

세이치로의 머릿속에 니시 다이스케의 얼굴이 떠올랐다.

'이게 네가 알아내려고 한 진실이냐?'

"어떤 것 같아?"

코이데의 목소리에 정신이 들었다.

"글쎄요…. 관리관과 스가와라 검사는 뭐라고 하던가요?"

세이치로가 되물었다.

"말도 안 되는 헛소리라고 하지 뭐. 그래도 이렇게까지 말이 바뀌니 아무래도 신경이 쓰이는지 한번 알아봐 달라고 하네."

"알겠습니다." 세이치로가 고개를 끄덕였다.

"그리고 하나 더, 니시가 다시 스즈카의 변호인으로 합류했다는군."

그 말에 심장이 요동쳤다. 역시 이 진술은 니시가 이끌어 낸 성과인가.

세이치로는 서류를 들고 요코카와의 자리로 향했다.

"잠깐 시간 괜찮아?"

세이치로가 말을 걸자 책상에서 무언가 하고 있던 요코카와가 고개를 들었다.

"이것 좀 읽어 봐."

요코카와는 세이치로가 건넨 서류를 받아 들고 읽기 시작했다. 처음에는 어리둥절한 표정이었다가 점차 어이없다는 표정으로 변해 갔다. 조금 전 세이치로 역시 이런 얼굴을 하고 있었을 것이다.

"이게 대체 뭡니까?"

요코카와가 기가 막히다는 투로 물었다.

"거기 적힌 대로 피고인의 새로운 주장이야. 이 내용을 염두에 두고 수사 자료를 다시 살펴봐야겠어."

세이치로는 요코카와를 데리고 자료실로 가서 수사 자료 복사본이 담긴 상자를 하나씩 들고 자리로 돌아왔다. 책상에 앉아 상자에서 꺼낸 자료들을 순서대로 훑어보기 시작했다.

조금 전 읽은 스즈카의 진술 내용을 떠올리며 확인해 나가다가 문득 이런 말이 기억이 났다.

'내가 피해자 부모라면 범인이 살아 있다는 건 생각조차 하기 싫을 거야…'

하야마 슌타로 유괴 살인 사건의 피의자가 체포되고 특별수사본부가 해체된 날 밤, 소소하게 열린 뒤풀이 자리에서 스즈카가 한 말이었다.

사건을 담당했던 형사들끼리 범인의 양형이 어떻게 정해질지에 대해 각자의 의견을 얘기하고 있었다. 어린아이를 유괴해 살해했으니 검찰의 구형은 사형일 가능성이 높았다. 하지만 피해자가 한 명이라는 점을 감안하면 아마도 무기징역이 나오지 않겠느냐고 세이치로가 말하자 그때까지 묵묵히 술만 마시고 있던 스즈카가 갑자기 버럭 화를 내며 범인은 죽어 마땅하다고 한 것이다.

당시 세이치로는 스즈카가 피해자와 비슷한 또래의 아들을 잃었다는 사실을 몰랐다. 그저 피해 아동의 모친인 아야노에 대한 동정과 연민 때문에 조금 흥분한 것 같다고 생각했을 뿐이었다.

하지만 만약 스즈카의 말대로 히비키가 죽게 만든 사람이 카노라면….

그때 한 말은 스즈카의 한 맺힌 비명이었을지도 모르겠다는 생각이 들었다.

관계자 진술 조서를 살피던 중 '히비키'라는 이름이 눈에 들어왔다. 스즈카의 경찰 동료인 요시오카 히로시의 진술 조서였다.

사건 전후 직장에서의 스즈카의 상태에 대해 적혀 있었다.

사건 발생 사흘 전부터 스즈카는 기운이 없었고 무언가를 골똘히 생각하고 있는 것 같아 보였다는 내용이었다.

경찰에서는 스즈카의 고민의 근원이 카노라고 보았다. 동료 호스트의 증언에 따르면 그 전날 밤에 스즈카가 호스트바에서 돌아가는 길에 카노와 따로 만날 약속을 했기 때문이다.

걱정이 된 요시오카가 무슨 일 있느냐고 묻자 스즈카는 매년 이맘때가 되면 기분이 우울해진다면서 4년 전 10월 26일에 당시 세 살이었던 아들 히비키가 죽었다는 이야기를 들려주었다. 진술 조서에서 특기할 만한 내용은 그것뿐이었다. 사건 발생 이틀 뒤인 10월 15일부터 체포되기 전까지의 스즈카에 대해서는 평소와 똑같았다고 적혀 있었다.

세이치로가 기억하는 바로는 스즈카의 가족이 아닌 사람이 히비키에 대해 언급한 자료는 이것이 유일했다.

모로 경찰서에 도착한 세이치로는 곧장 안내 데스크로 향했다. 접수대 안쪽에 앉아 있던 직원이 자리에서 일어나 인사했다.

"수사1과 히나타 세이치로 형사입니다. 요시오카 형사님을 만나러 왔습니다."

어젯밤 모로 경찰서에 전화를 걸어 요시오카가 오늘 출근한다는 사실을 확인한 후 만날 약속을 잡았다.

"네, 잠시만 기다려 주세요."

직원이 수화기를 들고 어딘가로 전화를 걸어 상대와 몇 마디 주고 받더니 세이치로를 보고 말했다.

"금방 올 테니 저쪽에 앉아서 기다리시면 됩니다."

안내 데스크 맞은편 의자에 앉아 기다리고 있으려니 회색 양복을 입은 남자가 이쪽으로 다가왔다. 20대 후반 정도로 보이는 깔끔한 인상의 청년이었다.

"수사1과 세이치로 형사님 되십니까?"

"네, 맞습니다." 세이치로는 고개를 끄덕이며 자리에서 일어났다. "요시오카 형사님이시죠? 바쁘신데 시간 내 주셔서 감사합니다."

"아닙니다. 이쪽으로 오시죠."

요시오카의 안내에 따라 세이치로는 1층에 있는 '종합상담실'이라고 적힌 방으로 들어갔다. 흰 테이블과 의자 네 개가 놓여 있었다. 세이치로에게 앉으라고 권한 다음 요시오카가 방에서 나가더니 잠시 후 양손에 종이컵을 들고 돌아와 하나를 세이치로 앞에 내려놓고 맞은편 의자에 가서 앉았다.

"감사합니다."

세이치로는 종이컵을 들어 차를 한 모금 마셨다.

"어제 전화로는 스즈카 형사님 건이라고 하셨는데 그 사건은 이미 기소돼서 곧 재판이 열릴 예정이지 않나요? 아직도 뭔가 조사하고 있는 겁니까?"

"아…, 몇 가지 확인하고 싶은 것이 있어서요."

검찰이 스즈카의 바뀐 진술을 받아들일 가능성이 희박한 현재로서는 자세한 이야기는 하지 않는 편이 좋을 것 같았다.

"요시오카 형사님이 조사 때 진술하신 내용 외에 스즈카 씨가 아들에 대해 언급한 적이 있었나요?"

세이치로가 묻자 요시오카가 한참을 생각하더니 "아니요, 제가 기억하기로는 그날뿐이었습니다"라고 대답하며 고개를 저었다.

"요시오카 형사님이 스즈카 씨에게 무슨 일 있느냐고 물어본 날 말이지요? 10월 10일."

"네, 아들이 죽었다는 얘기는 처음 들어서 깜짝 놀랐어요. 내가 괜히 안 좋은 기억을 들추어냈구나 싶었죠. 그래서 그 후로는 의식적으로 아들 얘기는 피하려고 노력했습니다."

"다른 동료들은 스즈카 씨 아들의 죽음에 대해 알고 있었을까요?"

만약 알고 있었다면 그들에게도 이야기를 들어 보고 싶었다.

"이번 사건이 일어나기 전까지는 몰랐을 거예요. 저는 아무한테도 얘기하지 않았으니까요. 스즈카 형사님이 체포된 후에 원래부터 부부 사이가 안 좋았다는 소문이 경찰서 안에서 돌았고, 그러면서 아들이 죽었다는 이야기도 어디선가 새어 나와 결국에는 다들 알게 됐지만요."

"그렇군요. 그날 스즈카 씨가 요시오카 형사님께 아들이 죽었다는 이야기를 하면서 뭔가 다른 말을 하지는 않았습니까?"

"아들에 대해서요?"

"네."

"글쎄요…." 요시오카가 다시 생각에 빠졌다.

"아무리 사소한 거라도 괜찮습니다."

"아, 그러고 보니…." 요시오카가 고개를 번쩍 들었다. "아들 무덤 이야기를 했어요."

"구체적으로 어떤 말을 했죠?"

"2주 후가 아들 기일이라고 해서 제가 그럼 그날 아들 무덤에 가느냐고 물었어요. 그랬더니 올해는 못 갈 것 같다고 하더라고요."

스즈카가 했다는 말이 묘하게 마음에 걸렸다.

"아들에 관한 이야기는 그 정도였던 것 같아요."

"왜 못 갈 것 같다고 하던가요?"

몸을 앞으로 쑥 내밀며 묻자 요시오카가 당황했는지 자세를 고쳐 앉았다.

"어…, 그건 안 물어봤어요. 기일은 쉬는 날이 아니라서 다른 날 가려나 보다 했죠."

아니다.

스즈카의 남편 테루히사를 경찰서로 불러 조사했을 때, 그는 부부간에 거의 대화를 하지 않아서 아내의 친구 관계는커녕 쉬는 날 무엇을 하며 지내는지도 모른다는 얘기를 하면서 4년 전 아들 히비키가 죽은 후부터 부부 사이가 멀어졌다고 설명했다.

테루히사 말에 따르면 히비키의 무덤은 코테사시에서 그리 멀지 않은 히가시사야마가오카에 있으며, 매년 기일에는 두 사람 다 다른 일이 있더라도 반드시 함께 무덤을 찾았다고 했다. 아들이 죽은 후 부부가 함께 외출하는 날은 그날뿐이라고 쓸쓸하게 웃던 테루히사의 얼굴이 기억났다.

"당시 스즈카 씨가 큰 사건을 맡고 있었나요?"

만약 그렇다면 사건이 해결될 때까지 언제 집에 들어갈 수 있을지 예측하기 어려웠을 것이다.

"아니요, 딱히 큰 사건은 없었습니다."

세이치로는 무릎 위에 놓인 자기 손을 내려다보며 머릿속으로 빠르게 생각을 정리해 보았다.

스즈카는 왜 올해는 아들 무덤에 못 갈 것 같다고 말했을까.

스즈카가 요시오카에게 그 말을 한 것은 카노와 10월 13일에 만날 약속을 한 다음 날이었다.

이번에 바뀐 진술 내용이 사실이라면, 스즈카가 무덤에 못 갈 것 같다고 생각한 이유는 카노를 만나 히비키가 왜 죽었는지 알아낼 계획이었기 때문일 것이다.

어쩌면 그 시점에 이미 카노를 죽일 생각이었던 것이 아닐까.

아무리 성폭행을 막기 위한 정당방위로 위장하더라도 사람이 죽으면 일단은 체포될 것이고, 그렇게 되면 히비키의 기일인 10월 26일에 무덤을 찾는 것은 불가능할 테니까.

지금까지 사건을 조사해 온 입장에서는 스즈카의 바뀐 진술이 터무니없는 헛소리로밖에 들리지 않았지만 어쩌면 대부분 사실일지도 모르겠다는 생각이 들었다.

처음부터 카노를 죽일 생각은 아니었다, 라는 부분 외에는.

세이치로는 무릎 위에 놓은 손을 꽉 움켜쥐었다.

35

안내 데스크 쪽으로 다가오는 남자를 보고 옆에 앉아 있던 츠보우치 관리관이 자리에서 일어났다. 히나타 세이치로도 함께 자리에서 일어나 자신과 동년배로 보이는 안경을 쓴 남자를 마주 보았다.

"사카가미 사무관입니다. 잘 부탁드립니다."

츠보우치와는 면식이 있는지 남자가 세이치로를 보며 말했다.

"수사1과 히나타 세이치로 형사입니다. 저야말로 잘 부탁드립니다."

"이쪽으로 오시죠."

세이치로는 츠보우치와 함께 사카가미를 따라가서 엘리베이터를 탔다. 3층에서 내려 복도를 걸어가던 사카가미가 복도 끝에 있는 문 앞에서 걸음을 멈췄다. 노크를 하고 문을 연 사카가미의 안내에 따라 세이치로는 방 안으로 들어섰다.

소파에 앉아 있던 세 사람이 자리에서 일어나 세이치로와 츠보우치를 맞이했다. 스가와라 검사 옆에 있는 양복 차림의 남녀는 처음 보는 얼굴이었다.

"저는 수사1과 츠보우치 관리관이고, 이쪽은 세이치로 형사입니다. 잘 부탁드립니다."

츠보우치가 인사하자 스가와라가 옆에 있는 두 사람을 소개했다. 스즈카 사건의 공판을 담당하는 검사들로 남자는 히무로, 여자는 아야노라고 했다.

세이치로와 츠보우치는 세 명의 검사와 마주 보고 앉았다.

"츠보우치 관리관님께 번거로운 부탁을 드려 죄송했습니다." 스가와라가 고개를 숙였다.

"아닙니다. 말씀하신 타루미 스즈카의 바뀐 진술에 대해서는 세이치로 형사가 중심이 되어 다시 확인해 봤습니다."

츠보우치의 말에 검사들의 시선이 일제히 세이치로에게로 향했다.

"그래서 결과는요?" 스가와라가 앞으로 살짝 당겨 앉으며 물었다.

"결론부터 말씀드리자면 바뀐 진술은 대부분 사실인 것 같습니다."

세이치로가 대답한 순간, 세 사람이 동시에 표정을 찌푸렸다. 서로 눈빛을 교환하더니 다시 이쪽을 보았다.

"그 말이 사실이라고요?"

스가와라가 재차 확인했다. 세이치로는 잠자코 고개를 끄덕였다.

모로 경찰서 요시오카 형사에게 이야기를 들은 후, 세이치로는 쿠사마 형사와 호타루정 주인 아주머니와도 만났다. 그들과 이야기를 나누며 스즈카의 새로운 진술에 신빙성이 있다고 느낀 세이치로는 사건 전후 스즈카의 행적을 중심으로 재조사에 나섰다.

"스즈카가 이용했다는 베이비시터 중개 사이트에 정보 공개를 요구한 결과, 2014년 10월 26일에 스즈카가 접속한 사실이 확인되었습니다. 아들인 히비키가 죽은 날입니다."

검사들 중 누군가가 헉하고 숨을 들이마셨다.

"스즈카가 그 사이트에서 연락을 주고받은 상대는 오가와 사토시라는 이름이었지만 IP 확인 결과, 카노 레이지로 확인되었습니다."

"스즈카가 아들을 카노에게 맡긴 건 사실이라는 말인가요?"

아야의 질문에 세이치로는 애매하게 고개를 끄덕였다.

"4년도 더 지난 일이라 목격지를 찾을 수 없고 CCTV 영상도 남아 있지 않습니다. 하지만 스즈카와 카노 사이에 아이를 맡기겠다는 이야기가 오간 기록이 있고, 호타루정 주인도 스즈카가 아이를 베이비시터에게 맡기고 자기 손녀를 찾으러 와 주었다는 말을 했으니 사실일 가능성이 높아 보입니다."

"절도 사건에서 스즈카가 증거를 조작한 것도 사실이라는 말입니까?"

스가와라가 물었다.

"그런 것 같습니다."

절도 사건 때 카노의 변호를 담당했던 오오야 변호사를 만나 당시 증거품으로 제출된 MP3 플레이어의 사진을 받았다. 그길로 바로 하야마 아야노를 만나러 가서 확인을 부탁했다.

예전에 만났을 때와는 달리 아야노는 세이치로에게 적대적인 태도를 보였다. 처음에는 갑자기 왜 태도가 돌변했는지 알 수 없어 당황했지만 이야기를 나누다 보니 대충 짐작이 갔다. 아야노가 스즈카에게 전해 달라고 한 말을 세이치로가 스즈카를 압박하는 재료로 쓴 것에 대해 화를 내고 있는 듯했다.

세이치로를 대하는 아야노의 태도는 시종일관 쌀쌀맞았지만 그래도 질문에는 대답해 주었다.

"스즈카와 친하게 지내던 하야마 아야노라는 여자가 있습니다. 2년 전 아들을 유괴 사건으로 잃었는데 그때 수사를 담당했던 형사가 스즈카였습니다. 아야노 씨 말에 따르면 절도 사건 증거품인 MP3 플레이어와 동일한 모델을 스즈카가 가지고 있었다고 합니다. 아들인 히비키의 육성이 남아 있는 유일한 물건이라면서 투명 지퍼백에 소중히 넣어 다녔다고 합니다."

아야노는 며칠 전 니시와 린코가 찾아와서 세이치로와 같은 질문을 했다고도 말해 주었다.

호타루정 주인의 손녀를 찾아주기 위해 스즈카가 아들을 베이비시터에게 맡겼다는 점, 그날이 바로 히비키가 죽은 날이었다는 점 등을 종합해서 그것들을 잇는 연결고리를 찾아낸 니시는 마침내 스즈카로부터 진실을 이끌어 낼 수 있었던 것이리라.

세이치로는 니시의 혜안에 내심 혀를 내둘렀다. 하지만….

눈 앞에 있는 세 사람은 입을 꾹 다문 채 아무 말이 없었다.

검찰은 한번 도출한 시나리오를 쉽게 포기하지 않는다. 하지만 이렇게까지 모든 정황과 증거가 맞아떨어지면 생각을 바꾸지 않을 수 없을 것이다.

"아까…." 마침내 스가와라가 세이치로를 쳐다보며 입을 열었다. "대부분 사실인 것 같다고 하셨는데…."

왜 '대부분'이라는 말을 덧붙였는지 궁금한 표정이었다.

"네. 스즈카가 카노에게 아들을 맡긴 것, 그리고 증거를 조작해서 카노의 신원을 알아낸 다음 호스트바 손님인 척하며 카노에게 접근한 것은 사실로 보입니다. 하지만 그 외에는 모두 스즈카의 일방적인 주장에 불과합니다."

"카노가 자기를 덮쳐서 저항하기 위해 술병으로 내려쳤다는 것 말인가요?"

히무로의 지적에 세이치로는 고개를 끄덕였다.

"지금까지 우리는 카노에게 무언가 약점을 잡힌 스즈카가 금품 등을 요구당했기 때문에 카노를 살해한 것이라고 생각했습니다."

이러한 추측은 카노의 밴드 동료인 오오스미 켄타의 진술에 근거한 부분이 컸다.

카노는 오오스미에게 호스트바에서 돌아가는 스즈카를 미행해 달라고 부탁했고, 그 후 '괜찮은 돈줄을 잡았다'는 말을 했다.

둘이서 따로 만날 약속을 한 10월 9일 이후에 스즈카가 자기 핸드폰으로 카노의 SNS 계정을 몇 번이고 방문한 이력이 확인되었다. 그전까지는 한 번도 방문한 적이 없었다.

카노의 SNS에는 밴드 활동과 관련된 내용 외에 집 안에서 찍은 사진들도 몇 장 올라와 있었다. 그중에는 흉기로 사용된 술병이 포함된 사진도 있었다.

경찰과 검찰은 스즈카가 이 사진을 보고 술병을 흉기로 삼아야겠다고 마음먹은 상태에서 카노의 집을 방문했을 것이라고 보고 있었다.

"지금까지의 노선을 대대적으로 수정할 필요는 없다고 봅니다. 오히려 바뀐 진술에 따르면 카노가 쥐고 있던 스즈카의 약점, 그리고 스즈카의 살해 동기가 더 명확해졌다고 볼 수 있지 않을까요?"

"증거를 조작한 사람이 스즈카라는 사실을 깨달은 카노가 그걸 무기로 삼아 스즈카를 협박했다…."

"맞습니다. 당시 스즈카가 무엇보다 두려워했던 건 자신이 증거를 조작했다는 사실이 밝혀지는 것이었을 테니까요. 게다가… 아니 그 이전에 스즈카는 아들의 죽음에 피해자가 관여했다고 믿고 있었습니다."

"우리로서는 스즈카에게 카노를 살해할 강한 동기가 있었다고 주장할 수 있겠군요."

아야가 고개를 끄덕이며 말하자 히무로가 뒤를 이었다.

"스즈카의 바뀐 진술에 따르면 카노가 칼을 들이대며 목을 졸라서 생명의 위협을 느꼈다고 하지만 아무리 메이저 데뷔가 무산되어 화가 난 상태라고는 해도 괜찮은 돈줄이라고 생각한 상대를 카노가 정말로 죽이려 했을까요?" 히무로는 자기가 말하며 고개를 저었다. "이 부분의 모순도 지적할 수 있겠네요."

"스즈카는 사건 사흘 전… 그러니까 카노와 만나기로 약속한 다음 날, 동료에게 이런 말을 했습니다. 아들 기일이 2주 후인데 당일에는 무덤을 찾아가기 어려울 것 같다고요."

세이치로의 말이 무슨 뜻인지 모르겠다는 듯 세 사람이 일제히 고개를 갸웃거렸다.

"스즈카의 남편은 아들이 죽은 후 매년 기일에는 부부가 함께 무덤을 찾았다고 했습니다. 다른 일이 있어도 반드시 그날만큼은 함께 움직였다고요. 당시 집에 돌아가기 어려울 정도로 큰 사건을 맡고 있었던 것도 아닌데 왜 올해는 가기 어려울 것 같다고 했을까요?"

세이치로가 말하고자 하는 바를 이해했는지 스가와라가 다시 이쪽을 보며 몸을 내밀었다.

"자신이 체포될 것을 예상하고 있었다…, 이 말입니까?"

세이치로는 잠자코 고개를 끄덕였다. 스가와라가 히무로와 아야를 돌아보며 입을 열었다.

"그럼… 시간이 별로 없지만 피고인의 바뀐 진술을 토대로 증명예정사실과 증거를 다시 정리해서 공판 준비를 새로 해야겠군요. 법원에도 그렇게 전달해 주세요."

"알겠습니다." 히무로와 아야가 고개를 끄덕이며 대답했다.

다섯 잔째 온더록을 입으로 가져가는데 등 뒤에서 문 열리는 소리가 들렸다.

"어서 오세요."

카운터 안쪽에서 인사하는 마스터의 표정을 보고 드디어 기다리던 상대가 나타났음을 깨달았다.

"몇 잔째야?"

니시의 목소리가 들렸다.

"다섯 잔째."

세이치로가 눈앞에 놓인 맥켈란 12년산을 가리키며 대답했다.

"둘이 같이 돈 내서 산 술이잖아. 적당히 마시라고."

세이치로 옆에 한 자리 띄우고 앉은 니시가 마스터에게 온더락 잔을 달라고 했다. 노자와는 니시 앞에 잔을 내려놓고 자리를 피해 주었다.

"거의 다 마셨네." 니시가 병을 집어 들며 투덜거렸다.

"나한테 빚진 거 갚았다고 생각해."

"빚?"

"내 덕분에 진실에 한발 더 가까이 갈 수 있었잖아."

니시의 입꼬리가 살짝 올라갔다. '그러게…'라고 말하는 듯한 표정이었다.

바에 오기 전에 츠보우치 관리관에게 연락을 받았다. 오늘 진행된 공판 전 정리절차에서 검찰도 스즈카의 바뀐 진술을 토대로 공판을 진행하겠다는 방침을 받아들였고, 이에 따라 주장하는 내용을 일부 변경할 예정이라고 했다.

"경찰은 정말이지 아까운 인재를 잃었다고 생각해. 피의자한테서 새로운 진술을 이끌어 낸 사람은 니시 너지?"

니시는 아무 말도 하지 않고 정면을 보며 술잔을 기울였다.

"검찰도 네 덕분에 진실에 다가설 수 있었다고 감사하고 있을걸? 누가 먼저 진실을 밝혀내게 될지는 모르겠지만."

"무슨 뜻이지?" 여전히 시선은 다른 곳을 향한 채 니시가 물었다.

"니시 넌 피의자 진술대로 정당방위를 주장할 생각이야?"

"응."

누가 먼저 진실을 밝혀내게 될지….

세이치로는 손을 뻗어 술병을 집어 들었다.

"이제 한 잔 정도밖에 안 남았네."

세이치로가 말하자 니시가 이쪽으로 고개를 돌렸다.

"너 마셔. 빚진 거 갚는 셈 칠게."

"아니, 이건 공판 끝날 때까지 이대로 놔두자. 누가 마실지는 그때 가서 결정하자고."

살인 혐의로 스즈카가 유죄 선고를 받으면 그때는 세이치로가 이 술을 마실 생각이었다.

"좋아." 니시가 동의했다.

세이치로는 술병을 내려놓고 마스터에게 계산을 부탁했다. 계산을 마치고 자리에서 일어나 문 쪽으로 걸어가면서 니시와 그 앞에 놓인 술병을 슬쩍 곁눈질했다.

다음에 여기 와서 이 술을 마시는 날은 언제가 되려나….

그날을 상상하며 세이치로는 바를 나섰다.

36

린코는 양과자점 간판을 보고 걸음을 멈췄다. 마키타에게 전화를 받고 서둘러 찾아왔는데 간단한 선물이라도 챙겨 가는 편이 좋지 않을까 싶었다.

린코는 가게에 들어가 쇼케이스에 진열된 케이크를 들여다보았다. 타쿠미가 어떤 것을 좋아할지 몰라 적당히 네 개를 골라 포장을 부탁했다. 가게에서 나와 아파트 단지 쪽으로 걸음을 재촉했다.

5동 계단을 3층까지 올라가자 땀에 흠뻑 젖은 블라우스가 피부에 달라붙는 것이 느껴졌다. 문득 발밑을 내려다보니 매미 시체가 눈에 들어왔다. 무더웠던 여름도 끝나가고 있는 듯했다. 내일, 스즈카의 첫 공판이 열릴 예정이었다. 스즈카가 린코에게 진실을 말해 준 지 어느새 반년이 지났다.

린코는 손수건으로 이마에서 흘러내리는 땀을 닦으며 302호 초인종을 눌렀다. 잠시 후 현관문이 열리고 마키타가 얼굴을 내밀었다.

"연락 주셔서 감사합니다, 마키타 씨."

"아니에요, 날도 더운데 여기까지 오시게 해서 죄송합니다…."

마키타가 미안해하며 고개를 숙였다. 린코는 마키타를 따라 거실로 들어갔지만 타쿠미의 모습은 보이지 않았다.

"타쿠미는…."

마키타가 대답 대신 거실 옆 닫힌 방문을 쳐다보았다. 방에 처박혀 있는 모양이었다.

"타쿠미가 갑자기 라인으로 '안 갈래'라고…. 변호사님께 빨리 알려드려야 할 것 같아서요."

타쿠미는 8년 전부터 학교에 가지 않고 집에 틀어박혀 있었다. 집에서도 거의 스마트폰 메신저 앱인 라인을 통해 대화를 주고받는다고 했다.

"별거 아니지만 나중에 타쿠미랑 같이 드세요."

케이크가 든 상자를 건네자 마키타가 일단 앉으라며 린코에게 의자를 권한 다음 부엌으로 사라졌다. 린코는 의자에 앉아 굳게 닫힌 방문을 바라보았다. 이윽고 마키타가 접시에 린코가 사 온 케이크를 담아 차와 함께 내왔다.

"왜 갑자기 마음이 바뀐 걸까요?"

린코는 테이블 맞은편에 앉은 마키타를 향해 물었다.

앞서 방문했을 때, 타쿠미는 재판에서 증언하겠다고 약속했다. 라인을 통해서가 아니라 린코 바로 앞에서 얼굴을 마주한 상태로.

"그때는 증언할 생각이었는데 막상 날짜가 가까워지니까 겁이 난 게 아닐까요? 오늘 뉴스에도 나왔잖아요. 아마 그걸 보다가…."

거의 모든 방송사에서 내일부터 공판이 시작되는 스즈카 사건에 관한 뉴스를 앞다투어 내보내고 있었다. 피고인이 현직 경찰관이라는 점에서 세간의 이목이 쏠리고 있는 사건이었기 때문이다.

"타쿠미에게 말을 걸어 봐도 될까요?"

"아마 부르셔도 대답하지 않을 거예요."

마키타는 회의적인 반응을 보였지만 린코는 자리에서 일어나 타쿠미의 방 앞으로 가서 방문을 부드럽게 노크했다.

"타쿠미? 잠깐 얘기 좀 할 수 있을까?"

방 안에서는 아무 소리도 들리지 않았다.

"네가 싫다면 억지로 증언하게 하지 않을게. 그냥 얼굴만 좀 보여 주지 않을래? 케이크도 사 왔으니 같이 먹자."

어떻게든 회유해 보려 했지만 문이 열릴 기미는 보이지 않았다.

린코는 문 앞에 가만히 서서 새어 나오는 한숨을 간신히 참았다.

4개월 넘게 문턱이 닳도록 드나들어 간신히 타쿠미의 방문을 여는 데 성공했건만 다시 원점으로 돌아간 셈이었다.

린코가 사무실에 들어서자 소파에 앉아 자료를 읽던 니시가 고개를 들어 "어떻게 됐어?"라고 물었다.

린코는 "다시 처음 상태로 돌아가 버렸어요"라고 힘없이 대답하며 맞은편 소파에 털썩 주저앉았다. 마키타의 전화를 받은 직후, 타쿠미가 증언하기 싫다고 하니 집에 찾아가서 설득해 보겠노라고 니시의 핸드폰에 문자를 남겼었다.

"그래? 타쿠미의 증언을 기대할 수 없다면 일이 쉽지 않겠는데…."

니시가 눈썹을 찌푸리며 탄식했다. 린코도 동감이었다.

린코와 니시가 타쿠미의 존재를 알게 된 것은 4개월 전이었다. 피해자인 카노 레이지에 관한 조사를 진행하던 중 우연히 8년 전 소문에 대해 알게 된 것이다.

타쿠미는 과거 카노가 저지른 아동 성추행 사건의 피해자 중 한 명이었다. 당시 초등학교 2학년이었던 타쿠미는 학교가 끝나고 집으로 돌아오는 길에 공원 화장실로 끌려가 성추행을 당했다. 아니, 타쿠미에게 직접 들은 바에 따르면 카노가 한 짓은 단순한 성추행이라고 보기 어려웠다.

카노는 타쿠미의 바지와 속옷을 벗기고 성기에 칼을 들이대면서 잘라 버리겠다고 위협했다. 그러다가 무슨 이유에서였는지 갑자기 카노가 이성을 잃고 타쿠미의 목을 졸랐다. 그 순간 누군가가 화장실에 들어왔고, 카노는 타쿠미를 내팽개친 채 황급히 달아났다.

린코와 니시는 당시 현장을 목격한 청소원을 만나 이야기를 들을 수 있었다. 58세의 공원 청소원인 아라키는 카노가 달아난 직후 화장실 바닥에 쓰러진 타쿠미를 발견했다. 아이는 목을 심하게 졸렸는지 계속 콜록댔고, '정말로 죽는 줄 알았다'며 겁에 질린 얼굴로 벌벌 떨고 있었다.

청소원의 이야기를 들은 린코와 니시는 스즈카가 한 말을 떠올렸다.

카노가 왜 갑자기 이성을 잃고 아이의 목을 졸랐는지는 모르겠지만 카노의 폭력성을 보여 주는 증거로 제시할 수 있을 것 같았다.

타쿠미의 사례는 어디까지나 카노의 성격을 말해 주는 것이었고, 스즈카를 덮쳤을 때도 반드시 그랬으리라는 법은 없기 때문에 사실 증거로서의 가치는 그리 높지 않았다. 하지만 카노의 죽음은 목격자가 없는 밀실에서 벌어진 사건이기 때문에 스즈카의 진술 외에는 다른 증거가 전혀 없었다. 지금 상황에서는 아무리 사소한 것이라도 중요한 증거가 될 수 있는 만큼 린코와 니시는 피해 소년을 열심히 수소문했다.

타쿠미라는 15세 소년을 찾아내는 것 자체는 그다지 어렵지 않았지만 거기서부터가 문제였다. 8년 전 사건 이후 타쿠미는 등교를 거부하게 되었고, 어머니와 단둘이 사는 집에 처박혀서 한 발짝도 밖으로 나오지 않았다.

타쿠미의 엄마인 마키타에게 린코와 니시가 신분을 밝히고 현재 담당하고 있는 사건과 관련해서 타쿠미를 만나 보고 싶다는 사정을 설명한 후 실제로 집을 방문하기까지 한 달이 걸렸다. 방에서 나오지 않는 타쿠미와 라인으로 메시지를 주고받게 되기까지 또 한 달이 걸렸고, 타쿠미가 린코와 마주 앉아 8년 전 사건의 전모를 들려주기까지 두 달 가까운 시간이 흘렀다.

당시 카노가 갑자기 이성을 잃고 목을 조르기 시작한 이유에 대해 타쿠미는 '잘은 모르겠지만 아마도 칼을 보고 겁이 난 나머지 뭔가 카노의 신경에 거슬리는 말을 했던 것 같다'라고 말했다.

하루빨리 기억에서 지워 버리려고 노력했기 때문에 이제는 거의 기억나지 않지만 자신의 목을 조르던 카노가 진심이라고 느꼈던 것만은 지금도 생생하게 기억이 난다고 했다. 그때 공원 청소원인 아라키가 화장실에 들어오지 않았다면 자신은 정말로 죽었을 거라고.

그 이야기를 법정에서 증언해 줄 수 있겠느냐고 묻자 타쿠미는 한참을 고민한 끝에 천천히 고개를 끄덕였다.

"타쿠미가 싫다는데 강요할 수는 없지."

니시의 말에 린코는 고개를 들었다.

"네…."

8년 전 사건으로 인해 타쿠미는 마음에 깊은 상처를 입었고 아직도 정신적으로 매우 불안정한 상태였다. 타인을 만나는 것을 비정상적으로 두려워했고, 집 밖으로는 한 발짝도 못 나갔다. 재판에 증인으로 나가면 검찰 측의 날카로운 반대 신문에도 대답해야 했다.

"하지만 아직 일주일 남았으니까요."

타쿠미의 증인 신문은 일주일 후 세 번째 공판에서 진행될 예정이었다. 린코와 이야기하는 동안 타쿠미는 시종일관 불안한 표정이었지만 타쿠미가 하는 말에서는 이번 일을 계기로 과거의 나쁜 기억을 완전히 떨쳐 버리고 싶다는 강한 의지가 느껴졌다.

"강요할 생각은 없지만 일단 최선을 다해 설득해 볼 생각입니다."

린코의 말에 니시가 잠자코 고개를 끄덕였다.

"그럼 부탁할게. 내일은 아침 일찍부터 움직여야 하니 오늘은 이만 들어가지."

내일 첫 공판은 오전 10시였다.

"네." 린코도 니시를 따라 자리에서 일어났다.

37

　직원이 와서 번호들이 적힌 종이를 화이트보드에 붙였다. 히나타 세이치로는 손에 든 쪽지를 확인한 다음 화이트보드 쪽으로 다가갔다. 세이치로가 가진 38번은 보이지 않았다.

　낙담한 세이치로에게 요코카와가 다가왔다. 요코카와는 자기 손에 든 쪽지와 화이트보드를 번갈아 보더니 "세이치로 형사님, 저 당첨됐어요!"라며 환호성을 질렀다.

　"그래?"

　세이치로는 요코카와가 든 쪽지를 들여다보았다. 정말로 요코카와가 가진 39번은 화이트보드에도 있었다.

　"여기요." 요코카와가 쪽지를 내밀었다.

　"내가 받아도 괜찮겠어?"

　"처음부터 그럴 작정으로 절 데려오신 거잖아요."

　"미안. 다음에 내가 밥 한번 살게."

　요코카와가 준 쪽지를 들고 근처에 있는 직원에게 가서 방청권이라고 적힌 연두색 종이와 교환한 다음 소지품 검사를 받고 건물 안으로 들어 갔다. 공판은 403호 법정에서 열릴 예정이었다. 엘리베이터를 타고 4층에서 내리자 법정 앞 복도에는 이미 사람들이 줄지어 서서 입장을 기다리고 있었다. 인파 속에서 하야마 아야노를 발견했다.

"아야노 씨도 오셨군요."

세이치로가 다가가며 인사를 건네자 아야노가 이쪽을 돌아보았다. 시선이 마주친 순간 아야노의 표정이 딱딱하게 굳었다.

아야노와 만나는 것은 오랜만이었지만 아직 세이치로에 대한 적개심이 사라지지 않은 듯했다.

"정의가 구현되는 순간을 직접 보고 싶어서요."

"저도 마찬가지입니다."

세이치로는 아야노와 헤어져 대기열 맨 뒤로 갔다.

가방을 직원에게 맡기고 금속탐지기를 사용한 몸수색을 통과한 후 줄 끝에 섰다. 잠시 후 법정 문이 열렸다. 세이치로는 앞사람을 따라 안으로 들어갔다. 왼쪽 구역 앞에서 두 번째 줄에 빈자리가 있길래 그쪽에 가서 앉았다. 바로 앞이 변호인석이었다. 법정 안을 둘러보자 아야노는 가운데 구역 세 번째 줄에 앉아 있었다.

앞쪽 문으로 니시 다이스케와 모치즈키 린코가 들어왔다. 니시와 시선이 마주친 것 같았지만 니시는 별다른 내색을 하지 않고 그대로 변호인석에 앉았다. 린코는 세이치로를 보고 살짝 눈썹을 찌푸리더니 시선을 피했다.

히무로와 아야가 반대편 검사석으로 가서 앉은 다음 책상 위에 내려놓은 보자기를 풀어 서류를 꺼냈다.

타루미 스즈카가 교도관 두 명에게 이끌려 법정으로 들어왔다. 남색바지 정장에 흰 셔츠를 입고 있었다. 세이치로를 보더니 황급히 시선을 돌렸다. 스즈카가 변호인석 옆자리에 앉자 교도관이 수갑과 포승줄을 풀어 주었다.

"모두 일어나 주십시오."

법원 경위의 안내에 따라 세이치로는 자리에서 일어났다.

검은 법복을 입은 세 명의 남녀가 들어오고, 이어서 여섯 명의 배심원과 두 명의 예비 배심원이 들어왔다. 법정 안에 있는 전원이 목례를 하고 자리에 앉았다. 판사석 중앙에 앉은 재판장은 이시즈카였고, 나머지 두 명은 이름은 모르겠지만 우배석이 여자 판사, 좌배석이 남자 판사였다. 여섯 명의 배심원 중 두 명이 여자였다. 쉰 전후로 보이는 남자 두 명에 여자 한 명, 일흔은 넘어 보이는 노인이 한 명, 그리고 20대 남녀가 한 명씩. 뒤에 앉은 예비 배심원 두 명은 중년의 남녀였다.

앞으로의 공판을 통해 배심원들이 어떤 판결을 내릴지는 알 수 없지만 일단 재판장인 이시즈카는 형사 사건에서 엄격한 판결을 내리기로 유명했다.

"지금부터 재판을 시작하겠습니다. 피고인은 앞으로 나와 주십시오."

재판장의 지시에 따라 스즈카가 자리에서 일어나 증언대로 향했다.

"우선 본인 확인부터 하겠습니다. 이름을 말씀해 주십시오." 재판장이 말했다.

"타루미 스즈카입니다."

스즈카가 떨리는 목소리로 대답했다.

"생년월일은 언제입니까?"

"1985년 6월 23일입니다."

"본적은 어디입니까?"

"도쿄도 키요세시 나카자토 3번지…."

"주소는요?"

"사이타마현 토코로자와시 코테사시초 1번지 브라이트 코테사시 502호입니다."

"직업은 무엇입니까?"

"현재는 무직입니다."

"그럼 지금부터 심리를 진행하겠습니다. 피고인은 검사가 읽는 공소장 내용을 잘 들어 주십시오. 시작해 주세요."

재판장이 검사석을 보며 말하자 아야가 서류를 들고 자리에서 일어나 공소장을 읽기 시작했다.

기소 내용에는 기존의 살인죄 외에 공판 전 준비절차에서 새로 밝혀진 허위공문서작성죄가 추가되어 있었다.

아야가 공소장 낭독을 마치고 자리에 앉자 재판장이 다시 입을 열었다.

"심리에 앞서 간단히 설명하겠습니다. 피고인은 묵비권을 행사할 수 있습니다. 말하고 싶지 않은 내용은 말하지 않아도 되며, 처음부터 끝까지 한마디도 안 해도 됩니다. 피고인에게 질문했을 때, 어떤 질문에는 답을 하고 어떤 질문에는 답하지 않는 것도 가능합니다. 말하지 않는다고 해서 불이익을 당하는 일은 없겠지만 법정에서 말한 내용은 그것이 피고인에게 유리한 내용이든 불리한 내용이든 관계없이 모두 재판의 증거가 되니 유의하기 바랍니다."

재판장의 설명에 스즈카가 고개를 끄덕였다.

"방금 검사가 낭독한 내용 중 사실과 다른 부분이 있습니까?"

"아… 네. 허위공문서작성과 관련된 부분은 모두 사실입니다. 하지만 저는 살의를 품고 카노 씨를 공격한 것이 아닙니다. 죽일 생각은 전혀 없었습니다."

스즈카가 또렷한 목소리로 단언하자 재판장이 변호인석을 돌아보며 물었다.

"변호인은요?"

"피고인과 같은 입장입니다. 본건에서 살인죄는 성립하지 않습니다."
린코가 대답했다.

"피고인은 자리로 돌아가 주세요."

스즈카가 변호인석 옆자리로 돌아가자 재판장의 지시에 따라 아야 검사가 모두진술을 시작했다.

사건에 이르게 된 경위에 대해서는 스즈카의 바뀐 진술을 그대로 차용하고 있었다.

5년 전 스즈카는 인터넷상에서 구한 베이비시터에게 아들을 맡겼고, 아들은 집에 돌아온 지 몇 시간 만에 급성 경막하 출혈로 사망했다. 스즈카는 아들의 죽음에 베이비시터가 관여했을 가능성을 의심했지만 이미 그와는 연락이 닿지 않았고 스즈카 자신도 자식의 죽음에 책임을 느꼈기 때문에 경찰에는 신고하지 않았다.

그로부터 2년 후, 스즈카는 슌타로 유괴 살인 사건에서 베이비시터의 신원을 밝혀낼 힌트를 얻어 자신이 보관하고 있던 베이비시터의 MP3 플레이어를 절도 현장에 몰래 가져다 둔 다음, 현장에서 증거가 발견되었다는 허위 보고서를 제출한다.

MP3 플레이어의 소유자는 이번 살인 사건의 피해자인 카노였다. MP3 플레이어에서 검출된 지문을 통해 신원이 밝혀진 카노는 절도 사건의 피의자로 체포되어 집행유예 4년을 선고받았다. 그 후 카노는 호스트바 루비 로드에서 일하기 시작하고, 이 사실을 알게 된 스즈카는 손님을 가장해 카노에게 접근한다.

카노와 단둘이 만나기로 약속한 스즈카는 아들을 죽음에 이르게 한 상대에 대한 증오와 절도 현장의 증거를 조작한 사실이 밝혀질지도 모른다는 두려움 때문에 카노를 살해했다. 스즈카가 사전에 카노의 SNS를 방문해 집 안에 있는 술병의 존재를 미리 파악해 두었다는 점에서 범행은 치밀하게 계획된 것으로 보인다. 스즈카는 혼신의 힘을 다해 술병으로 카노의 머리를 내리친 후 오히려 자신이 성폭행을 당할 뻔한 피해자인 것처럼 위장하고 카노의 집에서 도망쳤다.

모두진술이 끝나고 증거 조사 및 변호인 진술이 이어졌다.

"그럼 검사가 신청한 증인에 대한 증인 신문을 진행하겠습니다."

첫 번째 증인인 쿠사마 형사가 앞으로 나왔다.

양복을 입은 쿠사마는 의식적으로 스즈카 쪽을 보지 않으려고 노력하면서 증언대에 섰다.

예전 동료를 공격하는 입장에 서게 된 것이 적잖이 껄끄러운 표정이었다.

"선서서를 낭독해 주십시오."

재판장의 지시에 따라 쿠사마가 직원에게 건네받은 종이를 보며 입을 열었다.

"선서. 양심에 따라 숨김과 보탬이 없이 사실 그대로 말하고 만일 거짓말이 있으면 위증의 벌을 받기로 맹세합니다."

쿠사마는 선서를 마치고 직원에게 종이를 반납한 후 증언대 앞에 놓인 의자에 앉았다.

"그럼 검사 측 질문을 시작하겠습니다. 증인은 피고인과 어떤 관계입니까?"

아야가 검사석에서 일어나며 묻자 쿠사마가 "직장 동료였습니다"라고 대답했다.

"경찰관이었던 피고인과 함께 근무한 적이 있으신가요?"

"네. 스즈카 형사… 아니 스즈카 씨가 모로 경찰서로 이동하기 전에 있었던 오가와키타 경찰서에서 함께 일했습니다. 저는 지금도 오가와키타 경찰서에 근무하고 있고요."

그리고 스즈카와 함께 일한 기간 및 스즈카에게서 받은 인상 등에 대한 질문이 이어졌다.

"형사과에는 여자 형사도 많이 있나요?"

"아니요, 저희 경찰서에서는 스즈카 씨가 처음이었습니다."

"최초의 여자 형사라…." 아야가 혼잣말처럼 중얼거리며 고개를 끄덕였다. "형사과를 지망하는 여성은 많지 않나 보네요."

"네. 경찰 조직 자체가 남성의 비율이 압도적으로 높은 데다가 그중에서도 형사과는 다른 부서에 비해 일이 힘들기로 유명하니까요. 형사과에 들어가려면 소속 부서장의 추천을 받아 필요한 강의를 수강한 후 시험에 합격해야 하기 때문에 허들이 상당히 높은 편입니다."

"피고인은 그 허들을 뛰어넘고 형사과에 배속되었다는 말이군요."

"그렇죠. 스즈카 씨가 어느 시기를 기점으로 형사과에 가고 싶다는 의사를 강하게 어필하기 시작했다는 이야기를 상사에게 들은 적이 있습니다."

"어느 시기라는 건 언제를 가리키는 걸까요?"

"구체적으로 언제라고는…." 쿠사마가 고개를 저었다. "형사과로 오기 전의 스즈카 씨에 대해서는 아는 바가 거의 없어서요. 아마도 아들이 죽고 난 후가 아니었을까 싶습니다만…."

"피고인의 아들이 급성 경막하 출혈로 2014년 10월 26일에 사망한 것은 다툼의 여지가 없는 사실입니다. 그때부터 1년 넘게 형사과에 가고 싶어 했다는 말인가요?"

"정확히 언제부터 형사과에 오고 싶어 했는지는 모르겠지만 부서장 추천은 쉽게 받을 수 있는 게 아니니까요. 여자 남자 상관없이요."

"왜 형사과에 오고 싶어 했는지 피고인에게 들은 적이 있습니까?"

"아니요, 본인에게 직접 들은 적은 없습니다."

"그럼 피고인이 형사과에 오고 싶어 했다는 말을 들었을 때, 증인은 이유가 무엇이라고 생각했나요?"

"예전에는 슬픔을 잊기 위해 새로운 목표를 필요로 했던 거라고 생각했습니다."

"슬픔을 잊기 위해?"

"네, 아이를 잃은 슬픔이요. 그리고 집에 있기 불편해서라도 일에 몰두하고 싶었겠다 싶기도 했고…."

"집에 있기 불편할 거라고 생각하신 이유는요?"

"스즈카 씨가 잠깐 눈을 뗀 사이에 아들이 어딘가에 머리를 부딪혀서 죽었다는 소문을 들었기 때문입니다. 그전까지는 동료들 앞에서 가족 얘기를 자주 했는데 아들이 죽고부터는 일절 안 하게 되었다고도요. 아이가 외동이었다고 하니 집에서 남편과 얼굴 마주하고 있기가 불편하지 않을까 싶었죠."

"그렇군요. 아까 '예전에는'이라고 하셨는데 그건 무슨 의미인가요?"

"스즈카 씨가 절도 사건의 증거를 조작했다는 사실을 알게 된 지금은 그것이 바로 형사과에 오고 싶어 했던 이유라고 생각합니다."

쿠사마가 확신에 찬 어조로 단언했다.

"물론 지역과 소속이어도 사건이 발생했을 때 증거를 조작하는 건 가능하겠지만, 형사과로 오는 편이 적당한 사건을 만날 확률이 훨씬 더 높아질 테니까요. 게다가 증거를 조작하는 것 자체가 목적이 아니라 그 물건의 소유자가 누구인지 알아내는 것이 목적이었다면 더더욱이요. 피의자가 체포되면 미성년이 아닌 이상 신원이 공개되긴 하지만 실제로 범인을 조사하는 건 형사과 담당이니까요."

"듣고 보니 그렇군요." 아야가 고개를 크게 끄덕였다. "피고인이 증거를 조작한 절도 사건에 대해서는 잘 아시나요?"

"네, 신고를 받고 스즈카 씨와 함께 현장에 출동했었습니다."

"어떤 사건이었는지 자세히 말씀해 주시겠습니까?"

쿠사마가 당시 현장 상황 및 카노가 체포된 경위에 대해 설명했다.

"좀 다른 이야기입니다만, 피고인과 함께 일하면서 특히 기억에 남는 일은 없었나요?"

"글쎄요…."

쿠사마가 기억을 더듬듯 잠시 허공을 바라보다가 이윽고 마이크 쪽으로 얼굴을 내밀었다.

"역시 유괴 살인 사건 수사 때인 것 같습니다."

"구체적으로 어떤 사건이었나요?"

"저희 경찰서 관내에서 네 살짜리 남자아이가 행방불명되는 사건이 발생했고, 이튿날 시신으로 발견되었습니다. 목격자도 물증도 없어서 수사는 난항을 겪었지만 사건 발생 두 달 만에 범인을 체포할 수 있었습니다. 처음 경험한 큰 사건이었기 때문에 당시 함께 수사했던 스즈카 씨의 모습은 지금도 생생하게 기억합니다."

"어떤 모습 말입니까?"

"물론 모두가 열심히 했지만 그중에서도 얼마 없는 여자 형사의 한 사람으로서 스즈카 씨는 전력을 다했습니다."

"구체적으로 어떤 점이 기억에 남았나요?"

"피해자 유족을 대하는 자세가요. 피해 아동은 한부모 가정이었는데 사건 발생 후 아이 어머니가 정신적으로 많이 힘들어하셨거든. 저를 비롯한 다른 형사들은 열심히 수사해서 하루빨리 범인을 잡는 것이 유족을 위하는 길이라고 생각했지만, 스즈카 씨는 눈코 뜰 새 없이 바쁜 와중에도 어떻게든 짬을 내서 아이 어머니를 만나 위로해 주고 이야기를 들어 줬습니다. 범인이 체포되고 특별수사본부가 해체된 뒤에도 정기적으로 집에 찾아갔다고 알고 있습니다."

"여성 특유의 세심한 마음씀씀이라고 볼 수 있겠군요."

"그렇게 볼 수도 있겠지만 스즈카 씨 역시 아이를 잃었으니 남 일 같지 않았던 게 아닐까요? 게다가 가택수사 때 피의자 체포로 이어지는 결정적인 증거를 발견한 사람도 스즈카 씨였기 때문에 당시의 활약은 뚜렷하게 기억하고 있습니다."

"피고인이 유괴 살인 사건의 피의자에 대해 자신의 의견을 말한 적이 있었나요?"

질문을 듣고 쿠사마가 처음으로 스즈카 쪽을 쳐다보았다. 눈이 마주

쳤는지 곧 다시 정면을 보더니 짧게 한숨을 내쉬었다.

"있었습니다." 쿠사마가 무거운 어조로 대답했다.

"언제 뭐라고 하던가요?" 아야가 몸을 내밀며 물었다.

"특별수사본부가 해체된 날 밤에 열린 술자리에서 형사들끼리 피의자의 양형이 어떻게 정해질지에 대해 이야기를 나눴는데 그중 한 명이 '피해자가 한 명이니 무기징역을 받을 가능성이 높지 않겠느냐'라고 하니까 그때까지 조용히 술만 마시던 스즈카 씨가 갑자기 흥분해서 '내가 피해자 부모라면 범인이 살아 있다는 건 생각조차 하기 싫을 거다'라고 했습니다."

세이치로는 두 명의 변호인 쪽으로 시선을 돌렸다. 니시의 표정에는 변화가 없었지만 린코는 증인석을 보며 눈썹을 잔뜩 찌푸리고 있었다. 예상하지 못한 발언인 듯했다.

"내가 피해자 부모라면 범인이 살아 있다는 건 생각조차 하기 싫을 거다…, 피고인이 이렇게 말했다고요?" 아야가 재차 확인했다.

"표현은 조금 다를지 모르겠지만 아무튼 그런 의미였다는 건 확실합니다. 그전까지 한 번도 본 적 없는 심각한 얼굴을 하고 있어서 그 자리에 있던 사람들이 다 깜짝 놀랐거든요."

아야가 만족스러운 미소를 지으며 고개를 끄덕이더니 재판장 쪽을 돌아보며 말했다.

"이상입니다."

재판장이 변호인석을 향해 "변호인, 반대 신문 하세요"라고 지시했다.

린코가 쿠사마를 응시하며 자리에서 일어났다.

"변호인으로부터 몇 가지 질문드리겠습니다. 우선 증인은 스즈카 씨와 1년 정도 같은 부서에서 일했다고 하셨는데 스즈카 씨가 이번 일로 체포되기 전까지, 그리고 절도 사건의 증거를 조작했다는 사실이 밝혀지기 전까지는 스즈카 씨를 어떤 사람이라고 생각하고 있었는지 말씀해 주시겠습니까?"

린코가 질문을 마치자 쿠사마가 정면을 바라보며 "아까도 말씀드렸다시피 성실하고 일도 열심히 한다고 생각했습니다"라고 대답했다.

"스즈카 씨에 대한 다른 동료들의 평가는 어땠나요?"

린코가 다시 물었다.

"다들 저랑 비슷할 겁니다."

"스즈카 씨의 어떤 점을 높이 평가하신 걸까요?"

"음…, 일단 일에 대한 집념이 강하다는 점이요. 경찰관, 그중에서도 특히 형사과에서 하는 일은 끊임없는 수사의 연속입니다. 발이 닳도록 뛰어다녀도 끝내 범인을 검거하지 못할 때도 있고, 실마리조차 찾지 못하는 경우도 부지기수입니다. 체력적으로도 많이 힘들고 정신적으로 버티기 힘들 때도 많습니다. 보통 체력 면에서는 여성이 상대적으로 불리하지만 대신 스즈카 씨는 강한 집념을 갖추고 있었다고 생각합니다."

"스즈카 씨는 경찰이라는 직업에 열정적으로 임했다는 말이군요."

"네."

"그렇게 할 수 있었던 원동력은 무엇이었을까요?"

쿠사마가 고개를 갸웃거리며 "질문의 의도를 잘 모르겠습니다만…"이라고 되물었다.

"예를 들면 아들을 잃은 슬픔을 잊기 위해서라든지 증거를 조작하겠다는 꿍꿍이가 있었기 때문이라고 생각하십니까?"

"이의 있습니다! 이 질문은 증인을 유도심문하는 것입니다."

재판장이 "변호인, 어떤가요?"라고 물었다.

"죄송합니다. 철회하고 다른 질문을 드리겠습니다. 아까 말씀하신 스즈카 씨의 과거 발언, 그러니까 '내가 피해자 부모라면 범인이 살아 있다는 건 생각조차 하기 싫을 거다'라는 말에 대해서입니다만, 그 말을 했던 당시 상황에 대해 좀 더 자세히 설명해 주시겠습니까?"

"어떤 부분을 말씀하시는 건지…?" 쿠사마가 린코를 보며 설명을 요청했다.

"스즈카 씨가 그 말을 하기 바로 전에 다른 형사가 '피해자가 한 명이니 무기징역을 받을 가능성이 높다'는 말을 했다고 하셨는데, 그 전에 다른 의견은 없었나요?"

"음, 전체적으로 다양한 의견이 나왔습니다. 네 살짜리 아이를 유괴해서 살해한 잔혹한 사건이니 당연히 사형일 거라는 의견도 있었고…."

"같이 이야기하던 사람들 중 몇 명 정도가 그런 의견이었나요?"

"다들 마음속으로는 그렇게 생각하지 않았을까요? 사건을 수사해 온 저희로서는 아무래도 피해자 편을 들게 되니까요."

"쿠사마 형사님은 어떤 생각이셨나요?"

"저도 피해 아동과 비슷한 또래의 자식이 있다 보니 피해자 부모 입장을 생각하면 범인은 사형당해 마땅하다고 생각했습니다."

"하지만 실제로 그렇게 말하지는 못하셨고요?"

"네."

쿠사마의 대답을 들은 린코가 "이상입니다"라고 말하고 자리에 앉았다.

38

린코는 자리에 앉으며 옆에 앉은 니시의 표정을 확인했다.

지금 한 반대 신문이 얼마나 효과가 있을지는 모르겠지만 니시가 잠자코 고개를 끄덕이는 것을 보니 조금은 안심이 되었다.

재판장의 지시에 따라 두 번째 증인이 법정 안으로 들어왔다. 모로 경찰서 형사과에 근무 중인 요시오카 히로시 형사였다. 진술 조서를 통해 린코와 비슷한 나이대라는 사실은 알고 있었지만 직접 대면하는 것은 이번이 처음이었다.

이번에는 어떤 이야기가 나올까. 린코는 이번 증인도 자신이 전혀 예상하지 못한 발언을 하는 것은 아닐지 경계하며 증인 선서를 하는 요시오카를 쳐다보았다.

"검사 측 질문하겠습니다. 우선 증인은 피고인과 어떤 관계입니까?"

아야가 증인 신문을 시작했다.

"저는 모로 경찰서에 근무하고 있고, 스즈카 형사님과 함께 일했었습니다." 요시오카가 대답했다.

"어느 부서 소속이신가요?"

"형사과입니다."

"피고인과 함께 일한 기간은 어느 정도였습니까?"

"1년 7개월 정도 됩니다."

이어서 아야가 스즈카에 대한 인상을 물었고, 요시오카는 '일도 열심히 하고 믿을 수 있는 동료'라고 대답했다.

"꽤 오래 피고인과 알고 지내신 것 같은데 근무 중이나 퇴근 후에 피고인과 일 얘기 말고 다른 이야기를 나눈 적도 있나요?"

"일 얘기 말고요?" 요시오카가 고개를 갸우뚱했다.

"예를 들어 가족에 관한 이야기라든지 고민이라든지…."

"아니요, 스즈카 형사님한테 가족 얘기를 들은 적은 거의 없습니다. 고민 상담을 한 적도 없고요."

"거의 없다는 건 전혀 없지는 않다는 말인가요?"

"네."

"어떤 이야기를 했나요?"

"아들이 죽었다는 이야기를 했습니다."

"그게 언제쯤이었는지 기억하십니까?"

"2018년 10월 10일이었습니다."

"날짜까지 정확하게 기억하시네요."

"그야… 스즈카 형사님이 체포된 후 수사1과 형사분들이 사건 전후 스즈카 형사님 상태가 어땠는지 제게 몇 번씩 물어보셨으니까요."

"뭘 하다가 아들이 죽은 이야기를 하게 된 건가요?"

"그날 스즈카 형사님은 하루 종일 기운이 없으셨고 뭔가 고민이 있어 보였습니다. 그래서 퇴근하기 전에 제가 무슨 일 있느냐고 물었더니 매년 이맘때가 되면 기분이 우울해진다면서 4년 전 10월 26일에 당시 세 살이던 아들이 죽었다는 이야기를 들려주었습니다."

"그 이야기를 듣고 어떤 생각이 들었나요?"

"처음 듣는 얘기였기 때문에 무척 놀랐습니다."

"그때 피고인과 나눈 대화는 아들이 죽었다는 이야기뿐이었습니까?"

"그러고 나서 제가 그럼 2주 뒤가 기일이니 그날 아들 무덤에 가느냐고 물었습니다."

"피고인은 뭐라고 대답했나요?"

질문을 던지는 아야의 눈빛이 한층 더 날카로워진 듯한 느낌이 들었다.

"올해는 못 갈 것 같다고 했습니다."

요시오카의 대답을 듣고 린코는 저도 모르게 옆에 앉은 스즈카를 돌아보았다.

"정말로 저렇게 대답하셨나요?" 린코가 스즈카에게 얼굴을 가까이 가져다 대고 작은 소리로 물었다.

스즈카는 아무 말도 하지 않고 증언대 쪽을 빤히 응시할 뿐이었다. 뺨언저리가 파르르 떨렸다.

린코는 책상 위에 놓인 서류 더미를 뒤져 관련된 부분을 찾아냈다. 히비키의 기일인 2018년 10월 26일은 금요일이었으니 평소대로 출근했을 것이다. 무덤에 가지 못했더라도 딱히 이상한 일은 아니었다.

"올해는 못 갈 것 같다…라고 피고인이 말했단 말이지요?"

아야가 한 번 더 묻자 요시오카가 "네" 하고 고개를 끄덕였다.

"못 갈 것 같은 이유에 대해서도 들으셨나요?"

"아니요." 요시오카가 고개를 가로저었다.

"당시 휴일을 반납하거나 집에 돌아가지 못하고 서에서 자야 할 정도로 중요한 사건을 안고 있는 상황이었나요?"

집요하게 캐묻는 아야를 보며 린코는 뭔가 안 좋은 예감이 들었다.

기일에 아들 무덤에 가지 못할 것 같다는 말에 무슨 중요한 의미가 있는 걸까.

"아니요, 특별히 바쁜 일은 없었습니다."

요시오카의 대답을 들은 아야가 만족스러운 표정으로 고개를 끄덕이며 입을 열었다.

"이와 같은 대화를 나눈 10월 10일에 피고인은 하루 종일 기운이 없었고 뭔가 고민이 있어 보였다고 하셨는데 그 후로는 어땠나요?"

"그 후로도 며칠 정도는 계속 기운이 없어 보였습니다."

"구체적으로 언제까지 그런 상태가 이어졌는지 기억하십니까?"

"10월 13일이 쉬는 날이었는데 12일까지는 줄곧 그런 상태였습니다. 오히려 시간이 갈수록 스즈카 형사님에게서는 어떤 비장한 각오 같은 것이 느껴졌습니다. 출근하지 않는 동안에도 문득문득 스즈카 형사님 생각이 날 정도였으니까요."

"피고인을 다시 본 건 언제였습니까?"

"형사과는 기본적으로 주말이 쉬는 날이기 때문에… 아, 물론 주말에도 출근해야 하는 경우가 많기는 합니다만, 아무튼 그 주 주말은 저도 스즈카 형사님도 비번이었기 때문에 다시 만난 건 10월 15일 월요일에 출근해서였습니다."

"그날 피고인의 상태는 어땠나요?"

"평소와 다름없었습니다."

"아들이 죽었다는 이야기를 한 10일부터 12일까지와 비슷한 상태였다는 말인가요?"

"아니요. 그 이야기를 하기 전, 그러니까 평상시의 스즈카 형사님처럼 다시 분위기가 밝아지셨더라고요. 그래서 주말 동안 남편분이랑 어디 여행이라도 다녀와서 기분 전환이 됐나 보다 하고 안심했습니다."

"분위기가 밝아졌다고요?"

아야가 재차 확인하자 요시오카가 머뭇거렸다.

"밝아졌다고 할 정도는 아닐지도 모르겠지만 평소랑 비슷했습니다."

"1년 7개월 동안 피고인을 가까이에서 지켜봐 온 요시오카 형사님이 보기에 주말 사이 피고인에게 뭔가 중요한 일이 일어난 것 같아 보이지는 않던가요?"

검찰로서는 사건으로부터 이틀밖에 지나지 않았음에도 스즈카가 전혀 동요하는 기색을 보이지 않았다는 점을 강조하고 싶은 듯했다. 카노의 죽음은 예기치 못한 사고가 아니라 계획적인 살인이었다고 말이다.

"아니요, 그런 느낌은 전혀 받지 못했습니다. 그래서 스즈카 형사님이 체포되었다는 소식을 듣고 깜짝 놀랐습니다."

아야가 요시오카에게 고맙다고 말하고 판사석 쪽으로 몸을 돌렸다.

"이상입니다."

이어서 재판장의 지시에 따라 린코가 자리에서 일어났다.

"변호인 질문하겠습니다. 우선⋯." 잠시 뜸을 들이며 질문할 내용을 머릿속으로 정리했다. "증인은 아까 10월 10일에 스즈카 씨가 기운이 없고 뭔가 고민이 있어 보여서 말을 걸었고, 그때 스즈카 씨로부터 아들이 죽은 이야기를 듣게 되었다고 했는데요."

"네."

"그리고 12일까지 시간이 지날수록 스즈카 씨에게서 어떤 비장한 각오 같은 것이 느껴졌다고도 했고요."

"네, 맞습니다."

"구체적으로 스즈카 씨의 어떤 부분에서 그런 느낌을 받았는지 말씀해 주시겠습니까?"

"구체적으로요?"

"네" 하고 린코가 고개를 끄덕이자 요시오카는 고개를 숙이고 잠시 침묵했다.

"예를 들면⋯ 마음이 딴 데 가 있어서 말을 걸어도 알아차리지 못하는 일이 잦았고, 한숨을 자주 쉬었습니다. 그리고 무엇보다 표정이 굉장히 어두웠거든요."

"일에서 실수를 연발한다든지 평소와 전혀 다른 언동을 하지는 않았나요?"

"그런 일은 전혀 없었습니다."

"저 같은 경우는 무언가 골똘히 생각에 잠겨 있을 때 누군가가 말을 걸면 알아차리지 못하기도 하고, 조금 안 좋은 일이 있으면 무의식중에 한숨을 쉬기도 하는데요, 요시오카 형사님은 어떠신가요?"

"저도 그렇습니다만…."

"지금까지 동료들에게 '오늘 기운이 없어 보이는데 무슨 일 있어?'라는 말을 들은 적은 없으신가요?"

"몇 번인가 들은 적이 있습니다."

"그런 말을 들었을 때 실제로는 어떤 상태였나요? 뭔가 엄청난 고민을 안고 있었나요?"

"엄청난 고민이라고 할 정도는 아닙니다. 전날 여자친구하고 싸웠다든지 골치 아픈 안건을 맡게 되었다든지 뭐 그런 거죠."

"그런데도 동료들은 기운이 없어 보인다고 걱정해 준 거네요. 사실 본인은 그렇게까지 심각한 상태는 아니었는데도요."

"네, 맞습니다."

"스즈카 씨는 2017년 봄에 모로 경찰서로 옮겨 갔다고 알고 있습니다만, 그해 10월 스즈카 씨 상태가 어땠는지 기억하십니까?"

"2017년 10월이요?" 요시오카가 되물었다.

"네. 기운이 없어 보인다거나 고민이 있는 것 같아 보이지는 않았나요?"

"솔직히 잘 기억나지 않습니다. 확실하게 어땠다고 단언하기는 어렵달까요. 평소랑 똑같았던 것 같기도 하고, 어쩌면 지금의 제가 보면 기운이 없어 보인다고 느낄 수도 있을 것 같고요."

"1년 7개월 동안 함께 일하긴 했지만 스즈카 씨 상태를 잘 기억하지 못하신다는 말이군요."

"네. 보통 그렇지 않나요?"

"그럼 이듬해인 2018년 10월 일은 어떻게 그렇게 똑똑히 기억하시나요?"

"그건… 아무래도 그런 사건이 일어났으니까요. 사건을 수사한 형사한테 몇 번씩 같은 질문을 받기도 했고, 그때마다 자연스럽게 당시 상황을 다시 떠올리다 보니…."

요시오카의 말을 들으며 린코는 판사석을 곁눈질했다.

스즈카에게서 비장한 각오 같은 것이 느껴졌다는 말은 어디까지나 요시오카의 주관에 불과하다는 인상을 판사들에게 심어주는 데 성공했는지는 알 수 없었다.

"아들 무덤 이야기가 나왔을 때 상황에 대해 묻겠습니다. 올해는 못 갈 것 같다는 말을 할 때 스즈카 씨 표정은 어땠나요?"

"그야… 어두웠습니다."

"못 가는 이유에 대해 다시 물어보지는 않았나요?"

"네, 괜히 제가 말을 걸어서 안 좋은 기억을 끄집어낸 것 같아 마음이 안 좋았거든요. 더 자세히 물어보지 않는 게 좋겠다 싶었죠. 게다가 기일 당일은 출근을 해야 하니 주말이나 쉬는 날 가려나 보다 했습니다."

"아들 기일인 10월 26일은 스즈카 씨가 출근하는 날이었다는 말이지요?"

린코가 재차 확인하자 요시오카가 "네, 맞습니다"라고 대답하며 고개를 끄덕였다.

"아까 스즈카 씨에 대해 일을 열심히 하는 동료라고 말씀하셨는데 인성이나 성격은 어떻다고 보시나요?"

"음…, 한마디로 요약하면 온화한 성품이라고 할 수 있겠네요. 함께 일하는 동안 스즈카 형사님이 화를 내거나 감정적으로 행동하는 걸 한 번도 본 적이 없거든요. 그래서 스즈카 형사님이 살인 혐의로 체포되었다는 말을 들었을 때도 좀처럼 상상이 안 됐달까, 도저히 믿기지가 않았습니다."

"화를 내거나 감정적으로 행동한 적이 없다는 건 동료들을 대할 때 그랬다는 건가요?"

"아니요, 동료뿐만 아니라 피의자를 대할 때도 공격적인 언동은 하지 않았던 걸로 기억합니다. 물론 사건이 발생하면 범인을 체포하기 위해 최선을 다했지만, 체포한 피의자를 조사할 때는 윽박지르기보다는 말로 잘 타이르는 쪽이었습니다."

판사들에게 스즈카는 감정이 격해져서 살인을 저지르거나 할 사람이 아니라는 인상을 심어주기 위한 질문이었다.

"2018년 10월 15일 일에 대해 다시 여쭙겠습니다. 아침에 출근한 스즈카 씨는 어때 보이던가요?"

"아까도 말씀드렸다시피 평소와 다름없었습니다."

"구체적으로 어떤 점에서 그렇게 느끼셨나요?"

"인사를 건네자 밝게 웃으며 대답해 줬고, 현장에 나갔을 때도 기운이 넘쳤거든요. 함께 점심을 먹을 때도 딱히 고민 같은 건 없어 보였고 그냥 세상 돌아가는 이야기를 나눴습니다."

"그때 스즈카 씨와 무슨 이야기를 하셨나요?"

"그날 아침 뉴스에 살인 사건의 피의자가 체포되었다는 소식이 보도되어서 아마 그 얘기를 했을 겁니다."

"평소 스즈카 씨와 대화를 나눌 때는 항상 그런 느낌이었나요?"

"네. 사적인 얘기는 거의 하지 않았기 때문에 대화의 화제는 주로 일 얘기, 사건 얘기였습니다."

"경찰관이라는 직업은 신변의 위협을 느낀다든지 긴장하거나 동요하는 일이 많을 것 같은데 어떤가요?"

"다른 직업에 비하면 확실히 많은 편이라고 생각합니다. 형사과는 더더욱이요."

"실제로 스즈카 씨와 함께 일을 하면서 사람이 죽는 현장을 직접 목격한다거나 생명의 위협을 느끼거나 한 적이 있었습니까?"

"다행히 현장에서 그런 일을 목격한 적은 없습니다. 살인 사건 수사를 담당한 적도 없고요. 생명의 위협을 느낀 적이라면 언젠가 스즈카 형사님이 상해 사건 피해자를 검거하다가 반격당해서 부상을 입은 적이 있었습니다."

"반격당했다고요?"

"네. 체포하려는 순간에 피의자가 도망쳐서 스즈카 형사님이 쫓아갔거든요. 제압하려는데 피의자가 주먹을 휘둘러서 스즈카 형사님은 얼굴을 맞고 쓰러졌습니다. 하지만 굴하지 않고 끝까지 매달려서 결국 무사히 체포했죠. 저희가 도착했을 때 스즈카 형사님은 코피를 흘리고 있었고 여기저기 타박상을 입어서 아파 보였지만 다행히 크게 다친 곳은 없었습니다."

"그때, 아니면 그때 이후 스즈카 씨는 어땠나요? 몸을 사리거나 감정적으로 동요하거나 하지는 않았나요?"

"아니요, 그런 기색은 전혀 없었습니다. 피의자 조사 때는 스즈카 형사님도 같이 들어갔지만 시종일관 차분함을 유지했습니다."

"아까 스즈카 씨가 화를 내거나 감정적으로 행동하는 걸 한 번도 본 적이 없다고 하셨는데 평소에도 늘 그런 이미지였다는 말인가요?"

"네, 맞습니다."

카노의 죽음이라는 예기치 못한 일이 벌어지긴 했지만 스즈카가 일부러 평정을 가장한 것은 아니었다.

"이상입니다."

린코가 반대 신문을 마치자 아야가 손을 들고 "추가로 질문하고 싶은 것이 있습니다"라고 말했다.

"검사, 추가 질문하세요."

재판장의 허락을 받고 아야가 자리에서 일어났다.

"피고인과 함께 일하는 동안 살인 사건 수사를 담당한 적은 없었다고 하셨는데 예를 들어 아이가 위험한 상황에 처하거나 하는 사건도 발생한 적이 없나요?"

스즈카가 피의자에게 감정적인 태도를 취하지 않은 것은 어디까지나 그것이 히비키의 죽음을 상기시키는 사건이 아니었기 때문이라고 말하고 싶은 듯했다. 아야의 질문에 요시오카가 "없었습니다"라고 대답했다.

"이상입니다."

아야가 다시 자리에 앉자 재판장이 린코를 향해 "변호인은 추가 질문 없습니까?"라고 물었다. 린코가 없다고 하자 재판장은 양 옆에 앉은 판사들과 배심원들에게도 질문할 것이 있는지 물었지만 다들 없는 듯했다.

"증인은 퇴정하셔도 좋습니다."

재판장의 지시에 따라 요시오카가 나가고 세 번째 증인이 들어왔다. 카노가 죽기 전까지 활동한 밴드 넥스터의 멤버인 오오스미 켄타였다.

오오스미가 증인 선서를 마치자 이번에는 아야가 아니라 히무로가 자리에서 일어섰다.

"검사 측 질문을 시작하겠습니다. 증인은 피해자인 카노 씨와 어떤 관계였습니까?"

"치… 친구였습니다." 긴장했는지 목소리가 떨렸다.

히무로는 오오스미에게 카노와 친구가 된 계기 및 미행을 부탁받은 정황, 이후 카노를 다시 만났을 때의 분위기 등에 대해 물었다.

예전에 린코와 니시가 오오스미에게 들은 내용과 거의 비슷했다.

"당신이 미행한 여성은 지금 이 법정 안에 있습니까?"

히무로의 질문에 오오스미가 고개를 끄덕였다.

"소리 내어 대답해 주시겠습니까?" 히무로가 재차 요청하자 히무로가 "있습니다"라고 크게 대답했다.

"누구죠?"

오오스미가 이쪽으로 고개를 돌리더니 "피고인입니다" 하고 스즈카를 손으로 가리켰다.

"틀림없습니까?"

오오스미는 다시 히무로 쪽을 보며 고개를 끄덕이다가 조금 전에 받은 지적이 생각났는지 "네, 틀림없습니다"라고 말했다.

"그럼 이번에는 피해자와 같이 하던 밴드에 대해 말씀해 주시겠습니까?"

히무로의 질문에 오오스미가 "무슨 말을 하면 되나요?"라고 되물었다.

"공식 데뷔를 목표로 하고 있었나요?"

"물론입니다." 오오스미가 당연하다는 듯 대답했다.

"카노 씨를 포함해 멤버 전원이 데뷔를 꿈꿨다는 말인가요?"

"네."

"멤버들 중 데뷔를 향한 열망이 가장 강한 사람은 누구였습니까?"

"모두 같은 마음이었다고 말하고 싶지만 역시 카노가 제일 강했을 것 같네요. 자기는 음악 말고는 잘하는 게 아무것도 없고, 다른 일을 해서 먹고살 자신은 없다고 입버릇처럼 말했거든요. 그리고 이건 나중에 알게 된 얘기인데 카노가 예전에 하던 밴드가 데뷔 직전까지 갔었잖아요. 그런데 저기 있는 피고인이 증거를 조작하는 바람에 데뷔가 날아가 버렸다고 들었어요."

"감사합니다. 이상입니다."

히무로가 질문을 마무리하고 자리에 앉았다.

이어서 니시가 한 차례 크게 한숨을 내쉬더니 자리에서 일어났다.

"변호인 질문하겠습니다. 우선 카노 씨와 마지막으로 만났을 때에 관한 질문입니다."

니시의 말을 들으며 린코는 증언대에 선 오오스미를 쳐다보았다.

"밴드 연습을 마치고 술집에 가서 카노 씨와 이야기를 나누었다고 했는데 당시 술을 마시고 있었습니까?"

"그야 술집에 갔으니까 당연히 술을 마셨죠." 오오스미가 당연하다는 듯 대답했다.

"밴드 멤버 전원이 말입니까?"

"네, 멤버 중에 술 못 마시는 사람은 없으니까요."

"몇 시간 정도 마셨습니까?"

"글쎄요…." 오오스미가 머리를 긁적였다. "연습이 끝난 게 8시쯤이었고 막차 끊기기 전까지 마셨으니까 네 시간 정도 마신 것 같네요."

"그렇게 모이면 술을 얼마나 마시나요?"

"일일이 세어 가면서 마시는 게 아니라 정확히는 모르겠는데요…."

오오스미가 자신 없다는 투로 말끝을 흐리자 니시가 정확하지 않아도 좋으니 대략적인 양을 알려 달라고 했다.

"맥주나 하이볼 같은 걸로 열 잔 정도요."

"많이 드셨네요."

"그런가요? 같이 밴드를 한다고는 해도 각자 하는 일은 따로 있어서 그런 식으로 모이는 건 기껏해야 한 달에 두세 번 정도거든요. 만나면 이런저런 이야기를 하게 되니까 보통 그 정도는 마시게 되더라고요."

"그렇게 모이면 보통 무슨 이야기를 했습니까?"

"뭐 이것저것…."

"좀 더 구체적으로 말씀해 주시겠습니까?"

니시의 요청에 오오스미가 고개를 숙인 채 한참을 고민하다가 이윽고 입을 열었다.

"역시 제일 많이 하는 건 밴드 얘기였어요. 곡 작업이라든지 공연과 관련된 이야기요. 각자 하는 일에 대해 얘기하기도 했고요. 대부분 불만 아니면 푸념이었지만. 아니면 연애 얘기 정도?"

"카노 씨도 자기 연애 얘기를 했습니까?"

"아니요, 카노는 그쪽으로는 관심이 없는 것 같았어요. 거의 음악 얘기밖에 안 했고, 그게 아니면 일에 대한 불만을 토로하는 정도였어요."

"호스트바 말인가요?"

"네. 애초에 카노는 여자들이랑 잘 노는 편이 아니었으니까요. 여자 말 상대를 하는 건 지친다고, 아니 끔찍하다고까지 했어요."

"그런데 왜 그만두지 않은 걸까요?"

"그야 당연히 돈 때문이었겠죠."

"카노 씨는 호스트바에서 돈을 많이 벌고 있었나요?"

"혼자 생활하기에 부족하지 않고 밴드 활동을 할 수 있을 정도로는 벌었던 것 같지만 TV에서 보는 것처럼 한 달에 몇백씩 벌거나 하지는 못했어요."

"구체적인 액수를 들은 적이 있습니까?"

"네. 달마다 조금씩 다르지만 보통 20만 엔 정도라고 했어요."

"밴드 활동을 통해 들어오는 수입은 어느 정도였습니까?"

"거의 없었다고 보면 돼요. 물론 공연을 하면 티켓 수입이 생기지만 공연장 대여료 같은 부대 비용을 빼고 나면 남는 게 없거든요. 간혹 열성 팬에게 고가의 선물을 받거나 하는 경우는 있지만요."

"그렇군요." 니시가 고개를 끄덕였다. "공연을 하면 관객은 보통 어느 정도 모이나요?"

"40~50명 정도요."

"남녀 비율은요?" 니시는 계속해서 밴드 활동에 대해 집요하게 캐물었다.

"남자 3에 여자 7 정도?"

"선물을 주는 팬은 여자인 경우가 많은가요?"

"거의 그렇죠."

"가장 선물을 많이 받는 멤버는 누구였습니까?"

"카노요. 워낙 보컬이 가장 주목받는 포지션이기도 하고, 게다가 카노는 예전에 퍼스트레이션이라는 밴드를 했는데 그때 팬들이 그대로 옮겨 왔거든요."

"그런 열성 팬이 있어서 카노 씨는 좋았겠네요."

"글쎄요, 그렇지도 않았을 것 같은데…."

오오스미의 시큰둥한 반응에 린코는 의외라고 생각하며 옆에 앉은 니시를 돌아보았다. 니시는 무표정한 얼굴로 "왜 그렇게 생각하시죠?"라고 다시 물었다.

"아까도 말했다시피 카노는 여자들이랑 노는 걸 좋아하는 편이 아니었으니까요."

"하지만 팬은 여자가 훨씬 많지 않습니까."

"그야 물론 팬이 없으면 밴드 활동 자체가 불가능하니까 팬 앞에서는 친절하게 대했죠. 하지만 우리끼리 있을 때는 짜증난다느니 제발 좀 꺼져 줬으면 좋겠다느니 하는 식의 험한 말을 하기도 했어요."

"이중적인 면이 있었다는 말이군요."

"뭐 그런 셈이죠. 팬에게 받은 선물도 교환이나 환불이 가능한 건 전부 돈으로 바꿨고, 팬이 직접 만든 물건은 다 버렸을걸요?"

"카노 씨는 왜 그렇게 여자를 싫어했을까요?"

"여자야말로 이중적인 면이 있다고 생각했기 때문이겠죠."

"무슨 뜻이죠?" 니시가 물었다.

"카노는 자기 과거에 대해서는 거의 이야기하지 않는데 딱 한 번 술에 취해 어렸을 때 겪은 일을 말해 준 적이 있어요. 꽤 심한 집단 괴롭힘을 당한 모양이더라고요. 주도한 건 남학생들이었지만 여학생들도 카노를 놀리고 조롱했대요. 지금은 자기한테 음악이라는 무기가 있으니 사람들이 주위에 몰려들지만 애초에 인간이라는 동물은 믿을 수가 없다고 했어요."

"밴드 멤버들 말고는 아무도 믿을 수 없다는 말이었을까요?"

니시의 질문에 오오스미가 쓴웃음을 지었다.

"과연 카노가 저희라고 믿었을까요? 팬, 호스트바 손님, 멤버들…. 카노가 보기에는 모두 다 자기가 유명해지기 위한 수단에 불과했을지도요."

"다시 처음으로 돌아가 보겠습니다. 마지막으로 만났을 때도 카노 씨는 음악 얘기와 일 얘기만 했나요?"

"그랬던 것 같은데요."

"구체적으로 어떤 이야기를 했는지 기억하십니까?"

"카노가 앨범을 내자고 했던 것 외에는 딱히 기억나는 게 없는데요."

"다른 건 다 잊어버렸지만 앨범을 내자고 한 말은 기억하고 계신 이유는요?"

"그야… 인상적인 얘기였으니까요."

"그 말을 듣고 오오스미 씨는 뭐라고 하셨나요?"

"저를 비롯한 다른 멤버들은 모두 그럴 돈이 어디 있느냐고 했죠. 그러니까 카노가 의기양양한 얼굴로 자기한테 맡기라고 하더라고요. 돈은 있는 거냐고 물으니까 괜찮은 돈줄을 찾았다고 했어요. 우선 앨범을 내고, 그걸 디딤돌 삼아 메이저 데뷔를 해서 빼앗긴 것을 되찾고야 말겠다고요."

"확실합니까?"

"네?"

"카노 씨가 실제로 그런 말을 했는지 궁금해서요. 그날 나눈 다른 대화 내용은 기억나지 않는다고 하셨으니 앨범에 관해서도 잘못 들었거나 잘못 기억하고 있을 가능성이 있지 않을까요?"

오오스미의 표정이 어두워졌다. 니시의 지적에 자신감을 잃은 듯했다.

"카노 씨와 나눈 대화 내용은 이 재판에서 매우 중요한 의미를 갖게 됩니다. 정확히 기억하고 계신 내용만을 말씀해 주십시오." 니시가 재차 당부했다.

"단어 하나하나까지 완벽하게 기억하고 있다고는 못하겠지만 '괜찮은 돈줄을 찾았다'고 한 건 확실해요. 카노 입에서 '돈줄'이라는 단어가 나왔다는 데 굉장히 위화감을 느꼈기 때문에 똑똑히 기억합니다."

"다른 부분은요? 앨범을 내고 그걸 디딤돌 삼아 공식적인 데뷔를 해서 빼앗긴 것을 되찾고야 말겠다는 부분도 확실한가요?"

"그 부분은… 솔직히 자신이 없습니다. 앨범을 내자는 말을 듣고 제가 그냥 그렇게 생각했던 걸지도…. '빼앗겼다'는 말도 분명히 하긴 했어요. 그것도 어감이 강한 단어라서 기억에 남았거든요. 하지만 '빼앗긴 것을 되찾고야 말겠다'라고 했는지는…." 오오스미가 자신 없는 표정으로 고개를 저었다.

"끝까지 분명하게 말씀해 주시겠습니까?" 니시가 말했다.

"아, 죄송합니다. '빼앗긴 것을 되찾고야 말겠다'였는지 '빼앗긴 원한을 풀겠다'였는지는 정확히 기억나지 않습니다. 아니면 다른 말이었을 수도 있고요."

"잘 알겠습니다. 카노 씨가 그날 '괜찮은 돈줄을 찾았다'고 한 건 확실하다는 말이군요."

"네."

"아까 증인은 이 말을 듣고 여기서 말하는 돈줄이 피고인을 가리킨다고 생각했다고 했습니다. 그 이유는요?"

"그야… 카노가 미행해 달라고 부탁했으니까요."

"그게 다입니까?"

"그리고… 실제로 그러고 나서 이틀 후에 저 사람이 카노를 죽였잖아요. 이런 상황이라면 누구라도 뭔가 관계가 있다고 생각할 겁니다."

"돈줄이 피고인이 아닌 다른 사람일 가능성에 대해 생각해 본 적은 있습니까?"

"아니요." 오오스미가 고개를 저었다.

"예를 들어 호스트바 손님이라든지 팬이라든지…."

"그럴 가능성은 생각해 본 적 없습니다."

"왜죠? 한 달에 20만 엔 정도 버는 호스트에게 돈 잘 쓰는 손님이 붙으면 돈줄이라고 표현할 수 있지 않을까 싶습니다만. 고가의 선물을 주는 팬도 그렇고요."

"미행해 달라는 부탁을 받았으니까요. 손님을 미행해서 신원을 확인하는 이유는 아무리 생각해도 안 좋은 쪽일 가능성이 높잖아요. 예를 들어 상대가 기혼자인 경우에는 호스트바에 드나든다는 사실을 배우자에게 밝히겠다고 협박해서 돈을 뜯어낸다든지 하는 식으로요. 육체관계를 맺었다면 더더욱."

"지금 한 이야기는 실제로 카노 씨가 그렇게 말한 것이 아니라 어디까지나 오오스미 씨의 추측이지 않습니까?"

"그렇습니다만…."

"그렇다면 돈줄이 피고인을 가리킨다고 생각하게 된 근거도 피고인을 미행해 달라는 부탁을 받았다는 사실뿐이니 그것 역시 오오스미 씨의 추측에 불과하다고 할 수 있겠군요."

"그렇네요…." 자신감을 잃고 힘없이 대답하는 오오스미를 보며 니시가 고개를 끄덕였다.

"마지막 질문입니다. 카노 씨는 오오스미 씨를 비롯한 멤버들과 함께 밴드 활동을 하면서 정말로 데뷔해서 인기를 얻을 수 있을 거라고 생각했을까요?"

"무슨 뜻이죠? 카노가 속으로는 우리 같은 실력으로는 힘들 거라고 생각하기라도 했다는 말인가요?"

"아니요, 그런 뜻이 아닙니다." 니시가 손을 내저으며 부정했다. "만에 하나 넥스터에게 데뷔 기회가 주어진다 한들 과거에 카노 씨가 체포된 적이 있다는 사실이 밝혀지면 또다시 물거품이 되어 버릴 수도 있으니까요. 무사히 데뷔하더라도 언젠가 그 사실이 밝혀지지는 않을까, 그렇게 되면 밴드는 어떻게 되는 걸까, 카노 씨 입장에서는 이런 생각을 하며 불안해했을 수도 있지 않을까요?"

"듣고 보니 그렇네요."

"카노 씨가 본인이나 밴드의 미래에 대해 뭔가 비관적인 발언을 한 적은 없었습니까?"

스즈카가 증거를 조작하는 바람에 절도 사건의 용의자로 체포된 카노는 데뷔가 무산되면서 크게 좌절했을 것이다. 밴드로 데뷔하고 싶다는 마음보다 스즈카에 대한 증오가 더 컸다면 현장에서 카노가 분노를 참지 못하고 스즈카를 죽이려 했다 하더라도 전혀 이상한 일이 아니었다.

"딱히 비관적인 말을 한 적은 없는 것 같은데요. 카노가 속으로 어떤 생각을 하고 있었는지는 모르겠지만 일단 저는 들은 바가 없습니다."

"그렇군요. 잘 알겠습니다. 변호인 질문은 이상입니다."

니시가 자리에 앉자 재판장이 검사석을 향해 추가 질문이 있는지 확인했다. 히무로가 없다고 대답하자 재판장은 다른 판사와 배심원들에게도 질문할 것이 있는지 물었지만 추가 질문은 나오지 않았다.

재판장이 다음 공판 기일을 알리고 폐정을 선언한 다음 자리에서 일어났다. 린코도 자리에서 일어나 고개를 숙였다. 다시 의자에 앉자 검찰측 증인 신문이 끝났다는 안도감에 저도 모르게 한숨이 나왔다.

"시작치고는 나쁘지 않네."

니시의 말에 린코는 옆을 돌아보았다.

"그러게요."

교도관이 와서 스즈카에게 수갑과 포승줄을 채우고 일으켜 세웠다.

"스즈카 씨."

린코가 부르자 스즈카가 이쪽으로 고개를 돌렸다.

"마지막까지 조금만 더 힘내세요."

린코의 말에 스즈카가 살짝 고개를 끄덕였다. 그러고는 교도관들에게 이끌려 밖으로 걸어 나갔다.

39

린코는 니시와 함께 103호 앞에 멈춰 서서 초인종을 눌렀다. 곧바로 문이 열리고 하루에가 얼굴을 내밀었다.

"어서 들어오세요."

현관에 놓인 남자 신발이 눈에 들어왔다. 테루히사는 벌써 와 있는 모양이었다.

하루에와 함께 안으로 들어가 거실 문을 열자 방석에 앉아 있던 테루히사가 자리에서 일어섰다.

처음 보는 양복 차림에 깨끗하게 수염을 정리한 얼굴이 약간 긴장한 듯 보였다.

"오늘은 아무쪼록 잘 부탁드립니다."

테루히사가 인사하자 린코와 니시도 고개를 숙이며 맞은편에 앉았다. 하루에가 두 사람 앞에 찻잔을 내려놓은 다음 테루히사 옆에 가서 앉았다.

"내일은 이렇게 입고 가려고 하는데 괜찮을까요?" 테루히사가 좀처럼 진정이 되지 않는 듯 다리를 떨며 물었다.

내일 열리는 세 번째 공판에는 테루히사가 피고인 측 증인으로 참석할 예정이었다.

"네, 좋은데요? 공판은 10시 시작이니 9시 반까지 법원 1층 로비로 오시면 됩니다. 구속 사유 공개 청구 때와 같은 장소입니다."

린코가 설명하자 테루히사는 알겠다며 무거운 한숨을 내쉬며 고개를 숙였다.

내일 일 때문에 상당히 긴장하고 있는 듯했다. 그럴 만도 했다. 재판을 방청한 적은 있어도 증언대 앞에 서는 것은 처음일 테니까.

"휴가를 신청하는 데 별다른 문제는 없었습니까?" 니시가 테루히사에게 물었다.

"네, 이유는 말하지 않고 연차를 썼습니다. 역시 자세히 설명하기는 좀 그래서요."

스즈카가 체포된 후 다니던 신문사를 그만두게 된 테루히사는 석 달 전 무가지를 만드는 회사에 들어갔다.

"회사 사람들은 테루히사 씨가 스즈카 씨의 남편이라는 사실을 모르나요?" 린코가 물었다.

"아직은요." 테루히사가 옆에 앉은 하루에를 곁눈질하더니 다시 두 사람에게로 시선을 돌렸다. "이제는 알려져도 상관없습니다. 어떤 결과가 나오더라도 저는, 저와 장모님은 스즈카를 믿으니까요. 그렇죠, 장모님?"

테루히사가 동의를 구하자 하루에가 고개를 끄덕이며 입을 열었다.

"사위가 이렇게 말해 주는 건 고맙지만 역시 재판에서 무죄가 나오는 것이 가장 좋겠죠. 절도 사건의 증거를 조작했으니 그 아이가 경찰관으로서 결코 해서는 안 되는 잘못을 저지른 건 맞지만, 살의를 가지고 사람을 죽인 건 아니라고요. 변호사님들은 재판 결과가 어떻게 나올 거라고 보시나요?"

재판을 방청한 가족들이 가장 궁금해하는 것은 당연히 재판 결과가 어떻게 나올 것이냐는 점이었다. 하지만 그 부분에 대해서는 린코 역시 알 수 없었다.

첫 번째 공판에서는 쿠사마 켄지, 요시오카 히로시, 오오스미 켄타가 검찰 측 증인으로 나왔다.

두 번째 공판에서는 부검을 담당한 의사가 검찰 측 증인으로 나왔고, 피고인 측 증인으로는 법의학자가 나와서 상처의 형태 등을 바탕으로 살의가 있었는지 아니면 정당방위였는지를 놓고 싸웠다. 하지만 양측 모두 상대방의 주장을 무너뜨릴 수 있을 정도로 결정적인 증거를 내놓지는 못했기 때문에 판사와 배심원 들이 어떻게 판단했을지는 알 수 없는 일이었다.

"아직 뭐라고 단정 짓기는 어렵지만 현재로서는 유죄가 나올 가능성도 있습니다."

니시가 대답했다.

"그런 만큼 내일 할 증언이 중요하다는 말씀이시군요."

테루히사의 말에 니시가 고개를 끄덕였다.

내일 열리는 세 번째 공판에서 피고인 측이 신청한 증인은 세 명이었다. 스즈카의 남편인 테루히사, 스즈카가 사건 전날 만난 하야마 아야노, 8년 전 카노가 일으킨 아동 성추행 사건의 피해자인 타쿠미. 이중 타쿠미는 참석이 불투명한 상태였다.

"내일은 제가 어떻게 대답하면 될까요?" 테루히사가 불안한 목소리로 물었다.

"검찰이 어떤 질문을 할지는 알 수 없습니다. 저희가 테루히사 씨에게 할 질문은 일전에 말씀드린 내용 그대로입니다만…"

린코가 거기서 말을 끊고 옆에 앉은 니시를 돌아보자 니시가 뒤를 이었다.

"저희끼리도 고민해 봤습니다만 질문에 어떤 식으로 대답할지는 미리 연습하지 않는 편이 좋을 것 같습니다."

"네?" 테루히사가 당혹스럽다는 반응을 보였다.

"잘 짜인 각본처럼 진행하는 것보다는 저희가 질문을 드리면 테루히사 씨가 그 자리에서 충분히 생각해서 본인의 솔직한 생각을 말씀해 주시는 편이 판사와 배심원에게 더 진정성 있게 느껴질 것 같다는 생각이 들었습니다."

"그렇군요. 알겠습니다." 테루히사도 납득한 듯 고개를 끄덕였다.

니시와 린코는 두 사람과 조금 더 이야기를 나눈 다음 자리에서 일어났다.

아파트를 나오자 니시가 "타쿠미 쪽은 어떻게 되어가고 있어?"라고 물었다.

"그대로입니다."

매일 같이 타쿠미네 집을 찾아가고 있었지만 타쿠미는 방에 처박힌 채 목소리조차 들려주지 않았다.

"지금 가겠다고 타쿠미 어머니께 연락드려 놨습니다. 마지막으로 부탁해 보려고요."

"나도 같이 갈까?"

니시의 제안에 린코는 대답을 망설였다.

처음 찾아갔을 때는 니시도 함께였다. 하지만 타쿠미가 그 사건 이후 지금까지도 성인 남성을 무서워한다는 어머니의 말을 듣고 두 번째 방문부터는 린코 혼자 가고 있었다.

"타쿠미가 힘들어할 것 같은 말이나 행동은 하지 않을 테니까."

니시가 동석한다고 해서 크게 달라질 것은 없겠지만 중요한 공판을 앞에 두고 할 수 있는 건 다 해 보고 싶다는 마음은 이해가 갔다.

"그러시죠."

린코는 고개를 끄덕이며 니시와 함께 카와구치역으로 향했다.

302호 초인종을 누르자 현관문이 열리고 마키타가 나왔다. 린코 옆에 있는 니시를 보더니 표정이 살짝 굳었다.

"죄송하지만 오늘은 저도 함께 들어가도 될까요?" 니시가 고개를 숙이며 부탁했다.

최후의 설득이라는 점을 감안했는지 마키타는 거부하지 않고 린코와 니시를 안으로 들였다.

거실로 들어갔지만 타쿠미의 모습은 보이지 않았다. 거실 옆 굳게 닫힌 방문을 잠시 가만히 쳐다보았다.

린코는 오는 길에 산 케이크 상자를 마키타에게 건네며 "지난 번에 제가 돌아간 후 타쿠미와 뭔가 이야기를 나누셨나요?"라고 물었다.

"방문 너머로 불러 보긴 하는데 대답이 없네요. 방문 앞에 식사를 준비해 놓아도 제가 일하러 나갈 때까지는 건드리지도 않아요."

"타쿠미에게 말을 걸어 봐도 될까요?"

린코는 마키타의 허락을 받고 타쿠미의 방 앞으로 가서 방문을 가볍게 노크했다.

"타쿠미? 변호사인 린코 누나야. 계속 찾아와서 정말 미안한데 오늘이 마지막이니까 이야기를 좀 들어줄 수 없을까? 마지막으로 얼굴 한 번만 보여 주지 않을래?"

린코는 방문을 향해 최대한 부드러운 말투로 말을 걸었지만 방 안에서는 아무런 반응이 없었다.

"우리는 타쿠미 네가 싫어하는 일을 억지로 시키지 않을 거야. 하지만 이것만은 알아주면 좋겠다. 만약 네가 8년 전 사건에 대해 재판에서 증언해 준다면 스즈카 씨를 구할 수 있을지도 몰라. 너한테는 그냥 모르는 사람이겠지만 우리는 스즈카 씨를 구하고 싶어. 전에 얘기했지? 스즈카 씨는 네게 몹쓸 짓을 한 사람에게 어린 아들을 맡겼다가 아들이 죽었고, 그래서 오랫동안 많이 괴로워했어. 우리는 스즈카 씨가 지금보다 더 힘든 상황에 빠지지 않길 바라고 있어. 내일 오후 1시에 타쿠미 네가 증언할 수 있는 자리를 마련했으니 괜찮다면…."

갑자기 큰 소리가 나서 린코는 깜짝 놀라 한 발 뒤로 물러섰다.

방 안에서 문을 향해 무언가 집어던진 듯했다. 명백한 거절의 의사 표시였다.

낙담한 린코는 문에서 물러나 마키타와 니시가 있는 테이블로 돌아왔다.

"몇 번이나 찾아오셨는데 이런 말씀 드려서 죄송하지만 역시 저 아이한테는 어려울 것 같아요. 법정 증언대에 서서 당시 일을 진술한다는 건…."

미안해하는 마키타에게 린코는 괜찮다고 대답하며 니시를 향해 "이만 일어날까요?" 하고 물었다.

"미움받은 김에 저도 한마디만 하겠습니다."

니시가 마키타에게 양해를 구하며 의자에서 일어나 타쿠미 방 쪽으로 걸어가더니 문 앞에 양반다리를 하고 앉았다. 손을 뻗어 문을 두 번 두드렸다.

"타쿠미, 니시 변호사 아저씨야. 넉 달 전에 몇 번인가 문 너머로 말을 걸었었는데 기억하니? 말하고 싶지 않으면 아무 말도 안 해도 되는데 아저씨가 하는 얘기만이라도 좀 들어 줄래?"

린코는 방문 너머로 말을 거는 니시를 잠자코 지켜보았다.

"아까 린코 변호사가 너한테 내일 증언해 달라고 부탁했지? 아저씨도 같은 마음이야. 하지만 네가 거부하는 이유도 이해한다. 재판에서 증언하게 되면 8년 전 사건에 대해 자세히 털어놓아야 할 테고, 네가 기억하고 싶지 않은 일들을 어른들이 꼬치꼬치 캐물을 테니까 말이야. 네 마음의 상처가 더 커질 수도 있고 끔찍한 시간이 될 수도 있겠지. 타쿠미네 입장에서는 상상만 해도 무서울 거다."

옆에서 니시가 하는 말을 듣고 있던 린코로서는 당황스럽기 그지없었다.

그런 식으로 공포심을 자극하면 증인으로 나서고 싶지 않은 마음만 더 강해질 텐데.

"하지만 언젠가는 그 공포를 딛고 일어서야만 해. 계속 방구석에 숨어 있기만 해서는 소중한 사람을 지킬 수 없으니까. 사실은 너도 느끼고 있지? 이대로는 네가 사랑하는 엄마를 지킬 수 없다는 걸. 너의 단 하나뿐인 가족인 엄마를 말이야. 지금까지는 엄마가 너를 지켜 줬지만 그게 언제까지나 계속될 수는 없어. 너도 잘 알고 있을 거야. 그러니까 언젠가는 네가 당한 그 끔찍한 사건의 기억과 당당히 맞서 싸워서 네 안에 도사리고 있는 공포심을 무찌르고 방 밖으로 걸어 나와야만 해. 그날이 내일이 아니라도 좋으니까 아저씨한테 약속해 줄래? 언젠가… 언젠가 반드시 너를 괴롭히는 공포와 싸워 이기고야 말겠다고."

말을 마친 니시가 방문을 물끄러미 바라보았지만 방 안에서는 여전히 아무 소리도 들리지 않았다.

이윽고 포기한 듯 니시가 자리에서 일어나 이쪽으로 걸어왔다.

"하고 싶은 말은 다 했어. 이제 그만 가자."

니시가 린코에게 말한 다음 마키타에게 인사하고 현관으로 향했다.

린코는 타쿠미의 방문을 한 번 돌아보고 니시의 뒤를 따랐다.

40

"모두 일어나 주십시오."

법원 경위의 안내에 따라 린코는 자리에서 일어났다. 앞쪽 문이 열리고 판사와 배심원, 예비 배심원이 차례로 들어왔다. 모두가 목례하고 자리에 앉았다.

"재판을 시작하겠습니다. 오늘은 피고인 측 증인 신문이었죠?"

재판장이 증인을 호명하자 양복 차림의 테루히사가 긴장한 발걸음으로 앞으로 나왔다.

문득 이쪽을 본 테루히사의 표정이 크게 일그러졌다. 아내인 스즈카와 눈이 마주친 순간 여러 가지 복잡한 감정이 치밀어 오른 듯했다.

증언대 앞에 서서 본인 확인을 마친 테루히사가 심호흡을 한 후 선서서를 낭독했다. 린코는 선서서를 반납한 테루히사가 증언대 앞에 놓인 의자에 앉는 것을 확인한 다음 서류를 들고 자리에서 일어났다.

"변호인 질문을 시작하겠습니다. 우선 증인은 피고인과 어떤 관계입니까?"

린코가 묻자 테루히사가 마이크에 입을 갖다 대며 "부부입니다"라고 대답했다.

"실례지만 현재도 혼인 관계에 있으십니까?" 린코가 재차 물었다.

"네, 그렇습니다."

"결혼한 지 얼마나 되셨죠?"

"올해로 결혼 10년차입니다."

"자식이 있으신가요?"

줄곧 막힘없이 대답하던 테루히사가 멈칫했다. 잠시 후 "아들이 하나 있었습니다"라고 희미하게 떨리는 목소리로 대답했다. "이름은 히비키였고요."

"죽었다고 들었습니다만."

아무리 재판에 필요한 내용이라고는 해도 히비키에 관한 질문을 이어가는 것은 마음이 편치 않았다.

"네…."

"죄송하지만 히비키가 죽었을 당시 상황을 자세히 말씀해 주시겠습니까?"

테루히사가 깊은 한숨을 내쉬고는 마이크에 대고 히비키의 사망 당시 상황 및 사인을 설명했다.

"히비키의 상태가 안 좋아진 경위에 대해서는 아내분께 들으셨나요?"

린코가 묻자 "네" 하고 테루히사가 대답했다.

"아내는 아들이 죽은 게 자기 때문이라며 심하게 자책했습니다. 저는 그런 아내를 제대로 위로해 주지 못했습니다…." 테루히사가 그렇게 말하며 주머니에서 손수건을 꺼내 눈가를 훔쳤다.

"아내분은 어떤 성격이었나요?"

린코가 질문을 바꾸자 테루히사가 고개를 들어 이쪽을 보았다. 붉게 충혈된 눈으로 스즈카를 응시했다가 이내 판사석 쪽으로 시선을 돌렸다.

"정의감이 강한 여자였습니다. 그리고… 어려움에 처한 사람을 그냥 내 버려두지 못하고 자기보다 다른 사람을 먼저 생각하는 사람이었습니다."

"어떤 부분에서 그렇게 느끼셨죠?"

"너무 많아서 이거다, 라고 딱 짚어서 말하기가 어렵네요. 그냥 처음 만났을 때부터 그런 느낌이었습니다."

"아내분과는 어떻게 만나셨나요?"

"스물다섯 살 때 저는 지방 신문사에서 기자로 일하고 있었는데 그때 취재를 나간 파출소에서 아내를 처음 만났습니다. 파출소에 근무하는 순경을 밀착 취재하는 일이었는데 당시 스물셋이었던 아내는 그 파출소 에서 제일 어렸지만 누구보다 열심히 일했고, 그런 모습이 인상 깊었습 니다. 저 역시 이 세상의 비리라든지 부조리를 조금이라도 바로잡고 싶 어서 기자가 된 것이었기 때문에 저보다 더 강한 정의감과 올바른 윤리 의식을 지닌 사람이라는 점에 매력을 느꼈습니다. 취재를 마치고 얼마 지나지 않아 사귀게 되었지요."

스즈카와 어떻게 만나게 되었는지를 설명하는 테루히사의 표정에서 날 선 느낌이 조금씩 사라졌다.

"아내분이 자기가 왜 경찰관이 되었는지 이유를 말해 준 적이 있나요?"

"네, 있습니다. 아내는 중학교 2학년 때 교통사고로 아버지를 잃었습니 다. 뺑소니를 당해서 범인도 잡지 못했다고 합니다. 자기처럼 가족을 잃 고 슬퍼하는 사람이 조금이라도 줄어들었으면 하는 마음에 경찰관이 되 었다고 했습니다. 대학 진학을 포기하고 바로 취직한 건 혼자 힘으로 어 렵게 자신을 키워 준 어머니께 더 이상 부담을 주고 싶지 않아서였겠죠."

"퇴근하고 돌아와서 일 얘기를 할 때도 있었나요?"

"자기가 담당한 사건 얘기는 잘 하지 않았습니다. 아무리 부부라고는 해도 한 사람은 기자, 한 사람은 경찰관이니 일과 관련된 이야기는 안 하는 편이 좋겠다고 생각했던 것 아닐까요? 뉴스에서 보도된 사건에 관해서는 자주 이야기를 나누었지만요."

"주로 어떤 이야기를 했나요?"

"이런 엽기적인 사건을 일으킨 범인은 결코 용서할 수 없다든지, 하루빨리 범인이 잡혔으면 좋겠다든지, 피해자가 많이 힘들겠다든지 그런 얘기요."

"그런 이야기를 듣고 어떤 생각이 들던가요?"

"저도 그렇긴 하지만 아내는 범죄를 증오하는 마음이 다른 사람들보다 훨씬 더 강하다고 느꼈습니다."

"경찰관이라는 직업과 따로 떨어뜨려 생각했을 때, 아내분은 어떤 사람이었나요?"

"정의감이 강한 여성이었습니다. 예를 들어 편의점 앞에서 담배를 피우는 고등학생 무리를 보면 아내는 망설이지 않고 주의를 줬습니다. 상대가 어떻게 나올지 모르니 그런 위험한 짓은 하지 말라고 제가 몇 번인가 부탁했지만 그만두지 않았습니다. 또 길거리나 백화점 같은 곳에서 혼자 터덜터덜 걸어가는 어린아이를 발견하면 절대로 그냥 지나치지 않고 가까이 다가가서 말을 걸었습니다."

"그래서 아까 '어려움에 처한 사람을 그냥 내버려두지 못하고 자기보다 다른 사람을 먼저 생각하는 사람이었다'고 말씀하신 건가요?"

"맞습니다. 히비키가 죽은 날, 아내가 아이를 베이비시터에게 맡겼었다는 사실을 저는 이번 사건이 일어난 후에야 알게 되었습니다. 지인의 손녀가 자살을 암시하는 메시지를 남기고 사라져서 그 아이 부모님과 함께 찾아다니느라 히비키를 베이비시터에게 맡겼었다고 하더군요. 우리 애를 신원도 불분명한 사람한테 맡기면서까지 남의 애를 찾아 줄 필요는 없지 않나… 그런 생각에 원망도 많이 했습니다. 하지만 동시에 역시 아내답다는 생각도 들더군요. 아내는 누구보다 마음이 따뜻한 사람입니다. 그런 아내가 살의를 가지고 남을 죽였을 리가 없습니다."

"아까 스즈카 씨는 히비키가 죽은 게 자기 때문이라고 생각해서 스스로를 탓했다고 하셨는데 계속 그런 상태였나요?"

"아니요, 아들의 장례식이 끝날 때까지는 자주 그런 말을 했지만 이후에는 하지 않았습니다."

"히비키가 죽은 건 4년 전입니다만, 그 후 스스카 씨에게서 아들의 죽음에 대한 심경의 변화 같은 걸 느낀 적은 없으셨나요?"

"아무리 시간이 지나도 아들을 잃은 슬픔이 옅어지는 일은 없을 겁니다. 그건 저도 마찬가지니까요…. 하지만 아내는 아내대로, 저는 저대로 조금씩이라도 앞을 보고 살아가려고 노력하고 있었습니다."

"구체적으로 어떤 부분에서 그런 느낌을 받으셨나요?"

"아내는 아들이 죽기 전보다 더 열심히 일에 매진했습니다. 아들 몫까지 열심히 살아서 도움이 필요한 사람들에게 힘이 되고 싶었던 거겠죠."

"다음으로 2018년 10월 13일에 있었던 일에 대해 여쭙겠습니다. 그날 일을 기억하십니까?"

린코에게 질문을 받은 테루히사의 얼굴에 긴장감이 스쳐 지나갔다.

"아, 네…. 아내가 체포된 후 경찰한테 똑같은 질문을 몇 번이나 받았기 때문에 똑똑히 기억하고 있습니다."

"그날 테루히사 씨는 출근하셨나요?"

"네. 아침 8시에 집에서 나갔습니다. 아내는 쉬는 날이어서 집에 있었고, 제가 집을 나설 때 배웅해 줬습니다. 평소에는 아내가 먼저 출근하는 편이지만요."

"뭔가 대화를 나누셨나요?"

"아내가 오늘은 쉬는 날이니 집에서 맛있는 걸 만들어 놓겠다고 했습니다. 뭐가 먹고 싶냐 묻길래 함박스테이크를 먹고 싶다고 했습니다."

"함박스테이크를 좋아하시나요?"

"네, 저도 좋아하고 아들도 좋아했습니다." 테루히사가 희미하게 미소를 지었다. "아내는 맛있는 함박스테이크를 만들어 놓을 테니 퇴근하면

딴 데로 새지 말고 바로 집으로 오라면서 저를 배웅했습니다."

"그 말을 하는 스즈카 씨에게서 뭔가 평소와 다른 점은 느끼지 못하셨나요?"

"전혀요." 테루히사가 고개를 저었다. "오히려 평소보다 기분이 좋아 보였습니다. 쉬는 날이어서 그런가 보다 했죠."

"스즈카 씨가 그날 일정에 대해 말하지는 않던가요?"

"아니요, 아무 말도 안 했습니다."

"그러고 나서 스즈카 씨를 다시 본 것은 언제였습니까?"

"저녁 7시 반에 퇴근해서입니다."

"그때 스즈카 씨 상태는 어땠나요?"

"현관까지 나와서 저를 맞아 주었는데 제일 먼저 미안하다고 했습니다."

"뭐가요?"

"낮에 몸이 안 좋아서 함박스테이크를 만들지 못했다고, 대신 마트에서 파는 걸 사 왔다고 했습니다."

"어디가 어떻게 안 좋다고 하던가요?"

"머리가 좀 아프다고 했습니다. 아내는 기압 변화로 인한 두통에 자주 시달리는 편이라 그리 드문 일은 아니었습니다. 제가 퇴근했을 때는 상태도 많이 나아진 듯했고, 저녁도 함께 먹었습니다."

"그때 스즈카 씨가 무슨 옷을 입고 있었는지 기억하십니까?"

"흰색 블라우스에 검은색 꽃무늬 스커트를 입고 있었습니다."

"정확하게 기억하고 계시네요."

"아까도 말씀드렸다시피 이미 경찰한테 똑같은 질문을 몇 번이나 받은 데다가 그 옷을 입은 아내를 보는 건 오랜만이었거든요. 몇 년 전까지만 해도 즐겨 입었었는데…."

"즐겨 입던 옷을 왜 갑자기 안 입게 되었을까요?"

"저도 잘은 모르겠지만… 아들을 데리고 셋이서 외출할 때 자주 입던 옷이니 그 옷을 보면 아들 생각이 나서 입지 않게 된 게 아닌가 싶습니다."

"그날 스즈카 씨는 4년 전 아들을 맡겼던 베이비시터인 카노 씨를 만나러 갔던 것으로 밝혀졌습니다만, 그 사실을 알게 되었을 때 무슨 생각이 드셨나요?"

린코의 질문에 테루히사의 표정이 딱딱하게 굳었다.

"아들이 왜 죽은 건지 진상을 파악하기 위해서 만났을 거라고 생각했습니다."

"다른 이유는 짐작 가는 게 없으신가요?"

"없습니다. 아내가 정의감이 강하고 착한 사람이라는 건 제가 제일 잘 알고 있으니까요. 설령 상대가 아들의 죽음과 관계가 있다고 해도 원한을 갚겠다고 그 사람을 죽였을 리가 없습니다."

테루히사가 강한 말투로 단언했다.

"이상입니다."

린코는 자리에 앉으며 옆에 앉은 스즈카를 돌아보았다. 테루히사를 쳐다보는 눈에 눈물이 맺혀 있었다.

"검사, 반대 신문 하세요."

재판장의 지시에 아야가 자리에서 일어났다.

"스노우치 아야 검사입니다. 증인에게 몇 가지 묻겠습니다."

테루히사가 무릎 위에 놓은 손을 꽉 움켜쥐는 것이 보였다.

"피고인은 오가와키타 경찰서에 재직 중이던 2016년 봄에 지역과에서 형사과로 이동했습니다만, 증인도 알고 있었습니까?"

아야의 질문에 테루히사가 "물론 알고 있었습니다"라고 대답했다.

"동료 경찰의 증언에 따르면 피고인은 형사과 이동을 강하게 원했다던데 증인도 그런 이야기를 들은 적이 있습니까?"

"네, 형사과로 가고 싶어서 준비하고 있다고 했습니다. 집에 돌아와서도 밤늦게까지 공부하곤 했고요."

"그게 언제부터였습니까?"

"아들이 죽고 반년쯤 지나서였을 겁니다."

"그 전에도 피고인이 형사과에 가고 싶다는 이야기를 한 적이 있습니까?"

"아니요, 속으로는 생각하고 있었을지도 모르겠지만 저는 들은 적이 없습니다."

"피고인이 지역과에 있을 때, 일이 마음에 들지 않는다거나 다른 부서로 옮기고 싶다는 말을 한 적은 없습니까?"

"없습니다. 오히려 파출소에서 함께 일하는 동료들도 다 좋은 사람들이라고 했고, 동네 사람들과도 친하게 지냈기 때문에 근무 환경에는 상당히 만족하고 있는 것 같았습니다."

"피고인에게 형사과로 이동하고 싶다는 말을 들었을 때, 무슨 생각이 들었습니까?"

"음…." 테루히사가 잠시 고민하는 듯싶더니 천천히 입을 열었다. "아들이 죽은 후 한동안은 산송장이나 다름없었기 때문에 아내에게 새로운 삶의 목표가 생겨서 다행이라고 생각했습니다. 그리고… 어쩌면…."

"어쩌면요?" 아야가 대답을 재촉했다.

"저랑 마주하는 시간을 최대한 줄이고 싶은 게 아닐까 싶기도 했습니다. 형사과는 지역과보다 일이 훨씬 많다고 들었으니까요."

"아까 뉴스에서 보도된 사건에 관해 부부간에 자주 이야기를 나눴다고 하셨는데요. 이런 엽기적인 사건을 일으킨 범인은 결코 용서할 수 없다든지, 하루빨리 범인이 잡혔으면 좋겠다든지, 피해자가 많이 힘들겠다든지 하는 식으로요."

"네…."

"범인에게 어떤 처벌이 내려져야 하는가, 같은 이야기도 했나요?"

"아내는 경찰관이고 저는 기자이기 때문에 어떤 사건이 보도되면 이건 양형이 어느 정도 되겠다는 식으로 서로의 의견을 말해 보곤 했습니다."

"피해자 입장에서 생각하면 어떻겠다는 말도 했나요?"

"네, 피해자나 유족 입장에서는 양형이 얼마가 나오든 받아들이기 어렵겠다는 말을 한 적이 있습니다."

"사형이 선고될 법한 사건에 대해서는 어떤 의견들이셨나요?"

"저도 아내도 사형은 불가피하다는 입장이었습니다. 물론 그만큼 끔찍한 사건을 일으킨 범인에 한해 적용되어야 하겠지만요."

"2018년 10월 13일에 있었던 일에 대해 묻겠습니다. 아까 증인은 그날 피고인이 평소보다 기분이 좋아 보였다고 했는데 전날까지는 어땠나요?" 아야가 질문의 방향을 바꿨다.

"좀 싸한 분위기였습니다."

"싸했다고요?"

"뭐랄까… 표정이 굳어 있어서 쉽게 말 걸기 어려운 분위기였습니다."

"언제부터 그런 상태였나요?"

"사나흘 정도 전부터요."

"이유가 뭐였을까요?"

"당시에는 몰랐는데 얼마 전 변호사님한테 스즈카… 아니 아내가 여행을 예약했었다는 말을 듣고 생각해 보니 아마 이혼을 생각하고 있었던 게 아닌가 싶더군요. 여행 가서 저한테 이혼 얘기를 어떻게 꺼낼지 고민하느라 그랬던 거라고요."

"지금은 어떻게 생각하시나요?" 그때까지 서류만 들여다보고 있던 아야가 시선을 들어 테루히사를 쳐다보며 물었다.

"지금은… 그 사람, 그러니까 카노 씨를 만날지 말지 고민하고 있었던 게 아닌가 싶습니다."

"만날지 말지…, 과연 고민한 것이 그것뿐이었을까요?"

테루히사는 아야의 도발에도 동요하지 않고 담담하게 "그랬을 겁니다"라고 받아쳤다.

"다음 질문입니다. 아드님 무덤에는 매년 가시나요?" 아야가 다시 서류를 내려다보며 물었다.

"물론입니다. 매년 기일에는 반드시… 아, 작년에는 아내가 유치장에 있어서 가지 못했지만 그 전까지는 매년…."

린코는 테루히사의 대답을 들으며 뭔가 불길한 예감이 들었다.

"매년 피고인과 함께 갔나요?"

"네."

"매년 기일에 갔다고 하셨는데 기일이 평일인 해도 있었을 텐데요. 평일이어도 기일에는 반드시 부부가 함께 아들 묘를 찾았다는 말씀이신가요?"

"아들 묘는 집에서 멀지 않은 곳에 있기 때문에 일을 마치고서라도 둘이 시간을 맞춰서 함께 갔습니다."

린코의 마음속에 조금씩 불안함이 차올랐다.

"증언에 따르면 2018년 10월 10일에 스즈카 씨는 동료에게 '올해 기일에는 아들 무덤에 못 갈 것 같다'고 말했다는데 증인도 알고 있었습니까?"

문득 아야와 시선이 마주쳤다. 아야는 린코를 보며 미소짓고 있었다.

린코는 증언대에 선 테루히사에게로 시선을 돌렸다. 테루히사는 아야의 질문에 어떻게 대답해야 할지 판단이 서지 않는 듯 좀처럼 입을 열지 못했다.

"다시 묻겠습니다. 2018년 10월 10일, 그러니까 사건 발생 사흘 전, 피고인이 올해는 아들 기일에 무덤을 찾지 못할 것 같다고 말했다는 동료의 증언이 나왔습니다. 증인은 피고인으로부터 이와 같은 말을 들은 적이 있습니까?" 아야가 다시 한번 천천히 질문을 반복했다.

스즈카의 동료인 요시오카 형사의 증언이었다. 린코도 기억하고 있었지만 당시에는 신경 쓰지 않고 그냥 넘어간 부분이었다. 작년 기일은 휴일이 아니었기 때문에 아들 무덤에 찾아가지 못했더라도 딱히 이상한 일이 아니라고 생각했기 때문이다. 하지만 조금 전 테루히사가 한 말에 따르면 기일이 평일인 해에는 일을 마치고서라도 두 사람이 함께 아들 무덤을 찾았다고 했으니 작년에만 가지 못할 것 같았다는 건 말이 되지 않았다.

사건 발생 사흘 전에 왜 그런 말을 한 걸까. 린코는 옆에 앉은 스즈카를 쳐다보았다. 스즈카는 린코의 시선은 알아차리지 못한 채 테루히사를 응시하고 있었다.

"…아니요, 아내에게 그런 말은 들은 적이 없습니다."

린코는 스즈카에게서 시선을 거두어 테루히사 쪽으로 고개를 돌렸다.

"그럼 동료에게 그런 말을 하지도 않았을 거라고 확신하십니까?"

이어지는 아야의 질문에 테루히사가 "아니요"라며 고개를 저었다.

"왜죠?"

"왜냐하면… 당시 아내와는 직장에서 무슨 일이 있었는지 같은 이야기는 전혀 하지 않았기 때문에 동료와 어떤 이야기를 나누었는지 저로서는 알 길이 없기 때문입니다."

"감사합니다. 이상입니다."

아야가 질문을 마치고 자리에 앉았다.

"변호인, 추가 질문 있습니까?"

재판장의 말에 린코는 니시를 돌아보았다. 니시가 고개를 저었다.

"없습니다."

판사와 배심원도 질문이 없음을 확인한 재판장이 증인에게 퇴정을 요청했다. 테루히사는 발걸음이 떨어지지 않는다는 표정으로 잠시 스즈카를 물끄러미 쳐다보다가 증언대에서 내려왔다.

다음 증인은 하야마 아야노였다. 아야노는 증언대 앞에 서서 강한 의지가 느껴지는 눈빛으로 판사석을 바라보았다. 본인 확인 및 선서서 낭독을 마친 후 재판장의 지시에 따라 니시가 자리에서 일어났다.

"변호인 질문하겠습니다. 우선 증인은 피고인인 스즈카 씨와 어떤 관계입니까?"

아야노는 시선을 돌려 스즈카 쪽을 쳐다보았다가 다시 정면을 향해 "소중한 친구입니다"라고 또박또박 대답했다.

아야노의 대답에 감동했는지 스즈카의 눈시울이 젖어 들었다.

린코는 손수건을 꺼내 내밀었다. 스즈카가 고개를 살짝 숙이며 손수건을 받아 눈가를 닦았다.

"소중한 친구라…. 좀 더 자세히 말씀해 주시겠습니까? 스즈카 씨와는 어떻게 알게 되셨나요?"

니시의 질문에 아야노가 아들인 슌타로의 유괴 살인 사건 때 수사를 담당한 형사 중 한 명이 스즈카였다고 대답했다.

"그때 사건을 담당했던 다른 형사들과도 계속 연락을 주고받으시나요?" 니시가 물었다.

"아니요, 스즈카 형사님뿐입니다. 물론 당시에는 다른 형사님들도 모두 피해자 유족인 저를 많이 신경 써 주셨지만, 용의자가 체포된 후에도 계속 저를 챙겨 준 사람은 스즈카 형사님뿐이었습니다."

"그런 관계가 언제까지 이어졌습니까?"

"이번 사건이 일어나기 직전까지요."

"그럼 2년 넘게 알고 지냈다는 말씀이시군요. 2년 넘게 스즈카 씨와 어울리면서 어떤 인상을 받으셨습니까?"

"정의감이 강한 사람이라고 느꼈습니다. 경찰관이라는 직업을 내려놓고 생각하더라도요."

"어떤 부분에서 그렇게 느끼셨죠?"

"아들이 살해당하고 용의자가 체포되기까지 두 달 남짓한 기간 동안 스즈카 형사님은 하루도 쉬지 않고 수사에 매진하는 동시에 유족인 저를 챙기셨어요. 경찰이니까 당연하다고 여길 수도 있지만 아무나 할 수 있는 일은 아니라고 생각합니다. 범인이 잡힌 후에도 스즈카 형사님은 저를 만날 때마다 하루빨리 이 세상에서 범죄를 사라지게 하고 싶다고,

더 이상 저 같은 피해자를 만들고 싶지 않다고 했어요."

"아야노 씨 같은 피해자를 더 이상 만들고 싶지 않다고요?"

"네."

"그 말을 듣고 어떤 생각이 들었나요?"

"스즈카 형사님은 범죄를 증오하는 마음이 아주 강하다고 느꼈습니다. 경찰이라는 직업상 체면치레로 하는 말이 아니라 진심으로 그렇게 생각하고 있다는 게 느껴졌어요. 그런 스즈카 형사님이 사람을 죽일 리가 없다고, 저는 그렇게 믿고 있습니다."

"지금까지 말씀하신 내용 외에 스즈카 씨와 관련해서 기억에 남는 일이 있습니까?"

"글쎄요…."

아야노가 잠시 고개를 숙인 채 고민하더니 이내 고개를 들어 판사석을 쳐다보며 입을 열었다.

"역시 가장 기억에 남는 건 역시 아들 사건의 증거를 발견했을 때입니다."

"증거라면 무엇을 말씀하시는 건가요?"

"유괴 당시 아들이 갖고 있던 미니카입니다. 목격자 증언과 CCTV 영상을 통해서 아들과 함께 있던 남자를 찾을 수 있었고, 경찰이 그 남자 집을 수색할 때 스즈카 형사님이 미니카를 발견했어요. 지문 감식을 통해 제 아들 것이라는 사실이 밝혀져서 무사히 범인을 체포할 수 있었습니다."

"그랬군요. 그건 그렇고 스즈카 씨에게 아들이 있다는 건 알고 계셨습니까?" 니시가 화제를 전환했다.

"네, 알고 있었습니다."

"어떤 계기로 알게 되셨나요?"

"저희 아들 장례식 때요. 형사님들도 몇 분 오셨었는데 장례식이 끝나고도 울음을 멈추지 못하는 제게 스즈카 형사님이 이런 말을 건네셨어요. 자기도 사랑하는 아들을 세 살 때 잃었기 때문에 지금 제가 얼마나 괴로울지 누구보다 잘 안다고요. 그러니 도움이 필요하면 언제든지 말하라고…."

"아들이 죽은 원인에 대해서도 들으셨나요?"

"급성 경막하 출혈이었다고 들었습니다."

"그 후에도 스즈카 씨가 자기 아들 얘기를 한 적이 있나요?"

"몇 번인가 아들과의 추억을 얘기하긴 했는데 언제나 마지막에는 아들이 죽은 건 다 자기 잘못이라고, 급성 경막하 출혈은 주로 외부로부터 충격이 가해져서 발생하는 경우가 많은데 그날 자기가 제대로 지켜보지 않았기 때문에 아들이 죽은 거라면서 자신을 탓했고, 그런 얘기를 들으면 저도 저희 아들 생각이 나서 눈물을 쏟았기 때문에 점차 아이 얘기는 꺼내지 않게 되었습니다."

"좀 다른 이야기입니다만, 스즈카 씨와 마지막으로 만난 건 언제였습니까?"

니시가 묻자 "2018년 10월 12일입니다"라고 아야노가 바로 대답했다.

"사건 발생 전날이군요. 그날 스즈카 씨와는 왜 만나셨나요?" 니시가 질문을 이어 갔다.

"저녁때쯤 스즈카 형사님 전화를 받았습니다. 일 끝나고 집에 가는 길에 케이크를 샀는데 혹시 시간 괜찮으면 같이 먹자고 하길래 좋다고 했죠. 결국 케이크는 거의 먹지 못했지만요."

"왜죠?"

"그날도 아들 생각 때문에 하루 종일 우울했거든요. 제가 우니까 스즈카 형사님도 자기 일처럼 같이 울어 주셨어요."

"그날 무슨 이야기를 했는지 기억하십니까?"

"처음에는 그냥 제가 잘 지내고 있는지 물어봤고…, 제가 울기 시작하니까 형사님도 같이 울면서 혼잣말처럼 몇 번이고 미안하다고 했어요. 그게 특히 기억에 남습니다."

"미안하다라…, 그건 누구한테 하는 말이었을까요?"

"그건 저도 잘 모르겠습니다." 아야노가 고개를 저으며 대답했다. "다만 저는 아들에게 하는 말이 아닐까 싶었습니다."

"그 외에는 무슨 이야기를 나누셨나요?"

"제 아들을 죽인 범인의 재판에 대해서요. 체포된 지 2년 가까이 지났는데 아직 재판이 시작조차 되지 않아서 너무 답답하다고 제가 스즈카 형사님한테 하소연했습니다. 그 남자가 극형에 처해진다고 해서 제 마음이 홀가분해지지는 않겠지만 적어도 그때 아들에게 무슨 일이 있었던 건지, 그 아이가 왜 죽어야만 했던 건지 하루빨리 진실을 알고 싶다고 했죠. 아무것도 모르는 상태로 그저 아들의 억울한 죽음을 슬퍼하며 살 바에는 차라리 죽는 게 낫다고 울부짖었습니다."

"그 말을 들은 스즈카 씨는 뭐라고 하던가요?"

"살아야 한다고…, 아무리 힘들어도 용기를 내서 살아야 한다고 했어요. 자기도 용기를 내 보겠다고요."

"자기도 용기를 내 보겠다라… 그게 무슨 뜻이었을까요?"

"사실 당시에는 무슨 뜻인지 몰랐습니다. 굳이 다시 물어보지도 않았고요. 하지만 지금 생각하면… 용기를 내서 피해자인 카노 씨를 만나 보겠다는 의미가 아니었나 싶습니다. 베이비시터인 카노 씨에게 아들을 맡긴 동안 무슨 일이 있었던 것인지, 아들이 왜 죽은 것인지 그 이유를 알아내기 위해서요."

"그날 스즈카 씨에게서 뭔가 평소와 다른 점은 느끼지 못하셨나요?"

"평소와 다른 점이요?"

"네, 처음 듣는 말이나 행동을 했다든지 어딘지 모르게 어색한 느낌이 들었다든지…."

"전혀요. 평소와 똑같았습니다."

"스즈카 씨가 살인 혐의로 체포되었다는 소식을 듣고 무슨 생각이 들었습니까?"

"도저히 믿기지가 않았습니다. 그건 지금도 마찬가지고요."

"감사합니다. 이상입니다."

니시가 질문을 마치고 자리에 앉았다.

"검사, 반대 신문 하세요."

재판장의 지시에 따라 히무로가 자리에서 일어났다.

"히무로 검사입니다. 증인에게 몇 가지 묻겠습니다."

히무로가 입을 열자 아야가 긴장하는 것이 느껴졌다.

"아까 피고인에게 죽은 아이 이야기를 들은 적이 있다고 하셨죠?"

"네…." 아야노가 경계심이 묻어나는 목소리로 대답했다.

"피고인은 죽은 아이를 어떻게 생각하는 것 같던가요?"

"무엇과도 바꿀 수 없는 소중한 존재라고…, 지금도 그렇게 생각하고 있다고 느꼈습니다."

"증인과 피고인이 처음 만난 것은 피고인의 아들이 죽은 지 이미 2년이나 지난 시점이었습니다. 마지막 만남을 기준으로 하면 4년이 지난 셈이지요. 증인과 알고 지낸 2년 동안, 죽은 아들을 생각하는 피고인의 마음은 변함이 없었다고 생각하십니까?"

"네…."

"피고인은 아들을 잃은 슬픔에서 헤어 나오지 못하고 있었다는 말인가요?"

계속 정면을 보고 있던 아야노가 날카로운 눈빛으로 히무로를 쏘아보았다.

"실례지만 검사님은 자식이 있으신가요?"

아야노의 갑작스러운 질문에 히무로가 의아한 표정을 지었다.

"아, 네, 열 살짜리 아들이 하나 있습니다. 죄송하지만 제 질문에 대답해 주시겠습니까?"

"사랑하는 자식을 잃은 부모에게 시간의 흐름은 아무런 의미가 없습니다. 자식의 죽음이란 시간이 지났다고 해서 잊을 수 있는 그런 것이 아닙니다. 자식을 잊지 못하는 부모의 마음을 슬픔에서 헤어 나오지 못하는 것이라고 표현한다면⋯ 그런 것이겠지요."

"그런 것이겠지요⋯라는 건 정확히 무슨 의미입니까? 대단히 죄송하지만 구체적으로 답변해 주시겠습니까?" 히무로가 기분 나쁠 정도로 정중한 말투로 재차 물었다.

"스즈카 형사님은 아들을 잃은 슬픔에서 헤어 나오지 못한 상태라고 느꼈습니다." 아야노가 짜증스럽게 대꾸했다.

"피고인이 증인에게 자기 아들의 사진이나 유품을 보여준 적이 있습니까?" 히무로는 개의치 않고 계속 질문을 이어 갔다.

"네, 있습니다."

"사진이었나요?"

"사진도 몇 장 본 적이 있고⋯."

"그 외에는요?"

"MP3 플레이어요. 죽은 아들의 육성이 담겨 있다면서 투명 지퍼백에 넣어 다니는 걸 제게 보여 준 적이 있습니다."

"피고인은 왜 그걸 증인에게 보여 줬을까요?"

"글쎄요. 저도 아들을 잃었으니 뭔가 참고가 될지도 모른다고 생각하신 게 아닐까요? 이렇게 추억이 담긴 물건을 늘 지니고 있으면 아무리 힘들어도 살아야겠다는 생각이 든다고 했거든요."

"그 MP3 플레이어에 담긴 피고인 아들의 목소리를 들은 적이 있습니까?"

"아니요, 없습니다."

"어떤 음성이 녹음되어 있었는지는 아십니까?"

"변호사님이 알려 주셨습니다. 아이들 울음소리가 들어 있었다고, 스즈카 형사님이 그렇게 말했다고요⋯."

"그 말을 듣고 어떤 생각이 들었습니까?"

"그걸 녹음한 사람에게 분노가 치밀어 올랐습니다. 동시에 스즈카 형사님이 했던 말에 담긴 또 하나의 의미를 깨달았습니다."

"또 하나의 의미라니요?"

"이걸 가지고 있으면 아무리 힘들어도 살아야겠다는 생각이 든다, 이 말을 처음 들었을 때는 말 그대로 아이와의 추억이 살아갈 힘이 되어 준다는 의미라고만 생각했거든요. 하지만 사실은 MP3 플레이어에 담긴 아이들의 울음소리를 들으면 내 아이에게 무슨 일이 있었는지 알기 전까지는 절대로 죽을 수 없다는 각오를 다지게 된다는 의미가 아니었나…, 아무리 괴롭더라도…."

아야노의 목소리가 불안하게 떨리더니 결국 마지막에는 소리 내어 울기 시작했다. 린코는 증언대 앞에서 눈물을 쏟는 아야노를 보며 아무것도 할 수 없는 스스로에게 화가 났다.

옆에 앉은 스즈카를 돌아보니 스즈카도 눈물을 글썽이며 입을 꾹 다문 채 아야노를 응시하고 있었다. 이렇게 많은 사람들 앞에서 힘든 증언을 하게 만들어서 마음이 아픈 듯했다.

다시 시선을 앞으로 향하자 검사인 히무로가 당혹스러운 표정으로 증언대에 선 아야노를 보고 있었다.

"질문을 계속해도 되겠습니까?"

히무로가 묻자 아야노가 "죄송합니다" 하고 손수건을 꺼내 눈물을 닦으며 고개를 들었다.

"질문의 방향을 조금 바꿔 보겠습니다. 증인은 피고인과 2년 정도 교류가 있었다고 했는데 그동안 피고인으로부터 남편에 관한 이야기를 들은 적이 있습니까?"

"네, 있습니다." 아야노가 대답했다.

"피고인은 남편에 대해 뭐라고 하던가요?" 히무로가 다시 물었다.

"지방 신문사에서 기자로 일하고 있다고요. 그리고… 예전에는 아들이랑 셋이서 자주 놀러 다녔는데 아들이 죽은 뒤로는 함께하는 시간이 많이 줄었다고 했어요. 이렇게 된 건 다 자기 탓인 것 같다고도 했고요."

"그 말을 듣고 어떤 생각이 들었나요?"

"스즈카 형사님은 아들을 잃은 후 계속해서 자책감에 시달리고 있구나… 하고 생각했습니다."

"아까 증인이 피고인과 마지막으로 만난 것은 2018년 10월 12일이라고 했는데 그날 일에 대해 몇 가지 질문드리겠습니다. 그날 피고인이 아들 기일에 대해 언급했습니까?"

추궁하는 듯한 히무로의 말투에 아야노의 표정이 다시 딱딱해졌다.

"아니요, 그날 스즈카 형사님은 아들 기일은커녕 히비키라는 이름조차 꺼내지 않았습니다. 그저 제가 하는 말을 열심히 들어 주고 함께 울어 줬을 뿐입니다."

"피고인은 다음 날인 13일에 피해자인 카노 씨와 만날 약속을 한 상태였습니다. 왜 그 전날 밤에 증인을 만나러 간 걸까요?"

"그때는 그냥 저를 챙겨 주는 거라고만…."

"지금 다시 생각해 보면 왜 그랬던 것 같습니까?"

"저로서는 스즈카 형사님이 실제로 무슨 생각을 하고 있었는지는 알수 없지만…, 어쩌면 저를 만나면 카노 씨를 만나러 갈 용기가 날 것 같다고 생각한 게 아닌가…."

"피고인이 증인을 만나면 왜 용기가 난다는 거죠?"

"그건…." 아야노가 대답을 망설였다.

"증인과 마찬가지로 피고인의 아이도 누군가로 인해 목숨을 잃은 것인지도 모르니까?"

이야기가 안 좋은 쪽으로 흘러가고 있다고 판단했는지 아야노가 "모르겠습니다"라고 딱 잘라 대답했다.

"스즈카 씨가 왜 그날 저를 만나러 왔는지는 잘 모르겠습니다."

"그렇습니까. 마지막 질문입니다. 증인의 아들을 유괴하고 살해한 혐의로 체포된 범인의 양형에 관해 피고인과 이야기를 나눈 적이 있습니까?"

"양형이요?" 아야노가 되물었다.

"범인에게 어떤 벌을 내릴 것인가, 하는 것입니다."

"당연히 극형에 처해야 한다고…."

"피고인이 그렇게 말했습니까?"

"네…."

"사형에 처해야 한다고 말이지요?"

아야노는 정면을 향한 채 아무 대답도 하지 않았다.

"이상입니다."

히무로가 자리에 앉자 재판장이 변호인 추가 질문이 있는지 확인했다. 니시가 린코를 한 번 쳐다보고 "없습니다"라고 대답하자 재판장은 이어서 판사와 배심원 들에게 질문이 있는지 물어본 다음 증인을 퇴정시켰다. 그러고는 정면의 시계를 보며 말했다.

"그럼 여기서 잠시 휴정하겠습니다. 재판은 오후 1시부터 이 법정에서 다시 이어서 진행하도록 하겠습니다."

판사들이 나가고 린코가 자리에서 일어나려는데 방청석 쪽에서 탕 하고 큰 소리가 났다. 린코는 저도 모르게 소리가 난 쪽을 돌아보았다가 살기가 느껴지는 날카로운 시선과 정면으로 마주치는 바람에 화들짝 놀랐다.

방청석 가운데 구역 맨 뒷자리에 앉은 중년의 여성이었다. 여자는 가만히 이쪽을 노려보다가 옆에 있던 서른 정도 되어 보이는 양복 차림의 남자를 따라 밖으로 사라졌다.

남자는 처음 보는 얼굴이었지만 여자 쪽은 첫 번째 공판 때도 두 번째 공판 때도 방청석에서 본 기억이 났다.

카노의 가족일지도 모르겠다는 생각이 들었다. 아까 본 증오에 찬 눈빛으로 미루어 짐작건대 아마도 카노의 모친이 아닐까 싶었다.

교도관 두 명이 이쪽으로 다가왔다.

스즈카에게 수갑과 포승줄을 채운 다음 일으켜 세우는 교도관들에게 린코가 "피고인과 잠시 이야기를 나눌 수 있을까요?"라고 물었다. 시간이 얼마나 걸릴 것 같냐고 묻길래 10분 정도라고 대답했다.

"그럼 접견실로 가시죠."

교도관들이 스즈카의 양팔을 잡고 이동했다. 린코는 자료를 가방에 넣고 자리에서 일어나는 니시를 돌아보며 "스즈카 씨에게 꼭 물어보고 싶은 것이 있어서요"라고 설명했다.

"나도 그래. 아마 같은 질문인 것 같군."

린코는 고개를 끄덕여 보이고는 서둘러 짐을 챙겨 법정을 나섰다.

접견실로 들어간 린코와 니시는 아크릴판 앞에 나란히 앉았다. 잠시 후 안쪽 문이 열리고 스즈카가 들어왔다. 스즈카는 린코가 왜 보자고 한 건지 모르겠다는 표정으로 맞은편에 앉았다.

"아까 테루히사 씨가 한 말은 사실인가요? 매년 히비키의 기일에는 반드시 두 분이 함께 무덤을 찾아갔다는 말이요."

"사실입니다." 스즈카가 무덤덤한 목소리로 대답했다.

"첫 번째 공판 때 증인으로 나온 요시오카 형사의 말은요? 이번 기일에는 아들 무덤에 가지 못할 것 같다고, 정말로 그렇게 말씀하셨나요?"

"네, 맞습니다."

"왜 그런 말을 하셨죠?"

"그냥 왠지 그럴 것 같아서…." 스즈카가 말을 얼버무리며 시선을 피했다.

그럴 리가 없었다. 무엇보다 법정에서 그런 주장이 통할 리가 없었다.

"누구보다 소중한 아들 일인데 왠지 그럴 것 같았다니요. 분명 그렇게 말한 이유가 있을 텐데요. 솔직히 말씀해 주세요."

스즈카는 아무 말도 들리지 않는다는 듯 린코 쪽을 쳐다보려고도 하지 않았다.

"스즈카 씨!"

린코가 손바닥으로 책상을 탕 내리치자 스즈카가 깜짝 놀라 이쪽을 보았다.

"아직도 저희한테 뭔가 숨기는 게 있는 건가요? 내일은 피고인 신문입니다. 검찰은 반드시 이 부분을 추궁해 올….."

"히비키의 기일이 되기 전에 체포될 거라고 생각했으니까요."

린코의 얼굴에서 핏기가 가셨다.

체포될 거라고 생각했다….

왜 그런 생각을 했느냐고 묻고 싶었지만 한편으로는 대답을 듣기가 두려웠다. 안 좋은 상상만 계속 떠올랐다.

"자신이 카노 씨에게 위해를 가하게 될 수도 있겠다고 생각한 겁니까?"

린코를 대신해 니시가 묻자 스즈카가 천천히 고개를 저었다.

"아닙니까?"

니시가 다시 묻자 스즈카가 고개를 끄덕였다.

"카노 씨에게서 진상을, 히비키가 왜 죽었는지를 알아낸 다음 여행지에서 남편에게 모든 것을 털어놓고 곧바로 경찰에 출두할 생각이었습니다."

생각지도 못한 대답에 린코는 니시와 얼굴을 마주 보았다. 니시도 얼떨떨한 표정이었다.

"그럼 아마도 전 허위공문서작성죄로 체포될 테니까 히비키의 기일에는 유치장 안에 있겠구나 싶었죠."

린코가 니시에게서 스즈카에게로 시선을 돌리며 말했다.

"하지만 스즈카 씨가 증거를 조작했다는 사실이 밝혀지면 슌타로 유괴 살인 사건의 증거가….."

"네, 맞습니다. 제가 발견한 증거의 신뢰성이 크게 떨어지게 되겠죠. 그때는 그렇게 되더라도 어쩔 수 없다고 생각했습니다. 카노 씨를 만나러 가기 전날, 제가 아야노 씨를 찾아간 것은 다 털어놓기 위해서였습니다. 지금까지 있었던 일을 솔직하게 말하고, 이제부터 제가 하려고 하는 일에 대해 용서를 구하려고요. 서 때문에 슌타로를 죽인 범인이 무죄 방면 될 수도 있으니까…."

스즈카가 떨리는 목소리로 말하며 고개를 숙였다.

"하지만 결국 말하지 못하신 거군요."

니시의 말에 스즈카가 힘없이 고개를 끄덕였다.

"아야노 씨가 슌타로와의 추억을 이야기하고 범인에 대한 증오를 토해 내는데 거기다 대고 도저히 말을 꺼낼 수가 없었어요. 그저 미안하다는 말밖에…."

미안하다….

아야노도 사건 전날 스즈카가 찾아와서 미안하다는 말을 했다고 증언했다. 몸을 부들부들 떨며 힘겹게 말하는 스즈카가 거짓말을 하고 있는 것 같아 보이지는 않았지만 이 말이 사실이라면 한 가지 커다란 의문이 남았다.

"왜 녹음된 음성을 삭제하셨죠?"

린코가 묻자 스즈카가 이쪽으로 고개를 돌렸다. 눈가에 언뜻 긴장감이 스쳐 지나간 듯한 느낌이 들었다.

"사건 당시 카노 씨가 침대 매트리스 사이에 숨겨 두었다던 MP3 플레이어 말입니다."

거기에는 사건 당일 스즈카와 카노가 나눈 대화가 전부 녹음되어 있었을 터였다.

"처음부터 경찰에 가서 다 털어놓을 생각이었다면 파일을 지울 필요는 없었을 텐데요. 아니, 오히려 절대로 건드려서는 안 되는 물건이라고 할 수 있죠. 스즈카 씨의 정당성을 증명할 수 있는 귀중한 증거니까요."

"새… 생각이 바뀌었거든요. 카노 씨가 죽은 것을 확인하고… 다시 잘

458

생각해 보니까 역시 슌타로 유괴 살인 사건의 재판에 불리하게 작용할 수 있는 물건을 남겨 두면 안 될 것 같아서…"

더듬거리며 대답하는 스즈카를 보며 린코는 뭔가 석연치 않은 느낌을 받았다.

그때 노크 소리가 들리더니 교도관이 문을 열고 들어왔다.

"시간 다 됐습니다."

그 말을 기다리기라도 한 듯 스즈카가 바로 자리에서 일어나 두 사람에게 인사하고 문 쪽으로 향했다.

"정말로 음성은 남아 있지 않은 겁니까?"

니시의 갑작스러운 질문에 스즈카의 어깨가 움찔했다. 스즈카는 굳은 표정으로 고개를 끄덕이더니 그대로 문밖으로 나가 버렸다.

린코는 자리에서 일어나 니시와 함께 접견실을 나섰다. 복도를 걸어가면서도 좀처럼 생각이 정리되지 않았다.

"스즈카 씨가 한 말에 대해 어떻게 생각하세요?"

린코가 묻자 니시가 이쪽을 보며 떨떠름한 표정을 지었다.

린코와 마찬가지로 니시도 납득이 가지 않는 듯했다.

"일단 1층 로비로 가 보자고."

니시의 말을 듣고 그제야 잊고 있던 중요한 일을 기억해 냈다. 타쿠미와 마키타에게는 오늘 1시에 증언할 수 있도록 준비해 놓았으니 법원으로 와 달라고 부탁했었다.

서둘러 1층 로비로 향했지만 타쿠미와 마키타의 모습은 보이지 않았다. 시계를 보니 12시 20분이었다.

"약속한 시간은 1시였지? 아니, 약속했다고는 할 수 없으려나."

니시가 쓴웃음을 지으며 로비에 있는 자동판매기로 걸어갔다.

의자에서 기다리던 린코에게 니시가 자판기에서 산 캔커피를 건넸다.

"감사합니다." 린코가 커피를 받아 들자 니시도 옆에 앉아 캔을 땄다.

"올까요?"

린코가 묻자 니시가 "글쎄"라고 대답하며 가볍게 고개를 흔들었다.

"만약 오늘 오지 않더라도 나는 다시 타쿠미를 만나러 갈 거야."

언젠가 타쿠미가 자기 안에 도사리고 있는 공포를 이겨낼 수 있도록 돕기 위해서….

"그건 그렇고… 니시 변호사님이 스즈카 씨한테 마지막에 한 질문은 무슨 뜻인가요?"

니시는 왜 음성이 정말로 남아 있지 않은 거냐고 물었을까.

"아무래도 마음에 걸려서 말이야."

"뭐가요?" 린코가 고개를 갸웃거렸다.

"카노 씨를 만나러 가기 전에 스즈카 씨는 마트에 들러서 캔에 든 주스를 샀잖아. 그때 계산대에 있던 직원한테 왜 그런 질문을 했을까?"

그날 스즈카는 마트 계산대 직원의 이름을 불러 날짜를 확인하고 시간을 물었다고 했다.

"아까 스즈카 씨가 하는 말을 들으면서 이런 생각이 들더군. 사실은 스즈카 씨도 녹음을 하고 있었던 게 아닐까 하고 말이야."

린코는 저도 모르게 입이 딱 벌어졌다. 듣고 보니 맞는 말이었다. 그날 카노에게 히비키의 죽음의 진상을 알아내서 경찰에 신고할 계획이었다면 당연히 대화를 녹음해야겠다는 생각도 했을 것이다.

"나중에 경찰 수사나 재판에서 해당 녹음 파일이 조작된 것이 아니라는 사실을 증명하기 위해 녹음 버튼을 누른 직후에 계산대 직원에게 날짜와 시간을 말하도록 한 게 아닐까? 어쩌면 그 후에 카노 씨를 만났다는 사실을 증명해 줄 증인으로 삼으려 했을 수도 있고."

린코가 생각하기에도 그랬을 가능성이 높아 보였다.

"만약 정말로 녹음을 했다면 그 녹음 파일은 어떻게 한 걸까요? 카노 씨가 숨겨 두었던 녹음기와 마찬가지로 삭제했다거나…."

"그걸 알고 싶어서 아까 물어본 거야. 스즈카 씨의 반응을 확인하려고…."

"그래서 어떤 결론을 내리셨는데요?" 린코가 몸을 내밀며 물었다.

"반반."

린코의 생각도 같았다. 스즈카가 거짓말을 하고 있을 가능성이 반, 진실일 가능성이 반.

하지만 만약 음성이 남아 있다면 변호인인 린코와 니시에게 비밀로 할 이유가 없었다. 스즈카가 지금까지 한 말이 전부 사실이라면.

"경찰이 압수한 물건 중 녹음기는 없었어요."

"버리지 않았다 하더라도 집 안에 숨겨 두지는 않았겠지."

"그럼…."

"제일 가능성이 높은 건 카와구치에 있는 친정이야."

사건 발생 직후, 스즈카는 친정 엄마인 하루에에게 전화를 걸어 지금 집에 있느냐고 물었다. 당시 하루에는 이케부쿠로에서 친구와 쇼핑 중이었다.

시종일관 인상을 찌푸리고 있던 니시가 갑자기 미소를 지었다. 처음 보는 니시의 웃는 얼굴에 린코는 화들짝 놀라 반대편을 돌아보며 자리에서 일어났다. 마키타와 타쿠미가 이쪽으로 걸어오고 있었다. 고개를 숙이고 있어서 타쿠미의 표정은 보이지 않았지만 걸음걸이는 씩씩했다.

법원 경위가 정내에 파티션을 설치했다. 미성년자인데다가 성범죄 피해자인 타마키타가 방청석에서 보이지 않도록 가리기 위한 장치였다.

파티션 설치가 끝나자 변호인석 옆에 있는 문이 열리고 마키타와 함께 타쿠미가 들어왔다.

"이쪽에 앉으시면 됩니다."

린코가 변호인석 뒤에 놓인 의자를 가리키며 말했다.

이어서 교도관 두 명에게 이끌려 스즈카가 법정 안으로 들어왔다. 타쿠미를 보고 놀란 듯했지만 이내 다시 고개를 숙이고 린코 옆자리에 앉았다. 교도관이 수갑과 포승줄을 푸는 동안 린코는 계속 스즈카를 쳐다보았지만 스즈카는 이쪽을 보려 하지 않았다.

"모두 일어나 주십시오."

법원 경위의 목소리에 린코는 스즈카에게 향했던 시선을 거두어 정면을 보며 자리에서 일어났다. 판사와 배심원과 예비 배심원이 안으로 들어왔다. 모두가 목례를 하고 다시 자리에 앉았다.

"그럼 이어서 피고인 측 증인 신문을 진행하겠습니다. 증인은 증언대 앞으로 나와 주십시오."

린코는 고개를 돌려 뒤에 앉은 타쿠미에게 증언대로 가라고 눈짓했다. 타쿠미는 창백한 얼굴로 비틀거리며 자리에서 일어나 증언대로 향했다.

본인 확인이 끝나고 직원이 타쿠미에게 선서서를 건넸다.

"선서서를 낭독해 주십시오."

판사의 지시에 타쿠미가 떨리는 손으로 종이를 들어 올렸다.

판사와 배심원 들이 걱정스러운 표정으로 지켜보는 가운데 "서… 선서…" 하고 가느다란 목소리가 떠듬떠듬 흘러나왔다.

"양심에 따라… 숨김과 보탬이 없이 사실 그대로 말하고… 만일 거짓말이 있으면… 위증의 벌을 받기로 맹세합니다…."

더듬거리며 낭독을 마친 타쿠미가 직원에게 선서서를 반납하고 증언대 앞에 놓인 의자에 앉았다.

"증인의 이름은 익명으로 처리하기로 했으니 다들 실명을 언급하지 않도록 주의해 주시기 바랍니다. 변호인, 시작하시죠."

판사의 지시에 린코는 니시와 얼굴을 마주 보았다. 누가 질문할지 미리 정해 두지 않았다.

타쿠미를 오늘 법정에 나오게 만든 사람은 니시라는 생각에 린코가 미소를 지으며 부탁한다고 하자 니시가 고개를 끄덕이며 자리에서 일어났다.

"변호인으로부터 몇 가지 질문하겠습니다. 그 전에 우선… 오늘 용기 내서 여기까지 나와 줘서 정말 고맙다."

니시의 말을 듣고 타쿠미가 살짝 고개를 끄덕였다.

"첫 번째 질문입니다. 이 사건의 피해자인 카노 레이지라는 남자를 알고 있니?"

타쿠미가 고개를 끄덕였다.

"기록을 해야 하니 소리 내어 대답해 줄래?"

니시가 부드럽게 다시 요청하자 타쿠미가 "알고 있습니다"라고 대답했다.

"두 사람은 어떤 관계였지?"

타쿠미가 입가를 일그러뜨리며 고개를 푹 숙였다. 어깨가 부들부들 떨리는 것이 변호인석에서도 보였다.

린코는 마음속으로 힘내라고 응원했다. 이윽고 타쿠미가 "저를… 덮친 사람입니다"라고 기어들어가는 목소리로 대답했다.

"덮쳤다는 것이 어떤 의미인지 구체적으로 말해 줄래?"

"학교 끝나고 집에 가는데 그 남자가 저를 공원 화장실로 데려갔어요…. 거기서 끔찍한 일을 당했어요."

"그게 언제였지?"

"8년 전이요…."

"8년 전이면 2011년이었겠구나. 혹시 정확한 날짜를 기억하니?"

"…9월 15일, 목요일이었어요."

"당시 넌 몇 살이었니?"

"일곱 살이요. 초등학교 2학년…. "

"당시 상황을 좀 더 자세히 말해 줄래? 방금 카노 씨가 널 공원 화장실로 데려갔다고 했는데 손을 잡아끌거나 너를 번쩍 들어서 억지로 끌고 갔니?"

타쿠미가 고개를 저었다. 그러다가 니시가 한 말이 기억났는지 "아니요"라고 소리 내어 대답했다.

"혼자 걸어가고 있는데 반대편에서 오던 남자가 갑자기 저한테 말을 걸었어요."

"카노 씨와는 이전에도 만난 적이 있었니?"

"아니요, 그날 처음 봤어요…. 길에서 마주친 적이 있는지는 모르겠지만요."

"카노 씨가 뭐라고 말을 걸었지?"

"몇 학년이냐고 묻길래 2학년이라고 했더니 몬트레 좋아하냐고…."

"몬트레가 뭐지? 아저씨는 나이가 많아서 그런지 전혀 모르겠구나."
타쿠미의 긴장을 풀어 주려는 의도에서인지 니시가 머리를 긁적이며 미소를 지어 보였다.

"몬스터 트레이닝이라는 카드 게임이에요."

"어떤 게임인데?"

"카드마다 몬스터가 하나씩 그려져 있어요. 전부 해서 300종류 정도 되는데 저마다 다른 특징이 있어서 그걸 가지고 상대가 가진 몬스터와 싸우는 거예요. 지금도 하는지는 모르겠지만 그때는 거의 전교생이 그 카드를 모았어요."

"그래서 너는 뭐라고 대답했는데?"

"물론 좋아한다고 했죠. 그랬더니 그 남자가 주머니에서 카드를 한 장 꺼내서 보여 줬어요. 용왕수라는 카드였는데 이게 엄청 레어한 아이템이거든요. 제가 '우와, 좋겠다'라고 하니까 갖고 싶으면 주겠다고, 이것말고도 많이 있으니까 아무거나 골라서 가져가라고 했어요. 다만 다른 애들이 보면 개네한테도 줘야 하니까 바로 옆에 있던 공원 화장실로 가서 저한테만 살짝 보여 주겠다고…."

"그래서 카노 씨를 따라간 거구나?"

"네."

"화장실에 들어가서 그 사람이 너한테 카드를 보여 줬니?"

잠시 침묵이 흐른 뒤, 타쿠미가 "아니요"라고 대답했다.

당시 기억이 되살아났는지 표정이 어두웠다.

"들어가자마자 그 사람이 저를 칸 안으로 밀어 넣었어요. 그러고는 자기도 바로 따라 들어와서 문을 잠갔고요. 겁이 나서 돌아가겠다고 하니까 갑자기 표정이 무섭게 변하더니 주머니에서 커터 칼을 꺼내 제 눈앞에 들이밀었어요." 거기까지 말한 타쿠미가 힘겨운 표정으로 고개를 숙였다.

판사와 배심원 들도 모두 안쓰러운 눈빛으로 증언대 앞에 앉은 타쿠미를 지켜보았다.

"괜찮니? 계속할 수 있겠어?"

니시가 묻자 타쿠미가 고개를 들어 끄덕였다.

"얌전히 있으면 때리지도 않을 거고 약속대로 몬트레 카드도 한 장 주겠다고 하면서 제 바지와 속옷을 벗겼어요…. 그리고… 제 거기에 커터 칼을 갖다 대고 '이걸로 고추를 자르면 아프겠지?', '확 잘라 버릴까?' 이러면서 웃었어요. 너무 무서워서… 울고 싶었지만… 참았어요. 어떻게든 도망쳐야겠다는 생각이 들었고, 어떻게 해야 할지 열심히 머리를 굴려 봤는데…."

"도망치는 데 성공했니?"

니시가 묻자 타쿠미가 "아니요"라고 대답했다.

"잠시 후, 제 거기를 더 자세히 보고 싶었는지 그 남자가 제 앞에 쪼그려 앉았어요. 커터 칼을 쥔 손도 바닥에 내려놓은 걸 보고 이때다 싶어서 손을 콱 밟고 양손으로 그 남자의 뒤통수를 후려갈겼죠. 그리고 문을 열고 밖으로 나가려고 했는데 바로 붙잡혔어요. 그 남자는 잔뜩 화가 나서 고래고래 소리를 지르며 한 손으로는 칼을 휘두르고 다른 한 손으로는 제 목을 조르기 시작했어요…."

"그 남자가 네 목을 얼마나 세게 졸랐니?"

"엄청 세게요. 숨을 쉴 수가 없어서… 도와 달라고 소리치고 싶었는데 목소리가 나오지 않아서 필사적으로 손발을 휘둘렀어요. 벽이랑 문을 막 걷어찼지만 아무도 도와주러 오지 않았어요…."

"그때 어떤 생각이 들었니?"

"이대로 죽겠구나 싶었어요. 조금 전 손을 밟고 뒤통수를 때린 게 후회되기도 했고요…. 그 사람 목소리밖에 안 들리는데 문득 엄마 얼굴이 떠올랐어요…."

"그 사람이라면 카노 씨 말이니?"

니시가 묻자 타쿠미가 "네" 하고 대답했다.

"그때 카노 씨가 네게 뭐라고 했는데?"

"그냥 막 횡설수설했어요. 그때 나한테 잘도 그런 짓을 했겠다… 뭐 이런 말이요."

타쿠미의 대답을 들으며 린코는 고개를 갸웃거렸다. 무슨 말인지 이해가 가지 않았다.

"너희 때문에 난 학교에도 가지 못하게 됐어…, 너희는 혼자서는 아무것도 하지 못하는 한심한 놈들이니까 이런 식으로 한 명씩 죽여 주겠어…, 이런 말을 하면서 제 목을 졸랐어요."

"그런 말을 듣고 무슨 생각이 들었니?"

"다른 사람이랑 절 착각하고 있는 것 같았어요. 전 아무 짓도 하지 않았는데 누군가로 오해받아 죽는다는 게 너무 억울했어요."

"너를 누구로 착각한 걸까?"

"모르겠어요…." 타쿠미가 고개를 저었다. "잘은 모르겠지만… 학교에 가지 못하게 되었다고 했으니 같은 반 친구들인가 싶기도 했어요."

린코는 정신이 번쩍 들었다. 아동 성추행 사건을 일으켰을 당시 카노가 학교에서 심한 집단 괴롭힘을 당하고 있었다던 상점 주인의 말이 생각났다. 카노는 타쿠미의 목을 조르면서 극도의 흥분 상태에 빠져 과거와 현재를 구분하지 못했을 가능성이 높았다.

"그리고 어떻게 됐지?"

니시의 목소리에 린코는 다시금 타쿠미에게 정신을 집중했다.

"…갑자기 쾅쾅 문 두드리는 소리가 나서 그 남자가 제 목에서 손을 뗐고, 겨우 숨을 쉴 수 있게 된 저는 그 자리에 그대로 쓰러졌어요. 화장실 밖에서 어떤 아저씨가 안에서 뭐 하는 거냐고 물었고… 잠시 후 '거기 서!' 하는 소리가 들리더니 아저씨가 칸 안으로 들어와서 저한테 괜찮냐고 물었어요."

"그 아저씨가 누군지 알고 있니?"

"나중에 엄마한테 들었어요. 공원 화장실 청소하는 아라키라는 분인데 그 아저씨가 바로 경찰에 신고해 준 덕분에 제가 무사할 수 있었다고요."

"너한테 그런 짓을 한 카노 씨가 그 후에 어떻게 됐는지도 알고 있니?"

"2~3주쯤 지나서 그 사람이 경찰에 체포됐다고 엄마가 말해 줬어요. 이제 아무것도 무서워할 필요 없다고, 다 괜찮아졌다고…. 하지만 전 여전히 무서웠어요. 밖에 나가면 또 그런 사람을 만날까 봐…. 결국 그 사건 이후 지금까지 8년 동안 학교에 가지 못하는 건 물론이고 집 밖으로 한 발자국도 나가지 못했어요. 전 겁쟁이니까…." 타쿠미가 고개를 떨구었다.

"오늘은 나왔잖아."

니시의 말을 듣고 타쿠미가 고개를 들었다.

"바깥 공기는 어때?"

"잘 모르겠어요…. 오랜만에 지하철을 탄 건 재밌었어요." 타쿠미가 수줍게 대답했다.

"그래? 아저씨가 다른 건 몰라도 이것만은 확실히 알겠구나. 넌 결코 겁쟁이가 아니야."

니시는 타쿠미의 눈을 들여다보며 또박또박 말했다.

"이상입니다."

"검사, 반대 신문 하세요."

재판장의 지시에 검사석에 앉아 있던 히무로가 자리에서 일어났다.

"히무로 검사입니다. 증인에게 질문하기 전에 우선 한마디만 하겠습니다. 저도 변호인이 마지막에 한 말에 공감하는 바입니다. 증인은 겁쟁이가 아닙니다."

히무로의 말을 듣고 타쿠미가 감사하다며 고개를 숙였다.

"그럼 질문을 시작하겠습니다. 증인이 변호인들과 처음 만난 것은 언제였습니까?"

"두 달쯤 전이었습니다."

"그때 변호인은 증인에게 어떤 부탁을 했습니까?"

"8년 전 제가 무슨 일을 당했는지 말해 달라고요."

"그래서 아까 한 말을 그때도 변호인에게 했나요?"

"음… 아니요, 전부 다 하지는 않았어요."

"그게 무슨 뜻이죠?" 히무로가 고개를 갸웃거렸다.

"그 남자가 저를 화장실로 데려가서 이상한 짓을 하고 목을 졸랐다는 얘기는 했지만…, 그 남자가 그때 무슨 말을 했는지는 오늘 여기서 처음 말했어요."

"'그때 나한테 잘도 그런 짓을 했겠다'라느니 '너희는 혼자서는 아무것도 하지 못하는 한심한 놈들이니까 이런 식으로 한 명씩 죽여 주겠어' 같은 말 말인가요?"

"네." 타쿠미가 고개를 끄덕였다.

"왜 변호인들에게는 그 말을 하지 않았죠?"

"그때는 기억이 나지 않았거든요."

"기억이 나지 않았다고요?"

"8년 전 일을 두 번 다시 떠올리고 싶지 않다는 생각이 너무 강해서… 기억 속 깊이 가라앉아 있었던 것 같아요."

"그런데 최근 두 달 사이에 다시 기억이 났다고요?"

"갑자기 기억이 난 게 아니라… 기억해 내려고 하다가 저도 모르게 겁이 나서 멈추고, 다시 마음을 다잡고 기억해 내려고 애쓰고, 다시 멈추고… 그러면서 조금씩 조금씩 기억해 내기 시작했어요."

"8년 가까이 잊어버리고 있던 일을 최근 두 달 사이에 다시 기억해 냈다는 말이군요. 그 기억은 확실한가요?"

"확실합니다." 타쿠미가 확신에 찬 말투로 대답했다.

"그렇습니까. 이상입니다."

히무로가 자리에 앉자 재판장이 변호인에게 추가 질문이 있는지 물었다.

니시가 없다고 대답하자 재판장은 "제가 한 가지 묻겠습니다"라고 말하며 몸을 앞으로 살짝 기울였다.

"8년 전 사건 당시 경찰에서도 증인에게 무슨 일이 있었는지 물었을 텐데 증인은 그때 자신이 뭐라고 했는지 기억하고 있습니까?" 재판장이 물었다.

"저는 기억이 안 나지만 엄마가 기억하고 계셨어요."

"어머니가 말인가요?"

"어젯밤에… 재판에서 증언하겠다고 마음먹고 엄마한테 제가 기억해 낸 사실을 말씀드렸거든요. 아까 변호인 아저씨한테 말한 내용이요. 그 남자가 제 목을 조르면서 한 말 같은 거…. 그랬더니 엄마가 8년 전 제가 경찰한테 한 말이랑 똑같다고 했어요. 그래서 오늘 자신 있게 말할 수 있었어요."

"그렇군요. 제 질문은 이상입니다. 더 질문하실 분 계십니까?"

재판장이 다른 판사와 배심원 들을 보며 물었지만 아무도 손을 들지 않았다.

"그럼 증인은 퇴정해 주십시오."

린코는 이쪽으로 걸어오는 타쿠미를 쳐다보았다. 불과 몇십 분 사이에 타쿠미의 표정이 꽤나 어른스러워진 듯한 느낌이 들었다.

41

우라와역 플랫폼에서 지하철을 기다리고 있으려니 카마타 방면 열차가 곧 도착한다는 안내 방송이 나왔다.

"저희가 먼저 타고 가야겠네요." 린코가 마키타와 타쿠미에게 미소를 지어 보였다.

"네? 사무실은 오오미야에 있지 않나요?"

"가 볼 데가 있어서요. 오늘은 정말 감사했습니다."

"천만에요. 제가 더 감사드려요. 타쿠미에게도 좋은 경험이 되었을 거예요. 그렇지?"

마키타가 동의를 구하자 타쿠미가 쑥스러운 듯 얼굴을 붉히며 고개를 끄덕였다.

"밥은 저희가 샀어야 하는데."

미안해하는 마키타에게 린코가 아니라며 손을 내저었다.

공판이 끝난 후 넷이서 점심을 먹었다. 니시가 타쿠미에게 뭐가 먹고 싶으냐고 묻자 함박스테이크를 먹고 싶다고 해서 역 앞 레스토랑으로 갔다. 입으로는 엄마가 만든 게 더 맛있다고 하면서도 타쿠미는 8년 만의 외식을 퍽 마음에 들어 하는 눈치였다.

"니시 아저씨, 약속 꼭 지켜 주세요."

타쿠미의 말에 니시가 손가락으로 오케이 사인을 만들어 보였다. 점심을 먹으면서 타쿠미가 축구 게임을 좋아한다고 하자 니시는 조만간 축구 시합에 데려가 주겠다고 약속했다.

린코는 니시와 함께 지하철에 타자 조금 전까지의 밝은 기분은 온데간데없이 사라지고 무거운 한숨이 흘러나왔다.

스즈카가 사건 당일 카노와 나눈 대화를 녹음한 기기가 남아 있지 않은지 지금부터 하루에네 집으로 가서 찾아볼 예정이었다.

"이렇게 가서 찾아보는 게 맞는 걸까요?"

린코가 말하자 니시가 이쪽을 쳐다보며 눈썹을 찌푸렸다.

"이제 와서 그게 무슨 소리야?"

니시의 추측이 맞을지도 모른다. 하지만 만약 카노와의 대화가 정말로 남아 있다면 그걸 들어도 될지 확신이 서지 않았다.

자신에게 유리한 증거라면 스즈카가 린코와 니시에게 비밀로 할 이유가 없었다. 음성이 남아 있는데 말하지 않은 거라면 남에게 들려주고 싶지 않은 내용이 담겨 있을 가능성이 높았다. 만약 지금까지 주장해 온 것들이 전부 뒤집힐 만한 내용일 경우에는 어떻게 하면 좋을까. 진실 규명을 무엇보다 중시하는 니시라면 설령 그것이 피고인에게 불리한 증거라 하더라도 기꺼이 공개하려 하지 않을까.

카와구치역에서 내려 하루에의 아파트를 향해 무거운 발걸음을 옮겼다. 103호 초인종을 누르자 하루에가 현관문을 열고 나왔다.

하루에는 두 사람을 거실로 안내한 다음 부엌에서 차를 내왔다.

"아까 사위한테 연락을 받았어요. 많이 긴장했지만 할 말은 다 했다더군요."

"네…."

"오늘 있었던 증인 신문에 대해 설명해 주려고 일부러 오신 건가요?"

전화로는 오늘 찾아가도 되겠냐고만 묻고 이유는 설명하지 않았었다.

"이 집에 스즈카 씨 물건이 남아 있습니까?"

니시가 단도직입적으로 물었다.

"거의 없긴 한데 스즈카가 고등학생 때 좋아한 아이돌 사진이라든지 캐릭터 상품 같은 걸 모아둔 상자가 하나 있어요. 집에 두기는 부끄러운데 추억이 담긴 물건이라 버릴 수도 없으니 여기서 보관해 달라고 하더라고요."

"그걸 좀 볼 수 있을까요?"

니시의 부탁에 하루에가 고개를 갸웃거렸다.

"아, 네…. 이쪽으로 오시겠어요?" 하루에가 어리둥절한 표정으로 자리에서 일어나 옆방으로 갔다.

니시와 함께 따라 들어가자 하루에가 옷장에서 종이 상자를 꺼내 바닥에 내려놓았다.

"실례하겠습니다." 니시가 하루에에게 양해를 구한 다음 상자 앞에 쪼그려 앉았다.

상자를 열어 안에 든 물건을 확인하는 니시를 보며 린코는 내심 녹음기가 발견되지 않기를 바랐다.

캐릭터 일러스트가 그려진 작은 상자를 연 니시의 표정이 돌변했다.

니시가 상자 안에 든 물건을 손에 들고 이쪽으로 다가왔다. 손바닥에 놓인 검은색 녹음기와 충전기를 보고 린코는 할 말을 잃었다.

"콘센트를 좀 사용해도 될까요?"

하루에가 고개를 끄덕이자 니시는 녹음기에 충전기를 연결해 콘센트에 꽂았다. 녹음기가 충전되기를 기다렸다가 전원을 켜고 조작하더니 이쪽으로 내밀었다.

린코는 니시 옆에 쪼그려 앉아 녹음기를 들여다보고 저도 모르게 숨을 들이마셨다. 액정 화면에는 다음과 같은 숫자가 떠 있었다.

2018.10.13. 12:47

아크릴판 앞에 앉아 잠시 기다리자 이윽고 안쪽 문이 열리고 스즈카가 들어왔다. 오늘 공판 때와 마찬가지로 두 사람의 시선을 피해 고개를 떨군 채 맞은편에 앉았다.

낮에 공판이 끝난 직후에도 이야기를 나누었는데 또다시 접견 요청이 들어와서 경계하는 듯한 눈치였다.

"내일은 피고인 신문이 있습니다."

린코가 말을 건네자 스즈카가 고개를 끄덕였다.

"그 전에… 이것에 대해 설명해 주시겠습니까?"

린코는 가방에서 꺼낸 녹음기를 아크릴판에 바짝 들이대며 물었다.

고개를 든 스즈카가 녹음기를 보고 눈이 휘둥그레졌다.

"카와구치에 있는 하루에 씨 아파트에서 찾았습니다. 죄송하지만 안에 녹음된 음성도 확인했습니다."

이쪽을 응시하는 스즈카의 몸이 부들부들 떨렸다.

"배심원 재판에서는 공판 전 준비절차 단계에서 증거 신청을 하지 않은 증거는 원칙적으로 제출할 수 없지만, 불가피한 사유가 있는 경우에는 예외적으로 허용되기도 합니다." 니시가 말을 이었다. "내일 공판에서 이 음성 데이터를 증거로 제출하려고 합니다."

"제출하지 말아 주세요." 스즈카가 강한 의지가 담긴 눈빛으로 니시를 쳐다보며 말했다.

"이 데이터가 존재한다는 사실을 숨기고 싶었던 스즈카 씨의 심정은 충분히 이해합니다. 하지만 변호인으로서…"

"절대로 공개하지 말아 주세요." 스즈카가 린코의 말을 중간에 끊으며 날카롭게 소리쳤다.

"이 음성 데이터가 증거로 채택되면 적어도 살인 혐의에 관해서는 무죄가 나올 가능성이 높습니다. 하지만 현재로서는 최종적으로 유죄가 나올지 무죄가 나올지 알 수 없습니다. 아니, 아까 낮에 저희가 스즈카 씨에게 한 질문을 내일 피고인 신문에서 검사가 한다면 상황은 대단히 불리해질 겁니다. 스즈카 씨와 같은 편인 저희가 듣기에도 납득이 가지 않는 대답이었으니까요. 의뢰인의 이익을 생각하면 저희로서는 이 데이터를 증거로 제출해야만 합니다." 린코가 끈질기게 설득했다.

"의뢰인의 이익을 생각한다면 제가 원하는 대로 해 주세요. 저는… 많은 사람을 불행하게 만들었습니다. 제 경솔한 판단 때문에 히비키가 죽었고, 어쩔 수 없는 상황이었다고는 해도 카노 씨 역시 저 때문에 죽었죠. 아이를 잃은 슬픔은 누구보다 제가 가장 잘 알고 있습니다. 더 이상 누군가가 힘들어하는 걸 보고 싶지 않아요…. 제발 부탁입니다."

"그래서 살인 누명을 쓰고 감옥에 가게 되더라도요?"

린코의 말에 스즈카가 고개를 끄덕였다.

"만약 그렇게 되더라도 어쩔 수 없다고 생각합니다."

"진실을 숨긴다고 해서 그 사람들의 고통이 치유될까요?" 니시가 말했다.

"적어도… 지금보다 더 괴로워하지는 않아도 되겠지요." 스즈카가 니시를 똑바로 쳐다보며 대답했다.

"과연 그럴까요? 진실을 알게 되더라도, 모르고 있더라도 그 사람은 계속 괴로워할 것 같은데요."

스즈카는 아무 말도 하지 않고 니시를 가만히 노려보았다.

"전에도 말씀드렸듯이 카노 씨가 잘못했다 하더라도 상대는 이미 죽었습니다. 카노 씨는 더 이상 아무런 변명도 주장도 하지 못합니다. 그러니 스즈카 씨에게는 진실을 말할 책임과 의무가…."

"카노 씨도 원하지 않을 거예요!"

스즈카의 비명과도 같은 외침에 린코는 저도 모르게 몸을 움찔했다.

"아무튼 그걸 증거로 제출하지 않겠다고 약속해 주세요. 약속을 어기면 저는 평생 두 분을 원망할 겁니다. 그러니… 제발 부탁드립니다…"

마지막에는 가냘픈 목소리로 호소하듯 말하며 스즈카가 고개를 숙였다. 그러고는 바로 자리에서 일어났다.

"스즈카 씨, 잠시만요."

린코가 기다려 달라고 했지만 스즈카는 교도관이 문을 열어주자마자 밖으로 나가 버렸다.

문이 닫히자 린코는 옆에 앉은 니시를 돌아보았다. 니시는 고개를 흔들며 자리에서 일어났다. 린코도 니시를 따라 접견실을 나섰다.

"어떻게 해야 할까요?" 복도를 걸으며 린코가 물었다.

"고민할 게 뭐가 있어."

그 말을 듣고 린코는 니시의 얼굴을 쳐다보았다.

"증거로 제출해야지."

"하지만… 스즈카 씨는 제출하지 말아 달라고 했잖아요." 린코가 반박했다.

"무엇을 증거로 제출할지 피고인의 동의를 구해야만 한다는 법은 없어. 당연히 재판에서 피고인이 동의했는지 확인하지도 않고. 변호인이 알아서 서류를 작성해서 재판에서 증거를 제출하는 건 얼마든지 가능해."

"하지만 그건 스즈카 씨를 배신하는 거잖아요."

니시의 말은 일리가 있었지만 린코는 아무래도 스즈카가 마음에 걸렸다.

"예를 들어… 이번에는 음성 파일을 제출하지 않은 상태에서 공판을 진행하고, 우리 주장이 받아들여지지 않았을 경우 항소심에서 증거로 제출하는 건 어떨까요? 실제로 살인죄로 20년쯤 실형이 나오면 스즈카 씨도 생각을 바꾸지 않을까요?"

니시가 걸음을 멈추고 이쪽을 돌아보았다.

"그게 무슨 의미가 있지?" 니시가 날카로운 눈초리로 물었다.

"무슨 의미가 있냐니…. 그야 의뢰인의 요구를 최대한 존중해서…."

"너라면… 아니, 너도 나도 잘 알고 있을 텐데. 남을 미워하고 증오한다는 게 얼마나 힘든 일인지."

정신이 번쩍 들었다.

"카노 씨의 가족들은 아무것도 모른 채 스즈카 씨를 원망하겠지. 진실을 알게 될 때까지 계속해서 괴로워해야 한다고."

진실을 알게 되더라도, 모르고 있더라도 그 사람들은 계속 괴로워할 것이다….

조금 전 니시가 스즈카에게 전하고자 한 말의 의미가 그제야 이해가 갔다.

"그렇네요." 린코는 니시를 보며 고개를 끄덕였다.

42

엘리베이터에서 내려 403호 법정으로 향하던 세이치로는 복도에 서 있던 중년의 여성과 눈이 마주쳤다. 피해자인 카노 레이지의 모친이었다.

세이치로가 목례를 건네자 사건 수사 단계에서 피해자 부모를 담당했던 세이치로를 기억하고 있었는지 카노의 모친도 힘없이 고개를 숙였다. 옆에 있던 젊은 남자도 함께 인사했다. 카노의 형이 아닐까 생각하며 세이치로는 법원 경위가 있는 쪽으로 걸어갔다. 두 번째 공판과 세 번째 공판 때는 오지 못했지만 오늘 있는 피고인 신문은 무슨 일이 있어도 방청하고 싶다고 상사인 코이데에게 부탁해 업무 중에 빠져나올 수 있었다. 이번에도 세이치로는 꽝이었고, 함께 온 요코카와가 방청권을 뽑았다.

가방을 직원에게 맡기고 금속탐지기를 이용한 몸수색을 통과한 다음 방청인 대기열 끝에 가서 섰다. 잠시 후 법정 문이 열리고 세이치로는 앞사람을 따라 들어갔다. 비어 있는 가운데 구역 맨 뒷줄 끝자리에 가서 앉았다. 옆자리는 아까 인사를 주고받은 젊은 남자였고, 그 옆에 카노의 모친이 앉아 있었다.

스즈카가 교도관 두 명에게 이끌려 법정 안으로 들어온 순간, 주변 공기가 긴장하는 것이 느껴졌다. 옆을 보자 카노의 모친이 살기등등한 눈빛으로 스즈카를 노려보고 있었다.

"모두 일어나 주십시오."

법원 경위의 안내와 함께 판사 세 명과 배심원 여섯 명, 예비 배심원 두 명이 들어왔다. 다들 목례하고 자리에 앉았다.

"그럼 재판을 시작하겠습니다. 오늘은 피고인 신문을 할 차례였지요?"

재판장이 변호인석을 향해 묻자 니시 다이스케가 손을 들었다.

"그 전에 새로 발견된 녹음 기록을 증거로 제출하고자 합니다."

니시의 말에 판사와 검사가 고개를 갸웃거리며 의아해하는 가운데 피고인석에 앉은 스즈카의 표정이 세이치로의 눈길을 끌었다. 스즈카는 뒤통수를 얻어맞기라도 한 듯한 표정으로 니시를 죽일 듯이 노려보고 있었다.

무슨 녹음 기록을 증거로 제출하겠다는 걸까. 세이치로가 아는 한 그런 증거는 없었다.

"변호인, 그게 무슨 말입니까?" 재판장이 당혹스럽다는 어조로 니시에게 물었다.

"추가 제출이 원칙적으로 받아들여지지 않는 점은 잘 알고 있습니다. 하지만 함께 제출한 경위 보고서에 적은 대로 새로운 음성 데이터가 어제 발견되었습니다. 2018년 10월 13일 오후 12시 47분부터 약 1시간 가량, 그러니까 카노 씨와 스즈카 씨가 만난 시점부터 사건 발생 직후까지 나눈 대화가 녹음되어 있습니다. 이번 사건의 진실을 규명하기 위해 빼놓을 수 없는 증거라고 생각됩니다만 어제 처음으로 그 존재를 알게 되었기 때문에 증거 추가 제출이 인정되는 불가피한 사유에 해당합니다."

니시의 말을 듣고 세이치로는 깜짝 놀랐다. 검사석에서는 히무로와 아야가 심각한 표정으로 얼굴을 마주 보고 있었다.

"검사, 일단 증거를 확인하고 의견을 말해 주세요. 그 후에 채택 여부를 결정하겠습니다."

재판장이 말하자 히무로가 "1시간이 넘는다고 하니 장소를 옮겨서 들어 봐도 되겠습니까?"라고 물었다.

"알겠습니다. 그럼 여기서 일단 휴정하겠습니다. 오전 11시 30분부터 다시 재판을 속행하겠습니다. 재판 진행과 관련해 협의할 것이 있으니 변호인과 검사는 일단 판사실로 와 주시기 바랍니다."

판사와 검사가 퇴정하고, 방청인들이 법정에서 빠져나가는 동안 세이치로는 자리에 앉아 스즈카를 쳐다보았다. 교도관이 수갑과 포승줄을 다시 채우는 동안에도 스즈카는 옆에 있는 변호인 두 명을 노려보고 있었다.

아무래도 피고인의 동의를 얻지 않은 증거인 모양이었다.

대체 스즈카와 카노의 어떤 대화가 담겨 있는 걸까.

403호 법정 문 앞에서 기다리고 있으려니 재판 시작 5분 전에 히무로와 아야가 나타났다. 두 사람 모두 굳은 표정이었다.

"어떤 내용이었나요?"

세이치로가 말을 걸자 둘 다 깜짝 놀라 이쪽을 돌아보았다.

"아…, 세이치로 형사님. 이런 건 인정할 수 없습니다. 절대로요."

히무로가 혼잣말처럼 중얼거리더니 아야와 함께 법정으로 들어가 버렸다. 세이치로도 안으로 들어가려다가 누군가 이쪽으로 걸어오는 소리에 반사적으로 고개를 돌렸다.

니시와 린코였다. 니시와 시선이 마주친 순간, 심장이 술렁였다.

진실을 밝혀냈다…. 니시의 눈빛이 그렇게 말하고 있었다.

세이치로는 아무 말도 하지 않고 법정 안으로 들어가 방청석에 앉았다. 검사와 변호인과 피고인이 각각 자리에 앉은 다음 판사와 배심원이 입장해 공판이 재개되었다.

"검사, 증거에 대한 의견을 말해 주세요."

재판장의 지시에 히무로가 자리에서 일어났다. 얼굴이 붉게 상기된 것이 방청석에서도 보일 정도였다.

"음성은 확인했습니다만, 녹음된 목소리가 정말로 피고인과 피해자의 것인지는 분명하지 않습니다. 게다가 녹음된 내용이 모두 사실이라는 보장도 없습니다. 따라서 증거로 인정할 수 없습니다."

빠른 말투로 쏟아 내는 히무로를 보며 옆자리에 앉은 아야가 당연하다는 듯 고개를 끄덕였다. 재판장은 검사와 변호인을 번갈아 쳐다보며 잠시 생각하더니 이윽고 검사석 쪽을 향해 입을 열었다.

"본 재판부는 공판에 필요한 증거라고 판단했으며 불가피한 사유도 인정되므로 증거로 채택하도록 하겠습니다. 증거에 관한 평가나 의견 등은 필요에 따라 논고 중에 주장하기 바랍니다. 동의하십니까?"

"감사합니다." 니시와 린코가 대답했다. 그 옆에서 스즈카는 낙심한 듯 고개를 떨구었다.

"재판부의 판단에 따르겠습니다." 히무로가 벌레 씹은 표정으로 대답하고 자리에 앉았다.

히무로가 순순히 물러선 것이 의외였다. 아마도 판사실에서 격렬한 논쟁을 벌인 끝에 증거 채택을 피할 수 없겠다고 판단한 듯했다.

"잠시만 기다려 주시겠습니까?" 아야가 손을 들고 자리에서 일어났다. 그대로 방청석 쪽으로 걸어 나오더니 카노의 모친에게 다가와 귀에 대고 속삭였다.

"음성 파일에는 아드님으로 추정되는 인물이 죽기 전까지의 상황이 기록되어 있습니다. 유족 입장에서는 듣기 힘든 내용일 수도 있기 때문에 원하시면 잠깐 나가 계셔도 됩니다."

"듣겠습니다. 당연히 들어야지요." 카노의 모친이 강한 어조로 대답하며 무릎을 꽉 움켜잡았다.

"알겠습니다…." 아야는 잠시 연민에 찬 눈빛으로 카노의 모친을 바라보더니 다시 검사석으로 돌아갔다.

"틀어 주세요." 재판장이 지시했다.

세이치로는 온 신경을 귀에 집중했다. 갑자기 경쾌한 음악이 흘러나왔다. 익숙한 멜로디에 고개를 갸웃거리다가 '요시모토'가 반복해서 나오는 부분을 듣고 그제야 무슨 노래인지 알아차렸다. 세이치로의 집 근처에도 있는 대형 마트 요시모토의 매장 로고송이었다.

【528엔입니다.】

갑자기 여자 목소리가 들렸다.

【나미키 유이 씨, 뭐 좀 여쭤봐도 될까요?】

다른 여자가 물었다. 세이치로는 피고인석에 앉은 스즈카를 쳐다보았다.

【오늘은 2018년 1월 13일이죠?】

【네, 맞습니다.】

【지금 몇 시인가요?】

【12시 47분입니다.】

【고맙습니다.】

두 사람이 왜 이런 대화를 나누는지는 알 수 없었지만, 아까 니시가 주장한 대로 이것이 사건 발생 전에 녹음된 음성이라는 사실은 대화 내용을 통해 알 수 있었다. 요시모토의 매장 로고송이 끊기고 뭔가 바스락거리는 소리가 들리더니 한참 동안 잡음만 흘러나왔다.

【카노 씨.】 다시 스즈카의 목소리가 들렸다.

【약속대로 왔네.】 그리 크지 않은 남자 목소리가 이어졌다.

세이치로는 카노와 만난 적이 없기 때문에 이것이 카노의 목소리인지는 알 수 없었다. 조심스럽게 옆자리의 반응을 살폈다.

【이건 잘 마실게. 여기서 걸어서 5분이면 가니까 가서 얘기하자고.】

이번에는 목소리가 선명하게 들렸다. 옆에 앉은 두 사람이 흠칫 몸을 떨었다.

43

카노의 고함과 스즈카의 신음 소리가 법정 안에 울려 퍼지는 동안 모치즈키 린코는 옆에 앉은 스즈카의 상태를 살폈다. 스즈카는 괴로운 표정으로 고개를 떨구고 있었다.

무언가를 퍽 하고 내리치는 소리와 함께 남자의 비명이 들렸다. 바로 이어서 쿵 하고 바닥에 부딪히는 소리가 났다.

정적.

【카노 씨…, 괜찮으세요? 카노 씨…】

스즈카의 조심스러운 목소리가 들리고 다시 정적이 흘렀다.

갑자기 방청석에서 절규가 터져 나왔다.

중년의 여성이 무시무시한 얼굴로 자리를 박차고 일어나 "말도 안 돼! 이건 다 거짓말이야!"라며 고래고래 소리를 질렀다.

피해자인 카노의 모친인 듯했다.

"정숙해 주십시오."

재판장이 주의를 주었지만 여자는 멈추지 않았다.

"말도 안 돼…. 이건 사실이 아니야…. 저 여자가 내 아들을 죽인 거라고!" 여자가 이쪽을 가리키며 울부짖었다.

린코는 옆에 앉은 스즈카를 돌아보았다. 스즈카는 고개를 숙인 채 무릎 위에 놓은 양손을 꼭 움켜쥐고 있었다. 어깨가 부들부들 떨렸다.

"방청인은 조용히 하세요." 재판장이 강하게 주의를 줬다.

옆에 앉은 아들 같아 보이는 남자가 어서 앉으라고 여자의 옷깃을 잡아당겼지만 여자는 그 손을 뿌리치고 삿대질을 하며 변호인석 쪽으로 성큼성큼 다가왔다.

"내 소중한 아들을… 살려 내. 내 아들 살려 내라고!"

경위 두 명이 뒤에서 붙잡았지만 여자는 막무가내로 고개를 휘저으며 스즈카에게 달려들려고 했다.

"이거 놔! 난 저 여자한테 할 말이 있다고!"

옆자리에 앉아 있던 남자가 달려와 "어머니, 이리 오세요" 하고 경위들과 함께 여자를 법정 뒤쪽에 있는 문으로 이끌었다. 여자는 떼쓰는 어린아이처럼 발버둥치며 법정 밖으로 끌려 나갔다.

법정 안에 있던 모두가 여자가 사라진 뒷문을 쳐다보았다. 방청석이 웅성거렸다.

"모두 정숙해 주십시오!"

재판장의 날카로운 목소리가 울려 퍼지자 겨우 정내가 조용해졌다.

"그럼 지금부터 피고인 신문을 시작하겠습니다. 피고인은 증언대 앞으로 나와 주십시오." 재판장이 말했다.

스즈카는 고개를 숙인 채 움직이지 않았다.

"스즈카 씨, 괜찮으세요? 휴정을 요청할까요?"

린코가 묻자 스즈카가 고개를 숙인 채 자리에서 일어나 천천히 증언대로 향했다.

"변호인, 시작하세요."

재판장의 지시에 린코는 자리에서 일어나 증언대 앞에 앉은 스즈카를 쳐다보았다.

과연 이쪽에서 묻는 질문에 제대로 대답해 줄지 의문이었다.

"변호인 질문하겠습니다. 스즈카 씨…, 스즈카 씨가 지금 얼마나 괴로울지 저도 잘 압니다. 하지만 피고인이 지금 이 자리에서 해야 하는 일은 진실을 말하는 것이라고 생각합니다."

스즈카가 고개를 들어 이쪽을 보았다.

"변호인인 제가 이런 말을 하면 안 되겠지만 피고인은 결코 청렴결백하다고는 할 수 없습니다. 피고인의 행동으로 인해 많은 사람의 인생이 달라진 것은 사실입니다. 카노 씨의 가족과 친구들, 그리고 피고인의 가족도 많이 힘들어하고 있을 겁니다. 여기서 아무런 숨김없이 사실을 있는 그대로 말하는 것만이 피고인이 할 수 있는 최선의 속죄라고 생각합니다. 그 사람들을 더 불행하게 만들고 싶지 않다면 말입니다."

이쪽을 바라보는 스즈카의 눈에서 눈물이 흘러내렸다.

"진실을 말씀해 주시겠습니까?"

린코가 묻자 스즈카가 "네…" 하고 고개를 끄덕이며 소매로 눈물을 닦았다. 그러고는 판사들이 앉아 있는 정면을 향해 몸을 돌렸다.

"그럼 우선 카노 씨와 처음 만났을 때 상황에 대해 묻겠습니다. 언제였는지 기억하시나요?" 린코가 물었다.

"…2014년 10월 26일이었습니다."

"카노 씨와는 어떻게 알게 되었습니까?"

"아들인 히비키를 맡기려고 인터넷을 통해서 구한 베이비시터가 카노 씨였습니다."

"왜 아들을 베이비시터에게 맡기려고 했죠?"

"그날 전 쉬는 날이라 히비키랑 둘이서 집에 있었습니다. 오후 2시쯤 지인에게 전화가 와서…."

"상대가 누구였는지 구체적으로 말씀해 주시겠습니까?"

"오가와마치에 있는 식당 호타루정의 주인인 히사모토 씨입니다. 저는 당시 오가와마치역 앞에 있는 파출소에 근무하고 있었기 때문에 호타루정에는 점심을 먹으러 자주 들렀습니다. 히사모토 씨는 저를 많이 예뻐해 주셨고, 저도 남편과 아들을 데려가서 소개할 정도로 친하게 지냈습니다."

"히사모토 씨가 스즈카 씨에게 전화해서 뭐라고 하던가요?"

"손녀가 사라졌다고 했습니다. 아이가 중학교 2학년인데 지금 어디 있는지도 모르겠고, 자기 엄마한테 '살기 싫다'는 문자 메시지를 남겼다면서 걱정이 이만저만이 아니셨어요."

"그 말을 듣고 어떻게 하셨죠?"

"무엇보다 아이가 무사한지 걱정이 되었습니다. 저도 몇 번 만난 적이 있었으니까요. 살기 싫다는 문자 메시지를 남겼다고 하니 자살하려는 게 아닌가 싶기도 했고요. 히사모토 씨 말로는 아이 엄마가 경찰에 신고하긴 했는데 경찰에서는 대수롭지 않게 여기는 것 같고 자기는 여행 중이라 바로 돌아오기는 어렵다고 했습니다. 그러면서 어떻게 하면 좋겠냐고 막 우시길래 저도 아이 엄마와 같이 찾아보겠다고 하고 전화를 끊었습니다."

"그래서 베이비시터를 구한 겁니까?"

"네, 아직 세 살밖에 안 된 아이를 데리고 다니기는 힘들 것 같았으니까요. 하지만 남편은 일하는 중이고, 평소에 아이를 맡기던 어린이집은 문을 안 열었고, 친정 엄마도 입원 중이셔서 친구들에게 연락해 봤지만 부탁할 수 있는 사람이 없었어요. 아무래도 같이 찾기는 힘들겠다 싶었는데 문득 인터넷에서 베이비시터를 구한 적이 있다던 친구의 말이 생각나서 검색해 봤습니다."

"그렇게 찾은 베이비시터가 카노 씨였다는 말인가요?"

"네. 다만 인터넷에서 제가 찾은 사람은 카노 레이지가 아니라 오가와 사토시라는 이름이었습니다. 바로 올 수 있다는 사람이 그 사람뿐이어서 선택의 여지가 없었고, 잠시 후 코테사시역 개찰구에서 만나 아이를 맡겼습니다."

"카노 씨를 만났을 때 어떤 인상을 받았습니까?"

린코의 질문을 받고 스즈카가 잠시 생각한 후에 입을 열었다.

"나쁜 사람 같아 보이지는 않았습니다. 감기에 걸렸다면서 마스크를 쓰고 있길래 아이에게 옮지 않을까 걱정이 되기는 했지만 인상은 좋아 보였고, 무엇보다 이제 와서 다른 사람을 찾을 수도 없었기에…." 스즈카가 갑자기 말을 멈추더니 입술을 꽉 깨물고 고개를 숙였다.

그때 카노에게 히비키를 맡긴 것에 대한 자책과 후회가 몰려온 듯했다.

"아들을 맡긴 후에는 어떻게 했습니까?"

린코의 말에 정신이 들었는지 스즈카가 고개를 들었다.

"오가와키타 경찰서에 가서 히사모토 씨 손녀를 찾아봐 달라고 동료에게 부탁한 다음 아이 엄마와 합류했습니다. 둘이서 분담해서 아이 친구들을 찾아가 묻기도 하고 여기저기 돌아다니다가 마침내 카와고에에 있는 오락실에서 제가 아이를 발견해 집으로 데려갔습니다."

"히사모토 씨 손녀는 왜 엄마한테 살기 싫다는 문자 메시지를 보냈을까요?"

"학교에서 집단 괴롭힘을 당한 것 같았습니다. 오락실에서 발견했을 때도 자기는 살아 있을 이유가 없다느니, 빨리 죽어서 편해지고 싶다느니 하는 비관적인 말만 되풀이했어요. 제 나름대로 위로도 하고 격려도 해봤지만, 집에 도착할 때까지 희망적인 말은 한마디도 안 하더라고요…."

"아이 상태를 보고 어떤 느낌을 받으셨나요?"

"일단 집에 돌려보내긴 했지만 안심할 수는 없었습니다. 아이가 언제 또 사라질지 모르고, 최악의 경우 자살할 가능성도 배제할 수 없었으니까요. 아이 엄마한테 아이가 학교에서 집단 괴롭힘을 당하고 있다는 사실을 알리고, 잘 살펴봐 달라고 했습니다."

"히사모토 씨 손녀를 집에 데려다준 다음에는 어떻게 하셨나요?"

"집으로 돌아가면서 베이비시터인 카노 씨에게 연락해 코테사시역 개찰구에서 아이를 돌려받았습니다."

"그게 몇 시쯤이었나요?"

"아마… 저녁 8시쯤이었을 겁니다."

"그때 아이 상태는 어땠나요?"

"카노 씨에게 안겨 있었는데 기운이 없어 보였습니다. 카노 씨 말로는 하루종일 열심히 뛰어놀았다길래 그래서 많이 피곤한가 보다 했죠. 시간이 많이 늦기도 했고…. 그때는 별로 이상하게 생각하지 않았습니다."

"집에 돌아와서는 어땠나요?"

"몸을 잘 가누지 못해서 일단 침대에 눕혔습니다. 피곤해서 졸린 거라고만 생각했는데 조금 있다가 상태를 확인하러 가니 침대 위에서 토를 하고 있었어요. 불러도 반응을 안 해서 바로 구급차를 불렀습니다. 남편한테도 연락해서 병원으로 오라고 한 다음 응급실 앞 의자에 나란히 앉아 히비키가 무사하기만을 기도했지만… 오후 11시 48분에 죽었습니다." 스즈카는 울면서 겨우 말을 마쳤다.

"사인은 무엇이었습니까?"

린코가 묻자 스즈카가 잠시 호흡을 가다듬더니 힘없이 대답했다.

"급성 경막하 출혈이었습니다."

"급성 경막하 출혈은 두부 외상으로 인해 발생하는 경우가 많다고 하던데요."

"네, 맞습니다. 저도 담당 의사 선생님께 그렇게 들었습니다."

"아이가 머리에 외상을 입을 만한 일이 있었나요?"

"아니요…." 스즈카가 고개를 저었다. "집에 돌아온 후에는 계속 침대에서 자고 있었기 때문에 머리를 부딪히거나 할 일은 없었습니다. 그날은 카노 씨에게 아이를 맡기기 전까지 계속 같이 있었는데 평소와 다름없이 잘 놀았어요. 머리를 박거나 했으면 당연히 울었을 텐데 울지도 않았고요."

"그럼 스즈카 씨가 보기에는 왜 급성 경막하 출혈이 발생한 것 같던가요?"

"아마도 아이를 맡긴 동안 카노 씨가 폭력을 휘두른 게 아닌가…. 아이가 죽은 직후에는 막연히 그런 생각을 했는데… 나중에는 틀림없이 그랬을 거라고 확신하게 되었습니다."

"경찰에 신고할 생각은 안 하셨나요?"

"많이… 고민했습니다. 카노 씨 때문에 아이가 죽었다는 확실한 증거가 있는 것도 아니었고, 히사모토 씨 손녀 일도 있었기 때문에… 결국 경찰에는 신고하지 않았습니다."

"히사모토 씨 손녀 때문이라니요?"

"그 아이는 이미 삶을 비관하고 있는 상태였기에 만약 그날 자신이 실종된 것 때문에 결과적으로 히비키가 죽게 되었다는 사실을 알게 되면 충격을 받아서 무슨 짓을 저지를지 모른다고 생각했거든요…."

"자살할지도 모른다고요?"

린코가 묻자 스즈카가 "네…" 하고 고개를 끄덕이더니 "하지만…" 하고 입을 다물었다.

"하지만, 뭐죠?" 린코가 다시 물었다.

"…가장 큰 이유는 스스로를 지키고 싶었기 때문입니다. 제 마음을요…."

"무슨 뜻이죠?"

"그 베이비시터…, 그러니까 카노 씨에게 히비키를 맡긴 사람은 다름 아닌 저 자신이었으니까요. 제가 한 선택 때문에 아이가 죽었다는 사실을 도저히 받아들일 수가 없었습니다. 히비키가 죽고 저는 절망했습니다. 이제 와서 무슨 짓을 한들 히비키가 살아 돌아오지는 않을 테니까요. 앞으로 뭘 어떻게 해야 할지 제 안에서도 아직 정리가 되지 않은 상태에서 남편이 전후 사정을 물어보길래 당황해서 저도 모르게 베이비시터에게 아이를 맡겼던 일은 빼고 대답해 버렸습니다. 한번 거짓말을 하고 나니 다시 진실을 말할 용기가 나지 않아서 결국 지금까지…."

"조금 전에 '아이가 죽은 직후에는 막연히 카노 씨가 폭력을 휘두른 게 아닌가 생각했다가 나중에는 틀림없이 그랬을 거라고 확신하게 되었다'고 하셨죠?"

"네…." 스즈카가 고개를 끄덕였다.

"카노 씨가 아이에게 폭력을 휘둘렀을 거라고 어떻게 확신하시죠?"

"아이의 바지 주머니에서 MP3 플레이어를 발견했어요. 제 것도 남편 것도 아니었고, 물론 아이 것도 아니었죠. 그렇다면 베이비시터 것일 가능성이 높으니 잘 보관해 두어야겠다 싶었습니다."

"왜 보관해야겠다고 생각하셨죠?"

"그때는 아직 경찰에 신고할지 말지 망설이고 있었기 때문에… 일단 만일의 상황에 대비한다는 느낌으로요. 그래서 제 지문이 묻지 않도록 조심해서 비닐 지퍼백에 넣어두었습니다. 히비키의 장례식이 끝난 후 지퍼백에 담긴 채로 안에 든 파일을 재생해 봤더니 처음 듣는 노래 몇 곡이랑 아이들 울음소리가 흘러나왔어요. 아이들 울음소리는 각각의 파일에 녹음되어 있었고요. 그걸 들으니 히비키도 카노 씨에게 무슨 짓을 당해서 죽은 것이 틀림없다는 확신이 들었습니다."

"그 안에 히비키의 울음소리도 들어 있었나요?"

"울음소리만 가지고는 판단하기가 쉽지 않지만… 아마도 들어 있었을 거라고 생각합니다. 이 울음소리들은 대체 뭔지, 아이를 맡긴 동안 무슨 일이 있었던 건지, 경찰에 신고를 하든 안 하든 일단 본인에게 확인해 봐야겠다 싶어서 베이비시터를 부탁할 때 사용한 연락처로 메일을 보내 봤는데 존재하지 않는 메일 주소라며 되돌아왔습니다."

"경찰이 개입하지 않는 이상 스즈카 씨 개인적으로는 카노 씨의 신원을 확인할 길도 없고, 본인에게 직접 이야기를 들어볼 수도 없었다는 말이군요."

"네…."

"그런데도 경찰에 신고할 생각은 안 하셨나요?"

"네, 도저히 결심이 서지 않았습니다. 제 잘못된 판단으로 인해 아이가 죽었다는 사실을 받아들일 용기도 없었고, 사실을 알게 된 남편에게 비난받을 것도 두려웠습니다. 물론 히사모토 씨 손녀가 받을 충격도 걱정이 되었고요…. 하지만 지금 생각하면 역시 그때 바로 경찰에 연락했어야 했다는 생각이 듭니다. 그랬더라면 진상을 밝혀서 히비키를 죽게 만든 카노 씨에게는 그에 합당한 처벌이 내려졌겠지요. 그럼 제가 절도 사건의 증거를 조작할 일도 없었을 테고, 카노 씨가 이런 식으로 죽을 일도 없었을 겁니다. 전부 다… 제 나약함 탓입니다."

"아이가 죽은 후에는 어떻게 지냈는지 말씀해 주시겠습니까?"

린코가 말하자 스즈카가 "뭘 어떻게 말하면 될까요?" 하고 되물었다.

"아이를 잃은 슬픔을 극복하기 위해 어떻게 하셨는지 같은 것 말입니다."

"슬픔과 죄책감을 잊으려고 일에 몰두했습니다. 범죄자를 한 명이라도 더 많이 잡아넣는 것으로 카노 씨에 대한 분노를 해소하려 했죠. 하지만 무슨 짓을 해도 아이를 잃은 슬픔을 극복하는 건 불가능했어요. 오히려 아이를 향한 그리움과 후회가 더 강해질 뿐이었습니다."

"아이를 향한 그리움과 후회가 더 강해지게 된 계기가 있었나요?"

"네…. 히비키가 죽고 2년 후에 제가 근무하던 오가와키타 경찰서 관내에서 네 살짜리 남자아이가 유괴되어 살해당하는 사건이 발생했습니다. 저도 사건 수사에 참여해서 피해 아동의 어머니인 하야마 아야노 씨와 자주 접하게 되었습니다."

스즈카의 대답을 들으며 린코는 시선을 돌려 방청석을 쳐다보았다. 가운데 구역 뒤에서 두 번째 줄에 앉은 아야노가 기도하는 표정으로 증언대 앞에 앉은 스즈카를 바라보고 있었다.

린코는 방청석에서 시선을 거두어 다시 증언대 쪽을 보며 입을 열었다.

"아야노 씨는 증인 신문에서 스즈카 씨에게 고맙다고 했습니다. 아들을 잃은 슬픔에서 헤어 나오지 못하던 자신에게 때로는 따뜻하게, 때로는 따끔하게 조언해 주고 기운을 북돋아 주었다고요. 그 말을 듣고 무슨 생각이 들던가요?"

"아야노 씨에게 한 말은 곧 저 자신에게 하는 말이나 마찬가지였습니다. 저 역시 아야노 씨처럼 아이가 죽은 것은 모두 내 잘못이라는 죄책감에 사로잡혀 그저 죽고 싶다는 생각뿐이었으니까요. 그러니까 그건 아야노 씨를 위해서 한 말이라기보다는 제가 살기 위해 한 말에 가깝습니다. 히비키를 만나고 싶다, 죽으면 히비키를 만날 수 있을까, 하지만 스스로 목숨을 끊어서는 안 된다…. 아야노 씨한테 자살할 생각 따위는 절대로 하면 안 된다고 한 건 저 자신에게 하는 말이었어요. 아무리 힘들고 괴로워도 아직은 죽으면 안 된다고요."

마지막 한마디가 린코의 귓가에 강한 울림을 남겼다.

"아직은…이라는 건 무슨 뜻이죠?"

"아야노 씨 아들 사건의 피의자는 체포되었습니다. 조만간 사건의 전모가 밝혀지고 법의 처벌을 받게 되겠지요. 하지만 히비키의 경우는 다릅니다. 누가 이렇게 만들었는지, 대체 무슨 일이 있었던 건지 아무것도 밝혀진 게 없습니다. 그걸 알아내기 전까지는 죽을 수 없다고 스스로에게 몇 번이고 되뇌었습니다."

"그걸 어떻게 알아내고자 하셨죠?"

"단서는 아이의 바지 주머니에 들어 있던 MP3 플레이어뿐이었습니다. 물건 주인에게 전과가 없으면 지문 조회도 되지 않을 테니 헛수고가 될 수도 있다는 건 알고 있었지만, 지푸라기라도 잡는 심정으로 절도 사건 신고를 받고 출동한 집에서 MP3 플레이어를 발견했다고 속이고 거짓 보고서를 제출했습니다."

"결국 증거를 날조한 셈인데 죄의식을 느끼지는 않았나요?"

"물론… 전혀 느끼지 않았다고 하면 거짓말이겠지요. 경찰관으로서 절대로 해서는 안 될 짓이라는 건 잘 알고 있었으니까요. 하지만 달리 좋은 방법이 생각나지 않았습니다. 아이들 울음소리를 MP3 플레이어에서 지우기 전에 몇 번이고 반복해서 들었습니다."

"왜죠?"

"히비키의 사진은 많이 남아 있지만, 동영상은 찍은 적이 없었거든요. 어쩌면 그게 이 세상에 유일하게 남아 있는 히비키의 육성일지도 모른다는 생각에…. 그 울음소리를 반복해서 듣다 보니 역시 이 물건 주인을 직접 만나 봐야겠다는 생각이 들었습니다."

"MP3 플레이어에서 검출된 지문을 조회한 결과, 절도 사건 용의자로 체포된 사람이 카노 레이지 씨였고요?"

"네, 맞습니다."

"체포된 카노 씨와 대면한 적이 있었나요?"

"가까이에서 얼굴을 마주할 일은 없었지만 조서를 작성하느라 조사실에 같이 있었던 적은 있습니다. 제가 마스크를 쓰고 들어가서 저를 못 알아본 것 같았습니다."

"카노 씨가 그 사건으로 징역 2년에 집행유예 4년을 선고받은 건 알고 계십니까?"

"네."

"이 판결에 대해 어떻게 생각하십니까?"

"딱히… 아무 생각도 들지 않았습니다. 제 목적은 카노 씨를 감옥에 보내는 게 아니었으니까요."

"그렇다면 스즈카 씨의 목적은 무엇이었습니까?"

"카노 씨의 신원을 확인하는 것이었습니다. 체포 기록을 통해 카노 씨가 사는 집과 본가 주소를 알아낼 수 있었습니다."

"그걸 알아내서 어떻게 할 생각이셨죠?"

린코가 묻자 스즈카가 잠시 생각할 시간을 달라는 듯 고개를 숙였다가 이윽고 고개를 들고 입을 열었다.

"솔직히 그 시점에는 아직 뭘 어떻게 하겠다는 뚜렷한 계획이 있는 건 아니었습니다. 일단 카노 씨에게 자연스럽게 접근하는 데 성공하기만 하면 어떻게든 그날 무슨 일이 있었는지 들을 수 있지 않을까 하고…. 그래서 쉬는 날에는 토코로자와에 있는 카노 씨의 아파트 근처에 숨어서 카노 씨의 동향을 살폈습니다. 얼마 지나지 않아 토코로자와의 한 호스트바에서 일한다는 것을 알게 되었고, 역 앞에서 호객 행위를 할 때 제 쪽에서 먼저 다가가서 손님이 되었습니다."

"호스트바에서 만난 카노 씨는 어떤 느낌이었나요?"

"애 같다는 느낌을 많이 받았습니다. 자기가 좋아하는 음악 이야기를 할 때는 기분이 좋아져서 막 떠들다가 다른 화제로 넘어가면 지루한 기색을 숨기지 않는다든지…. 저는 카노 씨와 친해져서 아이가 죽은 날 무슨 일이 있었는지 알아내는 게 목적이었기 때문에 최대한 비위를 맞춰 주려고 노력했습니다. 카노 씨가 하는 밴드 활동에 관심이 있는 척하면서요."

"그 밴드의 노래도 들은 적이 있습니까?"

"네, 스튜디오에서 녹음했다는 CD를 빌려줘서 딱 한 번 들어 봤습니다."

"어떤 느낌을 받았나요?"

린코의 질문에 스즈카가 표정을 일그러뜨리며 "구역질이 났어요"라고 낮은 목소리로 중얼거렸다.

"구역질이요? 왜죠?"

"히비키가 가지고 있던 MP3 플레이어…, 아이들 울음소리가 녹음되어 있던 그 MP3 플레이어에 함께 들어 있던 곡이었거든요. 노래를 듣는 순간, 아이들 울음소리가 생각나서…. 게다가 노래 가사도 아이들이 학대당하는 장면을 연상시켰고요."

"가사를 기억하시나요? 일부분이라도요."

가사를 기억해 내려는 듯 스즈카가 눈을 감았다. 눈을 감은 채 입을 마이크에 가까이 가져갔다.

"…이대로는 숨이 막혀 죽을 것만 같아…, 그럴 때면 네 생각을 해…, 너의 목소리가, 너의 눈물이, 나에게 힘을 줘…, 나는 그렇게 약하지 않다고… 아니 원래는 강한 사람이라고 깨닫게 해 줘…, 너를 다시 한번 만나고 싶어서 나는 오늘도 이 문을 열고 바깥세상에 발을 내딛는다…."

스즈카가 눈을 뜨고 이쪽을 보며 "이런 내용의 가사였습니다"라고 말했다.

"가사 중에서 어느 부분이 아이들이 학대당하는 장면을 연상시킨다고 느끼셨나요?"

"너의 목소리가, 너의 눈물이, 나에게 힘을 준다는 부분이요. 카노 씨가 절도 사건 용의자로 체포되었을 때, 과거에 아동 성추행 혐의로 체포된 적이 있다는 사실을 알게 되었습니다. 학교에서 집단 괴롭힘을 당한 분풀이였다고 하더군요. 카노 씨 안에는 이것저것 쌓인 게 많았을 겁니다. 호스트로 일할 때는 어땠는지 모르겠지만 적어도 베이비시터를 하면서는 아이들을 감정의 배수구로 삼아서 학대하고 있었던 게 아닌가, 히비키도 그 희생양이 된 게 아닌가, 그런 생각이 들었습니다."

"가사 내용에 대해 카노 씨와 이야기해 본 적이 있습니까?"

"아니요." 스즈카가 고개를 저었다. "다만… 과거 자신이 상처 입힌 아이들에게 미안하다는 마음을 가지고 있는지 궁금해서 카노 씨 앞에서 아이 얘기를 꺼내 본 적은 있습니다."

"어떤 얘기를 하셨죠?"

"제 아이가 몇 년 전에 사고로 죽었는데 그 사고의 원인을 제공한 사람을 지금도 원망하고 있다고요. 설령 죽이지는 않았더라도 아이에게 위해를 가하는 사람은 결코 용서할 수 없다고, 그런 인간은 언젠가 반드시 대가를 치르게 될 거라고도 했어요."

"그 얘기를 했을 때, 카노 씨는 어떤 반응을 보였나요?"

"전혀 관심이 없어 보였어요. 카노 씨 표정에서 아주 조금이라도 반성하는 기색이 보이면 제 마음도 조금은 가벼워지지 않을까 싶었는데…."

"그 얘기를 나눈 장소는 호스트바 루비 로드였나요?"

"네."

"언제였는지 기억하십니까?"

"2018년 10월 2일이었습니다."

"카노 씨가 밴드 멤버인 오오스미 씨에게 스즈카 씨를 미행해 달라고 부탁한 날이네요."

"미행당하고 있는 줄은 전혀 눈치채지 못했습니다."

"정체가 탄로났다는 사실을 알게 된 것은 언제였습니까?"

"그다음에 호스트바를 방문했을 때…, 10월 9일이요."

"카노 씨가 뭐라고 하던가요?"

"가게에서 마시는 동안은 평소와 똑같았는데 제가 돌아갈 때 건물 밖까지 배웅을 나온 카노 씨가 '타루미 스즈카 씨, 단둘이서 중요한 얘기를 하고 싶은데 다음 비번 때 우리 집에서 좀 만나죠'라고 했습니다."

"그 말을 들었을 때, 무슨 생각이 들던가요?"

"호스트바 손님으로 카노 씨를 만날 때는 가명을 사용했기 때문에 갑자기 본명으로 불려서 깜짝 놀랐습니다. 비번이라는 말을 사용한 데다가 히죽거리며 웃는 걸 보면 제가 경찰관이라는 것도 알고 있는 것 같았고요. 제가 절도 사건 증거를 조작한 것까지 알고 있는 건 아닌가 싶기도 했습니다."

"그래서 스즈가 씨는 뭐라고 대답했습니까?"

"잠시 고민한 후에 그다음 쉬는 날인 10월 13일 오후 1시에 역 앞 흡연소에서 만나기로 약속했습니다."

"카노 씨가 말한 중요한 얘기라는 건 뭐라고 생각하셨나요?"

"제가 절도 사건의 증거를 조작한 것을 빌미 삼아 뭔가를 요구해 올 거라고 생각했습니다."

"구체적으로 어떤 것을요?"

"예를 들면 입 다물어 주는 조건으로 금전을 요구한다든지…."

"증거를 조작했다는 사실이 발각되면 어떻게 되나요?"

"난리가 나겠죠. 경찰 조직에 대한 신뢰가 땅에 떨어질 것이고, 저는 증거를 조작한 혐의로 체포당하겠죠. 하지만 제가 가장 걱정한 건 원치 않는 사람이 피해를 입을지도 모른다는 점이었습니다."

"누구 말입니까?"

"유괴 살인 사건 피해자의 유족인 하야마 아야노 씨요."

린코는 그 이름을 듣고 다시 방청석을 돌아보았다. 아야노가 입을 꾹 다문 채 스즈카의 등을 응시하고 있었다.

이번 사건의 전반적인 개요는 아야노에게도 설명했지만 모든 것을 다 이야기한 것은 아니었다. 진실을 알게 되었을 때, 아야노는 어떤 반응을 보일 것인가.

"…그 사건에서 용의자의 집을 압수 수색했을 때, 사건 발생 당시 피해 아동이 가지고 있던 미니카를 제가 발견해서 범인을 체포할 수 있었습니다. 사건과 범인을 연결 짓는 결정적인 증거였죠. 그런데 제가 다른 사건에서 증거를 조작했다는 사실이 밝혀지면 이 사건의 증거도 신뢰할 수 없다는 지적이 제기될지도 모르고, 그렇게 되면 힘들여 잡은 범인을 풀어 줘야 할 가능성도 있습니다."

"카노 씨와 만날 약속을 하고 실제로 만나기 전까지 나흘 동안 무슨 생각을 하셨나요?"

린코의 질문에 스즈카가 작게 한숨을 내쉬었다.

"…계속 고민했습니다. 카노 씨와 단둘이서 만나는 게 겁이 났거든요. 증거를 조작한 걸 빌미로 협박을 당하면 어떡하나, 그냥 가지 말까 싶기도 했어요. 하지만 진실을, 히비키가 왜 죽었는지를 알아야만 하겠다는 마음이 훨씬 더 컸습니다. 게다가 약속 장소에 나가지 않더라도 카노 씨는 이미 저에 대해 다 알고 있으니 어차피 도망치는 건 불가능하다는 생각도 들었습니다."

"다음 날인 10월 10일에 대해 묻겠습니다."

린코가 다음 질문으로 넘어가자 스즈카가 "네" 하고 고개를 끄덕였다.

"그날은 어떻게 지내셨나요?"

"평소와 다름없이 출근했습니다. 전날 밤에 카노 씨와 그런 약속을 했기 때문에 일을 하면서도 하루 종일 마음이 뒤숭숭하고 불안했습니다."

"동료들이 뭐라고 하지는 않던가요?"

"퇴근할 때 요시오카 형사님이 걱정스러운 얼굴로 무슨 일 있느냐고 제게 물었습니다. 사실대로 말할 수는 없으니 그냥 매년 이맘때가 되면 기분이 우울해진다고만 했습니다. 아들이 4년 전에 죽었다는 이야기를 하면서요."

"요시오카 형사님 증언에 따르면 2주 후인 아들 기일에 무덤에 갈 거냐고 물었다던데 맞습니까?"

"네, 맞습니다."

"스즈카 씨는 뭐라고 대답했나요?"

"올해는 못 갈 것 같다고 대답했습니다."

"남편분 증언에 따르면 매년 기일에는 반드시 부부가 함께 아들 무덤을 찾았다고 하던데요."

"네, 맞습니다. 다만 그때는 다른 생각을 하고 있었거든요."

"어떤 생각 말입니까?"

"카노 씨가 진상을, 히비키가 왜 죽었는지를 말해 주면 남편에게 솔직히 다 털어놓고 그길로 바로 경찰에 출두할 생각이었습니다."

스즈카의 대답을 듣고 검사석에 앉은 아야가 히무로에게 뭔가 귓속말을 하는 모습이 시야에 들어왔다.

검사의 반대 신문에서 이 부분을 공격할 예정이었는데 스즈카가 생각지도 못한 말을 해서 동요한 듯했다.

"하지만 경찰서에 가서 지금까지 있었던 일을 다 말해 버리면 유괴 살인 사건의 증거도 조작한 것이 아니냐는 의심을 받을 수도 있을 텐데요. 스즈카 씨도 그 자리에서 체포될 테고요."

"네, 아야노 씨도 남편도 크게 실망하겠지요. 하지만 그때는 그래야만 한다고 생각했습니다. 그래서 그날 퇴근하는 길에 전자기기 판매점에 들러 녹음기도 구입했고요."

"정확히 어느 가게에서 구입하셨죠?"

"케이온전기 카와고에점이요. 집에 돌아오니 남편이 먼저 와 있었고, 얼굴을 마주한 순간 뭐라 설명하기 어려운 감정이 복받쳐 올랐습니다…."

린코가 다음 질문을 하려고 하자 스즈카가 "잠시만요" 하고 고개를 숙이더니 손수건을 꺼내 눈가를 닦았다.

린코는 스즈카가 손수건을 집어넣고 이쪽을 향해 고개를 끄덕일 때까지 기다렸다가 "어떤 감정이었는지 설명해 주시겠습니까?"라고 물었다.

"그저… 남편에게는 미안하다는 마음뿐이었습니다. 지금까지 있었던 일도 그렇고, 앞으로 일어날 일에 대해서도…. 그날 남편은 웬일인지 제가 좋아하는 케이크를 사 왔습니다. 아마 매년 히비키의 기일이 다가오면 제가 우울해하니까 저를 위로해 주려던 것이겠지요. 남편의 그런 다정한 면모를 보니 제가 정말로 다 털어놓을 수 있을지 자신이 없어졌습니다. 저의 잘못된 판단 때문에 우리 아들이 죽었다는 것, 그 사실을 지금까지 숨기고 있었다는 것, 그리고 경찰관으로서 해서는 안 될 잘못을 저질렀다는 것을…"

"카노 씨에게서 진상을 알아내 경찰에 신고하겠다는 결심이 흔들린 건가요?"

"네. 남편은 당시 신문사 기자로 일하고 있었습니다. 아내가 경찰관이라는 사실을 회사 사람들은 당연히 알고 있었고, 남편과 교류가 있는 다른 신문사 기자들도 알고 있었을 겁니다. 타루미는 흔한 성이 아니니 제가 체포되면 남편이 많이 곤란해지리라는 건 불 보듯 뻔한 일이었습니다. 그 생각을 하면 고민은 되었지만 그래도 감행해야 한다고 생각했습니다."

"10월 13일에 카노 씨를 만나고 돌아와서 남편분께 다 말할 생각이셨나요?"

린코가 묻자 "솔직히 말하면 자신이 없었습니다"라고 스즈카가 애매하게 고개를 저었다.

"그래서 여행을 계획했습니다. 환경이 바뀌면 말할 수 있지 않을까 해서요. 그리고 모든 걸 다 털어놓으면 남편과의 관계도 거기서 끝일 테니 마지막으로 남편이 가고 싶어 했던 홋카이도 니세코에 가 볼 생각이었습니다. 남편에게 물어보니 그다음 주말인 10월 20일과 21일이 쉬는 날이라고 해서 그때로 예약하면 되겠다 싶었죠. 여행지에서 남편에게 지금까지 있었던 일을 솔직하게 다 털어놓고 경찰에 출두하면 되겠다고요."

"그 외에 카노 씨를 만나기 전에 생각하거나 준비한 것이 있습니까?"

"10월 12일 밤에 아야노 씨한테 연락해서 집으로 찾아갔습니다."

"카노 씨를 만나기 전날 밤 말인가요?"

스즈카가 "네" 하고 고개를 끄덕였다.

"왜 아야노 씨를 만나러 가셨죠?"

"우선 아야노 씨를 만나면 용기가 날 것 같았거든요."

"용기요?"

"네. 그때까지도 저는 카노 씨를 만나러 갈지 말지 망설이고 있었습니다. 아니, 솔직히 말해서 망설임보다는 두려움이 컸습니다. 저와 마찬가지로 아이를 잃은 아야노 씨를 만나면 그 두려움을 이겨낼 힘을 얻는 동시에 무슨 일이 있더라도 진실을 알아내야만 한다는 각오를 다질 수 있을 것 같았습니다. 두 번째 이유는 아야노 씨에게 사과하기 위해서였습니다. 지금까지 있었던 일을 아야노 씨에게 다 설명하고, 제가 절도 사건의 증거를 조작했다는 걸 조만간 경찰에 가서 고백하게 될 텐데 부디 용서해 달라고 할 생각이었습니다."

"실제로 아야노 씨에게 그렇게 말씀하셨나요?"

"아니요, 못 했습니다." 스즈카가 고개를 저었다.

"왜죠?"

"아야노 씨가 아들과의 추억을 이야기하고 범인에 대한 원망을 쏟아내는 걸 듣다 보니 도저히 말을 꺼낼 수가 없었습니다. 그냥 미안하다고밖에…. 결국 그렇게 다음 날을 맞이했습니다."

마지막에는 탄식처럼 내뱉으며 스즈카가 눈을 감았다.

"10월 13일에 있었던 일에 대해 설명해 주시겠습니까?"

린코가 말하자 스즈카가 이쪽을 보고 고개를 끄덕였다. 그러고는 다시 정면을 향해 입을 열었다.

"출근하는 남편을 배웅하고 계속 안절부절못하다가 10시 반쯤 되었을 때 이제 나갈 준비를 해야겠다는 생각이 들어서 옷을 갈아입었습니다."

"어떤 옷을 입었는지 기억하시나요?"

"흰색 블라우스에 검은색 꽃무늬 스커트를 입고, 모자가 달린 회색

코트를 걸쳤습니다."

"왜 그 옷을 고르셨죠?"

린코가 묻자 스즈카가 어렴풋이 쓸쓸한 미소를 지었다.

"히비키랑 같이 외출할 때 즐겨 입던 옷이었거든요. 임신 사실을 알게 되었을 때 입었던 옷이기도 하고요. 그날은 아침부터 많이 긴장해서… 아니, 긴장한 게 아니라 너무 무서워서… 그 옷을 입으면 히비키가 저를 지켜 줄 것 같았습니다."

"가방도 들었었나요?"

"네, 핸드백이요."

"안에는 뭐가 들어 있었죠?"

"지갑, 핸드폰, 손수건, 휴지… 그리고 사흘 전에 구입한 녹음기가 들어 있었습니다."

"집을 나선 시각은 몇 시였습니까?"

"출발할 때는 시계를 보지 않았지만 코테사시역 앞에 있는 은행 ATM에서 돈을 찾은 시각이 오전 11시 35분이었으니 집을 나선 건 11시 25분경이었을 겁니다. 20만 엔을 현금으로 찾은 다음 지하철을 타고 토코로자와역으로 갔습니다."

"토코로자와에 도착했을 때는 몇 시였습니까?"

"오전 11시 45분쯤이었습니다."

"약속 시간까지 시간이 많이 남았겠군요."

"네. 카노 씨를 만나기 전에 남편과 함께 갈 니세코 여행을 예약하려고 다이니혼 여행사를 찾아갔습니다. 번호표를 뽑고 대기 의자에 앉아 기다렸는데 극도의 긴장감과 공포심 때문에 토할 것 같은 기분이 들어서 밖으로 나왔습니다."

"그리고 어떻게 하셨죠?"

"근처에 요시모토라는 대형 마트가 있길래 마트 지하에 있는 화장실에 들어가 앉아 있었습니다. 카노 씨와 약속한 1시가 가까워져서 어떻게든 용기를 내서 약속 장소로 향하려다가 문득 할 일이 생각나서 식품관으로 갔습니다."

"할 일이요?"

"그날 카노 씨와 나누는 모든 대화를 녹음할 계획이었는데 나중에 경찰에 증거로 제출했을 때 내용을 조작했다는 의심을 받을 수도 있으니까요. 카노 씨를 만나 이야기를 나누기 전에 제가 이날 이 시간대에 정말로 여기 있었다는 사실을 증명해 줄 무언가가 있으면 좋겠다는 생각이 들었습니다. 그래서 녹음기의 녹음 버튼을 누른 다음 계산대로 가서 직원 이름을 부르고 날짜와 시간을 확인해 달라고 부탁했습니다."

"식품관에서 뭘 사셨나요?"

"주스 4캔을 샀다고 들었습니다."

"샀다고 들었다니요?"

"솔직히 제가 뭘 샀는지는 기억나지 않습니다. 캔에 든 것이면 뭐든 상관없었거든요. 그때 마침 손에 잡힌 게 주스였던 모양입니다."

"왜 캔에 든 걸 사려고 하셨죠?"

"만약의 경우에 대비해서 호신용으로요. 경찰관으로서 기본적인 무술을 배우기는 했지만 무슨 일이 일어날지 모르니… 카노 씨가 공격해 오면 캔이 든 봉지를 휘두를 생각이었습니다. 마트를 나와 약속 장소인 역 앞 흡연소로 가니 카노 씨가 먼저 와서 기다리고 있었습니다."

"거기서 카노 씨와 무슨 얘기를 하셨나요?"

"아까 증거로 제출한 음성 파일에 들어 있던 내용 그대로입니다."

"스즈카 씨 입으로 직접 말씀해 주시겠습니까?"

"카노 씨가 저를 보고 '약속대로 왔네' 하고 미소를 지었습니다. 그러고는 제가 손에 든 비닐봉지를 보고 잘 마시겠다며 억지로 빼앗아 들더니 자기 집까지 걸어서 5분이면 가니까 가서 얘기하자고 했어요. 제 생각을 읽고 미리 무기가 될 만한 물건을 빼앗은 것 같기도 했습니다. 닫힌 공간에 단둘이 있기가 싫어서 제가 카페도 괜찮다고 하니까 자기는 어디든 상관없지만 제가 곤란하지 않겠느냐고 하더군요. 역시 제가 절도 사건의 증거를 조작했다는 사실을 알고 있는 것 같았어요. 그런 얘기를 다른 사람이 들을지도 모르는 곳에서 할 수는 없으니 결국 카노 씨의 집으로 가는 수밖에 없었습니다. 카노 씨의 집은 거기서 도보 5분 거리에 있는 5층짜리 아파트의 3층이었습니다. 카노 씨가 먼저 들어갔고, 저도 따라 들어갔습니다."

"집에 가서는 무슨 이야기를 나누셨죠?"

"카노 씨가 제게 앉으라고 권했지만 저는 서 있기로 했습니다."

"왜죠?"

"앉은 상태에서는 몸을 자유롭게 움직이기가 어려우니까요."

"그렇군요. 계속해 주시죠."

"중요한 얘기가 뭐냐고 제가 묻자 카노 씨의 태도가 갑자기 돌변해서 '다 알고 온 거잖아!' 하고 버럭 소리를 질렀어요. 그러고는 절도 사건의 증거를 제가 조작한 게 아니냐고 추궁했어요. 저는 히비키를 맡긴 베이비시터의 정체를 알아내기 위해서 그런 짓을 했다고 순순히 사실을 인정했습니다. 카노 씨에게 히비키를 맡겼던 그날 밤에 아이가 죽었다는 이야기를 하면서요. MP3 플레이어 안에 아이들 울음소리가 녹음되어 있던데 그건 대체 뭐냐고, 그날 히비키에게 무슨 짓을 한 거냐고 따졌습니다."

"그랬더니 카노 씨는 뭐라고 하던가요?"

"히비키에게 폭력을 휘두른 사실은 인정했지만 미안해하는 기색은 전혀 없었습니다. 자기는 고등학교 때 친구들한테 더 심한 짓도 많이 당했다고, 그 정도로 죽은 걸 보면 아이가 원래부터 허약한 체질이었을 거라고 했어요. 저는 화가 치밀어 올라서 카노 씨에게 마구 욕을 퍼부었고, 그러니까 카노 씨가 갑자기 웃옷 주머니에서 칼을 꺼내 들었습니다. 제가 증거를 조작하는 바람에 밴드 데뷔가 무산되었으니 그에 상응하는 대가를 치러야 할 거라고 하더군요. 일단 그 전에 자기한테 사과부터 하라고 했습니다. 제가 싫다고 하자 이쪽으로 다가와서 칼을 들이댔습니다."

"구체적으로 칼날이 어디를 향하고 있었고, 거리는 어느 정도였나요?"

"칼끝이 제 얼굴을 향하고 있었고, 거리는 3~4센티미터 정도밖에 되지 않았습니다."

"그래서 스즈카 씨는 어떻게 하셨죠?"

"이대로 칼에 찔려 죽을 수도 있겠다 싶어서 칼을 피하려다가 그만 중심을 잃고 뒤에 있던 침대 위로 쓰러졌습니다. 그러자 카노 씨가 곧바로 제 위에 올라탔고, 오른손에 든 칼을 제 눈앞에 들이댄 채 왼손으로 제 목을 졸랐습니다."

"무술을 익혔는데도 벗어날 수가 없던가요?"

린코가 묻자 스즈카가 "네" 하고 고개를 끄덕였다.

"카노 씨는 생각보다 훨씬 더 힘이 셌습니다. 게다가 눈앞에 칼날을 들이대고 있었기 때문에 공포 때문에 가위에 눌리기라도 한 것처럼 몸이 움직이지 않았습니다. 카노 씨는 무시무시한 힘으로 제 목을 조르면서 계속 자기한테 사과하라고 소리쳤습니다. 하지만 저는 사과는커녕 숨조차 쉬기 어려운 상태였습니다."

"그 상태에서 무슨 생각이 들던가요?"

린코의 질문에 스즈카가 잠시 뜸을 들였다가 "죽을 것 같다는 생각이 들었습니다"라고 대답했다.

"실제로 카노 씨가 '죽어! 너 같은 건 당장 죽어 버려!'라고 하기도 했고, 중간부터는 의미를 알 수 없는 말을 늘어놓는 등 완전히 제정신이 아닌 것 같아 보였습니다."

"카노 씨가 한 의미를 알 수 없는 말이라는 게 어떤 것이었는지 말씀해 주시겠습니까?"

린코가 묻자 스즈카가 시선을 떨구었다.

아까 증거로 제출된 음성 파일을 들었기 때문에 카노가 무슨 말을 했는지는 법정 안에 있는 모두가 이미 다 알고 있었지만, 그것을 자기 입으로 다시 말하기가 망설여지는 듯했다.

"부탁드립니다."

린코가 한 번 더 말하자 스즈카가 크게 한숨을 내쉰 다음 천천히 입을 열었다.

"맨날 형만 예뻐하고…, 제길… 제기랄… 내가 이렇게 된 건 다 당신 때문이야…"

거기까지 말한 다음 스즈카는 괴로운 표정으로 고개를 푹 숙였다.

"그게 다입니까?"

린코가 확인하자 스즈카가 힘없이 고개를 저었다.

"계속해 주시죠."

증언대 쪽을 보며 린코가 요청하자 스즈카가 천천히 고개를 들어 마이크에 입을 가져다 댔다.

"…이럴 거면 난 왜 낳은 거야… 나 같은 걸…, 맨날 구박만 하고…. 죽어 버려, 너 같은 거 죽어 버리라고…" 힘겹게 말을 마친 스즈카가 어깨를 축 늘어뜨렸다.

"그건 스즈카 씨에게 하는 말이었나요?"

"아닙니다."

"그럼 누구에게 하는 말이었을까요?"

"…자기 엄마한테 하는 말 같았습니다."

"그렇다면 카노 씨는 스즈카 씨를 자기 엄마라고 생각해서 죽이려고 목을 졸랐던 걸까요?"

"아무래도… 그런 것 같다는 생각이 들었습니다. 정신이 오락가락하는 것 같았거든요."

"그래서 스즈카 씨는 어떻게 하셨죠?"

"이대로 있다가는 정말 죽을 것 같아서… 어떻게든 빠져나갈 수 없을까 하고 목이 졸린 상태로 시선만 움직여서 방 안을 살폈습니다. 마침 침대 옆 탁자에 놓인 술병이 보이길래 그걸 집어서 무작정 휘둘렀더니 퍽 하는 소리와 함께 카노 씨가 '으악!' 하고 비명을 지르며 침대에서 굴러 떨어졌습니다."

"술병은 카노 씨의 머리를 강타한 것으로 보입니다만, 처음부터 머리를 노리셨나요?"

"아니요…. 결과적으로 머리에 맞긴 했지만 어디를 노려야겠다고 계산할 여유 따위는 없었습니다. 제 목을 조르던 손에서 겨우 벗어나 일단 호흡을 고른 다음 침대에서 일어나 바닥에 쓰러져 있는 카노 씨를 내려다보았습니다. 제일 먼저 카노 씨의 손에서 칼을 뺏었고, 그 상태 그대로 꿈쩍도 하지 않길래 괜찮냐고 물었습니다."

"카노 씨가 반응하던가요?"

스즈카가 고개를 저으며 "아무런 반응도 보이지 않았습니다"라고 대답했다.

"상대가 숨을 쉬지 않는다는 걸 확인하고… 머릿속이 새하얘져서 아무 생각도 할 수 없었습니다."

"얼마나 세게 때렸나요?"

린코의 질문에 스즈카가 선뜻 대답하지 못했다.

"저도 제정신이 아니었기 때문에 어느 정도로 세게 때렸는지는 잘 모르겠습니다. 힘 조절을 전혀 하지 않았다는 건 확실합니다."

"힘 조절을 할 여유가 없었다는 말이군요."

"네, 자칫 잘못하면 제가 죽을 수도 있는 상황이었으니까요…. 어느 정도 정신이 돌아오자 이제 어떻게 해야 하나 고민이 되었습니다. 원래대로라면 경찰에 신고하는 게 맞겠지만 그래도 될지 망설여졌습니다."

"왜죠?"

"녹음한 대화를 들으면 제가 고의로 카노 씨를 죽인 게 아니라는 사실은 증명할 수 있을 것 같았지만…, 녹음 파일을 공개하면 안 될 것 같아서요…." 스즈카가 말을 멈췄다.

린코는 스즈카를 재촉하지 않고 잠자코 기다렸다.

"카노 씨는 죽었습니다…."

이윽고 스즈카가 다시 입을 열었다.

"…저 역시 아이를 잃은 엄마이기 때문에 이 소식을 들은 카노 씨 어머니가 얼마나 슬퍼할지 상상이 갔습니다. 게다가 아들이 죽기 직전에 제정신이 아닌 상태에서 자기를 죽이려 했다는 사실을 알게 되면 얼마나 괴로울지 생각해 봤습니다…. 아야노 씨 생각도 났고요. 저는 사람을 죽였습니다. 죽일 생각은 아니었지만 결과적으로 한 사람의 생명을 빼앗은 것은 분명한 사실입니다. 저 때문에 카노 씨가 죽었고, 카노 씨 가족들은 불행해졌습니다. 저 때문에 불행해지는 사람이 더 늘어나는 것은 원치 않았습니다."

"스즈카 씨 때문에 불행해지는 사람이란 구체적으로 누구를 말하는 거죠?"

"아야노 씨요. 녹음기에 담긴 음성 파일을 공개하면 제가 절도 사건의 증거를 조작한 사실도 밝혀지게 됩니다. 그럼 아야노 씨 아들 유괴 살인 사건의 재판에도 안 좋은 영향을 미치게 될 테고요. 저는 제가 증거를 조작했다는 사실과 카노 씨가 죽기 전에 자기 엄마한테 한 말을 아무도 모르게 하는 동시에 제가 살인 혐의로 붙잡히지 않기 위해서는 어떻게 해야 할지 생각했습니다. 그래서… 카노 씨에게 성폭행을 당할 뻔해서 저항하다가 죽이게 되었다는 시나리오를 생각해 냈고, 그렇게 보이도록 꾸몄습니다."

"구체적으로 뭘 어떻게 하셨죠?"

"침대 시트를 일부러 헝클어트리고, 블라우스 단추를 두세 개 풀어헤친 다음 칼과 가방을 들고 집 밖으로 나왔습니다. 계단 쪽으로 걸어가다가 아까 카노 씨가 한 말이 생각나서 다시 돌아갔습니다. 저한테 돈을 뜯어낼 계획이었다면 나중에 증거로 삼기 위해 카노 씨도 오늘 나눈 대화를 녹음했을 것 같았거든요."

"실제로 녹음을 했던가요?"

"다시 돌아가서 집 안을 뒤져 보니 침대 매트리스 사이에 MP3 플레이어가 숨겨져 있었습니다. 녹음 중이라는 표시가 떠 있길래 지문이 묻지 않도록 손수건으로 집어서 정지 버튼을 누르고 녹음된 파일을 삭제한 다음 원래 있던 자리에 돌려놓고 집에서 나왔습니다. 그리고 길가에 있던 편의점 쓰레기통에 카노 씨가 가지고 있던 칼을 버린 후 토코로자와 역으로 갔습니다."

"왜 편의점 쓰레기통에 칼을 버리셨죠? 칼을 버리는 장면이 CCTV에 찍힐 거라고는 생각하지 않으셨나요?"

"CCTV에 찍히기 위해서 일부러 거기에 버린 겁니다. 버리기 전에 유리창 너머로 점포 내부를 살펴서 CCTV 위치도 확인했고요."

"무슨 뜻이죠?"

"위험한 상황에서 도망쳐 나온 사람처럼 보이려고 블라우스 단추를 풀어헤치고 걸었지만 카노 씨 집에서 나와 편의점까지 오는 동안 저를 눈여겨보는 사람이 아무도 없었거든요. 그렇다면 영상으로라도 증거를 남겨 놓아야겠다는 생각이 들었습니다."

"스즈카 씨가 사용한 녹음기는 어떻게 했습니까?"

"그것도 바로 파일을 지우고 버릴 생각이었습니다만…, 파일을 공개할 생각은 전혀 없었지만… 그래도 제가 무죄라는 사실을 입증할 유일한 증거라는 생각에…."

"버릴 수가 없었나요?"

"좀처럼 결정을 내릴 수가 없었습니다…. 아무튼 조만간 압수수색을 당할 게 분명하니 집에 보관할 수는 없는 노릇이었습니다. 친정 엄마한테 전화해서 지금 집에 있느냐고 물어보니 친구랑 쇼핑하러 나왔다고 하길래 그길로 바로 카와구치에 있는 친정으로 가서 거기 숨겼습니다."

린코는 옆에 앉은 니시를 돌아보았다. 사건 관련 질문은 이걸로 충분하다며 니시가 고개를 끄덕였다. 린코는 다시 고개를 돌려 스즈카를 쳐다보며 입을 열었다.

"변호인으로부터의 질문은 이상입니다. 마지막으로 하고 싶은 말이 있으십니까?"

"…모두 다 제가 스스로 뿌린 씨앗이라고 생각합니다. 카노 씨에게 히비키를 맡긴 것도, 히비키가 죽은 후 경찰에 신고하지 않은 것도, 절도 사건 증거를 조작한 것도…. 저 때문에 많은 사람을 불행하게 만들어서 죄송할 따름입니다. 딱 하나 말씀드리고 싶은 것은, 저는 결코 카노 씨를 죽일 생각은 아니었다는 겁니다. 이것만은 믿어 주셨으면 합니다."

"잘 알겠습니다. 이상입니다." 린코는 판사석을 향해 말했다.

"검사, 반대 신문 하세요."

린코가 자리에 앉는 것과 동시에 검사석에 있던 아야가 자리에서 일어났다.

피고인 신문 직전에 사건 당시 대화를 녹음한 음성 파일이라는 결정적인 증거가 공개된 이례적인 상황인 만큼 검사가 어떻게 나올지 짐작하기가 어려웠다.

"스노우치 아야 검사입니다. 피고인에게 몇 가지 묻겠습니다. 우선 아까 말한 호타루정이라는 식당에는 손녀를 찾아 준 후에도 방문한 적이 있습니까?"

전혀 예상하지 못한 질문이었다.

"네, 있습니다…." 스즈카가 고개를 끄덕였다.

"얼마나 자주 갔습니까?"

"모로 경찰서로 이동하기 전까지는 자주 갔습니다. 근무지가 바뀐 후에는 사건 이틀 전에 한 번 찾아간 게 다입니다."

"사건 이틀 전에 호타루정을 찾아간 이유는요?"

아야의 질문에 스즈카가 "그냥…" 하고 어정쩡하게 대답했다.

"그냥 들렀다는 겁니까?"

"사건 전날 아야노 씨를 찾아갔을 때와는 조금 느낌이 다르지만 역시 용기를 얻고 싶어서였던 것 같습니다. 호타루정은 이런저런 추억이 많은 곳이었으니까요. 슌타로 유괴 살인 사건 때는 형사들끼리 밥 먹으러 가서 수사와 관련해 의견을 나누기도 했고요."

"흠, 그때 느꼈던 범죄자를 향한 분노와 증오심을 다시 한번 기억해 내서 카노 씨를 만나러 갈 원동력으로 삼고자 했다는 말이군요."

"부정하지는 않겠습니다."

아야는 스즈카에게서 이 말을 이끌어내기 위해서 호타루정 이야기를 꺼낸 걸까.

"모로 경찰서로 이동하기 전까지 자주 갔다고 했는데 가게에서 히사모토 씨 손녀를 만난 적도 있습니까?"

"네, 아이 엄마도 가게에서 일하고 있었기 때문에 몇 번인가 엄마를 만나러 가게로 찾아온 적이 있었습니다."

"아이 상태는 어땠나요?"

"상태요?"

"네, 아까 학교에서 집단 괴롭힘을 당했다고 한 것과 관련해서요."

"아, 시간이 지나면서 자연스럽게 해결된 것 같았습니다. 새 학년이 되면서 자기를 괴롭히던 아이들과는 반이 갈렸다고 했거든요."

"잘됐네요. 피고인 이야기를 들으면서 그 손녀는 어떻게 됐는지 궁금했거든요. 피고인은 아까 아들 죽음의 진상을 밝히기 위해 베이비시터의 신원을 알아낼 필요가 있었고, 그래서 절도 사건의 증거를 조작했다고 말했습니다."

"네…."

"그걸 알아낼 때까지는 죽을 수 없다고 생각했다고요."

"네…."

"그렇다면 왜 경찰에 신고하지 않았죠?"

아야가 날카로운 어조로 스즈카를 추궁했다.

"상해의 공소 시효는 10년, 상해치사의 공소 시효는 20년입니다. 피고인은 경찰관이었으니 당연히 알고 있겠지만요."

스즈카는 아무 말도 하지 않았다.

"만약 아들의 죽음이 정말로 베이비시터 때문이라고 가정했을 때, 피고인이 경찰에 신고하면 그 사실을 알게 된 히사모토 씨의 손녀가 죄책감 때문에 자살할지도 모른다는 점 때문에 신고를 망설였다고 했죠? 손녀가 자살할 거라고 생각할 만한 구체적인 근거가 있었나요?"

"그건…."

"결국 막연한 불안감 때문에 신고하지 않았다는 말이군요. 정말로 이유가 그것뿐입니까? 자기 손으로 범인을 잡아서 복수하겠다고 생각한 건 아니고요?"

"…히비키가 죽고 시간이 많이 지났기 때문에 신고를 해도 경찰이 제대로 수사하지 않을 수도 있다고 생각했습니다. 남편에게 사실을 털어놓는 것도 겁이 났고요."

"자기가 속한 조직을 믿을 수 없었다는 말인가요?"

"그건 아니지만…."

"아무리 남편에게 사실대로 말하기가 겁이 났다고 해도 경찰관이 사건의 증거를 조작한다는 건 지나치게 경솔한 행동 아닙니까?"

"그래도 그때는… 그 방법밖에 생각나지 않았습니다."

"피고인은 아무도 모르게 베이비시터의… 아니, 카노 씨의 신원을 알 아내려고 한 것 아닙니까?"

스즈카는 아무 말도 하지 않았다.

"그래야만 하는 이유가 있었던 것 아닙니까?"

아야가 재차 추궁했지만 스즈카는 대답하지 않았다.

스즈카를 쳐다보던 아야가 한숨을 내쉬었다.

"그럼 다음 질문으로 넘어가겠습니다. 피고인은 카노 씨와 만나기로 약속한 후, 본인 스마트폰으로 카노 씨의 SNS 계정에 자주 들어가 봤지 요? 왜 그랬습니까?"

아야의 질문에 스즈카가 고개를 들었다.

"카노 씨가 어떻게 살고 있는지 궁금했습니다."

"왜죠? 보통은 내 아이를 죽였을지도 모르는 사람이 친구들과 웃고 떠드는 모습 같은 건 보고 싶지 않을 것 같은데요."

"아이가 죽은 이유뿐만 아니라 카노 씨가 어떤 사람인지도 알고 싶었 습니다. 카노 씨가 개과천선해서 예전과는 달리 좋은 사람이 되었다는 사실을 SNS를 통해 알게 된다면 제 감정도 조금은 수습이 되지 않을까 싶어서요…."

"어떤 감정 말이죠?"

"이런 말을 하면 제가 불리해지겠지만… 분노나 증오심 같은 감정이요."

"카노 씨의 인간성을 알고 싶었다면 왜 더 일찍 SNS 계정을 찾아보지 않았죠? 10월 9일 이전에는 한 번도 들어가 본 적이 없지 않나요?"

"카노 씨와 단둘이 만나기로 약속하고 난 뒤로 많은 생각을 했습니다. 어떻게 하면 카노 씨를 용서할 수 있을까 같은…."

"참고로 사건 일주일 전 카노 씨의 SNS 계정에는 손님에게 받은 술병 을 탁자에 올려둔 사진이 올라왔는데 이것도 보셨나요?"

"네, 봤습니다. 하지만 그걸 가지고 뭘 어떻게 해야겠다는 생각은 하지 않았습니다."

"아까 무술을 익혔다고 했는데 종목이 무엇이었나요?"

"유도입니다."

"실력은 어느 정도입니까?"

"4단입니다."

"상당한 실력이네요. 키와 체중은요?"

갑자기 사건과 관계없는 질문을 해서인지 스즈카가 고개를 갸웃거렸다.

"참고로 저는 키 160센티미터에 체중은 53킬로그램입니다."

"키는 163센티미터이고 체중은⋯ 지금은 잘 모르겠지만 사건 당시에는 57킬로그램 정도였습니다."

"피해자인 카노 씨의 키는 170센티미터, 체중은 55킬로그램이었다고 합니다. 체격 차이도 크지 않고 피고인은 유도 4단인데도 상대가 되지 않았나요?"

"상대방이 내 눈앞에 칼을 들이댄 상태가 아니고, 패닉에 빠지지도 않았다면 제압할 수 있었을지도 모릅니다."

"그렇군요. 다음 질문입니다. 2018년 10월 9일 호스트바에서 집으로 돌아갈 때, 카노 씨가 피고인을 건물 밖까지 배웅했죠?"

"네."

"그때 카노 씨가 피고인에게 한 말은 단둘이서 중요한 이야기를 나누고 싶으니 다음 비번 때 자기 집으로 오라는 것뿐이었나요?"

"네, 그것 말고는 약속 시간과 장소를 정하는 정도였습니다."

"다른 얘기는 없었나요?"

"없었습니다." 스즈카가 고개를 저었다.

"예를 들어 자기는 피고인이 절도 사건의 증거를 조작했다는 사실을 알고 있다는 말, 또는 약속 당일에 20만 엔을 가져오라는 말 같은 건 하지 않았나요?"

"그런 말은 안 했습니다."

"흠, 알겠습니다. 카노 씨가 죽은 걸 확인한 후 처음 집 밖으로 나올 때까지 어느 정도 시간이 걸렸습니까?"

아야의 질문에 스즈카가 잠시 생각하더니 입을 열었다.

"아마 10분 정도였을 겁니다."

"아까 피고인은 본인이 절도 사건의 증거를 조작했었다는 사실과 카노 씨가 죽기 전에 자기 엄마한테 한 말을 아무도 모르게 하기 위해서 성폭행당할 뻔한 상황을 꾸며 냈다고 했죠?"

"네."

"카노 씨가 죽은 걸 알고 머릿속이 새하얘져서 아무 생각도 할 수 없었다고도 했습니다만, 그 상황에서 불과 10분 만에 그런 시나리오를 만들어 내려면 아주 이성적이거나 머리가 굉장히 좋아야 할 것 같은데요."

스즈카는 아무 말도 하지 않고 정면을 쳐다볼 뿐이었다.

"처음부터 준비해 간 것 아닙니까?"

"아닙니다…. 카노 씨가 죽은 걸 확인하고 어떻게 하면 좋을지 필사적으로 머리를 짜내서… 그래서…." 스즈카가 말을 더듬었다.

"이상입니다." 아야가 재판장에게 말하고 자리에 앉았다.

"변호인, 추가 질문 있습니까?"

재판장의 확인에 린코는 "없습니다"라고 대답했다.

이어서 재판장이 양옆에 앉은 판사와 배심원을 향해 질문할 것이 있는지 묻자 한 여자가 조심스럽게 손을 들었다. 50대 전후로 보이는 여성 배심원이었다.

"4번 배심원님, 질문하시죠."

재판장이 말하자 여자가 자기 앞에 놓인 마이크에 얼굴을 가까이 가져갔다.

"…저는 스물두 살짜리 아들이 있습니다. 그래서 피해자 어머니의 심정도, 피고인이 아이를 잃었을 때의 심정도 조금은 알 것 같습니다."

스즈카는 여성 배심원을 똑바로 쳐다보았다.

"피고인은… 아들이 죽기 전에 제정신이 아닌 상태에서 자신을 죽이려고 했다는 사실을 알게 되면 그 어머니가 큰 충격을 받을 거라고 생각해서 그걸 숨기기 위해 성폭행당할 뻔한 상황을 꾸며 냈다고 하셨죠?"

"네." 스즈카가 여성 배심원을 보며 대답했다.

"하지만 제가 그 엄마라고 생각했을 때, 내 아들이 다른 사람을 나로 착각해서 죽이려고 했다는 말을 들으면 물론 충격을 받겠지만, 아들이 누군가를 성폭행하려다가 죽었다는 것 역시 굉장히 충격적인 일일 것 같은데요. 어느 쪽이 더 충격이 클지는 사람마다 다를 수도 있겠지만… 뭔가 다른 선택지는 없었을까 하는 생각이 드네요. 그런 상황을 꾸며 내는 데 죄책감을 느끼지는 않았나요?"

여성 배심원의 질문에 스즈카가 당황한 표정으로 입술을 꼭 깨물더니 고개를 떨구었다.

"…솔직히 지금까지 그런 생각을 해 본 적은 없었습니다. 갑작스러운 상황에 너무 놀라서 미처 거기까지는 생각하지 못했습니다. 빨리 이 상황을 어떻게든 해야 한다고만… 제 생각이 짧았습니다. 어느 쪽이든 제가 카노 씨 가족분들에게 크나큰 고통을 안겨 드린 건 사실입니다…."

여성 배심원이 스즈카를 보며 고개를 끄덕이더니 "이상입니다" 하고 마이크에서 물러났다.

"다른 질문 있습니까?" 재판장이 물었지만 더는 질문이 나오지 않았다.

"피고인은 자리로 돌아가 주십시오."

린코는 이쪽으로 돌아오는 스즈카를 쳐다보았다.

스즈카는 창백한 얼굴로 온몸을 바들바들 떨며 의자에 앉더니 크게 한숨을 내쉬었다.

"이상으로 증거 조사를 마치겠습니다. 다음 단계로 넘어가기 전에 새로운 증거가 나오기도 했으니 만약 검사 측 주장을 다시 정리할 필요가 있다면 여기서 잠깐 휴정하겠습니다. 어떻게 하시겠습니까?" 재판장이 검사석을 향해 물었다.

"검사 측 주장은 변함없습니다. 휴정할 필요 없습니다." 히무로가 벌레 씹은 표정으로 대답했다.

"알겠습니다. 그럼 검사, 최종 의견 진술하십시오."

재판장의 지시에 히무로가 자리에서 일어났다.

"우선 아까 증거로 제출된 음성 파일에 대해서는 피고인 및 피해자와의 동일성 여부가 불확실할 뿐만 아니라 녹음된 정보가 사실이라는 보장도 없기 때문에 검사로서는 이것이 사실에 근거한 피고인과 피해자의 대화라고는 인정하기 어렵습니다."

히무로가 딱딱한 말투로 내뱉었다.

"피고인은 범죄를 단속해야 하는 경찰관임에도 불구하고 범죄를 저질렀습니다. 그것도 증거 조작이라는, 경찰 직무와 직결되는 범죄를 말입니다. 사건 현장의 증거를 조작해 피해자인 카노 씨가 누명을 쓰고 유죄 판결을 받게 함으로써 피해자에게 심각한 정신적 고통을 안겨줌과 동시에 피해자의 사회적 명예를 크게 훼손했습니다. 피고인의 이러한 행위는 경찰에 대한 국민들의 신뢰를 떨어뜨리는 대단히 악질적인 범죄라고 하지 않을 수 없습니다. 게다가 범죄를 저지른 이유 역시 아들의 죽음의 진상을 알고 싶다는 지극히 개인적인 욕구 때문이었습니다. 본인이 증거를 조작했음을 인정하기는 했지만 그건 어디까지나 살인 사건 용의자로 체포되어 조사를 받는 과정에서 인정하게 된 것이기 때문에 혐의를 인정한 것이 곧 감형의 사유가 되지는 못할 것입니다."

린코는 히무로의 말을 들으며 옆을 돌아보았다. 스즈카는 눈을 감은 채 귀를 기울이고 있었다.

"다음으로 살인에 관해서입니다만, 살인 직전 여러 정황을 살펴봤을 때 피고인이 살인할 의도를 가지고 있었던 것은 분명하며, 이를 부인하는 피고인의 진술은 신뢰할 수 없습니다. 애초에 진술 내용을 아무렇지도 않게 바꾸는 피고인의 말은 신뢰할 가치가 없으며, 재판에 진지하게 임하고 있다고 보기 어렵습니다. 경찰관이 살인을 저지른다는 것은 있을 수 없는 일이며, 둔기로 피해자의 머리를 가격해 단번에 죽인 것만 보아도 피고인이 얼마나 강한 살의를 가지고 있었는지 알 수 있습니다. 피고인은 흉기로 사용할 둔기가 피해자의 집에 있다는 사실을 미리 파악하고 있었으므로 이번 사건은 돌발적인 범행이 아니라 사전에 철저하게 계획된 것이었다고 보아야 할 것입니다. 게다가 범행 후에는 오히려 자신이 피해자로부터 성폭행을 당한 뻔한 피해자인 것처럼 가장하는 등 범행의 성격이 매우 악질적이라고 하지 않을 수 없습니다. 살해 동기는 아들의 원수를 갚기 위해서라고 하나, 사적 복수는 현대 형법에서는 금지되어 있습니다. 이를 허용하거나 감형 사유로 삼는다면 개인이 원수를 갚는 것을 사실상 용인한다는 의미가 될 것입니다. 피고인은 정당방위였다고 주장하지만 앞뒤가 맞지 않는 변명만을 늘어놓고 있어 주장을 신뢰하기가 어려우며, 소중한 목숨을 빼앗고도 뉘우치는 기색이 전혀 없어 진심으로 반성하고 있다고 보기도 어렵습니다."

치밀하게 준비한 듯한 기나긴 논고가 이어진 후에 히무로가 마지막으로 구형했다.

"…여기에 추가로 피고인에게 전과가 없는 점 등 참작해야 할 사정을 고려하고 관련 법 조항을 적용해 최종적으로 피고인에게 징역 16년을 구형하는 바입니다."

논고를 마친 히무로가 자리에 앉았다.

"변호인, 최종 의견 진술하십시오."

재판장의 말에 니시가 자리에서 일어났다. 이쪽을 힐끗 쳐다본 다음 판사와 배심원 쪽으로 고개를 돌렸다.

"아까 스즈카 씨는 변호인의 질문에 대해 '모두 다 스스로 뿌린 씨앗이라고 생각한다'라고 대답했습니다. 변호인 역시 이 말에 동의합니다. 아들이 죽은 후 스즈카 씨가 단 하나만이라도 다른 선택을 했더라면 이번 비극은 일어나지 않았을지도 모릅니다. 하지만 그렇게 할 수밖에 없을 만큼 스즈카 씨는 절박한 심정이었을 겁니다. 내 배 아파 낳은 소중한 내 자식이, 세 살밖에 안 된 어린아이가 왜 죽어야만 했는지, 엄마로서 어떻게든 그 이유를 알아내야만 한다고 말입니다."

니시의 변론을 들으며 린코는 눈을 감았다.

"오랜 기간 경찰 동료 및 동네 주민들로부터 전폭적인 신뢰를 받아 오던 스즈카 씨는 그 절박함 때문에 큰 잘못을 저질렀습니다. 변호인 역시 그에 대한 벌은 달게 받아야 한다고 생각합니다. 하지만 살인에 관해서는 아까 증거로 제출한 음성 파일에 담긴 대화 내용을 통해 알 수 있듯이 어디까지나 예기치 못한 사정으로 인해 발생한 비극이라고 할 수 있으며, 스즈카 씨가 고의로 살인을 저지른 것이 아닙니다. 스즈카 씨는 카노 씨를 만나러 갈 때 흰색 블라우스를 입었습니다. 처음부터 죽일 생각이었다면 피가 튈 경우에 대비해 흰색 옷을 고르지 않았을 겁니다. 또 당시 가지고 있던 소지품도 작은 핸드백 하나뿐이라 갈아입을 옷을 챙겨 갔다고 보기도 어렵습니다. 게다가 이것이 계획된 살인이었다면 애초에 그 상황을 녹음할 생각 따위는 하지도 않았을 겁니다. 스즈카 씨가 두 사람이 나눈 대화를 녹음한 것은 카노 씨를 살해할 생각이 전혀 없었다는 방증이라고 할 수 있습니다. 또 스즈카 씨가 진술을 두 번 세 번 번복한 것은 모두 자기 자신을 위해서가 아니라 카노 씨의 어머니와 아야노 씨를 위해서였습니다. 사실대로 말하기로 결정하기까지 스즈카 씨는 많이 고민했고, 마지막까지 음성 파일을 증거로 제출하기를 거부했습니다. 사랑하는 아이를 잃은 엄마로서, 자기와 마찬가지로 자식을 잃은 카노 씨의 모친을 더 이상 괴롭게 만들고 싶지 않다면서 기꺼이 자기가 살인자가 되겠다고 한 겁니다."

린코는 감았던 눈을 뜨고 니시를 보았다. 판사와 배심원 들에게 호소하는 니시의 강한 의지가 깃든 눈동자를 바라보았다.

"그건 자신이 일으킨 비극을 진심으로 반성하는 사람이 아니라면 불가능한 일입니다. 스즈카 씨가 증거 조작이라는 잘못을 저지른 것은 부정할 수 없는 사실입니다. 하지만 죽은 아이의 어머니로서 그렇게 할 수밖에 없었던 심정을 조금만이라도 헤아려 주시기를 간곡히 부탁드리는 바입니다. 지금까지 언급한 내용을 종합하면 살인에 대해서는 무죄, 그리고 허위공문서작성에 대해서는 집행유예를 선고하는 것이 마땅하다고 사료됩니다. 이상입니다."

니시가 판사와 배심원 들을 향해 목례하고 자리에 앉았다.

"피고인은 증언대로 나와 주십시오."

재판장의 말에 스즈카가 자리에서 일어나 증언대로 향했다.

"이것으로 사건 심리를 마치겠습니다. 다음 공판에서는 판결이 선고될 텐데 마지막으로 할 말이 있습니까?"

스즈카가 "네" 하고 고개를 끄덕였다.

"그럼 지금 하십시오."

"저는… 제가 저지른 일 때문에 많은 사람에게 고통을 주었다는 사실은 잘 알고 있습니다. 제 아들 히비키, 죽은 카노 씨, 카노 씨의 가족들, 그리고 제 가족들에게요…. 어떤 판결이 내려질지 모르겠지만 그것이 곧 천국에 있는 히비키가 제게 보내는 메시지라고 생각하고 기꺼이 받아들일 생각입니다. 저는 이번 사건과 관련해 제가 보고 듣고 겪은 모든 진실을 이 법정에서 숨김없이 다 말했습니다. 따라서 어떤 판결이 내려지든 항소는 하지 않겠습니다." 스즈카가 말을 마치고 재판장 쪽을 향해 고개를 숙였다.

"이상입니까?"

재판장이 묻자 스즈카가 "네"라고 대답했다.

"그럼 자리로 돌아가십시오."

스즈카가 린코 옆자리로 돌아와 앉자 재판장이 다음 판결 공판의 날짜와 시간을 공지한 다음 "그럼 오늘 공판은 여기서 마치겠습니다" 하고 자리에서 일어났다.

판사와 배심원이 법정에서 나가고 방청인들이 줄줄이 자리에서 일어나 출구 쪽으로 향했다. 모두가 퇴정하는 가운데 혼자 방청석에 남아 있는 남자와 눈이 마주쳤다.

사이타마 현경 수사1과 히나타 세이치로 형사였다. 세이치로 형사는 린코나 스즈카가 아니라 니시를 쳐다보고 있는 듯했다.

세이치로의 눈빛에서 분함이나 적대감은 느껴지지 않았다. 오히려 니시의 변론에 감탄하는 눈치였다.

교도관이 스즈카에게 다시 수갑과 포승줄을 채웠다. 스즈카가 자리에서 일어나는 것과 동시에 방청석에 앉아 있던 세이치로도 자리에서 일어나 밖으로 나갔다.

"이제 우리가 할 수 있는 일은 없군."

니시의 목소리에 린코는 옆을 돌아보았다. 니시는 교도관에게 이끌려 법정에서 나가는 스즈카의 뒷모습을 바라보고 있었다.

"…그러게요."

"한잔하러 갈까?" 니시가 이쪽을 보며 물었다.

무거워 보이는 문을 밀고 안으로 들어가자 거대한 나무판으로 된 카운터 안쪽에 있던 바텐더가 "어서 오세요" 하고 인사를 건넸다.

린코는 니시와 함께 카운터석에 나란히 앉았다.

"여성분과 함께 오신 건 처음이네요."

바텐더가 두 사람 앞에 코스터를 내려놓으며 말했다.

"여자가 아니라 동료야."

니시의 퉁명스러운 대꾸에 린코는 바텐더와 마주 보며 쓴웃음을 지었다.

"뭘로 하시겠습니까?"

"글렌피딕을 온더록으로."

"저는 모스코 뮬로 부탁드려요."

곧 주문한 음료가 나왔다. 린코는 잔을 들어 니시와 가볍게 건배하고 입으로 가져갔다.

린코는 아무 말 없이 정면에 진열된 색색의 술병들을 바라보며 스즈카의 변호를 맡아 싸워 온 날들을 떠올렸다.

"감사합니다."

린코가 말하자 니시가 이쪽을 보며 고개를 갸웃거렸다.

린코로서는 상상도 하지 못했던 진실을 밝혀낸 사람은 니시였다. 만약 린코 혼자 변호를 맡았다면 스즈카가 하는 말을 전적으로 믿어 주고 힘이 되어 주고자 한 나머지 많은 부분을 놓쳤을 것이다.

"스즈카 씨 변호를 함께 맡아 주셔서요."

"아아…."

"처음에는 맡기 싫어하셨잖아요."

"내가 변호를 맡기로 한 이유는 스즈카 씨가 중요한 사실을 숨기고 있다고 느꼈기 때문이야. 그게 뭔지 알아낼 때까지는 변호인으로 있어야겠다고 생각했지."

알아낼 때까지는, 이라는 말이 마음에 걸렸다.

"만약 스즈카 씨가 정말로 처음부터 카노 씨를 살해할 계획이었다면 어떻게 할 생각이셨는데요?"

"글쎄…." 니시가 말끝을 흐리며 술잔을 기울였다.

바텐더가 이쪽으로 다가와 손에 든 술병을 니시 앞에 내려놓았다. 위스키인 듯했는데 남은 양이 얼마 되지 않았다.

"아까 세이치로 님께 전화를 받았습니다. 이건 니시 님 몫이라고 하시네요."

린코는 술병에서 시선을 들어 니시를 쳐다보았다.

"세이치로라면 수사1과의 그 세이치로 형사님 말인가요?"

"맞아."

"이 술병은 뭔데요?"

다시 찬찬히 술병을 들여다보니 병에 붙은 라벨지에 검은 매직으로 '니시 다이스케', '히나타 세이치로'라고 적혀 있었다.

"오래전에 나랑 그 녀석이 반씩 내서 키핑한 거야. 마지막 잔을 누가 마실지는 이번 공판 결과에 따라 정하기로 했었고."

"그러니까… 재판에서 이긴 사람이 이걸 마시기로 했다고요?"

"그런 셈이지."

판결이 선고되기 전에 수사를 담당한 세이치로 형사가 먼저 패배를 인정했다는 건가.

"같은 걸로 한 잔 더." 니시가 바텐더에게 빈 잔을 내밀었다.

"이거 안 드시고요?" 린코는 니시 앞에 놓인 병을 가리키며 물었다.

"나한테는 아직 이걸 마실 자격이 없어. 내 문제가 해결되면 그때 마실 거야."

내 문제가 해결되면.

린코는 그 말이 무슨 뜻인지 바로 알아들었다.

예전에 니시는 범죄자를 용서하지 못하는 자신이 변호인을 계속해도 될지 고민하고 있다고 말한 적이 있었다.

"…잔인한 질문을 하나 해도 될까?"

니시가 물었다.

"뭔데요?"

"만약 네 어머니가 살해당한다면 넌 그 범인을 변호할 수 있겠어?"

니시의 질문이 린코의 가슴을 날카롭게 파고들었다.

"만약 네 아버지가 살아 계셨다면 너나 네 어머니를 죽인 범인도 다른 범죄자들과 마찬가지로 똑같이 변호하셨을까?"

잔인한 질문이었다.

"미안. 이상한 질문을 했군." 니시가 어색하게 시선을 피했다.

"아니에요…"

린코도 답은 알 수 없었다. 하지만….

"아버지는 생전에 이런 말씀을 하셨어요. 피의자나 피고인에게는 자기 편이 변호인밖에 없다고요. 죄를 저지를 정도로 코너에 몰린 사람들은 대부분 믿을 수 있는 가족이나 친구가 없는 경우가 많다고, 그들의 이야기를 들어줄 사람은 변호인밖에 없다고요."

"누군가는 해야 하는 일이니까 그 일을 내가 하는 것뿐이라는 건가."

린코는 고개를 끄덕였다.

"아버지는 이런 말씀도 하셨어요. 검사는 죄지은 자를 가려내고, 판사와 배심원은 죄인을 심판하는 일을 한다고요. 하지만 죄를 지은 사람에게 자신이 무슨 짓을 했는지 깨닫게 하고 사건을 직시하게 함으로써 두 번 다시 똑같은 잘못을 저지르지 않도록 일깨워 줄 수 있는 사람은 변호인뿐이라고요. 설령 그 사람이 내 가족이나 친구를 죽인 자라 할지라도… 아무도 그 일을 할 사람이 없다면 제가 맡겠습니다."

실제로 그런 상황이 되었을 때 정말로 그렇게 할 수 있을지는 알 수 없었다. 아마도 어렵지 않을까 싶기도 했다.

하지만 아버지가 지키고자 했던 신념을, 그 신념을 이어나가고자 하는 자신의 의지를, 지금 여기서 쉽게 포기하고 싶지는 않았다.

44

아버지가 이쪽을 향해 미소 짓고 있다.

린코가 난생 처음 담당한 살인 사건의 판결 공판이 잠시 후에 열릴 예정이었다. 중요 사건의 변호를 수도 없이 맡았던 아버지는 그때마다 어떤 마음으로 판결에 임했을까.

스마트폰에 저장된 아버지의 사진을 보고 있노라니 2주 전 니시와 나눈 대화가 떠올랐다.

만약 린코나 다른 가족들이 누군가에게 살해당했더라도 아버지는 그 범인을 자신의 신념에 따라 평소처럼 변호했을까.

아버지는 살인 사건 가해자의 변호를 맡았고, 숨진 피해자의 모친인 타카시마 치사토의 칼에 찔려 죽었다. 숨을 거두기 전까지 아버지는 과연 무슨 생각을 했을까.

변호인이라는 자신의 직업을 후회했을까, 아니면 자기 자신을 희생하는 한이 있더라도 역시 범죄자 편에 설 사람이 필요하다고 생각했을까.

알 수 없었다.

하지만 아버지라면 분명….

린코는 열차 내 안내 방송을 듣고 스마트폰을 가방에 넣은 다음 자리에서 일어났다. 지하철에서 내려 우라와역을 빠져나와 법원으로 향했다.

법원 앞에는 카메라와 마이크로 무장한 기자들이 진을 치고 있었다.

린코는 기자들 앞을 그대로 지나쳐 건물 안으로 들어갔다. 로비 의자에 앉아 있는 테루히사와 하루에를 발견하고 그쪽으로 다가가자 두 사람도 린코를 보고 자리에서 일어났다.

"저희는 스즈카가 반드시 풀려날 것이라고 믿고 여기서 기다리겠습니다."

테루히사의 말에 린코는 알겠다며 고개를 끄덕인 후 403호 법정으로 향했다.

법정 안으로 들어가자 변호인석에는 니시가 먼저 와서 앉아 있었다. 린코도 니시 옆으로 가서 앉았다. 검사 둘과 방청인들이 착석한 다음 스즈카가 교도관 두 명에게 이끌려 들어왔다. 교도관들이 스즈카를 린코 옆자리에 앉힌 다음 수갑과 포승줄을 풀어 주었다.

"모두 일어나 주십시오."

법원 경위의 안내에 따라 린코는 자리에서 일어났다.

판사와 배심원과 예비 배심원이 입장해 목례하고 자리에 앉았다.

"재판을 시작하겠습니다. 지금부터 판결을 선고하겠습니다. 피고인은 증언대로 나와 주십시오."

스즈카가 굳은 표정으로 증언대를 향해 걸어 나갔다. 린코는 숨을 죽인 채 그 모습을 지켜보았다.

마지막 본인 확인을 마친 후 재판장이 천천히 입을 열었다.

"주문, 피고인을 징역 2년에 처한다. 이 판결 확정일로부터 4년간 위 형의 집행을 유예한다. 이 사건 공소사실 중 살인의 점은 무죄."

린코는 니시와 얼굴을 마주 보았다.

이어서 재판장이 판결 이유를 낭독했다. 린코와 니시의 주장이 대부분 받아들여졌다는 내용이었다.

"…판결은 여기까지입니다만, 제가 한 마디만 덧붙이겠습니다. 이번 공판에서 피고인의 살인 혐의는 벗겨졌지만 피고인 신문 및 최종 변론에서 변호인이 말했듯이 당신의 행동이 많은 이들에게 고통을 안겨 주었다는 사실에는 변함이 없습니다. 앞으로 평생 이 사실을 가슴속 깊이 새기고 살아가기 바랍니다. 아시겠습니까?"

"네…." 스즈카가 작은 소리로 대답하고 고개를 숙였다.

"그럼 자리로 돌아가십시오."

스즈카가 한 번 더 고개를 숙이고 이쪽으로 돌아왔다.

린코는 갑자기 솟구친 눈물 때문에 시야가 흐려져서 스즈카가 어떤 표정을 하고 있는지 보이지가 않았다. 그리고 옆에 와서 앉은 스즈카의 어깨에 손을 올리며 "잘됐네요"라고 인사를 건넸다.

"이상으로 재판을 마치겠습니다."

폐정 선언에 린코는 소매로 눈물을 닦고 자리에서 일어났다. 검사석에 있는 아야와 눈이 마주쳤다. 아야는 이쪽을 보며 두어 번 박수 치는 시늉을 해 보이고는 옆자리에 있는 히무로를 놔두고 먼저 밖으로 나갔다. 히무로가 서류를 보자기에서 싸 들고 이쪽으로 다가왔다. 바로 앞에 와서 걸음을 멈춘 히무로를 보고 린코는 무슨 일인가 싶어 긴장했다.

"린코 변호사님 아버님은 저도 몇 번인가 법정에서 상대한 적이 있습니다. 기뻐하시겠네요."

히무로의 말을 듣고 가슴이 벅차올랐다.

히무로는 가볍게 고개를 숙인 다음 몸을 돌려 법정 밖으로 걸어 나갔다. 린코는 스즈카를 돌아보았다.

"저희도 갈까요? 남편분과 어머님이 기다리고 계세요."

니시와 스즈카와 셋이서 법정을 나와 엘리베이터를 타고 1층으로 내려갔다. 테루히사와 하루에의 모습은 보이지 않았다.

"밖에 계신가 보네요."

린코는 스즈카를 데리고 니시와 함께 출구 쪽으로 향했다.

건물 밖으로 나와 보니 조금 떨어진 곳에 테루히사와 하루에가 서 있었다. 부지 밖에서 대기 중인 기자들의 웅성거림이 여기까지 전해져 왔다.

테루히사가 이쪽을 보고 옆에 있는 하루에의 어깨를 가볍게 두드렸다. 하루에는 두 손으로 얼굴을 감싸고 그 자리에 주저앉아 버렸다. 테루히사도 소매로 눈가를 닦으며 쪼그려 앉은 하루에에게 뭔가 말을 건넸다.

"어서 가 보세요."

스즈카가 두 사람 쪽으로 가려다가 문득 발걸음을 멈추고 이쪽을 돌아보았다.

"린코 변호사님, 니시 변호사님, 지금까지 정말 감사했습니다." 스즈카가 허리를 깊이 숙였다.

"정말 다행입니다. 판결 이유로 보건대 검찰이 항소할 가능성도 낮아 보이고요. 집행유예 상태이긴 하지만 스즈카 씨는 이제 자유입니다. 앞으로 어머님과 남편분과 함께 잃어버린 시간을 조금씩 되찾아 가시기 바랍니다."

린코가 말하자 스즈카의 표정이 살짝 어두워졌다.

"저는 자유로워질 수 없어요."

린코는 무슨 뜻인지 알아듣지 못하고 니시와 얼굴을 마주 보았다.

"제 몸은 감옥 밖에 있지만 마음은 쇠창살 안에 갇혀 있습니다. 앞으로도 쭉 그렇게 살아갈 생각입니다."

"그게 무슨 말이죠?" 니시가 스즈카를 보며 물었다.

"제 행동이 정당방위였던 것은 사실입니다. 하지만… 카노 씨가 죽은 것을 확인했을 때, 저는 마음속으로 '지옥에나 떨어져 버려라'라고 생각했어요."

가슴 한편이 묵직하게 죄어들었다.

"저는 무죄이긴 하지만 무고하진 않아요."

스즈카는 한 번 더 고개 숙여 인사한 다음 몸을 돌렸다.

"스즈카 씨."

스즈카가 고개를 돌려 이쪽을 보았다. 텅 빈 눈동자에서는 아무것도 느껴지지 않았다.

"아니… 아무것도 아닙니다. 건강하세요."

스즈카는 묵묵히 고개를 끄덕이고 테루히사와 하루에가 기다리고 있는 쪽으로 걸음을 옮겼다.

제 몸은 감옥 밖에 있지만 마음은 쇠창살 안에 갇혀 있습니다….

린코는 언젠가 스즈카가 마음의 감옥에서 벗어나 자유로워지기를 바랐다. 하지만 그것은 린코가 도울 수 있는 일은 아니었다.

린코는 스즈카의 등 너머로 테루히사와 히사에를 바라보았다.

"이건 말도 안 돼!"

어디선가 갑자기 여자의 히스테릭한 고함 소리가 들려온 순간, 니시가 린코를 확 밀치며 스즈카 쪽으로 뛰쳐나갔다. 린코는 영문도 모른 채 비틀거리며 주위를 둘러보았다. 멍하니 서 있는 스즈카의 오른쪽에서 한 여자가 전속력으로 돌진해 오고 있었다. 카노의 어머니였다. 손에 쥔 칼자루가 눈에 들어왔다.

"당신이 내 아들을 죽였잖아! 그런데 왜!"

카노의 어머니가 스즈카에게 달려들기 직전에 니시가 뛰어들었다. 두 사람은 한데 엉켜 땅바닥을 굴렀다. 카노의 어머니는 괴성을 지르며 칼자루를 휘두르려 했지만 니시가 손목을 꽉 붙잡고 내리눌렀다.

린코는 가만히 서서 그 광경을 지켜보았다. 심장이 터질 듯이 세차게 뛰었다. 몸이 움직이지 않았다.

실제로는 나중에 전해 들었을 뿐이었지만, 아버지가 돌아가실 때 상황이 뇌리를 스치고 지나갔다.

소동을 알아챈 경비원들이 건물 밖으로 달려 나와 땅바닥에 쓰러진 두 사람에게 다가갔다. 경비원 중 한 명이 카노의 어머니 손에서 칼을 빼앗은 다음 일으켜 세웠다. 체격이 건장한 경비원들에게 붙잡힌 카노의 어머니는 어떻게든 빠져나오려고 안간힘을 쓰며 스즈카에게 고래고래 욕설을 퍼부어 댔다.

린코는 퍼뜩 정신을 차리고 서둘러 니시에게 달려갔다. 니시는 땅바닥에 쓰러진 채 왼손으로 자신의 오른쪽 팔을 붙잡고 있었다. 손가락 사이로 피가 흘러나왔다.

"니시 변호사님?!"

린코가 깜짝 놀라 들여다보자 니시가 이쪽을 보며 괜찮다고 대답했다.

양복을 입은 남자 네 명이 나타나 그중 한 명이 경비원에게 붙들린 카노의 어머니에게 수갑을 채웠다. 법원 바로 옆에 있는 현경 본부에서 출동한 형사인 듯했다.

경찰차의 사이렌 소리가 들렸다. 양복 차림의 남자 한 명이 이쪽으로 와서 "괜찮으십니까?" 하고 니시의 상태를 물었다.

"괜찮습니다." 니시가 오른팔을 움켜쥔 채 비틀거리며 일어났다.

린코는 스즈카가 있는 쪽을 돌아보았다. 스즈카는 테루히사와 하루에의 부축을 받으며 그 자리에 서서 카노의 어머니를 쳐다보고 있었다. 입술이 끊임없이 달싹였다.

공포에 질려 입가가 떨리는 건가 싶었는데 자세히 보니 무언가 말을 하고 있는 듯했다.

소리는 들리지 않았지만 '죄송합니다'라고 사과하고 있는 것 같았다.

경찰은 이윽고 도착한 경찰차 뒷좌석에 카노의 어머니를 태우고 떠났다. 린코는 일련의 과정을 그 자리에 가만히 서서 눈으로 좇았다.

니시가 구급대원의 부축을 받아 구급차에 올라탔다. 린코도 따라가려고 하자 니시가 "넌 안 와도 돼"라며 동승을 거절했다.

"왜요?"

"어서 가서 다음 일을 시작해야지."

린코는 니시를 보며 고개를 갸웃거렸다.

"설령 그 사람이 내 가족이나 친구를 죽인 자라 할지라도 넌 피의자의 말에 성심성의껏 귀를 기울이겠다며."

니시의 말에 정신이 번쩍 들었다.

체포된 카노의 어머니에게 변호인으로서 찾아가 보라는 의미였다. 하지만….

"그건 변호사 윤리에 어긋나는 게 아닌가 싶은데요…."

"그런 자잘한 것까지 일일이 신경 쓸 필요 없잖아."

니시의 단호한 어조에 린코는 입을 다물었다.

"너는 스스로의 신념에 따라 행동하면 돼. 만약 문제가 생기면 그건 그때 가서 다시 생각하면 되는 거고."

스스로의 신념에 따라….

린코는 고개를 돌려 테루히사와 하루에 사이에 서 있는 스즈카를 바라보았다.

정당방위라고는 해도 스즈카가 카노를 죽게 만든 것은 부정할 수 없는 사실이다.

스즈카는 앞으로도 씻을 수 없는 죄책감과 카노의 어머니에게 속죄하는 마음을 안고 살아갈 터였다.

린코가 카노의 어머니에게 접견을 요청하더라도 순순히 받아들여질지는 알 수 없었다. 상식적으로 생각하면 자기 아들을 죽인 상대의 변호를 맡았던 변호인을 만나고 싶어 할 리가 없었다.

하지만, 그래도….

만약 자신이 변호를 맡게 된다면 카노의 어머니에게 스즈카의 진심을 전하고, 그녀 자신에게도 아들의 죽음과 똑바로 마주할 계기를 만들어 줄 수 있지 않을까 하는 생각이 들었다.

그렇게 되면 스즈카의 마음도 자유로워질 수 있지 않을까.

린코는 니시를 돌아보았다. 한동안 말없이 서로를 쳐다보았다.

"알겠습니다. 카노 씨 어머니가 유치된 경찰서가 어디인지부터 알아봐야겠네요."

니시가 미소를 지어 보였다. 곧이어 구급차 문이 닫혔다.

잘해 봐.

니시가 응원하는 목소리가 들리는 것 같다는 생각을 하며 린코는 한동안 그 자리에 가만히 서서 멀어져 가는 구급차를 바라보았다.

옮긴이 남소현

연세대학교와 이화여자대학교 통역번역대학원에서 공부하였고, 일본 문학 번역가로
활동하고 있다. 번역작으로《형사의 약속》,《여섯 명의 거짓말쟁이 대학생》,《설원》,
《기묘한 괴담 하우스》,《그래도 해야지 어떡해》 등이 있다.

형사 刑事 변호인 弁護人

초판 2023년 6월 30일 1쇄
저자 야쿠마루 가쿠
옮긴이 남소현
ISBN 979-11-93047-04-0 03830

출판사 북플라자
주소 서울시 강남구 논현동 118-13 5층
홈페이지 www.bookplaza.co.kr

영화 판권, 오탈자 제보 등 기타 문의사항은 book.plaza@hanmail.net으로 보내주세요.
잘못된 책은 구입하신 서점에서 교환해 드립니다.